KNAUR

Von Sabine Ebert sind bereits folgende Titel bei Knaur erschienen:
Das Geheimnis der Hebamme
Die Spur der Hebamme
Die Entscheidung der Hebamme
Der Fluch der Hebamme
Der Traum der Hebamme
Blut und Silber
1813 – Kriegsfeuer
1815 – Blutfrieden
Schwert und Krone – Meister der Täuschung
Schwert und Krone – Der junge Falke
Schwert und Krone – Zeit des Verrats
Schwert und Krone – Herz aus Stein
Schwert und Krone – Preis der Macht
Die zerbrochene Feder

Über die Autorin:
Sabine Ebert war als Journalistin und Sachbuchautorin tätig und begann aus Passion für deutsche Geschichte, historische Romane zu schreiben, die allesamt zu Bestsellern wurden.
Ihr Debütroman »Das Geheimnis der Hebamme« wurde von der ARD als Event-Zweiteiler verfilmt und in einer umjubelten Theaterfassung auf der Felsenbühne Rathen uraufgeführt.
Alle Bände der großen Saga über die Epoche Barbarossas schafften es auf Anhieb in die Bestsellerlisten.
Sabine Ebert lebt und arbeitet nach vielen Jahren in Freiberg und Leipzig nun in Dresden.
Besuchen Sie die Autorin auch auf ihrer Website:
www.sabine-ebert.de

SABINE EBERT

Schwert und Krone

PREIS DER MACHT

ROMAN

KNAUR

Besuchen Sie uns im Internet:
www.knaur.de

Aus Verantwortung für die Umwelt hat sich die Verlagsgruppe Droemer Knaur zu einer nachhaltigen Buchproduktion verpflichtet. Der bewusste Umgang mit unseren Ressourcen, der Schutz unseres Klimas und der Natur gehören zu unseren obersten Unternehmenszielen. Gemeinsam mit unseren Partnern und Lieferanten setzen wir uns für eine klimaneutrale Buchproduktion ein, die den Erwerb von Klimazertifikaten zur Kompensation des CO_2-Ausstoßes einschließt. Weitere Informationen finden Sie unter: www.klimaneutralerverlag.de

MIX
Papier aus verantwortungsvollen Quellen
FSC® C014496
FSC www.fsc.org

Vollständige Taschenbuchausgabe Mai 2022
Knaur Taschenbuch

Ein Imprint der Verlagsgruppe
Droemer Knaur GmbH & Co. KG, München

Ein Projekt der AVA International
Autoren- und Verlagsagentur
www.ava-international.de
Redaktion: Silvia Kuttny-Walser
Covergestaltung: Alexandra Dohse / grafikkiosk.de
Coverabbildung: Collage Alexandra Dohse unter Verwendung von privaten Motiven und Shutterstock.com / Reiter: Stephen Mulcahey / Trevillion Images
Landkarte: Verantw. Redakteur: Prof. Dr.-Ing. Andreas Kowanda
Kartograph: M. Eng. Thomas Zimmermann
Stammtafeln: Verantw. Redakteur: Stefan Auert-Watzik
Satz: Wilhelm Vornehm, München
Druck und Bindung: GGP Media GmbH, Pößneck
ISBN 978-3-426-52541-8

2 4 5 3 1

Dramatis Personae

Historisch belegte Personen der Handlung:

Staufer

Friedrich I., römisch-deutscher König und Kaiser, König von Burgund (später genannt Friedrich Barbarossa)

Beatrix von Burgund, seine zweite Gemahlin

Ihre Söhne: Friedrich (früh gestorben), Heinrich (später Kaiser Heinrich VI.), Konrad (später Friedrich, Herzog von Schwaben), Otto (später Pfalzgraf von Burgund), Konrad (später Herzog von Rothenburg), Philipp (nach dem Tod seines Bruders Friedrich Herzog von Schwaben und bis zu seiner Ermordung 1208 König)

Weltliche Verbündete:

Berthold IV., Herzog von Zähringen und Burgund

Pfalzgraf Otto von Wittelsbach, Bannerträger Friedrichs und enger Freund

Graf Guido von Biandrate

Graf Goswin von Heinsberg

Burggraf Heinrich von Dohna, kaiserlicher Ministerialer

Gefolge:

Hartmann von Siebeneich, Kämmerer

Heinrich II. von Pappenheim, Marschall

Magister Guido, Leibarzt

Magister Kuno, Leibarzt und Kaplan

Gottfried von Viterbo, Kaplan und Geschichtsschreiber

Heinrich, Notar

Welfen

Heinrich der Löwe, Herzog von Sachsen und Bayern

Mathilde Plantagenet, seine Gemahlin, Tochter des englischen Königs Heinrich II.

Welf VI., Herzog von Spoleto und Markgraf der Toskana, Oheim Heinrichs des Löwen und Friedrich Barbarossas

Uta von Calw und Schauenburg, seine Gemahlin

Welf VII., beider Sohn

Weltliche Verbündete:

Dietho von Ravensburg, Gefolgsmann von Welf VI.

Adela von Vohburg, seine Ehefrau, einstige Gemahlin Friedrichs von Staufen

Graf Gunzelin von Hagen, Statthalter im Abodritenland, später Graf von Schwerin

Graf Bernhard von Lippe, Burgkommandant von Haldensleben

Graf Ludolf von Peine, Statthalter im Abodritenland

Heinrich von Weida, Ratgeber Heinrichs des Löwen

Graf Adolf III. von Holstein

Ekbert von Wolfenbüttel, Ministerialer

Heinrich von Lüneburg, Ministerialer

Pfaffe Konrad, Dichter und Verfasser der ersten mittelhochdeutschen Fassung des *Rolandsliedes*

Eilhart von Oberg, ebenfalls Dichter am Braunschweiger Hof und Verfasser der mittelhochdeutschen Fassung des *Tristan*

Wettiner

Otto, Markgraf von Meißen, später genannt Otto der Reiche

Hedwig, seine Gemahlin, Tochter Albrechts des Bären

Albrecht und Dietrich, beider Söhne

Dietrich, Ottos Bruder, Markgraf der Lausitz bzw. Ostmark (später Dietrich von Landsberg)

Konrad, sein Sohn

Dietrich, außerehelicher Sohn Dietrichs mit Kunigunde von Plötzkau

Dedo, Graf von Groitzsch (später Markgraf der Lausitz, Beinamen: Dedo der Fette oder Dedo der Feiste)

Mathilde von Heinsberg, seine Gemahlin, Schwester des Erzbischofs Philipp von Köln

Heinrich von Wettin und Friedrich von Brehna, weitere Brüder Ottos

Boris von Zbor, slawischer Ritter

Christian, Ritter in Ottos Diensten

Askanier

Albrecht von Ballenstedt, ehemals Herzog von Sachsen, Markgraf von Brandenburg, genannt Albrecht der Bär

Otto, Hermann, Adalbert, Dietrich, Siegfried, Heinrich und Bernhard, seine Söhne

Adele, Schwester des Meißner Markgrafen Otto, Witwe des Königs Sven von Dänemark, Gemahlin von Graf Adalbert von Ballenstedt

Ludowinger

Landgraf Ludwig II., genannt der Eiserne (gestorben 1172)

Landgraf Ludwig III., genannt der Fromme

Geistlichkeit

Alexander III., Papst (ehemals Rolando Bandinelli)

Viktor IV., Papst

Paschalis III., Papst

Philipp von Heinsberg, Kanzler Friedrich Barbarossas und Erzbischof von Köln

Wichmann, Erzbischof von Magdeburg, Vetter der Markgrafen Otto von Meißen und Dietrich von der Lausitz

Christian von Buch, Erzbischof von Mainz

Martin, Bischof von Meißen

Hartwig, Erzbischof von Bremen

Ulrich, Bischof von Halberstadt

Italien

Meister Marchese, Kriegsmaschinenkonstrukteur

Graf Guido von Biandrate, Mailänder und Vertrauter des Kaisers

England

König Heinrich II. Plantagenet

Eleonore von Aquitanien, Königin

Mathilde Plantagenet, beider Tochter, Gemahlin Herzog Heinrichs des Löwen

Richard Löwenherz, beider Sohn, späterer König von England

Böhmen

Soběslav II., Herzog von Böhmen und Landgraf von Mähren aus dem Geschlecht der Přemysliden

Wichtige fiktive Personen

Stefano di Stella, Dolmetscher in Diensten des Kaisers

Marie Claire, seine Frau, Hofdame der Kaiserin Beatrix

Marthe, Heilkundige in Christiansdorf

Lukas und Raimund von Muldental, Ritter und Christians Freunde

Randolf von Muldenstein, Ritter am Hof des Markgrafen von Meißen, Christians Erzfeind

Witko, ein Spielmann aus Meißen

ERSTER TEIL

FIASKO IM SÜDEN,
REVOLTE IM NORDEN

Tod vor Rom

Kaiser Friedrich I., seine Gemahlin Beatrix, der Dolmetscher Stefano di Stella und seine Frau Marie Claire, Hofdame der Kaiserin; auf dem Monte Mario vor Rom, Mitte August 1167

Der Gestank war unerträglich.

In den Straßen von Rom und im Heerlager des Kaisers vor der Stadt lagen verwesende Leichen zuhauf in der Sommerhitze, und niemand war noch kräftig genug, sie zu begraben. Die vor einigen Tagen ausgebrochene Seuche hatte in den Zeltlagern schon hunderte Männer hinweggerafft – und das in beängstigender, bislang nie erlebter Geschwindigkeit. Die Opfer starben binnen Stunden nach Auftreten der ersten Anzeichen.

Und immer wieder trug der Wind den Gestank auch hinauf auf den Monte Mario, wo der Kaiser mit seinen engsten Vertrauten Quartier genommen hatte. Zwar wütete die furchtbare Heimsuchung auf diesem höchsten Hügel vor Rom nicht so heftig wie im Tal. Doch auch hier war das Grauen allgegenwärtig. Boten kamen und überbrachten immer neue Schreckensnachrichten. Es starben Geistliche wie Ritter, es starben Bischöfe und Fürsten zu Dutzenden, Männer von Rang mit großen Namen. Weder Namen noch Titel noch Reichtum konnten sie schützen.

Und auch hier oben auf dem Hügel hafteten die grauenvollen Ausdünstungen des Todes an allem, der Geruch nach Exkrementen, Schweiß, Blut und Erbrochenem. Er setzte sich auf der Haut und in den Haaren der Menschen fest, in den Klei-

dern, den Stoffbahnen der Zelte, und er heftete sich an die Schuhe.
Totenbleiche Gestalten mit dunklen Augenringen und eingefallenen Wangen wankten Geistern gleich durch das Lager. Die meisten Männer hatten sich die Haare scheren lassen, weil dies als wirksames Mittel gegen das Fieber angesehen wurde. Die kahlen Schädel ließen sie noch unheimlicher wirken.
Angst beherrschte das Lager des Kaisers.
Als deutlich wurde, wie erbarmungslos und rasend schnell diese Seuche zuschlug, hatten die Leibärzte des Kaisers darauf bestanden, dass die Kaiserin und ihre kleinen Söhne – dreijährig, zweijährig und erst wenige Monate alt – zusammen mit einigen Kammerfrauen in einem Zelt einquartiert wurden, vor dem Wachen standen und jedermann den Zutritt verwehrten, der die Krankheit zu ihnen tragen könnte. Die Gemahlin und die Erben des Kaisers sollten vor Ansteckung bewahrt werden. Im Prunkzelt des Herrschers gingen notwendigerweise zu viele Männer ein und aus, von denen jeder Einzelne den Tod schon in sich tragen konnte, ohne es zu ahnen.
Das Innere des Zeltes der Kaiserin war von der gleißenden Augustsonne bis zur Unerträglichkeit aufgeheizt, und seine Leinenwände verströmten jenen schrecklichen Gestank, der überall waberte. Beatrix meinte, ihn nie wieder loszuwerden.
Sie trat zur Öffnung des Zeltes und schob in der Hoffnung auf eine Brise frischer Luft die Stoffbahn vorsichtig ein wenig beiseite.
Die beiden Wachen blickten besorgt, wagten aber nichts zu sagen. Schließlich hatte die zierliche junge Kaiserin das Zelt noch nicht verlassen.
Sie sah die beiden an und stellte fest, dass sie nur einen von ihnen kannte; der Zweite war neu.
»Wo ist Gottfried?«, fragte sie stirnrunzelnd.
Dessen Gefährte senkte den Blick, doch ihm entglitten die Gesichtszüge.

»Er erkrankte in der Nacht, Euer Majestät. Seine Gedärme sind ... Nein, ich mag es Euch nicht beschreiben, Majestät, ich will weder Anstoß erregen noch Euch Furcht einjagen. Als ich ging, um meine Wacht hier anzutreten, da krümmte er sich vor Schmerz am Boden. Ich fürchte, inzwischen ist er tot.«
Der Mann bekreuzigte sich und flüsterte ein Gebet, während ihm Tränen über die Wangen liefen. Dann versicherte er hastig: »Ich habe ihn nicht berührt, Majestät!«
Hoffnungslos ließ Beatrix ihren Blick über die Ansammlung von Zelten und Koppeln schweifen. Hier mochten sie von dem Unheil zwar weniger betroffen sein als unten im Heerlager auf den Neronischen Feldern. Stefano di Stella, der einhändige Dolmetscher Friedrichs und Ehemann ihrer Vertrauten Marie Claire, hatte dem Kaiser bei der Ankunft in Rom geraten, auf dem Hügel Stellung zu beziehen, weil um diese Jahreszeit häufig schwere Unwetter über der Stadt niedergingen und danach oft Seuchen entbrannten.
Aber niemand hatte ahnen können, dass sich seine Warnung schon wenige Tage später auf so grauenvolle Art erfüllen würde. Nach einem heftigen Unwetter stiegen Schwärme von Insekten und üble Dünste aus den Sümpfen auf, und nur Stunden später begann der Tod, seine Ernte einzuholen.
Stefano war es zu danken, dass die kaiserliche Familie noch lebte. Doch Hunderte waren gestorben. Und wohin Beatrix auch sah – es war gespenstisch.
Ein Stück links von ihr versuchte jemand, auf sein Pferd zu steigen, und brachte dafür nicht mehr die Kraft auf. Rechter Hand sackten zwei Männer mitten auf dem Pfad in die Knie, falteten die zitternden Hände und flehten Gott an, sie vor dem qualvollen Tod zu bewahren, dem so viele ihrer Weggefährten zum Opfer gefallen waren.
Wir müssen diesen Ort schleunigst verlassen, dachte Beatrix verzweifelt. Meine Kinder! Wie soll ich meine Kinder sonst lebend nach Hause bringen? Noch nie, nicht einmal in den

ersten Jahren ihrer Ehe, hatte sie sich so sehr nach Burgund gesehnt. Dort wäre sie in Sicherheit, geschätzt und behütet. Plötzlich war ein Wimmern aus dem hinteren Teil ihres Zeltes zu hören. Beatrix erstarrte vor Schreck und ließ die Stoffbahn fallen.

Hat die Seuche meinen Erstgeborenen befallen, Friedrich, der ohnehin schon kränklich ist? Oder Heinrich? Oder gar den kleinen Konrad, der kaum ein halbes Jahr zählt?, fragte sie sich entsetzt und lief nach hinten.

Doch was sie sah, ließ sie erleichtert aufatmen – wenn auch nur für den Moment. Die hübsche Marie Claire hatte den greinenden jüngsten Prinzen schon auf den Arm genommen, wiegte ihn und sprach beruhigend auf ihn ein, bis die Amme ihn anlegte.

»Er hat Durst«, sagte Marie Claire beschwichtigend zu Beatrix. »Kein Wunder bei dieser Hitze.« Sie rang sich ein Lächeln ab und wischte sich ein paar Schweißtröpfchen mit dem Saum ihres Schleiers von der Stirn.

Beatrix konnte den Blick kaum von dem Säugling wenden, der nun glucksend trank.

Dann nahm sie Marie Claire an der Hand und zog sie ein paar Schritte zur Seite, weg von den Ammen und Kinderfrauen.

»Dein Mann ist schon gestern zum Kaiser gegangen, um ihn zu unserem raschen Aufbruch zu drängen«, raunte sie ihr zu. »Wie es scheint, hat er nichts bewirkt. Wir müssen diesen unheilvollen Ort verlassen! Hier erwartet uns sonst der Tod.«

Marie Claire hob bedauernd die Hände. Auch sie wollte fort von hier, auch sie ängstigte sich um ihr Kind, um das Töchterchen, das sie und Stefano bekommen hatten und das sie innig liebten. Sie fürchtete um sich selbst und Stefano, und das Grauen über das allgegenwärtige, qualvolle Sterben um sie herum bescherte ihr Alpträume.

Stefano hatte die relative Sicherheit dieses Zeltes verlassen, wo er im Auftrag des Kaisers für Beatrix, Marie Claire und ihre Kinder sorgen sollte, um Friedrich davon zu überzeugen, sich mit den Resten seines Heeres unverzüglich nach Norden durchzuschlagen. Fort von diesem verseuchten Ort.

Ohne Erfolg bislang.

»Es tut mir leid«, sagte die junge Frau leise.

Beatrix wog kurz den Impuls ab, der sie überkam. Doch was sie auch tat, warten oder handeln, brachte ihre Kinder in Gefahr. Und das Nichtstun angesichts dieser Katastrophe hielt sie nicht länger aus. Also warf sie noch einmal einen prüfenden Blick auf ihren Jüngsten, der zufrieden trank, machte entschlossen auf der Hacke kehrt und lief zurück zum Eingang des Zeltes.

Die beiden Wachen wollten sie daran hindern, die Unterkunft zu verlassen, und stellten sich ihr in den Weg.

»Euer Majestät, der Kaiser hat ausdrücklich verfügt …«, begann kleinlaut der ältere von ihnen, der aus Schwaben stammte, wie sie wusste und auch am Dialekt heraushörte.

Sie richtete sich kerzengerade auf, womit sie immer noch anderthalb Köpfe kleiner war als er, sah ihm ins Gesicht, reckte das Kinn und sagte streng: »Ich bin deine Kaiserin. Und ich wünsche dringend meinen Gemahl zu sprechen, den Kaiser. In einer überaus wichtigen Angelegenheit, die keinen Aufschub duldet!«

Nach kurzen, verunsicherten Blickwechseln zwischen den Wachen wandte der Schwabe ein: »Aber die Seuche … Euer Majestät …«

»Seht Ihr Siechende oder Tote auf dem kurzen Weg von diesem Zelt zu dem meines Gemahls? Nein. Die Ärzte sagen, es sind die üblen Dünste, die uns krank machen, und sie könnten überall aus dem Boden aufsteigen, auch in diesem Zelt. Also lasst mich durch, sofort!«

Wieder sahen sich die beiden Wachen unentschlossen an.

Doch Beatrix' forderndem Blick hielten sie nicht stand und traten schließlich zögernd zur Seite.

Mit raschen Schritten durchquerte die junge Kaiserin das Lager bis zum Zelt ihres Gemahls, den Blick starr auf den Boden gerichtet, als könnte dieser jederzeit aufbrechen und sie mit einer Wolke giftigen Nebels umhüllen, aus der es kein Entrinnen gab. Aus den Augenwinkeln bekam sie mit, dass links und rechts von ihr Männer erstarrten oder forthuschten. Erst fünf Schritte vor dem roten Zelt ihres Gemahls, ein Geschenk des englischen Königs zu ihrer Hochzeit, richtete sie den Blick gebieterisch auf die Wachen, die sich respektvoll vor ihr verneigten und widerspruchslos zur Seite traten, um sie einzulassen.

Der Anblick, der sich ihr im Inneren bot, traf sie völlig unvorbereitet.

Friedrich hatte in den Jahren seit ihrer Vermählung viele Auseinandersetzungen und Kriege bestritten, war dabei aber stets kampflustig und unbeirrbar geblieben.

Doch jetzt saß er zusammengekrümmt in seinem Stuhl, eine Hand um die Stirn gewölbt, die Augen geschwollen und gerötet. Hinter ihm standen mit bedrückten Mienen der Erzbischof von Mainz und Philipp von Heinsberg, der Kanzler und Domdekan von Köln.

Ist Friedrich auch erkrankt?, dachte Beatrix entsetzt. Wird er auch sterben? Was soll dann aus mir und den Kindern werden?

Doch da hatte er sie schon gesehen und stemmte sich taumelnd hoch. Er streckte ihr die Arme entgegen und fragte erschrocken: »Was tust du hier, Liebste? Ist etwas mit unseren Söhnen?«

»Nein. *Noch* geht es uns gut«, sagte sie, und erleichtert sank er zurück auf seinen Stuhl. Im Gegensatz zu den meisten Männern hatte er sich das Haar nicht scheren lassen; es wäre der Würde eines Herrschers abträglich.

Rasch glitt der Blick der Kaiserin über die Runde der Männer, um zu prüfen, wer unter ihnen ihr Verbündeter in dieser

Angelegenheit sein könnte. Stefano und die Leibärzte, befand sie ohne Zögern und fing den Blick des jungen Übersetzers auf, der seine rechte Hand vor einigen Jahren in den Kämpfen um Rom eingebüßt hatte. Stattdessen trug er über dem Armstumpf eine kunstvoll konstruierte Hand aus Metall, die ihm einer der besten italienischen Maschinenbauer, Meister Marchese, auf Bitten der Kaiserin entworfen hatte.

»Lass uns von hier fortgehen, mein liebster Gemahl, fort von diesem Ort des Todes! Ich flehe dich an! Gib den Befehl zum Aufbruch, sonst werden wir alle qualvoll sterben, und unsere Söhne zuerst.«

Sie deutete auf den aus Rom stammenden Dolmetscher. »Niemand kennt sich so gut in dieser Gegend aus wie er. Und sein Rat lautet, gen Norden zu ziehen. Stefano, steht mir bei! Dank Eurer Voraussicht haben wir bisher hier auf diesem Hügel überlebt. Doch wie lange noch?«

Da sie ihren Gemahl nicht durch offenen Widerspruch im Beisein seiner Gefolgsleute diskreditieren durfte, sank sie vor ihm auf die Knie. Aber bevor sie den Blick senkte, forderte sie Stefano mit einer Geste zum Sprechen auf.

»Ja, Euer Majestät, auch ich flehe Euch an: Verlasst diesen Ort!«, riet er eindringlich. »Zieht Richtung Norden! Dort gibt es kühle Wälder, reich an Bächen und frischem Quellwasser.«

Die beiden Leibärzte, die Magister Guido und Kuno, nickten eifrig.

Friedrich sah von einem zum anderen und rieb sich über das bleiche Gesicht.

Nach langem Schweigen befahl er schließlich: »Steht auf, meine teure Gemahlin! Und Ihr anderen: Geht alle hinaus! Ich möchte allein mit der Kaiserin sprechen.«

Sobald die anderen das Zelt des Kaisers verlassen hatten, streckte Friedrich Beatrix beide Hände entgegen, um ihr aufzuhelfen. Er zog sie zu einem mit Krug und Bechern gedeckten Tischchen, wo sie sich nebeneinander auf einer schmalen Truhe niederließen, die davor stand.

Von draußen drangen verzweifelte Rufe durch die Leinenwände. Drinnen saß reglos Friedrichs liebster Jagdfalke auf der Stange und starrte sie an.

Beatrix hatte inzwischen vorsichtig die Züge ihres Gemahls erkundet und kam zu einer schlimmen Erkenntnis.

»Wer?«, fragte sie ohne jede Vorrede.

Stündlich erreichten sie neue Todesnachrichten. Ein halbes Dutzend Bischöfe waren der Seuche schon binnen weniger Tage erlegen, vertrauenswürdige Berater und erfahrene Schlichter, Kampfgefährten, angesehene Fürsten und auch sein Vetter Friedrich von Rothenburg, der Sohn des alten Königs Konrad.

Zweifellos hatte jeder einzelne Tod ihren Gemahl getroffen. Doch geweint hatte er bisher noch nie. Wenn ihm jetzt Tränen in die geröteten Augen schossen, dann ahnte sie die Antwort.

»Wer?«, wiederholte sie leise, während Friedrich Kraft für die Antwort sammelte.

»Rainald.«

Die zwei kurzen Silben waren eine einzige Wehklage, ein Aufschrei der Verzweiflung. Der Kaiser bedeckte seine Augen mit der Hand, und seine Schultern bebten.

Beatrix legte ihm tröstend und beruhigend ihre Rechte in den Nacken, strich mit der Linken durch sein Haar wie bei einem Kind.

Dabei jagten ihre Gedanken wild durcheinander. Rainald von Dassel, Erzbischof von Köln und einflussreichster Mann des Reiches nach dem Kaiser selbst … Friedrich vertraute ihm uneingeschränkt, er hatte Rainalds Winkelzüge und durchtriebene Strategien stets ohne Zögern befolgt. Wobei sie einräumen musste, dass es Rainald dabei stets um das Wohl und die Ehre des Kaisers gegangen war. Genauer gesagt: darum, was er dafür hielt. Er hatte auch häufig Streit vom Zaun gebrochen, vor allem den mit dem Papst. Die Folgen mussten sie nun tragen.

So schwer Friedrich von Rainalds Tod getroffen sein mochte – Beatrix hatte den Kölner nie leiden können. Sie war nicht nur eifersüchtig auf seinen übermächtigen Einfluss; sie hatte ihn gefürchtet. Früher oder später wäre er auch ihr gefährlich geworden.

Sanft löste sie Friedrichs Hand von seinen Augen.

»Ein Platz im Himmelreich ist ihm gewiss«, sagte sie leise. Doch dann blickte sie ihm ins Gesicht und sagte mit fester Stimme: »Siehst du es nicht, Geliebter? Der Tod rückt immer näher an die Menschen heran, die dir am Herzen liegen. Er greift sich deine besten Freunde und engsten Berater. Willst du erst warten, bis er sich unsere Söhne holt?«

Wieder kniete sie vor ihm nieder, obwohl keine Zeugen zugegen waren, und umfasste seine Hände.

»Bitte, lass uns von diesem Ort fliehen! Um das Leben unserer Kinder willen! Lass uns gen Norden reiten, der Seuche, der Hitze, dem Gestank entkommen, Zuflucht in lauschigen Wäldern finden, durch die klare Bäche sprudeln.«

Friedrich stöhnte auf und zog sie erneut hoch, bestand darauf, dass sie wieder neben ihm Platz nahm.

»Wie denn?«

Seine Frage war fast ein Aufschrei.

»Die Männer sterben mir weg, ehe mein Befehl sie erreicht. Das Fußvolk ist aus Angst vor dem Tod in Scharen davongelaufen. Wer von den Rittern noch lebt, hat keine Kraft mehr, die Rüstung anzulegen. Selbst die Pferde sind zu schwach. Es ist ja nicht nur diese schreckliche Seuche … Wir haben auch kaum noch Proviant und Futter. Die norditalienischen Städte schlossen sich zu einem so mächtigen Bündnis gegen uns zusammen, dass ich einen Kampf gegen sie nicht gewinnen kann. Wir müssten uns zu den Alpenpässen durchschlagen. Doch wie soll das gehen in diesem Zustand?«

Nach einem tiefen Atemzug zuckte er mit den Schultern und sagte mit stumpfem Blick: »Wir können nicht fort.«

Beatrix war erschüttert vom Umfang der Niederlage, die ihr sonst stets zum Kampf bereiter Gemahl da eingestand.

»Wenn wir bleiben, sterben wir auch!«, mahnte sie verzweifelt.

Friedrich stöhnte.

»Soll ich etwa den Rückzug befehlen? Eine wilde Flucht? Du verstehst nicht …«

Er stockte, wohl um zu überlegen, wie er ihr am besten klarmachen konnte, dass sein Dilemma sogar noch größer war, als er bisher zugegeben hatte.

»Ich erlebte bereits einige schlimme Niederlagen in meinem Leben«, begann er mit rauer, brüchiger Stimme. »Selbst eine, bei der wir neun Zehntel des Heeres binnen weniger Stunden verloren … Beim Zweiten Kreuzzug nahe Doryläum, vor genau zwanzig Jahren.«

Beatrix nickte; sie hatte von den entsetzlichen Ereignissen gehört.

»Doch damals konnten wir den Seldschuken die Schuld geben, die uns überfielen, dem Hunger, dem Wassermangel … Und auch dem Wechselfieber, das in den südlichen Ländern viel häufiger auftritt.«

Er sah sie an, und erneut nickte sie zustimmend. Das wusste schließlich jeder, der viel reiste.

»Aber noch nie hat irgendwer eine Seuche so schnell zuschlagen sehen wie hier! Noch nie hat ein lebender Mensch von etwas Ähnlichem gehört. Die Rede geht leise und zunehmend auch laut, Gottes Zorn habe uns heimgesucht, weil *ich* mit dem Schisma die Christenheit spalte. Weil *ich* Alexander nicht als Papst anerkenne.«

Müde strich er sich durch die rötlichen Locken, ehe er mit seinem Eingeständnis fortfuhr.
»Sieh doch: Als Erste starben diejenigen Bischöfe, die sich im Streit um den wahren Papst auf meine Seite gestellt hatten – gegen Alexander und für Paschalis. Und nun ist Rainald gestorben. Derjenige, der das Zerwürfnis geplant und Paschalis zum wahren Papst gemacht hatte. Muss das nicht Wasser auf die Mühlen der Zweifler sein? Bin ich schuld an alldem, weil ich zuließ, dass eine kostbare, uralte Kirche zerstört wurde, als wir uns zum Petersdom durchkämpften?«
»Dann wäre ich genau so schuldig, denn du tatest es, damit ich zur Kaiserin gekrönt werde«, entgegnete Beatrix erschrocken. »Und unsere Kinder wären erst recht in Gefahr. Ich flehe dich an: Verlassen wir diesen unheilvollen Ort!«
Ihr Blick war herzerweichend, und Friedrich rang sich zu einem Entschluss durch.
Er rief laut den Markgrafen der Lausitz herein, einen Jugendfreund und langjährigen Vertrauten. Dietrich war mit dreißig Rittern nach Rom gekommen, von denen fast alle in den letzten Tagen gestorben waren.
»Gebt Befehl, Fürst Dietrich, unseren Aufbruch vorzubereiten! Morgen früh verlassen wir diesen Ort und ziehen in die Waldgebiete weiter nördlich. Die Erkrankten müssen zurückbleiben. Wir haben niemanden, der sich um sie kümmern kann. Vielleicht finden sich ein paar Mönche dazu bereit.«
Markgraf Dietrich, staubbedeckt und verschwitzt von der Glut des römischen Sommers, nickte erleichtert. Dann ging er nach draußen, um den Befehl weiterzugeben und unter all den bleichen, wankenden und kahlgeschorenen Gestalten ein paar Männer zu finden, die noch kräftig genug waren, ihn auszuführen.
Derweil rief der Kaiser den Erzbischof von Mainz zu sich. »Nach diesen Verlusten – es sind schon über tausend Mann in wenigen Tagen – brauchen wir Verstärkung, wenn wir es heil

über die Alpen schaffen wollen, vorbei an den Truppen des Lombardischen Städtebunds. Höchstwürden, ich entsende Euch und den Herzog von Zähringen, um meine Fürsten aufzufordern, mir neue Kontingente zu schicken.«
Christian von Mainz war ein kampferprobter Mann, der eine größere Anzahl Krieger nach Italien geführt und erst vor einigen Wochen in der Schlacht um Tusculum in vorderster Reihe gefochten hatte. Wie viele seiner Ritter noch lebten, wusste wohl niemand. Aber kleine Reisegesellschaften waren unauffälliger. Hauptsache, er und der Zähringer konnten sich durchschlagen und die dringend benötigte Verstärkung holen.
Bevor der Erzbischof von Mainz gehen durfte, um seine Reisevorbereitungen zu treffen, hielt ihn Friedrich noch einmal zurück, für einen zweiten Auftrag: »Und sagt den Herren Fürsten, die Krieg gegen meinen Vetter Heinrich den Löwen führen, sie sollen dies gefälligst unterlassen! Ich erwarte einen Waffenstillstand. Umgehend!«
Den Krieg, der nördlich der Alpen in seinem Reich tobte, hätte er über der Katastrophe vor Rom und der Bedrohung durch den Lombardischen Städtebund fast vergessen.
Deshalb beschloss er kurzerhand, dem Markgrafen der Lausitz einen weiteren Befehl zu erteilen, als sich dieser wieder blicken ließ.
»Dietrich, reitet zurück in Eure Lande, heute noch! Ihr habt fast alle Eure Männer verloren und könnt dort mehr ausrichten als hier. Überzeugt Eure Brüder und den Markgrafen von Brandenburg davon, dass sie den Kampf gegen den Herzog von Sachsen und Bayern sofort einstellen, wenn sie nicht meiner Gnade verlustig gehen wollen. Ich verlasse mich auf Euch.«
Ihrem besonnenen Verwandten würden die rebellischen Wettiner und Askanier eher folgen als dem Erzbischof von Mainz oder dem Zähringer.
Dietrich bestätigte den Befehl – teils erleichtert, teils bedrückt

wegen der vielen Todesnachrichten, die er in seiner Markgrafschaft zu überbringen hatte – und stapfte los, um die letzten seiner Männer zu sammeln.

Die Damen um Beatrix hatten alle Hände voll zu tun, den Aufbruch am nächsten Morgen vorzubereiten.
Als ihr Zelt abgebrochen wurde, trat sie hinaus und ließ ihren Blick schweifen.
Es waren noch etliche Männer damit beschäftigt, das vierkammerige rote Zelt des Kaisers auseinanderzunehmen und Leinenwände, Masten und Truhen auf mehrere Ochsenkarren zu laden. Sie würden ihnen nachfolgen.
Friedrich stand neben seinem bereits gesattelten Pferd, in seiner Nähe einige seiner engsten Vertrauten.
»Wo bleibt die Vorhut? Wie lange soll ich denn hier noch warten?«, fragte er ungeduldig und schickte zwei ältere Knappen hinunter ins Lager, damit sie der betreffenden Hundertschaft Reiter ausrichteten, sie solle sich gefälligst beeilen.
Das bedeutete zu warten, bis die Knappen zurückkamen, im besten Fall mit der voll bewaffneten Vorhut zu Pferde.
Doch nach schier endloser Zeit kehrte nur einer allein zurück, atemlos und aschgrau im Gesicht.
»Was ist los? Wo steckt dein Begleiter?«, herrschte der Marschall Heinrich von Pappenheim den jungen Burschen an. »Er wird doch nicht unterwegs gestorben sein?«
Japsend fiel der Knappe auf die Knie. »Er ist weggerannt, ich weiß nicht, wohin«, berichtete er weinend. »Er sagte, lieber sei er ein Feigling, als hinunter ins Tal zu gehen und sich im Lager den Tod aufzulesen …«
Der Marschall verzog unmutig das Gesicht. Es war viel Fußvolk desertiert in den letzten Tagen. Ohne Rücksicht auf die Folgen, ohne Mitgefühl mit Freunden undVerwandten. Die Angst war größer, genauso qualvoll zu verrecken wie schon hunderte Männer im Heer.

»Und die Vorhut, wann kommt endlich die Vorhut?«, verlangte der Kaiser zu wissen.
Der Bursche verstummte, rieb sich mit dem Ärmel die Tränen vom Gesicht, und als er sein Antlitz wieder unbedeckt war, stand darauf das blanke Entsetzen.
»Die Pferde grasten in der Koppel, die Bündel lagen dort, sie waren noch gestern Abend gepackt worden. Doch als ich die Zelte betrat, da waren alle Männer tot!«, rief er und schluchzte. »Alle hundert. Alle Männer in sämtlichen Zelten … Nicht ein einziger lebte noch …«
Nun sackte er ganz zu Boden, griff sich mit beiden Händen an den Kopf und wiegte den Oberkörper hin und her.
Entsetztes Schweigen legte sich über den wartenden Hofstaat.
»Eure Majestäten, Ihr müsst diesen Ort verlassen«, drängte Magister Guido in höchster Sorge.
Da endlich gab Friedrich den Befehl zum Abmarsch, doch der glich mehr einer heillosen Flucht als einem geordneten Aufbruch. Sie ritten wie von unsichtbaren Teufeln gejagt, von unheilvollen Dünsten, die den Tod brachten.
Hinter sich hörten sie noch die entsetzten Rufe derer, die im Lager zurückgeblieben waren. »Flieht, flieht!«, schrien sie sich gegenseitig zu. »Der Tod ist uns auf den Fersen!«

Ungewissheit

Der Meißner Markgraf Otto, seine Gemahlin Hedwig, seine Brüder Dietrich und Dedo, Dietrichs Sohn Konrad, Dedos Gemahlin Mathilde; Meißen, September 1167

Der Markgraf von Meißen war wieder einmal ziemlich schlecht gelaunt. Seit Tagen bereits. Seit schlimme Nachrichten vom Verlauf des Italienzuges des Kaisers den Meißner Burghof erreicht hatten, über den längst die schrecklichsten Gerüchte kursierten. Die hatte sein soeben aus Rom zurückgekehrter Bruder Dietrich nun bestätigt – sogar die unglaublichsten! Und Fürst Otto war schon in guter Stimmung ein furchteinflößender Mann.

Kein Wunder also, dass die beiden jungen Pagen vor der Tür zu seiner Kammer miteinander rangelten und sich hektisch gegenseitig Gründe zuflüsterten, weshalb der jeweils andere vorangehen sollte, um den georderten Krug mit kühlem Wasser hineinzutragen.

»Klopf du an, der Fürst ist schließlich dein Oheim!«, versuchte der ältere von beiden, den zehnjährigen Konrad anzutreiben. Der jedoch glaubte nicht, dass er sich bei seinen gestern angetretenen Pagendiensten am Meißner Hof auf die enge Verwandtschaft mit Markgraf Otto berufen durfte.

Sein gerade erst aus Italien zurückgekehrter Vater – Dietrich von der Lausitz, der jetzt auch in dieser Kammer saß, in die sie sich nicht trauten – hatte ihm das gestern noch einmal ausdrücklich erklärt, bevor er ihn dem meißnischen Truchsess überantwortete.

»Du bist jetzt Page an einem Fürstenhof und sollst alles lernen, was du wissen und können musst, damit du Knappe und später einmal Ritter werden kannst. Dabei spielt es keine Rolle, wer dein Vater ist. Du wirst nur danach beurteilt werden, was

du leistest. Eher sogar noch strenger als die anderen – und zwar genau wegen deiner Herkunft und der Verantwortung, die die Zukunft für dich bereithält.«
Wäre er nicht so eingeschüchtert gewesen, hätte Konrad bei dieser Ermahnung die Augen verdreht.
Ja, er war der einzige legitime Sohn eines Markgrafen und sollte nach dessen Tod die Mark Lausitz regieren. Das hatte er schon oft genug zu hören bekommen. Aber in jenem Moment war ihm das Herz schwer gewesen wegen des Abschieds von seinem Zuhause in Eilenburg und der Ungewissheit, ob er die vielen neuen Pflichten bewältigen konnte.
Sein Vater musste das wohl gespürt haben, denn er hatte ihm die Hand auf die Schulter gelegt, ihn angesehen und gesagt: »Mach mir keine Schande!«
Das wollte Konrad auch nicht, um nichts auf der Welt.
Aber es war nicht so einfach, wenn man erst zehn Sommer zählte und von einem Tag auf den anderen in Diensten eines Reichsfürsten stand. Dabei hätte ihn sein erlauchter Vater schon vor drei Jahren in einen anderen Haushalt schicken sollen, wie es üblich war. Weshalb er dies so lange hinausgezögert hatte, wusste Konrad nicht. Die möglichen Gründe dafür nährten seine Selbstzweifel noch mehr. Meinte sein Vater, er würde die Aufgaben nicht bewältigen können, weil er bevorzugt die linke Hand benutzte statt der rechten? Das komplizierte seine Ausbildung an den Waffen. Er hatte schon etliche Lektionen vom Waffenmeister seines Vaters erteilt bekommen – mit eher betrüblichem Ergebnis.
»Du klopfst an und fragst, ich trage den Krug!«, zischte er Jakob zu. Der war elf und schon seit vier Jahren Page am Meißner Hof. Er kannte sich also hier aus und wusste auch, wie sie sich am besten verhielten, um keinen Ärger zu bekommen. Der Markgraf von Meißen hatte heute schließlich nicht zum ersten Mal schlechte Laune.
Und den Krug zu tragen, war auch keine leichte Aufgabe.

Was, wenn er ihn fallen ließ oder stolperte und dem Oheim das Wasser über die Kleider oder die Schuhe schüttete? Außerdem: Da drinnen saß sein Vater und würde ihn mit strengen Blicken beobachten. Nicht auszudenken, wenn ihm ein Missgeschick unterliefe.

Mitten im Gerangel und Gezischel der beiden Jungen wurde plötzlich die Tür von innen geöffnet.

Die Knaben fuhren vor Schreck zusammen, und prompt ergoss sich ein Schwall Wasser über Konrads Füße. Rasch wichen sie zwei Schritte zurück, während die Markgräfin heraustrat, Konrads Tante Hedwig.

Er fand sie wunderschön in ihrem roten Kleid und mit dem langen blonden Haar. Sie war die Einzige am Meißner Hof, die ihm keine Angst einflößte.

Hedwig beugte sich zu ihrem Neffen hinab und legte ihm eine Hand auf die Schulter – ganz anders als sein Vater, nicht so fest, sondern sanft, und ihre Hand war warm und weich.

Sie sah ihm in die Augen und sagte mit aufmunterndem Lächeln: »Nun geh schon hinein, ehe Seine Durchlaucht euch noch vermisst.«

Spätestens von diesem Moment an liebte Konrad seine Tante heiß und innig.

Die Liebe einer Mutter hatte er nie erfahren. Seine leibliche Mutter verließ Eilenburg, kaum dass er geboren und getauft worden war. Sein Vater sprach nie von ihr. Der alten Kinderfrau hatte er ab und an ein paar Einzelheiten entlocken können. Zum Beispiel dass im Meißner Dom, nur ein paar Schritte vom markgräflichen Palas entfernt, ein festlicher Taufgottesdienst für ihn stattfand, während draußen ein Unwetter mit Sturm, Blitz und Donner und gewaltigen Regengüssen wütete. Aber vielleicht hatte sie sich das auch nur ausgedacht, damit er sich gruselte.

Hier in Meißen bemühte sich nun seine freundliche Tante, ihm die Mutter zu ersetzen. Doch jetzt konzentrierte er sich besser auf seine Aufgabe.

Während die Markgräfin zur Treppe schritt, traten er und Jakob ein und verneigten sich. Markgraf Otto gab einen mürrischen Ton von sich, bedeutete ihnen, den Krug abzustellen, und schickte sie wieder hinaus, um Sitzkissen zu holen. Den Geräuschen nach, die durch das Fenster vom Hof hereindrangen, war gerade eine größere Gruppe Reiter eingetroffen.

Es wurden weitere Gäste erwartet: der Graf von Groitzsch und Rochlitz samt Gemahlin. Er hieß Dedo und war der jüngere Bruder der beiden Markgrafen, das wusste Konrad. Auch dass Dedos Gemahlin Mathilde von Heinsberg einer sehr mächtigen Familie am Rhein entstammte, war ihm bekannt. Sein Vater hatte darauf bestanden, dass er die Namen, Titel und Verwandtschaftsverhältnisse der bedeutendsten Familien des Kaiserreiches auswendig lernte.

Aus dem Augenwinkel warf Konrad einen verstohlenen Blick auf seinen Vater, nachdem er den Krug auf dem Tisch abgestellt hatte. Doch an dessen Gesicht ließ sich nichts ablesen – außer dass die beiden Fürsten wohl gerade ernsthafte Dinge zu erörtern hatten. Kein Wunder. Dass die Dinge in Italien nicht gut gelaufen waren, wusste selbst Konrad.

Und schon huschten die beiden Jungen wieder hinaus, um die geforderten Kissen zu holen.

Sie hatten länger vor der Kammer gestanden und sich gefürchtet, als sie letztendlich darin gewesen waren.

Das passiert mir nicht noch einmal!, beschloss Konrad insgeheim. Aber gleichzeitig fragte er sich, wie er wohl seine ersten Tage als Page am Meißner Hof überstehen sollte, ohne sich zu blamieren und seinen Vater zu enttäuschen. Überall lauerten Fallstricke.

»Los, komm mit, wir schauen von oben zu, wie der dicke Graf von Groitzsch aus dem Sattel steigt«, raunte Jakob und stieß ihn unternehmungslustig in die Seite. »Vielleicht fällt er ja vom Pferd!« Der Ältere grinste und lief zu einem der Fens-

ter im Gang, von denen man auf den Burghof sehen konnte. Nach kurzem Zögern rannte Konrad hinterher.
»Mein großer Bruder Lukas ist schon Knappe und dient einem der Ritter, die ausgezogen sind, um in Franken Siedler zu werben«, berichtete Jakob und grinste hämisch. »Da tat er immer so wichtig … und jetzt hockt der Dummkopf im Dunklen Wald in Gesellschaft hungriger Bauern und schwingt vermutlich eher die Axt als das Schwert. Während wir hier Spannendes erleben dürfen. Ha!«

Zur Enttäuschung der beiden heimlichen Beobachter fiel Dedo nicht vom Pferd, ächzte aber vernehmlich, als er sich aus dem Sattel hievte. Derweil war seine rundliche Gemahlin Mathilde schon elegant abgestiegen und umarmte ihre Schwägerin Hedwig voller Wiedersehensfreude.
Bedienstete schwärmten herbei, um die Pferde zu versorgen und das Gepäck in die Gästekammern zu tragen.
Der Willkommenstrunk für das Grafenpaar wurde gereicht, und nun kamen auch Otto und Dietrich dazu und begrüßten ihren Bruder und dessen Gemahlin auf dem vom nächtlichen Regen noch schlammigen Burghof.
Man sah den dreien kaum an, dass sie Brüder waren: Otto war stämmig mit markigem Kinn, Dietrich schlank und mit scharf geschnittenen Gesichtszügen, Dedo hingegen war beleibt, weshalb er insgeheim nur »der Fette« genannt wurde.
»Verlief eure Reise ohne Zwischenfälle?«, erkundigte sich Hedwig bei den frisch eingetroffenen Gästen.
Noch ehe jemand antworten konnte, drängte Otto: »Wenn ihr nicht zu erschöpft seid, sollten wir gleich in meine Kammer gehen.«
Wichtige Dinge waren zu bereden. Um dem noch mehr Nachdruck zu verleihen, fragte Otto mit gedämpfter Stimme seine Schwägerin Mathilde: »Du bringst hoffentlich Nachricht von deinen Brüdern. Gute oder schlechte?«

Mathildes Brüder Goswin und Philipp von Heinsberg waren ebenfalls mit dem Kaiser nach Rom geritten. Doch was Dietrich vom Verlauf dieses Kriegszuges berichtete, hatte nicht nur für das Reich enorme Tragweite, sondern auch für das Haus Wettin. Und ganz besonders für die Rebellion gegen den mächtigen Herzog Heinrich den Löwen, Freund und Vetter des Kaisers, an der sie maßgeblich beteiligt waren. Würde Mathildes Bruder Philipp, bislang Domdekan von Köln, das Amt und die Intentionen ihres verstorbenen mächtigsten Verbündeten Rainald von Dassel übernehmen? Die Ungewissheit darüber schlug Otto nicht nur aufs Gemüt, sondern mittlerweile auch aufs Gedärm und machte ihn noch reizbarer als sonst.
Mathilde nickte bedächtig. »Ihr werdet alle sicher gleich erfahren wollen, welche Kunde wir von meinem Bruder Philipp bringen. Wir müssen nicht erst ruhen, und auch das Bad kann warten.«
»Nun sag schon!«, platzte Otto heraus.
»Nicht hier auf dem Hof«, raunte Mathilde geheimnisvoll und ließ unbeantwortet, ob es gute oder schlechte Nachrichten waren.
Genauer gesagt: Ob es nur schlechte waren oder auch einige, die Hoffnung verhießen. Ihr Schweigen und ihre undurchdringliche Miene verstärkten noch das mulmige Gefühl des Meißner Markgrafen. Denn offenbar waren diese Nachrichten nicht für fremde Ohren bestimmt.
Mathilde tat, als habe sie das Missbehagen auf Ottos Gesichtszügen nicht bemerkt. Insgeheim belustigt über seine Ungeduld, hakte sie sich bei Hedwig unter, während sie Richtung Palas schritten, vorbei am Backhaus und der Schmiede. Um ihren Schwager zu ärgern, sagte sie so laut, dass die Männer es hören mussten: »Hedwig, meine Liebe, ich will die Zeit hier in Meißen unbedingt nutzen, um zwei Dutzend von diesen schönen Bechern mit den slawischen Mustern zu erwerben, die eure Töpfer feilbieten. Ich habe dich schon immer darum

beneidet, und wir können auf Rochlitz dringend ein paar neue Stücke brauchen. Es geht einfach zu viel kaputt.«

Erwartungsgemäß drehte sich Otto zu ihr um und warf ihr einen strafenden Blick dafür zu, dass sie – typisch Weib! – an solche Nichtigkeiten dachte, wo doch so Großes auf dem Spiel stand.

Gleich quillt ihm Rauch aus den Ohren und den Nasenlöchern, dachte Mathilde amüsiert.

Sie tat, als habe sie den stummen Vorwurf nicht bemerkt, und obwohl sich Otto mit keiner Silbe danach erkundigt hatte, ob sie eine gute Anreise gehabt hatten, strahlte sie ihn an und sagte im Plauderton, nach außen hin völlig unbeschwert: »Danke der Nachfrage, geehrter Schwager! Wir brachen gestern in Rochlitz auf und übernachteten in der Herberge des Klosters, das du im Dunklen Wald errichten lässt. Von dort sind es keine fünfzehn Meilen mehr bis hierher, und die haben wir an diesem schönen Herbsttag ohne Zwischenfälle genossen.«

Sie zupfte ein leuchtend rotes Blatt von ihrem Umhang und deutete lächelnd auf den blauen Himmel, um dann ernsthafter fortzufahren: »Es ist ganz erstaunlich, was die Zisterzienser dort in so kurzer Zeit erschaffen haben – einen Ort der Geschäftigkeit mitten im Wald! Die ersten Felder sind schon angelegt, ein Garten voller Heilpflanzen, eine Mühle und mehrere Häuser sind errichtet, die Kirche befindet sich im Bau … Und die frommen Brüder gaben sich größte Mühe, uns den Aufenthalt angenehm zu machen.«

Dedos gequälte Miene deutete darauf hin, dass seine Reisebeschreibung wohl weniger begeistert ausfallen würde. Andererseits bewunderte er seine Gemahlin auch dafür, dass sie die Widrigkeiten einer langen Reise klaglos ertrug und ihnen sogar noch etwas Gutes abzugewinnen vermochte. Er schätzte sie dafür, ebenso wie für ihre Klugheit und die Söhne, die sie ihm geschenkt hatte.

Mathilde hielt mit raschem Griff den Schleier fest, den eine

Windbö zum Flattern brachte, und wandte sich wieder Otto zu.

»Dies bestärkte meinen guten Dedo darin, ein eigenes Kloster zu stiften, auch als künftige Grablege für uns. Wir haben schon einen geeigneten Ort dafür ausgewählt: Zschillen, südlich von Rochlitz …«

»Das ist nicht in Vaters Sinne«, beanstandete Dietrich, der bislang auffällig geschwiegen hatte. »Er erkor den Petersberg als Grablege unserer Familie.«

»Lässt du nicht selbst ein Kloster in Dobrilugk bauen?«, konterte Otto bissig. Er grollte seinem Vater über dessen Tod hinaus und war nicht einmal zur Beerdigung des alten Markgrafen erschienen.

Klöster zu stiften, Siedler in die Mark Meißen und in die Lausitz zu holen, waren wichtige Maßnahmen zum Ausbau des Landes. Endlich konnten sie sich diesen Aufgaben widmen – sofern die Ereignisse in Italien und der offen ausgebrochene sächsische Krieg nicht alles Erreichte in Frage stellten.

Ehe Dietrich antworten konnte, erreichte die kleine Gruppe den Palas und stieg hinauf zur Kammer des Fürsten. Dort hatten die beiden Pagen ihre Sitzkissen verteilt und standen mit Schüssel, Krug und Leinentuch bereit, damit sich die hohen Gäste erfrischen und die Hände waschen konnten.

Der Küchenmeister hatte auf dem Tisch schon Schalen mit Braten, Käse und Schinken abgestellt, der Mundschenk hielt verschiedene Weine und kühles Wasser zum Verdünnen bereit. Otto ließ einschenken und schickte dann alle außer seinen Brüdern, Hedwig und Mathilde hinaus.

»Du, Bürschlein, stellst dich draußen hin und passt auf, dass uns niemand belauscht!«, wies er Konrad an.

Der verneigte sich höflich und ging, von wechselnden Gefühlen hin- und hergerissen. Denn einerseits erfüllte es ihn mit Stolz, solch einen wichtigen Auftrag zu erhalten. Doch anderseits fragte er sich: Was, wenn jemand kam, ein Ritter zum

Beispiel, und sich nicht von einem Pagen vertreiben lassen wollte?

Plötzlich wurde der Zehnjährige gewahr, dass er noch ein viel größeres Problem hatte: Er musste dringend auf die Heimlichkeit, durfte aber seinen Posten nicht verlassen. Hoffentlich dauerte die Beratung der Fürsten da drinnen nicht zu lange …

Nervös blickte er in den Gang vor sich, als er Schritte auf der Treppe hörte.

Zu seiner Erleichterung war es kein Ritter, der herantrat, sondern Boris von Zbor, ein auffällig großer Knappe slawischer Herkunft.

»Na, Kleiner, was stehst du da herum und trampelst von einem Bein aufs andere?«, fragte er belustigt.

Konrad schilderte ihm sein Problem, und Boris' Grinsen wurde immer breiter.

Er hieb ihm mit dem Arm so wuchtig auf die Schulter, dass Konrad kurz in die Knie sackte, und meinte: »Nun geh schon, in meiner Großmut übernehme ich so lange deinen Posten. Aber beeil dich!«

»Ist das nicht …?« Konrad wusste nicht einmal, wie er seinen halbherzigen Einwand formulieren sollte.

»Es dient *nicht* der Würde eines Fürsten, wenn du vor seiner Kammer auf den Boden pinkelst«, sagte der Slawe vergnügt. »Und nun mach schon! Aber nicht hier!«

Erleichtert rannte Konrad los und hörte den ganzen Gang entlang noch Boris vor Lachen prusten.

»Dein Sohn, nicht wahr?«, fragte Mathilde Dietrich, der lächelnd nickte.

Die Gräfin von Groitzsch hatte sofort nach ihrer Vermählung mit Dedo dessen sämtliche Verwandte mit »Du« angesprochen, wogegen Hedwig ihren Schwager Dietrich zumindest vor anderen immer noch mit dem respektvollen »Ihr« anredete. Sie war als dreizehnjähriges Mädchen an den Meißner

Hof gekommen und damals von ihrem zwanzig Jahre älteren Gemahl und seinem gestrengen Vater reichlich eingeschüchtert gewesen. Doch inzwischen hatte sie Otto zwei Söhne geschenkt und gelernt, ihn klug zu lenken, ohne dass er es merkte.

»Es ist gut, dass Konrad dich als seine Tante um sich hat«, meinte Mathilde herzlich zu Hedwig.

»Ich versuche mein Bestes, dem Jungen etwas Nestwärme zu geben«, antwortete diese und wandte sich dann direkt an das Groitzscher Paar: »Und wann schickt ihr uns eure Söhne? Hier wären sie gut aufgehoben. Sie sind doch alle wohlauf, nicht wahr?«

Ungeduldig hieb Otto mit einer Hand auf den Tisch.

»Könnt ihr das Geschwätz nicht verschieben, bis wir hiermit fertig sind? Die Zukunft unseres Hauses steht auf dem Spiel!« Vorwurfsvoll wandte er sich direkt an Mathilde: »Damit du es weißt, teure Schwägerin: Dass Dietrich endlich seinen Jungen hierhergebracht hat, erlaubt uns, diese Zusammenkunft nach außen als Familientreffen darzustellen. Denn Dietrich ist – im Gegensatz zu mir und deinem geschätzten Gemahl – ausdrücklich *nicht* an der Revolte gegen Heinrich den Löwen beteiligt. Er ist gut Freund mit dem Kaiser und muss bei ihm ein Wort für uns einlegen, falls alle Stränge reißen. Und die Nachrichten, die *er* bringt …«

Er rieb sich mit der Hand übers Gesicht und krampfte die andere um seinen zinnernen Becher, als wollte er ihn zerknüllen wie ein Stück Stoff.

»Wie oft haben wir hier gesessen und über die Zukunft unseres Hauses diskutiert … Aber ich fürchte, noch nie war die Lage so bedrohlich. Dietrich, Mathilde, ich hoffe, ihr wisst mehr.«

Der sächsische Krieg

Otto, Markgraf von Meißen, seine Gemahlin Hedwig, ihre Brüder Dietrich und Dedo, Dedos Gemahlin Mathilde von Heinsberg;
Meißen, September 1167

Am liebsten hätte Otto seiner Schwägerin sofort die alles entscheidende Auskunft entrissen, ob sich der einflussreiche Philipp von Heinsberg auf ihre Seite schlug.
Doch er war der Älteste und der bedeutendste Fürst in seiner Familie, womit er ihr offiziell vorstand. Da konnte er nicht das erste Wort bei einer so schicksalsträchtigen Besprechung einem Weib überlassen. Außerdem ärgerte es ihn, dass sowohl Dietrich als auch Mathilde besser informiert waren als er. Also hob er zum Auftakt zu einer ausführlichen Schilderung der Lage an, während von draußen das Geschrei der Stallknechte und das Hämmern des Schmiedes zu ihnen drang.
»Schon unser Vater kämpfte gegen Heinrich den Löwen – und deiner auch«, erinnerte Markgraf Otto mit Blick auf Hedwig, die Tochter von Albrecht dem Bären. »Seit dreißig Jahren! Doch bei allen Heiligen, dieser Kerl war nie zu bezwingen! Denn er hat den Kaiser auf seiner Seite, der ihn noch reicher und stärker machte, ihm zwei Herzogtümer gab und unsere Vorwürfe und Klagen immer wieder abweist. Also eröffneten wir voriges Jahr die Kämpfe von neuem, kaum dass der Kaiser über die Alpen war. Vor wenigen Wochen erst beschworen wir in Magdeburg ein machtvolles Bündnis mit fast allen Gegnern des Löwen. Doch die Tinte auf dem Pergament war noch nicht trocken, da kam die Nachricht, dass unser neuer, mächtigster Verbündeter und Fürsprecher beim Kaiser tot ist: Rainald von Dassel.«
Er holte tief Atem und trank seinen Becher auf einen Zug leer.

»Wir scheitern gerade auf ganzer Linie«, resümierte er bitter. »Heinrichs Burg Haldensleben konnten wir nicht erobern und mussten uns zurückziehen, weil eine offene Schlacht nicht zu gewinnen war. Christian von Oldenburg, der Bremen für uns eroberte, starb, und der Löwe holte sich Bremen zurück, zum Wehe seiner Bürger. Der Bremer Bischof Hartwig hat eiligst wieder die Seiten gewechselt. Und das Land ist bis vor die Tore Magdeburgs verheert.«

Zu Hedwig gewandt, fuhr Otto in seiner vernichtenden Bestandsaufnahme fort: »Dein Vater ist fast siebzig und kann nicht mehr ewig zu Felde ziehen. Und deine Brüder haben nicht seine Tatkraft und Entschlossenheit.«

»Meine Brüder führen Krieg!«, hielt ihm Hedwig mit Schärfe in der Stimme vor, und jeder in der Kammer durfte den Satz in Gedanken zu Ende führen: … *während wir nur herumsitzen und lamentieren*, ehe sie wiederholte: »Sie führen Krieg gegen die Heerscharen des Löwen, die das Land bis vor Magdeburg verwüsten.«

»Das hat Wichmann, unser Neffe, nun davon, dass er dem Kaiser Truppen nach Italien sandte! Sein Land ist entblößt von Männern, die es verteidigen könnten«, fuhr Otto in seiner unerfreulichen Bestandsaufnahme fort. »Während der Löwe stärker und stärker wird. Er hat seine Burgen befestigen lassen und überraschend Frieden mit Pribislaw geschlossen, dem Sohn des Abodritenfürsten Niklot. Der bekommt nun sein altes Land zurück, ausgenommen Schwerin, und er gibt Pribislaws Sohn seine uneheliche Tochter zur Frau. Dadurch muss er keine Angriffe der Slawen mehr fürchten; sie müssen ihm in Kriegen sogar Truppen stellen. Und im kommenden Februar heiratet er die Tochter des englischen Königs! Man munkelt von einer gewaltigen Mitgift …«

»Fünftausendeinhundert englische Pfund Silber, das sind über zehntausend Mark«, warf Dietrich ungerührt ein, der dies bei einer Unterredung mit dem Kaiser gehört hatte.

Die anderen erstarrten ob dieser unglaublichen Summe.
»Wisst ihr, welch ein gewaltiges Heer der Löwe dafür aufstellen kann?«, ächzte Otto.
»Ja, wir versuchen gerade, es uns auszumalen«, meinte Dedo sarkastisch.
»Wir verlieren an allen Fronten!«, fauchte Otto ihn an. »Und die Kölner Gesandten, die an Rainalds Statt zum Bündnisschluss nach Magdeburg gekommen waren, werden ohne dessen Rückendeckung die Schwänze einziehen. Sie sind wie Hunde, die sich nicht trauen, das Bein zu heben, weil sie nicht so hoch pissen können wie der Löwe«, meinte er eher zynisch als wütend.
Tadelnd hob Hedwig die Augenbauen angesichts so rüder Vergleiche.
Auch Mathilde fand, sie habe nun lange genug Ottos Lamento über sich ergehen lassen. Wozu war sie denn hergereist?
»Gestatte, dass ich mich hier einmische, geehrter Schwager«, unterbrach sie den Meißner Markgrafen liebenswürdig, aber bestimmt. »So betrüblich der Tod Rainalds ist und zweifellos ein Verlust für das Reich, nicht nur für unser Bündnis …« Eine feine Spitze, die niemand zu bemerken schien, der das ironische Lächeln auf ihrem Gesicht nicht sah. »Wir dürfen auch künftig auf den Erzbischof von Köln hoffen. Auf den *neuen* Erzbischof von Köln. Denn auf Wunsch des Kaisers wird mein Bruder Philipp dieses Amt übernehmen.«
Diese Entwicklung war selbst für Dietrich neu, denn er war an dem Tag aus Rom aufgebrochen, an dem Rainald gestorben war. Doch sie überraschte ihn nicht, die Weitergabe des Amtes an Philipp lag auf der Hand. Aber es war gut, das nun bestätigt zu wissen. Vor Rom war kaum Gelegenheit gewesen, mit Mathildes Bruder zu sprechen. Sie hatten andere Sorgen gehabt. Und ehrlich gesagt, konnte Dietrich den Heinsberger nicht leiden; aus einem unbestimmten Gefühl heraus traute er ihm und seinen Absichten nicht.
»Womit wir zwei Erzbischöfe in der Familie haben: unseren

Vetter Wichmann von Magdeburg und nun meinen Schwager Philipp von Köln«, triumphierte Dedo, damit auch niemand vergaß, dass Mathilde seine Gemahlin war und er also unmittelbar Anteil an dieser günstigen Konstellation hatte. Seine Brüder schätzten ihn einfach nicht genug.

Ob er wohl noch ein Stück von diesem Hirschbraten nahm? Nach einem Blick auf seine Gemahlin und einem zweiten auf den eng den Bauch umspannenden Gürtel ließ er es bleiben.

Doch der mürrische Otto, ganz das Gegenstück zu seiner stets gut gelaunten Schwägerin Mathilde, wollte nicht glauben, dass diese Neuigkeit alle ihre Probleme lösen könnte. Jedenfalls nicht so bald.

»Philipp ist jenseits der Alpen. Er kann in Köln nichts ausrichten und sich dort nicht zur Wahl stellen«, warf er ein.

Mathilde lächelte gelassen.

»Sei unbesorgt, an die Kölner Domherren erging ein Schreiben des Kaisers mit dem ausdrücklichen Wunsch, meinen Bruder in Abwesenheit zu wählen. Und Philipp schickte mir einen verschwiegenen Boten, durch den er ausrichten ließ, er werde unsere Sache vorantreiben. Die Kölner Kirche ist reich. Der Kaiser hat der Erzdiözese unlängst die Einnahmen von Silberbergwerken übertragen. Und die von Rainald aus Mailand gebrachten Reliquien, die Gebeine der Heiligen Drei Könige, ziehen Ströme von Pilgern an.«

Aufatmend ließ sich Markgraf Otto an die Lehne seines Stuhls sinken. »Endlich einmal gute Nachrichten! Das wurde aber auch Zeit.«

Einen Moment herrschte Stille in der Runde. Jedermann schien die Neuigkeiten auf sich wirken lassen zu wollen. Selbst der Schmied draußen hatte sein Hämmern eingestellt, als wolle er seinem Fürsten Zeit geben zu begreifen, was dieser soeben erfahren hatte.

Doch Dietrich, der bislang noch kaum ein Wort gesagt hatte, musste endlich die Befehle des Kaisers loswerden.

Also platzte er ohne Vorrede in das erleichterte Schweigen hinein: »Der Kaiser schickt zwei Gesandte zu uns östlichen Fürsten: den Erzbischof von Mainz und den Herzog von Zähringen. Sie sollen einen Waffenstillstand in unserem Krieg gegen den Löwen aushandeln, zu dem ich euch ausdrücklich ermahnen soll. Vor allem aber verlangt der Kaiser, dass wir ihm Truppen nach Norditalien schicken – nachdem dort fast sein ganzes Heer der Seuche zum Opfer gefallen ist und die Überlebenden Mühe haben, sich durch die feindlichen Heere der lombardischen Städte über die Alpen durchzuschlagen.«
»Das kommt überhaupt nicht in Frage!«, widersprach Otto sofort und sehr entschieden. »Jeder einzelne Kämpfer wird *hier* benötigt. Wir erleben ja am Beispiel von Vetter Wichmann, wohin es führt, wenn man sein Land weitgehend von Truppen entblößt, um sie dem Kaiser zu schicken. Jetzt muss er tatenlos zusehen, wie Dörfer, Felder und sogar Kirchen niedergebrannt werden.«
Dann ging ihm plötzlich etwas auf.
»Wieso erzählst du mir das erst jetzt, wo du doch schon seit gestern hier weilst?«, fragte Otto seinen Bruder schroff.
»Um genau diesen deinen Ausbruch nicht zweimal anhören zu müssen«, antwortete der gelassen, beinahe teilnahmslos.
Vorsichtig musterte Hedwig Dietrichs Gesicht. Sie schätzte ihren Schwager für seine Klugheit. In Debatten wie dieser war er zumeist der Besonnene, besser Informierte, und wusste gute Ratschläge zu erteilen. Heute hingegen wirkte er merkwürdig ruhig, fast apathisch.
Will er nicht gegen den Kaiser konspirieren? Sind es die Toten in Italien, die ihm auf der Seele liegen? Oder ist es der Abschied von seinem Sohn, der ihn bedrückt?, fragte sie sich. Dietrich weiß doch, dass sein Sohn und Erbe hier in guten Händen ist, und er wird ihn oft genug sehen können!
Er sollte sich wieder eine Frau ins Bett holen, dachte Hedwig. Dass Dietrichs Ehe unglücklich war und sich seine Gemah-

lin sofort auf ein entlegenes Anwesen zurückgezogen hatte, nachdem sie ihm eine Tochter und einen Sohn geboren hatte, wusste jeder. Dobroniega schien nicht den geringsten Funken Zuneigung für ihren Gemahl aufgebracht zu haben. Ihr trauerte er bestimmt nicht nach. Aber sehr wohl Gunda, seiner großen Liebe, die vor nun schon acht Jahren gestorben war.
Hedwig glaubte sich unbeobachtet, als sie ihren Schwager vorsichtig musterte. Plötzlich sah er sie an und sog ihren Blick auf. Hastig senkte sie die Lider und fühlte sich in ihrem tiefsten Innern berührt, ja aufgewühlt.
Sie konnte nicht ahnen, was Dietrich bewegte: dass er in Liebe zu Hedwig entbrannt war, der klugen Frau seines Bruders. Seiner Schwägerin.
Es gab tausend gewichtige Gründe, dieses Gefühl tief in seiner Brust zu verschließen und vor sich selbst zu verleugnen.
Nicht nur aus familiärer Loyalität, sondern weil die Kirche dies als Blutschande betrachtete.
Doch der allgegenwärtige Tod in Italien, das grausige Ende so vieler Männer, die er kannte, lösten in ihm abwechselnd Bedrücktheit und einen unstillbaren Hunger nach Leben aus.
Um sich nichts von seinen Gefühlen anmerken zu lassen, richtete er seinen Blick auf die mit Bannern geschmückte Rückwand der Kammer. Als sein Vater noch lebte, hingen dort kostbare Stickereien, von denen ihn eine als jungen Ritter im Buhurt mit dem jetzigen Kaiser zeigte, der damals noch Herzog von Schwaben war. Doch Otto hatte die Bilder entfernen lassen.
Der stille Blickwechsel zwischen Hedwig und Dietrich schien den anderen Anwesenden entgangen zu sein. Sie hatten den Moment genutzt, um nach dieser oder jener Köstlichkeit zu greifen, die auf dem Tisch bereitstanden, oder nachdenklich in ihren Becher zu starren.
Dann meldete sich Dedo zu Wort, der selten sprach. Doch wenn er es tat, brachte er zumeist Bemerkenswertes hervor: Überlegungen, die den anderen nicht gekommen waren.

»Wie uns Philipps Bote berichtet und auch Dietrich mit eigenen Augen ansehen musste, sind die Gerüchte über die vernichtende Seuche im Heer des Kaisers nicht übertrieben …«
»Das kann ich bestätigen«, stimmte ihm Dietrich finster zu. »Binnen weniger Stunden raffte der Tod Menschen dahin, die eben noch bei bester Gesundheit waren.«
Einen Moment lang stockte er angesichts der grausigen Erinnerung.
Da ergriff sofort Dedo wieder das Wort.
»Und es stimmt doch auch, dass sich der Kaiser aus Italien herauskämpfen muss, gegen die Heereskontingente der norditalienischen Städte, die sich fast allesamt gegen ihn verbündet haben?«
Alle sahen ihn fragend an. Worauf wollte der Graf von Groitzsch und Herr von Rochlitz hinaus?
»Es kann *noch* schlimmer kommen«, meinte er dann.
Was seinen Bruder Otto zu der geknurrten Bemerkung hinriss: »Es kann *immer* noch schlimmer kommen. Aber was sollte schlimmer sein als die rundum missliche Lage, in der wir uns befinden? Der Löwe ist stärker, reicher, mächtiger denn je – als Herrscher zweier Herzogtümer, mit den Abodriten und dem englischen König auf seiner Seite, mit der sagenhaften Mitgift seiner Braut … und dem Kaiser als besten Freund.«
Dietrich hingegen tauschte einen Blick mit Dedo und ahnte schon, worauf der nun hinauswollte.
»Der Rothenburger Sohn des alten Königs Konrad, ein Anwärter auf den Thron, fiel der Seuche zum Opfer«, begann dieser schließlich. »Und es ist nicht auszuschließen, dass auch der Kaiser daran erkrankt. Falls dem Kaiser etwas zustößt, was durchaus möglich ist nach allem, was wir wissen … Wenn er es nicht lebend über die Alpen schafft …«
Er ließ den anderen einen kurzen Moment, dies zu Ende zu denken, und sprach es dann selber aus.
»Falls Friedrich stirbt … Sein ältester Sohn ist kaum drei und

kränklich, wie es heißt. Er ist noch nicht zum König gewählt, und sicher wird es auch niemand tun. Der Rothenburger entfällt nunmehr als Anwärter auf den Thron. Und damit wäre unser Erzfeind, der Löwe, mit größter Wahrscheinlichkeit der nächste Kaiser.«

Otto schnappte nach Atem, ein Schauer lief ihm über den Rücken. Die Luft in der Kammer schien plötzlich eisig.

»Beten wir also für das Wohl des Kaisers«, mahnte Dietrich leise.

Flucht in die Wälder

Das Kaiserpaar Friedrich und Beatrix, Philipp von Heinsberg, Welf VII., Vetter des Kaisers und einziger Sohn des Herzogs Welf VI.; Monte Amiata, zwischen Rom und Siena, August und September 1167

Sanfter Wind strich durch die Schatten spendenden Bäume, seitlich des Weges strudelte ein Rinnsal glasklar und verspielt über rundgeschliffene Steine.

Das Grün und der würzige Duft des Waldes verhießen Erholung von dem Grauen, welches das kaiserliche Heer vor Rom heimgesucht hatte. Hier, auf dem Monte Amiata, sollten die Überlebenden auf Befehl ihres Herrschers ein paar Tage rasten und wieder zu Kräften kommen.

Doch wider Erwarten hatten sie die schreckliche Seuche nicht in Rom zurückgelassen. Im Gegenteil: Das Verderben schien sich dem fliehenden Heer unnachgiebig an die Fersen geheftet zu haben. Immer wieder fielen Männer von Schwäche und Schmerz gekrümmt aus den Sätteln, während ihnen Blut und Exkremente die Beine hinabrannen. Gemunkelt wurde, die Seuche habe mittlerweile zweitausend Tote gefordert.

Unter den Überlebenden grassierte die Angst – die Angst davor, als Nächster die Kontrolle über sein Gedärm zu verlieren und nur Stunden später unter Qualen und bar jeder Würde zu sterben. Und die Angst vor Angriffen der Lombarden. Immer mehr norditalienische Städte traten dem militärischen Bündnis gegen den Kaiser bei. Allerorten konnten ihnen feindliche Truppen auflauern. Die wenigen Überlebenden von Friedrichs Heer hatten deshalb seit der Flucht aus Rom nirgendwo länger als ein oder zwei Tage haltgemacht. Doch die Männer brauchten Erholung. Deshalb sollten sie hier, in dieser Idylle, einige Zeit rasten, um wieder zu Kräften zu kommen.

Beatrix saß mit ihren Hofdamen neben einem Bächlein und ließ deren Geplapper über sich ergehen. Eine von ihnen, die rundliche Margaux, jammerte zum wohl zehnten Mal darüber, dass auf der Flucht eine Truhe mit Kleidern verloren gegangen war.

»Mein schönstes Gewand war darin, das mit den goldenen Ranken am Halsausschnitt und an den Ärmeln, erinnert ihr euch?«, klagte sie. »Ich habe wochenlang daran gestickt und mir dabei fast die Augen verdorben.«

Wehleidig blickte sie in die Runde – vielleicht in der Hoffnung, dass ihr die Kaiserin ein neues Gewand schenkte. Doch Beatrix wies sie verärgert zurecht. »Wir hatten wahrlich schlimmere Verluste seit Ausbruch der Seuche als ein paar Kleider! Lobpreist die Heilige Jungfrau, dass Ihr nicht unter den zahllosen Toten seid! Ihr sitzt hier, lasst es Euch gut gehen und lamentiert herum, statt Gott und dem Kaiser dafür zu danken, dass Ihr lebt!«

Margaux verstummte beleidigt und biss sich auf die Unterlippe.

Die Kaiserin bat Marie Claire, ihre bevorzugte Gesellschafterin, nach den Kindern zu sehen. Denn sie wusste, dass sich die

Freundin nach ihrer kleinen Gianna sehnte und ebenso um sie fürchtete wie Beatrix um ihre Söhne.
Die Kaiserin selbst, Mitte zwanzig, zierlich und bildschön mit goldenen Locken und ebenmäßigen Gesichtszügen, erhob sich, wehrte jegliche Begleitung ab und schlenderte auf das rote Zelt des Kaisers zu, das nicht weit von dem Bächlein stand.
Ihr Gemahl hatte sie gebeten, dort zu erscheinen, falls seine Besprechung zu lange dauern sollte.
»Sie liegen mir alle in den Ohren!«, hatte er sich bei ihr im Vertrauen beklagt. »Ich soll mit diesem *angeblichen Papst* Alexander verhandeln, damit die Lombarden uns passieren lassen. Und stündlich kommen neue Hiobsbotschaften, wer sich noch alles dem feindlichen Bündnis angeschlossen hat! Sogar Städte, die ich unter meinen Schutz gestellt hatte, als sie von Mailand und Crema geknechtet wurden!«, entrüstete er sich.
Nun, die Beratung dauerte schon seit dem Morgen, und es wurde wohl Zeit, dass sie Friedrich davon erlöste.
Alle Blicke richteten sich auf sie, als sie das Zelt betrat.
»Lasst Euch nicht stören, Ihr edlen Herren! Ich will nur ein wenig ruhen«, gab sie als Erklärung an, und nach einer kurzen Verbeugung wandten sich alle wieder der Karte auf dem Tisch zu.
Beatrix wusste natürlich, dass man ihr Erscheinen als Störung betrachtete. Eine Frau hatte im Kriegsrat des Kaisers nichts zu suchen. Nicht einmal eine Kaiserin. Aber das war ihr gleichgültig. Dies war auch *ihr* Zelt! Und sie kam schließlich auf Bitten ihres Gemahls. Dem hatten die Tage seit Rom viel abverlangt. Sein Gesicht war schmal geworden, seine Augen waren umschattet. Der Tod so vieler Vertrauter und die stummen Vorwürfe in den Blicken der Menschen zehrten an ihm.
Es dauerte ein wenig, bis sich ihre Augen nach dem gleißenden Sonnenschein draußen an das dämmrige Licht im Zelt

gewöhnt hatten, wo die Farbe der Leinenwände alles in einen rötlichen Schimmer tauchte.
Sie machte es sich auf einem Stuhl bequem, schloss die Lider bis auf einen Spalt und musterte verstohlen die Männer, die ihren Gemahl umringten.
Diese hatten sie offenbar schon wieder vergessen. Doch Friedrich sandte ihr ein verstecktes Lächeln. Ihre Gegenwart bot ihm den ersehnten Vorwand, diese unerfreuliche Beratung bald zu beenden.
Gerade sprach Philipp von Heinsberg, den ihr Gemahl zum Nachfolger Rainalds von Dassel ernannt hatte – als Kanzler und künftigen Erzbischof von Köln. Zweifellos ein kluger Mann, redegewandt, erfahren und kühn als Heerführer, wie sie wusste. Und ehrgeizig. Ihr Gemahl schätze ihn sehr.
Dieser Philipp, lange Jahre Domdekan in Köln, schien sich gar nicht so sehr von seinem Vorgänger Rainald zu unterscheiden. Abgesehen davon, dass er zehn Jahre jünger war, vielleicht erst Mitte dreißig. War er ähnlich intrigant? Musste sie sich vor ihm in Acht nehmen? Es war wohl besser, auf der Hut zu sein.
»Wir sollten uns auf der alten Heerstraße nach Lucca durchschlagen und dann über den Pass bei Pontremoli die Apenninen …«, sagte er gerade mit wohlklingender Stimme.
Der Kaiser nickte, die Männer um ihn herum starrten auf die ausgebreitete Karte.
Beatrix hingegen ließ kein Auge von ihrem Gemahl. Sollte sie jetzt eingreifen? Doch Friedrich war wohl Manns genug, seine Ratgeber nach draußen zu scheuchen, nachdem sie sich über die Wegstrecke einig geworden waren.
»Wir brauchen dringend Verstärkung, um uns durch den Norden zu kämpfen«, sagte Philipp gerade, der ohne Zögern seine Stellung als zweitwichtigster Mann des Reiches eingenommen hatte und die gleiche Liebe für prachtvolle Kleidung zeigte wie sein Vorgänger.

»Selbst Pavias Treue ist nicht mehr gewiss«, erklärte der Marschall, Heinrich von Pappenheim.
»Und wie wir gerade hören, kehren die Mailänder in die Ruinen zurück, um ihre Stadt wieder aufzubauen – gegen das ausdrückliche Verbot Seiner Majestät! Ein Verstoß gegen die Kapitulationsbedingungen!«, ereiferte sich Philipp.
Wütende Proteste erklangen, der Kaiser biss die Zähne zusammen. Doch als Beatrix genauer hinsah, erkannte sie, dass sein Unterkiefer zitterte wie im Schüttelfrost. Und nun krümmte sich ihr Gemahl auch noch leicht zusammen und legte die Hände über seinen Leib.
Die anderen schienen das in ihrer Entrüstung nicht zu bemerken. Beatrix aber erschrak fast zu Tode. Noch ein prüfender Blick auf sein Gesicht …
Sie hatte sich täuschen lassen wie alle im Kriegsrat – es war nicht gerötet vom Licht, das durch die purpurnen Wände des Zeltes drang, sondern vom Fieber! Jetzt knickten ihm kurz die Knie ein. Er fing sich wieder, taumelte aber leicht …
In panischer Angst sprang Beatrix auf.
»Ruft die Ärzte! Um Himmels willen, rasch! Der Kaiser braucht einen Arzt!«
Der junge Welf, der neben Friedrich stand, reagierte sofort und nahm seinen Vetter beim Arm, um ihn zu stützen. Entsetzen stand auch auf seinem Gesicht.
»Tragt ihn zum Bett und ruft sofort die Ärzte!«, schrie Beatrix und wich im Zelt so weit zurück, wie sie nur konnte. Sie durfte sich nicht auch noch anstecken! Sie wollte nicht sterben. Sie musste ihre Kinder schützen.
Weil die anderen immer noch schreckensstarr herumstanden, rannte sie hinaus.
»Ruft sofort die Magister Guido und Kuno!«, befahl sie den Wachen kreischend und schlug die Hände verzweifelt vors Gesicht.
»Und lasst niemanden aus dem Zelt!«, ergänzte sie dumpf,

wofür sie den Kopf noch einmal hob. Keiner sollte die Krankheit hinaustragen dürfen.

Der ältere der beiden Leibärzte traf als Erster ein, Magister Guido.

»Der Kaiser!«, rief ihm Beatrix ängstlich zu. Seine Augen weiteten sich vor Schreck, aber nur einen Moment lang, dann ging er hinein.

Beatrix hörte durch die Stoffwände, dass der Arzt mit sonorer Stimme alle hinausschickte, ausgenommen die Diener. Hektisch wich sie zur Seite. Vor dem Zelt befahl Philipp von Heinsberg mit sofort beanspruchter Autorität, die Erkrankung des Kaisers geheimzuhalten.

»Bietet allen Gerüchten Einhalt, sonst bricht hier eine Panik aus. Es ist nur ein *leichtes Fieber*, nicht die Seuche, und Seine Kaiserliche Majestät hat die besten Ärzte. Nun betet für seine Gesundheit!«, befahl er.

Beten …, dachte Beatrix verzweifelt. Daran habe ich vor lauter Sorge um die Kinder noch gar nicht gedacht. Ob uns Gott wohl überhaupt noch hilft, nachdem er sogar Rainald von Dassel und ein halbes Dutzend Bischöfe zu sich berufen hat?

Ängstlich wartete sie, ohne zu wissen, worauf. Eine Hiobsbotschaft oder gute Kunde? Die ersten Anzeichen der Seuche bei sich selbst? Ihr Magen revoltierte – vor Schreck, oder weil auch sie den Tod schon in sich trug?

Mit Gesten und Worten wehrte sie jeden ab, der sich ihr nähern wollte.

Die Vorstellung, ihr Gemahl müsste sich wie viele andere, die sie hatte sterben sehen, auf dem Boden krümmen, in seinem Blut, seinem Erbrochenen, seinen Exkrementen sterben … Nein, sie würde ihm nicht die Hand dabei halten! Das konnte niemand von ihr verlangen.

Erstarrt in immer neuen Schreckensvisionen stand sie da, bis Magister Guido aus dem Zelt trat.

Mit einem matten Lächeln ging er auf sie zu, doch sie wich drei Schritte zurück.

»Die größte Sorge kann ich Euch nehmen, Euer Majestät«, sagte er, aber sie blieb starr und steif stehen, wo sie war.

»Es ist nicht die Seuche, es ist das Wechselfieber«, versicherte er und wirkte selbst überaus erleichtert.

»Ist das gewiss?«, fragte sie mit zittriger Stimme. Ja, Friedrich litt gelegentlich am Wechselfieber, seit vielen Jahren schon. Wer diese Krankheit einmal im Blut hatte, den suchte sie immer wieder heim. Aber das war nun schon längere Zeit nicht mehr geschehen. Was, wenn der Magister sich täuschte?

»Ihr könnt Euch gefahrlos zu ihm begeben, meine Kaiserin«, sagte er sanft. »Ich werde Seine Majestät zur Ader lassen. Dies und drei Tage Ruhe werden Besserung bewirken.«

Er befahl seinem Gehilfen, der zehn Schritte hinter ihm hergestolpert war und wie Beatrix vor dem Zelt gewartet hatte, seine medizinischen Gerätschaften, eine Schüssel und Leinentücher zu bringen.

Als der dürre Bursche mit den geforderten Utensilien zurückkam, wurde er vom zweiten Leibarzt begleitet, dem Magister Kuno.

»Folgt uns, Majestät, steht Eurem Gemahl bei und sprecht ihm gut zu. Und betet!«, forderte er sie auf.

Alles in Beatrix schrie: Ich will da nicht hinein! Vielleicht irren sie sich, und es ist doch die Seuche?

Sie blieb also in der Nähe des Zelteingangs stehen, während Magister Guido den linken Ärmel des kaiserlichen Gewandes nach oben krempelte, die Fliete, ein medizinisches Instrument für den Aderlass, ansetzte und zu dem kleinen Schlegel griff, um die Ader zu öffnen.

Friedrich stöhnte erleichtert auf, verdrehte die Augen, doch schien er von alldem im Fieber nicht viel mitzubekommen; zu schnell hatte es ihn überwältigt.

Der Leibarzt verband den Arm und reinigte seine Utensilien, um sie wieder einzustecken.

Dann wandte er sich Beatrix zu.

»Das Fieber wird morgen vorbei sein, für zwei oder drei Tage, dann jedoch vermutlich wiederkommen«, erklärte er. »Seine Majestät braucht jetzt vor allem Ruhe. Und gebt ihm stündlich einen Löffel von dieser Tinktur!«

Er reichte ihr eine Phiole.

»Fürchtet Euch nicht«, sagte er warmherzig zu der jungen Kaiserin und Mutter. »Er wird genesen.«

Friedrich war ein ungeduldiger Patient, und seine Erkrankung nahm einen launischen Verlauf. Mal zitterte er vor Kälte und wollte mit Fellen überhäuft werden, dann strahlte er Hitzewellen aus und warf alle Decken von sich.

Beatrix befahl Diener an sein Bett und schlief nachts bei ihren Kammerfrauen und den Kindern.

Tagsüber suchte sie ihren Gemahl auf, um zu sehen, wie es ihm ging. Vor dem Zelt des Kaisers waren ständig Männer versammelt, die auf gute Nachrichten hofften.

Beatrix musterte sie mit finsteren Blicken.

Ihr habt ihn gequält mit euren Hiobsbotschaften und dem Drängen, sich auf Verhandlungen mit diesem falschen Papst einzulassen!, dachte sie wütend. Es war einfach zu viel für ihn.

Dabei wusste sie, dass sie ihnen Unrecht tat.

Oder doch nicht?

Dass der Kaiser wohl einige Tage ruhen musste, wurde im Lager mit gedämpfter Besorgnis aufgenommen. Solange nur das Schlimmste nicht eintraf ... Es war ohnehin vorgesehen, dass das Heer – oder was davon noch übrig war – hier in diesen Wäldern einige Zeit zur Erholung rastete.

Am zweiten Tag trat die versprochene Besserung ein. Doch auf Anraten der Ärzte sollte der Kaiser weiter das Bett hüten.

»Ich muss mich meinen Männern zeigen, damit keine

Gerüchte aufkommen«, widersprach er und wollte sich auf den Ellbogen hochstemmen.
Beatrix sah, wie schwer ihm das fiel; ihn schwindelte vor Mattigkeit nach der verzehrenden Fieberattacke.
»Bleibt, Majestät, gönnt Eurem Körper die nötige Erholung«, mahnte Philipp von Heinsberg, der immer wieder nach dem Kranken sah, auch wenn dieser von Dienern und Leibärzten umsorgt war.
Der siebte Welf trat ein, der junge Vetter ihres Gemahls. Sein Vater war der Herzog von Spoleto und Markgraf der Toskana, ein Freund und Waffengefährte ihres Gemahls seit dessen Jugend. Der sechste Welf war nur wenige Jahre älter als Friedrich; statt Oheim und Neffe hätten sie Brüder sein können. Doch Zerwürfnisse hatten ihr Verhältnis in den letzten Jahren getrübt. Und dass der einzige Sohn des Herzogs, sein ganzer Stolz und die Zukunft seines Hauses, sich ohne väterliche Erlaubnis diesem Feldzug angeschlossen hatte, während das Herzogspaar ins Heilige Land pilgerte, würde wohl nach ihrer Rückkehr für neuen Streit sorgen.
Der siebte Welf war von ihrem Gemahl persönlich an den Waffen ausgebildet worden und der Inbegriff eines jungen, strahlenden Ritters. Er hatte das dichte schwarze Haar aller Männer aus dem Hause Welf, aber wenn die Sonne darauf schien, leuchtete auch ein wenig Rot wie bei seiner Mutter Uta darin auf.
»Du solltest dich endlich auch einmal schonen, liebe Base«, sagte er mit warmem Lächeln. »Lassen wir den Kaiser schlafen. Wir bringen ihm etwas von der Tafel, sobald er wieder aufwacht. Nun komm und stärke dich selbst! Verzeih, wenn ich das sage, aber du bist schon ganz schmal im Gesicht geworden vor lauter Sorge.«
Er reichte ihr den Arm und führte sie aus dem Zelt hinaus.
Davor war in einigem Abstand die Tafel gedeckt. Jetzt, da der Duft von gebratenem Fleisch zu ihnen herüberwehte, verspürte Beatrix auf einmal Hunger.

Der junge Welf geleitete sie zur Tafel und nahm an ihrer Seite Platz.
»Wir sind hier in der Toskana, dem Land meines Vaters. Also lasst mich euer Gastgeber sein!«, sagte er, und sie wusste nicht, ob seine Worte als Scherz oder ernst gemeint waren.
»Ein schönes Land«, sagte sie höflich und ergänzte in Gedanken: Wenn es nicht gerade von Seuchen und feindlichen Truppen durchzogen ist ... »Dein Vater sollte dir hier eine hübsche Braut suchen; das könnte euch Sympathien einbringen.«
»Eine Braut, die mir im Schlaf die Kehle durchschneidet?«, scherzte der junge Welf und zuckte mit den Schultern. »Mein erlauchter Vater meint, es eile nicht, mich zu vermählen. Ich habe schließlich noch mein ganzes Leben vor mir. Er sucht wohl noch nach der idealen Verbindung, um unsere Position hier zu stärken.«
Zwei von Welfs Knappen traten näher, um ihnen aufzuwarten.
»Möchtest du lieber Wild oder Fisch, geliebte Base?«
Beatrix überlegte. Ihr Magen zog sich bei dem Gedanken an Essen zusammen. Aus Hunger – oder wurde sie auch krank? Sie wünschte, sie könnte über alldem schweben, unerreichbar für die tödlichen Miasmen ... Oder heimkehren nach Burgund. Wenn sie doch endlich dort wären!
Ein Geistlicher, dessen Name ihr gerade nicht einfiel, sprach das Tischgebet. Angesichts der vielen Dinge, in denen sie himmlischen Beistand brauchen konnten und die der Gottesmann in aller Gründlichkeit aufzählte, war ihre Portion Fisch erkaltet, nachdem das gemeinschaftliche »Amen« verklungen war und sie sich endlich dem Mahl widmen konnten.
Lustlos stocherte sie mit ihrem Essdorn in den Fischstückchen auf der Brotscheibe herum, die ihnen als Unterlage für den Hauptgang diente, und beschloss, sich doch lieber Fleisch bringen zu lassen. Nicht weit von der Tafel drehte sich ein knusprig gebratenes Ferkel am Spieß, und der köstliche Duft weckte urplötzlich ihren Appetit.

»Hol mir etwas davon«, befahl sie einem der Knappen und deutete auf den Bratspieß.

»Sofort, Euer Majestät«, beeilte er sich zu sagen, verneigte sich ehrerbietig und lief los.

Er war nur noch drei Schritte von der Kochstelle entfernt, als ein Pfeil mit Wucht in das knusprige Tier fuhr.

Der Knappe und die Küchenjungen kreischten, jedermann erstarrte, die im Kampf ausgebildeten Männer jedoch nur einen Wimpernschlag lang. Ein Pfeilhagel ging von rechts auf sie nieder, wo das hügelige, bewaldete Gelände den Angreifern Deckung bot.

Der junge Welf reagierte sofort und stieß ohne Rücksicht auf Geschirr und Speisen die Tafel um, damit die Kaiserin hinter der Tischplatte Deckung fand, dann holte er mit schnellen Schritten einen Schild, den er schützend über sie hielt.

»Duck dich darunter!«, rief er, drückte Beatrix den Schild in die Hand und rannte los, um sein Schwert vom Waffenständer zu nehmen und nach dem Kaiser zu sehen.

»Bildet einen Kreis und schützt die Kaiserin!«, brüllte er. »Die Wachen: ausschwärmen, Bogenschützen: aufstellen!«

Beatrix kauerte sich zusammen, während um sie herum gelärmt und geschrien wurde und Männer durcheinanderrannten.

Doch das Chaos hatte schon bald ein Ende. Die Gegner waren spurlos verschwunden, der Überfall endete so jäh, wie er begonnen hatte.

Beatrix zitterte immer noch, als Welf ihr behutsam aufhalf.

»Meine Kinder!«, schluchzte sie.

»Ihnen ist nichts geschehen«, beruhigte der junge Welf sie. »Der Angriff richtete sich nur auf uns hier an der Tafel. Sie wollten uns nicht töten, sondern lediglich zeigen, dass wir nicht willkommen sind. In *meinem* Land!«

Das schien ihn zu bekümmern und zu beschämen. Was würde wohl erst sein Vater dazu sagen?

Ein paar Knappen sammelten die Pfeile auf. Tote waren nicht zu beklagen.
Beatrix verschwendete keinen Gedanken mehr an das Essen. Zuerst musste sie sich überzeugen, dass die Kinder wohlauf waren. Der junge Welf begleitete sie zu ihrem Schutz, falls irgendwo noch ein Angreifer versteckt war.
In dem Zelt, wo die Kaisersöhne samt Kinderfrauen und Kammerdamen untergebracht waren, bot sich ihnen ein unerwartetes Bild.
Stefano, der Übersetzer und Ehemann ihrer Freundin Marie Claire, hatte sich einen Schild über den Armstumpf gezogen und hielt einen Dolch in der Linken, wild entschlossen um sich blickend und die Kinder – auch seine eigene Tochter – mit dem Leib schützend.
»Die Gefahr ist gebannt«, versicherte Welf. Erleichtert, aber ein wenig unbeholfen, steckte Stefano den Dolch in die Scheide und ließ sich von Marie Claire den schweren hölzernen Schild abnehmen. Dann fiel sie ihm um den Hals und schluchzte: »Ich hätte es nie verwunden, wenn dir oder den Kindern etwas zugestoßen wäre!«
Was soll ich da erst sagen?, fragte sich Stefano. Doch er schwieg und berührte mit seinen Lippen sanft ihre Schläfe. Sie würde verstehen. Dazu bedurfte es keiner Worte.
Wie gern würde er sie mit beiden Händen halten und liebkosen! Doch das blieb ihm auf ewig verwehrt; über seinem Stumpf steckte nur kaltes, gefühlloses Metall.
Ihr Töchterchen Gianna kam aus der Truhe geklettert, in der sie sich versteckt hatte, rannte zur Mutter und umschlang deren Beine mit ihren kleinen Armen. »Nicht weinen!«, bat sie.
Auch Beatrix fand endlich wieder zu sich.
»Dem Himmel sei gedankt!«, rief sie erleichtert. Dann küsste sie nacheinander jeden ihrer kleinen Söhne, wobei der Älteste sich das nur ungern gefallen lassen wollte.

Beatrix stand auf und schenkte dem jungen Welf einen dankbaren Blick.
»Ich verdanke dir mein Leben, Vetter!«, sagte sie zutiefst gerührt.
Er lächelte nur. »Das ist meine Aufgabe als Ritter«, erwiderte er leichthin. »Und wenn ich meinem Vater davon berichte, wird er mir vielleicht verzeihen, dass ich mich ohne seine Erlaubnis dem Kaiser auf diesem Italienzug angeschlossen habe. Aber jetzt müssen wir erst einmal klären, warum unsere Wachen die Angreifer nicht rechtzeitig bemerkt haben. Eine Schande!«
Aufmerksam bot der siebte Welf ihr wieder den Arm, denn er spürte wohl, dass der Kaiserin noch die Knie zitterten. Er führte sie zum wieder hergerichteten Tisch, wo nun knusprige Stücke vom Bratspieß auf ihrem Platz lagen.
»Iss, liebe Base! Es war kein ernsthafter Kampf, nur eine Warnung.«
Wie kann er in dieser Lage nur ans Essen denken?, fragte sie sich fassungslos. Der junge Welf schien ihre Gedanken zu erraten.
»Wir wollen doch den Küchenmeister nicht verärgern nach all seiner Mühe«, sagte er in scherzhaftem Tonfall. »Und wir sollten uns wohl alle stärken, bevor wir weiterziehen und uns über die Alpen durchschlagen.«

Einige Tage später verkündeten die Leibärzte des Kaisers, das Wechselfieber bei ihrem Patienten sei für dieses Mal ausgestanden.
Bleich, aber ausgeruht trat Friedrich vor sein Zelt.
»Genug gewartet, wir brechen auf und kämpfen uns nach Siena durch. In der Stadt sollten wir in Sicherheit sein«, verkündete er. Die übliche Geschäftigkeit setzte ein, als die Dienerschaft sich umgehend daranmachte, das kaiserliche Lager abzubrechen.

Friedrich ging umher, um sich vor den Männern in gewohnter Stärke zu zeigen, sprach mal mit diesem, mal mit jenem ein paar aufmunternde Worte.
»Wo steckt eigentlich mein Vetter Welf?«, fragte er den Hauptmann seiner Wache, der ihn begleitete. Nach dem Überfall vor ein paar Tagen waren sie vorsichtiger geworden. Auch in der Toskana musste der Kaiser offenbar jederzeit auf Angriffe gefasst sein.
Sie gingen dorthin, wo der junge Welf mit seinen Männern lagerte. Der Kaiser ließ nach ihm rufen, weil er ihn nicht ausmachen konnte.
Endlich trat der Gesuchte aus seinem Zelt, mit wankendem Gang und totenbleich.
»Bleibt mir fern!«, rief er und hob abwehrend die Hände. »Kommt mir nicht zu nahe!«
»Wieso?«, fragte Friedrich eher verwundert als erschrocken.
Der junge Welf, der einzige Sohn und die große Hoffnung seines Vaters, verzog schmerzlich das Gesicht.
»Reitet ohne mich! Ich werde es nicht bis nach Siena schaffen.«
»Aber es sind nicht einmal zwei Tagesmärsche!«, beharrte der Kaiser, der wohl begriff, aber sich weigerte zu akzeptieren, warum der junge Welf nicht mit ihnen kommen wollte. Nicht mitkommen *konnte.*
»Bei mir ist es die Seuche, nicht das Wechselfieber«, sagte er resigniert und wich jäh zurück, als sein Vetter auf ihn zutrat. »Bleib! Ich will dich nicht noch mit ins Verderben reißen!«
»Du kommst mit!«, widersprach Friedrich schroff. »Ich befehle es dir! Was soll ich denn deinem Vater sagen, wenn ich ohne dich heimkehre? Er wartet in Memmingen auf dich. Und deine Mutter …«
»Euer Majestät … Ich fürchte …«, sagte Welf mit zusammengebissenen Zähnen, »darüber habt selbst Ihr keine Befehlsgewalt mehr.«

Hastig rannte er ein paar Schritte, um sich seitlich in einem Gebüsch zu übergeben. Als er zurückkam, war er aschfahl und hielt noch größeren Abstand zu den anderen als zuvor.
»Junge, auf dem Kreuzzug war fast das ganze Heer an der Roten Ruhr erkrankt, auch dein Vater …«, redete Friedrich auf ihn ein, der immer noch nicht wahrhaben wollte, dass sein junger Verwandter dem Tode geweiht war. »In Akkon hatte es ihn schlimm erwischt. Er reiste ab und genas. Nun reisen *wir* ab, und *du* wirst genesen!«
Der junge Welf wurde von Krämpfen geschüttelt.
Als er endlich wieder sprechen konnte, sagte er leise: »Bitte … Lass mir etwas Würde … Soll das ganze Heer zusehen, wie mir Blut und Kot über die Beine herablaufen? Soll ich die Krankheit weitergeben an dich, an deine Kinder? Schick mir einen Priester für die letzte Beichte, solange ich sie noch ablegen kann, und dann lass mich sterben. Es wird ja bald vorbei sein …«
Er wandte sich ab, um in sein Zelt zurückzukehren, dann drehte er sich noch einmal um und keuchte unter Schmerzen: »Richte meinem erlauchten Vater und meiner Mutter aus: Es tut mir leid …«

Friedrich schickte sofort seine Leibärzte zu dem jungen Welf, und sie schafften es, dass der Kranke Siena nach zwei Tagen noch lebend erreichte. Sie trugen ihn in ein Hospital, doch keine Stunde später starb er unter Qualen.
Der Kaiser saß neben ihm, als der siebte Welf, der Letzte seiner Linie, die Augen für immer schloss, und Tränen rannen ihm übers Gesicht.
Dass Beatrix keinen Schritt in die Nähe des Todgeweihten gewagt hatte, schien er nicht wahrgenommen oder gar gebilligt zu haben. Sie blieb bei ihren kleinen Söhnen und ließ sie nicht mehr aus den Augen, obwohl Marie Claire und die Kinderfrauen bei ihnen waren.

Als sie hörte, dass ihr Vetter gestorben war, lief Beatrix in die größte Kirche Sienas und sank vor dem Altar in die Knie. Heilige Jungfrau, schütze mich und meine Kinder! Wären wir doch erst in Burgund, in Sicherheit …

Eine königliche Braut von elf Jahren

Eleonore von Aquitanien, Königin von England; Mathilde, ihre älteste Tochter mit König Heinrich II. Plantagenet; England, kurz vor dem Hafen von Dover, Herbst 1167

Sie konnten das Meer nun schon riechen, sobald ihre große und glanzvoll ausstaffierte Reisegesellschaft das letzte Waldstück vor Dover hinter sich gelassen hatte. Möwen zogen kreischend über Menschen und Pferden ihre Bahnen, der von der See kommende Wind ließ Banner, Schleier und üppig weite Gewänder flattern.

Eleonore, die von vielen umschwärmte und von Neidern geschmähte Königin von England, blickte aufmunternd zu ihrer Tochter Mathilde und zeigte nach vorn.

»Siehst du die alte Burg dort vorn auf dem Felsen? Dein Urgroßvater Wilhelm hat sie verstärken lassen, als er vor hundertundeinem Jahr England eroberte. Und dein königlicher Vater beabsichtigt, an dieser Stelle eine neue, steinerne Burg zu errichten, sobald er die Aufstände in Aquitanien niedergeschlagen hat«, erzählte sie im Plauderton, um Mathilde von ihren Grübeleien abzulenken.

Denn es war nicht zu verkennen, dass sich ihre erst elfjährige Tochter fürchtete. Je näher die Kolonne Dover kam, um so näher rückte auch der Moment, in dem sich die kleine Prinzessin von ihrer Mutter und ihrer Heimat verabschieden musste.

Hier in Dover wartete bereits eine Gesandtschaft sächsischer Edelleute, um sie als junge Braut in Empfang zu nehmen und zu dem für sie bestimmten Gemahl zu geleiten: zu Herzog Heinrich dem Löwen nach Braunschweig.
Besorgt musterte Eleonore das bleiche und krampfhaft starre Gesicht ihrer Tochter. Sie selbst liebte das Reisen, Mathilde allerdings tat das ganz und gar nicht. Ihr linkes Bein war wegen eines angeborenen Hüftleidens um fast eine Handbreit verkürzt. Deshalb wurde das Mädchen in einer Sänfte getragen, statt zu reiten.
Von ihrem Weg aus sahen sie nun schon die Burg, die alte Kirche St. Mary, den viereckigen Leuchtturm aus der Römerzeit und den Hafen, wo eine ganze Flotte von Schiffen bereitlag, um die englische Königstochter und ihre atemberaubende Mitgift von mehr als fünftausendeinhundert Pfund nach Sachsen zu bringen: Truhen und Säcke voller Gold, schönste Seide und Brokate, Wandteppiche, Gewänder, Geschmeide, Pelze und edle Becher, Krüge und Leuchter für die Tafel.
Eleonore kniff die Augen ein wenig zusammen und blinzelte, um die Schiffe zu zählen. Waren schon alle aus Sussex eingetroffen? Das größte war unverkennbar das Prunkschiff des Königs; es hatte dreißig Ruderbänke und neunzig Mann Besatzung. Mehr als ein Dutzend weiterer Schiffe würden es begleiten, Mathilde ins Kaiserreich bringen und dort den Reichtum und die edle höfische Lebensart am englischen Hof demonstrieren.
Eleonore gab es auf, die Schiffe zählen zu wollen. So scharf waren ihre Augen nicht mehr, und vom Sattel aus schwankte die Welt.
»Wir rasten hier!«, befahl sie ihrer Geleitmannschaft aus Leibwachen und einigen der bedeutendsten englischen Adligen.
Als der Anführer der Wachen sie mit fragendem Blick ansah – immerhin war ihr Ziel nun schon in Sichtweite –, ließ sie sich schnippisch zu einer Erklärung herab.

»Ich bin eine Königin, und meine Tochter ist eine Prinzessin und Braut. Da dürfen wir wohl erwarten, dass sich die sächsischen Herren auf den Weg machen, um uns feierlich in die Burg zu geleiten!«, rüffelte sie ihn dafür, dies erst noch ausführen zu müssen. »Schließlich können sie uns von dort aus sehen, genau wie wir sie sehen. Unsere Kolonne ist wohl kaum zu verwechseln.«

Eleonore saß ab und ließ die Männer alles für eine kurze Rast einrichten.

Die lauten »Haltet an!«-Rufe sorgten für jede Menge Geschäftigkeit: Pferde und Ochsengespanne wurden zum Stehen gebracht, damit die Reiter absitzen und die vielen Trosskarren aufrücken konnten.

Ein nicht enden wollender, festlicher Zug geleitete Königin und Braut: etliche der engsten Vertrauten und edelsten Gewährsleute des Königs, Hofdamen, Geistliche, Schreiber, Ärzte, Notare, Ritter und Knappen, die nicht nur die königliche Familie schützen sollten, sondern auch die gewaltige Mitgift der Braut. Hinzu kamen Diener, Mägde, Stallburschen. Troubadoure, Harfner und Geschichtenerzähler. Und natürlich auch die Ammen für Eleonores beiden jüngsten Kinder, die zweijährige Johanna und den noch nicht einmal ein Jahr zählenden Johann, sowie die Erzieher des neunjährigen Richard, der mit seinen Eskapaden ganze Scharen von Dienstmannen beschäftigt hielt. Die Königin würde diese drei Kinder mitnehmen, wenn sie auf den Kontinent übersetzte, um ihren Gemahl aufzusuchen. Sie wollte Richard so bald wie möglich zum Herzog von Aquitanien machen. Doch erst einmal galt es, ihre älteste Tochter aus der Ehe mit Heinrich Plantagenet, die elfjährige Mathilde, an die hohe Abordnung des Bräutigams zu übergeben.

Während rege Geschäftigkeit um Königin Eleonore losbrach, richtete sie den Blick auf die Burg und sah bald schon ihre Erwartungen bestätigt. Sie waren erkannt und verstanden worden. Die Sachsen schickten eine Reiterschar aus, an ihrer Spitze

ein Hüne, der ein heftig flatterndes Banner mit einem roten Löwen auf silbernem Grund trug. Die Gesandten des Herzogs.
»Rasch, rasch!«, mahnte sie ihre Begleiter, um alles für einen würdevollen Empfang zu arrangieren.
Die Königin von England überließ Grafen und Bedienstete ihren Pflichten und rief ihre Tochter zu sich – vorgeblich, um ihr das Kleid zurechtzuzupfen und das Haar zu kämmen.
Dies alles hätten ein paar eifrige Kammerfrauen tun sollen, die auch schon bereitstanden. Doch Eleonore schickte sie fort. Sie ließ zwei Stühle unter einen rasch errichteten Baldachin schaffen und befahl sämtlichen Begleitern, zehn Schritte Abstand zu halten und sich um ihre sonstigen Aufgaben zu kümmern.
Der Wind von Seeseite war inzwischen heftiger geworden, doch das schien Eleonore nicht zu stören.
Lächelnd setzte sie sich, zog einen beinernen Kamm aus ihrem mit Perlen und Goldfäden bestickten Almosenbeutel und lud ihre Tochter mit einer Geste ein, sich neben ihr niederzulassen. Dann entflocht sie wortlos die Zöpfe des Mädchens und kämmte ihr langes dunkles Haar.
»Ich habe mir immer gewünscht, so schönes goldenes Haar wie Ihr zu haben, Mutter«, gestand Mathilde, als sie es endlich schaffte, vor lauter Kummer wegen des nahenden Abschieds ein paar Worte herauszubringen.
»Kind, Liebes, du hast sehr schönes Haar – übrigens so dunkles wie dein zukünftiger Gemahl, wenn ich recht informiert bin«, versicherte Eleonore zärtlich.
Das Königspaar hatte den künftigen Schwiegersohn noch nicht zu Gesicht bekommen; diese Ehe war vor einigen Jahren vom Kanzler des deutschen Kaisers verhandelt worden, dem Erzbischof von Köln.
Sanft fuhr Eleonore mit den Fingern durch das fein gewellte Haar ihrer Tochter, um sie durch diese körperliche Zuwendung zu beruhigen.
»Du musst dich nicht fürchten!«, versprach sie.

»Ich fürchte mich aber«, flüsterte Mathilde und fing an zu zittern. Der kalte Wind ließ sie frieren. Eleonore bemerkte es sofort und rief nach einem stärker mit Pelz verbrämten Umhang für die Prinzessin.
»Ich fürchte mich davor, Euch zu verlassen«, gestand Mathilde zähneklappern. »Ich fürchte mich vor der Überfahrt. Bei der letzten, an die ich mich erinnere, war mir ständig übel. Welchen Eindruck hinterlässt es, wenn sich eine Prinzessin vor ihren edelsten Begleitern übergibt?«
Eleonore legte den Kamm zur Seite, umfasste die Schultern ihrer Tochter, zog sie ein wenig zurecht, damit sie gerade saß, und meinte mit schiefem Lächeln: »Ist es wirklich *das,* wovor du dich fürchtest? Die See wirkt ruhig, es dauert noch bis zu den Winterstürmen … Und falls raue See aufkommen sollte, schau auf den Horizont! In dem Fall wirst du auch sicher nicht die Einzige sein, die mit ihrem Essen kämpft.«
Forschend sah sie ihre Tochter an, denn sie wusste, was die Elfjährige quälte. Sie war sich ja selbst nicht ganz sicher in dieser Angelegenheit.
»Er ist so alt, mein künftiger Gemahl! Dreißig Jahre älter, wie es heißt … Und es heißt außerdem, er sei sehr gefürchtet in deutschen Landen«, murmelte Mathilde mit gesenkten Lidern und zog den Umhang noch enger um die Schultern.
»Liebes«, begann Eleonore sanft und holte tief Atem.
»*Mein* erster Gemahl war *sehr jung.* Er zählte erst fünfzehn Jahre und ich dreizehn, als wir vermählt wurden. Doch das machte unsere Verbindung nicht glücklich. Im Gegenteil. Ludwig von Frankreich fürchtete sich vor seinem eigenen Schatten und ließ sich widerspruchslos von ein paar machtgierigen Pfaffen lenken.«
Ihre Gedanken flogen kurz zurück in diese unglückselige Zeit, doch dann ermahnte sie sich, im Hier und Jetzt zu verharren. Ihre Tochter brauchte ihren Beistand.
»Herzog Heinrich der Löwe ist ein gestandener Mann, ein ge-

achteter Krieger und der mächtigste Fürst nach dem Kaiser in dessen Reich. Du brauchst keinen hübschen Jüngling, du brauchst jemanden, der dich auch beschützen kann, verstehst du? Denn du bist eine der besten Partien und reichsten Erbinnen in Europa!«

Als Mathilde sie zweifelnd anblickte, beschloss ihre Mutter, ihr etwas zu enthüllen, was ihr vielleicht Angst einjagte. Aber es war wichtig.

»Kaum dass ich von Ludwig geschieden war, versuchten mehrere adlige Herren, mich in ihre Gewalt zu bekommen, um mich zur Ehe zu zwingen und so an mein Erbe zu gelangen. Zum Glück entkam ich beiden Hinterhalten. Dies sollte dir zeigen, wie wichtig es ist, dass du einen Gemahl bekommst, der auch eine mächtige Armee ins Feld führen kann. Der dich schützt. Ich versichere dir: Heinrich ist die beste Partie, die wir für dich absprechen konnten.«

Weitaus besser als das, was mein einstiger Gemahl Ludwig von Frankreich für unsere gemeinsamen Töchter arrangierte, Marie und Alix – für diese Mädchen gab es nur Grafen, dachte sie bitter.

Dann schob sie diesen Gedanken beiseite und fuhr fort, ihrer Tochter den Zukünftigen schmackhaft zu machen.

»Herzog Heinrich ist ein enger Freund des Kaisers. Und der Kaiser hat vorerst nur Söhne im Säuglingsalter. Sollte ihm etwas zustoßen, wird dein Gemahl vielleicht selbst einmal König und Kaiser!«

Mathilde sah überrascht auf und öffnete den Mund, als wollte sie etwas sagen. Dann sank sie wieder in sich zusammen und fragte leise: »Wird er mich nicht zurückweisen … wegen …« Sie deutete auf ihr verkürztes linkes Bein.

Eleonore sprang auf, stemmte beide Fäuste in die Seiten und prustete.

»Er bekommt eine *Königstochter!* Und er bekommt die üppigste Mitgift, die sich ein Fürst nur wünschen kann!«

Dieser Heinrich würde das Mädchen allein wegen des Silbers auch nehmen, wenn sie eine Hasenscharte hätte, dachte sie – solange Mathilde ihm nur Söhne gebären kann. Und die Ärzte haben versichert, dass sie es kann. Ich hoffe nur, er schont sie im Bett, bis sie etwas älter und größer ist. Sie ist sehr zierlich, selbst für eine Elfjährige.

Eleonore zog ihre Tochter mit beiden Händen hoch und drückte ihr ein mit Edelsteinen besetztes Schapel auf die gelösten und nun seidig schimmernden Haare.

»Du wirst nicht allein sein. Nicht nur deine liebste Kinderfrau, dein Beichtvater, dein Leibarzt und etliche deiner Vertrauten reisen mit dir. Die besten Gewährsleute deines erlauchten Vaters werden dich nach Sachsen begleiten und behüten: der Sheriff von Norfolk, die Grafen Arundel, Strongbow, Surrey ... Glaubst du, in deren Gegenwart würde es jemand wagen, dir auch nur ein Haar zu krümmen? Durch sie sind dein Vater und auch ich stets bei dir. Selbst wenn ich gleich nach deiner Abreise nach Aquitanien aufbrechen muss, um deinem Vater zu helfen, die Rebellion niederzuschlagen ...«

Wie schafft Mutter das nur, die vielen Tage im Sattel, die zahllosen Überfahrten, noch dazu meist schwanger?, dachte Mathilde voller Neid. Und sie erweckt den Anschein, dass sie das Reisen sogar noch genießt ...

»Außerdem werden wir noch auf ganz andere Art bei dir sein und dich behüten«, fuhr ihre Mutter fort und deutete auf die Reisegesellschaft. »Die Kreidefelsen von Dover werden nicht das Letzte sein, was du von deiner Heimat siehst.«

Sie lächelte und küsste ihrer Tochter die Stirn. »All die edlen Herren, die dich begleiten, all die Schätze aus Gold und Edelsteinen, die kostbaren Bücher, die Troubadoure und Harfner, die mit dir reisen, und die prächtigen Gewänder, die dein erlauchter Vater den Gesandten des Herzogs schenkte – sie zeugen nicht nur von unserer überlegenen englisch-aquitanischen Hofkultur, sie gemahnen auch daran, dass sich dein

Gemahl deiner würdig erweisen muss«, erklärte sie stolz. »Herzog Heinrich steckt gerade sehr viel Geld in den Ausbau seiner Burg in Braunschweig, damit sie einer Königstochter und seiner eigenen Stellung angemessen ist. Und unsere prachtvollen Geschenke werden ihn weiter anstacheln, die besten Steinmetzen, Goldschmiede, Buchilluminatoren und Troubadoure an seinen Hof zu holen – so wie es der Kaiser seit seiner Vermählung mit Beatrix von Burgund tat.«
Und der Kaiser braucht das Bündnis mit England, weil er im Streit mit der Kirche liegt, genauer gesagt: mit dem Papst, dachte sie, während sie ihrer Tochter aufmunternd zunickte. Wobei der König von England auch das Bündnis mit dem Kaiser brauchte; spätestens seit er mit dem Erzbischof von Canterbury, Thomas Becket, im Streit lag, der seine Rechte beschneiden wollte.
Ein Blick auf die sich nähernde Reiterkolonne, die nun nur noch eine halbe Meile entfernt war, sagte Eleonore, dass dieser intime Moment der Zweisamkeit von Mutter und Tochter sich dem Ende zuneigte.
Ich hätte dieses Gespräch längst mit ihr führen sollen, nicht erst jetzt, wo ihr die klatschsüchtigen Weiber schon wer weiß was erzählt haben und sie sich zu Tode fürchtet, dachte sie und ärgerte sich über sich selbst. Aber wann waren wir schon einmal unbelauscht? In Winchester hatten die Wände Ohren … Und ich musste ein Land regieren, während der König auf dem Kontinent weilt. Streitigkeiten schlichten, Bittsteller anhören, Privilegien erteilen … Ganz zu schweigen davon, meinem Gemahl Söhne und Töchter zu schenken!
Eleonore von Aquitanien zählte nun schon über vierzig Jahre und hatte im vorigen Dezember noch ein Kind zur Welt gebracht. Den kleinen Johann auszutragen, hatte ihre bislang unverwüstliche Gesundheit angegriffen. Ein nicht zu übersehendes Anzeichen dafür, dass sie in ihrem Alter weitere Schwangerschaften dringend vermeiden sollte. Was allerdings

ihren Gemahl nur noch häufiger in die Arme seiner vielen Liebschaften treiben würde …

Auch Mathilde starrte auf die sich nähernde Reiterschar, deren Banner im Wind flatterte.

Ihre Mutter lächelte verschwörerisch, beugte sich ein wenig vor und flüsterte: »Lass dir ja keine Angst einjagen, wenn die Pfaffen übers Ehebett reden! Sie hassen die Frauen. Diese Frömmler!«

Sie sprach nun noch leiser, wisperte direkt in Mathildes Ohr: »Es kann eine durchaus … erfreuliche Sache sein, wenn der Mann erfahren im Bett ist.«

Die Königin amüsierte sich ein wenig über den erstaunten Blick ihrer Tochter, dann klatschte sie in die Hände und befahl ihren Begleitern, Aufstellung zu nehmen, um die Gesandten des Herzogs zu begrüßen.

Ja, die Geistlichen wollten den Frauen keine Freude im Bett zugestehen, verdammten diese als sündhaft. Engstirnige, kleingeistige Sauertöpfe, vor allem hier im Norden! In ihrer Heimat, in Aquitanien, war den Frauen viel mehr erlaubt. Zum Beispiel mitzuregieren und Troubadoure an den Hof zu holen. Was ihr hierzulande nur Verleumdungen eingebracht hatte, bösen Klatsch und Tratsch über angebliche Affären. Doch über die Liebschaften ihres königlichen Gemahls, über die Bastarde, die er sogar anerkannte, verlor niemand ein Wort des Vorwurfs …

Ihre Tochter war noch zu jung, um das zu wagen, was sie, Eleonore, für sich beansprucht und gefordert hatte. Diesen Weg konnte die kleine Mathilde nicht gehen. Sie würde gut daran tun, Frömmigkeit zu zeigen und ansonsten auf ihren Gemahl zu vertrauen, dessen übergroßer Ehrgeiz keine Kränkung duldete und der schon deshalb seine Braut als Prinzessin behandeln würde – wie es ihr zukam. Das war sich der ehrgeizige Herzog von Sachsen und Bayern selbst schuldig. Und er würde keinen Streit mit dem König von England riskieren.

Die sächsische Abordnung war nun schon auf zwei Steinwürfe herangekommen. Hastig gruppierte Eleonore die englischen Edlen so, dass sie selbst in der Mitte ihres Hofstaates stand und Mathilde vorerst hinter ihr verborgen blieb.
Rasch drehte sie sich noch einmal um und raunte ihrer Tochter zu: »Wir werden dich stets beschützen. Und vertrau auf Gott!«

Ergeben sanken die Gesandten des Herzogs von Sachsen und Bayern – allesamt in prächtige Gewänder gehüllt, mit denen der englische König sie beschenkt hatte – zur Begrüßung auf die Knie.
Ihr Anführer richtete nach einer auffordernden Geste Eleonores das Wort an die Königin, und schon kam Verwirrung auf. Die Sachsen hatten jemanden bei sich, der seine Worte ins Englische übertrug, doch die Sprache des gemeinen Volkes auf der Insel war Eleonore weitgehend fremd. Der Adel sprach hier Anglo-Normannisch, und darüber hinaus beherrschte sie die *langue d'oeuil,* die *langue d'oc* und Latein.
Nach einigem Hin und Her sprang ein ausnehmend dicker sächsischer Geistlicher ein und übertrug die Worte ins Lateinische, und einer von Eleonores Kaplänen formte das dann in Sätze, die auch ihre Begleiter verstanden.
Nach höflich gedrechselten Floskeln und einer Vorstellung der Gesandtschaft hieß die Königin sie feierlich willkommen. Dann mussten die englischen Grafen und Hofdamen neben ihr zur Seite treten. Die Schar teilte sich und gab den Blick auf die prachtvoll herausgeputzte Braut frei.
Eleonore hatte das so geplant, damit ihre Tochter nicht vor den Sachsen gehen und ihr Gebrechen auf den ersten Blick preisgeben musste – auch wenn es bekannt war. Sie wollte dem Mädchen die neugierigen und abschätzenden Blicke ersparen.
Auf ihr Zeichen erhoben sich die Gesandten des Löwen, traten einen Schritt näher und sanken nun vor Mathilde auf die Knie.

Ihr Wortführer, ein Graf namens Gunzelin, dessen Titel weder Mathilde noch Eleonore richtig verstanden, gab eine Flut von Worten in einer unverständlichen Sprache von sich, welche Geistliche auf beiden Seiten erst ins Lateinische, dann aus dem Lateinischen ins Normannische übersetzten.
Mathildes Vermählung würde im Februar stattfinden, sobald sie zwölf war, und bis dahin blieb ihr Zeit, die Sprache ihres künftigen Gemahls zu erlernen.

Wie gebannt starrte die Prinzessin in das Gesicht dieses Gunzelin, von dem es hieß, er sei einer der wichtigsten Vertrauten und Gefolgsleute ihres künftigen Gemahls. Und sie wusste sofort, dass sie sich vor diesem Mann mit den grausamen Gesichtszügen fürchtete.
Doch obwohl sie erst elf Jahre zählte, wusste sie auch sehr genau: Wenn sie jetzt Angst zeigte, hatte sie schon verloren, noch ehe sie einen Fuß ins Kaiserreich setzte. Sie würde bald die Fürstin und Herrin dieser sächsischen Grafen sein und musste es schaffen, dass sie ihr trotz ihres zarten Alters Respekt zollten. Auch wenn sie beileibe nicht vorhatte, sich mit ihrem Gemahl so zu streiten, wie es ihre Eltern andauernd taten, kaum dass sie wieder aufeinandertrafen.
Ich bin eine Königstochter, und die sind lediglich Gesandte, ein paar Grafen, sprach sich Mathilde Mut zu. Hätte mein Vater ihnen nicht die prunkvollen Gewänder geschenkt, in denen sie hier standen, trügen sie vielleicht schlecht gefärbtes Leinen und Hasenfelle. Selbst ihre Fibeln und Gürtelbeschläge stammen vom englischen Hof – ich erkenne doch die Arbeiten von Thomas, unserem besten Silberschmied!
Die Prinzessin räusperte sich kurz, nahm allen Mut zusammen und richtete einen hoheitsvollen Blick auf die Abordnung, den sie sich von ihrer Mutter abgeschaut hatte.
»Ich danke Euch edlen Herren, dass Ihr den weiten und beschwerlichen Weg auf Euch genommen habt, um mich zu

meinem künftigen Gemahl zu geleiten«, rief sie mit heller Stimme. Während übersetzt wurde, bemerkte sie aus dem Augenwinkel, dass ihre Mutter sie verblüfft ansah.
Doch die Königin ließ sie gewähren und wartete ab; bereit einzuspringen, sollte ihre Tochter ins Stocken geraten.
Aber Mathilde beherrschte die Kunst des höfischen Geplauders, der Begrüßungsfloskeln und der Schmeicheleien. Sie war an einem königlichen Hof aufgewachsen, und dies zu erlernen, war ein wesentlicher Teil ihrer Erziehung gewesen.
»Ich kann es kaum erwarten, meine neue Heimat zu sehen, das Land der Sachsen, dem man große Schönheit nachsagt«, fuhr sie fort, wobei sie ihre Stimme nun etwas dunkler tönen ließ, damit sie nicht piepsig klang wie eine Maus. »Und seinen Fürsten zu treffen, den tapferen Herzog Heinrich den Löwen, dessen Ruhmestaten im Kriege und dessen Frömmigkeit auch hierzulande bekannt sind. Mit Gottes Hilfe werde ich ihm die Söhne schenken, die er sich wünscht, sobald ich alt genug dazu bin.«
Das würden die Männer von ihr hören wollen.
Sie wusste von ihrer Mutter, dass der Herzog schon einmal verheiratet gewesen war und sich von seiner Gemahlin hatte scheiden lassen, weil sie ihm nur noch Töchter geboren hatte, nachdem ihr erstgeborener Sohn im Säuglingsalter gestorben war.
Mit klammen Fingern strich sie sich eine Haarsträhne aus dem Gesicht, die der Wind erfasst hatte, und musterte die Gesichter der Fremden, auf denen Neugier und Staunen stand, auf einigen auch Spott oder Gleichgültigkeit. Sie würde es ihnen schon zeigen! Mit vorbildlicher Frömmigkeit und Geschick – und mit Hilfe ihres künftigen Gemahls, der sich rühmen durfte, die Tochter des englischen Königs zur Braut zu bekommen.

In der Falle

Friedrich und Beatrix, Herzog Berthold von Zähringen, Stefano di Stella und Marie Claire; Susa, 9. März 1168

Sie hätten den Mann nicht hängen sollen.

Vor allem nicht demonstrativ auf einer Anhöhe in Sichtweite der Stadt Susa, in der sie heute noch Quartier nehmen wollten. Eine Geisel, einen Adligen aus Brescia namens Zilius de Prando. Doch der Kaiser war so erbost gewesen, dass er das im Zorn verkündete Todesurteil nicht zurücknehmen wollte.

»Mailand, Brescia, Lodi und ihre Spießgesellen haben Biandrate angegriffen und belagern es. Und dieser Zilius ist einer der Rädelsführer der Rebellion gegen mich! Ist das etwa der Dank dafür, dass sich der Graf von Biandrate bei mir zugunsten Mailands eingesetzt hatte, als ich es niederwarf?«, hatte er geschrien. »Verschwörer, überall Verschwörer! Wozu habe ich denn Geiseln gefordert? Hängt ihn auf! Hängt die Geisel auf!«

Sie kamen vom Kloster des Heiligen Ambrosius, wo sie übernachtet hatten, und standen auf diesem Hügel schon kurz vor Susa, einer Stadt an einem Zufluss des Po mit Befestigungen und einem Amphitheater aus alter Römerzeit. Hier erhielt der Kaiser nicht nur die ungeheuerliche Kunde von der Belagerung seines Verbündeten, sondern erfuhr außerdem, dass die Lombarden einen Mordanschlag auf ihn planten. Das brachte für ihn das Fass zum Überlaufen.

Der Verurteilte unternahm nicht einmal den Versuch, seine Schuld zu bestreiten oder um Gnade zu bitten. Laut sprach er sein letztes Gebet, als ihm jemand die Schlinge um den Hals warf, und starrte mit höhnischem, ja triumphierendem Lächeln auf den Kaiser.

Beatrix wandte den Blick nicht ab, als der Holzklotz unter den Füßen dieses Zilius weggestoßen wurde; dies hätte sich nicht gehört, denn es hätte Zweifel oder sogar Missfallen wegen des von ihrem Gemahl verhängten Todesurteils ausgedrückt. Solch eine offene Kritik an den Entscheidungen des Kaisers stand ihr nicht zu.
Doch sie starrte knapp an dem Sterbenden vorbei, dessen Hals mit vernehmlichem Knacken brach, richtete den Blick in die Ferne. Nach Susa, von wo aus man die Exekution sehen konnte.
Beatrix glaubte, wieder schwanger zu sein, wenngleich in so frühem Stadium, dass sie noch niemandem etwas davon gesagt hatte. Vielleicht täuschte sie sich. Aber hieß es nicht, es würde dem Ungeborenen im Leib der Mutter schaden, wenn diese etwas Schlimmes sah?
Als der Leichnam des Mannes aus Brescia nur noch schlaff am Seil hin und her schwang, befahl der Kaiser die Weiterreise. Den Toten ließen sie hängen, als Mahnung und Vorwarnung für die Bewohner von Susa.
Und je näher sie der Stadt kamen, um so heftiger und lauter schlug ihnen die Wut der Menschen entgegen, deren Gastlichkeit sie in Anspruch nehmen wollten.
Beatrix wäre am liebsten umgekehrt oder in großem Bogen um die Stadt geritten, auch wenn sie dann vielleicht die Nacht im Freien verbringen mussten. Vorsichtig erkundete sie von der Seite die Gesichtszüge ihres Gemahls, die wie versteinert wirkten.
Seit der Flucht aus Rom hatte der Kaiser in Italien nur noch Niederlagen erlitten und fast jeden Rückhalt verloren. Sechzehn mächtige Städte hatten sich in den letzten Monaten zu einem Bündnis gegen ihn zusammengeschlossen. Sie mussten sich von Rom bis hierher durchschlagen und waren mehrfach aus dem Hinterhalt angegriffen worden, teils mit blutigen Verlusten. Selbst Pavia, das ihrem Gemahl sein Fortbestehen und

erneutes Erblühen verdankte, nachdem die Mailänder es zerstört hatten, hatte sie angefleht abzureisen, denn die Lombardische Liga drohte der Stadt mit militärischen Sanktionen für den Fall, dass sie den Kaiser und sein Gefolge weiterhin beherbergte. So hatten sie den Winter im Gebiet der Grafen von Montferrat und Biandrate verbracht und darüber die Hochzeit von Heinrich dem Löwen mit der englischen Mathilde versäumt – sehr zum Ärger Friedrichs. Nun hofften sie, auf dem einzigen freien Pass über die Alpen nach Burgund zu gelangen.
Wutschreie gellten ihnen entgegen, als sie sich Susa näherten, und Beatrix lief ein weiterer eisiger Schauer über den Rücken. Allerdings verstummte das Geschrei, sobald die kaiserliche Kolonne nah genug ans Tor gelangt war, dass man die Gesichter der Aufgebrachten erkennen konnte.
Die Stadttore waren weit geöffnet, als das Kaiserpaar und sein beträchtlich geschmälertes Gefolge in Susa einritten.
Das Geleit des Kaisers umfasste mittlerweile nur noch kaum dreißig Ritter, ein paar Dutzend Bedienstete und mehrere Geiseln. Nicht nur die Kämpfe und die Seuche hatten das kaiserliche Heer so dezimiert; ein Teil der Truppen war auch unter dem Kommando des neuen Erzbischofs von Köln ausgeschickt, um Papst Paschalis die Rückkehr nach Rom zu erkämpfen.
Größer konnte der Kontrast zu den Empfängen, die sie sonst gewohnt waren, kaum sein: mit Jubel, Posaunen, Hochrufen und Wildblumen, die dem Pferd der Kaiserin vor die Hufe geworfen wurden.
Hier jubelte ihnen niemand zu. Auf den Gesichtern standen Misstrauen, Feindseligkeit und Hass.
Beatrix war, als könnte sie die bösen Blicke fast wie Nadeln auf der Haut spüren. Von mehreren Seiten erklang böses Zischen, ohne dass sie die Verursacher in der Menschenmenge ausmachen konnte.
Sie fürchtete sich und drehte sich im Sattel zu Marie Claire

um, deren Gesicht ebenfalls wie versteinert wirkte – aber vor Angst. Wie gut, dass sie ihre Kinder in der sicheren Obhut des Markgrafen Wilhelm von Montferrat zurückgelassen hatten! Der war ein Verwandter Friedrichs und seit Jahren ein entschlossener Kämpfer gegen die rebellischen norditalienischen Städte, verheiratet mit einer Tochter des Markgrafen von Österreich und selbst gesegnet mit vielen Kindern.
Noch einmal ließ die Kaiserin ihren Blick über die kleine Schar Bewaffneter wandern, die sie und den Kaiser schützten. Wenn die wütende Menge über sie herfiel, würden sie nicht viel ausrichten können. Sobald jemand den ersten Stein warf, würde hier die Hölle ausbrechen.
Im bedrohlichen Schweigen der Stadtbewohner vernahm sie, wie hinter ihnen mit Scharren und Krachen die Stadttore wieder geschlossen wurden. Am helllichten Tag! Sie drehte sich um und sah zu ihrem Entsetzen, dass sich davor auch noch Wachen postierten.
Sie saßen also fest – obwohl sie von hier den Pass schon fast sehen konnten, der sie über die Alpen nach Burgund führen würde. Beatrix warf Friedrich einen besorgten Blick zu. Doch dessen Miene blieb ungerührt.

Ein großer und recht beleibter, üppig herausgeputzter Consul namens Matteo – er trug tatsächlich an jedem Finger einen goldenen, mit Edelsteinen besetzten Ring! – hieß sie in übertrieben höflichen Worten willkommen. Stefano übersetzte, der Kaiser verzog keine Miene, und beide taten sie so, als entginge ihnen der hämische Unterton.
Matteo stellte sich als Tuchhändler vor.
»Wir würden uns freuen, wenn Ihr uns einige Muster schicken könntet«, ließ die zuckersüß lächelnde Beatrix Stefano übersetzen.
»Schönste Kaiserin, das sind doch nur Lumpen, Eurer nicht würdig!«, wand sich Matteo und buckelte. Entweder fürchtete

er, für seine Waren nicht bezahlt zu werden, oder er wollte mit dem Kaiser und seinem Gefolge keine Geschäfte machen.
»Dann sind die prächtigen Gewänder, die Ihr tragt, wohl …?«
»Geschenke, liebreizende Kaiserin, Geschenke«, redete er sich heraus und stellte flugs seine Begleiter vor, zwei weitere Consuln, die Giuseppe und Nicolo hießen und dem Aussehen nach wohl Brüder waren.
Die kleine Abordnung der Stadt geleitete sie zu dem Castello, in dem sie für die nächsten Tage Quartier beziehen sollten. Bei dem Castello handelte es sich um einen unförmigen steinernen Klotz mit wenigen, dafür vergitterten Fenstern.
»Lasst es Euch wohl ergehen und sagt uns, wenn es Euch an etwas fehlen sollte, Majestät«, verkündete Matteo salbungsvoll und heuchlerisch, verneigte sich tief und bat um die Erlaubnis, sich mit seinen Begleitern entfernen zu dürfen.
Daran hatte er gut getan.
Denn als das Kaiserpaar das Innere des Castello betrat, wurde der umfassende Mangel an Vorbereitungen für den hohen Besuch deutlich – eine offene Beleidigung. Kein Kohlebecken war entzündet, um in dem vom Winter ausgekühlten Gemäuer für behagliche Wärme zu sorgen, in den Fensterwinkeln hingen Spinnweben, die Bettgestelle waren kahl, kein Eimer voll Wasser war vom Brunnen geholt worden, und die Küche war bis auf ein paar karge Reste von Vorräten entblößt.
Entgeistert fiel der Kämmerer des Kaisers vor Friedrich auf die Knie.
»Verzeiht, Euer Majestät! Unsere Ankunft wurde rechtzeitig angekündigt!«, beteuerte er fassungslos.
Und eine solche Ankündigung löste normalerweise in den gastgebenden Orten eine Unzahl genau vorgeschriebener Aktivitäten aus: Badezuber, Federbetten und sogar Nachtgeschirre wurden herbeigeschleppt, Wasser wurde erwärmt, Vorräte wurden aufgefüllt und ein erstes Mahl wurde vorbereitet.

Der Küchenmeister sank neben dem Kämmerer auf die Knie und raufte sich ebenfalls die Haare. »Wir hätten vorausreiten und uns selbst um alles kümmern sollen«, klagte er sich an.
»Ihr habt Euch nichts vorzuwerfen!«, beschwichtigte sie der Kaiser – äußerlich ruhig, doch innerlich vor Wut kochend. »Dahinter steckt ein abgefeimter Plan. Wir werden ihnen nicht auf den Leim gehen, indem wir unsere Verärgerung zu erkennen geben. Wir führen alles mit uns, was wir brauchen: Proviant, Decken, Becher und Schalen. Vergewissert Euch nur beim Stallmeister, dass das Stroh in den Ställen nicht feucht ist!«
Eher würden sie die Pferde auf dem Hof lassen, als die Huffäule zu riskieren.
Unter anderen Umständen hätte Friedrich höchst erbost und mit eiserner Hand auf diese Unverschämtheit reagiert. Doch in der jetzigen Lage – angesichts der Anfeindungen der aufrührerischen Menge, der versperrten Stadttore, und da er nur noch über dreißig Ritter verfügte, die zudem ein Dutzend Geiseln bewachen mussten – wollte er auf keine Provokation hereinfallen. Er wusste, dass die Consuln von Susa nur darauf warteten. Die Stadt stand kurz vor einem Aufstand gegen ihn. Ein einziger Funke könnte ein Lauffeuer entfachen – und ein Blutbad verursachen.
Zum Glück führten sie alles im Tross mit, was sie benötigten, und der Kämmerer, der Küchenmeister und der Stallmeister sorgten mit ihren Gehilfen dafür, dass das Castello bald einigermaßen wohnlich wurde.
Im Kamin entfachten sie ein Feuer aus dem Holz einiger wackliger Schemel, die in einer Ecke standen und die der Herzog von Zähringen höchstpersönlich überm Knie zerbrach, um seine Wut abzureagieren, und in der Küche fand sich ein Vorrat an Holzkohle.
Kaum saßen das Kaiserpaar und seine ranghohen Begleiter an der Tafel, um ein frugalesMahl einzunehmen, brandete draußen Lärm auf, das Wutgeschrei einer großen Menschenmenge.

Stefano erbot sich, hinauszugehen und zu erkunden, was es damit auf sich habe. Marie Claire sah ihn ängstlich an. Am liebsten hätte sie ihn angefleht, es nicht zu tun.
Nach nicht allzu langer Zeit kehrte er zurück, begleitet von Matteo und den Brüdern Nicolo und Giuseppe.
Gespielt verlegen verbeugte sich der fette Tuchhändler.
»Euer Majestät, wir befinden uns in einer furchtbaren Notlage«, hob er in weinerlichem Tonfall an und rang die fleischigen, ringgeschmückten Hände. »Der Lombardische Bund ließ uns soeben mitteilen, dass er die Herausgabe der Geiseln fordert, die Ihr mit Euch führt und denen zweifellos der Tod droht wie jenem Mann, den Ihr auf dem Hügel aufgeknüpft habt. Andernfalls wird unsere Stadt von Mailand angegriffen.«
Wieder dachte Beatrix: Mein Gemahl hätte diesen Zilius nicht hängen sollen! Zumindest nicht vor den Augen der Bewohner von Susa. Nun sitzen wir in der Falle. Es war furchtbar, sich so machtlos zu fühlen.
»Aha. Soso«, sagte der Kaiser frostig und verschränkte die Arme vor der Brust. »Und diejenigen, die da draußen grölen und Knüppel schwenken, sind das etwa alles *Mailänder?* Ich dachte, Ihr hättet die Stadttore geschlossen.«
Die Consuln zeigten alle drei wie auf Befehl den gleichen Ausdruck geheuchelten Bedauerns.
»Das Volk fürchtet sich. Wir können es nicht mehr beruhigen«, erklärte Matteo und breitete theatralisch die Arme aus. »Wenn Mailand uns belagert, werden sie die Stadt mit Katapulten beschießen. Dann bleibt kein Stein auf dem anderen, und wenn sie durch die Tore brechen und stürmen, sterben wir alle.«
»Ich dachte, die Mailänder wollen die Geiseln?«, hielt Friedrich dagegen, sobald Stefano übersetzt hatte. »Sie werden also nicht *alle* töten.«
»Wer weiß schon, wie so etwas ausgeht«, meinte Nicolo mit zutiefst trauriger Miene und zuckte mit den Schultern.

Das Gebrüll draußen vor dem Castello war inzwischen immer lauter und wütender geworden. Stefano und Marie Claire, aber auch Beatrix, die inzwischen recht gut Italienisch verstand, hörten deutlich Drohungen wie »Schlagt den Kaiser tot!« heraus.
Friedrich verständigte sich durch einen kurzen Blickwechsel mit Herzog Berthold von Zähringen, dem ranghöchsten seiner verbliebenen Begleiter. Der Zähringer forderte die drei Consuln auf, niederzuknien und den kaiserlichen Beschluss zu vernehmen. Neugierig kamen sie der Anordnung nach.
»Sagt den Menschen von Susa, dass ich als Akt der kaiserlichen Gnade die Geiseln freilassen werde«, verkündete Friedrich mit hoheitsvoller Miene. »Hier muss sich also niemand vor Mailand fürchten.«
Er hob Einhalt gebietend die Hand, als sich die Consuln bedanken wollten.
»Doch ich werde es erst tun, nachdem sich die Menschenmenge zerstreut hat«, fuhr er fort. »Befehlt euern Bürgern, brav in ihre Betten zu gehen. Dann lasse ich die Geiseln noch heute Nacht frei. Ihr könnt sie hier vor dem Castello in Empfang nehmen, sobald Ruhe in den Straßen der Stadt herrscht!«
Die drei bedankten sich wortreich, erhoben sich mit Erlaubnis des Kaisers und hasteten davon.
Kaum waren sie fort, rief der Herzog von Zähringen den Hauptmann seiner Wache zu sich und befahl ihm, alle Ritter in Kampfbereitschaft zu versetzen, sofern sie es nicht schon waren. Der Mann bestätigte und eilte hinaus, um sich und seine Männer zu rüsten.
An der Tafel aß niemand mehr auch nur einen Bissen; alle lauschten angestrengt, ob der Lärm draußen verstummte.
Und tatsächlich: Nach und nach erlosch das Geschrei. Endlich herrschte Ruhe vor dem Castello, nur unterbrochen vom gelegentlichen Schnauben eines Pferdes und Hundegebell aus der Ferne.

Beatrix zog fröstelnd die Schultern hoch; Marie Claire holte ihr rasch einen Umhang.
»Ich kann nichts mehr essen. Ich bin erschöpft und möchte ruhen«, sagte sie zu ihrem Gemahl.
»Geh nur, Liebste!«
Zärtlich nahm Friedrich ihr Gesicht in seine Hände und küsste ihr die Stirn. »Der Aufruhr hat sich gelegt. Ich verspürte ohnehin wenig Lust, diese Geiseln noch über die Alpen zu zerren.«
Beatrix wusste, dass er nicht wirklich so dachte. Aber auch abgesehen von dem Tumult hier in Susa hätten sie das wohl kaum geschafft. Sie konnten froh sein, wenn sie selbst noch über den einzigen freien Pass gelangten.

Die Kaiserin ließ sich von Marie Claire zu ihrer Schlafkammer geleiten, das staubige Reisegewand ausziehen und sich mit warmen Decken überhäufen.
»Ich hoffe, die Gefahr ist vorüber«, flüsterte Marie Claire.
Doch keine der beiden Frauen mochte es wirklich glauben.
»Möge Gott uns beistehen!«, meinte Beatrix resigniert und bat darum, eine Schüssel in ihrer Nähe aufzustellen. Ihr Magen revoltierte, und sie wusste nicht, ob die Übelkeit von einer Schwangerschaft oder der ausgestandenen Angst herrührte.
Sie hatte sich heute gefürchtet wie selten in ihrem Leben. Und es war noch nicht vorbei … Nicht, ehe sie in Burgund waren und ihre Kinder wieder bei sich hatten.
Beatrix zog sich die Decke über den Kopf und verlor sich in düsteren Gedanken.
So viele Jahre hatte ihr Gemahl Krieg in Italien geführt; einen Krieg, in dem sehr bald schon beide Seiten unvorstellbare Gräuel begingen. Sie hatte schier endlose Schlachtfelder gesehen, Berge von Leichen, zerstückelte Gefangene, in Schutt und Asche gelegte, einst blühende Städte, verwüstete Landschaften.

War es ein Wunder, wenn sich die norditalienischen Städte gegen ihren Gemahl erhoben, weil er Steuern und Hoheitsrechte von ihnen forderte? Doch die standen ihm zu, versicherten die Rechtsgelehrten.
Und dann der leidige Streit um den wahren Papst, Alexander oder Paschalis, den Rainald vom Zaun gebrochen hatte, Gott sei seiner durchtriebenen Seele gnädig …

Beatrix schlief bleiern, als jemand sie an der Schulter rüttelte und leise rief: »Wach auf, Liebste!«
Benommen fuhr sie hoch und versuchte, die Augen zu öffnen, blinzelte dann in das Kerzenlicht, rieb sich übers Gesicht.
Friedrich hatte sie geweckt, und er war vollständig bekleidet. Offenbar hatte er überhaupt noch nicht geschlafen. Ein Blick zum Fenster verriet ihr, dass tiefe Nacht herrschte.
Und dann – wieso erst jetzt, wie viel Zeit war vergangen, seit Friedrich sie geweckt hatte? – hörte sie von draußen wieder das aufflammende Geschrei einer mordlustigen Meute.
Schlagartig war sie wach.
Friedrich griff nach ihren Händen. »Ich muss fort«, sagte er und erntete nur ihren fassungslosen Blick.
»Noch schützen meine Männer das Castello. Aber die rebellierenden Stadtbewohner werden keine Ruhe geben, bis sie mich haben. Darum höre den Plan, den ich mit dem Herzog von Zähringen ersann.«
Er atmete tief durch und versuchte, ihr Gelassenheit und Zuversicht zu vermitteln.
»Ihr Zorn richtet sich nur gegen *mich,* dessen sind wir uns sicher. Und bald sind sie so trunken, dass sie einschlafen. Aber morgen …«
Er strich sich durchs Haar und erklärte: »Ich werde noch in dieser Nacht verschwinden. Der Kämmerer wird zum Schein meinen Platz als Kaiser einnehmen, und ich hoffe, dass kein Italiener das bemerkt.«

Könnte das klappen?, überlegte sie. Hartmann von Siebeneich, Friedrichs Kämmerer, hatte in etwa die Statur des Kaisers und ebenso rötliches Haar.
»Man wird dich unterwegs erkennen«, wandte sie ein. »Und dann bist du schutzlos.«
Lächelnd gab er die Einzelheiten seines Plans preis.
»Ich werde die Kleider eines Stallknechts tragen. Eine Bundhaube bedeckt mein Haar, und mit etwas Staub wirkt mein Bart grau. Niemand wird in mir den Kaiser vermuten.«
Beatrix gab sich Mühe, sich ihren Gemahl, der stets so auf seine Ehre hielt, in den schäbigen Kleidern eines Knechts vorzustellen, und entschied, sich dieses Bild lieber nicht auszumalen. So wollte sie ihn nicht sehen.
»Ich suche einen hiesigen Verbündeten auf, reite nach Grenoble und leite von dort aus deine sichere Heimkehr ein. Und die unserer Söhne.«
Fassungslos sah sie ihn an.
»Du lässt mich *allein* hier, in dieser feindseligen, mordlustigen Stadt?«
Nun ergriff Friedrich ihre Hände und drückte sie.
»Dir wird nichts geschehen. Sie wollen mich, nicht dich, und ich lasse dir alle Bewaffneten hier. Verschaff mir einen Vorsprung, lass sie nicht merken, dass nicht ich es bin, der am Fenster auf und ab geht, damit sie mich nicht verfolgen und einholen. Nach ein paar Tagen kannst du den Consuln bekanntgeben, dass ich nicht mehr hier bin, und sie werden euch unbehelligt ziehen lassen.«
Als Beatrix schwieg und starr zum Fenster blickte, bat er geradezu flehend: »Liebste, sag etwas! All meine Berater beteuern, dies sei der sicherste Plan auch für dich. An dir – an der Kaiserin! – werden sie ihren Zorn nicht auslassen. Dafür wird schon die Geistlichkeit sorgen. Und du hast es schon immer verstanden, die Herzen der Menschen zu gewinnen.«
Setzte er bewusst ihr Leben aufs Spiel? Doch er selbst ging

ja ein viel größeres Wagnis ein. Ausreden konnte sie ihm sein Vorhaben nicht, es war alles schon beschlossen. Ihre Meinung spielte keine Rolle.
In einem Anflug von Trotz entschied Beatrix, nichts von ihrer Vermutung einer erneuten Schwangerschaft zu sagen. Er würde es vielleicht nicht glauben und für einen Versuch halten, ihn umzustimmen.
Wie hatte es nur so weit kommen können?
Seit ihrer Vermählung war Friedrich geradezu vernarrt in sie gewesen, hatte sie auf Händen getragen, mit Geschenken überhäuft, Troubadoure und die besten Handwerker an seinen Hof geholt. Und nun? Diese Italienzüge, dieser ständige Krieg!
Entweder war sie monatelang von ihm getrennt, einmal sogar zwei Jahre lang, oder sie musste sich in Kriegsgebiet aufhalten. Fast das ganze Jahr im Sattel, zumeist schwanger …
Sie war es leid.
»Dann geh!«, brach es aus ihr heraus. »Gott schütze dich!«
»Heerscharen von Chronisten werden deine Tapferkeit rühmen«, versicherte er erleichtert und umarmte sie enthusiastisch.
»Wann brichst du auf?«
»Noch in dieser Nacht. Jetzt gleich.«
»Aber die Stadttore sind verschlossen und gut bewacht!«, wandte sie ein.
»Der Zähringer und ich, wir haben schon einen guten Plan ersonnen«, meinte ihr Gemahl grinsend, gab ihr einen Kuss und eilte mit großen Schritten hinaus, voller Tatendrang und Zuversicht.
Beatrix schob ihre Ängste und Bedenken beiseite und begann zu überlegen, wie sie in den nächsten Tagen am klügsten vorgehen sollte.

Gewagtes Spiel

Kaiserin Beatrix, der kaiserliche Kämmerer Hartmann von Siebeneich, Stefano di Stella und Marie Claire; Susa, 10. März 1168

Am Morgen begann das Spiel, es war genau mit allen Eingeweihten abgesprochen. Damit niemand von der Dienerschaft sie verriet, hatten nur wenige Personen Zutritt zu den Kammern des Kaiserpaares. Das war nicht ungewöhnlich und konnte keinen Verdacht wecken. Der Kaiser war beschäftigt. Hartmann von Siebeneich, der Kämmerer, ließ sich in regelmäßigen Abständen immer wieder einmal am Fenster blicken, vorzugsweise mit dem Rücken zu möglichen Beobachtern draußen, im hermelinverbrämten Umhang des Kaisers und dessen golddurchwirkter Kappe auf dem Kopf.

Als sich der Tag dem Ende näherte, ohne dass jemand den Kaiser vermisste oder die Nachricht eintraf, er sei in seiner Verkleidung gefangen genommen, hielt es Beatrix bei aller Erleichterung für sicherer, noch etwas zusätzlich zu unternehmen, um die Anwesenheit ihres Gemahls vorzutäuschen und eine Erklärung zu liefern, warum er sich den Consuln nicht zeigte.

Sie schickte Stefano mit der Forderung nach mehr Pergament zu Matteo; der Kaiser habe wichtige Erlasse zu diktieren.

Nach ziemlich langer Zeit kehrte Stefano zurück und brachte gerade einmal zwei Bögen Pergament, von denen sie auch noch die alte Beschriftung abschaben mussten.

Beatrix war nicht überrascht; sie hatte genau damit gerechnet. Aber man würde ihren Gemahl für anwesend und beschäftigt halten.

Stefano war kaum aus der Kammer, da ließ sich der Küchenmeister bei ihr melden und warf sich händeringend vor ihr auf die Knie.

»Euer Majestät, die Lieferungen aus der Stadt sind ungenießbar! Das Olivenöl ranzig, das Brot voller Maden, der Wein sauer«, zählte er fassungslos auf. »Also versuchte ich, frische Ware auf dem Markt zu kaufen, aber die Händler weigerten sich! Wie soll ich Euch heute Abend ein gutes Mahl auf den Tisch bringen?«
»Ihr werdet uns schon satt bekommen«, beruhigte sie ihn, aber in ihr brodelte es. »Wir haben sicher noch eigenen Proviant, nicht wahr? Käse und Schinken genügen. Ihr müsst Euch keine Vorwürfe machen«, versicherte sie. »Aber diese Consuln werden meinen Zorn noch zu spüren bekommen.«

Am nächsten Morgen beschloss die Kaiserin, sich in der Stadt zu zeigen und dabei zu prüfen, wie viele Freiheiten ihnen eigentlich zugestanden wurden, nachdem die Geiseln entlassen worden waren. Und natürlich musste die Unverschämtheit gerächt werden, mit der die Stadtherren den kaiserlichen Hof behandelten.
Sie zog ein besonders prächtiges Gewand an, ließ ihr Pferd satteln und ritt zusammen mit einigen Begleitern durch Susa, bewegte sich langsam Richtung Tor. Zu beiden Seiten der Straßen gafften die Leute sie mit offenem Mund an, ein paar Gassenjungen flitzten los …
Und wie erwartet kam schon ein paar Straßenzüge weiter Matteo ächzend und prustend angerannt, um sie aufzuhalten. Mit schweißüberströmtem Gesicht humpelte er neben ihrem Pferd her, während sie sich dem Tor näherte.
Es war verschlossen und bewacht. Wie sie erwartet hatte.
»Haltet ein, *principessa!*«, barmte er schnaufend und breitete die Arme aus, als wollte er sich ihr in den Weg stellen.
»Ich wünsche einen Ausritt zu machen. Die Pferde müssen bewegt werden, und die Frühlingssonne lockt«, sagte sie hoheitsvoll, wobei dem Mann in seiner Aufregung völlig entging, dass diesmal gar nicht der einhändige Dolmetscher übersetzte, sondern die Kaiserin selbst Italienisch mit ihm sprach.

»Ich bedauere außerordentlich, *la mia principessa!*«
Schnaufend patschte er die Hände zusammen und heuchelte: »Das würde Eure Sicherheit gefährden. Hier in der Stadt ist der Friede glücklicherweise wiederhergestellt, aber ich weiß nicht, wie es sich in der Welt jenseits dieser Mauern verhält.«
Unterwürfig sah er sie an, aber sie erkannte den Hohn in seinen Augen.
Nicht nur, dass man sie hier einsperren wollte – er wagte es auch noch, sie für dumm zu verkaufen?
»Ich bin keine *principessa,* keine kleine Prinzessin! Ich bin Kaiserin. Die richtige Anrede ist also *imperatrice.* Oder genauer: *Vostra Maestà l'Imperatrice«,* wies sie ihn streng zurecht.
An seiner Miene erkannte sie, dass ihm gerade dämmerte: Die Kaiserin sprach auch Italienisch!
Sein Kinn klappte herunter. Der Anblick verwandelte ihren Zorn in Sarkasmus.
»Wie sehr es mich beruhigt, dass du so um mein Wohlbefinden besorgt bist! Ich werde meinem Gemahl davon berichten. Aber da der Tag noch jung ist, werden wir zuerst den hiesigen Markt besuchen. Meine Damen wird es freuen, hier vielleicht ein schönes Schmuckstück zu erwerben oder eine feine Nadel und buntes Stickgarn.«
Graziös wies sie mit der Hand auf Marie Claire, die lächelte, und auf die verbiesterte Margaux, die überhaupt nicht glücklich darüber wirkte, sich auf dem Markt unter das Volk zu mischen.
Auch Matteo wirkte gar nicht froh angesichts dieser Entwicklung.
Der Markt begann nur ein paar Querstraßen weiter, wie sie gesehen hatte. Also saß sie ab, ebenso wie ihre Damen und der Küchenmeister, und reichte die Zügel einem der Männer, die ihr Geleit bildeten. Dabei bekam sie aus dem Augenwinkel mit, dass der herausgeputzte Consul ein paar Straßenjun-

gen etwas zuflüsterte, die daraufhin sofort in alle Richtungen davonspritzten.
Sie hatte damit gerechnet und wusste genau, worum es ging: die anderen Consuln zu alarmieren und den Händlern zu befehlen, ihr und ihren Begleitern nichts zu verkaufen.
Es erregte großes Aufsehen, als sie mit ihren prachtvoll gekleideten Damen und dem bewaffneten Geleit durch die Straßen von Susa zum Markt schritt. Links und rechts des Weges blieben Männer wie Frauen stehen und wisperten sich etwas zu, Kinder zeigten mit Fingern auf sie, da und dort versank jemand in einen Knicks. Niemand wagte einen Angriff oder eine Dreistigkeit angesichts der Bewaffneten, die sie umgaben. Betont gutgelaunt blickte sie hoheitsvoll, aber freundlich nach links und rechts.
Die ersten Stände erweckten den Eindruck, soeben erst in aller Eile geräumt geworden zu sein. Sie schritt daran vorbei, ohne sich etwas anmerken zu lassen, und blieb vor einem Tisch stehen, auf dem ein Händler kupferne Fibeln und kirschgroße bunte Glasperlen ausgelegt hatte. Nichts Wertvolles, nach den Maßstäben einer Kaiserin, aber hübsch.
Sie griff nach einer kleinen Phiole aus venezianischem Glas, die ihr gefiel, und drehte sie zwischen den Fingern.
»Was soll sie kosten?«, fragte Beatrix mit einem Lächeln.
Der Händler wurde natürlich von allen in der Umgebung beobachtet und wand sich. In ihm kämpfte sichtlich die Hoffnung auf ein gutes Geschäft mit der Angst, sich der Weisung Matteos zu widersetzen.
»Nichts hiervon ist schön genug für Euch, meine bescheidene Ware ist Eurer nicht würdig«, stammelte er.
Lächelnd sah sie ihn an und wiederholte die Frage.
Also nannte er eine enorme Summe, mindestens das Fünffache des angemessenen Preises.
Beatrix zuckte nicht mit der Wimper, sondern wies einen Begleiter an, dem Händler die geforderten Denare zu reichen.

Dutzende Augenpaare sahen staunend, neidisch oder gierig zu, wie er dem Mann den Betrag in die Hand zählte.
»Für gute Ware zahle ich auch einen guten Preis«, erklärte die Kaiserin laut und blickte sich ausgiebig um.
Schon rannten ein paar Kinder aufgeregt los; also wusste sie, dies würde im Nu die Runde machen.
Auf ihr Zeichen wählten sich die Hofdamen ebenfalls ein Schmuckstück aus, ob sie es nun brauchten oder nicht. Und Beatrix wusste, sie hatte gewonnen.
Dann rief sie den Küchenmeister an ihre Seite, und gemeinsam besuchten sie die Viktualienstände.
Der erste Olivenhändler zögerte noch. »Ihr findet sicher jemanden mit besserer Ware«, fiepte er ängstlich.
Das nahm sein Nachbar als Stichwort und rief die hohen Besucher zu sich.
»Seht, wie glasklar dieses Öl ist, in herrlichstem Gelb, schönste aller Kaiserinnen!«, rief er. »Probiert bitte!«
Er riss ein Stückchen von einem halben Brotlaib aus Weizen, dessen Duft Beatrix verführerisch in die Nase stieg, tauchte es in ein Schälchen mit seinem Öl und reichte es ihr.
»Sehr gut!«, lobte sie und blickte zum Küchenmeister. »Wir nehmen vier Krüge davon«, sagte sie zur Freude des Olivenhändlers. »Und sagt mir gleich noch, wo ich hier dieses köstliche helle Brot bekomme.«
»Bei Angelo, meinem Vetter!«, rief er begeistert, als auch er seine Bezahlung rasch an sich nahm. Er winkte einen halbwüchsigen Jungen herbei, der Ähnlichkeit nach sein Sohn. »Führe die edle Kaiserin zu deinem Oheim, aber hurtig, sonst setzt es Prügel!«
Es war ein Spiel, an dem Beatrix allmählich Spaß fand, weil sie so den Consuln die Demütigungen heimzahlen konnte.
Marie Claire hielt vor einem Tisch inne, auf dem geschnitzte Holztiere aufgereiht waren. Fasziniert griff sie nach einer glattpolierten, zusammengerollten Katze aus Kirschholz, die sich wie selbstverständlich in ihre Hand schmiegte.

»Nehmt sie mit und schenkt sie Euren Kindern, edle Dame!«, ermutigte sie das schwarzgelockte Mädchen, das die Spielzeuge feilbot. »Und empfehlt mich bei Hofe!«
Marie Claire bedankte sich für das Geschenk und kaufte noch ein Reh mit zwei Kitzen dazu.
Je länger sie an den Ständen entlangschlenderte, um so lauter überboten sich die Händler.
Sie wusste, die Dinge waren samt und sonders überteuert, aber das kümmerte sie nicht. Es gehörte zu dem Schauspiel, das sie hier liefern musste. Eine Kaiserin feilschte nicht.
Als sich dann sogar jemand zu ihr durchdrängte und sie an seinen Stand mit edlen Gewürzen einlud, unter Einsatz beider Ellbogen voranging und die Leute anschrie: »Macht Platz, macht Platz für die schöne Kaiserin und ihr Geleit!«, da wusste Beatrix: Diese Schlacht hatte sie gewonnen.

Keiner der Consuln ließ sich an jenem Tag noch bei ihr blicken. Sie überlegten wohl, wie sie sich am besten aus der heiklen Lage herauswinden konnten.
Am nächsten Morgen erschienen Matteo und seine zwei Freunde mit betretenen Mienen, die rasch einem aufgesetzten Lächeln wichen. Jeder hielt ein Kästchen in den Händen.
»Wir wünschen dem Kaiser diese Geschenke zu übergeben, als Ausdruck unserer Ergebenheit … In Honig und Mehl eingelegte Mandeln und andere beliebte Süßspeisen, typisch für diese Gegend. Auch Ihr werdet sie lieben, *Vostra Maestà l'Imperatrice …*«
»Ich danke euch, auch im Namen des Kaisers. Seine Majestät weilt bedauerlicherweise nicht hier.«
Matteos Gesichtsausdruck entschädigte sie für vieles, was sie in Susa erlebt hatte.
»Wie – nicht hier?«, stammelte der Ratsherr verblüfft. »Ohne uns etwas zu sagen? Wo ist er denn?«
»In wichtigen Staatsangelegenheiten unterwegs. Haltet ihr

euch für so bedeutend, dass er euch diese Dinge zu wissen geben muss?«, fragte sie scharf. »Im Übrigen gedenke ich, heute mit dem restlichen Hofstaat abzureisen. Ich danke den Consuln von Susa für die außerordentliche Gastfreundschaft, die uns hier erwiesen wurde.«
Ihr Abzug erfolgte ohne Zwischenfälle.
Doch die Blicke, mit denen Matteo, Nicolo und Giuseppe sie bedachten, weckten in ihr nie gekannte Rachegelüste. Irgendwann würde sie diese Stadt zur Strafe für ihre Unverschämtheit brennen sehen. Und sie würde sich daran erfreuen.

Der Letzte seines Hauses

Herzog Welf VI., seine Gemahlin Uta von Calw, Kaiser Friedrich, Adela von Vohburg, Dietho von Ravensburg; Ravensburg und Memmingen, Frühjahr 1168

»Mir graut vor dieser Reise«, gestand Adela von Vohburg ihrem Gemahl Dietho von Ravensburg und lehnte den Kopf müde an seine Schulter.
»Soll ich dich nicht doch begleiten?«, bot er sofort an – zum wiederholten Mal. Nicht nur wegen des rauen Winterwetters wollte er seiner Frau diese Reise gern ersparen oder wenigstens dabei an ihrer Seite sein.
In Memmingen würde sie dem Kaiser begegnen, der von seinem gescheiterten Italienfeldzug zurückkehrte. Adela von Vohburg war in jungen Jahren mit Friedrich vermählt gewesen. Doch der ehrgeizige Staufer verstieß sie, sobald ihn die Fürsten zum König gewählt hatten.
Die einstigen Eheleute waren einander seither nie wieder begegnet – zur beiderseitigen Erleichterung. Friedrich hatte

Adela den Auftritt bei Hofe untersagt, und nicht einen Wimpernschlag lang sehnte sie sich dorthin zurück. Aber nun würde sie ihn wohl zu sehen bekommen, obwohl ihr die Aussicht darauf Alpträume bescherte.
Ihre Fürstin und Gönnerin Uta von Calw hatte sie gebeten, sie auf der Reise nach Memmingen zu begleiten. Dort wollten sich Herzog Welf und seine Gemahlin mit dem Kaiser treffen – in Erwartung der Rückkehr ihres einzigen Sohnes und Erben. Der junge Welf war ohne Erlaubnis und Wissen seines Vaters mit dem Kaiser zum Italienfeldzug aufgebrochen, während sich jener auf einer Pilgerfahrt nach Jerusalem befand. Und über den Ausgang dieses Feldzugs waren schreckliche Gerüchte wie Schwärme von Krähen über die Alpen geflattert.
»Nein, bleib hier und beschütze unsere Kinder«, bat Adela ihren Mann, während finstere Erinnerungen sie heimsuchten. Einst – jung und dumm und unerfahren war sie gewesen – hatte sie geglaubt, Friedrich sei ihr große Liebe. Doch er hatte nie auch nur ein Fünkchen Zuneigung für sie empfunden. Als er sie nach sieben Jahren steter Zurückweisung und Herzenskälte in aller Öffentlichkeit in Konstanz verstieß, war es Uta von Calw gewesen, die vor dem Dom auf die unglückliche Adela wartete und sie sofort und energisch den Augen der Gaffer entzog. Die die Umstände ihrer Verbannung erträglich machte und die Ehe mit Dietho in die Wege leitete. Ihn hatte die junge Frau rasch lieben gelernt, auch wenn ihr Leben nun deutlich schlichter war als bei Hofe.
Sie war die Tochter eines Markgrafen gewesen, dann eine Herzogin; sie sollte Königin sein …
Alle Welt – abgesehen von seinen Feinden natürlich – lobpreiste ihren einstigen Gemahl als edelmütig, herzlich und freigiebig. Doch sie hatte seine dunkle Seite kennengelernt: eiskalt berechnend, hartherzig und gierig. Er war ihr nicht nur ohne das geringste Mitgefühl begegnet, es hatte ihm nicht

genügt, sie vor aller Augen zu verstoßen … Nein: Er hatte ihr auch ihren Besitz weggenommen, ihr Erbe – das Egerland! Und zu ihrer weiteren Demütigung befohlen, dass sie mit einem Unfreien, einem einfachen Ministerialen vermählt werden sollte. Nur dank der Fürsprache des herzoglichen Paares Welf und Uta wurde Dietho in den Stand eines Edelfreien erhoben.
So war Adela von Vohburg nun die Gemahlin eines Ritters und hatte ihr altes Leben ebenso wie ihre prächtigen Kleider hinter sich gelassen. An Diethos Seite und mit ihren drei gemeinsamen Kindern war sie glücklich und hatte den Kummer aus sieben Jahren als Friedrichs ungeliebte Ehefrau mit aller Kraft verdrängt. Bis er sie nun wieder einholte.
Sie vermochte den Gedanken kaum zu ertragen, sich an ein und demselben Ort wie ihr einstiger Gemahl aufzuhalten, so sehr verachtete sie ihn für seine Gier und Bosheit. Sollte er erfahren, dass sie glücklich war, würde er ihr sofort aus purer Niedertracht auch noch das Wenige nehmen, was sie besaß.
Ihr blieb nur, sich in Memmingen nach allen Regeln der Kunst in der Menschenmenge zu verbergen. Das hatte sie in den fünfzehn Jahren seit ihrer Scheidung gründlich gelernt.
Adela hob den Kopf und trat einen halben Schritt zurück, um ihrem Mann in die Augen zu sehen.
»Ich kann der Herzogin diesen Freundschaftsdienst nicht verweigern«, sagte sie leise und bedrückt. Viel lieber würde sie hierbleiben, in der vertrauten Gesellschaft Diethos, die Fortschritte ihrer Söhne verfolgen, die bald in die Reihen der Knappen aufgenommen wurden, und für ihre Tochter einen guten Ehemann auswählen.
Doch sie konnte die Bitte Utas nicht abschlagen.
»Ich brauche jetzt eine Freundin, keine plappernden Hofdamen«, hatte die Herzogin gesagt, und düstere Schatten zogen über ihr Gesicht. In Utas flammend rotes Haar mischten sich in letzter Zeit immer mehr weiße Fäden.

»Ihr müsst Euch dem Kaiser nicht zeigen, Adela, ich werde Euch in meiner Kammer verbergen. Nur wartet dort auf mich, bis wir Gewissheit haben …«
Welche Gewissheit, das musste Uta nicht aussprechen. Die nicht verstummenden Gerüchte beschworen Schreckensbilder vom Massensterben der Gefolgsleute des Kaisers durch eine Seuche herauf, die ihre Opfer binnen weniger Stunden tötete. Noch gab es keine offizielle Kunde vom Schicksal des jungen Welf, und sein Vater weigerte sich strikt, etwas anderes als die ruhmreiche Rückkehr seines einzigen Erben auch nur in Erwägung zu ziehen. Doch tief in ihrem Innern ahnte Uta: Würde ihr Sohn noch leben, hätte er ihnen längst eine Nachricht zukommen lassen.
»Pass auf dich auf!«, ermahnte Dietho seine Frau besorgt. Adela nickte, verschloss ihre Nöte in sich und trat hinaus in den Burghof, um auf ihr Pferd zu steigen.

Weil die Wege vom Tauwetter aufgeweicht und schlammig waren, brauchten das Fürstenpaar und seine Begleiter anderthalb Tage bis nach Memmingen, das zu den Stammgütern der Welfen zählte und vom Herzog vor zehn Jahren zur Stadt erhoben worden war.
Sie hatten sich kaum am Feuer in der Kemenate etwas durchgewärmt, als auch schon die Ankunft des Kaisers und seines Gefolges gemeldet wurde.
Uta wich schlagartig alle Farbe aus dem Gesicht. Sie hastete zu einer der Fensteröffnungen, um Ausschau nach ihrem Sohn zu halten. Doch der Einzige, den sie in dem Gewimmel von Männern und Pferden wegen seiner prunkvollen Aufmachung von hier aus erkennen konnte, war ihr Neffe, der Kaiser.
Die Herzogin ließ sich mit starrer Miene einen mit Eichhörnchenfellen gefütterten Umhang anlegen und gab Adela mit einem leichten Nicken das Zeichen, hier oben zu bleiben und das Geschehen vom Fenster aus zu verfolgen.

Adela wartete, bis sich die Kammer geleert hatte, und zupfte sich den Schleier tiefer in die Stirn, der ihr Haar vollkommen verbarg. Dann suchte sie sich einen Platz, von dem aus sie gut beobachten konnte, ohne von den Menschen unten auf dem Hof wahrgenommen zu werden. Schneidender Wind fuhr sie an, und sie zog sich ihren Umhang zum Schutz gegen die Kälte enger um die Schulter.

Er ist alt geworden in den fünfzehn Jahren seit unserer Scheidung, dachte sie teilnahmslos beim Anblick ihres einstigen Gemahls. Hat Fett angesetzt. Sorgenfalten durchfurchen sein einst so anziehendes Gesicht, und die Augen sind dunkel umschattet.

Die Zeit – und wohl vor allem die grausigen Verluste in Italien hatten Spuren bei Friedrich hinterlassen.

Der Wind fegte harte Graupel über den Hof, als der sechste Welf und seine Gemahlin dem Kaiser entgegenschritten.

»Wo ist die Kaiserin?«, fragte Uta erstaunt. Beatrix' Ankunft war ihnen angekündigt worden. Das Kaiserpaar war nach dem haarsträubenden Abenteuer in Susa, das sich im Reich schnell herumgesprochen hatte, in Grenoble zusammengetroffen und reiste wieder vereint.

»Sie blieb auf der Burg eines deiner Vasallen, wo wir die vorige Nacht verbrachten. Sie fühlt sich nicht wohl«, erklärte Friedrich. Doch das war nur die halbe Wahrheit. Er wollte Beatrix nicht dabeihaben, wenn er seinem Freund und Oheim Welf und dessen Gemahlin den Tod ihres einzigen Sohnes beichtete.

»Bringst du mir meinen Sohn zurück, Neffe?«, rief ihm da auch schon der Herzog fordernd und kalt entgegen, ohne sich zu verbeugen und ohne ein einziges höfliches Wort der Begrüßung an seinen Kaiser zu richten.

Friedrich zuckte zusammen. Dann, nach einem schier endlos scheinenden Moment, drehte er sich um und gab jemandem in seinem Gefolge ein Zeichen.

Zwei Männer arbeiteten sich durch das Gedränge, und Adela konnte von ihrem Beobachtungsposten eher als die meisten Wartenden auf dem Hof sehen, was sie trugen: eine Truhe. Kein Sarg. Aber groß genug, um die Gebeine eines Menschen aufzunehmen.
Uta stieß einen Schrei aus. Der silberne Pokal mit dem Willkommenstrunk für den Kaiser entglitt ihren Händen und rollte scheppernd über den Hof. Sie tat nichts, um ihn einzufangen, versteinerte in der Bewegung, während sich der heiße Würzwein dampfend in den Schnee ergoss.
Dann löste sie sich aus der Starre, ging mit steifen Schritten auf die Kiste zu und sank weinend davor in die Knie.
»Du wagst es …!«, brüllte der sechste Welf den Kaiser an, aber Friedrich fiel ihm sogleich ins Wort.
»Lass uns in eure Kammer gehen«, schlug er hastig vor und schritt bereits voran, noch bevor seine Gastgeber reagierten. Er hatte sich diese Situation schon vielfach ausgemalt und beschlossen, den unausweichlichen Streit mit den Eltern seines jungen Vetters nicht vor aller Augen auszutragen.
In der Kammer wurden dann alle Bediensteten und sonstigen Anwesenden hinausgescheucht. Adela blieb das Herz vor Schreck fast stehen, als sie ihren einstigen Ehemann auf dem schmalen Flur auf sich zukommen sah. Sie senkte den Kopf ganz tief und zog ihren Umhang wie einen Schutzpanzer um sich, als sie sich gegen die Wand drängte, um ihn vorbeizulassen. Doch nichts an seinem Verhalten deutete darauf hin, dass er sie erkannte. Er hatte sie wohl gänzlich aus seiner Erinnerung gestrichen. Wie gut!
Sie stieß den angehaltenen Atem aus, huschte in das Nebenzimmer und wartete auf Uta, während nebenan erbitterter Streit losbrach.

»Das ist deine Schuld!«, eröffnete der alte Welf sofort lautstark die Auseinandersetzung, als die Tür sich hinter ihm geschlossen hatte. »Ich hatte meinem Sohn befohlen, hierzubleiben und unsere Ländereien zu hüten. Aber kaum war ich weit genug fort auf meiner Pilgerfahrt ins Heilige Land, schlich er sich zu dir, um dich auf diesem Feldzug zu begleiten – gegen meine Befehle! Von denen du wusstest!«, warf er seinem Neffen vor. »Womit hast du ihn gelockt?«

»Er war ein erwachsener Mann, er zählte mehr als fünfundzwanzig Jahre, und er wollte sich im Krieg Ruhm erwerben – an meiner Seite, so wie einst du«, rechtfertigte sich Friedrich. »Wie viele Kämpfe haben wir gemeinsam bestritten, Welf? Du warst mir immer eher Bruder als Oheim.«

»Von dir als meinem *Verwandten,* Kampfgefährten und Kaiser hätte ich erwartet, dass du meinen einzigen Sohn an meine Befehle erinnerst und ihn zurückschickst, statt ihn in die Gemetzel mit den Lombarden zu führen!«, wütete der Ältere.

»Die Besten hatten ihn im Kampf ausgebildet: du und ich!«, rief der Kaiser.

»Gegen die Seuche konnte er mit dem Schwert nichts ausrichten«, fuhr Welf in seiner bitteren Anklage fort.

Sie beide hatten Männer zu Hunderten an der Roten Ruhr sterben sehen, als sie vor mehr als zwanzig Jahren gemeinsam auf den Kreuzzug geritten waren. In Akkon hatte diese verheerende Krankheit auch den sechsten Welf heimgesucht. Er reiste vorzeitig ab und genas wider Erwarten.

»Ich dachte, ich hätte ihn davor bewahrt«, gestand Friedrich niedergeschlagen. »Die Seuche erwischte ihn, als wir schon fast in Siena waren … Und dann ging es ganz schnell, wie bei allen diesmal … Er musste nicht lange leiden.«

»So wenige Stunden es auch gewesen sein mögen – in jeder einzelnen konnte er vermutlich an nichts anderes denken als daran, dass er unweigerlich sterben würde«, hielt ihm sein Oheim zornig vor.

»Ich habe mein Leben riskiert, das meiner Gemahlin und meiner Söhne, damit ich dir wenigstens seine Gebeine bringen

konnte!«, rief Friedrich zu seiner Verteidigung. »Damit du sie dort beisetzen kannst, wo du es für angemessen hältst. Ich bin doch selbst nur mit Mühe entkommen, nachdem sich die lombardischen Städte gegen mich verbündet hatten.«
»Aber *du* bist entkommen«, fauchte Welf. »Lebendig und gesund, samt deiner Frau und allen deinen Kindern. Und mein einziger Sohn ist tot. Du bringst mir seine Gebeine in einer Kiste … Es bleibt uns sogar verwehrt, unserem Sohn auf dem Totenbett Lebewohl zu sagen!«
Der sechste Welf wandte sich ab, schritt zur Fensteröffnung, lehnte seinen Unterarm gegen die steinerne Wand und verbarg sein Gesicht in der Armbeuge. Seine Schultern zuckten.
Uta, selbst tränenüberströmt, ging steif vor Kummer zu ihm und wollte ihm die Hand tröstend auf die Schulter legen.
Vierunddreißig Jahre waren sie nun verheiratet und hatten einander stets geschätzt. Doch nun schüttelte er ihre Hand mit einer unwirschen Bewegung ab.
Friedrich schwieg einen Moment und rieb sich über das Gesicht.
»Wir haben so viele gute Männer verloren … selbst Bischöfe … Und Rainald! Gott kannte keine Gnade.«
Zornig fuhr sein Oheim herum und starrte ihm ins Gesicht.
»Hast du einmal darüber nachgedacht, *weshalb* Gott keine Gnade kannte?«, fragte er scharf und anklagend. »Er nahm dir Rainald, weil der den unseligen Streit mit Papst Alexander heraufbeschwor! Doch ich gebe die Schuld nicht Rainald, ich gebe sie dir. *Du* hast den Streit in der Christenheit nicht nur geduldet, sondern sogar gefördert, aus blanker Machtgier und Eitelkeit. Und noch schlimmer: Unter *deinem* Befehl hat Rainald Tusculum zerstört, den Ort, an dem die deutschen Heere vor Rom immer Zuflucht und Obdach fanden. Und *mein* Sohn war daran beteiligt. Nicht genug damit und dem Schisma …«
Welf schauderte, seine Stimme brach. Er räusperte sich, um

dann mit unverminderter Härte fortzufahren: »Du und deine Truppen, ihr habt Gott gelästert, indem ihr Seine Kirche vor dem Vatikan zerstört habt! Santa Maria in Turri, samt allen Kunstwerken – dem riesigen Mosaikbild Christi, dem vergoldeten Bild des Heiligen Petrus … Alles vernichtet … Glaubst du, Gott würde das straflos hinnehmen? Dein Hochmut kostete dich zweitausend Ritter, die elendig starben, die meisten in der Blüte ihrer Jahre. Wie mein Sohn.«
Seine Schultern bebten, seine Stimme war über den letzten Worten erneut brüchig geworden.
Verbittert schwenkte er einen Arm durch die mit Truhen und Wandbehängen geschmückte Kammer.
»Wofür das alles noch? Es gibt niemanden mehr, dem ich hinterlassen kann, was ich in meinem Leben erkämpft habe …«
Schweigen herrschte nun in der Kammer, man hätte eine Nadel fallen hören können.
Der sechste Welf wischte sich mit dem Ärmel die Tränen ab und holte tief Atem.
Dann sagte er hasserfüllt: »*Du* wirst sogar noch Vorteil aus all dem Elend schlagen, Neffe. Die Ländereien all der qualvoll Verreckten einziehen, die so töricht waren, dir zu folgen, obwohl sie die letzte Hoffnung ihrer Väter waren. *Blutgeld* nenne ich das!«
Dieses Wort spie er geradezu aus, voller Abscheu und Verachtung, und schüttelte erneut die Hand seiner Frau ab, die ihn mäßigen wollte.
»Aber nicht *meinen* Besitz, den bekommst du nicht!«, wütete der Oheim und einstige Freund des Kaisers. »Ich habe *zwei* Neffen: dich und den Löwen. Lieber verprasse ich mein Erbe, als dass du noch Gewinn aus dem Tod meines einziges Sohnes ziehst! Oder ich gebe alles an Heinrich. Soll's ihm doch im Halse stecken bleiben. Und nun geh!«
In maßlosem Zorn wies er Friedrich die Tür.
Mit steinerner Miene und ohne ein Wort wandte sich der Kai-

ser um und ging hinaus, wo er Anweisung gab, die Pferde für die sofortige Weiterreise zu satteln.
»Hinaus mit euch, hinaus mit euch allen!«, brüllte der sechste Welf und fegte die Becher vom Tisch. »Du auch, Weib, geh! Ich kann deine Tränen nicht ertragen. Und holt mir Wein! Wein und Huren!«

Adela erhob sich rasch, als die Herzogin in ihre Kammer trat, und schloss die Weinende in ihre Arme. Lange standen sie so in ihrem unendlichen Kummer.
»Er will mich nicht um sich haben«, flüsterte Uta nach einer Weile und schluchzte. »Ich trauere doch auch!«
Der sechste Welf war stets ein Fürst im vollen Bewusstsein seines Standes gewesen, selbst als ihm der alte König Konrad den Titel eines Herzogs entzog: freigiebig zu seinen Gefolgsleuten, als Krieger und Heerführer gefürchtet von seinen Feinden. Mit glanzvoller Hofhaltung, geistreich und unternehmungsfreudig.
Doch in den folgenden Tagen tat er keinen Schritt aus seiner Kammer und wollte niemanden sehen außer seinem Schenken mit immer mehr Wein und den besten Huren der Stadt.
Am Morgen des dritten Tages beschloss Uta, ohne ihn abzureisen. Zusammen mit Adela und einem Teil ihres Gefolges brach sie nach Ravensburg auf, um dort um ihren Sohn zu trauern – ohne das Geschrei und das würdelose Benehmen ihres völlig gebrochenen Gemahls.
Sobald er wieder zu sich fand, würden sie die Überführung und Beisetzung der Gebeine ihres Sohnes im Kloster Steingaden veranlassen. Vielleicht konnten sie dort gemeinsam um den Letzten des Hauses Welf trauern.

Tröstungen

Friedrich, Beatrix, Marie Claire;
Quartier der Kaiserin nahe Memmingen,
Frühjahr 1168

Auf dem Ritt von Memmingen zurück ins vorübergehende Quartier der kaiserlichen Familie verlor Friedrich kein einziges Wort und verzog keine Miene.

Beatrix hatte zwei ihrer Wachen angewiesen, Ausschau zu halten und ihr unverzüglich Bescheid zu sagen, sobald die Reiterkolonne in Sicht kam.

Sie ahnte, in welchem Zustand Friedrich von der Begegnung mit seinem Oheim Welf und dessen Frau Uta zurückkehren würde. Der Tod des jungen Welfen hatte ihn sehr getroffen. Und welch schlimmere Pflicht konnte es geben, als Eltern die Nachricht vom Tod eines ihrer Kinder zu überbringen, noch dazu, wenn es ihr einziger Sohn war und der Unglücksbote mit den Eltern verwandt und befreundet?

Sie hatte Vorbereitungen getroffen. Weniger um Friedrich zu trösten – wie sollte das gelingen? –, sondern ihn von seinen düsteren Gedanken abzulenken.

Also ging sie hinunter auf den Hof, um die Reiterschar zu empfangen, befahl mit einem Wink, dass sich Bedienstete um alles kümmerten, die Pferde eingeschlossen, und nahm nach der knappen formellen Begrüßung ihren Gemahl mit kaum erkennbarem Lächeln sacht beim Arm.

Sie musste nicht fragen, wie es in Memmingen gelaufen war. Sein Gesicht sprach Bände.

»Es steht oben für dich eine Abendmahlzeit bereit«, sagte sie mit gedämpfter Stimme.

»Ich habe keinen Hunger«, wehrte er ab.

»Dann lass den Braten warten! Manchmal kommt der Appetit erst beim Essen.«

Beatrix hatte dafür gesorgt, dass einige seiner Lieblingsspeisen aufgetragen waren, seine bevorzugten Weine dort standen. Sie schickte alle aus der Kammer, die ihr Gastgeber dem Kaiserpaar überlassen hatte, und dirigierte ihren Gemahl auf einen bequemen, mit Fellen bedeckten Stuhl.
Sofern er nicht von selbst begann, über die Begegnung mit den trauernden Eltern in Memmingen zu sprechen, würde sie ihn auch nicht dazu drängen. Er brauchte noch Zeit, das wusste sie. Irgendwann würde er schon zu reden beginnen.
»Trink, du bist sicher durchgefroren bei diesem Wetter!«, sagte sie nur und reichte ihm einen Becher mit warmem Würzwein.
Gewohnheitsmäßig roch er zuerst daran, sog das verführerische Aroma von Nelken, Zimt und Honig ein, dann trank er mit großen Schlucken.
Beatrix füllte ihm nach, er trank erneut, lehnte sich zurück und schloss die Augen.
Als er sie wieder öffnete, kniete Beatrix neben seinem Stuhl.
»Iss doch etwas, Liebster!«
Auffordernd hielt sie ihm eine Schüssel mit kräftig gewürzten Bratenstücken hin.
Wie erwartet regte der Duft seinen Appetit an.
Friedrich war ein Genussmensch, aber jetzt aß er nur aus Gewohnheit und in Gedanken versunken.
Lange fiel kein Wort zwischen ihnen. Doch Beatrix hatte etwas geplant, was ihren Gemahl hoffentlich aus seiner vorübergehenden Lethargie riss.
Sie klatschte in die Hände, kurz darauf klopfte es zaghaft, und die Kinderfrauen mit dem kaiserlichen Nachwuchs wurden gemeldet. Auf Beatrix' Geheiß traten sie ein und schoben ihre Zöglinge vor.
Zunächst trat an der Hand seiner Kinderfrau Friedrichs ältester Sohn vor, der den Namen seines Vaters und seines Großvaters trug. Knapp vier Jahre alt und schon wie ein Edelmann

gekleidet, in besticktem Seidengewand und mit einer Kappe auf dem Kopf.
Ein wenig wacklig und vom eigenen Schwung fast aus dem Gleichgewicht gebracht, verbeugte er sich vor seinem Vater.
Der Anblick seines erstgeborenen Sohnes zauberte ein warmes Lächeln auf das Gesicht des Vaters.
»Fühlst du dich wohl?«, frage er den kleinen Friedrich, denn der kränkelte häufig.
»Ja, Euer Majestät!«, schmetterte der Junge und strahlte seinen Vater an, der nun nicht anders konnte, als zurückzustrahlen. »Ich kann es gar nicht erwarten, einmal ein kühner Ritter zu sein.«
Als Friedrich es mit einem zufriedenen Nicken gestattete, trat der Junge zurück.
Sofort rückten die Kinderfrauen nach, die den dreijährigen Heinrich und den kleinen Konrad brachten.
Zufrieden schritt Friedrich die Reihe seiner Sprösslinge ab. Viele Jahre hatten er und Beatrix warten und mehrere Fehlgeburten verkraften müssen, bis ihnen endlich Kinder vergönnt waren, die das kritische erste Lebensjahr überstanden. Die Ratschläge der weisen Äbtissin Hildegard von Bingen hatten dazu beigetragen.
Liebevoll sah er in die kleinen Gesichter.
»Betragt euch wohl, zur Freude eurer Erzieher und des Kaplans«, ermahnte er sie.
»Ja, Vater«, versicherten die beiden Ältesten unisono.
Auf ein Zeichen des Kaisers verneigten sich beide, und die Kinderfrauen führten ihre Zöglinge wieder hinaus, um sie ins Bett zu bringen.
Beatrix trat zu ihrem Gemahl und strich ihm zärtlich über die Wange. »Du hast drei Söhne«, mahnte sie leise. »Und so Gott will, schenke ich dir noch viele Kinder.«
Friedrich räusperte sich, doch seine Stimme wollte einfach nicht die gewohnte Klarheit gewinnen.

»Ich danke dir für unsere Söhne und dafür, dass du mein Herz erfreust. Doch jetzt … Ich kann es nicht ertragen!«
Jäh stemmte er sich aus seinem Stuhl und stürmte aus der Kammer, ohne zu sagen, was er vorhatte.
Ratlos und bedrückt sah Beatrix ihm nach.

Draußen befahl der Kaiser einer seiner Wachen: »Schickt den einhändigen Dolmetscher zu meinem Notar! Er soll ihm bei einigen Schriftstücken behilflich sein.«
»Sehr wohl, Euer Kaiserliche Majestät!«
Friedrich stützte sich mit beiden Händen auf die Fensterbank und sah hinaus. Die Dämmerung war längst hereingebrochen; noch kam sie früh. Am Himmel zeichneten rot und blau leuchtende Wolkenformationen ein dramatisches Bild. Reglos und wortlos wartete der Kaiser, bis er davon ausgehen konnte, dass Stefano aus dem Weg war.
Mit großen Schritten lief er zu dessen Kammer, riss die Tür auf, und noch ehe alle Anwesenden in einen Knicks vor ihm sinken konnten, wies er sie schon hinaus. Nur Marie Claire hinderte er mit ausgestrecktem Arm daran, zu gehen.
Erschrocken starrte sie ihn an.
»Euer Majestät …?«, brachte sie fragend hervor.
Mit wenigen Schritten war er bei ihr, nahm ihren Kopf in beide Hände und küsste sie.
Ängstlich und beschämt erhob sie Einspruch, als er endlich von ihr abließ.
»Euer Majestät, es wäre eine schreckliche Sünde … Ich bin vermählt!«
»Das warst du auch früher, als du das Lager mit mir teiltest.«
Aber mit einem greisen Mann, der mein Bett nicht mehr aufsuchte und sich Vorteile davon versprach, wenn seine junge Frau die Favoritin des Kaisers wurde!, wollte sie einwenden. Sie hatte es in keiner Weise herausgefordert, sondern war

nur den Befehlen beider Männer gefolgt. Sie war nicht lange Friedrichs Geliebte gewesen, und danach – als er in Beatrix' Bett zurückkehrte – hatte er sie unbehelligt gelassen. All seine Affären in Beatrix' Abwesenheit oder während ihrer Schwangerschaften dauerten immer nur so lange, bis er wieder in das Bett seiner Gemahlin konnte.

Aber nun war sie die Frau Stefanos, den sie liebte und der sie liebte. Wie sollte sie ihm je wieder in die Augen sehen?

Doch wie konnte sie sich einem Befehl des Kaisers entziehen?

»Euer Majestät … Bei der Heiligen Jungfrau Maria … Ich bitte Euch …«

Er legte ihr seine Hand auf den Mund.

Statt sie gleich zum Bett zu tragen, wie er es sonst getan hatte, zog er ihren Kopf an seine Brust und stöhnte.

»Ich kann nicht mit der Kaiserin darüber reden«, sagte er mit erstickter Stimme und hoffte, deren junge Vertraute aus Burgund würde nicht alles verstehen, was er sagte.

»Du hast ein großes Herz, du wirst schweigen … Mein toter Vetter sucht mich nachts heim! All die vielen Toten … Und noch schlimmer: Nie zuvor war ich dermaßen an allen Fronten geschlagen … Aus Italien musste ich schnöde fliehen, den Streit um den Papst kann ich nicht gewinnen, und fast alle Fürsten meines Reiches haben sich in meiner Abwesenheit verschworen. Ich kann den Thron nicht halten, wenn nicht ein Wunder geschieht.«

Gefährlicher Streit

Otto und Hedwig von Meißen,
Dedo und Mathilde von Groitzsch,
Dietrich von der Lausitz, sein Sohn Konrad;
Kloster Chemnitz, Juni 1168

»Wie schön, euch zu sehen!«
Mit ausgebreiteten Armen begrüßte Dedo von Groitzsch seinen Meißner Bruder Otto und dessen Gemahlin Hedwig, als diese samt großem Geleit im Kloster Chemnitz eintrafen. Sie hatten sich hier verabredet, um gemeinsam zum Hoftag des Kaisers nach Würzburg weiterzureisen. Nur Dietrich fehlte noch, der von Eilenburg aus zu ihnen stoßen und hoffentlich bald eintreffen würde.
Doch Mathilde, die rundliche und zumeist frohgemute Gräfin von Groitzsch und Schwester des neuen Erzbischofs von Köln, sah bereits auf den ersten Blick, dass zwischen Otto und Hedwig etwas nicht stimmte.
Sie war klug genug zu wissen, dass die Ehe des Meißner Fürstenpaares nicht übermäßig harmonisch verlief. Aber Hedwig hatte es bislang immer wieder geschafft, ihren Gemahl sanft dorthin zu lenken, wo es vorteilhaft für ihn und seine Untergebenen war. So wie es gerüchtehalber auch ihre vor acht Jahren verstorbene Mutter Sophia mit Albrecht dem Bären, dem grimmigen Markgrafen von Brandenburg, gehalten hatte.
Nun war Otto im Gegensatz zu Mathilde alles andere als eine Frohnatur, und auch der Anlass ihres Zusammentreffens hier im Kloster Chemnitz bot wenig Grund zur Freude.
Der Kaiser hatte sie zu sich nach Würzburg befohlen, ebenso alle anderen Fürsten, die sich vereint gegen Heinrich den Löwen erhoben hatten, während Friedrich in Italien in heftige Kämpfe geraten war.

In seltener Geschlossenheit hatten die Betroffenen allesamt schon zwei Vorladungen des Kaisers ignoriert – eine harsche Brüskierung der Krone. Dieser dritten mussten sie folgen, wenn sie nicht in Acht und Bann fallen wollten. Und es war nicht schwer auszumalen, dass der Regent sie wohl kaum in gnädiger Laune empfangen würde.

Doch das konnte nicht der alleinige Grund für die frostige Stimmung zwischen Fürst und Fürstin von Meißen sein. Zwischen den beiden musste etwas Drastisches vorgefallen sein.

Also erlöste Mathilde ihre Freundin und Schwägerin Hedwig gleich bei der Ankunft der Meißner Gesandtschaft und griff nach ihrer Hand.

»Otto, liebster Schwager, du hast doch sicher nichts dagegen, wenn ich dir deine Gemahlin auf der Stelle entführe? Ich muss ihr unbedingt etwas zeigen. Und wir warten ja ohnehin noch auf Dietrich. Er sollte längst da sein …«

Großzügig erteilte Otto die Erlaubnis und beschloss sogleich, sich mit seinem jüngeren Bruder Dedo zur Besprechung in die Gästekammer zurückzuziehen, die ihm hier im Kloster Chemnitz zugeteilt worden war.

Hedwig bat noch um einen Moment, um Anweisungen für ihren sechsjährigen Sohn zu erteilen, ehe sie ging.

»Marthe soll nach Dietrich sehen, und dann soll er ruhen«, wies sie die Kinderfrau an.

»Du hast deinen Jüngsten auf die weite Reise nach Würzburg mitgenommen?«, wunderte sich Mathilde, nachdem ihr kleiner Neffe vor sie getreten war und sie höflich begrüßt hatte. »Ist er nicht zu kränklich dafür?«

»Gerade deshalb«, meinte Hedwig. »Er bekommt oft gefährliche Anfälle von Fieber, und ich wollte ihn nicht allein lassen. Zum Glück habe ich eine sehr kundige Heilerin gefunden. Vielleicht brauchst du ihren Rat auch für deine Kinder?«

»Danke, Liebes! Zu unserer Freude und Erleichterung sind alle bei bester Gesundheit. Aber vielleicht weiß diese Kräuterfrau ein gutes Mittel gegen Dedos Gicht. Ich werde sie nachher fragen.«

Sie hakte sich bei Hedwig ein und zog sie von den Männern fort.

Doch sie hatten kaum ein paar Schritte getan, als eine Handvoll Mädchen auf sie zugelaufen kam, denen eine ältere Witwe mühsam hinterherhumpelte.

»Edle Gräfin, dürfen wir uns die Kirche anschauen und ein Dankgebet für unsere glückliche Ankunft sprechen?«, fragte das größte der Mädchen aufgeregt und mit leuchtenden Augen.

Mathilde musterte die kichernde Schar – Mädchen, die sonst in Rochlitz unter ihrer Aufsicht erzogen wurden und mit auf diese Reise gedurft hatten.

»Wie schreitet eine Dame zur Kirche?«, fragte sie streng.

»Gemessenen Schrittes, nicht zu langsam und nicht zu schnell«, antworteten die Mädchen im Chor.

»Und wie streitet eine Dame?«

»Gar nicht.«

»Und wie isst eine Dame?«

»Mit *mâze,* denn wahre Damen sind nicht gefräßig.«

»Und sie schneuzt sich nicht ins Tischtuch und greift nicht mit den Fingern ins Salzfass«, rief die Jüngste, ein etwa achtjähriges Mädchen mit blonden Zöpfen, sichtlich stolz auf ihr Wissen.

»Sehr gut. Beherzigt das – und nun geht!«, gestattete Mathilde. »Die Witwe Ortrud wird euch beaufsichtigen.«

Die Mädchen stupsten sich gegenseitig an, um sich an das maßvolle Schreiten zu erinnern, und entfernten sich mit würdevollen Schritten.

Mathilde seufzte.

»Die Töchter von Dedos Rittern. Ich muss so streng zu ihnen sein, denn nur tadelloses Benehmen bewahrt sie vor Schwierigkeiten. Du und ich, wir können uns auf Grund unserer

Herkunft etwas mehr herausnehmen. Aber sie müssen gehorchen, sonst werden ihre künftigen Ehemänner sie verprügeln. Diese Welt ist nicht sehr freundlich zu Frauen. Ich hoffe, es wird uns im Jenseits gelohnt.«
Hedwig musste an ein junges Mädchen am Meißner Hof denken, das von seinem brutalen Ehemann in den Tod getrieben worden war. Sie hatte die kleine Luitgard nicht davor bewahren können und fühlte sich immer noch schuldig.
»Was willst du mir denn zeigen?«, erkundigte sie sich bei Mathilde, um sich von den schlimmen Erinnerungen zu lösen.
Die Gräfin zuckte mit den Schultern.
»Nichts. Ich wollte dich nur von deinem übellaunigen Gemahl fortholen und fragen, was bei euch los ist. Es scheint ja eine Wand aus Eis zwischen euch zu stehen, und das mitten im Sommer.«
Hedwigs Miene bestätigte sofort ihren Verdacht.
Mit der freien Hand deutete Mathilde auf Felder und Obsthaine vor ihnen.
»Komm, wir gehen ein paar Schritte. Da vorn steht eine Wiese in schönster Blütenpracht. Außerdem kann uns dort niemand belauschen.«
Erschöpft strich sich Hedwig über die Stirn, ehe sie anfing, ihr Leid zu klagen.
»Otto umgibt sich neuerdings mit immer mehr fragwürdigen Gestalten. Er hat einen Astrologen an den Hof geholt. Ein Scharlatan! Aber er vertraut ihm …«
»… und lässt sich aus dem Stand der Sterne berechnen, wann er pissen soll. Ich verstehe«, meinte Mathilde sarkastisch. »Doch das ist noch nicht alles?«
»Hinzu kommt ein Medicus, der unseren Sohn für besessen erklärt hat und ihm ständig Blutegel und Aderlässe verordnet. Einem Sechsjährigen! Ich danke dem Himmel, dass einer meiner Ritter diese junge Heilkundige auf den Burgberg brachte. Aber Otto hält nichts von ihren Mitteln.«

»Zumindest hast du sie jetzt bei dir und weißt Dietrich in guter Obhut. Du machst mich neugierig auf die junge Frau«, versicherte Mathilde. »Doch mit diesen Dingen kommst du schon zurecht, wie ich dich kenne. Was ist nun wirklich bei euch los, was ist der eigentliche Grund für das Zerwürfnis?«
Hedwig atmete tief durch und senkte den Kopf.
»Setzen wir uns«, schlug sie vor. Sie breiteten ihre Umhänge und Röcke aus und ließen sich auf der Wiese nieder, die tatsächlich voller Wildblumen, Schmetterlingen und summenden Bienen war.
»Hat er dich betrogen?«, fragte die Groitzscherin ohne weitere Rücksichtnahme. Hier half nur Direktheit. Und die beiden Frauen vertrauten einander vollkommen, auch wenn sie völlig verschieden waren: Hedwig, die Blonde, Zierliche und Taktvolle, und Mathilde, die Rundliche, Braunhaarige und meistens sehr Direkte. Sie war spottlustig – was sich ihre meißnische Schwägerin nie erlauben dürfte – und eine wahre Frohnatur.
»Ja, und eine seiner Liebschaften erwartet ein Kind, was jedermann auf dem Burgberg weiß«, gab Hedwig nach einem Stoßseufzer zu. »Aber das ist nicht einmal das Schlimmste.«
»Sondern?«
Mit hochgezogenen Brauen sah Mathilde sie abwartend an, während Hedwig ganz und gar von einem farbenprächtigen Falter gebannt schien, der um sie herumflatterte.
Adlige Damen, die fast ausnahmslos aus dynastischen Gründen und nicht aus Liebe verheiratet wurden, mussten sich damit abfinden, wenn ihre Männer Liebschaften hatten und Bastarde zeugten. Doch manche Herren taten es diskret und andere ganz offen – was eine Demütigung ihrer Angetrauten darstellte.
Mathilde hatte Glück; sie vertraute darauf, dass Dedo ihr treu blieb – noch. Und auch Otto hatte es bisher vermieden, Hedwig *öffentlich* durch eine Geliebte herabzusetzen. Das schien sich nun geändert zu haben.

»Es gab einen schlimmen Streit zwischen uns«, begann Hedwig ihr Geständnis, und Mathilde lauschte reglos.
»Otto kam von einer mehrtägigen Reise zurück, stürmte in die Kammer und beschuldigte mich wütend, ihn mit einem seiner Ritter betrogen zu haben. Ich durfte kein einziges Wort zu meiner Verteidigung sagen oder meine Treue beschwören; er sperrte mich über Nacht in der Kammer ein. Und natürlich erfuhr jeder auf dem Burgberg davon, das gesamte Gesinde bekam es ja mit.«
Mathilde rutschte ein bestürztes »Oh!« heraus, und sie schlug sich die Hand vor den Mund, als Hedwig von dieser schlimmen Anschuldigung berichtete.
An Hedwigs Unschuld hegte sie keinen Zweifel; die kluge Schwägerin würde so etwas Gefährliches nicht tun. Wenn ein Mann seine Frau mit einem Liebhaber erwischte, durfte er nach dem Gesetz jede beliebige Strafe über beide verhängen, sogar das Todesurteil.
Hedwig verband zwar mit Otto keine innige Liebe, auch wenn er sich am Anfang ihrer Ehe sehr um sie bemüht hatte. Aber sie hatte sich damit abgefunden und das Beste daraus gemacht.
»Offenbar hat er seinen Irrtum inzwischen eingesehen?«, wagte sich Mathilde behutsam vor.
»Ja, am nächsten Morgen, nachdem ihn Freunde von diesem Ritter Christian, mit dem ich angeblich eine Liebschaft haben sollte, darüber aufgeklärt hatten, wer uns verleumdete. Nun versucht Otto, es wiedergutzumachen, indem er mir Schmuck und edle Stoffe für Kleider schenkt …«
Typisch, dachte Mathilde abschätzig. Als ob das etwas reparieren könnte, was unwiderruflich in Scherben liegt!
Plötzlich fing Hedwig an zu weinen.
»Aber ich weiß wirklich nicht, wie ich ihm das vergeben soll. Ich kann seine Gegenwart einfach nicht mehr ertragen!«, schluchzte sie.

Und zu diesem Widerwillen kam ganz tief in ihrem Innern die Trauer darüber, dass sie nie in ihrem Leben wahre Liebe kennenlernen würde, so, wie die Dichter sie beschrieben. Ob es die überhaupt gab? Doch, gestand sie sich ein, was sie nur noch unglücklicher machte. Eine ihrer Hofdamen, eine junge Frau namens Elisabeth, war seit einem Jahr mit einem von Ottos Rittern verheiratet, und dies war ohne Zweifel eine Liebesheirat gewesen.

Erschrocken beugte sich Mathilde vor und legte die Hände auf Hedwigs bebende Schultern.

»Das darfst du ihn um nichts auf der Welt spüren lassen!«, beschwor sie die Freundin. »Sonst bist du verloren! Du hast Feinde, und dieser Christian zweifelsohne auch … Nur Otto kann dich vor ihnen beschützen. Er *muss* dir wieder vollständig vertrauen, sonst bist du schon bald der nächsten derartigen Verleumdung ausgeliefert!«

Mitleidvoll sah sie auf ihre Freundin, die da wie ein Häufchen Elend saß. So hatte noch keine Menschenseele Hedwig je gesehen, dessen war sich Mathilde sicher.

»Komm, Liebes, wisch dir die Tränen ab! Lass uns zu dem Bach gehen, damit du dir die Augen kühlen kannst. Niemand darf merken, dass du geweint hast.«

Sie stemmte sich ächzend hoch und zog die Schwägerin zu dem kleinen Wasserlauf.

»Man wird uns bald zum Essen erwarten. Sammle dich, und dann erscheine mit strahlendem Lächeln vor deinen Gemahl!«

Unglücklich nickte Hedwig und wischte sich die Nase mit dem Ärmel.

Am liebsten würde sie auf dieser Blumenwiese sitzen bleiben, statt sich erneut in Ottos Gesellschaft zu begeben. Und vielleicht würden Dietrich und Dedo mit ihren aufmerksamen Blicken bemerken, dass sie geweint hatte. Das durfte nicht sein.

»Ihr müsst jetzt zusammenhalten. *Wir alle* müssen jetzt zusammenhalten, wenn wir vor den Kaiser treten, der seinen

Zorn über uns ausgießen wird«, mahnte die Gräfin von Groitzsch.
»Das habe ich Otto auch gesagt, als er am nächsten Morgen kam und sich halbherzig entschuldigte«, sagte Hedwig leise. »Zumal es aufregende Neuigkeiten gibt, sensationelle geradezu, die alles verändern können, sofern wir diesen Hoftag des Kaisers unbeschadet überstehen. Und dafür müssen wir klug und mit Bedacht vorgehen …«
»Neuigkeiten? Welche denn?«, erkundigte sich Mathilde prompt und trocknete Hedwigs Wangen mit ihrem Schleier.
Was die Markgräfin von Meißen dann berichtete, verschlug sogar der wortgewaltigen Mathilde von Heinsberg die Sprache.

Die Runde der Männer im Gästehaus des Klosters Chemnitz wurde inzwischen durch den frisch eingetroffenen Markgrafen der Lausitz vervollständigt.
Der Cellerar erschien und erkundigte sich nach den Wünschen seiner edlen Gäste für das abendliche Mahl.
»Ich bin sicher, es wird alles zu unserer Zufriedenheit sein«, gab sich Otto jovial.
Um sich, sobald der Klosterverwalter die Kammer verlassen hatte, zu beschweren: »Chemnitz sollte mein sein! Unser Vater war einst Vogt dieser Abtei.«
Das Vogteirecht über ein Kloster war eine einträgliche Sache, zumal Chemnitz vom Kaiser auch das Marktrecht erhalten hatte, was weitere bedeutende Einnahmen sicherte. Doch nach dem erzwungenen Rücktritt ihres Vaters vor zwölf Jahren hatte Friedrich dieses Privileg nicht erneut an die Wettiner vergeben, sondern einen eigenen Gefolgsmann dafür eingesetzt. Otto musste sich glücklich schätzen, wenigstens mit der Mark Meißen belehnt worden zu sein, dem bedeutendsten Teil des väterlichen Erbes.
»Finde dich endlich damit ab!«, riet Dietrich. »Der Kaiser will

das Pleißenland als Reichsterritorium ausbauen, deshalb behält er dieses Kloster in eigener Hand. Und das ist im Moment wirklich unsere geringste Sorge.«
Erst einmal mussten sie den Hoftag in Würzburg unbeschadet überstehen.
»Wo bleiben die Frauen eigentlich? Hast du eine Ahnung, was deine Gemahlin der meinen zeigen wollte?«, knurrte Otto seinen Groitzscher Bruder an.
»Ich weiß es nicht«, meinte der und zuckte gleichgültig mit den Schultern. »Ein Kätzchen, das ihr zugelaufen ist, eine neue Fibel, ein besonders schönes Stickmuster … Sicher irgendetwas in dieser Art …«
Der Markgraf von Meißen wandte sich an einen Pagen, der in der Tür bereitstand: Konrad, Dietrichs Sohn.
»Finde die Markgräfin von Meißen und die Gräfin von Groitzsch und richte ihnen aus, sie werden hier sehnlich erwartet!«
Konrad verneigte sich und lief los.
Otto und seine Brüder setzten sich und ließen sich die Becher vollschenken.
»Bis die Frauen endlich eintreffen …«, begann der Markgraf von Meißen mit verheißungsvoller Miene. »Ich muss es euch einfach gleich verraten. Es gibt wundervolle Neuigkeiten!«
»Ein weiterer Stammhalter unterwegs?«, mutmaßte Dedo, dessen Frau ihm bislang jedes Jahr ein Kind geschenkt hatte, fünf Söhne und eine Tochter. Hedwig hatte erst zwei Söhne: Albrecht, ihren Erstgeborenen, der bei ihrem Vater auf der Brandenburg erzogen und ausgebildet wurde, und den jüngeren Dietrich.
»Vielleicht?«, tat Otto geheimnisvoll und beugte sich vor. »Aber das hier ist sogar noch besser!«
»Dann lass uns nicht länger im Ungewissen!«, forderte Dietrich.

Zufrieden lehnte sich Otto zurück, ließ beide Handflächen auf die Schenkel fallen und verkündete triumphierend: »In einem meiner Dörfer ist Silber gefunden worden! So viel und so außergewöhnlich reichhaltig, wie es selbst in den Goslarer Gruben keines gibt!«

»Wie kannst du da so sicher sein?«, fragten seine Brüder wie aus einem Mund.

Genüsslich begann Otto zu erzählen.

»Ihr wisst ja, dass ich Lokatoren ausgeschickt hatte, die Siedler aus Franken und Thüringen holten, um im Dunklen Wald Land urbar zu machen. Und in einem dieser Dörfer …«

Ein breites Lächeln erschien auf seinem Gesicht, ein durchaus ungewohnter Anblick bei diesem strengen Fürsten.

»Ich wäre ja schon zufrieden gewesen, wenn die Siedler über den ersten Winter kommen. Aber unlängst durchquerten Salzfuhrleute aus Halle diese Gegend, und als die Räder ihres Karrens am Ufer eines Baches den Grund aufwühlten, wurden sie auf ein bestimmtes Gestein aufmerksam. Sie nahmen eine Probe mit nach Goslar und ließen sie von dortigen Schmelzern untersuchen. Daher können wir sicher sein: Ein Schatz steckt im Boden von Christiansdorf, *ein riesiger Silberschatz!*«

Das waren wirklich gewaltige Neuigkeiten. Aber der in Gesetzeskunde belesene Dedo hatte sofort einen Einwand bei der Hand.

»Dann musst du beim Kaiser um das Schürfrecht nachsuchen. Alles, was tiefer in der Erde liegt, als ein Pflug gräbt, gehört dem Kaiser.«

»Genau das hat Hedwig auch gesagt«, murrte Otto, dessen zufriedenes Grinsen sofort erlosch. »Wie so oft wünschte ich, sie würde nicht immer in allem recht behalten.«

Wie aufs Stichwort traten Hedwig und Mathilde ein und begrüßten ihren zuletzt eingetroffenen Schwager Dietrich.

»Ich habe meinen Brüdern schon von den wunderbaren Neuigkeiten aus Christians Dorf berichtet«, verkündete Otto.

Mathilde merkte bei dem Namen Christian auf.
War dies der Ritter, in dem Otto den Liebhaber seiner Frau vermutete?
Dietrich hingegen spürte mit feinen Sinnen, dass es Streit zwischen Hedwig und seinem Bruder gegeben haben musste, auch wenn sich Hedwig bemühte, sich nichts davon anmerken zu lassen. Aber sie mied Ottos Blick und hielt deutlich mehr Abstand als sonst zu ihrem Gemahl.
Ohne zu wissen, was vorgefallen war, gab er die Schuld daran sofort seinem Bruder. Er beneidete Otto um Hedwig, der seine wunderbare Frau einfach nicht genug zu schätzen wusste.
»Wie groß ist die Wahrscheinlichkeit, dass Friedrich mir das Schürfrecht an diesen Vorkommen gewährt?«, fragte der Meißner seinen Lausitzer Bruder, der seit vielen Jahren zu den Vertrauten des Kaisers gehörte, wenn auch nicht zu seinen allerengsten Beratern.
»Rechne es dir selbst aus!«, antwortete Dietrich. »Der Kaiser ist zornig. Sehr zornig. Abgesehen davon, dass es ihm gelungen ist, Beatrix in Rom zur Kaiserin krönen zu lassen, erlitt er nur Niederlagen in Italien, eine schlimmer als die andere. Die Seuche, der Verlust des größten Teils seines Heeres, das machtvolle Bündnis der oberitalienischen Städte gegen ihn … Habt ihr von Susa gehört?«
Otto offenbar nicht, er blickte seinen Bruder fragend an.
»Von dort musste Friedrich in den Kleidern eines Stallknechts bei Nacht fliehen, um nicht ermordet zu werden, und die Kaiserin blieb allein zurück. Ganz abgesehen von der Gefahr, in der beide schwebten – welch ungeheure Demütigung! Und der Kaiser ist überzeugt, all dies wäre nicht passiert, hätte ihn der Löwe mit einem starken Heerbann begleitet. Doch der erklärte ja, er könne nicht mit Friedrich über die Alpen, weil *wir* gegen ihn Krieg führen. Dass wir dem Kaiser keine Verstärkung nachschickten, macht die Sache nicht besser. Und

dann haben wir uns auch noch zweimal der Aufforderung verweigert, vor ihm zu erscheinen.«

Müde strich sich Dietrich durch das dunkelbraune Haar.

»Wir sollten uns also besser in Demut üben, statt weitere Privilegien zu verlangen.«

Otto starrte seinen Bruder unwillig an.

»Ja, das habe ich mir schon gedacht. Sehr bedauerlich.«

Dann erschien auf seinem Gesicht plötzlich ein listiger Ausdruck.

»Aber noch ist ja nichts sicher, kein Bergwerk in Gang gesetzt. Und wie mir mein Ritter und diese Salzfuhrleute erzählen, sind die Vorkommen so reichhaltig, dass wir sie nur vom Boden aufsammeln müssen. Da bedarf es der Regelung mit der Pflugtiefe gar nicht.«

»Dieser Ritter, dieser Christian, kann doch hoffentlich schweigen?«, warf Dedo ein und kratzte sich bedächtig am Kinn.

Otto bejahte mit voller Überzeugung. »Ein guter Mann, zuverlässig und von Ehre. Nur wenn er mit meinem wichtigsten Gefolgsmann zusammentrifft, mit Randolf, gibt es ständig Ärger. Ich kann nicht dulden, dass sich meine Getreuen bekämpfen. Doch schweigen wird er, dieser Christian, wenn ich es befehle.«

»Nur: Mit Silber ist es nicht wie mit Gold, das man aus dem Fluss waschen oder gediegen aus dem Erdreich klauben kann«, gab Dedo zu bedenken. »Du brauchst Schmelzer, die das Erz verhütten und das Silber daraus gewinnen. Wie lange kann so etwas ein Geheimnis bleiben?«

»Darüber zergrüble ich mir den Kopf, seit ich davon weiß!«, fauchte Otto ihn an und wandte sich an Dietrich.

»Der Kaiser wird doch einen seiner Söhne zum König wählen lassen, nicht wahr?«

»*Einen*? Nicht den Erstgeborenen?«, fragte Hedwig erstaunt.

»Der kleine Friedrich ist so kränklich, dass er ihn wohl übergehen wird. Selbst wenn er das Erwachsenenalter erreichen sollte – er ist zu schwach für den Thron«, antwortete Dietrich. »Ein Kaiser muss das ganze Jahr über im Reich herumreisen, Kriegszüge anführen, sommers wie winters über die Alpen reiten … Erinnert ihr euch an König Konrads letzte Jahre? Oft war er wegen des Wechselfiebers monatelang nicht fähig, zu regieren. Deshalb wird Friedrich seinen zweitältesten Sohn, den kleinen Heinrich, zu seinem Nachfolger bestimmen und zum König wählen lassen. Spätestens nächstes Jahr, dann ist der Junge vier Jahre alt.«

Nun wandte er sich direkt an Otto.

»Es ist sicher klug, sich bis dahin ruhig zu verhalten und dann für diesen Gefallen einen anderen zu erbitten. Doch jetzt, in Würzburg, können wir froh sein, wenn wir glimpflich davonkommen. Mathilde, hast du neue Nachrichten von deinem Bruder? Vermag er von Italien aus etwas für uns zu bewirken?«

»Philipp besitzt großen Einfluss auf den Kaiser«, versicherte die Gräfin von Groitzsch. »Er wird ganz sicher tun, was ihm möglich ist. Schließlich kann es per se keinen Frieden geben zwischen dem Herzog von Sachsen und der Erzdiözese Köln. Sie streiten um angrenzende Gebiete, hauptsächlich in Westfalen.«

Für einen Moment herrschte Stille in der Kammer.

Jeder überlegte wohl für sich, wie streng die Bestrafung des Kaisers ausfallen würde. Doch sie waren nicht allein – viele mächtige Fürsten hatten zusammen mit ihnen gegen den Löwen gekämpft: Landgraf Ludwig von Thüringen, ihr Vetter Erzbischof Wichmann von Magdeburg, der Markgraf von Brandenburg, Hedwigs Vater Albrecht der Bär …

»Der Kaiser kann nicht *alle* abstrafen«, sprach Otto aus, was alle hofften.

»Das hat er vor zwölf Jahren auch nicht getan – er spaltete die Reihen seiner Gegner und sicherte so seine Position«, erinnerte Dietrich mit Sorgenfalten auf der Stirn. »Einige zog er

mit Geschenken oder günstigen Eheverbindungen auf seine Seite, und unser Haus bestrafte er. Er sprach unserem Vater das Land Bautzen ab und gab es dem Herzog von Böhmen.«
Was will er uns denn noch nehmen?, wollte Otto aufbrausen. Doch er ließ es lieber bleiben. Die Mark Meißen – sein Land – hätten viele gern. Und wenn sich erst herumsprach, dass es dort reiche Silbervorkommen gab … Er musste wirklich dafür sorgen, dass diese Sache vorerst unter der Decke blieb.
»Wir können nur auf die Einigkeit aller Verbündeten hoffen«, fasste Dietrich zusammen und warf ungeduldig einen Blick aus dem Fenster. Dem Sonnenstand nach zu schließen, würde es wohl noch eine Stunde dauern, bis das Mahl serviert wurde. Also stand er auf und verkündete, mit seinem Sohn sprechen zu wollen.
Und Otto beschloss ganz für sich, seinen Ritter Christian in die Gruben am Rammelsberg nahe Goslar zu schicken, damit er für ihn unauffällig ein paar Bergleute abwarb.

Konrad wurde blass, als er hörte, dass er vor seinem Vater erscheinen sollte. Er fürchtete immer noch, ihm nicht gerecht zu werden.
Doch Dietrich lächelte ihn aufmunternd an.
»Bist du zufrieden mit deinem Unterricht in Meißen?«
»Ja, Vater.«
»Und übt ihr auch reichlich den Umgang mit dem Schwert?«
»Ja, Vater.«
»Kannst du auch noch etwas anderes sagen als *Ja, Vater?*«
»Ja, Va…« Konrad hielt inne und lächelte verlegen.
»Es ist sehr aufregend an solch einem großen Hof«, begann er zu erzählen. »Die Tante ist sehr freundlich zu mir. Und die Waffenmeister geben sich große Mühe, damit ich mit der rechten Hand ebenso geschickt werde wie mit der linken. Aber das ist noch … schwierig.«
Beschämt senkte er den Kopf.

»Komm, wir reiten aus und üben ein wenig«, schlug Dietrich ihm vor.
Konrad riss die Augen auf. »Das würdet Ihr tun?«, fragte er erstaunt.
»Du bist mein Sohn, mein einziger legitimer Sohn und Erbe«, erinnerte sein Vater voller Stolz.
Dietrichs Tochter Gertrud wurde im Kloster Gerbstedt erzogen wie die meisten seiner Schwestern und schien dort glücklich. Und sein illegitimer Sohn mit Kunigunde von Plötzkau wurde von Geistlichen in Meißen unterrichtet. Die geistliche Laufbahn blieb für Bastardsöhne der einzige Weg, eine hochrangige Position zu erreichen. Diesen Weg würde Dietrich für sein Kind mit Gunda ebnen. Doch er wollte ihn nicht in so jungen Jahren schon in ein Kloster geben. Der junge Dietrich sollte nicht gänzlich abgeschieden von weltlichen Dingen aufwachsen. Er sollte einmal Bischof werden. Dafür brauchte er ein gerüttelt Maß an Weltgewandtheit.
Aber jetzt wollte der Markgraf der Lausitz dazu beitragen, dass sein einziger *legitimer* Erbe genug Kampfgeschick erwarb, um die Auseinandersetzungen zu bestehen, die ihm in seinem Leben noch bevorstehen mochten.
»Hast du hier Freunde gefunden?«, erkundigte er sich, während sie ein Stück ausritten.
»Ja. Einer heißt Jakob und ist so alt wie ich. Und sogar einen der Knappen: Boris von Zbor«, berichtete Konrad stolz.
»Ah, ein Slawe.«
»Ja, aber ein frommer Christenmensch!«, beeilte sich Konrad zu versichern.
Sein Vater konnte ein Lächeln nicht unterdrücken.
»Natürlich. Die meisten Slawen in unserer Mark haben – anders als die weiter nördlich – schon vor Generationen unseren Glauben angenommen. Ich kenne den Vater dieses Jungen, er steht als Ritter in den Diensten der Herren von Nossen. Es ist gut für dich, hier Freundschaften zu schließen. Wenn du erst

ein Ritter bist und in die Schlacht ziehst, brauchst du Männer um dich, auf die du dich verlassen kannst. Dein Leben hängt davon ab.«

Zwiegespräche

Friedrich und Beatrix,
Heinrich der Löwe und Mathilde von England;
Würzburg, Juni 1168

Freudestrahlend ging der Kaiser auf den Löwen und dessen blutjunge Gemahlin zu, die er zu einem Begrüßungsmahl in seinen Würzburger Königshof gleich hinter dem Dom eingeladen hatte.

»Willkommen, mein Freund!«, rief er und umarmte seinen Vetter kraftvoll. Dann wandte er sich mit strahlendem Lächeln der zierlichen Mathilde Plantagenet zu.

»Willkommen als meine geliebte Verwandte und teure Freundin! Willkommen in meinem Reich!«

Die kleine Engländerin lächelte ebenfalls und sank in einen tiefen Knicks vor dem Kaiser, danach in einen nicht ganz so tiefen vor dessen Gemahlin Beatrix.

Obwohl durch ihre Vermählung dem Rang nach nun Herzogin, blieb sie dennoch eine Königstochter. Die jetzige Kaiserin hingegen war vor ihrer Heirat nur die Tochter eines Grafen gewesen. Mathilde wusste, ihre erlauchten Eltern würden Wert darauf legen, dass sie hier als nahezu ebenbürtig auftrat. Dies war ihre erste Begegnung mit dem Kaiserpaar, denn zu den beiden vorangegangenen Hoftagen hatte ihr Gemahl sie in Braunschweig zurückgelassen.

Beatrix verbarg sorgfältig, dass sie den Unterschied sehr wohl bemerkte. Sie wollte die Gelegenheit nutzen, die Tochter des

englischen Königspaares genauer kennenzulernen, um sie besser einschätzen zu können.
War Mathilde so scheu, wie es ihr zartes Alter von kaum zwölf Jahren und ihre zierliche Gestalt erwarten ließen? Oder hatte sie das Temperament ihrer machtbewussten und ungestümen Eltern geerbt?
Noch schien nichts darauf hinzuweisen. Die kleine Engländerin gab sich zurückhaltend und höflich.
Doch das konnte sich ändern. Wird sie mir eine Freundin sein, eine Verbündete – oder eine Rivalin, sobald sich ihr Gemahl gegen meinen stellt?, fragte sich Beatrix. Und das wird er unweigerlich eines Tages tun, auch wenn Friedrich das nicht wahrhaben will.
Schon Mathildes Kleid aus kostbarstem Brokat in Gold und Grün und ihr erlesener Schmuck kündeten von Standesbewusstsein und königlicher Herkunft.
Die Kaiserin wusste, dass Heinrich von England und Eleonore die Gesandten des Löwen aufs Feinste eingekleidet hatten, und es genügte ein kurzer Blick auf die Begleiter des Herzogspaares, um ihr zu sagen: Solche kostbaren Stoffe werde ich selbst in Burgund nur mit Mühe finden. Sie war erneut schwanger und hatte ihren Seidenbliaut nur locker geschnürt. Trotzdem würde ihr dieses Gewand bald zu eng werden.
Ich brauche dringend ein neues, angemessenes Kleid!, dachte sie missmutig. Die feinsten Brokate gibt es in Sizilien, doch mit diesem Königreich befindet sich mein Gemahl im Streit. Der alte König Wilhelm ist kürzlich gestorben. Vielleicht kommt Friedrich zu einer Übereinkunft mit seinem gleichnamigen Sohn? Allerdings regierte vorerst dessen Mutter Margarete von Navarra für den erst fünfzehnjährigen Thronfolger.
Ansonsten sollte ihr Gemahl eben Fernhändler ausfindig machen, die Seidenbrokate liefern konnten. Sie war eine Kaiserin, das mussten auch ihre Gewänder zeigen.
Mathilde winkte einen ihrer Begleiter heran und ließ sich

ein üppig mit Perlen und Edelsteinen verziertes Kästchen reichen.
»Meine erlauchte Mutter, Königin Eleonore, sendet Euch dies mit innigen Grüßen.«
Sie knickste leicht und hielt das Kleinod dem Kaiserpaar entgegen.
Auf Friedrichs Zeichen nahm Beatrix es freudestrahlend entgegen – insgeheim voller Bedenken, ob dieses Geschenk wohl mit dem mithalten könnte, was sie für Mathilde bereithielten. Doch als sie das freundliche, etwas zaghafte Lächeln und den erwartungsvollen Blick der englischen Kindfrau sah, schlug sie den Deckel des Kästchens andächtig auf.
Es beinhaltete zwei zueinander passende Fibeln, eine für Friedrich und eine für sie, aus edel verarbeitetem Gold und mit Rubinen und Saphiren besetzt.
»Sie sind wunderschön. Ich danke Euch, liebe Schwester«, versicherte Beatrix bewundernd.
Ihre Reaktion zauberte ein offenes Lächeln in Mathildes Gesicht. Tatsächlich, sie freute sich, dass ihr Geschenk gut aufgenommen wurde, und schien auch erleichtert.
Das weckte bei Beatrix sofort eine mütterliche Regung, und fast schämte sie sich ein wenig für ihr anfängliches Misstrauen.
Gütiger Himmel, sie ist noch jünger als ich bei meiner Vermählung, und die liegt nun schon zwölf Jahre zurück! Zwölf Jahre, in denen ich lernen konnte, meine Stellung auszufüllen, und in denen ich meinem Gemahl die erwünschten Erben geboren habe, was meine Position sichert.
Und mein Gemahl ist auch nicht dreißig Jahre älter als ich …
Mathilde hingegen beherrschte zwar höfische Manieren zur Vollendung, aber durch ihren grimmigen Gemahl schien sie deutlich mehr eingeschüchtert als durch die Gegenwart des Kaiserpaares. Ob sie die Ehe schon vollzogen hatten? Sie hatte nichts darüber gehört, und so verbot es sich, danach zu fragen.

Mathilde reicht dem Löwen kaum bis an die Brust – und ich bin mehr als doppelt so alt wie sie. Ich sollte ihr eher beistehen, statt ihr zu misstrauen, rief sich Beatrix zur Ordnung.

»Wir haben auch ein Geschenk für Euch, liebste Mathilde«, verkündete Friedrich nun und sandte dem Löwen ein schiefes Grinsen. »Eurem Gemahl, meinem Vetter, muss ich keine Kleinodien schenken, er erhält von mir auf diesem Würzburger Hoftag etwas viel Größeres: meine Unterstützung gegen die Fürsten, die gegen ihn revoltieren. Doch genug von diesem Ärgernis, lasst uns unser Zusammensein feiern!«

Er gab ein Zeichen, die Diener traten zurück und winkten einen Mann herbei, der einen Jagdfalken auf dem behandschuhten Arm trug.

»Ich hoffe, Ihr habt Freude an dem edlen Tier«, erklärte Friedrich. »Wenn Ihr es wünscht, liebste Mathilde, reist der Falkner mit Euch nach Braunschweig und kümmert sich weiter um den jungen Falken. Er ist sehr erfahren im Umgang mit Beizvögeln.«

Mathilde knickste. »Ich danke Euch von ganzem Herzen, Eure Majestäten, für dieses kostbare Geschenk.«

Nach einem schüchternen, fragenden Blick zu dem Falkner trat sie an den Greifvogel heran und strich ihm sacht über das Gefieder, was das Tier reglos zuließ.

Mit einem Kätzchen oder einem Hundewelpen hätten wir der Kleinen sicher mehr Freude bereitet, dachte Beatrix skeptisch. Doch hier ging es darum, mit kostbaren Geschenken die eigene Stellung zu demonstrieren. Wenn sie auch in Sachen Schmuck und Gewänder nicht mit dem Hof Eleonores von Aquitanien mithalten konnten – ein Falke war ein äußerst wertvolles und beim Adel geschätztes Tier; ein wahrhaft königliches Geschenk.

Nach der Handwaschungszeremonie als Zeichen der Hochachtung für die Gäste lud Friedrich die beiden zu Tisch.

Nur zu viert wollten sie dieses Mahl teilen – eine Geste der

engen Freundschaft mit dem Löwen und der Ehrerbietung für seine junge Gemahlin.
Friedrich klatschte in die Hände, der Schenk trat vor und bot Roten und Weißen an. Dann trugen ein halbes Dutzend Bedienstete die Speisen auf: gebratene Wachteln und Forellen, gedünstete Neunaugen, verschiedene Sorten Wild in Kräutersoße und als Blickfang für die Tafel Backwerk mit dem Bildnis eines Adlers und eines Löwen, den Wappen des Kaisers und des Herzogs.
Friedrich sprach selbst das Tischgebet, ließ mehrere Knappen Fleischstücke nach den Wünschen seiner Gäste aufschneiden und vorlegen, dann klatschte er in die Hände und schickte die gesamte Dienerschaft hinaus.
Sie waren nun ganz unter sich, zwei der mächtigsten Männer Europas und ihre hochgeborenen Gemahlinnen.
»Wie gefällt Euch Würzburg? Wie gefällt Euch mein Reich?«, erkundigte sich Friedrich bei Mathilde, während er ihr von den in Honig eingelegten Früchten anbot.
»Von Würzburg habe ich noch nicht viel gesehen, Euer Majestät, wir sind gerade erst eingetroffen. Aber Euer Land ist schön«, versicherte Mathilde höflich. »Der Schnee im Winter, die Blütenpracht im Sommer, die vielen Weinberge. Und natürlich seine Kathedralen.«
Beatrix hatte den Eindruck, die kleine Engländerin habe Mühe, ein paar schöne Dinge an ihrer neuen Heimat aufzuzählen. Nun ja, sie kam auch vom Hof Heinrich Plantagenets und der Eleonore von Aquitanien …
Sie beugte sich etwas vor, um der kindlichen Herzogin in das von schwarzen Haaren eingerahmte Gesicht zu sehen und ihr zuzulächeln.
»Ihr sprecht schon sehr gut seine Sprache, gemessen an der kurzen Zeit, die Ihr hier weilt, liebe Schwester. Wenn Ihr mögt, unternehmen wir nach dem Mahl einen kurzen Spaziergang. Zum Dom sind es nur wenige Schritte; dort können

wir gemeinsam für den glücklichen Verlauf des Hoftages beten. Die Männer werden ohnehin noch mancherlei ernsthafte Dinge besprechen wollen, die uns nur langweilen würden.«

»Bloß ein paar Schritte? Das würde ich sehr gern tun!«

Zum ersten Mal stand ein Leuchten in Mathildes Augen.

»Und kaum mehr Schritte sind es bis zur steinernen Brücke. Von dort hat man einen wunderschönen Blick auf die Weinberge«, fuhr Beatrix fort. »Wenn es Euch nicht zu viel wird, liebe Schwester«, fügte sie hinzu, denn sie wusste natürlich von Mathildes Hüftleiden und wollte darauf Rücksicht nehmen.

»Wie heißt der Fluss?«, erkundigte sich Mathilde.

Beatrix lächelte erneut. »Es ist der Main.«

Friedrich schwenkte genüsslich seinen Becher. »Ich halte mich gern in Würzburg auf«, schwärmte er. »Nicht zuletzt wegen des guten Weins, den man hier keltert. Hier habe ich einige meiner wichtigsten Hoftage abgehalten – und meine geliebte Beatrix geheiratet. Im Dom St. Kilian wurden wir vermählt, in diesem Palas hier haben wir gefeiert.«

Er griff nach der Hand seiner Gemahlin und lächelte.

»Kaum zu glauben, dass das schon zwölf Jahre her ist. Ich könnte mir keine schönere und tugendhaftere Frau wünschen. Sie hat mir drei wunderbare Söhne geschenkt: Friedrich, der mit Eurer kleinen Schwester Eleonore verlobt ist, Heinrich und Konrad. Unsere süße kleine Beatrix ist tragischerweise ganz jung gestorben. Doch im Herbst erwarten wir ein weiteres Kind.«

Zärtlich strich er über Beatrix' gerundeten Leib und strahlte sie an.

Sie strahlte zurück, wie es von ihr erwartet wurde, doch sie spürte, dass das Thema Schwangerschaft Mathilde ängstigte. Also wechselte sie den Gesprächsstoff.

»Wir haben es sehr bedauert, dass wir bei Eurer Hochzeitsfeier nicht dabei sein konnten, da uns einige … Widrigkeiten in Italien festhielten. Ihr wurdet im Dom zu Minden vermählt?«

Herzog Heinrich übernahm mit seiner kräftigen Stimme die Antwort, mit einem üppig gewürzten Hasenschlegel in der Hand.

»Ja, denn in Braunschweig gibt es keine meiner Braut angemessene Kirche, was ich bald zu ändern gedenke. Aber gefeiert haben wir auf meiner Pfalz Dankwarderode in Braunschweig. Ein großes Fest war es, unzählige Menschen, die mich und meine schöne Braut bejubelten.«

»Noch wird viel gebaut in Braunschweig, auch an Dankwarderode. Aber man erkennt schon, wie schön und wehrhaft es einmal wird«, wagte Mathilde zaghaft anzufügen.

Sie kostet nur von diesem und jenem, isst nur winzige Happen. Ist sie schon schwanger oder nur eingeschüchtert?, überlegte Beatrix.

»Dann beneide ich Euch darum, bald eine so schöne Pfalz als festen Sitz zu haben«, versicherte sie der englischen Königstochter. »Ich bin mit meinem Gemahl ständig auf Reisen. Vieles daran gefällt mir – solange das Wetter schön ist und wir uns nicht mit den aufsässigen Lombarden herumschlagen müssen.«

Mathilde ließ die Hand sinken, in der sie ein Stück von dem mit Honig gesüßten Backwerk hielt, beugte sich vor, um Beatrix ins Gesicht zu sehen, und fragte mit großen Augen: »Ist es wahr, was man sich erzählt? Dass Ihr in Italien allein ausgeharrt und Eure Gegner getäuscht habt, damit Euer kaiserlicher Gemahl entkommen und Eure Flucht in die Wege leiten konnte?«

Beatrix lächelte etwas gequält.

»Nun, ich bin sicher, es ist reichlich übertrieben, was erzählt wird. Ehrlich gesagt, hatte ich auch ein wenig Spaß daran, die Consuln von Susa zum Narren zu halten.«

Nun legte sie ihren Essdorn beiseite und richtete sich auf.

»Aber alles in allem ist es natürlich eine Ungeheuerlichkeit, die sich der Kaiser nicht bieten lassen kann. Sobald wir mit einem großen Heer nach Italien zurückkehren, werden sie dafür teuer bezahlen.«

Friedrich lachte und sagte zu seinem Vetter: »Wenn sie davon spricht, hat sie so ein rachsüchtiges Funkeln in den Augen! Ein gänzlich neuer Zug an meiner sonst so sanften, reizenden Gemahlin.«

Er lachte erneut auf und wandte sich dann Beatrix zu.

»Liebes, du sprichst hier Themen an, mit denen ich unsere verehrte Mathilde nicht langweilen oder ängstigen möchte.«

Dies war das verabredete Stichwort für Beatrix – die Männer wollten nun allein sein. Es war auch offensichtlich, dass die junge Herzogin nichts mehr essen wollte.

Beatrix klatschte in die Hände, die Tür öffnete sich, und Knappen mit Schalen voller Rosenwasser traten ein, in denen sich die hohen Herrschaften die vom Essen fettigen Hände reinigen konnten.

Der Kaiser erhob sich, alle taten es ihm nach, und er richtete einen vielsagenden Blick auf Beatrix.

Die hakte sich freundschaftlich bei Mathilde ein.

»Wollen wir bei diesem herrlichen Sonnenschein nicht die paar Schritte gehen und im Dom ein Gebet sprechen? Eure Frömmigkeit wird überall gelobt. Und die Würzburger möchten Euch gern sehen. Eine englische Königstochter weilte hier sicher noch nie.«

Mathilde lächelte zaghaft. »Sehr gern.«

Die beiden Frauen riefen ihre Hofdamen herbei, ließen sich Umhänge anlegen und Schleier und Schapel richten.

Vorsichtig stiegen sie die Treppe hinab.

Vor dem großen Rundbogenportal des Königshofs formierte sich die aufsehenerregende Gruppe: zwei prunkvoll gekleidete junge Edeldamen, eine goldblond, die andere dunkelhaarig, gefolgt von einer Schar kaum weniger erlesen gewandeter

Frauen und Wachen als Begleitschutz. Ein Herold ging voran und rief immer wieder: »Macht Platz für Ihre Majestät Kaiserin Beatrix und die Herzogin von Sachsen und Bayern, Mathilde von England!«
Ohne den Geleitschutz wären die beiden zierlichen Frauen wohl im Gedränge untergegangen. Aber so bildete sich sofort ein Spalier. Zu beiden Seiten sanken Menschen in die Knie und brachten Hochrufe auf die Kaiserin und die englische Prinzessin aus.
Die hinter ihnen schreitenden Hofdamen verteilten großzügig Pfennige als Almosen an die Wartenden, was weitere Hochrufe und Segenswünsche auslöste – und ein großes Drängen und Rangeln unter all jenen, die eine Münze erhaschen wollten. Und weiter hinten, dem Geschrei nach zu schließen, sogar eine deftige Rauferei.
Beatrix und Mathilde taten, als hörten sie es nicht, denn mit dergleichen Dingen befassten sich Damen nicht, und lächelten der lärmenden Menge zu.
»Habt Ihr Euch gut eingelebt in diesem Land?«, erkundigte sich Beatrix. In Abwesenheit ihres Gemahls würde die kleine Mathilde wohl ehrlicher antworten.
»Es ist hier alles sehr anders als am Hof meiner erlauchten Eltern«, begann diese ganz vorsichtig.
Beatrix lachte hellauf.
»Wir Frauen von den großen Höfen müssen die deutschen Herren erst daran gewöhnen, dass Troubadoure, Dichter, Musiker und Buchmaler an einen Hof gehören, dass getanzt und geminnt wird.«
Vertraulich legte sie eine Hand auf den Arm ihrer Begleiterin.
»Ihr seid noch sehr jung und gerade erst in diesem Land eingetroffen. Gebt Euerm Gemahl etwas Zeit, sich an Eure Wünsche zu gewöhnen. Ich bin sicher, bald habt Ihr das Leben in Braunschweig so umgekrempelt wie ich den Hof des Kaisers.

Heinrich ist sehr ehrgeizig und wird sich vor Euren erlauchten Eltern nicht blamieren wollen. Und wenn Ihr erst kräftig genug seid, ihm Söhne zu gebären ...«

Ein Schatten huschte über das Gesicht der Kaiserin. »Bei uns hat es sechs Jahre gedauert, bis ich endlich ein gesundes Kind austragen konnte. Aber ich sehe doch, wie Euer Gemahl Euch betrachtet – mit Stolz, aber auch voller Freundlichkeit.«

Wieder lachte sie.

»Und glaubt mir, dies bei dem grimmigen Löwen geschafft zu haben, ist eine beeindruckende Leistung! Ich muss Euch ein Kompliment machen.«

Mathilde lächelte matt, und ihre Miene sagte, was sie beide wussten: Ihr Gemahl würde es nicht wagen, den König von England zu verprellen, denn mit einer Königstochter vermählt zu sein, hob sein Ansehen noch einmal gewaltig. Das war ihr trotz ihrer Jugend und Unerfahrenheit sehr bewusst. Von der enormen Mitgift ganz zu schweigen, mit der Heinrich Dankwarderode zu einem Prachtbau gestalten ließ und sicher auch noch eine große Kathedrale stiften würde.

Sie waren nun nur noch wenige Schritte vom Portal des Doms entfernt und hielten an, damit ihre Hofdamen weitere Almosen an die Armen verteilen konnten, die sich dort in großer Zahl versammelt hatten und sich nun in der Hoffnung auf einen halben Pfennig drängten. Mildtätigkeit gegenüber den Armen zählte zu den christlichen Pflichten und Tugenden.

Plötzlich wandte sich Mathilde der Kaiserin zu und gestand: »Mir fehlt ein guter Spielmann, der auch in der Sprache der Deutschen dichtet, damit ich sie besser lerne. Die Troubadoure, die mich begleiten, singen alle nur in meiner Muttersprache.«

Beatrix lächelte und griff nach ihrer Hand. »Ich werde Ausschau halten und Euch einen guten Spielmann schicken«, versprach sie, und Mathildes Augen leuchteten wieder.

Nein, die kleine Prinzessin kommt wirklich nicht nach ihrer machtbewussten Mutter, dachte Beatrix. Noch nicht. Vielleicht wird sie es auch nie. Aber es ist besser, sie im Auge zu behalten. Denn ich misstraue dem Löwen. Dazu kommt mir ein Spielmann ganz recht, der *in meinem Auftrag* auf Dankwarderode musiziert.

»Himmel, das gute Essen hier macht mich noch fett!«, stöhnte Friedrich, als er und der Löwe unter sich waren. Er löste seinen Gürtel ein Stück, lehnte sich zurück und atmete erleichtert auf.

»Behandle sie ja gut, deine kleine Mathilde! Ich brauche das Bündnis mit England.«

»Keine Sorge! Ich bin dir sehr dankbar, dass du mir diese Verbindung arrangiert hast«, versicherte sein jüngerer Vetter.

Eine Königstochter zu ehelichen, empfand er jedoch als absolut angemessen für sich. Schließlich entstammte er einer königlicher Linie. Sein Großvater Lothar von Süpplingenburg war Kaiser gewesen.

»Ich erwäge, dich im September als Gesandten zum englischen König in die Normandie nach Rouen zu schicken, zusammen mit den Erzbischöfen von Köln und Mainz. Ich brauche ihn als Verbündeten, nicht zuletzt in dem leidigen Streit um den wahren Papst.«

»Meine kleine Mathilde wird sich freuen, ihre Eltern wiederzusehen«, meinte der Löwe. »Doch bevor du mich auf eine Gesandtschaft schickst, sorge dafür, dass die Rebellion deiner Fürsten gegen mich endlich ein Ende findet!«

»Ich werde sie morgen zum Waffenstillstand zwingen«, murrte Friedrich und wechselte abrupt das Thema.

»Ich hörte, deine erste Gemahlin ist unlängst verstorben?«

»Clementia? Ja, Gott sei ihrer Seele gnädig. Sie war mir als Fürstin eine gute Gefährtin. Doch zu alt. Und sie konnte mir keine Söhne schenken …«

»Es heißt, sie sei mit ihrem zweiten Gemahl glücklich geworden«, wagte sich Friedrich weiter vor.
»Graf Humbert ist sehr fromm. Sie hat ihm sogar noch zwei Töchter geboren, was ganz erstaunlich ist angesichts ihres Alters. Der Graf muss wohl viel gebetet haben.«
Heinrich grinste kurz. »Aber eben auch keine Söhne. Mathilde wird mir viele Söhne schenken, selbst wenn ich noch warten muss, bis sie kräftig genug dafür ist. Söhne von königlichem Blut!«
Was, so überlegte er mit stillem Triumph, den legitimen Anspruch seines Hauses auf den Thron festigen würde. Wer wusste schon, welche Wendungen das Leben noch bereithielt? Aber das sagte er natürlich nicht laut.
»Und Töchter, so schön wie Mathildes sagenumwobene Mutter«, fügte er rasch an. »Eleonore schenkt dem englischen König jedes Jahr ein Kind, obwohl sie nun schon über vierzig Jahre zählt.«
Friedrich lachte auf. »Ich hoffe für dich, mein Freund, dass Mathilde – wenn sie erst etwas älter ist – die Fruchtbarkeit ihrer Mutter besitzt, aber nicht deren Streitsucht und Durchtriebenheit.«
»Denkst du manchmal noch an deine erste Gemahlin, die Vohburgerin?«, fragte der Löwe beiläufig. Friedrich war es einst gewesen, der ihn erst zur Scheidung von Clementia überredet hatte, nachdem er selbst sich von seiner ersten Gemahlin hatte scheiden lassen. Beide benutzten den gleichen Vorwand: eine nach langen Ehejahren *urplötzlich* entdeckte zu nahe Verwandtschaft.
Überrascht blickte Friedrich ihn an.
»Nein, nie. Ich habe sie nie wieder getroffen – wie ich es auch wollte. Ich weiß nicht einmal mehr, wie sie aussieht. Ich glaube, ich würde sie nicht erkennen nach all den Jahren.«
»Es gibt da eine Schönheit in Beatrix' Gefolge …«, deutete der Löwe an. Doch als sich Friedrichs Miene verfinsterte, beeilte

sich der Löwe anzufügen: »Aber ich will natürlich nicht in deinem Revier wildern.«

Der Ältere zog die Augenbrauen hoch. »Gibt es denn in Braunschweig keine, die dir das Bett wärmt, bis deine kleine Mathilde gesunde Kinder austragen kann?«

Heinrich lachte. »Viele sogar! Aber wir sind etliche Tagesritte von Braunschweig entfernt …«

»Du wirst dich schon zu trösten wissen«, meinte der Kaiser abschätzig. »Nur verärgere mir nicht den englischen König, deinen Schwiegervater! Jeder Regent, der meinem Aufruf folgt und Alexander *nicht* anerkennt, stärkt unsere Position. Und es gibt kein Zurück. Ich verabscheue diesen Rolando Bandinelli, der sich jetzt Papst Alexander nennt, denn er will mich zur Unterwerfung zwingen. Denkst du, nach dem Zwischenfall in Besançon, wo ihn der Wittelsbacher mit dem blanken Schwert bedrohte – in meinem Auftrag wohlgemerkt –, sei noch eine Aussöhnung möglich? Außerdem habe ich hier in Würzburg vor zwei Jahren allen Vasallen einen Eid abverlangt, Alexander *niemals* anzuerkennen!«

»Das Ganze hat dir Rainald eingebrockt«, erinnerte der Löwe und brachte den Satz still zu Ende: der sich auch gegen mich verschworen hat, dieser intrigante Kerl! Und ich argwöhne, sein Nachfolger, dieser Philipp von Heinsberg, wird sich ebenfalls noch als Kuckuck im Nest erweisen.

Das Thema Rainald brachte Friedrich sofort wieder auf das Desaster in Italien.

»Als hätte ich nicht genug Ärger mit den Lombarden! Ich konnte kein einziges meiner Ziele erreichen, außer dass Beatrix in Rom zur Kaiserin gekrönt wurde. Ich wollte gegen Sizilien ziehen und bin nicht einmal in die Nähe dieses Königreichs gekommen! Sechzehn oberitalienische Städte haben sich zum Bündnis gegen mich zusammengeschlossen. Weißt du, was mir da an Steuereinnahmen entgeht? Und welch gewaltige Streitmacht sie gegen mich aufstellen können? Und fast mein ganzes Heer musste ich bei Rom an dieser Seuche sterben sehen. Unser Oheim Welf hat dort seinen einzigen Sohn verloren. Es kam mich bitter an, ihm das zu beichten ...« Er schluckte.

»Nun sind wir beide seine nächsten Erben«, überlegte der Löwe laut. »Hat sich der alte Welf diesbezüglich schon entschieden?«

»Er ist gerade einmal sieben Jahre älter als ich. Da wirst du vielleicht verstehen, dass ich jetzt nicht über den Tod unseres Oheims nachdenken möchte!«, rüffelte ihn sein kaiserlicher Vetter, der sich zusehends in Rage redete.

»Ganz Norditalien gegen mich vereint! Mailand wird gegen meinen Befehl wiedererbaut. Wie mir der Erzbischof von Köln schrieb, errichten die Lombarden außerdem südwestlich von Mailand eine neue Stadt, die sie mir zum Hohn nach diesem falschen Papst benennen: *Alessandria.* Und ich muss hier Frieden durchsetzen! Nur so kann ich meine kaiserliche Autorität wahren und irgendwann ein Heer aufstellen, das stark genug ist, es dem Städtebund heimzuzahlen.«

Der Löwe lehnte sich lässig zurück und schnallte nun auch seinen Gürtel etwas weiter.

»Einen Vorteil ziehst du aus der ganzen Lage: Viele Adelslinien sind erloschen. Du kannst den Besitz einziehen, das stärkt deine Macht. Angefangen bei dem Rothenburger. Der hätte dir früher oder später den Thron streitig gemacht. Jetzt sind seine Anhänger bedeutungslos, und du hast erheblichen Zugewinn für deine Hausmacht: das Herzogtum Schwaben und bedeutende kirchliche Besitztümer.«

»Ja, auf diesen Vorteil hat mich Philipp auch hingewiesen«, erinnerte der Kaiser zynisch. »Trotzdem halte ich immer noch weniger Land als du. Also besinn dich auf deine Pflichten und steh mir zur Seite!«

»Aber gewiss doch, mein Kaiser!«, versicherte der Löwe und grinste.

Beschwörende Worte

Otto, Dietrich und Dedo, Erzbischof Wichmann von Magdeburg, Landgraf Ludwig von Thüringen; Würzburg, Juni 1168

Gemächlich ritt die wettinische Abordnung zu diesem Hoftag des Kaisers durch das entstehende Würzburger Zeltlager, wo es nur so wimmelte von Menschen, Pferden, Ochsen, Hunden …

Markgraf Ottos Quartiermeister, der vorausgeritten war und bereits tags zuvor ihre Lagerplätze ausgesucht und abgesteckt hatte, führte sie durch das lautstarke Getümmel.

Noch herrschte wildes Durcheinander links und rechts der Reiterkolonne. Unter vielstimmigem Geschrei wurden Zelte aufgebaut, Truhen geschleppt, vor noch schlaffen Leinwänden stapelten sich Bretter, Pfähle, Seile, Körbe, Bänke, Truhen und hunderterlei andere Dinge. Man hörte Gezeter, das Hämmern von Schlägen, mit denen die Zeltnägel in den Boden getrieben wurden. Links von ihnen schrie jemand vor Schmerz auf, der mit dem Hammer seine eigenen Finger getroffen hatte, rechter Hand hatte jemand zwei Stallburschen an den Ohren gepackt und schalt sie für irgendeine Missetat.

Doch eines war in dem Gewimmel nicht zu übersehen: Als Erstes hatte jede Gesandtschaft ihr Banner aufgepflanzt, damit jedermann wusste, wessen Lager hier entstand.

Die meisten hohen Herren, die zum Hoftag nach Würzburg reisten, zogen es vor, ihre Zelte auf einer Wiese vor der Stadt zu errichten, statt in einem der überfüllten, verrußten und von Ungeziefer heimgesuchten Gasthäuser Quartier zu beziehen. Das war nichts Ungewöhnliches bei Hoftagen, zumal im Sommer. So viele Edelleute und Rösser vermochte selbst eine große Stadt wie Würzburg nicht komfortabel aufzunehmen. Ein Zeltlager hingegen bot deutlich mehr Platz und Bequemlichkeit. Die Fürsten konnten dort ihre *eigenen* Betten, Truhen, Tische und Bänke aufbauen lassen und ihre Banner aufstellen, um das Essen kümmerte sich der *eigene* Küchenmeister, der seinen Herrn stets auf Reisen begleitete, ob nun zu einem Hoftag oder einem Kriegszug. Auch die vielen Pferde waren besser auf Koppeln untergebracht.

Die Markgrafen von Meißen und der Lausitz und der Graf von Groitzsch hatten einen Platz neben dem bereits errichteten Lager Albrechts des Bären zugewiesen bekommen, der mit all seinen sieben Söhnen nach Würzburg geritten war.

Vor dem Zelt des Markgrafen von Brandenburg legten Otto, Dietrich und Hedwig Halt ein, um den fast siebzigjährigen Bären zu begrüßen, den unbestrittenen Anführer ihrer Rebellion.

Hedwig stieg rasch aus dem Sattel und schritt über das welke Gras auf ihn zu.

»Vater, wie geht es dir?«, fragte sie ihn liebevoll.

Der alte Bär grinste und schüttelte die Fäuste.

»Kampflustig wie eh und je«, dröhnte er. Dann schloss er seine Lieblingstochter in die Arme und küsste ihre Wangen.

»Du bist wirklich das leibhaftige Abbild deiner Mutter«, sagte er mit ungewohnter Rührung in der Stimme und wischte sich kurz über die Augen.

»Kommt, Freunde!«, lud er nach diesem bewegenden Moment seinen Schwiegersohn und dessen Brüder ein und klang nun wieder tatendurstig und unverwüstlich.

»Euer Lager wird auch ohne euch aufgebaut. Das wäre ja noch schöner!«

Leutselig hieb er seinem Schwiegersohn ins Kreuz, der das Gesicht wegen des deftigen Schlags verzog.

»Trinkt einen Becher Wein mit mir zur Begrüßung!«

Sie folgten der Einladung, die sie auch schlecht hätten ausschlagen können. Albrecht ließ seine Söhne und Schwiegertöchter herbeirufen.

Das brachte ein freudiges Wiedersehen zwischen Hedwig und Mathilde mit ihrer Schwägerin Adele. Ottos und Dietrichs Schwester und einstige dänische Königin war in zweiter Ehe mit Hedwigs Bruder Adalbert von Ballenstedt vermählt. Jubelnd umarmten sie sich und fielen einander ins Wort, um Neuigkeiten auszutauschen.

»Wie macht sich mein Sohn an deinem Hof?«, erkundigte sich Otto derweil bei seinem Schwiegervater. Er hatte seinen Erstgeborenen zum Großvater geschickt, damit er dort zum Knappen und Ritter erzogen wurde. Das war so üblich, und außerdem fand Hedwig, der Junge sei außer Rand und Band. Vielleicht würde er am Hof ihres Vaters etwas gemäßigter.

Der Bär wandte sich um, winkte einen Knappen heran und befahl ihm, seinen meißnischen Enkel umgehend herzubeordern.

Der kam auch bald darauf und kniete pflichtgemäß nieder, aber sein Gesicht strotzte nicht eben vor Demut.

»Willst du deinen erlauchten Vater und deine Mutter nicht begrüßen, wie es sich gehört?«, knurrte der Bär und verpasste seinem Enkel einen leichten Schlag auf den Hinterkopf. »Benimm dich!«

Übertrieben höflich rang sich der Bursche die erwarteten Floskeln ab und wurde umgehend wieder fortgeschickt. Mit ungutem Gefühl sah Hedwig ihm nach. Ihr ältester Sohn hasste sie, weil sie ihn mehrfach zurechtgewiesen hatte, wogegen Otto ihm fast alles durchgehen ließ.

Während die Männer sogleich die neuesten Nachrichten, Gerüchte und Pläne erörterten, begaben sich die drei Frauen ein paar Schritte abseits und ließen sich Stühle bringen.

»Wie geht es dir, Adele?«, fragte Hedwig. »Wir haben uns so lange nicht gesehen.«

Die beiden waren befreundet, seit Hedwig dreizehnjährig an den Meißner Hof gekommen war – vor mehr als zwanzig Jahren. Doch Adele hatte nach ihrer Vermählung mit dem jungen dänischen König Sven schlimme Zeiten durchlitten: Krieg, Vertreibung und Exil an der Seite ihres Gemahls, dann die gescheiterte Rückkehr, die in einem Blutbad und dem grausigen Tod Svens mündete. Nur knapp entkam sie und konnte als junge Witwe erst durch die Vermittlung Erzbischof Wichmanns, ihres Vetters, nach Meißen zurückkehren, wo sie umgehend mit einem Sohn des Bären neu vermählt wurde.

»Ich habe meinen Frieden in Ballenstedt gefunden«, sagte sie wehmütig. »Ich bete viel am Grab deiner Mutter. Doch es gibt Gerüchte …«

»Ja?« Gespannt beugten sich Hedwig und Mathilde vor.

»Es heißt, König Waldemar sammelt Truppen, um die Ranen auf Rügen zu vernichten.«

Das war einer der letzten noch nicht christianisierten Slawenstämme. Und da der junge Dänenkönig Waldemar und sein Ziehbruder Absalon, der Erzbischof von Lund, erfahrene Heerführer und Krieger waren, die Ranen andererseits aber sehr kriegerisch und gefürchtete Seefahrer, konnte das in ein Gemetzel ausarten.

Adele seufzte. »Es kehrt wohl nie Friede ein.«

Sie hatte Dänemark und die Dänen in ihrer Zeit als Königin lieben gelernt, auch wenn Svens Regentschaft ein so schreckliches Ende fand.

Lautes Johlen unterbrach ihre Gedanken. Ein Dutzend Schritte entfernt von ihnen hatte ein Bader vor reichlich Publikum seinem jammernden Patienten einen Zahn gezogen und hielt das Stück nun triumphierend mit der Zange in die Höhe.

In der Männerrunde trank unterdessen Markgraf Dietrich nur einen Becher von dem lauwarmen Wein aus Höflichkeit, weil er – und das wussten die anderen und konnten es kaum erwarten, von ihm danach Kunde zu erhalten – einen wichtigen Besuch vorhatte: bei seinem Vetter Wichmann, dem Erzbischof von Magdeburg. Der war vom Würzburger Bischof ein-

geladen, im Bischofspalast Quartier zu nehmen, und konnte dies schlecht ablehnen, ohne unhöflich zu wirken.
Im Gehen nickte Dietrich noch einmal seiner Schwester Adele zu, mit der er schon immer ein besonders inniges Verhältnis hatte – vielleicht wegen ihrer Lebhaftigkeit, von der allerdings nach der dramatischen Flucht aus Dänemark und ihrer Wiedervermählung mit Adalbert, dem Grafen von Ballenstedt, nicht viel übrig geblieben war.
Er lief an seinem gerade entstehenden Lager vorbei, dessen zügigen Aufbau sein Vertrauter Hilbert beaufsichtigte, wechselte ein paar Worte mit ihm, ließ sich von einem Knappen den Staub aus den Kleidern bürsten und begab sich bei strahlendem Sonnenschein zum Bischofspalast.

Der Magdeburger Erzbischof war ein hochgewachsener Mann von etwa fünfzig Jahren, dessen prächtige Kleidung und wohlgerundeter Körper davon zeugten, dass er dem weltlichen Leben durchaus zugetan war. Gemunkelt wurde, einer seiner Domherren habe gerade ein Töchterlein verheiratet. Aber Wichmann war auch ein erfahrener Heerführer und einer der klügsten Köpfe des Reiches. Unter seiner Herrschaft gedieh Magdeburg wie selten zuvor.
Dietrich wollte vor ihm auf ein Knie sinken, doch der Erzbischof bedeutete ihm umgehend, sich zu erheben, ging auf ihn zu und umarmte ihn als herzlich willkommenen Verwandten. Dann schickte er alle anderen hinaus. Er deutete auf zwei Stühle in der Mitte des Raums und nahm mit Dietrich dort Platz.
»Ihr müsst euer Treffen ohne mich veranstalten«, eröffnete er mit gedämpfter Stimme. Alle vom Kaiser vorgeladenen Gegner des Löwen hatten vereinbart, sich vor dem Auftritt bei Hofe noch einmal gemeinsam abzustimmen – auch um sicherzugehen, dass niemand im letzten Augenblick einknickte oder gar die Seiten wechselte.
»In euren Zelten, nicht hier«, bekräftigte Wichmann leise.

»Wir können nicht auf den Würzburger Bischof zählen. Der Kaiser hat ihm ein großzügiges Versprechen gegeben, um ihn fest auf seiner Seite zu wissen.«

Bischof Herold von Höchheim gehörte ohnehin nicht zu den erklärten Gegnern des Löwen. Es gab zu viele Lauscher in seinem Palas, so die Befürchtung des Magdeburgers.

»Und ich kann auch nicht kommen. Es würde auffallen, wenn nicht ihr zu mir kommt, sondern ich mich zu euch begebe.«

Wichmann atmete tief durch und rieb sich die Stirn.

»Wie Diebe in der Nacht müssen wir uns versammeln! Das sagt viel über unsere gegenwärtige Lage. Richte allen Verbündeten von mir aus: Nur wenn wir fest zusammenstehen, können wir den Kaiser zum Einlenken bewegen.«

Tiefe Furchen erschienen auf seiner Stirn, als er zu erzählen begann.

»Es ist schrecklich, wie die Truppen des Löwen alles bis vor die Tore Magdeburgs verwüstet haben. Wir werden in diesem Sommer kaum eine Ernte einfahren können. Und immer wieder kommen sengende und mordende Horden von seiner Burg Haldensleben und fallen in das Land ein. Ich weiß, wie schwierig es ist, das mit dreifachem Wall und starken Mauern geschützte Haldensleben zu belagern, aber früher oder später müssen wir diesen Hort des Unheils zerstören.«

Wichmann lud Dietrich mit einer Geste zum Trinken ein, doch der nahm nur einen Schluck und lauschte weiter auf die schlechten Nachrichten, die noch kommen sollten.

»Ich erbat eine Privataudienz beim Kaiser vor Beginn des Hoftages«, berichtete Wichmann sorgenvoll. »Doch meine Bitte wurde abgelehnt.«

Ein weiteres schlechtes Vorzeichen. Friedrich und Wichmann standen einst in bestem Verhältnis zueinander. Gleich nach seiner Krönung zum König hatte dieser gegen erhebliche Widerstände darauf gedrängt, dass der noch junge Wichmann, damals Bischof von Naumburg, das Erzbistum Magdeburg übernahm.

Doch ihre Beziehung hatte sich abgekühlt, und den Grund dafür brachte Wichmann umgehend zur Sprache.

»Das Schisma spaltet die Christenheit, und meine Wallfahrt ins Heilige Land hat mich deutlicher denn je erkennen lassen: Friedrich muss seinen alten Feind Rolando – nun Papst Alexander – anerkennen. *Alexander* ist der wahre Papst. Das Schisma muss beendet werden. Und Friedrich muss die Beschlüsse des Würzburger Konzils aufheben.«

Vor zwei Jahren hatte der Kaiser hier in dieser Stadt, die er so sehr liebte, den gesamten Adel schwören lassen, dass sie nie Papst Alexander anerkennen würden. Doch einige Fürsten hatten sich dem entzogen.

»Der Kaiser kennt meine Meinung in dieser wichtigen Angelegenheit, und das belastet unser Verhältnis noch über die Querelen mit dem Löwen hinaus«, bedauerte Wichmann. »Auch deshalb ist es wohl besser, wenn ihr die Zusammenkunft im Zeltlager und ohne meine Anwesenheit veranstaltet.«

Nachdenklich stimmte ihm Dietrich zu. Er hätte auch gern in einem offenen Gespräch an den Kaiser appelliert, die Beschwerden so vieler Adelshäuser über den Löwen ernst zu nehmen, doch Friedrich hatte dies nicht zugelassen.

»Es steht schlecht um das Reich, wenn sich seine Fürsten verschwören müssen, damit Gerechtigkeit hergestellt wird.«

Wichmann lächelte ironisch.

»Wer behauptet, dass die Welt gerecht sei? Wir können nur auf himmlische Gerechtigkeit am Tag des Jüngsten Gerichts hoffen. Steh auf, Vetter, ich möchte dich segnen!«

Dietrich erhob sich und bat darum, dass Höchstwürden auch einen Segen für seine Kinder sprechen möge, insbesondere für Konrad, der als sein legitimer Erbe schneller erwachsen werden musste als seine Altersgefährten.

Dann kniete er nieder und nahm die Segnungen dankbar entgegen.

Bei Dietrichs Rückkehr waren sein Lager und das meißnische schon fast fertig; zumindest standen bereits alle Zelte, Wachen waren postiert, und seine Unterkunft fand er eingerichtet vor. Seine Ritter – die wenigen, die die Seuche vor Rom überlebt hatten – saßen unter einem Baldachin, genossen den Schatten und tranken durstig verdünnten Wein.
Dietrich lehnte die angebotene Mahlzeit ab und ging weiter zu seinem älteren Bruder.
Auf dem Weg zu dessen Zelten wurde er unversehens Zeuge einer Szene, die ihn gleichzeitig rührte und sorgte.
Sein Sohn, immer noch Page in Ottos und Hedwigs Diensten, wurde von einem Knappen mit dem Übungsschwert vor sich hergetrieben.
»Na, komm schon, mein kleiner Markgraf!«, rief der deutlich größere Bursche in gutmütigem Spott. »Ganz sicher wirst du vor der Zeit zum Knappen ernannt. Und wenn sie dich bald zu den großen Jungs stecken, musst du schon ein bisschen mehr können.«
»Du sollst mich nicht so nennen!«, schimpfte Konrad. Doch der Knappe trat neben den Jüngeren, fuhr ihm scherzhaft durchs Haar und führte geduldig und langsam ein Manöver zum Entwaffnen vor.
»So, und jetzt du, mein kleiner Markgraf«, meinte er grinsend, und Konrad griff an.
»Schon besser!«, lobte der Knappe – der Beschreibung nach dieser Boris von Zbor, von dem Konrad erzählt hatte. »Komm, wir üben das noch einmal! Du wirst einen Heerbann anführen müssen, wenn du erst Ritter und Markgraf bist. Da darfst du dich vor deinen Gefolgsleuten nicht blamieren.«
Konrad verdrehte die Augen und grinste ebenfalls, aber gequält.
»Fürs Erste wäre ich schon froh, wenn ich mich nicht vor dir blamiere, Wende!«
Unauffällig lief Dietrich einen kleinen Umweg, damit ihn sein

Sohn nicht sah. Doch der war offenbar gänzlich mit dem Entwaffnungsmanöver beschäftigt.

Das Treffen der Gegner des Löwen fand im Zelt des Landgrafen von Thüringen statt. Landgraf Ludwig, ein Mann von vierzig Jahren, war mit Friedrichs Schwester Judith vermählt und nun in Würzburg mit seinem gleichnamigen ältesten, sechzehnjährigen Sohn erschienen. Es sprach Bände, dass sich im Streit mit dem Löwen sogar sein Schwager und Freund Ludwig gegen den Kaiser gestellt hatte.
»Wir müssen zusammenhalten!«, beschwor auch der Thüringer seine Verbündeten. »Nicht wie vor zwölf Jahren, als es Friedrich gelang, die Reihen der Welfengegner zu spalten.«
»Damals war *ich* der Leidtragende, während andere Gewinn daraus schlugen«, erinnerte der Markgraf von Meißen boshaft, was allerdings keinen der Anwesenden mit Bedauern zu erfüllen schien.
»Seit dreißig Jahren kämpfe ich gegen die Welfen«, warf Albrecht der Bär, der Markgraf von Brandenburg, ein. »Erst gegen Heinrich den Stolzen, der sogar König werden sollte …«
»Was Ihr listenreich verhindert habt, mit diesem Handstreich gegen die Kaiserinwitwe Richenza in Quedlinburg!«, rief der Pfalzgraf bei Rhein dazwischen, und der Bär grinste kurz.
»Sogar der Stauferkönig Konrad konnte damals nicht gegen ihn ankommen«, fuhr er fort. »Er hatte zur Reichsheerfahrt gegen den alten Welfenherzog aufgerufen, wir standen uns, zur Schlacht bereit, *vier Wochen lang* in Thüringen gegenüber – und Konrad, ansonsten ein furchtloser Kämpfer, das muss man ihm lassen, wagte es nicht, zum Angriff zu blasen, weil sein Heer schwächer als das welfische war. Ich war dabei, fast als Einziger unter euch Jungspornen, und musste miterleben, wie schlimm es damals um des Königs Macht stand. Wir würden seit dreißig Jahren von den Welfen regiert, hätte es dem Allmächtigen nicht gefallen, den hochmütigen Herzog eiligst zu sich zu berufen.«

Wütende Zwischenrufe untermalten seine Ansprache.
»Und seit sein Sohn, der Löwenwelpe, alt genug ist, ein Schwert zu führen, wird er immer mächtiger«, steigerte sich der Bär in seine Wut hinein. »Der Kaiser gibt ihm immer neue Titel und Privilegien, er sieht ihm alles nach, und der Welfe wird immer dreister. Denkt an Freising, als er dem Bischof die Zollstation niederbrannte, um ein Stück weiter am Fluss eine eigene zu errichten!«
»Ein klarer Rechtsbruch«, warf Landgraf Ludwig kühl ein, dem es nicht passte, dass andere in seinem Zelt das große Wort führten. Immerhin war er nicht nur Gastgeber, sondern auch der Ranghöchste unter ihnen.
»Und der Kaiser ließ ihn gewähren«, fuhr der Bär mit seiner leidenschaftlichen Anklage fort. »Der Löwe eroberte neues Land, darf Bischöfe einsetzen, hat sich nun noch die Abodriten und Pommern zur Heerfolge verpflichtet ... Er verfügt über die einträglichen Goslarer Silbergruben und ist durch die englische Mitgift reicher als jedermann sonst im Reich. Und nun verwüstet er erneut unsere Ländereien!«
Die Stimmung im Zelt schien kurz vorm Überkochen.
Nur Wutgeschrei bringt uns nicht weiter, dachte Dietrich, und ergriff deshalb mit lauter, aber ruhiger Stimme das Wort.
»Es droht sich die Lage zu wiederholen, dass ein Welfenherzog ein größeres Heer aufzustellen vermag als der Kaiser. Noch steht Friedrich fest zu ihm, ist es keinem von uns gelungen, ihm die Augen zu öffnen. Ich überbringe euch die dringende Ermahnung der Erzbischöfe von Köln und Magdeburg, zusammenzustehen. Nur darin liegt unsere Hoffnung.«
»Das müsste gerade Ihr sagen!«, höhnte der Landgraf von Thüringen. »Wir haben geschworen, einander beizustehen, sollte einer von uns angegriffen werden. Doch kämpft nicht sogar Euer Schwarzburger Schwager für den Löwen und hält für ihn den Nordwesten, seit der Holsteiner tot ist?«
»Der *Bruder* unseres Schwagers«, korrigierte Otto sofort

scharf. Er und Dietrich hatten eine ihrer Schwester mit dem Grafen von Schwarzburg-Käfernburg vermählt. Und dessen Bruder Heinrich von Schwarzburg, ein gefürchteter Kämpfer und erklärter Feind des Landgrafen von Thüringen, war vom Löwen nach dem Tod Graf Adolfs von Holstein als Vormund für dessen Sohn eingesetzt worden.

»Es steht schlimm um das Reich, wenn sich in diesem Streit sogar Verwandte auf gegnerischen Seiten wiederfinden«, beklagte Dietrich. Und während erneuter Tumult im Zelt losbrach, musste er wieder an die dreißig Jahre zurückliegende Begebenheit denken, als er und Friedrich – damals sechzehnjährig – gemeinsam ein Turnier gewonnen hatten und eine Nacht lang feierten. Wie sie darüber sprachen, die Welt besser zu machen, sobald sie erst an der Macht waren.

Nun stand ihm deutlicher denn je die bittere Erkenntnis vor Augen: Friedrich hatte das Reich nicht geeint, sondern gespalten.

Des Kaisers Befehl

Friedrich, Heinrich der Löwe;
Hoftag zu Würzburg, Ende Juni 1168

»Seine Majestät, der Kaiser!«

Friedrich war denkbar schlechter Laune, als er den großen Versammlungssaal in seinem Würzburger Palast betrat, wo ihn die Fürsten schon erwarteten. Doch er mühte sich redlich, sich dies nicht gleich auf den ersten Blick anmerken zu lassen. Am Ende dachten sie noch, er sei wegen seiner schmählichen Niederlage in Italien so wütend.

War er auch, doch um die ging es hier nicht! Jedenfalls nicht in erster Linie. Sondern um den Krieg gegen seinen Vetter, den

Herzog von Sachsen und Bayern, den die rebellischen Fürsten vom Zaun gebrochen hatten, kaum dass ihr Kaiser ihnen den Rücken gekehrt hatte.
Konnte er denn keinen Fuß über die Alpen setzen, ohne dass sie seine Abwesenheit schändlich ausnutzten? Damit hatten sie seine Autorität als Herrscher in Frage gestellt. Das durfte und würde er nicht durchgehen lassen.
Der große Saal war dicht gefüllt mit prächtig ausstaffierten Fürsten. In seinem Zorn dachte Friedrich: Mindestens die Hälfte von ihnen hätte im Büßergewand vor mir erscheinen müssen. Heute werde ich sie Demut lehren!
Mit Scharren und leisem metallischen Klirren sanken die edlen Herren vor ihm auf ein Knie, bis er auf seinem Thron Platz genommen hatte. Erst nach einer bedeutungsschwer in die Länge gezogenen Pause erlaubte er ihnen, sich zu erheben.
Mit freundlicher Miene nahm er die Huldigungen entgegen, um auch dem Letzten zu demonstrieren, er habe *keine* schlechte Laune wegen des Fiaskos in Italien.
Deshalb eröffnete er die heutigen Beratungen auch mit einer großzügigen Geste: Er verlieh dem Bischof von Würzburg die Herzogswürde und damit erhebliche weltliche Rechte für sein Bistum, insbesondere in der Gerichtsbarkeit, was gleichbedeutend mit erquicklichen Einnahmen war.
Beglückt trat Bischof Herold von Höchheim vor und verneigte sich tief, als er zum Fürstbischof und sein Bistum zum Herzogtum erhöht wurden.
»Euer Rechtsgelehrter Wortwin soll gemeinsam mit meinem Notar Heinrich in den nächsten Tagen die entsprechende Urkunde aufsetzen«, wies Friedrich an.
Der frischernannte Fürstbischof verneigte sich erneut und brachte fein gesetzte Dankesworte vor. Im Saal kam auffallend verhaltener Beifall auf.
Ja, auch sie sind schlecht gelaunt. Und sie zittern, wie ich wohl mit ihnen verfahren werde, dachte Friedrich angesichts seiner

rebellischen Fürsten. Denn er hatte schon beim Betreten des Saales ein Zeichen gesetzt, das sie zutiefst beunruhigen sollte: Heinrich der Löwe durfte demonstrativ an seiner Seite stehen, während sich alle anderen vor ihm in dichten Reihen aufbauen mussten.

Nun, zumindest habe ich mit dem Bischof von Würzburg *einen* Verbündeten gewonnen, dachte er grimmig.

Wieder legte er eine bedeutungsschwere Pause ein, bevor er erneut das Wort ergriff. Und er ließ dabei seinen Blick streng über die Friedensbrecher schweifen, die es gewagt hatten, sich gegen den Herzog von Sachsen und Bayern zu verbünden.

Wem kann ich überhaupt noch trauen?, ging ihm durch den Kopf.

Dann setzte er mit schallender Stimme zu einer Brandrede an, in der er den Welfengegnern vorwarf, durch ihre Feindseligkeiten ganze Landstriche verwüstet *und* verhindert zu haben, dass ihm der Herzog von Sachsen und Bayern mit einem starken Heer nach Italien folgte.

»Wir haben seine Truppen schmerzlich vermisst!«, hielt er ihnen vor. »So tragt *Ihr* die Schuld an den Verlusten, die wir dort erlitten! So tragt *Ihr* die Schuld daran, dass sogar ich und meine geliebte Gemahlin, die Kaiserin, in Lebensgefahr gerieten!«

Das saß.

Die meisten der so Beschuldigten blickten angemessen zerknirscht – ob nun gespielt oder echt. Nur der alte Markgraf von Brandenburg, der Sturkopf Albrecht der Bär, stellte eine trotzige Miene zur Schau. Vielleicht hatte er auch gar kein anderes Gesicht. Friedrich konnte sich nicht erinnern, den grimmigen Bären einmal freundlich gesehen zu haben. Abgesehen von dem Strahlen, das seine geliebte Gemahlin Sophia bei ihm bewirkte. Doch sie war schon vor Jahren gestorben.

Wieder ließ Friedrich eine bedeutungsvolle Pause, bevor er weitersprach. Niemand hustete, nieste, raschelte mit seinem

Umhang oder scharrte mit den Füßen. Man hätte eine Nadel fallen hören können.

Und dann forderte er laut und streng die an der Rebellion Beteiligten auf, vorzutreten.

Bewegung kam im Saal auf, als ohne Zögern Albrecht der Bär als Erster vortrat, niederkniete und sein weißhaariges Haupt beugte.

Der alte Haudrauf kann ja auch schwer leugnen, Anstifter der ganzen Sache gewesen zu sein, dachte Friedrich grimmig. Seit mehr als dreißig Jahren träumt er schon davon, selbst der Herzog von Sachsen zu sein. Doch als ihm König Konrad diesen Titel verliehen hatte, da hatte er ihn nicht halten können.

Albrechts Söhne folgten ihrem Vater und knieten hinter ihm nieder.

Nun, die Bärenjungen würde er schon zur Räson bringen, wenn ihr Vater erst das Zeitliche gesegnet hatte.

Dass auch Markgraf Otto von Meißen vortrat und neben dem Bären auf ein Knie sank, verwunderte ihn nicht. Sie hatten einander noch nie besonders gut verstanden. Notfalls musste er ihm ein paar weitere Privilegien entziehen, um ihn zu disziplinieren.

Doch was dann geschah, erfüllte den Kaiser nach und nach mit immer größerer Fassungslosigkeit.

Der Erzbischof von Magdeburg trat neben seinen Meißner Vetter.

Wichmann, du Undankbarer, habe nicht *ich* dich zum Erzbischof gemacht, kaum dass ich gekrönt war, gegen alle Einwände des Heiligen Stuhls und der Domherren?

Der Landgraf von Thüringen folgte als Nächster.

Ludwig, auch du? Ich gab dir meine Schwester zur Frau, ich half dir, die Wartburg zurückzuerobern! Und so dankst du es mir?, grollte Friedrich.

Dietrich von der Lausitz – ich dachte, wir wären Freunde, seit wir einst als junge Ritter gemeinsam ein Turnier gewonnen hatten! Wir kämpften zusammen in Rom! Ich schickte dich los, um die Verschwörer zum Aufgeben zu bewegen. Und jetzt kniest du an ihrer Seite.

Es war eine Sache, von etwas zu wissen, aber eine ganz andere, es nun zu sehen.

Immer mehr Edelleute traten vor und knieten nieder, Bischöfe, Markgrafen, Pfalzgrafen, Grafen …

Und wenn Rainald noch lebte, würde auch er hier vor mir knien, dachte Friedrich bestürzt. Ich sollte froh sein, seinen Nachfolger in Italien gelassen zu haben, damit er meinen Papst sicher nach Rom bringt.

Würde sich Philipp von Heinsberg ebenfalls dieser Meuterei anschließen? Ja, er würde. Vermutlich hatte er es sogar schon. Er war Raimunds Vertrauter gewesen, durch die Heirat seiner Schwester war er mit den verräterischen Wettinern verwandt, und es gab ewigen Zwist zwischen dem Erzbistum Köln und dem Herzog von Sachsen – Gebietsstreitigkeiten.

Knisternde Stille lag über der Szene, und Friedrich ließ die Fürsten lange in der demütigen Haltung ausharren, ohne ein Wort zu sagen oder eine Reaktion zu zeigen.

Sollten sie bereuen und sich vor seinem Urteilsspruch fürchten!

Doch zugleich dachte er schon hektisch darüber nach, wie dieser wohl ausfallen sollte. Hier kniete vor ihm fast alles, was in seinem Reich Rang und Namen hatte. Er konnte sie nicht alle abstrafen! Denn dann würden sie sich gegen *ihn* verschwören. Erstaunlich, dass sich Heinrich gegen diese Übermacht militärisch behauptet hatte. Das bewies einmal mehr sein militärisches Können.

Und als Nächstes traf Friedrich jäh die Erkenntnis: Es waren zu viele, als dass sie seinen nun folgenden Befehl widerspruchslos ausführen würden, sofern er ihnen nicht in irgendeinem Punkt entgegenkam.

»Es ergeht an euch alle der kaiserliche Befehl zu einem Waf-

fenstillstand mit dem Herzog von Sachsen und Bayern, meinem geliebten Vetter. Und nun geht und handelt die Bedingungen aus, wenn ihr weiter meiner Gnade teilhaftig werden wollt!«
Mit einer gebieterischen Geste forderte er die Verschwörer auf, sich zu erheben, und beobachtete mit heimlichem Genuss, wie mühsam ächzend und mit gequälten Mienen sich die meisten hochstemmten, nachdem sie wohl eine halbe Stunde oder länger in der unbequemen Haltung hatten verharren müssen.
Der Löwe sah ihn mit Genugtuung an und unternahm keinerlei Anstalten, seinen Gegnern zu den Verhandlungen über den Waffenstillstand zu folgen.
»Vetter, dich wünsche ich unter vier Augen zu sprechen!«, verkündete der Kaiser kühl und gab dem Herzog ein Zeichen, ihn in seine Kammer zu begleiten.

Als die beiden in die Kemenate stürmten, saß Beatrix auf der Fensterbank, Marie Claire ihr gegenüber, beide mit Handarbeiten auf dem Schoß. Der Kaiser und sein Vetter wirkten so eindeutig missgelaunt, dass Marie Claire sofort aufsprang, tief vor dem Kaiser knickste, vor dem Herzog etwas weniger tief, und dann zur Tür hinaushuschte.
Die Kaiserin blieb sitzen, behielt ihr Stickzeug zum Anschein harmlosen Tuns in den Händen und musterte die beiden Männer aufmerksam. Sie hielt nicht viel vom Sticken, das überließ sie gern ihren Damen. Lieber las sie oder hörte den Troubadouren zu.
Doch die Männer hatten gar keine Augen für sie, sondern fingen sofort an, heftig zu streiten.
»Verstehst du nicht? Ich habe dich nicht nur mit Titeln und Privilegien überhäuft, wie sie kein anderer im Reich in dieser Zahl innehat, ich habe dir auch immer beigestanden, dich gegen alle Anfeindungen verteidigt! Sogar wenn du ganz offen das Recht gebrochen hast wie bei der Zerstörung der Zoll-

station des Bischofs von Freising. Du hast Kircheneigentum angegriffen und – sagen wir doch ehrlich, wie es war – es in räuberischer Manier an dich gerissen!«, wütete Friedrich. »Ist dir nicht aufgefallen, dass sich eben faktisch fast mein ganzes Reich gegen mich, seinen Kaiser, gestellt hat? Deinetwegen! Sie werden keinem Waffenstillstand zustimmen, wenn ich ihnen nicht wenigstens ein Stück entgegenkomme.«

»Und worum könnte es dabei gehen?«, konterte der Löwe und zuckte mit den Achseln. »Du hast gesehen, wie viele sie sind, und trotzdem konnte ich sie in die Flucht jagen. Jämmerlich den Schwanz eingekniffen haben sie, um eine offene Feldschlacht zu vermeiden.«

»Sei still!«, schnauzte der Kaiser ihn an. »Für all meine Gunstbezeugungen und Protektion wirst du jetzt einen Preis zahlen. Das gibt es nicht mehr umsonst. Ich brauche Frieden im Reich, nötiger denn je nach dem Desaster in Italien und dem Streit um den wahren Papst! Heinrich, ich fordere von dir die Goslarer Silbergruben zurück.«

Sein Vetter starrte ihn entgeistert und zutiefst beleidigt an, wollte widersprechen. Doch Friedrich hielt ihn mit einer brüsken Handbewegung davon ab.

»Es ist entschieden.«

»Und du meinst, das würde die Sache mit dem Friedensschluss erleichtern?«, höhnte der Löwe.

Friedrich wandte sich zu Beatrix um, die immer noch am Fenster saß und stickte – genauer gesagt: lediglich so tat, weil sie natürlich diesem Disput höchst aufmerksam folgte. Sie konnte es nur begrüßen, wenn ihr Gemahl dem Löwen die Krallen stutzte. Der Mann war einfach zu mächtig geworden, zu hochfahrend.

»Meine Fürsten hocken gerade zusammen und streiten, *ob* und *wie* sie einen Waffenstillstand mit Heinrich schließen«, erklärte er ihr. »Ich möchte, dass sie einen Hinweis erhalten, dass ich meinem Vetter die Goslarer Silbergruben wieder abnehme. Aber nicht von mir, das wäre zu plump. Hast du eine Idee, wie wir das klug bewerkstelligen können?«

Beatrix lächelte und legte ihr Stickzeug beiseite.

»Ich denke, ich werde die Fürstin von Meißen zu mir bitten. Hedwig ist eine kluge Frau und hat nach allem, was ich weiß, Einfluss auf ihren Gemahl. Sie wird ihm die Neuigkeit rasch und diskret zu Ohren bringen – und so in die Runde deiner unbotmäßigen Lehnsmänner, damit sie in die Waffenruhe einwilligen.«

Friedrich ging zu ihr, ergriff ihre Hände und küsste ihr beide Wangen.

»Meine geliebte, wunderschöne und kluge Kaiserin! Was wäre ich nur ohne dich?«

»Auch ohne mich immer noch der Kaiser«, sagte sie ihm lächelnd ins Ohr und sah über Friedrichs Schulter hinweg kalt auf seinen Vetter, den Löwen, der bleich und wütend vor sich hin starrte.

Zum Glück beachtete er sie nicht.

Beatrix fand, es war höchste Zeit, ihm seine Grenzen aufzuzeigen, sonst würde er früher oder später ihrem Gemahl gefährlich werden. Und wenn sie dazu mit einer kleinen Intrige beitragen konnte, stimmte sie das sehr froh.

Kontrollverlust

Friedrich, Beatrix und ihre Söhne Friedrich und Heinrich; Bamberg, Juni 1169, und Aachen, am 15. August 1169, später an einem nicht bekannten Ort

Pfingsten wurde stets in größter Pracht gefeiert, und so fielen die Pfingstmontage des Kaisers nicht nur besonders feierlich aus, sie wurden auch besonders gut besucht.

Diesmal hatte Friedrich seine Fürsten nach Bamberg gerufen, und sie waren in großer Zahl erschienen.

Die Verhandlungen vor den Festlichkeiten dauerten ungewohnt lange, denn die Feinde seines Vetters Heinrich hatten den von ihm befohlenen Waffenstillstand in unverschämter Missachtung des kaiserlichen Befehls nicht eingehalten. Es bedurfte strenger Worte und heimlicher Zugeständnisse, bis sie endlich doch noch Frieden schworen.

Und gleich würde der Moment kommen, der Friedrich nach all seinen dramatischen Niederlagen der letzten Jahre endlich wieder das Gefühl gab, das Schicksal herumzureißen.

In der Fürstenversammlung erhob sich Christian von Buch, der Erzbischof von Mainz, und verkündete feierlich: »Ich schlage hiermit den Edlen des Reiches vor, den jungen Prinzen Heinrich, Sohn seiner Kaiserlichen Majestät Friedrich von Staufen und dessen Gemahlin Beatrix von Burgund, zum König zu wählen.«

Diese Empfehlung kam natürlich für niemanden überraschend; der Auftritt des Mainzers war von Friedrich erbeten und die Wahl seines noch nicht einmal fünfjährigen Sohnes im Vorfeld mit den anwesenden Fürsten zäh verhandelt worden.

Diese hatten die Gunst der Stunde erwartungsgemäß ausgie-

big genutzt, um Gegenleistungen für ihre Stimme zu fordern. Sie hatten gefeilscht und geschachert wie die Marktweiber. Ganz besonders Otto von Meißen. Wie er berichtete, sei in einem seiner Rodungsdörfer Silbererz entdeckt worden, und er bat sich inständig das Recht aus, dieses Silber abzubauen, das dem Gesetz nach eigentlich dem Kaiser zustand.
Nun, im Moment war Friedrich die Krönung seines Sohnes wichtiger als ein paar Gran Silber, die in den östlichen Marken gefunden wurden. Viel war es sicher nicht, vermutete Friedrich und gab sich leichten Herzens großzügig. Denn niemand hatte bisher je von Silbervorkommen in diesem Gebiet gehört. Wahrscheinlich spielte bei der Hartnäckigkeit Markgraf Ottos auch der heimliche Triumph eine Rolle, dass der Löwe das Goslarer Silber eingebüßt hatte, während er nun nach eigenem schürfen lassen durfte. Und sollte sich der Meißner erneut als unzuverlässig erweisen, konnte er ihm die Schürfrechte jederzeit wieder absprechen.
Doch jetzt verkündete Markgraf Otto getreulich sein »Ja« zur Wahl des Kindkönigs und trug dabei eine Miene zur Schau, als gebe es für ihn nichts Erfreulicheres, als den kleinen Heinrich auf den Thron zu setzen.
Auch die anderen Fürsten erteilten reihum ihre feierliche Zustimmung zu dieser Wahl, sogar sein Vetter Heinrich der Löwe und sein Schwager Ludwig von Thüringen, die sich im Falle seines Todes Chancen auf die eigene Nachfolge beziehungsweise die des Sohnes erhoffen konnten.
Und auch Albrecht der Bär, der alte Sturkopf, brummte leutselig sein »Ja«.
Friedrich war sich darüber im Klaren, dass ihre Bereitwilligkeit, seinen Nachfolger zu benennen, wohl auch in der ernstzunehmenden Möglichkeit begründet lag, dass der noch nicht einmal Fünfjährige nie das Alter erreichen würde, in dem er wirklich regieren konnte, zumal schon sein älterer Bruder von schwächlicher Natur war. Kinder starben schnell.

Das hatte sich auch bei Friedrichs Vorgänger, seinem Oheim Konrad von Staufen gezeigt, der nacheinander zwei seiner minderjährigen Söhne zum König wählen lassen wollte. Der erste – schon gekrönt – starb dreizehnjährig noch vor seinem Vater. Und zur bereits genau geplanten Wahl des zweiten war es nicht mehr gekommen. Denn hier in Bamberg erlag Konrad von Staufen vor siebzehn Jahren seiner schweren Krankheit, und Friedrich hatte bei der schon angesetzten Wahl darauf bestanden, *ihm* statt einem Kindkönig den Thron zu überlassen.
Und nun war Konrads letzter und damals übergangener Sohn Friedrich von Rothenburg ebenfalls tot und konnte keinen Anspruch mehr auf das Erbe seines Vaters erheben.
Erleichtert atmete der Kaiser auf, als jeder bei der Abstimmung Anwesende feierlich seine Stimme abgegeben hatte. Endlich war die Erbfolge gesichert!
Er bedankte sich bei den Fürsten mit herzlichen Worten und beendete die Zusammenkunft.
Nun wollte er nur noch auf schnellstem Weg Beatrix und seinen Söhnen von diesem großen Sieg berichten.

Der soeben gewählte Kindkönig erwachte gerade erst aus dem Mittagsschlaf, die blonden Haare zerzaust, in den Augenwinkeln Schlafkörnchen, als sein Vater mit Beatrix an seiner Seite in die Kammer der Kaisersöhne trat.
»Du bist jetzt König!«, erklärte Friedrich freudestrahlend seinem Zweitgeborenen.
Der setzte sich auf, rieb sich die Augen und war auf einmal hellwach.
»Dann will ich auch eine Krone!«, krähte er sofort.
»Bald! Wenn du in wenigen Wochen in Aachen gekrönt wirst«, vertröstete ihn sein Vater und wandte sich dann begeistert an Beatrix: »Was für ein Prachtkerl! Weiß schon in seinem jungen Alter, dass man nur König wird, wenn man die Krone auch wirklich *will.*«

Heinrichs älterer Bruder Friedrich hob den Kopf und fragte enttäuscht: »Und ich bekomme keine Krone?«
Sein Vater trat auf den Erstgeborenen zu, hob ihn hoch und wirbelte ihn einmal herum. Nachdem er den Jungen auf dem Boden abgesetzt hatte, versprach er ihm: »Du wirst Herzog von Schwaben und bekommst damit das schönste Stück meines Reiches! Und du wirst als Herzog Friedrich der Vierte die Linie deiner ruhmreichen Vorfahren fortsetzen. Das ist eine große Aufgabe.«
»Ja, Vater«, sagte der blasse Junge gehorsam. Seine Erzieher und seine Mutter hatten ihm schon mehrfach erklärt, warum er seinem jüngeren Bruder den Vortritt lassen sollte.
»Sieh mal«, fuhr Friedrich mit einem Lächeln fort, »so musst du dich nicht mit den aufsässigen Italienern und Sizilianern herumschlagen. Mit denen wird sich wohl dein Bruder Heinrich ernsthaft befassen müssen, falls ich es nicht schaffe, sie zu besiegen.«
Dann wandte er sich wieder dem frisch gewählten König zu. »Heinrich, lass dich jetzt ankleiden. Ich habe den weisen Gottfried von Viterbo zu deinem Erzieher berufen. Er ist mein Notar und Hofkaplan, ein Dichter und Geschichtsschreiber. Er wird dir alles beibringen, was du bei der großen Krönungsfeier in Aachen zu tun hast. Höre ihm gut zu und befolge seine Anweisungen!«

Der neue und für Friedrich sehr nützliche Erzbischof von Köln, Philipp von Heinsberg, salbte und krönte den kleinen Heinrich in Aachen. Dem Kaiserpaar floss in diesen Momenten das Herz vor Freude und Stolz über – Stolz auf ihren Sohn, der noch so klein war und doch, aufs Prächtigste ausstaffiert, seine vorgeschriebenen Aufgaben und Worte fehlerfrei bewältigte.
Friedrich durchlebte in der Erinnerung noch einmal das erhabene Gefühl, das ihn erfüllt hatte, als er damals die Zeremonie

durchlebte, die traditionellen Eide sprach und die Stufen des schlichten marmornen Throns hinaufstieg.
Beim feierlichen Auszug des frisch gesalbten kleinen Königs aus der Aachener Marienkirche hatten sich hunderte, wenn nicht gar tausende Menschen versammelt, um Hochrufe auf ihn auszubringen und etwas von den reichlich erwarteten Almosen abzubekommen.
Strahlender Sonnenschein brachte goldene Geschmeide und polierte Waffen zum Funkeln.
Das Kaiserpaar ritt voran, ihnen folgte Heinrich auf einem eigens ausgewählten kleinen Pferd, das links und rechts von je einem Ritter am Zügel geführt wurde.
Hochrufe ertönten und Segenswünsche, den Pferden des Kaiserpaars und des Kindkönigs streuten die Jubelnden Blumen vor die Hufe.
Immer wieder sah sich Friedrich nach seinem Sohn um, doch der machte seine Sache gut. Die meisten Menschen waren gerührt und gutmütig erheitert vom Anblick des knapp Fünfjährigen, der ein ähnliches Gewand trug wie sein Vater, der Kaiser, nur eben in winziger Ausfertigung, und der lächelte und abwechselnd nach links und rechts winkte.
In all dem tosenden Jubel beugte sich Friedrich im Sattel zu Beatrix hinüber, strahlte sie an und sagte: »Wir haben es geschafft, Liebste! Die Erbfolge ist gesichert. Die Staufer werden auch künftig als Kaiser herrschen. Endlich habe ich wieder die Kontrolle über mein Reich!«

Von Aachen aus reiste der kaiserliche Hof weiter durch die Lande. Viele Dinge waren zu regeln, Streitigkeiten zu schlichten, Treueschwüre entgegenzunehmen. Die Dinge liefen endlich wieder gut für Friedrich. Mit jedem Tag verspürte er mehr Erleichterung und Zuversicht, das Schicksal gewendet zu haben.
Bis eines Morgens – sie übernachteten in einer Klosterher-

berge, und auf den Gängen begann hörbar bereits die übliche Tagesroutine – ein gellender Schrei das Kaiserpaar aus dem Schlaf schreckte.
Sofort sprang Friedrich auf. Da klopfte es auch schon an der Kammer des Kaiserpaares.
Eine völlig aufgelöste und tränenüberströmte Kinderfrau stand vor der Tür, sank beim Anblick des Kaisers in die Knie und rang die Hände.
»Euer Sohn …«, schluchzte sie, und Friedrich war zumute, als tue sich der Boden zu seinen Füßen auf.
»Welcher?«, fragte er mit brüchiger Stimme, während Beatrix einen Schreckensschrei ausstieß.
Voll schrecklicher Ahnungen warfen sie ihre Umhänge über und hasteten der weinenden Frau nach.
Vor der Kammer, in der die Prinzen und die noch nicht einmal ein Jahr alte kleine Prinzessin schliefen, standen bedrückt wirkende Wachen und öffneten ihnen die Tür.
Die Kinderfrau trat zum Bett des kleinen Friedrich, der dort bleich und starr mit geschlossenen Augen lag.
»Niemand hat etwas bemerkt … Er ist einfach entschlafen … hat nicht geweint oder gestöhnt, über Schmerzen geklagt oder Fieber gehabt«, barmte die verzweifelte Frau, die eigentlich äußerst erfahren war und sehr liebevoll mit den Prinzen umging. »Heute Morgen lag er so in seinem Bett – eiskalt …«
Sie schluchzte erneut und bekreuzigte sich, murmelte Gebete.
Beatrix stürzte zum Bett und griff nach der Hand ihres Erstgeborenen. Dann nahm sie ihn bei den Schultern und schüttelte ihn sacht. »Wach bitte auf, bei der Heiligen Muttergottes, wach auf!«
Friedrich trat zu ihr und versuchte, sie vom Totenbett fortzuholen.
»Liebste, hör auf … Ich bitte dich …«
Doch sie warf sich schluchzend über den kleinen reglosen

Körper. Es dauerte lange, bis er endlich in der Lage war, sie von ihrem toten Sohn loszureißen.

Er schloss sie fest in die Arme, und nun rannen auch ihm die Tränen über die Wangen.

Wie sollte er da seine Frau trösten können?

»Wir sind schuld«, flüsterte sie plötzlich.

Friedrich erstarrte. »Was sagst du da?«

»Vielleicht hat Gott ihn zu sich geholt, weil wir ihn in der Erbfolge übergingen und Heinrich zum König wählen ließen«, wehklagte Beatrix. »Vielleicht dachte Gott, wir wollen ihn nicht?«

Friedrich schwieg zutiefst betroffen und erschüttert.

Wie konnte er ihr diesen furchtbaren Gedanken nur ausreden? Unzählige Überlegungen schwirrten durch seinen Kopf. Dass sie schon lange fürchteten, dass dieses Kind nicht alt werden würde. Dass der Name Friedrich in der Familie weitergegeben werden musste. Sie sollten ihn dem Drittgeborenen, Konrad, geben. Doch diese nüchternen Gedankengänge wurden bald von Verzweiflung überlagert. Er wusste keinen Trost, und er konnte auch Beatrix keinen spenden. Nicht in diesem Moment.

Mit brüchiger Stimme befahl er: »Ruft einen Priester und lasst alle Glocken läuten! Der Sohn des Kaisers ist gestorben.«

Ein Geständnis zum Abschied

Albrecht der Bär, Hedwig, Adele; Ballenstedt, November 1170

Adele, die einstige dänische Königin und jetzige Gräfin von Ballenstedt, hatte trotz des nasskalten Novemberwetters immer wieder aus dem Fenster gespäht, ob die mit Ungeduld erwarteten Gäste endlich nahten.
Erleichtert atmete sie auf, als sie die Kolonne den schmalen Pfad zu Burg und Kloster Ballenstedt heraufkommen sah. Der Weg war nach tagelangem Regen und Graupelschauern so schlammig und rutschig, dass die Reiter auf dem letzten steilen Stück vorsichtshalber aus den Sätteln stiegen und ihre Pferde am Zügel hinaufführten.
Sobald sie sich dem Tor näherten, lief Adele auf den Hof, um ihre Schwägerin Hedwig und deren Begleiter zu empfangen.
»Du Ärmste, du bist ja ganz durchnässt und gewiss auch durchgefroren!«, rief sie zur Begrüßung und deutete auf Kleid und Umhang der Meißnerin, die sich bis zum Knie mit Schlamm vollgesogen hatten. »Nimm erst einmal ein Bad, wärme dich auf und steig in trockene Kleider.«
»Wenn überhaupt noch eines trocken geblieben ist«, meinte Hedwig erschöpft und streckte einen Fuß unter dem Saum vor – der Schuh war ebenfalls schlammbedeckt bis zu den Knöcheln. »Lass mich nur die Füße wärmen, die sind wie aus Eis, und ein sauberes Gewand anziehen. Dann will ich gleich zu Vater. Wie geht es ihm?«
Adeles Nachricht, der alte Bär liege im Sterben, hatte sie sofort nach Ballenstedt gerufen. Es bedurfte keines langen Zuredens, damit Otto ihr dies erlaubte, selbst wenn er sie nicht begleiten konnte. Er teilte ihr einige seiner Ritter als Geleit zu, ausreichend Bedienstete – und eine eigens herbeigerufene, besondere Begleiterin.

»Du hattest mich gebeten, eine gute Heilerin mitzubringen. Dies ist Marthe von Christiansdorf – die beste Heilkundige, die ich kenne«, sagte sie und deutete auf eine junge Frau mit kastanienbraunem Zopf, die vor Adele in einen tiefen Knicks sank.

Dem Titel und der Kleidung nach war sie die Frau eines Ritters und nicht – wie zu erwarten gewesen wäre – eine weise Frau aus dem Armenviertel.

Auf Adeles fragenden Blick sagte Hedwig nur: »Eine lange und außergewöhnliche Geschichte. Ich erzähle sie dir später. Zuerst will ich zu Vater.«

»Deine Brüder sind schon hier«, berichtete Adele, während sie gemeinsam über den mit Pfützen übersäten Hof zum Palast liefen. »Dein Vater hat sie aber heute Vormittag allesamt aus seiner Kammer gescheucht. Er fragt nur noch nach dir. Jetzt sitzen sie beisammen und vertreiben sich die Zeit mit Trinken und Prahlen, weil sie bei dem schlechten Wetter nicht zur Jagd reiten können.«

Ein Grund mehr für Hedwig, das Wiedersehen mit ihren vermutlich längst weinseligen Brüdern hinauszuschieben. Ihre Mutter Sophia hatte dem Bären sieben Söhne geboren, bis sie ihm endlich das lang ersehnte Töchterchen schenkte – Hedwig. Danach brachte sie noch drei Töchter zur Welt, die inzwischen jedoch alle dahingeschieden waren.

»Ist mein Ältester auch hier?«, wollte die Markgräfin von Meißen wissen.

»Ja, er wartet deinen Brüdern auf«, berichtete Adele, während sie die Stufen zur Kemenate hinaufstiegen.

Hedwig war dankbar, als sie in Adeles Kammer die eiskalten und schlammigen Füße in eine Schüssel mit warmem Wasser stellen konnte. Erleichtert seufzte sie auf und streckte sich. Zuvor hatte ihre Magd Susanne ihr das nasse und schlammbespritzte Kleid über den Kopf gezogen und sie in ein Wolltuch gehüllt.

Adele reichte ihr nun einen Becher mit heißem Würzwein. Hedwig umfasste ihn fröstelnd mit beiden Händen, nippte vorsichtig daran und forderte dann die Schwägerin auf: »Nun sag endlich, wie es Vater geht! Marthe?«

Ein zaghaftes Klopfen hinderte Adele am Reden. Mit Erlaubnis der Hausherrin traten eine ihrer Damen und der Kellermeister ein und baten um etwas mehr Zimt und weitere Nelken für den Würzwein.

»Eure Gäste sind wirklich sehr durstig«, entschuldigte sich der Kellermeister für diese extravagante Bitte.

Adele stand auf und suchte den Schlüssel für das Kästchen mit den Gewürzen in ihrem Almosenbeutel, die so kostbar waren, dass sie sie selbst verwaltete.

Während Hedwig in Gedanken den Grad der Trunkenheit ihrer Brüder nach oben korrigierte, zählte Adele nachdenklich ein halbes Dutzend Nelken ab und brach ein Stück von der Zimtrinde.

»Ist es nicht ein schieres Wunder, wie diese Raritäten aus weit entfernten Ländern bis hierher nach Ballenstedt gelangen?«, sinnierte sie, während sie das Kästchen sorgfältig wieder verschloss.

Hedwigs Überlegungen waren derweil viel direkter. Schaffte es ihr ältester Bruder, der künftige Markgraf von Brandenburg, die jüngeren beim Trinken zu zügeln? Oder feierte er selbst schon den nahen Antritt seines Erbes?

Nachdem der Kellermeister unter vielen Dankesbekundungen wieder gegangen war, wandte sich die Meißner Markgräfin der Heilkundigen zu. »Marthe, hört gut zu, vielleicht wisst Ihr gleich ein Kräutlein oder einen Trank, die meinem Vater Linderung verschaffen.«

Die junge Frau nickte und sog Adeles nächste Worte in sich auf, während Hedwig ihre Zehen in dem wohltuend warmen Wasser bewegte.

»Eine schleichende Krankheit streckte ihn nieder. Mir kommt

es so vor, als hätte er nur noch die festliche Weihe des Havelberger Domes abgewartet, bevor er sich der Krankheit ergab. Kurz darauf kam er hierher … Um dort zu sterben, wo seine geliebte Sophia ruht, wie ich glaube«, berichtete die Gräfin von Ballenstedt bedrückt. »Jede Bewegung strengt ihn an, er kann nur schwer atmen, und dabei kommen rasselnde Geräusche aus seiner Lunge. Anfangs hat er noch viel Zeit am Grab seiner Gemahlin zugebracht. Jetzt schafft er es kaum mehr aus dem Bett, so schlecht geht es ihm …«

Nach dem Gehörten hatte es Hedwig doppelt eilig, den Vater aufzusuchen.

Sie ließ sich die Füße abtrocknen und ein sauberes Gewand überstreifen, die von der Reise zerzausten Zöpfe neu flechten und wies dann die sie begleitende junge Heilkundige an: »Wechselt auch Ihr Eure Kleider, Marthe; ich werde Euch bald rufen lassen.«

Als Hedwig die Kammer ihres Vaters betrat, hatte sie Mühe, sich den Schreck nicht anmerken zu lassen.

Ihr Vater war ein Hüne und hatte auch mit zunehmendem Alter stets vor Kraft strotzend gewirkt, trotz des inzwischen weißen Haares. Doch nun lag vor ihr ein von Krankheit Gezeichneter. Ein Sterbender.

Obwohl er halb aufgerichtet gegen ein Kissen gelehnt war, fiel ihm das Atmen sichtlich und hörbar schwer. Seine Lippen waren bläulich. Aber als er sie sah, erschien ein Lächeln auf seinem faltigen Gesicht. Erst daran erkannte sie den Mann wirklich wieder, den sie stets nur als Ausbund von Stärke und Tatendrang erlebt hatte.

»Schau nicht so erschrocken, mein Augenstern!«, ächzte er, mühsam nach Atem ringend. »Vorbei sind die Tage, an denen ich jeden wilden Keiler mit der Saufeder erledigte und Bären zur Strecke brachte, ein gefürchteter Krieger war und einem Feind mit einem einzigen Hieb den Kopf vom Rumpf trennte.

Jetzt will ich nur noch mein Haus bestellen und dann vor meinen Schöpfer treten … Wo ich endlich deine liebe Mutter wiedersehen werde.«
Hedwig brannten die Augen; sie hatte Mühe, nicht zu weinen. Sie ahnte, was diesen raschen Verfall bei dem einstigen Recken ausgelöst hatte. Im Sommer hatte der Kaiser bei einem Hoftag in Erfurt im dritten Anlauf nun endgültig den Krieg zwischen dem Löwen und seinen Gegnern für beendet erklärt. Ihr Vater musste sich eingestehen, dass er sich gegen den Löwen nicht durchsetzen konnte, obwohl er ihn jahrzehntelang bekriegt hatte.
Wie es schien, hatte er wirklich seine verbliebene Lebenskraft darauf gerichtet, noch im August die Weihe des Havelberger Doms mitzuerleben. Das war Teil seines Lebenswerks – ein Symbol für die Christianisierung der von ihm geschaffenen Mark Brandenburg.
Es war ein großes Fest gewesen, hatte ihnen Bischof Gerung von Meißen berichtet, der dabei gewesen war. Ottos Vetter Wichmann, der Erzbischof von Magdeburg, hatte den Dom geweiht, und auch die Bischöfe von Brandenburg und Ratzeburg gehörten zu den Gästen des feierlichen Akts.
Hedwig trat ans Bett ihres Vaters und nahm seine Rechte in ihre beiden Hände. Was einmal eine riesige Pranke gewesen war, schien nur noch ein von Haut umspanntes Knochenbündel zu sein.
»Ich habe eine sehr fähige Heilerin mitgebracht. Sicher kann sie etwas tun, damit Ihr Euch besser fühlt, Vater.«
Albrecht wehrte mit einem schwachen Kopfschütteln ab.
»Frag nicht, Liebes, wie viele Bader und Quacksalber mich und meinen Geldbeutel schon geschröpft haben, ohne etwas zu bewirken. Auch die Mönche des hiesigen Klosters haben sich sehr um mich bemüht. Es ist nun genug. Sieh mich an, Kind: Willst du meine Qualen wirklich noch verlängern? Ich bin es leid.«

»Ich flehe Euch an, Vater! Vielleicht vermag sie, Eure Beschwerden zu lindern. Sie hat es sogar geschafft, meinen kleinen Dietrich zu kurieren, obwohl ihn der Medicus schon aufgegeben hatte. Euren Enkel!«

Der Bär verdrehte die Augen; Hedwig nahm es als Zustimmung und rief nach Marthe.

Die junge Frau trat ein und sank in einen tiefen Knicks.

»Heißen bei euch in Meißen alle Kräuterweiber Marthe?«, murrte der alte Markgraf. »Ich erinnere mich noch flüchtig, als du zum Hoftag in Würzburg so ein kleines Ding mitbrachtest, ärmlich gekleidet und völlig verängstigt …«

»Es ist dieselbe. Sie wurde durch ganz erstaunliche Ereignisse von meinem Gemahl zur Edelfreien erhoben und mit einem von Ottos Rittern vermählt«, berichtete Hedwig lächelnd, während ihre Begleiterin den Patienten bereits mit gründlichem Blick musterte.

Der riss die Augen auf.

»Wann gab es denn je so etwas? Auf diese Geschichte bin ich wahrlich gespannt!«, krächzte er.

Doch auch ihn vertröstete Hedwig auf später und gab Marthe einen Wink, damit sie näher herantrat.

»Nein, ich werde auf keinen Fall zulassen, dass mich ein Weibsbild untersucht!«, beschwerte sich der alte Bär.

Marthe lächelte beschwichtigend. »Das muss ich nicht, Euer Durchlaucht! Wenn Ihr mir lediglich erlaubt …«

Sie griff nach seiner Hand und betrachtete die blau verfärbten Fingerspitzen.

»Ihr habt Wasser in der Lunge, das Euch das Atmen so erschwert. Aber die eigentliche Ursache … ist das Herz.«

Sacht ließ sie seine knochige Hand wieder sinken.

»Setzt Euch auf, legt ein Kissen unter die Füße, das macht es Euch ein wenig leichter. Ich habe eine Tinktur zur Stärkung des Herzens mitgebracht.«

»Dann her damit!«, grollte der Bär. »Meine Tochter gibt sonst

doch keine Ruhe. Ich weiß wirklich nicht, woher sie plötzlich diesen Starrsinn hat.«
Marthe hatte nach dem Bericht der Gräfin von Ballenstedt schon geahnt, welches Leiden diesem Patienten so zusetzte, und die Mixtur bereits vorbereitet.
»Ich kann Euch auch etwas Mohnsaft verabreichen, um die Beschwerden zu mildern«, fügte sie an, nachdem der alte Markgraf den Trank mit einem Ausdruck des Abscheus auf dem Gesicht hinuntergestürzt hatte.
»Später!«, entschied der Kranke. »Jetzt will ich mit meiner Tochter reden.«
Marthe verstand den Hinauswurf, knickste erneut und ging.
Besorgt trat Hedwig näher an das Bett des Kranken, nahm ihm den Becher ab und half ihm, sich noch etwas mehr aufzurichten. Kein leichtes Unterfangen bei einem Mann seiner Statur.
Der alte Markgraf lehnte sich zurück, sein Atem rasselte.
»Setz dich zu mir!«, forderte er seine Tochter auf und sagte dann mit ungewohnt zärtlichem Lächeln: »Du bist wirklich das Abbild deiner Mutter.«
Das sagte er ihr ständig, aber jetzt wollte er sich nicht mit diesem einen Satz begnügen.
»Ich habe sie sehr geliebt. Sophia war mir eine treue Gefährtin und schenkte mir viele Kinder. Und wenn mir etwas das Sterben leichter macht, dann ist es die Hoffnung, sie bald wiederzusehen.«
Er deutete mit zittriger Hand auf eine Truhe.
»Bring mir das Kästchen, das darin ganz oben liegt.«
Sie holte das mit silbernen Beschlägen verzierte Behältnis und reichte es ihrem Vater, der mit seinen bläulichen Fingerkuppen darüberstrich, es öffnete, wehmütig hineinsah und es dann Hedwig zurückgab.
»Das sind die Schmuckstücke, die ich deiner erlauchten Mutter nach ihren Niederkünften schenkte – eine goldene Fibel

für jedes Kind, das sie mir geboren hat«, sagte er mühsam atmend. »Du sollst sie haben.«
Hedwig war zu Tränen gerührt.
Zärtlich strich sie über die fein gearbeiteten und mit roten und blauen Edelsteinen verzierten Stücke.
»Den perlenbesetzten Fürspan schenkte ich ihr zu deiner Geburt«, beantwortete er ihre unausgesprochene Frage. Ergriffen betrachtete sie das kostbare Erinnerungsstück. Ihre Mutter hatte durch die vielen Schwangerschaften und das unstete Leben an der Seite ihres impulsiven Mannes alle Lebenskraft eingebüßt. Aber sie hatte versucht, ihre Tochter zu schützen, als diese sehr jung vermählt wurde.
Die ungewohnt rasselnde Stimme ihres Vaters riss Hedwig aus ihren Gedanken.
»Ich kann dir kein Land vererben, das bekommen deine Brüder. Doch diese Kleinodien stehen dir zu. Trag sie zum Andenken an deine erlauchte Mutter und mich!«
Hedwig war zu aufgewühlt, um zu widersprechen. Sie zog einen Schemel zu sich heran und setzte sich an das Bett ihres Vaters.
»Sieben Söhne habe ich, und keiner von denen hat genug Mumm, es mit dem Löwen aufzunehmen. Keiner von denen wird einmal Herzog von Sachsen!«, grollte er, immer noch mühsam nach Atem ringend. »Dreißig Jahre lang habe ich gekämpft, um mir den Titel zurückzuholen, der mir zustand und den mir die Welfen geraubt hatten …«
Er röchelte qualvoll. Erschrocken holte Hedwig einen Becher, um ihm etwas zu trinken einzuflößen, sobald der Anfall von Atemnot nachließ.
»Bitte überanstrengt Euch nicht, Vater! Vielleicht solltet Ihr lieber versuchen zu schlafen. Soll ich die Heilerin mit dem Mohnsaft rufen, damit Ihr ruhen und zu Kräften kommen könnt? Wir können uns später weiter unterhalten.«
Hektisch krallte er seine Finger um ihr Handgelenk; in diesem Griff steckte immer noch Kraft.

»Nein, bleib! Ich will jetzt mit dir allein reden. Mir ist *jetzt* nach Reden zumute. Wer weiß, ob wir später noch Gelegenheit dazu haben … und wie viel Zeit mir noch bleibt. Ich will dir ein Geheimnis verraten. Es ist mir wichtig, dass du weißt …«

Nun ließ er ihr Handgelenk los, aber fixierte ihren Blick. Mit ungutem Gefühl fragte sich Hedwig, welche Enthüllungen ihr nun bevorstanden.

»Jedermann glaubt, ich hätte mich im Sommer in Erfurt dem Kaiser unterworfen und Frieden mit dem Löwen geschworen, weil ich den Kampf aufgegeben hätte … Mich gebeugt, weil ich eingesehen hätte, dass ich gegen den Welfen nicht ankomme, nicht einmal im Bündnis mit so vielen anderen Fürsten. Doch in Wirklichkeit tat ich es für deine Brüder! Damit ich meinem Erstgeborenen die Mark Brandenburg und jedem der anderen zumindest eine Grafschaft vererben kann – außer Siegfried, der soll Bischof von Brandenburg werden, und Heinrich, der ist Domherr in Magdeburg … Hermann ist Graf von Weimar-Orlamünde, Adalbert Graf von Ballenstedt, Dietrich Graf von Werben und Bernhard Graf von Aschersleben … Ich habe in meinem Leben sehr viel Land erobert, und unser Haus braucht das Wohlwollen des Kaisers, damit es uns erhalten bleibt. Denn deine Brüder sind nicht entschlossen genug, um dafür in den Krieg zu ziehen, wenn ich einmal nicht mehr bin.«

Der alte Bär lachte krächzend, und in seinen Augen glomm Triumph auf.

»Aber er hat mich gefürchtet, der mächtige Löwe! Erst seit er weiß, dass ich darniederliege und bald meinem Schöpfer gegenübertrete, bereitet er eine ausgedehnte Pilgerfahrt nach Jerusalem vor. Und wer hütet derweil seine Ländereien? Wichmann von Magdeburg! Der angeblich unser Verbündeter war, der noch vor ein paar Wochen bei der Weihe des Doms in Havelberg neben mir stand! Ist das zu glauben? Man kann wirklich niemandem mehr trauen …«

Er legte eine Pause ein, um für die nächsten Worte Kraft zu sammeln.
»Du musst das mit deinem Gemahl und deinem Lausitzer Schwager besprechen! Sie dürfen natürlich nicht den Besitz eines Wallfahrers während dessen Reise angreifen, das brächte großen Ärger mit der Kirche. Aber sie müssen im Auge behalten, wie der Welfe auf seiner Reise empfangen wird – vom Kaiser von Byzanz, vom König von Jerusalem … Ob er mit den Feinden des Kaisers intrigiert. Mit dem König von Sizilien verhandelt. Warnt den Kaiser! Vielleicht öffnet ihm das endlich die Augen.«
Welche Kämpfe stehen uns nun noch bevor?, fragte sich Hedwig bedrückt. Wird denn nie Frieden einkehren? Nein, beantwortete sie sich die Frage selbst.
Ihr Vater nahm noch einen Schluck, lehnte sich zurück und holte zu einer langen Rede aus. Marthes Trank schien bereits Wirkung zu zeigen; sein Atem ging nun etwas leichter.
»Seit ich ein Schwert führen kann, habe ich gekämpft. Gegen die heidnischen Slawen, gegen den Stauferkönig Konrad, gegen die Welfen … Ich habe Land erobert und die Mark Brandenburg gegründet, Kirchen, Klöster und einen Dom gestiftet …«
Seine bläulichen Lippen verzogen sich zu einem Lächeln.
»Weißt du noch, wie die listige alte Petrissa auf der Brandenburg den Tod ihres Gemahls drei Tage lang geheim hielt, damit uns dieser Wende Jacza nicht zuvorkommt? Er war sehr enttäuscht, als er dort eintraf, nachdem ihm seine Spione vom nahen Ende seines Oheims berichtet hatten, und wir waren längst da! Und das Schönste: Er durfte sich seinen Zorn nicht anmerken lassen.«
Hedwig erinnerte sich noch an diesen Tag, obwohl er viele Jahre zurücklag. Vor ihren Augen erstand von neuem das Bild des jungen Slawenfürsten Jacza und seiner Kindfrau Agatha, der Tochter des Grafen von Breslau.

»Was ist aus Jacza von Köpenick geworden?«, fragte sie. »Ich habe seit Jahren nichts mehr über ihn gehört.«
Ihr Vater wirkte einen Moment lang so, als lausche er auf eine Stimme aus dem Grab.
»Das ist eine traurige Geschichte, Kind, wie man sie selbst seinen ärgsten Feinden nicht wünscht. Der Kaiser forderte Jaczas einzigen Sohn als Geisel zur Strafe dafür, dass er versucht hatte, die Brandenburg einzunehmen. Der Kleine zählte damals gerade fünf Jahre und überlebte keine drei Wochen … Jacza ist daraufhin mit seiner jungen Frau nach Polen gegangen, zu ihren Verwandten, die beide freundlich aufnahmen. Dort lebt er bis heute und hat wohl beträchtlichen Einfluss. Doch soweit ich weiß, war ihnen kein weiteres Kind vergönnt …«
Angesichts dieser Tragödie befand Hedwig, dass sogar ihre wenig erfreuliche Ehe mit Otto von Meißen einem solch traurigen Schicksal vorzuziehen war. Sie hatte zwei Söhne, auch wenn der eine anmaßend und der andere kränklich war. So Gott wollte, würde sie weitere Kinder bekommen.
Ihr Vater sah die Missstimmung auf ihrem Gesicht und argwöhnte, dass Hedwig bei der unglücklichen Geschichte des slawischen Paares auch an ihren ungeliebten Gemahl gedacht hatte.
»Ich weiß, Kind, ich habe dir oft Kummer bereitet, vielleicht manchmal auch Angst eingeflößt … Wenn ja, dann vergib mir! Mein Lebenswerk ist getan. Sollen sich andere mit dem Kaiser und dem Löwen herumschlagen. Ich konnte zwar den Titel eines Herzogs von Sachsen nicht halten, auch wenn er mir zustand. Aber immerhin habe ich verhindert, dass ein Welfe König wurde.«
Wieder lachte er leise.
»Was für ein Streich! Niemand sonst hätte es gewagt, der dicken Kaiserinwitwe Richenza vor Quedlinburg den Zutritt zur Stadt zu verwehren, wo sie die Wahl ihres Schwieger-

sohnes Heinrich des Stolzen zum König durchsetzen wollte. Gütiger Himmel, das ist nun schon über dreißig Jahre her! Und dein ständig missgelaunter Schwiegervater Konrad musste ihr auch noch die Hiobsbotschaft überbringen ... Was für ein Spaß! Damals waren wir Feinde, Konrad von Meißen und ich ... vorübergehend. Vernunft und Ehrgeiz habe den alten Griesgram schließlich wieder auf meine Seite getrieben.«

Hedwig beschloss sofort, ihren Gemahl nach dieser Begebenheit zu fragen, die sich zugetragen haben musste, bevor sie geboren worden war.

Inzwischen schwelgte ihr Vater immer weiter in Erinnerungen.

»Sie haben den jungen Löwen schon gefürchtet, als der noch ein junger Krieger war. Einmal, vor fast zwanzig Jahren, da wollten wir Braunschweig im Winter erstürmen, weil wir wussten, der Welfe würde das Weihnachtsfest in Schwaben verbringen. Doch irgendwie bekam er Wind davon, und während wir – dein Schwiegervater, Gott hab ihn selig, war auch dabei – die Stadt belagerten, brach der Löwe mit seiner Streitmacht von Tübingen aus zu einem Gewaltritt durch Schnee und Eis auf und stand nach nur wenigen Tagen kurz vor Braunschweig. Weißt du, wie viele Meilen es von Tübingen nach Braunschweig sind? Da verging uns allen die Lust, uns noch mit diesem Burschen zu schlagen ... Und nun verhöhnt er uns mit dem Bronzelöwen vor seiner Pfalz, der dreist sein Maul gen Osten aufreißt ... Verprasst die englische Mitgift, um uns allen unter die Nase zu reiben, wie viel reicher und mächtiger er ist ...«

Hatten die Erinnerungen kurz noch einmal Leben ins Gesicht des Todkranken gebracht, so war jetzt unverkennbar, dass ihn die Kräfte verließen. Das spürte Albrecht selbst, und dass er sich dies eingestand, zeigte Hedwig, wie ernst es um ihn stand. Wieder griff er nach ihrer Hand, nun ganz sanft.

»Sei nicht traurig, liebes Kind. Siebzig Jahre zähle ich, was nur sehr wenigen Menschen auf Erden vergönnt ist. Und mein Werk ist getan. Ich kann nun gehen und endlich deine liebe Mutter wiedersehen.«

Der Markgraf von Brandenburg Albrecht der Bär starb am 19. Tag des November im Jahr des Herrn 1170. Einen Tag und eine Nacht lang lag er im Todeskampf. Sein einst so starkes Herz wollte sich nicht ergeben.

Sein letztes Wort – da waren sich alle einig, die sich um sein Totenbett versammelt hatten – war der nur noch gehauchte Name seiner geliebten Sophia.

Als er an ihrer Seite in der Kirche des Klosters Ballenstedt beigesetzt wurde, reisten Gäste aus nah und fern an, um den Fürsten zu ehren, der über Jahrzehnte hinweg ein Sinnbild entschlossenen Kampfes gewesen war.

Am Himmel türmten sich graue Wolken, als warteten sie nur darauf, dass sich der hünenhafte Krieger noch einmal erhob und sie beiseite schob.

Während der Totenmesse stand der fröstelnden Hedwig plötzlich die Szene wieder deutlich vor Augen, als der Vater ihr eröffnete, sie werde schon bald mit dem künftigen Markgrafen von Meißen vermählt, um das Bündnis zwischen Askaniern und Wettinern zu besiegeln. Das war in Aachen gewesen, gleich nach der Krönung Friedrichs von Staufen zum König. Dreizehn Jahre zählte ich damals, und es ist schon achtzehn Jahre her, rechnete sie zurück. Bin ich wirklich schon so alt?

Neben ihr stand ihr Gemahl Otto, der aus Meißen hergeritten war, um dem Begräbnis seines Schwiegervaters beizuwohnen. Sein Vater und der Bär waren in jungen Jahren die besten Freunde gewesen und hatten gemeinsam Wiprecht von Groitzsch die Mark Meißen und die Lausitz im Handstreich abgejagt. Dann folgte das Zerwürfnis der beiden, später die Aussöhnung, um gemeinsam auf den Wendenkreuzzug zu

gehen statt auf den Kreuzzug ins Heilige Land, von dem nur wenige lebend zurückkehrten.
Und Dietrich, der ebenfalls zum Begräbnis des Bären gekommen war, ließ noch einmal all die Kämpfe vor seinem inneren Auge vorbeiziehen, die sie gemeinsam bestritten hatten.
Ein großer Mann ist von uns gegangen, dachte er. Ein ewiger Unruhestifter, aber unbestritten ein großer Mann. Mit seinem Tod endet eine Ära. Der schier endlose Krieg mit dem Löwen ist vorbei. Kommt nun eine Zeit des Friedens?
Vielleicht. Für eine Weile.

ZWEITER TEIL

DIE RUHE VOR DEM STURM

Für ein Jahr allein

Heinrich der Löwe, seine Gemahlin Mathilde,
Erzbischof Wichmann von Magdeburg,
Witko der Sänger;
Braunschweig, 13. Januar 1172

Zerrissen zwischen Erleichterung und Furcht starrte Mathilde, die Gemahlin Heinrichs des Löwen, auf die unüberschaubare Schar der Wallfahrer, die sich unter grauem Himmel vor der Burg Dankwarderode in Braunschweig versammelt hatten.

Dieser Winter zeigte sich so außergewöhnlich mild, dass der festliche Pilgerzug des Herzogs von Sachsen und Bayern schon Mitte Januar zu seiner langen und beschwerlichen Reise nach Jerusalem aufbrechen konnte. Die Stadt war seit Tagen überfüllt von edlen Herren, die angereist waren, um ihren Gemahl nach Jerusalem zu begleiten.

Gleich würden sie aufbrechen. Nach dem Gottesdienst waren die Pilger nur noch einmal gemeinsam hier erschienen, um in aller Öffentlichkeit verabschiedet zu werden – von ihr, der Herzogin, und dem Erzbischof von Magdeburg, dem Heinrich der Löwe für die Zeit seiner Abwesenheit die Aufsicht über seine Ländereien anvertraut hatte.

Eine Entscheidung, die viele erstaunte. Schließlich hatten beide Fürsten noch vor nicht allzu langer Zeit erbittert gegeneinander Krieg geführt.

Doch Wichmann galt als ein Mann des Ausgleichs, und Heinrich schien überzeugt: Nun, da die Kämpfe gegen ihn nach dem Machtwort des Kaisers endgültig eingestellt waren, durfte

er dem Geistlichen aus Magdeburg mehr vertrauen als jedem weltlichen Fürsten in seiner Umgebung.
Immer wieder ließ Mathilde von ihrem Podest aus den Blick über die Menschenmenge schweifen, die den Platz vor der Burg füllte.
Da waren der Herzog selbst und die vielen angesehenen Adligen, die ihn begleiten würden. Darunter mehrere Bischöfe und Äbte, etliche seiner Vertrauten, allen voran der gefürchtete Graf Gunzelin von Schwerin und der Abodritenfürst Pribislaw, der Mathildes besondere Neugier weckte. Wie die Leute erzählten, hatte er fast sein ganzes Kriegerleben an der Seite seines Vaters Niklot und seines Bruders Wertislaw für die Bewahrung der slawischen Sitten und Götter gekämpft. Doch am Ende, nach dem gewaltsamen Tod von Vater und Bruder, musste er den christlichen Glauben annehmen und sich ihrem Gemahl unterwerfen, damit sein Volk überleben konnte. Heinrich hatte Pribislaws Sohn Borwin sogar eine seiner Bastardtöchter zur Frau gegeben. Auf eine legitime Herzogstochter als Braut durfte ein Slawenfürst natürlich nicht hoffen.
Jetzt standen all diese Männer, ihre Ritter, Knappen und Knechte vor der Burg, und die Straßen der Stadt quollen über vor brüllenden und jubelnden Menschen.
So viele edle Herren, und sie alle pilgerten nach Jerusalem – das musste Braunschweig doch Glück und Gottes Wohlwollen bescheren! Und den Einwohnern hoffentlich noch ein paar silberne Pfennige, die beim Auszug der Pilger in die Menge geworfen wurden.
Fanfaren erschollen, Jubelrufe, Gebete – ein nicht enden wollendes Getöse.
Mathilde dröhnte der Kopf von dem Lärm, der ins Hohlkreuz gebogene Rücken schmerzte, da sie nun bereits deutlich sichtbar ein Kind unter dem Herzen trug, und sie fröstelte trotz des milden Wetters unter dem mit Eichhörnchenfellen gefütterten Umhang.

Sie sehnte den Moment herbei, in dem ihr Gemahl endlich aufbrach. Und zugleich graute ihr davor. Sie konnte nicht einmal entscheiden, welches Gefühl stärker war. Obwohl sie inzwischen sechzehn Jahre zählte und ihr erstes Kind erwartete, fürchtete sie ihren Gemahl immer noch.

Doch nun ließ er sie für ein ganzes Jahr oder länger allein zurück, und in seiner Abwesenheit würde sie es schwer haben, sich gegen die Männer zu behaupten, die er hier in wichtige Ämter eingesetzt hatte und die in seiner Abwesenheit hemmungslos jedes bisschen Macht an sich reißen würden, das sie zu fassen bekamen.

Mathilde verdrängte diese düsteren Gedanken vorerst, um den Menschen das Schauspiel zu bieten, das von ihr erwartet wurde.

Wie die Wallfahrer und das andächtig staunende Volk kniete auch sie nieder, damit der Erzbischof seinen Segen sprechen konnte. Danach ließ sie sich von ihren Kammerfrauen wieder hochhelfen, und ihr Gemahl trat auf sie zu. Es war ungewohnt, ihn statt im prachtvollen Bliaut oder in Rüstung nun im schlichten Pilgergewand zu sehen.

Feierlich küsste er ihr beide Wangen und trat neben sie, damit möglichst viele Zuschauer ihn sehen und hören konnten.

»Teure Gemahlin!«, rief er laut. »Im Heiligen Land werde ich die bedeutendsten Stätten der Christenheit aufsuchen und dort beten. Ich werde Stiftungen gründen und Reliquien erwerben – auf dass meine Herzogtümer gedeihen und die Heilige Jungfrau Euch beistehen möge. Damit Ihr mich mit einem gesunden Sohn und Erben im Arm begrüßt, wenn ich zurückkehre.«

Hochrufe brandeten auf, und Mathilde musste erst abwarten, bis wieder einigermaßen Ruhe eintrat, bevor sie die Worte aussprach, die sie an dieser Stelle zu sagen hatte.

»Dafür und für Eure glückliche Heimkehr werde ich beten, mein wohledler Gemahl«, erwiderte sie, so laut sie konnte – wenngleich es gewiss nicht weithin zu hören war.

Nach einem erneuten Nicken des Erzbischofs stiegen die Männer auf ihre Pferde, und die feierliche Prozession setzte sich in Bewegung.

Es dauerte lange angesichts der Enge und der Vielzahl der Pilgerfahrer, bis sich der Platz vor der Burg halbwegs geleert hatte. Morgen würden ihn wieder die Steinmetze und Zimmerer mit lärmender Geschäftigkeit erfüllen, die Dankwarderode groß und prächtig wachsen ließen.

Wäre Mathilde nicht mit diesem verkürzten linken Bein gestraft, hätte sie ihren Gemahl bis zum Stadttor geleitet. Doch dorthin hätte sie sich in einer Sänfte tragen lassen müssen, und sie scheute sich nach wie vor, auf ihre Beeinträchtigung hinzuweisen.

Sorgenvoll starrte sie der Reiterschar hinterher und gab sich größte Mühe, das Zittern ihrer Hände zu verbergen.

Bis eben noch hatte sie den Umhang vorn geöffnet getragen, damit auch jedermann ihren sich wölbenden Leib sah. Das war wichtig für ihre Position in der Zeit seiner Abwesenheit: Dass sie Heinrichs Kind unterm Herzen trug, sollte sie schützen. Doch nun zog sie das pelzgefütterte Kleidungsstück enger um sich, denn eine Kälte füllte sie aus, die mehr von Furcht herrührte als vom Wetter, und es fehlte nicht mehr viel, bis ihre Zähne klapperten.

Dem klugen Wichmann entging das nicht. Mitfühlend richtete er seinen Blick auf die starr und steif dastehende zierliche Engländerin und sagte etwas, das sie nicht ganz verstand. Dafür wirbelten ihre Gedanken im Moment viel zu sehr durcheinander.

Ihr Gemahl, der sie mit seiner massiven Präsenz trotz aller Höflichkeiten einschüchterte und fast erdrückte, war nun für lange Zeit fort.

Für mindestens ein Jahr.

So lange wäre sie auf Dankwarderode allein. Nicht im wörtlichen Sinn – natürlich hatte sie viele Bedienstete um sich, etliche davon noch aus dem Haushalt ihrer Mutter. Den Arzt eingeschlossen, der sich um sie in der Schwangerschaft kümmerte und ihr bei der Niederkunft beistehen würde.

Und abgesehen von der anvertrauten Oberhoheit über seine Ländereien für Erzbischof Wichmann hatte ihr Gemahl auch zwei seiner erfahrensten Dienstmannen beauftragt, die Aufsicht über das Leben in Sachsen, die zwangsläufig ausbrechenden Streitigkeiten und die Steuereinnahmen zu übernehmen: Ekbert von Wolfenbüttel und Heinrich von Lüneburg.

Heinrich hatte beiden Ministerialen ausdrücklich befohlen, dass sie sich auch um das Wohlergehen seiner Gemahlin kümmern sollten, denn sein geschätzter Truchsess Jordan von Blankenburg begleitete ihn auf der Wallfahrt. Doch würden die Männer Befehle von ihr annehmen, wenn ihr Fürst erst fort war?

Seiner ersten Gemahlin hatte Herzog Heinrich die Verwaltung seiner Ländereien anvertraut. Ihr nicht. Aber Clementia von Zähringen war auch viel älter und erfahrener gewesen. Und im Grunde war Mathilde erleichtert, dass diese Verantwortung nun andere tragen mussten.

Doch ab sofort würde sie sich allein behaupten müssen. Gewiss wollten die von ihrem Gemahl eingesetzten Verwalter über ihren Kopf hinweg regieren, weil sie nur eine Frau war, noch dazu eine sehr junge.

Menschen näherten sich ihr zaghaft, riefen freundliche Segenswünsche für sie und für ihr ungeborenes Kind. Die Braunschweiger mochten sie und lobten ihre Frömmigkeit.

Doch als Mathilde einst nach ihrer Hochzeit in Minden in die Stadt an der Oker kam, war sie eine englische Königstochter mit einer sagenhaften Mitgift gewesen.

Nun war sie zwar vier Jahre älter, wurde aber als Herzogin tituliert – inzwischen endlich alt genug, ihrem Gemahl ein Kind auszutragen, aber zu jung und zu unbedarft, um ein Herzogtum zu regieren. Oder gar zwei.

Und ihre riesige Mitgift war zu beträchtlichen Teilen aufgebraucht: für den Ausbau von Dankwarderode, für die Erweiterung Braunschweigs um ein ganzes Viertel, den Hagen, für eine aufwendige Hofhaltung und natürlich auch für die Wallfahrt ins Heilige Land. Nicht nur die eigentlichen Reisekosten waren enorm. Am teuersten waren die Stiftungen im Heiligen Land, der Erwerb von Reliquien und – nicht zu vergessen – die prachtvollen Geschenke an die Herrscher, die ihren Gemahl empfangen wollten. Da durfte er sich nicht lumpen lassen, sondern musste seinen Reichtum demonstrieren.
Mathilde gab sich keinen Illusionen hin. Es würde ein zäher Kampf werden, sich in Abwesenheit ihres Gemahls an ihrem eigenen Hof durchzusetzen. Sie traute hier nicht sehr vielen Menschen. Und durch ihr Hüftleiden wurde die Schwangerschaft noch mehr zur Belastung. Sie fürchtete sich vor der Niederkunft, auch wenn ihre erlauchte Mutter ihr einen hervorragenden Leibarzt zur Seite gestellt hatte.
Immer noch sah Erzbischof Wichmann sie geduldig und mit gütigem Blick an.
»Euch fröstelt. Wollen wir uns zurück in die Pfalz begeben, meine Tochter?«, wiederholte er verhalten.
Hastig sammelte sich Mathilde, um ihre Ängste und Zweifel zu verbergen.
»Selbstverständlich, Höchstwürden«, wandte sie sich in erlesener Höflichkeit an den Geistlichen. »Würdet ihr mir die Güte erweisen, mich zu einem Gebet in die Kapelle zu begleiten?«
Dies wurde von ihr erwartet, und auch dass sie die Hiergebliebenen danach zu einem festlichen Mahl an die Tafel lud.
Wichmann nickte freundlich und hieß sie vorangehen, um auf ihren ungleichmäßigen Gang Rücksicht zu nehmen.
Nachdem sie den Segen Gottes und der Heiligen Jungfrau für die Wallfahrer und die schwangere Herzogin erfleht hatten, bat Mathilde ihre Gäste zu einem Umtrunk in die Halle. Der Erzbischof hatte erklärt, erst am nächsten Tag abreisen

zu wollen. Dann jedoch gleich nach dem Frühgebet, damit er noch rechtzeitig nach Magdeburg kam, um am Sonntag im dortigen Dom die Heilige Messe zu feiern.

Irgendein wohlmeinender Mensch hatte nahe der Hohen Tafel zwei Kohlebecken aufgestellt, weshalb sich die junge Engländerin genießerisch so weit nach hinten lehnte, wie es nur ging. Die ursprünglich schwarzen Brocken waren bereits gut durchgeglüht und verbreiteten wohltuende Wärme im Umkreis von zwei, drei Schritten.

Den Erzbischof und die beiden von ihrem Gemahl eingesetzten Verwalter sowie ihren Kaplan hatte Mathilde an die Hohe Tafel gebeten. Es war noch zu zeitig am Tag für das abendliche Mahl, also ließ sie vorerst nur einige kleine Gerichte und mit Honig gesüßtes Backwerk bringen. Höchstwürden liebte nicht nur prächtige Kleidung, sondern auch gutes Essen, wie sie wusste – und wie sein beträchtlicher Leibesumfang verriet. Jedermann am Tisch und in der Halle erwartete jetzt von ihr ein paar feierliche Worte oder prägnante Sätze über die vor ihnen liegende Zeit der Abwesenheit des Herzogs.

Doch weil sie fürchtete, dass ihr einer der Männer dabei öffentlich in die Parade fahren würde, flüchtete sie sich auf ein Terrain, auf dem ihr niemand widersprechen mochte.

»Wenn es Eure Zustimmung findet, verehrter Erzbischof, sollen uns die Dichter und Sänger einige erbauliche Verse vortragen«, schlug sie vor und hoffte, dass ihre Stimme dabei nicht zitterte.

Damit, so glaubte sie, konnte sie nichts falsch machen: Sie bot dem Geistlichen gottgefällige Kunst, denn nur die besten Spielleute wurden dauerhaft am Braunschweiger Hof geduldet, und sie vermied es zugleich, durch Ekbert von Wolfenbüttel und Heinrich von Lüneburg vor aller Augen in die Enge getrieben zu werden. Denn das würden die beiden sicher bei erstbester Gelegenheit versuchen.

Der Erzbischof, der ihre Nöte erriet, stimmte freudig zu, und um seine gütigen Augen legten sich Lachfältchen, die sie ermutigten.
Mathilde wies mit der rechten Hand auf eine kleine Gruppe sehr unterschiedlich gekleideter Männer und Burschen, die sich seitlich zwischen Hoher Tafel und Ausgang versammelt hatten und von denen einige Lauten, Flöten oder Handharfen bei sich trugen.
Als Erster drängte sich ein Mann in der Kleidung eines Priesters nach vorn, der sich selbst »Pfaffe Konrad« nannte.
»Ihr habt uns gestern wieder einmal große Freude mit Eurer Version des berühmten *Rolandsliedes* bereitet, Pater«, lobte Mathilde mit dünner Stimme und künstlichem Lächeln. Dieses Werk war in ihrer alten Heimat überaus populär, und sie hatte mit Erlaubnis ihres Gemahls Konrad beauftragt, es in die deutsche Sprache zu übertragen.
»Was wäre auch besser zur Verabschiedung von Wallfahrern geeignet als diese großartige Erzählung?«, fuhr sie fort. »Doch wie Ihr selbst sagtet, braucht Ihr noch etwas Zeit, bis Ihr uns weitere Verse und das Ende der Geschichte vortragen könnt. Bereitet mir die Freude, Pater, und eilt Euch, Euer Kunstwerk fertigzustellen! Ich kann es kaum erwarten, mehr davon zu hören.«
So würde der übereifrige Geistliche ihr wohl hoffentlich nicht verübeln, dass sie heute einem anderen Spielmann lauschen wollte. Der war erst gestern in Braunschweig eingetroffen und brachte mit Sicherheit neue, hier noch unbekannte Geschichten mit, und von denen konnte sie gar nicht genug bekommen. Doch dafür musste sie erst noch einen weiteren Mann vertrösten, der am Braunschweiger Hof als Dichter besonders angesehen war.
Die junge Herzogin richtete den Blick auf einen Ministerialen ihres Gemahls, der gerade aus der Gruppe der Spielleute zwei Schritte vortrat, eine Rolle Pergament unter den Arm und eine Feder hinter ein Ohr geklemmt.

»Eilhart von Oberg, wir erwarten sehnsüchtig Eure Neufassung des *Tristan* in hiesiger Sprache!«, rief sie ihm freundlich entgegen. »Doch scheint mir eine Geschichte über Minne, Mord und Ehebruch dem heutigen Tage nicht angemessen, noch dazu in Gegenwart eines Erzbischofs. Spart sie Euch für später auf, um meine Damen in der Kemenate zu unterhalten.«

Eilhart blieb nichts anderes übrig, als sich mit gezwungenem Lächeln zu verbeugen und in die Gruppe zurückzutreten.

Mathilde richtete nun den Blick auf einen jungen Spielmann mit leuchtend rotem Haar, der sich erst gestern um Vorstellung bei ihrem Gemahl beworben hatte.

Nicht jeder Spielmann durfte einfach so vor Herzog Heinrich und seiner englischen Prinzessin auftreten. Nicht jene lärmenden, übermäßig trinkenden, hurenden, beim Würfelspiel betrügenden Nichtsnutze; die sollten gefälligst das Bauernvolk belustigen. Der Herzog legte größten Wert darauf, an seinem Hof die besten Musiker und Dichter zu empfangen. Wie Mathilde unschwer in Erfahrung gebracht hatte, tat er das erst seit ihrer Vermählung – und vielleicht sogar weniger, um ihr zu gefallen, sondern um Eindruck zu schinden und zu beweisen, dass es an seinem Hof nicht minder prachtvoll zuging als an dem ihrer Eltern.

Der Herzog erlaubte dem fremden Spielmann, dass er für eine Weile bei Hofe blieb, nachdem dieser einige vielversprechende Proben seiner Dichtkunst vorgetragen hatte. Der Fürst schenkte ihm generös sogar einen Umhang aus gut gewalkter Wolle zum Dank für seine Kunst. Es war üblich, gute Spielleute an den Höfen mit Kleidungsstücken zu belohnen.

»Du heißt Witko, nicht wahr?«, fragte Mathilde den Rotschopf und bedeutete ihm mit einer Geste, vorzutreten. »Was kannst du uns heute zum Besten geben?«

Der junge Mann in der Kleidung eines Vaganten, eines umherreisenden Klerikers, schritt durch die Mitte der Halle und ver-

beugte sich tief vor der Herzogin und den Männern an der Hohen Tafel, die ihn kritisch musterten.
Dass Pater Konrad und Eilhart von Oberg beleidigte Mienen aufsetzten, weil an ihrer Statt ein Fremder auftreten durfte, veranlasste Mathilde zu einem winzigen Lächeln, das sie so gut wie möglich verbarg.
»Du sagtest, du kommst aus entlegenen östlichen Landen. Was also führt dich hierher, Witko?«
Der kam aus seiner Verbeugung hoch und lächelte einnehmend.
»Wie jedermann weiß, sind am Hof des Herzogs von Sachsen und Bayern die besten Sänger, Musikanten und Dichter weit und breit zu finden. Die besten der Besten!«, schmeichelte er. »So gebe ich ganz offen zu: Ich möchte von ihnen lernen und neue Lieder hören. Im Ausgleich dafür kann ich Euch die Geschichten und Lieder vorstellen, die man sich weit entfernt von hier erzählt.«
»Wir sind voller Erwartung. Liefert uns ein Beispiel!«, ermunterte sie ihn.
»Mit Freuden. Wenn es Euch und Höchstwürden Wichmann gefällt: Es handelt von einem sehr heiligmäßigen Mann, einem Bischof namens Benno, der vor über hundert Jahren lebte. Eine wahre Geschichte, so unglaublich sie auch klingen mag«, beteuerte er und behielt dabei den Erzbischof vorsichtig im Blick. Dessen familiäre Ähnlichkeit mit seinem Gönner und Auftraggeber war nicht zu übersehen.
Wichmann seinerseits hatte schon bei der Erwähnung der östlichen Lande aufgehorcht, und nun zog er endgültig seine Schlüsse hinsichtlich dieses Spielmanns. Benno war viele Jahre lang Bischof von Meißen gewesen – ein wirklich außergewöhnlicher und sehr frommer Mann, über den noch Jahrzehnte nach seinem Tod faszinierende Geschichten erzählt wurden. Gut möglich, dass er dereinst heiliggesprochen wurde.
Offenbar hatte sein Vetter Otto diesen Witko nach Braun-

schweig geschickt, und ganz sicher nicht nur als Spielmann, sondern auch als Spion. Das war recht häufig der Neben- oder gar Haupterwerb der fahrenden Sänger.

Doch weshalb sollte Otto das getan haben? Konnte er sich nicht an allen zehn Fingern ausrechnen, dass er, Wichmann, viel besser und schneller über alles informiert wurde, was sich auf Herzog Heinrichs Wallfahrt zutrug? Schließlich war er dessen oberster Sachwalter. Und nicht nur Heinrich selbst, sondern auch die Bischöfe und Äbte in seinem Gefolge würden von unterwegs ausführliche Berichte schicken. Zumal sich in Wien auch noch ein Beauftragter des Kaisers den Pilgern anschließen würde.

Dies alles ging dem Magdeburger durch den Kopf, während er nur mit einem Ohr der Geschichte vom Bischof Benno zuhörte, der fast einhundert Jahre alt geworden war und die Sprache der Slawen erlernt hatte, um sie mit dem Wort Gottes statt mit dem Schwert zu bekehren.

Mathilde dagegen lauschte ergriffen und staunend dem Gesang des Weitgereisten, der dazu auch noch seiner Laute wohlklingende Töne entlockte. Besonders faszinierte sie die wichtigste Episode, die natürlich nicht fehlen durfte: dass Benno den Schlüssel zum Dom in die Elbe warf, als ihn ein König im Zorn des Amtes enthob, jedoch genau dieser Schlüssel im Bauch eines Fisches gefunden wurde, als der Bischof sein Amt wieder antreten durfte.

Als der letzte Ton in der Halle verklungen war, applaudierte sie dem Spielmann begeistert, und die Anwesenden in der Halle schlossen sich ihr an, sobald auch der Erzbischof und der Kaplan Beifall klatschten.

Erneut verneigte sich Witko tief, und als er sich wieder aufrichtete, sagte er: »Der heiligmäßige Bischof Benno setzte sich sehr für den sakralen Gesang ein. So verdanke ich letztlich auch ihm die geübte Stimme. Doch ich fand mich der Priesterweihe nicht würdig. Mein Traum war und ist es, Verse

und Epen zu singen und zu dichten. Und wenn Ihr so gütig seid, Euer Durchlaucht, mir dies an Eurem prächtigen Hof zu gestatten, will ich mein Bestes geben, Euch und die edlen Damen damit zu erfreuen.«
»Nun, wir sind gespannt, was du uns morgen darbietest«, erklärte Mathilde, und der Spielmann durfte sich nach einer Geste von ihr entfernen.
Ich muss dringend mit meinem Vetter Otto darüber sprechen, was er sich von diesem rotlockigen Burschen verspricht, dachte Wichmann verärgert. Oder mit dem neuen und sehr ehrgeizigen Meißner Bischof Martin. Vielleicht weiß der, was dahintersteckt.

Ein Lied von Liebe und Schmerz

Witko, Mathilde von England;
Burg Dankwarderode in Braunschweig,
14. Januar 1172

Vorsichtig versuchte Witko, sich hochzustemmen, ohne dass sein geschundener Körper allzu sehr schmerzte. Die Nacht hatte er zusammen mit dem Gesinde und Gästen niederer Herkunft in der Halle verbracht, nachdem Tische und Bänke beiseite geräumt waren und sich die Schlafsuchenden auf dem mit Binsen bedeckten Boden in ihre Umhänge gewickelt hatten.
Doch er war kaum eingenickt, da rissen ihn in der Dunkelheit zwei Männer aus dem Schlaf und droschen mit Fäusten auf ihn ein, während ein dritter seine Arme so kraftvoll von hinten umklammerte, dass er wehrlos war.
Leise stöhnte er und unterdrückte weitere Schmerzenslaute. Sein linkes Auge war fast zugeschwollen und schillerte sicher

in dunklem Violett, und vermutlich befanden sich auch unter der Kleidung zahlreiche Blutergüsse. Er konnte von Glück sagen, wenn keine Rippe gebrochen war. Das Atmen fiel ihm schwer. Dabei sollte er heute doch vor Herzogin Mathilde auftreten! Wie sollte er so singen? Er konnte ja kaum Luft holen, ohne dass ihm Sterne vor den Augen standen.

Und wie er nun im anbrechenden Tageslicht sah, war auch seine Laute entzweigegangen. Das Splittern des Holzes hatte er während des nächtlichen Überfalls gar nicht mitbekommen. Vor Enttäuschung und Wut stiegen ihm Tränen in die Augen, die er jedoch eiligst wegwischte, um sich nicht zum Gespött zu machen und seinen Angreifern diesen Triumph nicht zu gönnen.

War dies das Ende seiner Träume, einmal an einem großen Hof und ohne Sorge um das tägliche Brot der Dichtkunst frönen zu können, große Epen zu verfassen, die noch von späteren Generationen weitergegeben würden?

Spielleute – sofern sie nicht an einen Hof oder auf eine Burg eingeladen wurden – galten als rechtlos. Witko konnte sich glücklich preisen, dass er auf seiner Reise von Meißen nach Braunschweig weder überfallen noch ausgeplündert oder gar erschlagen worden war. Vielleicht hatte ihn die Kleidung eines reisenden Scholaren davor bewahrt. Und der Beutel mit silbernen Pfennigen, den ihm sein Gönner in Meißen geschenkt hatte. So musste er nicht am Wegesrand unter einem Gebüsch schlafen, sondern konnte in Herbergen übernachten.

Jetzt erschien es ihm wie Hohn: Die ganze weite Reise hatte er unbeschadet überstanden, um dann am Ziel nachts zusammengeschlagen zu werden. Leider fehlte es ihm auf Grund seiner geistlichen Erziehung – ganz im Gegensatz zu den fahrenden Spielleuten – an Übung in Wirtshausprügeleien.

Die Mägde starrten neugierig oder voll Mitgefühl auf sein zugeschwollenes Auge. Also versuchte er, sich so wenig wie möglich von seinen Schmerzen anmerken zu lassen, während

er mit vorsichtigen Bewegungen den anderen zur Frühmesse folgte, die das alltägliche Treiben auf der Burg einleitete.
Verstohlen hielt er Ausschau, ob sich seine geheimnisvollen nächtlichen Angreifer durch irgendetwas verrieten. Er hatte eine ziemlich genaue Ahnung, um wen es sich handeln könnte, und blieb auf der Hut.
Nach der Messe baute das Gesinde die Schragen, Tischplatten und Bänke wieder in der Halle auf, damit das Frühmahl hereingetragen werden konnte.
Die Herzogin selbst, der Erzbischof, die Sachwalter des Herzogs und die auf der Burg lebenden Geistlichen speisten gemeinsam in einer der Kammern. Dorthin waren auch die Dichter Eilhart und Konrad eingeladen – als Zeichen der Wertschätzung ihres Könnens. So weit wollte es Witko auch einmal bringen. Wo, wenn nicht in Braunschweig?
»Hier, Einauge, iss dich satt und sing uns nachher dafür ein lustiges Lied!«, meinte eine kesse Magd, ebenso rothaarig wie er, und klatschte ihm schwungvoll eine Schöpfkelle Hirsebrei in seine hölzerne Schüssel.
Er dankte ihr und sah sich nach einem guten Platz um – weit hinten und in möglichst großem Abstand von den Männern, die ihm in der Nacht so übel mitgespielt hatten.
Doch er hätte besser auf seine unmittelbare Umgebung achten sollen.
Von links rempelte ihn ein bärtiger Kerl mit bösem Grinsen an und schlug ihm dabei die Schüssel aus der Hand, so dass sie zu Boden fiel und ihm die Hirse auf die Schuhe kleckerte. Schon war ein Zweiter zur Stelle, stieß ihn ebenfalls derb in die Seite – Witko hätte aufjaulen mögen wegen seiner schmerzenden Rippen – und goss ihm einen Becher Bier über den Kopf.
»Oh, wie schade … um das Bier!«, höhnte er, und sein Kumpan fiel in das grölende Lachen ein.
Wütend schüttelte Witko seine Locken, aus denen das Bier

tropfte, und strich sie zurück, damit ihm nichts in die Augen geriet.

Die beiden Kerle gingen prustend weiter, als sei dies alles wirklich nur aus Versehen oder Übermut geschehen. Einige Burschen in Witkos unmittelbarer Nähe hatten den Zwischenfall zwar bemerkt, zeigten aber keinerlei Neigung, sich einzumischen.

Lediglich die rothaarige Magd wandte sich zu ihm um und hob seine Schüssel auf.

»Lass nur, ich fülle sie dir neu.«

Doch Witko war der Appetit vergangen. Soeben hatte sich seine Vermutung bestätigt: Es waren die anderen Spielleute am Hof, die verhindern wollten, dass er hier Erfolg hatte. Nicht die beiden angesehenen und geehrten Dichter, deren Stellung gesichert sein dürfte, sondern Gaukler, die in der Hoffnung auf guten Lohn und gutes Essen hierhergekommen waren. Genau jene lärmenden, trinkenden und Würfel spielenden Gesellen, deren Gesang eine Qual war und die eine echte Landplage darstellten. Sie hatten gestern natürlich gemerkt, dass seine Geschichte am Hof so begeistert aufgenommen worden war, wie sie es mit ihren derben Gesängen nie erwarten durften.

Mit schiefem Lächeln sah er die Magd an.

»Mir ist der Hunger vergangen, Schönste. Und ich muss sehen, wie ich meine Kleider wieder in Ordnung bringe, bevor Ihre Durchlaucht nach mir ruft.«

In seinem Beutel hatte er noch ein Stück altbackenes Brot, das musste genügen.

Die rothaarige Magd zuckte mit den Achseln und wandte sich dem nächsten zu, der mit Hirsebrei versorgt werden wollte.

Bedrückt schlurfte Witko zum Brunnen auf dem Hof, kniete neben einem Bottich nieder – mit seinen schmerzenden Rippen konnte er ihn nicht einmal anheben – und schöpfte sich mit den Händen das Wasser über Haare, Gesicht, Schuhe und alles, was sonst noch an seinem Äußeren in Mitleidenschaft geraten war.

Was hingegen sein Inneres betraf … Da kämpften Panik, Wut und Resignation miteinander. Konnte er sich noch irgendwie herrichten, damit er nicht unangemessen vor der Herzogin erschien, nicht nach Bier stinkend, als habe er die ganze Nacht gezecht? Wie sollte er singen, wenn er bei jedem Atemzug stechenden Schmerz verspürte und seine Laute eingebüßt hatte? Wenn er heute nicht gefiel, musste er all seine Pläne und Träume begraben und weiterziehen.

Inzwischen fielen winzige Flocken auf den Burghof, und mit seinen nassen Schuhen und dem nassen Haar begann Witko zu frieren. Er ging zum Backhaus und zwang sich zu einem Scherz, um die Backmägde dazu zu bringen, dass er seine Kleider am Ofen trocknen lassen durfte.

Doch die hatten alle Hände voll zu tun.

»Steh uns nicht im Weg herum, Rotschopf!«, herrschte ihn eine kräftige Frau an, dem Alter nach wohl diejenige, die hier das Sagen hatte. »Aber wenn du uns zwei Kiepen Brennholz holst, darfst du dich hier aufwärmen.«

Sie stemmte die Hände in die Hüften und spottete: »Aus welchen fernen Landen mag dieser dürre Hecht gekommen sein, wenn er schon friert, obwohl gar kein Schnee liegt? Sind dort alle solche bibbernden Hänflinge?«

Die Mägde kicherten, Witko machte einen Scherz, der die Frauen zum Lachen brachte, und damit war der Handel abgeschlossen.

Sobald seine Haare wieder einigermaßen trocken waren und auch nicht mehr nach Bier stanken, bedankte er sich bei den Frauen mit einem Scherzlied und ging in die Halle, wo jedermann ihn sehen konnte.

Wenn das Glück ihm hold war, durfte er heute noch vor Herzogin Mathilde eine weitere Kostprobe seines Könnens geben.

Da! Gerade kam sie herunter und verabschiedete den Erzbischof, der zurück nach Magdeburg reiten wollte, um dort am Sonntag die Heilige Messe zu lesen.
Angespannt sah er ihr nach, als sie zurück zur Kemenate ging. Und wartete.
Erneut begann er zu frieren, und nun meldete sich auch der Hunger unüberhörbar. Sein Magen knurrte.
Er ging zurück in die Halle, setzte sich, sprach ein stilles Gebet, in dem er um Kraft flehte, und versuchte, sich für seinen Auftritt zu sammeln.

Witko musste nicht lange warten, bis er in die Kemenate gerufen wurde, wo ihn die Herzogin, etliche ihrer Hofdamen, der Kaplan und Heinrichs Sachwalter Ekbert von Wolfenbüttel erwarteten.
»Was ist geschehen?«, fragte Mathilde verwundert und deutete auf sein geschwollenes Auge. Sein Gesicht schien einen noch schlimmeren Anblick zu bieten als vermutet.
»Euer Durchlaucht, nichts Schlimmes, nur ein Missgeschick meinerseits«, versicherte er nach einer tiefen Verbeugung und ignorierte die Zweifel auf den Gesichtern der Damen.
Eine fiel ihm auf, noch sehr jung und verweint. Auch ihr linkes Auge war von einem groben Schlag geschwollen, nur dass es schon in Gelb und Grün schillerte. Ob ihr Vater sie geschlagen hatte? Sie schien ihm noch zu jung, um schon einen Gemahl zu haben.
Rasch blickte Witko wieder zu Mathilde.
»Wenn Ihr mir Gehör schenken wollt, edle Fürstin, so erzähle ich Euch eine wahre Geschichte aus östlichen Landen, die sich vor gar nicht langer Zeit zutrug. Jedermann dort kennt sie, und so wahr ich hier stehe: Ich bin ihren Helden selbst begegnet.«
Je länger er mit lauter Stimme sprach, umso besser gewöhnte sich sein Körper daran, die schmerzenden Rippen zu ignorieren. Doch das Singen probierte er lieber erst gar nicht. Es

musste genügen, die Geschichte zu deklamieren. Er vertraute voll und ganz auf ihre Wirkung.
Mit einer Geste forderte Mathilde ihn auf, seinen Vortrag zu beginnen. Ihre skeptische Miene besagte, dass sie nichts von solchen Beteuerungen hielt. Wie viele Sänger waren schon vor ihr aufgetreten und hatten versichert, den schrecklichen Drachen, das Einhorn oder den Riesen aus ihren Geschichten mit eigenen Augen gesehen zu haben!

»So höret von dem jungen Ritter namens Christian«, begann Witko mit tragender Stimme seinen Sprechgesang.

»Kein Mann aus reichem Hause,
als Waise am Hof seines Fürsten erzogen,
doch von Ehre und gar meisterlich
im Umgang mit dem Schwert.
Der blutigen Kriege müde,
erbot er sich seinem Herrn,
ein friedliches Werk zu tun.
Er zog durch die Welt
und sammelte eine Schar Tüchtiger.
Mutig führte er sie
durch dichten Tann,
bedroht von Räubern und wildem Getier,
auf dass sie im Dunklen Wald
Land urbar machten
und säten und pflanzten und ernteten …«

Andächtig lauschten die Frauen, welche gefährlichen Prüfungen dieser Christian eine nach der anderen bestand – die gewohnten Zutaten für einen Ritterroman.
Nur Mathilde argwöhnte: Den Namen hat er sicher von Chrétien de Troyes, der den wunderbaren *Lancelot* schrieb.
Und als Witko auch noch begann, in seine Erzählung ein

armes Mädchen namens Marthe mit heilkundigen Händen einzuweben, in das sich der Ritter verliebte, da stand für sie eindeutig fest: Diese Geschichte konnte sich niemals wirklich zugetragen haben, allen Beteuerungen zum Trotz.
Es war einfach undenkbar, dass ein Ritter – mochte er auch noch so unbedeutend sein – ein armes Mädchen aus dem Volk heiratete. Und darauf lief das hier offensichtlich hinaus.
Skeptisch betrachtete sie ihre von der Geschichte mitgerissenen Hofdamen und die jungen Mädchen, die an ihrem Hof erzogen wurden. Besonders die kleine Agnes mit dem gelb und grün schillernden Auge schien in der Erzählung des Spielmanns vollkommen aufzugehen. Ich muss aufpassen, dass sie sich keine Flausen in den Kopf setzen lässt, dachte Mathilde, sonst verprügelt ihr Oheim sie gleich noch einmal …
Doch die englische Königstochter merkte auf, als der Spielmann zu erzählen begann, wie Silber in Christians Dorf entdeckt wurde. So etwas hatte sich tatsächlich unlängst in einer der östlichen Marken zugetragen! Und zwar in der Mark Meißen, woher dieser Witko offensichtlich kam. Ihr Gemahl hatte ihr einmal davon erzählt – sehr entrüstet, da *ihm* der Kaiser die überaus einträglichen Goslarer Silberbergwerke weggenommen hatte.
Die Geschichte des Spielmanns nahm nun einen zunehmend blutrünstigen Verlauf: ein mächtiger Feind namens Randolf, der in Christians Dorf grausam wütete – aber welcher Held kam schon ohne schier übermächtigen Feind aus? –, und ein zu allem entschlossener Trupp von Christians Freunden, die ihm im Kampf beistanden. Sozusagen seine Ritter der Tafelrunde …
Ergriffen seufzten ihre Damen auf, als der siegreiche Held schließlich vor seinen Fürsten trat, dieser ihm zum Dank einen Wunsch gewährte und Christian darum bat, dass das arme Mädchen namens Marthe in den Stand einer Edelfreien erhoben wurde. So konnten beide heiraten.

Eine geschickte Wendung der Geschichte, die sie plausibel machte, fand Mathilde, und fragte schelmisch: »Und so lebten sie glücklich bis an ihr Ende?«
Der Spielmann verneigte sich und lächelte breit.
»Das wünschen wir ihnen von Herzen, Euer Durchlaucht. Noch leben sie, und ihr Glück ist jung und unbeschwert – solange dieser Wüterich Randolf nicht von seiner Bußfahrt zurückkehrt.«
»Wie vorausschauend von dir, schon eine Fortsetzung deiner Geschichte einzuplanen!«, lobte die junge Herzogin.
»Euer Durchlaucht, vielleicht geschieht gar nichts Dramatisches mehr, und die beiden leben tatsächlich glücklich bis an ihr Ende«, meinte Witko. »Ich würde es ihnen gönnen, da ich sie gesehen habe.«
Mathilde würde ihm das gern glauben.
Doch da mischte sich Ekbert von Wolfenbüttel ein.
»Euer Durchlaucht, wollt Ihr so etwas tatsächlich dulden?«, entrüstete er sich und sprang vor Übereifer auf. »*Ich* als *Sachwalter* des Herzogs werde nicht zulassen, dass fremdländisches Gesindel an diesem Hof anzügliche Geschichten zum Besten gibt, die den Lauf der Welt in Frage stellen, kaum dass Seine Durchlaucht Braunschweig ein paar Meilen hinter sich gelassen hat!«
»Ich muss mich gegen Eure Vorhaltungen verwahren!«, protestierte Mathilde lebhaft und war selbst erstaunt über ihre energischen Worte. »Kümmert Euch gefälligst um die Angelegenheiten, mit denen mein Gemahl Euch beauftragt hat! Damit solltet Ihr reichlich beschäftigt sein. Denn was höfische Dichtung angeht – Ihr werdet doch wohl kaum behaupten, Euch damit besser auszukennen als *ich,* die ich am kunstsinnigsten Hof Europas aufgewachsen bin: bei meinem Vater, König Heinrich von England, und meiner Mutter, der vielgerühmten Königin Eleonore von Aquitanien!«
Ekbert starrte sie verblüfft an und öffnete den Mund. Doch ehe er ein Wort sagen konnte, sprach Mathilde schon weiter.

»Mein Gemahl persönlich, *Euer Herr und Fürst*, gewährte diesem Dichter den Aufenthalt an seinem Hof. Und auch Höchstwürden Wichmann zeigte sich von seiner Kunst sehr angetan«, ergänzte sie schnippisch. »Also dürft Ihr Eure kleinlichen Einwände für Euch behalten und uns mit Eurer diesbezüglichen Unkenntnis verschonen.«
Demonstrativ legte sie beide Hände über ihren gerundeten Leib, wo das Ungeborene auf den leidenschaftlichen Ausbruch der werdenden Mutter mit lebhaften Bewegungen reagierte.
Die Sachwalter ihres Gemahls mochten sie ja noch so sehr gängeln. Aber gute Spielleute würde sie sich nicht wegnehmen lassen. Und dies *war* ein guter Spielmann!

Geheime Ängste

Hedwig von Meißen, Markgraf Dietrich und seine Söhne Konrad und Dietrich; Meißner Burgberg, Frühjahr 1172

Als Dietrich und seine Begleiter die Brücke und das Tor zum Plateau des Meißner Burgbergs passiert hatten, holte er mit einer Geste seinen Freund und Vertrauten Hilbert neben sich.
»Reite schon voraus zu meinem Bruder und kündige mein Kommen an! Ich will zuerst meine Söhne sehen.«
Dietrich zügelte seinen Hengst vor dem bischöflichen Palas, stieg ab und bat einen herbeieilenden Geistlichen, den jungen Dietrich von Meißen zu holen.
Während er auf den illegitimen Sohn mit seiner innig geliebten Kunigunde von Plötzkau wartete, dachte er wehmütig an seine erste, unvergessliche Begegnung mit ihr zurück – als sie dreizehnjährig bei einer Belagerung durch eine Übermacht

aufgefordert wurde, die Burg Plötzkau den Feinden ihres Gemahls zu übergeben, und mutig Kapitulationsbedingungen erstritt. Damals war Hilbert noch sein Knappe gewesen, jung und unbeholfen. Und bis Dietrich seine große Liebe zu sich holen durfte – als seine offizielle Geliebte, da seine Vermählung unauflöslich war –, vergingen Jahre. Doch Gunda hatte sich mutig für dieses Leben entschieden und ihm kaum ein Jahr später einen Sohn geschenkt, den er anerkannt und dem er sogar seinen Namen gegeben hatte.

Nun war dieser Sohn schon ein junger Mann Anfang Zwanzig, und als er seinem Vater entgegenschritt, verspürte dieser erneut einen Stich ins Herz. Nach all den Jahren trauerte er immer noch um Gunda, und in Dietrichs Zügen erkannte er so viel von ihr wieder. Er hatte ihr dichtes schwarzes Haar und ihre grünen Augen.

»Bist du glücklich?«, fragte er den jungen Mann zu dessen Verblüffung, nachdem sie sich begrüßt hatten.

Als illegitimer Sohn eines Fürsten konnte Dietrich einzig eine geistliche Laufbahn einschlagen. Sein Vater war einflussreich genug, dafür zu sorgen, dass er eines Tages Bischof wurde – nicht hier in Meißen, aber vielleicht in Naumburg oder Merseburg; beides wichtige Diözesen.

Doch nicht jeder war für das geistliche Leben geschaffen, für Demut und Enthaltsamkeit. Seine Tochter Gertrud war im Kloster Gerbstedt glücklich – wie auch mehrere seiner Schwestern, das wusste Dietrich. Jeden Monat sandte ihm Gertrud einen Brief und berichtete von den Dingen, die sie hinzugelernt hatte. Ohne Zweifel war es ihr inniger Wunsch, die Gelübde abzulegen und Nonne zu werden.

Aber der junge Dietrich? Eine solche Liebe zu erfahren wie seine Eltern, würde ihm nicht vergönnt sein. Oder doch? Bei weitem nicht alle Kleriker hielten sich an den Zölibat.

Der junge Mann streckte lächelnd seine mit Tinte bekleckten Finger aus.

»Das Studium der Bücher bereitet mir große Freude«, erzählte er mit sichtlicher Begeisterung. »Jeder Buchstabe mit Sorgfalt gesetzt, die kunstvollen Illuminationen … Das erfüllt mich mit Ehrfurcht. Und jetzt darf ich ein Buch kopieren, Buchstabe für Buchstabe in schönstem Gleichmaß! Es verschafft mir inneren Frieden und ein Gefühl von Ordnung in der Welt – auch wenn ich weiß, dass die Welt jenseits dieser Mauern alles andere als geordnet ist.«

»Ich bin sehr froh über diese Antwort«, sagte sein Vater. »Eine Zeitlang fürchtete ich schon, es ginge dir wie deinem rotlockigen Freund, und du wolltest lieber dem geistlichen Stand entsagen und in die Welt hinausziehen.«

»Ich weiß doch, dass Euch dies sehr enttäuschen würde«, gestand der angehende Kleriker gefasst. »Ob ich je wieder von Witko höre? So viele Jahre waren wir Freunde …«

»Es geht ihm gut«, versicherte der Markgraf zum Erstaunen seines Sohnes. »Witko sandte mir eine Nachricht. Er darf am Braunschweiger Hof auftreten, und Herzogin Mathilde schätzt ihn sehr.«

Dietrich stand in Verbindung mit dem Rotschopf und hatte ihm die Reise nach Braunschweig nicht nur ermöglicht, um einem Freund seines Sohnes zu helfen, seinen Lebensweg zu gehen, sondern um dort ein Paar Ohren und Augen zu haben. Natürlich war Vetter Wichmann als Sachwalter des Löwen bestens über die Vorgänge in dessen Herzogtümern und auf der Pilgerfahrt informiert. Doch nichts ging über Informationen aus erster Hand. Es würde höchst aufschlussreich sein zu erfahren, wie der Welfenherzog auf seiner Reise von den großen Herrschern empfangen wurde: dem Kaiser von Byzanz, dem König und dem Patriarchen von Jerusalem. Gerüchten zufolge stand der Löwe sogar mit Wilhelm von Sizilien in Verbindung. Würde er sich hinter dem Rücken des Kaisers mit dessen Gegner verbünden?

Doch diese Gedanken behielt der Markgraf für sich.

Das Gesicht seines Sohnes leuchtete vor Freude.
»Dann fand er seine Bestimmung! Ich bin überzeugt, Witko hat das Zeug zu einem großen Dichter.«
Sein Vater legte ihm eine Hand auf die Schulter.
»Und ich hoffe sehr, mein Sohn, dass du *hier* deine Bestimmung findest.«
»Ja, Vater«, antwortete der junge Dietrich leicht verunsichert und fragte sich, ob das Gespräch nun beendet war. Gern hätte er mehr über Witko erfahren, doch er wagte nicht, danach zu fragen. Und er wollte seinen Vater unbedingt davon überzeugen, dass er sein Bestes gab, den Weg zu beschreiten, der ihm vorgegeben war.
»Ich möchte nicht, dass du deine Zeit nur im Skriptorium verbringst«, erklärte der Markgraf der Lausitz. »Der neue Bischof von Meißen, Martin, ist ein sehr ehrgeiziger und reisefreudiger Mann. Er wird viel öfter als sein Vorgänger die Hoftage des Kaisers aufsuchen. Ich werde ihn bitten, dich in seinem Gefolge als Schreiber und Beobachter dorthin mitzunehmen. Es ist an der Zeit, dass du Einblick in die Reichspolitik bekommst.«
Sein Sohn starrte ihn erst verwundert, dann verlegen an.
»Natürlich, Vater … Ich wünschte aber, Hochwürden würde mich wegen meiner Fähigkeiten und nicht nur wegen Eurer Fürsprache auswählen.«
Der Markgraf der Lausitz lächelte. »Das ehrt dich, Sohn. Doch du kannst mir glauben: Wärst du ungeeignet, würde all meine Fürsprache beim Bischof nichts nutzen. Und nun geh zurück zu deinen Pflichten. Gott segne dich!«

Vom bischöflichen Bezirk auf dem Burgberg waren es nur ein paar Dutzend Schritte bis zum Palas des Meißner Markgrafen.
Doch auf diesem kurzen Weg kam Dietrich an dem Platz vorbei, wo der Waffenmeister seines Bruders Otto, ein Mann

namens Arnulf, die Knappen Ringermanöver und Schwertkampf üben ließ.

Als der alte Kämpe ihn sah, brüllte er die ihm anvertrauten Burschen an: »Haltet ein und kniet nieder vor Seiner Durchlaucht, dem Markgrafen der Lausitz und Bruder unseres Fürsten!«

Die Burschen erstarrten und befolgten den Befehl augenblicklich. Sie alle trugen Gambesons und Polsterhauben, und man musste schon sehr genau hinsehen, um jemanden darunter zu erkennen. Doch seinen Sohn Konrad entdeckte Dietrich schnell – am gesenkten Blick und der Verunsicherung auf den Zügen.

Dietrich dankte dem Waffenmeister mit einem Nicken und forderte ihn auf, die Ausbildung fortzusetzen.

»Wünscht Ihr, Durchlaucht, dass Euch Euer Sohn sein Können vorführt?«, bot Arnulf an. »Los, tretet vor, Jakob und Konrad!«

Dietrich wehrte rasch ab. »Nein, ich will hier nicht stören, sondern zunächst meinen Bruder und Markgräfin Hedwig begrüßen«, erklärte er. »Mit meinem Sohn werde ich sprechen, sobald er sein Pensum für diesen Tag bewältigt hat.«

Als er sich abwandte und ging, bekam er noch mit, wie Konrad erleichtert den angehaltenen Atem ausstieß.

Während sich die Knappen wieder paarweise aufstellten, hieb der hünenhafte Boris von Zbor Konrad ins Kreuz. »Nun schau nicht so entsetzt drein, mein kleiner Markgraf!«, spottete er.

»Ich werde meinen Vater nie zufriedenstellen können«, murmelte der mit gesenktem Kopf.

»Unsinn!«, polterte der Slawe. »Du bist viel besser geworden. Denkst du, der alte Arnulf würden uns beide noch zusätzlich üben lassen, wenn es nichts bewirkte?«

Nach Hilberts Ankündigung wartete Hedwig schon auf Dietrich und schaute immer wieder ungeduldig aus dem Fenster. Als sie ihn endlich erblickte, eilte sie die Treppen hinunter, um den Schwager mit dem traditionellen Willkommenstrunk zu begrüßen.

»Es tut mir leid. Otto ist fortgeritten und wird nicht vor morgen zurück sein«, berichtete sie mit einem Ausdruck des Bedauerns, während sie ihm den kunstvoll verzierten Pokal reichte. Die Märzsonne hatte schon Kraft, und Hedwig reckte ihr sehnsüchtig das Gesicht entgegen, um nach dem tristen Winter den Frühling zu spüren.

»Das macht nichts. Mit ihm kann ich morgen immer noch reden. Ich komme vor allem, um meine Söhne zu sehen«, erklärte Dietrich zu Hedwigs Verblüffung. »Wohin hat es meinen Bruder verschlagen? Ist er auf der Jagd?«

»Wenn du es so nennen willst: auf der Jagd nach Silber«, antwortete sie mit einem Lächeln, während sie gemeinsam Richtung Palas schritten. Dann furchte sie die Stirn, ohne es zu merken.

»Er ist in Christians Dorf geritten, wie so oft, seit dort Silber gefunden wurde. Ihm kann gar nicht genug davon geschürft und erschmolzen werden«, berichtete sie. »Sein Ritter Christian ist wirklich auf einen riesigen Schatz gestoßen, der uns und der Mark Meißen großen Reichtum verheißt. Aber du weißt ja: Wo Aas ist, sammeln sich die Geier. Die Kunde, dass in Christiansdorf das pure Silber auf den Wegen liege, lockt nicht nur Bergleute und Handwerker an, sondern auch jede Menge Diebsgesindel.«

»Mir scheint doch, dieser Christian ist ein fähiger Mann, und er hat in der Ritterschaft und in seinem Dorf Verbündete, die treu zu ihm stehen«, erinnerte sich Dietrich. »Sein Erzfeind ist noch in der Verbannung, oder?«

Hedwig seufzte.

»Vorerst. Otto schickte ihn zur Strafe für seine Verbrechen auf eine Sühnefahrt ins Heilige Land. Früher oder später wird

Randolf jedoch zurückkehren. Mein Gemahl wird ihm großzügig alle seine Missetaten vergeben, und der blutige Streit geht von vorn los …«

Nacheinander stiegen sie die Stufen zur Kemenate hinauf, und Dietrich erinnerte sich noch einmal an die dramatischen Entwicklungen, die sich seit dem Silberfund in jenem Siedlerdorf im Dunklen Wald ereignet hatten. Nachdem die junge Heilkundige Marthe zu ihm geflohen war und ihn um Beistand gebeten hatte, konnte er dazu beitragen, dass Christian aus Randolfs Gefangenschaft befreit und vor dem Tod wie vor falschen Anschuldigungen bewahrt wurde. Doch Otto hatte seiner Ansicht nach den Störenfried nicht hart genug bestraft. Im Gegenteil, er hielt ihn immer noch für einen seiner besten Männer, weil er ihm reichlich Truppen stellen konnte.

Die in der Kemenate anwesenden Diener und Edelfrauen erhoben sich sofort und knicksten tief vor dem Bruder ihres Herrn, als Dietrich und Hedwig eintraten.

»Wünscht Ihr nach der Reise ein Bad zu nehmen?«, erkundigte sie sich, nun wieder mit höflicher Anrede.

»Das kann warten«, meinte Dietrich zum Erstaunen seiner Schwägerin. Was um alles in der Welt war ihm so dringend, zumal Otto gar nicht auf dem Burgberg weilte?

Sie klatschte in die Hände.

»Der Küchenmeister soll unserem geehrten Gast eine Mahlzeit zubereiten. Und sagt dem Kellermeister, wir brauchen mehr Wein!«

Während einige Diener ausschwärmten, schenkte sie selbst Dietrich einen Becher von dem meißnischen Wein ein, den er besonders schätzte.

Nachdenklich betrachtete Hedwig Ottos jüngeren Bruder. Er schien damit zu ringen, ob er seine Gedanken offen aussprechen sollte. Das besorgte sie. Dietrich war ein kluger und vorausschauender Kopf, und sie vertrauten und schätzten einander. Irgendetwas beunruhigte ihn. Und zwar sehr.

»Otto erwägt sogar, schon bald in Christiansdorf eine Burg errichten zu lassen«, erzählte sie, um das Schweigen zu brechen.
»Kostspielig, aber sinnvoll, damit das Silber gut geschützt ist, bis es nach Meißen geliefert wird«, konstatierte Dietrich. »Mein Bruder wird sicher ohnehin weitere Ritter nach Christiansdorf entsenden. Somit wäre diese Burg dann auch gut bemannt.«
Er lächelte Hedwig zu, doch sie sah ihm an, dass seine Gedanken schon wieder in eine andere Richtung flogen.
»Wie macht sich Konrad?«, erkundigte er sich, und seine Miene verdüsterte sich.
»Seit er nicht mehr Page, sondern Knappe ist, habe ich ihn weniger häufig in meiner Nähe. Er bemüht sich sehr, insbesondere im Umgang mit dem Schwert. Das weiß ich von unserem Waffenmeister.«
Sie stand auf und trat an eines der Fenster, die zum Burghof wiesen. »Dort üben sie gerade.«
Mit einem Becher in der Hand trat Dietrich neben sie. Er machte Konrad rasch ausfindig und sah eine Weile wortlos zu, wie sein einziger legitimer Sohn die Hinweise des Waffenmeisters umzusetzen suchte.
»Du wirkst nicht zufrieden«, bemerkte Hedwig zögernd.
»Er ist immer noch mit der linken Hand besser als mit der rechten – und er ist im Nachteil, solange er nicht beides beherrscht«, beanstandete Dietrich.
Wer sein Schwert mit rechts führt, kann die Herzseite schützen. Andersherum bietet er sie zum Angriff feil.
»Ich sah ihn einmal mit einem älteren Knappen üben, einem groß gewachsenen Slawen …«, überlegte er halblaut.
Hedwig lächelte.
»Der Sohn des Ritters von Zbor. Bei dem ist er wirklich in guten Händen. Ich bat den Waffenmeister darum, die beiden zusätzlich üben zu lassen.«

»Gut«, meinte Dietrich und ging wieder zu seinem Stuhl, nicht ohne noch einmal hinunter zu den Knappen zu sehen.

An seiner Miene erkannte Hedwig: Er wollte sich etwas von der Seele reden. Bei ihr, nicht bei Otto. Seinem Bruder würde Dietrich vielleicht nie gestehen, was ihn gerade so beschäftigte, und das beunruhigte sie sehr.

Der Küchenmeister und der Kellermeister ließen sich ankündigen und stellten das Gewünschte auf dem Tisch ab. Als sie gingen, schickte Hedwig auch alle anderen Anwesenden hinaus, abgesehen von ihrer Dienerin Susanne und Elisabeth, ihrer engsten Vertrauten.

Dietrich kannte aus den Auseinandersetzungen um Christiansdorf auch diese junge Frau, die jetzt am Fenster saß und stickte, und sandte ihr ein Lächeln.

Eine Zeitlang saßen sich Dietrich und Hedwig schweigend gegenüber und nippten an ihren Bechern.

Dann fasste sie sich ein Herz.

»Was bedrückt dich?«

Dietrich schien auf diese Frage gewartet zu haben, denn nun – mit etwas Anlauf – flossen die Worte nur so aus ihm heraus.

»Es scheint eine Zeit des Friedens gekommen. Die Waffenruhe hält, der Löwe ist auf Pilgerfahrt«, begann er. »Nur weiß niemand, wie lange dieser Zustand anhält. Der Kaiser wird die Demütigung in Italien nicht auf sich sitzen lassen. Schon bald wird er uns auffordern, ihm Truppen für den nächsten Italienfeldzug zu stellen.«

Er stockte, und Hedwig wagte kaum zu atmen.

»Du weißt, ich habe viele Kämpfe bestritten. Ich war in Kriegen und Schlachten und habe dort Dinge gesehen, erlebt und getan, die du dir besser nicht vorstellst.«

Müde strich er sich das dunkle Haar zurück und sah sie an, Verzweiflung im Blick.

»Diese Seuche vor Rom … Noch *nie,* noch nicht einmal im erbittertsten Krieg, sah ich so viele Menschen so schnell sterben. Durch diese Seuche verlor ich fast alle meine Leute, und das auf elendigste Weise. Ich musste heimreiten und den Frauen, Müttern und Töchtern sagen, dass sie ihre Ernährer verloren haben und nicht einmal an ihrem Grab beten können. Wenn es eine Strafe Gottes ist – warum traf sie dann meine Männer? Ich kann die vielen vorwurfsvollen Blicke und verweinten Gesichter in Eilenburg kaum noch ertragen. Ich sorge dafür, dass die Witwen und Waisen nicht hungern, doch das bringt ihnen ihre Männer und Väter nicht zurück. Auch deshalb werde ich nach Landsberg gehen, die dortige Burg ausbauen und eine Kapelle stiften.«

Nun stützte er den Kopf in beide Hände.

»Und was mich außerdem nicht loslässt: das Schicksal des jungen Welf. Er war der einzige legitime Erbe seines Vaters – so wie Konrad der meine ist. Ich kannte den jungen Welf gut, und ich schätzte auch seinen Vater. Aber der alte Welf ist seit dem Tod seines Sohnes völlig in Verzweiflung versunken. Er verprasst seinen Reichtum auf verschwenderischen Festen mit falschen Freunden und Huren, als gäbe es kein Morgen.«

Nun lachte er bitter auf.

»Wem soll er ihn auch hinterlassen? Es hätte ebenso gut *meinen* Sohn treffen können, wenn ich ihn mitgenommen hätte. Beim nächsten Kriegszug wird der Kaiser womöglich fordern, dass ich Konrad mitbringe. Wenn dem Jungen etwas zustößt, erlischt meine Linie.«

Still lauschte Hedwig dieser Beichte. Sie wusste keine Worte, die ihren Schwager hätten trösten können.

Deshalb also war Dietrich hergekommen: Er wollte mit seinen Söhnen sprechen und sich vergewissern, dass sie die beste Ausbildung erhielten. Und er suchte Trost und Hoffnung für die ungewissen Zeiten, die vor ihnen lagen.

Die Rückkehr der Pilgerfahrer

Mathilde, Heinrich der Löwe;
Burg Dankwarderode in Braunschweig,
Januar 1173

»Sie kommen! Sie kommen!«, rief atemlos die junge Agnes, kaum dass sie die Tür zur Kemenate geöffnet hatte. Das Mädchen, eine Waise, die an Mathildes Hof erzogen wurde, das Mündel eines von Heinrichs Rittern, hatte vor Winterkälte und Aufregung rote Wangen, und ihre Augen leuchteten. Nun war es also so weit: Der Herzog kehrte nach einem Jahr Abwesenheit von seiner Wallfahrt nach Jerusalem zurück und hatte Braunschweig mitsamt seinem großen Gefolge schon erreicht. Die Stadt war voll von Schaulustigen, die nicht nur ihren Fürsten und seine Begleiter bejubeln, sondern vor allem mit eigenen Augen sehen wollten, ob die Gerüchte stimmten, die hier seit Wochen kursierten und sich immer mehr überschlugen: dass ihr Fürst von großen Herrschern mit Gold und Silber überhäuft worden war und sogar riesige wilde, fremdländische Tiere mit sich führte!

Der Tag von Heinrichs Rückkehr war in Braunschweig schon länger bekannt. Mathilde hatte ihrem Gemahl bereits eine Abordnung entgegengeschickt, die ihn feierlich in Empfang nahm, als er im Dezember die Grenze zu seinem Herzogtum Bayern erreichte.

Das Weihnachtsfest verbrachten die Pilgerfahrer in Augsburg am Hof des Kaisers, wo Heinrich nicht nur ausführlich Bericht erstattet, sondern auch in einer feierlichen Zeremonie seine Pilgerkleider abgelegt hatte und wieder in weltliche Festgewänder eingekleidet worden war.

Seither trafen trotz der winterlichen Kälte immer wieder Boten ihres Gemahls und Reisende in Braunschweig ein, die vom Herannahen des gewaltigen Zuges berichteten.

Heute also, noch in dieser Stunde, wurde die glorreiche Ankunft des Fürsten erwartet, und in den Gassen brodelte es von Menschen.

»Ob Seine Durchlaucht tatsächlich lebende Löwen mitbringt?«, fragte Agnes mit großen Augen, während sich die aufgescheuchten Damen Mathildes eiligst ihre Umhänge bringen ließen. »Sie sollen groß wie Ochsen sein, mit Zähnen und Krallen so lang und spitz wie Dolche …«

Mit jeder neuen Nachricht des Herzogs wurden auch die Gerüchte immer unglaublicher: dass die fünfhundert Ritter Heinrichs allesamt in feinste Seide eingekleidet worden waren, dass sie fremdartiges Getier mit sich führten, sogar – man stelle sich vor! – zwei riesige wilde Katzen, jede so groß wie ein Kalb. Wenn nicht noch größer. Hierin allerdings gingen die Beschreibungen weit auseinander. Während die einen versicherten, es müssten Löwen sein, die Wappentiere ihres Fürsten, verwiesen andere darauf, dass jene Bestien dem Vernehmen nach ein geflecktes Fell trügen, und das treffe auf Löwen nicht zu. Oder doch? Da noch niemand in Braunschweig jemals einen lebenden Löwen erblickt hatte, mussten sie mit der Auflösung dieses Rätsels warten, bis der Herzog eintraf.

Je näher Heinrich seiner bedeutendsten Stadt kam, um so mehr füllte sich Braunschweig mit Neugierigen, Schaulustigen, mit Händlern und Krämern. Ganze Wagenladungen an Bier und Wein und Fleisch wurden herbeigekarrt, um die zurückgekehrten Wallfahrer angemessen zu bewirten. Der Herzog wünschte am Abend ein unvergessliches Fest auszurichten, und gemäß seinen Wünschen hatte Mathilde alle Vorbereitungen dafür getroffen – im erbitterten Streit mit Ekbert von Wolfenbüttel, der behauptete, die Kassen seien leer. Doch Heinrichs Truchsess Jordan von Blankenburg, der mit ihm ins Heilige Land gepilgert war, hatte in den letzten Tagen Boten mit präzisen Anweisungen geschickt, wie ihre Ankunft gefeiert werden sollte.

Also hatte sich die nun siebzehnjährige Mathilde hilfesuchend an Heinrich von Lüneburg gewandt. Der brachte Silber und veranstaltete für die am Hof verbliebenen Ritter eine Jagd, damit reichlich Wild in die Räucherkammern kam.
Den Händlern aus der Stadt ließ sie zusichern, sie würde nach der Rückkehr des Herzogs mit Aufpreis für die Lieferungen von Wein, Eiern, Butter, und was sie sonst noch brauchten, zahlen. Seit Tagen wurden Unmengen an Bier gebraut und Brot gebacken.
Darin war die ansonsten zumeist stille Mathilde fest entschlossen: Es musste ein unvergessliches Fest werden! Dem Rang ihres Gemahls angemessen, der auf seiner Reise – das hatten sie gehört – überall wie ein König empfangen worden war. Wie könnte da der Empfang in seiner eigenen Stadt an Pracht nachstehen?
Die englische Königstochter wollte alles zur Zufriedenheit ihres Gemahls ausrichten und hoffte auch deshalb auf ein Lob, um Heinrichs Enttäuschung darüber zu mildern, bei der Rückkehr anstatt des erhofften Erben nur eine Tochter vorzufinden.
Davon war er zwar auch durch Boten unterrichtet worden, und er hatte ihr seine Freude übermittelt. Doch was er an formellen Höflichkeiten einem Schreiber diktierte und wie er wirklich darüber dachte, konnte erheblich voneinander abweichen. Seine wahre Einstellung würde sich erst zeigen, wenn sie sich in ihrer Kammer gegenüberstanden.
Der Lärm vor der Pfalz schwoll zu einer Kakophonie an.
Höchste Zeit also, nach draußen zu gehen.
Ihre Damen, die die Rückkehr ihrer Ehemänner, Väter oder Brüder erwarteten, schwirrten laut plappernd durcheinander wie eine Schar aufgeregter Hühner.
Seit Wochen ergingen sie sich in ungezügelten Überlegungen, was der Herr Gemahl wohl an Geschenken mitbringe. Zu den Nachrichten und Gerüchten, die in den letzten Monaten

Braunschweig erreicht hatten, gehörte auch, dass die Ritter des Herzogs von den fremdländischen Herrschern üppigst beschenkt worden seien: mit Gewändern aus purer Seide und mit Pelzen, sogar von Zobel war die Rede!

Schon mehrfach musste Mathilde sie ermahnen, nicht den ganzen Tag damit zu verschwenden, in Gedanken bereits ihre eigenen Kleider mit diesen – vielleicht gar nicht existierenden Gaben – zu verzieren.

Zudem war auch auf Dankwarderode im zurückliegenden Jahr allerhand passiert: Es waren Kinder geboren worden, manche Sprösslinge hatten in Abwesenheit ihrer Väter das Laufen gelernt oder sprachen schon ganze Sätze, andere waren Knappen geworden und übten regelmäßig den Umgang mit Schwert und Lanze. Und drei Rückkehrern musste sie die traurige Nachricht überbringen, dass ihre Frauen in der Zwischenzeit gestorben waren: zwei im Kindbett und eine nach einem Sturz auf vereister Treppe.

Durch das Fenster hörte Mathilde, dass das Geschrei immer lauter wurde. Posaunen wurden geblasen, und laute »Vivat!«-Rufe erschollen.

Höchste Zeit, nach draußen zu gehen, um den Herzog von Sachsen und Bayern zu begrüßen.

Agnes legte der Herzogin den mit Fehwerk gefütterten Umhang um die Schultern und hüllte sich dann selbst in wärmendes Tuch. Darunter trugen beide ihre schönsten Gewänder. In Mathildes dunkle Zöpfe waren rote, mit Gold durchwirkte Bänder geflochten.

Ob die Pilgerreise zu den heiligsten Stätten der Christenheit meinen Oheim milder gestimmt hat?, sinnierte Agnes. Und ob er wohl etwas für sie mitbrachte, ein Geschenk aus fernen Ländern? Vielleicht sogar ein kleines Stück Seide, aus dem sie einen Besatz für ein Festkleid fertigen konnte?

In Mathilde hingegen stritten sich die widersprüchlichsten

Gefühle. Die freudige Stimmung draußen und die Jubelrufe rissen auch sie mit, sie war neugierig auf die fremden Tiere und musste sich von nun an nicht mehr mit diesem verschlagenen Ekbert herumstreiten. Würde das Festmahl gut gelingen, ohne Pannen und verbranntes Fleisch oder verschütteten Wein? Vor allem: Wie dachte ihr Gemahl wirklich über ihrer beider Tochter? Und wahrscheinlich wollte er heute noch zur Tat schreiten, um einen Sohn zu zeugen …

Bei der Vorstellung wurde ihr mulmig zumute. Aber das hatte sie gehorsam zu erdulden wie alle anderen verheirateten Frauen auch. Solch eine Liebesgeschichte wie die von Marthe und Christian gab es nur in den Liedern der Spielleute. Und wenn der Lohn dafür ein zweites Kind war, ein Sohn, würde sie es gern in Kauf nehmen. Sie hatte ihr Töchterchen vom ersten Moment an ins Herz geschlossen und konnte sich gar nicht sattsehen an der kleinen Richenza. Aber ihre Aufgabe als Gemahlin eines Fürsten würde erst als erfüllt betrachtet werden, wenn sie ihm mindestens *einen* männlichen Nachkommen gebar. Einen Erben, dem er seine Herzogtümer hinterlassen konnte.

Zwei Wachen traten heran, um ihr den Weg nach draußen zu bahnen.

Ekbert von Wolfenbüttel bot ihr seinen Arm, damit sie auf der schneebedeckten Treppe nicht ausglitt. Sie hatte Mühe, ihre Abneigung gegen den Mann zu unterdrücken. Doch in diesem Moment brauchte sie wirklich seinen Beistand.

Der Platz vor der Pfalz war voller tosender, jubelnder, rempelnder Menschen.

Bewaffnete bahnten sich von allen Seiten her den Weg durch die Menge, um Platz für die Herannahenden zu schaffen. Als die ersten Zuschauer Mathilde und ihre Damen kommen sahen, erschollen weitere Hochrufe.

Mathilde schaffte es unbeschadet die Treppe hinunter und

stieg mit ihren Damen und den ranghöchsten Männern ihres Gemahls auf das Podest, das unmittelbar vor der Burg Dankwarderode errichtet worden war.
Geschrei und Jubel kamen immer näher. Jetzt brandete eine Welle von Lärm heran.
Rufe wie: »Sie kommen!«, und: »Schaut nur! Die Bestien!«, gellten vielfach über den Platz.
Mathilde reckte sich, so gut es ging.
Noch konnte sie die Erwarteten nicht sehen, also fragte sie Agnes rasch: »Sitzt mein Schleier auch richtig? Ist mein Schapel gerade?«
Das junge Mädchen nickte strahlend. Alles war perfekt.
Und als würde auch der Allmächtige den Pilgern eine prächtige Heimkehr bescheren wollen, brach in diesem Moment Sonne durch die Wolkenschicht und beleuchtete die Szenerie.
Nun kamen die Pilgerfahrer.
An der Spitze die Vorhut und der Bannerträger, ein Dutzend Ritter, festlich herausgeputzt … Dann ihr Gemahl, mit edlen Pelzen über den breiten Schultern, flankiert von den Bischöfen und Grafen, die ihn begleitet hatten.
Und direkt hinter ihnen …
Die Menge vor der Burg brach in begeisterte oder ängstliche Schreie aus.
Tatsächlich – diese bizarren Lastentiere mussten Kamele sein! Mathilde hatte Bilder von ihnen in Kirchen und in einem sehr schön illuminierten Buch gesehen.
Und dann … In Käfigen, bewacht von fremdartig gekleideten Männern, wurden zwei reißende Bestien auf den Platz gezogen, wie sie noch nie ein Mensch diesseits der Alpen gesehen hatte.
»Sind das Löwen?«, hauchte Agnes andächtig.
Sie waren doch nicht so groß wie ein Ochse, aber immerhin wie ein Kalb, nur viel schlanker und geschmeidiger, und mit gepunktetem Fell. Zwei monströse Katzen, die nervös mit dem

Schweif zuckten, ganz und gar nicht zum Streicheln geeignet, sondern tödlich. Aufgestachelt von dem Lärm und der tobenden Menschenmenge brüllte eine von ihnen gebieterisch und zeigte dabei riesige Fänge. Jäh verstummte die Menge vor Schreck, den meisten Menschen lief bei dem markdurchdringenden Geräusch ein Schauer über den Rücken.
Dann brach das Getöse von neuem los. Welch ein Spektakel, das ihnen hier geboten wurde! Davon würden sie noch ihren Enkeln erzählen.
Die beiden Käfige mit den Raubkatzen wurden links und rechts des bronzenen Löwendenkmals vor der Pfalz aufgestellt.
Mathilde riss ihren Blick von den wilden Tieren los, bei deren Fauchen sich ihr die Nackenhärchen aufstellten, und sah zu ihrem Gemahl.
Er war schon immer ein Mann gewesen, der sich seiner Macht, seines großen Kampfgeschicks und seines fürstlichen Ranges vollauf bewusst war. Doch heute kam er ihr tatsächlich wie ein König vor.
Und sie sich wie seine Königin. Etwas in seinem Gesicht hatte sich verändert ... Stolz und hoheitsvoll wie immer war es, doch ohne Grimm, sondern mit einem freudigen Leuchten.
Die Begrüßungszeremonie verlief genau so, wie es ihr der Truchsess übermittelt hatte.
Ihr Gemahl näherte sich auf einem edlen Pferd dem Podest, auf dem sie mit ihrem Hofstaat wartete, und sah sie mit stolzem Lächeln an.
So laut sie konnte, rief Mathilde: »Edelster Fürst, mein Herr und geliebter Gemahl, mit größter Freude heiße ich Euch und Eure Begleiter willkommen!«
Auf ihr Zeichen trat die Kinderfrau neben sie, die die kleine Richenza im Arm hielt.
»Und mit ebenso großer Freude stelle ich Euch Eure Tochter vor, die gesund und kräftig ist. Eurem Wunsch folgend, benannte ich sie nach Eurer Großmutter Richenza, der Kaiserin.«

Erneut erschallten Jubelrufe, Segenssprüche und tosender Lärm …

Auch Heinrich sagte etwas, das aber trotz seiner befehlsgewohnten Stimme in den euphorischen Rufen der Menge unterging.

Die nun folgenden Szenen rauschten an Mathilde vorüber, so aufgeregt und von Gefühlen überwältigt war sie. Es schien Stunden zu dauern, bis die Zeremonie absolviert war und sich das Gedränge allmählich auflöste.

Nun konnte sie es kaum erwarten, mit Heinrich in ihre gemeinsame Kammer zu gelangen, um allein mit ihm sprechen zu können.

»Ein Bad ist für Euch bereitet, mein Gemahl«, hauchte sie und deutete auf den Zuber, aus dem Dampfschwaden aufstiegen. Doch er streifte den hölzernen Bottich nur mit flüchtigem Blick, ließ sich von einem Bediensteten den schweren Umhang abnehmen und umschloss dann ihr Gesicht mit beiden Händen.

Seine Augen leuchteten. So hatte sie ihn noch nie erlebt. Als sei aus ihm ein anderer Mann geworden.

»Mathilde, du ahnst gar nicht, welche wunderbaren Dinge ich gesehen habe! Welch erhabenes Gefühl es ist, am Grab unseres Erlösers zu beten. Und von Sultanen, Königen und Kaisern derart königlich empfangen zu werden!«

Er gab ihr einen Kuss, ohne ihr Gesicht loszulassen.

»Ich habe Paläste gesehen … Gärten, Säle aus purem Gold und mit Mosaiken und Edelsteinen verziert, schöner als alles, was ich bisher kannte.«

Seine übersprudelnde Begeisterung riss auch Mathilde mit. Sie konnte es kaum erwarten, mehr darüber zu hören.

»Ihr seid nicht enttäuscht, dass ich Euch nicht den erhofften Erben geboren habe?«, wagte sie sich vor.

»Das wirst du bald tun!«, erklärte er zutiefst überzeugt. »Ich habe so viele Stiftungen hinterlassen und so viele Reliquien

erworben … Noch heute werde ich einen Sohn in deinen Leib pflanzen.«
Mathilde erstarrte für einen winzigen Moment. Sie hatten sich ein Jahr lang nicht gesehen, und ihr Gemahl kam ihr heute noch größer, älter und fremder vor als sonst.
Doch davon bemerkte er nichts. Er klatschte in die Hände und befahl, die Truhen mit den königlichen Geschenken für seine Gemahlin hereinzubringen.
»Feinste Arbeiten, wie du sie noch nicht einmal am Hof deines Vaters gesehen hast!«, versprach er begeistert, während Jordan von Blankenburg die Deckel der Truhen nach hinten klappte. »Nicht einmal am Hof deiner Mutter in Poitou gibt es Vergleichbares! Nirgendwo in Europa!«
Es kam Mathilde so vor, als ob ihr Gemahl schon seit ihrer Verlobung darauf gewartet hatte, dies einmal sagen zu können.
»Die Pracht in Konstantinopel und in Jerusalem ist unvorstellbar«, schwärmte er weiter. »Und ich versichere dir: Diese Herrlichkeit werden wir hier auch bald haben, hier in Braunschweig! Ich habe Goldschmiede, Graveure, die großartigsten Buchilluminatoren mitgebracht, Bildhauer und Steinmetzen. Wir werden ein Evangeliar fertigen lassen, wie es die Welt noch nicht gesehen hat. Nach dem Vorbild Jerusalems soll Braunschweig zwölf Tore erhalten. Und eine riesige Stiftskirche werde ich erbauen lassen, gleich gegenüber meiner Pfalz – beides zusammen als Zentrum welfischer Herrschaft!«

Große Pläne

Heinrich der Löwe, Mathilde, Witko, Agnes;
Burg Dankwarderode in Braunschweig,
Januar 1173

Für das abendliche Festmahl erstrahlte die Halle von Dankwarderode in nie dagewesener Pracht.
Nicht nur die Hohe Tafel, sondern auch die anderen Tische für die vornehmsten Gäste waren mit Damast und feinstem Leinen bedeckt. Bienenwachskerzen brachten Schmuck und silberne Becher zum Funkeln. Als Schaustücke standen ein vergoldeter Schwan und eine bronzene Aquamanile in Löwenform vor dem Herzog, das Salzfässchen war aus mit Gold gefasstem Elfenbein.
Herzogin Mathilde trug einen neuen Seidenbliaut in Scharlachrot mit edlem Pelzbesatz, der über und über mit Goldfäden und Perlen bestickt war, dazu goldenes Geschmeide: Ohrringe, Fibel und ein mit Rubinen und Saphiren verziertes, kronenartiges Schapel über dem seidenen, perlengesäumten Schleier.
»Sie sieht wie eine Königin aus«, wisperten sich die im Raum versammelten Damen atemlos zu, und dies war fraglos auch die Absicht der Herzogs, der nicht minder prachtvoll gekleidet war als seine Gemahlin.
Und da die mit dem Herzog ins Heilige Land gereisten fünfhundert Ritter nun allesamt die Seidengewänder trugen, die ihnen der Kaiser von Byzanz geschenkt hatte, bot sich hier wirklich ein so festliches Bild, wie es Braunschweig noch nie erlebt hatte.
Es war unmöglich gewesen, alle hier unterzubringen. Die Hohe Tafel reichte ja kaum für die Grafen, Bischöfe und Äbte, und längs durch die Halle saßen die Ritter dichtgedrängt. Für die nichtadligen Pilgerfahrer standen Tische und Bänke vor

der Burg, zwischen denen Feuerschalen die winterliche Kälte vertreiben sollten.
Der Rotschopf Witko – immerhin Sohn eines Ritters und mittlerweile einer der angesehensten Dichter auf Dankwarderode – hatte das Privileg, in der Halle zu sitzen, war aber ziemlich weit hinten platziert. Neben ihm hockten seine ärgsten Konkurrenten: Pater Konrad und Eilhart von Oberg. Sie alle drei hatten nichts mehr im Sinn, als den Auftrag zu ergattern, den Bericht ihres Fürsten über seine gefahrvolle und ruhmreiche Reise in Verse zu fassen. Witko rechnete sich gute Chancen aus, diesen bedeutenden Auftrag einzuheimsen, denn Herzogin Mathilde schätzte seine Lieder und Geschichten sehr. Zudem waren seine beiden Konkurrenten immer noch mit ihren großen Werken befasst: dem *Rolandslied* und dem *Tristan* in hiesiger Sprache.
Also war der Dichter aus Meißen wild entschlossen, sich kein Wort des Herzogs entgehen zu lassen. Kein leichtes Unterfangen angesichts des Lärms in der so dicht gefüllten Halle, dass die Mägde kaum mit den Weinkrügen durchkamen.
Der Herzog erhob sich mit einem Ruck, und sofort taten es ihm alle nach. Niemand durfte sitzen, wenn der Herzog stand. In dem Bänke- und Füßescharren fiel irgendwo weiter hinten ein Krug klirrend zu Boden. Doch niemand wagte es, sich zu rühren und die Scherben aufzusammeln, denn nun würde ihr zurückgekehrter Fürst sprechen, und so war es in der Halle mucksmäuschenstill. Keiner regte sich oder traute sich auch nur zu husten, alle starrten erwartungsvoll nach vorn.
»Ihr seht mich vor euch, euren Gebieter. Zurückgekehrt von einer langen und gefährlichen Reise, reich beschenkt von mächtigen Herrschern, gestärkt im Glauben und zu großen Taten beflügelt«, begann Heinrich der Löwe feierlich.
»Nun finde ich mich ebenfalls reich beschenkt wieder mit der Tochter, die mir meine wohledle Gemahlin in meiner Abwesenheit gebar. Und Söhne wird sie mir auch bald schenken, das ist gewiss.«

Strahlend prostete er Mathilde zu.
Der Truchsess stieß ein kräftiges »Vivat!« aus, das vielhundertfach zurückschallte.
Statt sich zu setzen, die Speisen bringen und das Mahl segnen zu lassen, blieb Heinrich jedoch stehen. Er hatte noch viel Dringliches zu berichten, und sein Herz floss ihm fast über.
»In Regensburg schlossen sich bayerische Edle unserem Zug an, in Österreich betete ich am Grab meiner erlauchten Mutter, der Kaisertochter Gertrud. Von Wien aus legte ich mit den Vornehmsten meiner Begleiter einen Teil des Weges auf dem Schiff zurück. Dort schloss sich uns auch Bischof Konrad von Worms als Gesandter des Kaisers an. Herzog Heinrich Jasomirgott begleitete mich bis an die ungarische Grenze«, berichtete er. Seine Gäste lauschten andächtig, auch wenn die meisten von ihnen dabei gewesen waren und es sie jetzt eigentlich mehr nach Gesottenem und Gebratenem gelüstete als nach Ansprachen.
»In Gran an der Donau hörten wir vom kürzlichen Tod des ungarischen Königs Stephan, und wenige Tage später erlitten wir Schiffbruch, kurz hinter der Einmündung der Drau in die Donau.«
Er ließ ein paar erschrockene Rufe verhallen, um von seiner glücklichen Rettung zu erzählen.
»Serbien war uns feindlich gesinnt, wir rüsteten uns zum Kampf, konnten die Angreifer zurückschlagen und erreichten so das Byzantinische Reich.«
Zufrieden ließ der Herzog seinen Blick über die lauschende Menge schweifen.
In Witkos Kopf strudelten bereits unzählige Worte, um all das in Verse zu fassen.
Er hatte sich unter den Zurückgekehrten schon eifrig umgehört und dabei erfahren, dass sich auch ein meißnischer Ritter dem Zug des Herzogs angeschlossen hatte. Es dauerte nicht lange, bis er ihn auf dem Hof entdeckte – er war auch schwer

zu übersehen mit seiner hünenhaften Größe und dem weißblonden Haar. Randolf war zurück.
Damit besteht wohl keine Aussicht mehr, dass Marthe und Christian bis an ihr Lebensende ungestört und glücklich miteinander leben können, dachte Witko beim Anblick des Ritters entsetzt.
Doch diesen erneut aufblitzenden Gedanken schob der Dichter beiseite, um jetzt kein Wort des Herzogs zu verpassen.
Der berichtete nun, wie sie im Auftrag des Kaisers schon an der Grenze zu Byzanz festlich begrüßt worden waren und am Ostersonntag in Konstantinopel von Kaiser Manuel Komnenos höchstselbst und seinem Hofstaat in einem goldenen Palast empfangen wurden. Kostbare Geschenke wurden ausgetauscht, wie es sich für Männer ihres Standes gehörte: Heinrich hatte dem Kaiser edle Pferde und Rüstungen geschickt, Kaiserin Maria überhäufte ihn dafür mit solchen Mengen an Seide, dass er allen seinen Rittern daraus neue Gewänder fertigen lassen konnte, dazu jede Menge bunte Pelze, sogar einen kleinen Zobel für jeden. Ein besonders seidiges Stück trug nun Mathilde um den Hals, die weiten Ärmel ihres Bliauts waren ebenfalls mit Zobelpelz besetzt.
Witko sah, dass die Anwesenden in der Halle leuchtende Augen bekamen: die Pilgerfahrer bei der Erinnerung an den Reichtum von Byzanz, die Daheimgebliebenen vor ungläubigem Staunen oder glühendem Neid.
Ein ungeschickter junger Mann ihm gegenüber stieß einen Weinkrug um und erntete dafür von seinem neben ihm sitzenden Vater eine Kopfnuss. Doch sie ließen den Wein lieber gluckernd über den Tisch rinnen, statt unbotmäßig die Aufmerksamkeit auf sich zu lenken, während der Herzog sprach.
Hastig richtete Witko den Blick wieder nach vorn, um ja kein Wort des Fürsten zu verpassen, der soeben erzählte, wie er mit seinem engsten Gefolge auf einem Schiff nach Akkon gesegelt

war, während die anderen in Konstantinopel blieben, und wie er dann nach Jerusalem ritt.
»Schon vor den Mauern der Heiligen Stadt erwarteten euren Fürsten Tempelritter und Johanniter, um uns festlich nach Jerusalem zu geleiten. König Amalrich lud mich ein, in seinem Palast zu wohnen.«
Heinrich ließ genügend Zeit für erstaunte »Ohs« und »Ahs«. Ja, es bestand kein Zweifel an seinem königlichen Rang. Schließlich waren unter seinen und Mathildes Ahnen etliche gekrönte Häupter. Mehr, als jeder sonst im Reich von sich behaupten konnte! Selbst sein Vetter Friedrich, der Kaiser, konnte da nicht mithalten.
»Ich betete am Heiligen Grab und in der Kirche des Heiligen Kreuzes, ich suchte die wichtigsten Stätten aus dem Leben Christi auf, und ich sage euch: Kein Gefühl kann erhabener sein«, fuhr er feierlich fort. »Und wie es sich für einen wahren Christen und freigiebigen Fürsten gehört, stiftete ich große Mengen Silber für die Ausstattung der Grabeskirche und drei ewig brennende Lampen, beschenkte die beiden Ritterorden, Templer und Johanniter, und erwarb Reliquien von unschätzbarem Wert: Armknochen von mehreren Heiligen und eine Rippe des Heiligen Blasius.«
Diese Sensation bewegte die Männer und Frauen in der Halle zu andächtigem Staunen und euphorischem Jubel. Gottes Gnade und große Pilgerströme waren ihnen damit sicher.
»Die besten Goldschmiede und Graveure Europas werden angemessene Behältnisse für diese Reliquien fertigen«, versprach Heinrich. »Und dies verkünde ich nunmehr laut vor Gott und euch als meinen festen Willen: Ich werde gegenüber dieser Pfalz eine große und prächtige Stiftskirche erbauen lassen, die ich so reich auszustatten gedenke, dass jedermann sie mit Staunen und allergrößter Ehrfurcht vor unserem Allmächtigen Herrn betreten wird und sich die Kunde von ihrer Pracht im ganzen Reich herumspricht.«

Mit selbstzufriedenem Lächeln legte der Herzog eine Pause ein, die seine Gefolgsleute sofort mit Hochrufen, vielstimmigem »Amen!« und brandendem Beifall füllten.
Und dann endlich tat Heinrich seinen Gästen den Gefallen und setzte sich, gestattete ihnen, sich ebenfalls zu setzen, und rief den Küchenmeister mit Gebratenem und Gesottenem herein, während sein Truchsess die Speisenfolgen aus vierzig verschiedenen Gerichten verkündete.

»Ihr hättet erst erleben sollen, wie reich uns auf der Rückreise der Sultan von Iconium beschenkte!«, schwärmte der junge Mann, der Witko gegenübersaß und den Krug umgeworfen hatte, während des Mahls. »Die edelsten Pferde, silbernes Zaumzeug, Gold und Elfenbein! Einen Umhang und einen Bliaut, die so prachtvoll sind, dass der Herzog in seiner Großmut sie der Kirche schenkt, um daraus liturgische Gewänder zu fertigen. Vom Sultan sind übrigens auch die Kamele und die Bestien. Nein, das sind keine Löwen!«, erklärte er der fülligen Frau auf seiner anderen Seite. »Es sind *Le-o-par-den,* und der Sultan gab uns auch ein paar Männer mit, die erfahren im Umgang mit diesen wilden Kreaturen sind.«
Als das Getöse in der Halle immer lauter und die Augen der Feiernden immer glasiger wurden, gab Witko es auf, in Gedanken weiter Verse schmieden zu wollen. Er würde noch heute Nacht im Schein einer Kerze einiges zu Pergament bringen. Doch durfte sich niemand entfernen, solange der Herzog die Tafel nicht aufhob.
Müde und mit dröhnendem Kopf hielt Witko Ausschau nach zwei Personen, die er hier nicht entdecken konnte: zunächst Randolf, denn er wollte wissen, wann dieser zurück in die Mark Meißen reiten würde. Vielleicht konnte er seinen Knappen ein wenig aushorchen.
Und er suchte mit Blicken nach der lieblichen Agnes, deren Oheim heute zurückgekehrt war und die offenbar nicht an

dieser Feier teilnahm. Vorhin hatte er sie kurz mit völlig aufgelöster Miene gesehen. Ob der grimmige Vormund sie gleich wieder gescholten hatte? Sollte man nicht meinen, eine Wallfahrt hätte einen mäßigenden Einfluss auf die Pilger?
Laut wurde der Auszug des Herzogspaars verkündet, und von da an wurde die Feier noch ungezwungener. Wem das zu viel war oder wer baldigst im Bett das Wiedersehen mit seiner Frau feiern wollte, zog sich rasch zurück. Witko verabschiedete sich höflich von seinen Tischnachbarn und ging in seine Kammer, um bis tief in die Nacht hinein im Geist noch Sätze hin und her zu wälzen.
Die Übrigen zechten, bis sie trunken neben ihren Bechern einschliefen, und erwachten erst mit dröhnendem Kopf, als die Mägde schon die Halle für das Frühmal vorbereiteten.

Am nächsten Morgen gingen Herzog und Herzogin zur Frühmesse, wie es von ihnen erwartet wurde, dann ließen sie sich das Mahl in ihre Kammer bringen, während Heinrich aufmerksam dem Bericht Jordans von Blankenburg lauschte. Der erfahrene und verdiente Truchsess hatte sich gestern gleich nach seiner Ankunft einen gründlichen Eindruck davon verschafft, wie die vom Herzog bestellten Sachwalter ihre Aufgaben erfüllt hatten. Hin und wieder baten er und der Herzog auch Mathilde um eine Ergänzung.
Dann rief der Fürst Heinrich von Lüneburg und Ekbert von Wolfenbüttel zu sich.
Wortlos und mit unbewegter Miene hörte er sich an, was der Statthalter von Lüneburg über die Ausbeute der dortigen Salinen und über den Handel von Lübeck aus berichtete.
»Burg, Hafen und Stadt Lübeck sind sicher geschützt, lässt Euch Burgkommandant Piet ergebenst übermitteln.«
Danach befahl der Löwe Ekbert von Wolfenbüttel, Rechenschaft abzulegen, ebenfalls ohne eine Regung auf seinem Gesicht.

Eine Stunde später befahl der Fürst seine sämtlichen Ministerialen in die Halle.
»Während ich meine gottgefällige und gefährliche Pilgerfahrt ins Heilige Land unternahm, gab ich die Verantwortung für meine zwei Herzogtümer in andere Hände«, rief er. »Zuverlässige Hände, wie ich hoffte. Und ich hatte diesen Männern ausdrücklich befohlen, meiner edlen Gemahlin Mathilde von England zu Diensten zu sein.«
Er legte eine Pause ein, und jedermann wartete bang, was nun kam. Von dem gestrigen Leuchten auf dem Gesicht ihres Fürsten war nichts mehr übrig, er blickte so streng und grimmig, wie sie es von ihm kannten.
»Heinrich von Lüneburg, tretet vor!«
Der befolgte sofort den Befehl und kniete zehn Schritte vor Herzog und Herzogin nieder.
»Ihr habt mir treu gedient, für Lüneburgs Gedeihen gesorgt, die Schatullen durch den Salzhandel gefüllt und meiner Gemahlin hilfreich zur Seite gestanden, wie ich es befahl. Dafür werde ich Euch belohnen.«
Der so Gelobte verneigte sich und trat zurück, als er sich erheben durfte.
Als Nächsten beorderte der Löwe Ekbert von Wolfenbüttel nach vorn, der ebenfalls in gebührendem Abstand niederkniete.
»Ihr!«, rief er ihm wütend und verächtlich zu. »Meint Ihr, Ihr könntet mich hintergehen und bestehlen, kaum dass ich fort bin? Ihr habt Euch Eure Taschen gefüllt und es gegenüber meiner Gemahlin an Respekt fehlen lassen!«
»Aber Durchlaucht …«, stammelte der Beschuldigte sich windend und rang die Hände.
Der Löwe ließ sich davon nicht beeindrucken und winkte eine seiner Leibwachen heran.
Der hielt ein schweres Kästchen mit beiden Händen, bei dessen Anblick Ekbert erblasste.

»Das fanden wir in Eurer Kammer – Silber aus *meinen* Truhen! Ihr habt mich bestohlen, meine Gemahlin belogen! Glaubtet Ihr, ich würde es nicht erfahren? Glaubtet Ihr, ich würde es nicht bemerken?«, donnerte der Herzog.
In der Halle herrschten Entsetzen und ängstliche Stille.
Angewidert blickte der Löwe auf den vor ihm Knienden.
»Ihr habt euch nicht wie ein Mann von Ehre verhalten, sondern wie ein Dieb. Und so sollt Ihr auch wie ein Dieb bestraft werden!«
Hinten in der Halle schrie jemand leise auf.
»Bringt ihn nach draußen und bindet ihn an den Pfahl!«, wies der Herzog seine Wachen an. »Er soll dreißig Hiebe erhalten und wird aus Braunschweig verbannt. Dies sei eine Lehre für alle, die glauben, mich hintergehen und betrügen zu können.«
Obgleich wohl niemand im Saal an der Schuld des Angeklagten zweifelte, sorgte das Urteil doch für aufgeregtes Gewisper. Ekbert war zwar Ministerialer und dennoch von hohem Stand. Und nun wurde er bestraft wie ein Knecht.
Der Wolfenbüttler flehte um Gnade, aber das half ihm nicht.
Er wurde nach draußen geschafft, und die meisten der im Saal Anwesenden folgten, um das Strafgericht mitzuerleben.
»Bist du zufrieden, meine Gemahlin?«, erkundigte sich Heinrich bei Mathilde. Immerhin hatte dieser Kerl nicht nur gestohlen, sondern es auch ihr gegenüber an Höflichkeit mangeln lassen.
»Ich danke Euch, mein Gemahl. Aber Ihr werdet doch nicht erwarten, dass ich mir das anschaue?«, fragte sie gespielt beiläufig. Sie mochte nicht sehen, wie diesem Mann der Rücken blutig geschlagen wurde.
»Jedermann soll wissen, wie ich jene bestrafe, die mich hintergehen«, erklärte der Löwe hart, um dann milder fortzufahren: »Doch wenn dich der Anblick verstört, dann geh in die Kemenate. Vielleicht reicht es dir schon, seine Schreie zu hören.«

Die hörte Mathilde tatsächlich, als sie sich in ihre Kammer begab.
Dem gesamten Hofstaat und dem Gesinde – soweit bei der Arbeit abkömmlich – hatte Heinrich befohlen, bei der unerwartet harten Bestrafung zuzusehen. Sie war schließlich auch zur Abschreckung gedacht.

Mathilde machte es sich auf einem mit Fell bedeckten Stuhl am Feuer gemütlich und wies an, ihr heißen Würzwein zu bringen.
Augenblicke später huschte die kleine Agnes mit verweinten Augen herein und fiel vor ihr auf die Knie.
»Gütige Fürstin, bitte helft mir!«, schluchzte sie.
»Was ist denn geschehen?«, fragte Mathilde besorgt.
»Mein Oheim will mich vermählen – mit dem Ritter von Steinigfeld, obwohl der uralt ist! Sie haben es auf der Wallfahrt miteinander abgesprochen … Und der Steinigfelder gibt dafür seine Tochter meinem Oheim zur Frau.«
Schluchzend umklammerte sie Mathildes Beine.
»Bitte helft mir! Ihr seid meine einzige Hoffnung. Ich will diesen Mann nicht heiraten, doch der Oheim wird mich totprügeln, wenn ich nicht gehorche …«
Mathilde atmete tief durch. Das würde jetzt schwierig werden.
Sanft griff sie nach Agnes' Händen und zog sie hoch.
»Jetzt kommt erst einmal die Fastenzeit, da wird nicht geheiratet«, beruhigte sie das aufgelöste Mädchen.
»Pfingsten«, schniefte Agnes. »Pfingsten soll ich …«
Sie brach mitten im Satz ab und schluchzte erneut auf.
»Wenn dies sein Wille ist, musst du gehorchen«, sagte Mathilde.
Agnes zuckte zurück und starrte sie entsetzt an. Sie hatte bei ihrer Herrin auf Verständnis und Hilfe gehofft.
»Was dachtest du denn?«, fragte die Herzogin in sanft vor-

wurfsvollem Ton. »Dass du einen jungen, strahlenden Ritter bekommst? Der könnte wohl kaum einen Hausstand ernähren.«
Wohl eher den rothaarigen Spielmann, dachte Mathilde. Ich sehe doch, wie sie einander anschmachten. Dagegen hätte ich längst etwas unternehmen sollen.
Unwillkürlich dachte sie an ein Gespräch zurück, das sie vor Jahren mit ihrer Mutter geführt hatte – damals in Dover, kurz bevor sie von der englischen Küste auf den Kontinent übersetzte, um mit dem dreißig Jahre älteren Herzog von Sachsen und Bayern vermählt zu werden. Sie hatte sich damals auch gefürchtet. Doch sie hatte immer noch die Worte ihrer Mutter im Ohr, dass deren erste Ehe mit dem blutjungen König Ludwig von Frankreich alles andere als glücklich verlaufen war. Und Mathilde hatte inzwischen auch gehört, dass der damals noch jugendliche Kaiser Friedrich für seine erste Gemahlin, die gleichaltrige Adela von Vohburg, nicht den Funken eines freundlichen Gefühls aufbringen konnte.
»Vielleicht ist der Steinigfelder ja gut zu dir, weil er sich freut, eine so junge und hübsche Frau zu bekommen«, versuchte sie, Agnes zu trösten. »Sieh, mein eigener Gemahl ist dreißig Jahre älter als ich, und er trägt mich auf Händen.«
»Ich verabscheue den Steinigfelder! Ich kann nicht einmal die Vorstellung ertragen, dass er mich berührt. Oder auch nur neben ihm zu stehen. Könnt Ihr meinem Oheim diesen Plan nicht ausreden?«, flehte Agnes.
»Ich fürchte, das kann ich nicht«, erklärte Mathilde zum Entsetzen des jungen Mädchens. »Nicht mehr. Es ist offenbar ein Verlöbnis vereinbart worden, und das gilt vor Gott und den Menschen so gut wie ein Eheversprechen. Wir Frauen dürfen in dieser Welt nicht frei wählen, wen wir heiraten. Das bestimmen unsere Väter beziehungsweise dein Vormund. Dies ist unser Los als Frau, und dem können wir nicht entrinnen.«
Matt fügte sie noch an: »Vielleicht stirbt er ja bald.«
Das war alles, was sie zum Trost sagen konnte.

Begegnungen in Goslar

Dietrich, Otto, Hedwig, Witko;
Goslar, Anfang Mai 1173

In finstere Gedanken versunken, starrte Dietrich auf die prachtvolle Goslarer Kaiserpfalz, während rund um ihn das Zeltlager für den Hoftag des Kaisers mit lautem und geschäftigem Treiben errichtet wurde. Und in großer Eile, denn graue Wolken türmten sich am Himmel, und es konnte jeden Augenblick zu regnen beginnen.

Stünde sein Zelt bereits, wäre ihm der Zwischenfall entgangen und der verzweifelte Bittsteller vermutlich nie zu ihm vorgedrungen.

So aber hörte er drei Schritte hinter sich jemanden inständig flehen: »Versteht doch, ich *muss* den Markgrafen sprechen! Es geht um Leben und Tod!«

Diese Beteuerung und die vage bekannte Stimme veranlassten Dietrich, sich umzudrehen.

Er sah eine in einen dunklen Umhang gehüllte Gestalt und erkannte sein Gegenüber sofort an den roten Locken, die unter der Bundhaube hervorquollen. Es war Witko, der Freund seines Sohnes Dietrich und der Spielmann, den er nach Braunschweig geschickt hatte – als Spion am Hof Heinrichs des Löwen. Witko hatte ihm, während er in Braunschweig alte Verse lernte und neue dichtete, regelmäßig Berichte über die Pilgerfahrt des Löwen geschickt, denn natürlich waren die Botschaften des Herzogs in Mathildes Kemenate verlesen und ausführlich erörtert worden.

Im Januar war der Löwe nach einjähriger Reise zurückgekehrt. Gerade jetzt gäbe es Interessantes zu berichten. Wie hatte die Pilgerfahrt Heinrich verändert? Welche neuen und möglicherweise bedrohlichen Bündnisse hatte er in der Fremde geschlossen?

Wenn Witko ausgerechnet jetzt so aufgebracht vor ihm stand – war er enttarnt worden? Oder in welchen Schwierigkeiten steckte er sonst?
Mit einem erleichterten Stoßseufzer sank der Spielmann vor ihm auf die Knie, streifte die Gugel zurück, was sein staubiges Gesicht freigab, und faltete die Hände.
»Euer Durchlaucht … Ich flehe Euch an, bitte! Helft mir … und dem Mädchen, das ich von ganzem Herzen liebe!«
Dietrich bedeutete ihm aufzustehen und hielt ringsum Ausschau nach einem Ort, an dem sie ungestört miteinander reden konnten.
Als einziges Zelt der Lausitzer Gesandtschaft stand schon das mit den Vorräten des Küchenmeisters. Der Markgraf scheuchte alle hinaus und schob den unerwarteten Besucher hinein. Seufzend ließ sich Dietrich auf ein Fass sinken und forderte Witko auf, sich zu erklären – um in etwa die Geschichte zu hören, die er erwartete.
»Es geht um Agnes. Eine Jungfrau, die an Herzogin Mathildes Hof erzogen wird«, beichtete Witko, während sein Gesicht scharlachrot anlief. »Sie ist eine Waise. Ihr Vormund ist ein Ritter und sprach auf der Pilgerreise mit einem der Wallfahrer dessen Vermählung mit Agnes ab. Dieser Witwer, den sie heiraten soll, ist über fünfzig Jahre alt. Als Agnes sich weigerte, drohte der Vormund ihr schreckliche Prügel an, falls sie nicht gehorche. Pfingsten sollte die Heirat stattfinden.«
Witko holte tief Luft und sah auf: »Wir lieben uns aus tiefstem Herzen. Ich kann nicht tatenlos zusehen, wie sie diesem Mann gegeben wird …. oder dass ihr Vormund sie verprügelt. Ich bitte inständig darum, Euer Durchlaucht: Gewährt uns Schutz und Zuflucht an Eurem Hof! Ich werde Euch bis ans Ende meiner Tage treu dienen, ob nun mit Gesang und Dichtkunst … als Stallbursche … oder was Ihr sonst von mir verlangt.«
Nun war es an Dietrich, tief durchzuatmen. Streng blickte er den Rotschopf an.

»Was hast du dir dabei gedacht? Mit einer Jungfrau aus bestem Hause durchzubrennen! Sie *ist* doch noch Jungfrau?«, fragte er mit hochgezogenen Augenbrauen.
Witko hob erschrocken die Hände. »Sie ist unberührt, ich schwöre es! Ich habe sie nicht angefasst. Wir konnten ja kaum einmal ein paar Worte wechseln. Doch wir sind uns unserer Liebe gewiss. Unsere letzte Hoffnung ist nun, mit Eurer Hilfe einen Priester zu finden, der uns traut. Denn wir lassen uns nicht mehr trennen.«
»Hast du dir jemals überlegt, wie das unweigerlich endet, wenn du mit dem Mündel eines Ritters durchbrennst?«, hielt Dietrich dem Verliebten hart entgegen. Er musste diesem Narren die Konsequenzen vor Augen führen.
»Man würde euch sofort verfolgen, sie zurückbringen, verprügeln und verstoßen oder in ein Kloster stecken, wo die Nonnen nicht sehr freundlich mit ihr umgehen. Und dich würden die Gefolgsleute ihres Oheims am nächsten Baum aufknüpfen! Ja, schau nicht so entsetzt – er würde es als Entführung betrachten! Weil du sie entehrt hast.«
Habe ich nicht!, wollte Witko widersprechen, doch der Schreck ließ ihn kurz verstummen.
»Wir dachten, bei Euch vermutet uns niemand …«, sagte er kleinlaut.
»Da würdet ihr nie lebend und unbeschadet ankommen!«, prophezeite ihm Dietrich. »Jeder Wegelagerer könnte euch erschlagen – oder Agnes noch Schlimmeres zufügen, denn du darfst kein Schwert führen. Das Land ist nicht so sicher, wie der Kaiser es gern hätte: so sicher, dass eine Jungfrau unbeschadet ohne Geleit sein Reich durchqueren könnte. Und selbst wenn ihr Landsberg erreicht, was äußerst unwahrscheinlich ist – nach Recht und Sitte müsste ich sie umgehend zurück zu ihrem Vormund eskortieren lassen.«
Witko wurde bleich.
»Ich liebe Agnes mehr als alles auf der Welt!«, beschwor er

ihn. »Und sie liebt mich auch. Eher will sie sterben, als diesen Greis zu heiraten.«
Dietrich hatte Mühe, nicht die Augen zu verdrehen.
»Dass ihr jungen Leute immer so schnell zum Sterben bereit seid!«
Er stemmte sich hoch und ging drei Schritte auf und ab, um nachzudenken.
»Ich kann euch wirklich nicht helfen, so gern ich es auch täte«, gestand er ein. »Meine Fürsprache würde dir nicht helfen, sondern sogar schaden. Mein Haus und der Löwe sind seit Ewigkeiten verfeindet; sie würden dich sofort aus Braunschweig verbannen, und du siehst deine Liebe nie wieder. Ich kann mir höchstens *eine* Möglichkeit vorstellen …«
»Ja?« Hoffnungsvoll richtete sich Witko auf.
»Geh zurück nach Braunschweig und sprich mit Herzogin Mathilde. Wenn du das Werk über die Pilgerfahrt des Löwen schreiben darfst, erhöht das deine Stellung bei Hofe. Und ich werde dir zum Dank für deine Dienste Silber mitgeben. Vielleicht betrachtet dich ihr Oheim dann doch als angemessenen Ehemann und überdenkt seine Entscheidung. Vor allem, wenn du Mathilde von England als Fürsprecherin hast.«
»Das haben wir schon versucht!«, stöhnte Witko verzweifelt. »Doch Agnes' Vormund weicht nicht von seinem Plan ab. Wir haben in den letzten Wochen nichts weiter getan, als uns den Kopf zu zerbrechen und nach einem Ausweg zu suchen. Aber die Herzogin meint, weil das Verlöbnis ausgesprochen und damit unauflösbar ist, bleibt mir nur, zu warten, bis Agnes Witwe ist.«
Der letzte Funke Hoffnung in Witkos Augen war bei diesen Worten schlagartig erloschen.
Mitfühlend betrachtete Dietrich den jungen Mann.
»So leid es mir tut, einen anderen Rat kann ich euch auch nicht geben. Geh zurück nach Braunschweig, tu nichts Dummes und warte, bis deine Zeit gekommen ist. Auf die wahre Liebe

muss man manchmal Jahre warten.« Das wusste er selbst nur zu gut.
»Ich danke Euch«, brachte Witko mit letzter Kraft heraus, um dann zusammenzusinken und den Kopf zwischen den Armen zu vergraben.

Aufgewühlt von dieser herzzerreißenden Geschichte, schritt Dietrich zum Zelt seines älteren Bruders, das bereits fertig aufgebaut war.
Als er hineingehen wollte, kam gerade ein hünenhafter Ritter mit weißblondem Haar heraus. Dietrich erkannte ihn sofort: Es war Randolf, jener Ritter, der sich so übel an Christian und dessen Dorf vergangen hatte. Dass Randolf von seiner Sühnefahrt zusammen mit dem Löwen zurückgekehrt war, wusste Dietrich schon von Witko. Nun hatte er sich offensichtlich in Ottos Dienste zurückgemeldet.
Nichts Gutes ahnend, sah er ihm nach. Randolfs Rückkehr würde unausweichlich zu neuen blutigen Streitigkeiten führen.
Im Zelt fand er erwartungsgemäß Otto und Hedwig vor. Otto wirkte beschwingt, Hedwig hingegen wenig glücklich. Die Anspannung im Raum war deutlich spürbar. Es hatte fraglos Streit zwischen den beiden gegeben.
»Was ist los?«, fragte Dietrich geradeheraus.
Zu diesem Hoftag hatten sich fast alle östlichen Fürsten versammelt, und sie durften sich keinen Streit leisten. Otto wollte die Erlaubnis für eine weitere Klosterstiftung, Hedwigs Brüder waren vom jungen Landgrafen von Thüringen angegriffen worden. Kaum hatte dieser Land und Titel von seinem verblichenen Vater übernommen, war er bewaffnet in ihre Lande eingefallen und hatte die Burg Weimar niedergebrannt, die Hedwigs Bruder Hermann gehörte.
Sie brauchten das Wohlwollen des Kaisers!
Doch für Otto schien es keinerlei Probleme zu geben.
»Seit in meiner Mark Silber gefunden wurde, ist es jedes Mal

eine besondere Freude, in Goslar einzureiten«, erklärte er mit genüsslichem Grinsen. Das musste er nicht erst erläutern: Der Kaiser hatte dem Löwen die Erträge an den reichen Goslarer Gruben aberkannt.

»So groß und reich und wehrhaft soll mein Silberdorf auch einmal werden! Ich habe Christian vorgeschickt, damit er hier Bergleute abwirbt.«

»Dem Kaiser in seiner eigenen Stadt!«, warf Hedwig vorwurfsvoll und mit hochgezogenen Augenbrauen ein.

Die Mahnung schien ihren Gemahl nicht im Geringsten zu kümmern.

»Ja, das Christiansdorfer Silber soll nur so in meine Truhen strömen«, schwelgte Otto in Zukunftsträumen. »Ich habe beschlossen, in Christiansdorf eine Burg errichten zu lassen. Wie findest du das?«, fragte er selbstzufrieden.

»Vielversprechend und sinnvoll«, stimmte Dietrich ihm zu, obwohl er es schon von Hedwig wusste. »Du musst das Silber sichern, und Christian ist ein tüchtiger Mann.«

»Das ist er. Und ich werde meinen Besten als Burgvogt einsetzen. Du bist ihm gerade begegnet: Randolf.«

Das bestätigte Dietrichs Vermutung, worum Hedwig und Otto gestritten hatten.

»Es steht Blut zwischen Randolf und Christian. Das wird nicht gut gehen!«, mahnte er.

»Unsinn. Randolf hat schließlich dafür mit einer Wallfahrt Sühne geleistet«, widersprach Otto.

Hedwig wollte etwas einwenden, doch Otto schnitt ihr barsch das Wort ab.

Diese Demütigung hätte Dietrich ihr gern erspart. Hedwig war eine so kluge, einfühlsame, wunderbare Frau, und sein Bruder wusste sie einfach nicht zu schätzen. Das ging ihm jedes Mal durch den Kopf, wenn er sie zusammen sah.

»Es wird neues Blut fließen. Denk an meine Worte!«, prophezeite er Otto finster und ging hinaus.

Draußen hielt er sofort Ausschau nach Christian. Doch er fand nur dessen Freund und einstigen Knappen, einen jungen blonden Ritter namens Lukas. Dietrich kannte ihn seit der Zeit, als er Christians Freunde unterstützt hatte, diesen aus Randolfs Händen und von falschen Anschuldigungen zu befreien.

»Christian ist noch am Rammelsberg, um Bergleute und Schmelzer dafür zu gewinnen, mit ihm in die Mark Meißen zu ziehen«, berichtete Lukas.

»Weiß er schon, wer zurück ist und gerade eben bei Otto vorsprach?«

Die Fröhlichkeit wich sofort aus Lukas' Gesichtszügen.

»Doch nicht etwa …?«

Dietrich nickte.

Lukas stöhnte auf. »Sie haben es gewusst. Christian und Marthe haben stets damit gerechnet, dass er zurückkehrt«, sagte er finster.

»Er muss noch mehr erfahren«, erklärte Dietrich. »Schick ihn umgehend zu mir, sobald er vom Rammelsberg kommt! Noch *bevor* er sich bei meinem Bruder meldet.«

Er musste Christian warnen. Und sich mit Hedwig verbünden, um eine Katastrophe zu verhindern, die unweigerlich eintreten würde, wenn sein Bruder diesem Randolf Macht über Christiansdorf verlieh.

Des Kaisers Wille

Friedrich, Dietrich, Christian;
Goslar, Mai 1173

Als Dietrich zu seinem Lagerplatz zurückkehrte, kam ihm Hilbert entgegen, sein engster Vertrauter. Auch er wirkte besorgt.

»Der Kaiser will dich sehen, sofort! Ein Bote ist erschienen und wartet vor deinem Zelt.«

Dietrich fragte sich, was das wohl bedeuten mochte.

Eilig ließ er sich ein frisches Gewand überstreifen und wurde von dem Boten zu den Räumen in der Goslarer Kaiserpfalz geführt, die Friedrich und Beatrix während ihrer Aufenthalte in der Stadt bewohnten.

Auf dem Gang kam ihm der einhändige italienische Dolmetscher des Kaisers entgegen, und er wirkte nicht sehr glücklich.

Dietrich ließ sich melden und wurde in die geräumige Kammer des Kaisers eingelassen.

Der Markgraf der Lausitz – oder Ostmark, wie sie auch genannt wurde – erfasste die Szene mit einem Blick, bevor er pflichtgemäß auf ein Knie sank.

Friedrich wirkte missmutig, was er sich nur in seltenen Fällen anmerken ließ. Links und rechts von ihm standen zwei Erzbischöfe: Dietrichs Vetter Wichmann von Magdeburg und Mathildes Bruder Philipp von Heinsberg, der Erzbischof von Köln. Beide schauten ebenfalls sehr verdrießlich drein.

»Ihr dürft Euch entfernen!«, wies Friedrich die Geistlichen mit säuerlicher Miene an, und Dietrich sandte ihnen einen fragenden Blick. Keiner von beiden reagierte darauf.

Kaum waren die Erzbischöfe zur Tür hinaus, wandelten sich Gesichtsausdruck und Haltung des Kaisers zu jäh erwachender Herzlichkeit.

»Nun steht schon auf, mein Freund, und lasst Euch umarmen!«, rief er, erhob sich aus seinem Stuhl und ging strahlend auf den Markgrafen der Lausitz zu. Solche Vertraulichkeit hatte es zwischen ihnen ewig nicht gegeben.
Dietrich nutzte die Gelegenheit, um dem Kaiser seine Glückwünsche zur Geburt zwei weiterer Söhne auszusprechen, Otto und Konrad. Außerdem war die Kaiserin schon wieder schwanger, wie man sich erzählte.
Friedrich nahm die Gratulation entgegen und meinte jovial: »Nun setzt Euch endlich und lasst Euch Wein einschenken!«
Erstaunt über so viel Zwanglosigkeit nahm Dietrich Platz.
»Ich muss endlich einmal wieder mit einem *vernünftigen* Menschen sprechen!«, erklärte der Kaiser und hob gleich mahnend seine rechte Hand. »Unter einer Bedingung: Ich will keine Klagen über meinen geschätzten Freund und Vetter Heinrich den Löwen hören! Eure ganze weitläufige Verwandtschaft, mein halbes Reich hat sich gegen ihn verschworen. Einzig Ihr seid loyal geblieben. Das werde ich Euch nicht vergessen. Also sagt es den Zweiflern: Heinrich hat in Byzanz, in Jerusalem und in Iconium in *meinem* Auftrag verhandelt, er ist dort als *mein Gesandter* so königlich empfangen worden! Und nicht als mein Rivale.«
Dietrich nickte, ohne sich etwas von seinen Gedanken anmerken zu lassen. Früher oder später würde Friedrich erleben müssen, dass sich der Löwe gegen ihn stellte. Es würde ein böses Erwachen für ihn geben. Und das halbe Kaiserreich wartete schon begierig darauf.
Nachdem der Kaiser das heikle Thema sofort unterbunden hatte, beschwerte er sich mit Leidensmiene über die beiden Geistlichen, die er eben hinausgeworfen hatte.
»Philipp und Wichmann, die eigentlich meine klugen Berater sein sollten, liegen mir tagein, tagaus in den Ohren, ich müsste mich mit dem *sogenannten Papst Alexander* aussöhnen. Doch das kommt überhaupt nicht in Frage.«

»Darf ich offen sprechen, Euer Majestät?«
»Ich bestehe darauf. Ihr seid einer der wenigen, die mir nicht nur schmeicheln und nach dem Mund reden. Doch ich hoffe sehr, Ihr verschont mich mit diesem Alexander.«
»Seit seiner Wahl zum Papst haben Rainald von Dassel und nach ihm Philipp von Heinsberg nun schon drei Gegenpäpste eingesetzt«, erinnerte Dietrich vorsichtig. »Victor starb, Paschalis ebenso, und Calixt kann sich nicht durchsetzen.«
»Ihr Kleingläubigen!«, protestierte Friedrich. »Also lassen wir auch dieses leidige Thema beiseite! Was ich mir eigentlich von Euch erhoffe …«
Er beugte sich vor und sah seinem Lehnsmann ins Gesicht. »Dietrich, eingedenk unserer langen Freundschaft und Eurer treuen Dienste: Ihr müsst mir dabei helfen, endlich Eure aufmüpfige Verwandtschaft zur Räson zu bringen! Die bereiten mir nur Ärger, und ehe ich zu Strafmaßnahmen greifen muss, könnt Ihr vielleicht mäßigend auf sie einwirken.«
»Ich werde tun, was ich vermag«, erwiderte der Markgraf und fragte sich, was jetzt kam.
»Erstens«, rechnete Friedrich vor und bog einen Finger um. »Euer meißnischer Bruder erdreistet sich, hierher nach Goslar zu reiten und mir in *meiner* Reichsstadt Bergleute abzuwerben. Denkt nicht, das wäre mir entgangen! Er soll sich seines Silberschatzes nicht zu sicher sein!«, drohte der Kaiser, und Dietrich dachte einmal mehr, wie recht Hedwig doch hatte und wie leichtsinnig sein Bruder handelte. Er musste Otto zum Maßhalten bringen.
»Zweitens bittet er mich zusammen mit einem gewissen Meinher von Werben um die Einrichtung eines Augustiner-Chorherrenstifts im Pleißenland, am Zusammenfluss von Zwickauer Mulde und Schwarzwasser«, fuhr der Kaiser fort. »Ich will mich gern großzügig gegenüber der Kirche zeigen, aber was steckt dahinter? Dieser Meinher von Werben ist doch noch ein Kind, oder?«

»Ihr könnt es Euch sicher denken«, begann Dietrich freimütig. »Ihr errichtet ein Reichsterritorium im Pleißenland südlich von Leipzig mit Altenburg, Chemnitz, Zwickau und Leißnig. Mein Bruder möchte seinen Einfluss in der Gegend nicht gänzlich verlieren.«
»Nun, machen wir keine große Affäre daraus. Sollen sie das Kloster gründen, mit sechzig Hufen wird es eher ein Klösterlein«, gab sich der Kaiser jovial. »Doch kommen wir zu Eurer askanischen Verwandtschaft. Ich dachte, mit dem Tod des alten Bären, der ein ewiger Unruhestifter war, träte nun endlich Frieden ein. Doch die Bärensöhne kommen hierher, um sich bei mir über den neuen Landgrafen von Thüringen zu beschweren. Angeblich soll der Weimar niedergebrannt haben. Aber das ist nur eine alte Holzburg. Und der junge Ludwig von Thüringen ist nicht hier, ich kann ihn nicht fragen. Also möchte ich Eure Version der Geschichte hören, ehe ich mir morgen das Lamento der Askanier anhöre.«
»Ich fürchte, der junge Ludwig in seiner hitzigen Art ...«, begann Dietrich vorsichtig. »Der Zündfunke war wohl der Streit um das Kloster Goseck. Ludwig meint, es sei seit fast hundert Jahren thüringisch, und die alte Eilika von Ballenstedt, die Mutter des Bären, habe es seinen Vorfahren mit schändlicher List abgejagt. Doch um ehrlich zu sein: Die Lage an der Saale, zwischen Weißenfels und Naumburg, spricht deutlich für askanische Vorrechte. Und wenn ich mich recht erinnere, ließ sich Eilika einst die Vogtei vom Bremer Erzbischof übertragen.«
»Die alte Eilika, Gott hab sie selig, wahrlich die Zänkischste in der ganzen zänkischen Familie«, warf der Kaiser ein.
»Eine bemerkenswerte Frau«, meinte Dietrich und schmunzelte bei der Erinnerung an die winzig kleine, aber wortgewaltige Frau, vor der sich sogar der hartgesottene und hünenhafte Bär gefürchtet hatte.
Friedrich lehnte sich zurück und grinste.

»Erinnert ihr Euch noch, wie sie einst an den Hof von König Konrad kam und Klage führte, weil ihr die Verbündeten der Welfen die Bernburg niedergebrannt hatten, ihren Witwensitz?« Er gluckste vor Lachen. »Der alte Drachen trat mit angesengten, nach Rauch und Asche stinkenden Gewändern vor den Hof, um das schändliche Treiben der Angreifer anzuprangern. Mein Oheim, der König, hatte nichts Eiligeres zu tun, als sie zu seinem Kämmerer zu schicken, damit der sie und ihre Begleitung neu einkleidete und den Anwesenden den üblen Geruch ersparte. Ein gerissenes Weib! Aber zurück zu Goseck. Bringt für mich Licht in diese Angelegenheit.«
»Kloster Goseck ... Ja, das ist eine typische Eilika-Geschichte«, versprach Dietrich mit leichtem Lächeln. Der alte Bär hatte sie zu Lebzeiten oft und gern erzählt.
»Der Landgraf von Thüringen – der Großvater des jetzigen – wollte ihr das Vogteirecht über das Kloster abspenstig machen und zog dafür dessen Abt auf seine Seite. Vielleicht mit Silber oder Versprechungen ... Also jagte Eilika kurzerhand diesen Abt davon und setzte einen neuen, ihr zugeneigten ein, der umgehend eine zu Herzen gehende Ansprache ans Volk über die Güte Gottes *und* der Vögtin Eilika von Ballenstedt hielt.«
Friedrich lächelte sarkastisch.
»Gelegentlich vermisse ich sie. Sie besaß mehr Verstand und Durchsetzungsvermögen als mancher Mann. Die Söhne des Bären haben nicht viel von ihrem Vater und dieser erstaunlichen Großmutter.«
Er legte eine Pause ein, dachte nach und meinte schließlich: »Ich weiß noch nicht, wie ich entscheide. Und es gibt auch schon wieder Streit um Plötzkau! Kam von dort nicht Eure wunderschöne Geliebte?«
Dietrich nickte knapp. Er wollte jetzt und hier nicht über Gunda reden. Ganz im Gegensatz zum Kaiser, der nun erst richtig ins Plaudern kam.

»Ich war als junger Ritter Zeuge, wie sie dem alten Grafen von Plötzkau anverlobt wurde, denn König Konrad wollte sich so dessen Treue sichern. Sie war wirklich bemerkenswert schön … und totenbleich vor Angst. Graf Bernhard schlug sich später tapfer auf dem Zweiten Kreuzzug. Er erhielt das Kommando über die Nachhut bei dem Gemetzel von Doryläum und fiel als Held mit allen seinen Männern, um dem König den Rückzug zu sichern. Und dann habt Ihr Euch die junge Witwe geholt … Sie gebar Euch einen Bastard, nicht wahr? Was wurde aus ihm?«

»Er ist hier in Goslar, Euer Majestät, im Gefolge des Bischofs von Meißen.«

»Und Euer legitimer Sohn? Kann er Euch bald auf einem Kriegszug begleiten?«

»Er ist erst seit kurzem Knappe und muss noch viel lernen«, wich Dietrich aus.

»Ich freue mich schon, ihn mit dem Schwert zu erleben, wenn er so gut damit umgeht wie Ihr«, erklärte der Kaiser wohlgelaunt. »Im kommenden Jahr breche ich zu meinem nächsten Italienfeldzug auf. Es wird Zeit, dass ich dort für Ordnung sorge und mich für die Schmach räche, die mir die Lombarden angetan haben. Ich zähle dabei fest auf Euch und Eure Männer.«

Dietrich erstarrte.

Die Zeit des zwanglosen Plauderns war vorbei. Er hatte nicht einen einzigen Augenblick lang vergessen, dass sein Gegenüber sein Kaiser war, sein oberster weltlicher Lehnsherr. Gemeinsame Jugenderinnerungen zählten jetzt nicht mehr.

Er stand auf und sank vor Friedrich auf ein Knie.

»Majestät, Ihr sagtet, Ihr wollt meine ehrliche Meinung hören, ohne Falsch und Schönfärberei«, begann er. Doch aus der besonnenen Ansprache wurde im Nu ein verzweifelter Appell.

»Welche Truppen sollte ich Euch denn stellen? Ihr wisst selbst, dass ich fast alle meine Männer durch die Seuche vor Rom

verloren habe. Und so erging es unzähligen Adelsgeschlechtern. Ganze Häuser sind erloschen. Seid Ihr Euch bewusst, wie viele Bewaffnete der Lombardische Städtebund gegen Euch aufstellen kann? *Hunderttausende!* Es gibt kein Heer diesseits der Alpen, mit dem Ihr sie besiegen könntet.«
Er strich sich das dunkle Haar zurück und senkte den Kopf.
»Ihr wolltet meine Meinung hören. Hier ist sie: Verhandelt mit den Italienern. Schließt Frieden mit Papst Alexander. Sobald die Spaltung der Christenheit überwunden ist, werdet Ihr neue Verbündete gewinnen.«
Die Miene des Kaisers hatte bei diesen Worten jäh alle Freundlichkeit verloren. Doch einen Versuch musste Dietrich noch wagen, an Friedrichs Gewissen zu appellieren.
»Majestät, als wir junge Ritter waren, Turniersieger, da schmiedeten wir Pläne, um einmal alles besser zu machen als die früheren Herrscher. Der beste Herrscher ist nicht derjenige, der die meisten Kriege führt, sondern der Frieden schließt und sein Reich zum Blühen bringt.«
Nun zog lodernder Zorn über Friedrichs Züge.
»Ich brauche Eure Belehrung nicht!«, sagte er schroff.
Brüsk stand er auf, starrte auf den Markgrafen und hob die Stimme voller Wut. Noch nie hatte Dietrich den Kaiser dermaßen die Beherrschung verlieren sehen.
Kaum vorstellbar, dass er von ihm eben noch umarmt und »Freund« genannt worden war.
»Entsinnt Euch, dass Ihr von mir ein *Reichslehen* erhalten habt, ebenso wie Eure Brüder! Ich kann sie Euch auch wieder abnehmen, wenn Ihr Eure Pflichten nicht erfüllt!«, drohte der Kaiser mit donnernder Stimme und streckte einen Arm aus. »Also seht zu, dass Ihr Schwerter und Männer beschafft, um mich nächstes Jahr nach Italien zu begleiten! Ihr dürft Euch nun entfernen.«
Ohne ein Wort stand Dietrich auf und ging mit steifen Schritten hinaus. Aufgewühlt und ratlos.
Sein Bruder Otto hatte das Christiansdorfer Silber und konnte

sich vom nächsten Italienzug freikaufen. Der Kaiser würde eingedenk dessen von Otto eine ungeheure Summe fordern. Da blieb nichts übrig, um auch die Lausitz von der Heerfolge loszukaufen.
Und hier ging es nicht nur um ihn, Dietrich, und seine Männer. Was, wenn der Kaiser im nächsten Jahr ausdrücklich auch Konrad in Italien sehen wollte? Er wollte seinen einzigen legitimen Sohn und Erben nicht dort verlieren.
All das schoss Dietrich durch den Kopf, während er aus der Pfalz hinab in das Zeltlager schritt, das vor dem Prachtbau errichtet worden war. Bei seinem Zelt erwarteten ihn Christian und Lukas, die meißnischen Ritter.
Ohne jede Vorrede sagte er: »Ich habe schlechte Nachrichten für Euch. Doch zuvor eine inständige Bitte: Es gibt nur wenige Männer, die das Schwert so geschickt führen wie Ihr, Christian. Ich möchte, dass Ihr meinen Sohn Konrad in jeder freien Stunde, die Ihr hier in Goslar findet, im Kampf unterrichtet!«
Er musste seinem Sohn die bestmögliche Ausbildung zukommen lassen, wenn er eine Überlebenschance haben sollte. Wenn es sein musste, würde er ihn auch nach Christiansdorf schicken. Von Christian und Lukas, den besten Schwertkämpfern in der Mark, konnte er mehr lernen als von dem alten Arnulf in Meißen.
»Wie Ihr wünscht«, bestätigte Christian und wartete auf die schlechte Nachricht. Er ahnte schon, wie sie lauten würde.

Verzweifeltes Sehnen

Dietrich, Hilbert, Hedwig;
Goslar, Mai 1173

Dietrich war zu aufgewühlt, um nach diesen ereignisreichen Stunden einen klaren Gedanken zu fassen.
Er schickte alle aus seinem Zelt und brütete vor sich hin. Nach einer Weile ritt er in die Stadt – ohne Geleit und ohne jemandem zu sagen, was er vorhatte.
Als er zurückkehrte, Stunden später, rief er Hilbert zu sich.
Sie kannten einander nun seit fünfundzwanzig Jahren.
Hilbert war als Knappe in Dietrichs Dienste getreten, hatte bewundernd zu ihm aufgesehen. Später, nach seiner Schwertleite, bei der ihm Dietrich höchstselbst feierlich die Waffe umgegürtet hatte, kämpften sie Seite an Seite in vielen Kriegen und waren Weggefährten geworden, echte Freunde.
Nun standen sie ohne weitere Zeugen in der Mitte des Zeltes.
Auf Dietrichs scharf geschnittenen Gesichtszügen stritten die widersprüchlichsten Regungen; er rang um jedes Wort, bis er sich zum Sprechen überwand.
»Hilbert, ich muss dich um etwas bitten. Zum ersten Mal in all den Jahren bitte ich dich um etwas, was du vielleicht mit deiner Ehre nicht vereinbaren kannst. Wenn das so ist und du es nicht tun willst, dann hoffe ich nur auf dein Schweigen.«
Erstaunt und auch ein wenig erschüttert vernahm Hilbert diese Worte. Noch nie in all den Jahren an Dietrichs Seite, als sein Gefolgsmann, hatte er etwas erlebt, das ihn in Widerspruch zu diesem Mann gebracht hätte. Dietrich galt als Inbegriff von ritterlicher Ehre.
Doch Hilbert wusste auch, dass Dietrich trotz äußerer Stärke und Ritterlichkeit, trotz seiner Stellung als Reichsfürst und Vertrauter des Kaisers, nicht glücklich war. Er hatte ihn leiden sehen, als Gunda starb. Hilbert wusste, wie lange Dietrich um

Gunda getrauert hatte. Damals, in Eilenburg, hatten sich fast alle in die schöne und warmherzige Geliebte des Markgrafen verliebt. Auch Hilbert, und auch ihn überkam immer noch Traurigkeit, wenn er an sie dachte. Letztlich hatte er sich sogar eine Braut gesucht, die ihr ein wenig ähnlich sah.

Und seit seiner Rückkehr vom katastrophal geendeten Italienzug hatte sich Dietrich verbittert in sich selbst zurückgezogen. Einzig die Begegnungen mit seinen Söhnen, die Briefe seiner Tochter und die Pläne, die er für Landsberg schmiedete, hellten ihn auf. Doch nie für lange.

»Es geht um eine Frau«, gestand Dietrich zögernd. »Eine Frau edler Herkunft. Ich kann und will nicht länger leben, ohne sie zu sehen. Und ich weiß, dass sie ebenso empfindet. Aber niemand darf je davon erfahren.«

Die geheimnisvolle Frau war demnach verheiratet.

Doch Dietrich war kein Mann für leichtfertige oder flüchtige Affären. Deshalb stand für Hilbert schon fest, dass er den Freund dabei unterstützen würde, wenigstens für ein paar Stunden ein geraubtes Glück zu finden, damit die Trauer seine Seele nicht gänzlich auffraß.

Und war es so verwerflich? Fast alle adligen Herren, deren Ehen unter politischen Gesichtspunkten geschlossen wurden, hatten Affären – die einen heimlich, die anderen ganz offen. Gegen eine großzügige Spende an die Kirche erhielten sie Absolution für ihren Verstoß gegen Gottes Gebot. Dietrichs Gemahlin lebte schon seit vielen Jahren auf eigenen Wunsch fern von ihm. Er durfte keine neue Ehe schließen, da er immer noch verheiratet war. Wer konnte ihm also verdenken, dass er nicht auf ewig allein im kalten Bett liegen wollte? Hier auf dem Hoftag in der überfüllten Kaiserstadt Goslar waren etliche schöne und bemerkenswerte Frauen anzutreffen.

Also nickte Hilbert, ohne nach Details zu fragen.

Dietrich musste sich zu jedem weiteren Wort überwinden.

Ihn quälten Zweifel, ob er die Geliebte in solche Gefahr bringen durfte. Aber sie waren beide viel zu lange unglücklich gewesen. Und der heutige Tag hatte ihn aufgewühlt: die anrührende Liebesgeschichte von Witko und Agnes, der schroffe Umgang Ottos mit Hedwig, die Forderung des Kaisers nach seinem Sohn … Es war, als ob gerade sein Herz in tausend Splitter zerborsten war, und nur eine konnte es heilen. So wie nur er sie von ihrer Verzweiflung heilen konnte.

»Ihr Leben und ihr Ruf hängen davon ab, dass sie sich unbemerkt mit mir treffen kann. Ich bitte dich, folge ihr in kurzem Abstand … Und sollte jemand auf sie aufmerksam werden, sorge für eine Ablenkung! Irgendetwas, damit sie unerkannt entkommt.«

»Sie muss dir viel bedeuten«, sagte Hilbert leise. »Du kannst dich auf mich verlassen. Ich schwöre, ich werde alles tun, um ihre Identität verborgen zu halten.«

»Schwöre erst, wenn du weißt, wer sie ist«, sagte Dietrich mit gequälter Miene.

Ganz leise flüsterte er den Namen der Frau, die ihm alles bedeutete. Nie mehr seit Gundas Tod hatte er so geliebt.

Hilbert fuhr erschrocken auf.

»Ich verstehe«, sagte er nur leise, als er sich gefasst hatte. Er musste wirklich alles geben, um diese bemerkenswerte Frau vor Entdeckung zu schützen.

»Sie wird nach dem Abendläuten verhüllt in das erste Gasthaus am Liebfrauenberg kommen. Dort erwarte ich sie. Folge ihr diskret, beschütze sie auf dem Weg … Und sorge dafür, dass sie auch unerkannt zurück in ihr Quartier gelangt«, bat er den Freund.

»Ihr könnt euch auf mich verlassen. Ihr beide«, versprach Hilbert.

Sobald er sich unter einem Vorwand aus seinem Lager entfernen konnte, ging Dietrich in das genannte Schankhaus, wo er dem Wirt eine enorme Summe für ein Zimmer gezahlt hatte. Jetzt, da fast alle sächsischen Fürsten mit ihrem Gefolge zum Hoftag des Kaisers nach Goslar anreisten, waren die Häuser zum Bersten gefüllt, auch wenn die ranghohen Gäste lieber ihre Zelte auf der Wiese vor der prächtigen Kaiserpfalz errichten ließen.

Der Markgraf der Lausitz setzte sich in die brechend volle und laute Gaststube und bestellte sich einen Becher Bier. Er trug nur schmucklose Kleidung und einen einfachen Umhang, den er nicht ablegte. Unruhig wartete er, ließ seine Blicke über die lärmende, schmausende und genüsslich trinkende Ansammlung schweifen, ob er irgendetwas entdeckte, das ihm verdächtig schien.

Würde sie kommen?

Würde sie es wagen? Ihr Leben riskieren, ihren Ruf? Um mit ihm gegen Gottes Gebot zu verstoßen, diese riesige Sünde auf sich zu laden?

Doch er wusste, sie sehnte sich nach ihm wie er sich nach ihr. So lange hatten sie nicht gewagt, sich ihre Gefühle füreinander einzugestehen.

Jetzt, da ihn der Kummer und die Sorge um seinen Sohn auffraßen, er mitansehen musste, wie ihr Leben immer unglücklicher wurde … Er konnte nicht anders.

Die Glocken läuteten, und Dietrich wurde immer nervöser. Jedes Mal, wenn die Tür knarrend aufschwang und einen neuen Gast einließ, durchfuhr ihn eine Mischung von Hoffnung, Angst und Schrecken. Kam jemand, der nach ihr suchte, der irgendetwas erraten hatte?

Oder wagte sie es am Ende doch nicht, ihn hier zu treffen?

War sie unterwegs aufgehalten, vielleicht sogar erkannt worden?

Zwischen Hoffnung und Sorge hin- und hergerissen, begann er sich Schreckensszenen auszumalen.

Wieder ging die Tür auf, eine schlanke Frau trat nun ein, in

einen schlichten Umhang gehüllt, Haar und Gesicht weitgehend von einer Gugel verhüllt.
Er fing ihren Blick auf, ging wortlos auf sie zu und führte sie zielstrebig die Treppe hinauf.
Sobald er die Tür hinter ihr geschlossen hatte, schob er sanft ihre Gugel herab und legte die Hand an ihre Wange.
Er sah die Angst in ihrem Blick, die Zweifel.
»Ich liebe dich. So, wie ich seit sehr langer Zeit keine Frau mehr geliebt habe.«
Tränen stiegen in ihre Augen, und er wusste, sie liebte ihn auch.
Im Gegensatz zu ihm hatte sie noch nie innige Liebe erfahren. So bewundert zu werden, wie sie es verdiente, so zärtlich liebkost zu werden, wie es sich eine Frau nur wünschen konnte. Genau das las er jetzt an ihren Tränen.
Nichts davon hatte ihr Gemahl ihr geben können. Sein Bruder.
»Ich liebe dich, Hedwig von Ballenstedt.«
Er küsste sie innig, während er ihr Gesicht mit beiden Händen hielt, fühlte seinen Kuss erwidert und ihre Tränen rinnen.
»Hab keine Furcht, Liebste! Ich nehme die Sünde auf mich.«
Dann trug er sie zum Bett.

Lehrzeit

Konrad, Christian, Lukas, Marthe;
Christiansdorf, Herbst 1173

Gequält spreizte Konrad alle zehn Finger und ballte sie zur Faust, um sie gleich darauf wieder zu spreizen und zu ballen, wohl ein Dutzend Mal hintereinander – damit sie gefügig wurden für die Feinarbeit des Schreibens, nachdem er fast den ganzen Tag abwechselnd mit Christian und Lukas das Übungsschwert geschwungen hatte. Überall am Körper

trug er davon blaue Flecken, doch die jetzige Herausforderung schien ihm noch anstrengender.
Heute war ein Bote aus Landsberg in Christiansdorf eingetroffen, mit einem Schreiben seines Vaters, in welchem sich Markgraf Dietrich wie jeden Monat nach den Fortschritten seines Sohnes erkundigte. Christian hatte seine Antwort bereits verfasst und seinen Knappen angewiesen, den Rest des Pergaments mit eigenen Sätzen zu füllen. Heute noch, damit der Bote morgen mit dem Antwortschreiben zurückreiten konnte.
So saß Konrad nun im flackernden Schein einer Kerze am Tisch in Christians Haus, während die meisten Mitglieder dieses Haushalts bereits schliefen. Nur Marthe war zu einem Kranken unterwegs, und Christian begleitete sie zu ihrem Schutz. Lukas machte sich noch bei den Pferden zu schaffen.
Konrad lauschte in die nächtliche Stille, die nur von leisem Schnarchen, dem Schnauben der Pferde und entferntem Hundegebell gestört wurde. Durch eines der Fenster leuchtete der fast volle Mond herein.
Ratlos starrte der angehende Ritter auf das Pergament, dessen oberes Drittel Christian schon gefüllt hatte – mit in bewundernswertem Gleichmaß gesetzten Buchstaben, einer so akkurat wie der andere.
Das würde ihm, Konrad, nie gelingen, denn auch hierbei sollte er statt der von ihm bevorzugten linken Hand die rechte einsetzen, und deshalb wurden seine Buchstaben schief und krakelig. Aber allmählich und mit viel Übung wuchs sein Geschick, so wie auch die Handhabung von Schwert und Lanze dank Christians Geduld und Können sich besserten.
Immerhin, die ersten zwei Zeilen hatte er schon geschafft: die Anrede und höfliche Versicherung: »… erwidere ich Eure Grüße als Euer gehorsamer Sohn.«
Und nun?
Fast noch zwei Drittel der Seite waren frei, und die leere Fläche schien ihn anzustarren und zu verhöhnen.

Es war dasselbe Pergament, das sein erlauchter Vater geschickt hatte. Weil im Dorf keines aufzutreiben war, hatte Christian wie jedes Mal die Buchstaben abgeschabt und die dünne Haut neu beschrieben.

Der obere Teil war nun gefüllt mit Christians Dank für die guten Wünsche und der Zusicherung, dass Dietrichs Sohn sich gut führe und merklich Fortschritte mache.

Konrad hatte sich anfangs sehr darüber gewundert, wie sicher Christian die Kunst des Schreibens beherrschte. Lesen und Schreiben gehörten nicht zu den »Sieben Künsten«, die ein Ritter erlernen musste. Die meisten überließen die Schreibarbeiten der Geistlichkeit.

Er habe es als Kind von seinem Vater gelernt, der schon lange tot sei, so Christians Antwort, und es war deutlich herauszuhören, dass sich Konrads Lehrmeister zu dem Thema nicht weiter äußern wollte.

Auf dem Meißner Burgberg wurde allerhand gemunkelt über die Herkunft dieses Ritters, aber das war nur Geschwätz. Niemand wusste etwas Genaues. Konrads Vater und sein Oheim Otto vielleicht ausgenommen. Und Markgräfin Hedwig vermutlich auch.

Lange grübelte Konrad über dem nächsten Satz. Ihm blieben nur wenige Zeilen, um alles auszudrücken, was er seinem Vater mitteilen oder eher: was dieser von ihm erfahren wollte.

Andererseits musste er jede der schnurgerade zwischen zwei feinen Löchern ins Pergament geritzten Linien nutzen, um nicht als faul zu gelten.

»Ich danke Euch für die Weitsicht, mich nach Christiansdorf zu schicken«, schrieb er langsam, die Finger krampfhaft um die Spitze des Federkiels geklammert und jeden Buchstaben leise vor sich hin flüsternd.

»Hier kann ich viel mehr lernen, als es in Meißen möglich wäre.«

Als ihm sein Vater eröffnet hatte, dass er ihn zu seiner weiteren Ausbildung an Christian übergeben und vom Burgberg weg in dessen Dorf schicken würde, glaubte sich Konrad zunächst bestraft und war verzweifelt. Offenbar war sein erlauchter Vater unzufrieden mit seinen Leistungen. Aber so sehr, dass er ihn gleich den Augen der meißnischen Ritterschaft und seines Oheims, dem meißnischen Hof, entzog und ihn in ein entlegenes, winziges Dorf mitten im Dunklen Wald verbannte?

Gewiss, Christian und Lukas waren hervorragende Schwertkämpfer. Doch wollte ihn sein Vater vor den Augen der Welt verbergen, weil er sich für ihn schämte?

Auf dem Ritt von Meißen nach Christiansdorf war Konrad der Kummer darüber immer mehr aufs Gemüt geschlagen. Es tröstete ihn auch nicht, dass sein Freund Jakob ebenfalls Christians Knappe war: jener Bursche, mit dem er an seinem ersten Tag in Meißen gerangelt hatte, weil sich keiner von ihnen in die Kammer von Fürst Otto wagte.

Doch als sie ihr Ziel erreichten, verschlug es Markgraf Dietrichs Sohn vor Staunen den Atem.

Er wusste – wie wohl jedermann in der Mark Meißen –, dass dieses Dorf erst vor wenigen Jahren »auf wilder Wurzel« entstanden war. Siedler aus Franken waren unter Christians und Lukas' Geleit gekommen und hatten begonnen, mitten im Dunklen Wald zu roden und Land urbar zu machen. Kaum mehr als vier Dutzend Leute waren es gewesen.

Konrad erwartete ein paar einsame Gehöfte an einem Bach. Er hätte sich nicht stärker irren können.

Das unlängst entdeckte Silbererz hatte das kleine, entlegene Dorf vollkommen verwandelt und um ein Mehrfaches wachsen lassen. Schon auf dem Weg dorthin ritten sie an etlichen Gruben vorbei, aus denen mit vielstimmigem Hämmern Erz geschürft wurde, an Scheidebänken, wo Frauen und Kinder die Erzbrocken zerkleinerten, an zwei Schmieden und

den Schmelzhütten am Bach – Ungetüme, aus denen dichter Rauch quoll.
Und mehr noch: Der Ruf des Silbers hatte in der kurzen Zeit nicht nur Bergleute und Schmelzer angelockt, sondern auch unzählige Handwerker, die für die Gewinnung und Verarbeitung des Erzes benötigt wurden: Seiler, Gerber, Böttcher, Zimmerer, Schuhmacher, Töpfer und viele andere mehr. Sie wohnten in einem eigenen Viertel und bauten schon eine steinerne Kirche, die dem Heiligen Nikolai gewidmet sein sollte. Und dann war da noch die Burg, die Markgraf Otto errichten ließ. Ein heikles Thema, doch sein Vater wollte auch darüber etwas hören, das wusste Konrad.
Gebannt beobachtete er, wie ein Insekt der Kerzenflamme zu nahe kam und knisternd verbrannte. Dann schrieb er weiter, ohne zu merken, dass seine Zungenspitze zwischen den Lippen hervorblitzte.
»Wie es Euer Wunsch ist, kann ich hier viel lernen, nicht nur beim Umgang mit Schwert und Lanze, sondern auch über Verteidigungsstrategien, Belagerungen und wie man sie aufbricht, ebenso über die Verwaltung eines Lehens.«
Erleichtert seufzte er auf. Doch es war immer noch Platz zu füllen.
Nach kritischem Blick auf seine letzten Buchstaben schabte er diese sorgfältig wieder vom Pergament und schrieb sie von neuem.
Und nun? Nachdenklich kratzte er mit seinem Essmesser ein paar Wachstropfen von der hölzernen Tischplatte und hielt sich daran so lange auf, wie es nur irgend ging.
Schritte näherten sich, er fuhr zusammen und drehte sich zur Tür.
Lukas kam herein, einst Christians Knappe und nun sein Ritter und engster Freund. Blondgelockt und zumeist frohgemut. Außer in letzter Zeit – seit diese furchtbare Sache mit Marthe geschehen war …

Der junge Ritter erfasste sofort die Lage beim Anblick von Konrads verzweifelter Miene und lächelte.
»Du wirst die richtigen Worte schon finden. Und Christian ist zufrieden mit deinen Leistungen, das hat er doch geschrieben. Darauf kommt es deinem Vater an.«
Lukas ging zu den Biervorräten, schöpfte einen Becher für sich selbst voll und einen weiteren, den er vor Konrad abstellte.
»Mach dir keine Sorgen, davon haben wir hier auch ohne dich genug!«, meinte er grinsend mit gespielter Fröhlichkeit und stieg nach oben.
Das klang immer noch aufmunternder als Jakobs boshafte Bemerkung, bevor sich dieser zur Ruhe begeben hatte: »Du wirst die ganze Nacht hier sitzen und morgen viel zu müde sein, um gegen mich das Schwert zu schwingen. Ha! Ich werde dich vor mir hertreiben wie eine Herde Schafe!«
Jakob war Lukas' jüngerer Bruder, und die beiden lagen oft im Streit, denn der erstgeborene Lukas war vom Vater enterbt worden, weil er sich weigerte, das Mädchen zu heiraten, das dieser für ihn ausgewählt hatte. Somit wurde Jakob der künftige Erbe großer Ländereien – und jedes Mal, wenn ihm Lukas seine fehlende Geschicklichkeit im Schwertkampf vorhielt, rieb er ihm das unter die Nase. Es trug nicht gerade dazu bei, das Verhältnis zwischen den Brüdern zu verbessern, obwohl sich Lukas kaum etwas aus dem Verlust des Erbes zu machen schien, wenn er dafür nur diese schreckliche Braut los war.
Konrad vermisste Boris von Zbor mit seiner ungestümen Fröhlichkeit. Er zog die Kerze etwas näher zu sich und las noch einmal, was er geschrieben hatte.
O ja, das Leben hier in dem kleinen, aber rasch wachsenden Christiansdorf war ungleich interessanter als das auf dem Meißner Burgberg. Schon mehrfach hatten sie Angriffe abwehren müssen, wobei er von Christians Taktiken viel lernen

konnte. Und auch die vierteljährlichen Silbertransporte nach Meißen waren schon überfallen worden. Leider nahm ihn Christian dabei nie mit.
Fürchtete er, er könnte versagen? Oder wollte er ihn vor Gefahr bewahren?
Wenn Christian zu solch einer Reise aufbrach, beauftragte er jedes Mal Jakob und ihn damit, seine Frau und seine kleinen Kinder zu schützen. Und die brauchten wahrlich Schutz nach allem, was geschehen war …
Konrad zwang seine wegtreibenden Gedanken wieder auf seinen schriftlichen Bericht zurück.
Er vermutete heimlich, dass ihn sein Vater auch deshalb nach Christiansdorf geschickt hatte, damit er im Auge behielt, was sich zwischen Dorf und Burg abspielte. Der von Fürst Otto, seinem Oheim, eingesetzte Burgvogt war Christians Erzfeind und zu jeder Heimtücke und Gewalttat fähig.
Es stand Blut zwischen Christian und diesem Randolf, doch mit einer finsteren Drohung zwang Otto sie zu einem fragilen Waffenstillstand: Sollte einer von ihnen Streit beginnen, würden beide die Schwerthand verlieren, sollte einer den anderen töten, würde auch der sein Leben verlieren.
Als die beiden schwören sollten, keine Feindseligkeiten gegeneinander zu begehen, da hatte – und das machte sofort auf dem Burgberg die Runde – Christian seinen Eid abgewandelt: Er würde Randolf nicht töten, ehe der Markgraf selbst es wünschte.
Dem Vernehmen nach musste Otto vor Wut fast geplatzt sein. Doch wie so oft hatte Hedwig die Wogen eiligst geglättet. Falls jedoch Randolf hier im Dorf zu irgendeiner Hinterlist greifen sollte, wäre er, Konrad, als Sohn eines Markgrafen ein wichtiger Zeuge.
Um seinen Vater zu beruhigen, zwang er seine verkrampfte Hand zu einem letzten Satz: »Zwischen Burg und Dorf scheint vorerst Frieden zu herrschen.«

Aber jeder hier wartete nur darauf, dass etwas Schlimmes geschah. Das musste er seinem Vater nicht erst erklären.
Er las seine Sätze noch einmal und setzte die abschließenden Grüße darunter.
Geschafft! Er prustete laut, schüttelte die rechte Hand aus und griff mit der linken nach dem Bier, das ihm Lukas hingestellt hatte.
Nun hörte er, dass sich leise Stimmen näherten: Es waren Christian und Marthe, die wohl von dem Kranken zurückkehrten.
Sie lächelten ihm beide zu, Christian zufrieden und Marthe mit der Wehmut, die sie in letzter Zeit umflorte.
Sie alle hier in diesem Haus hatten herzzerreißende Wochen durchlebt, als die junge Heilerin und Wehmutter vermisst wurde – in Christians Abwesenheit von einem neidischen Medicus wegen angeblichen Schadenzaubers an ein Kirchengericht verraten und dann spurlos aus dem Kerker verschwunden. Sie galt erst als verschollen, bald als tot. Christian suchte sie ohne Unterlass und wandelte in dieser Zeit umher wie ein Geist, von Angst und Rachsucht getrieben.
Nach Wochen tauchte Marthe wie durch ein Wunder wieder auf, ohne dass jemand außer Christian und Lukas wusste, wie es geschah. Aber sie sprach kein Wort. Was sie durchleiden musste, hatte sie verstummen lassen.
Fürsorglich brachte Christian seine Frau nach oben, und wie so oft beobachtete Konrad verstohlen dieses ungewöhnliche Paar.
Er hatte noch nie zwei Menschen gesehen, die einander so innig liebten. Marthe war gütig und sanft, eine erfahrene Heilerin und Mutter zweier kleiner Kinder. Doch was sie erlebt haben mochte in der Zeit, als niemand sie finden konnte, hatte sie niedergedrückt und verängstigt. Nur in der Nähe Christians und ihrer kleinen Kinder, des dreijährigen Thomas und der einjährigen Clara, schien sie wieder zu sich zu finden.

In Gedanken wünschte Konrad ihnen alles Glück dieser Welt und fragte sich, ob ihm wohl auch einmal eine solche Liebe vergönnt sein würde. Er war nun fünfzehn, und im kommenden Sommer würde er vor der Zeit in den Ritterstand erhoben. So wollte es sein Vater.

Er hörte Christian oben leise auf Marthe einreden, dann kam er wieder die Treppe herunter.

»Ist das Schriftstück fertig?«

»Ja, Herr.«

Konrad übergab das nun vollständig beschriebene Pergament.

»Dann geh schlafen, es ist spät. Morgen haben wir viel vor.«

Konrad stand auf, doch etwas hielt ihn zurück.

Christian bemerkte sein Zögern und ermutigte ihn zu sprechen.

»Meint Ihr, dass ich nächsten Sommer schon gut genug mit dem Schwert bin, um ein Ritter zu werden? Gut genug, um meinen Vater zu begleiten, wenn er dem Kaiser auf dem nächsten Italienfeldzug folgt?«

Christian schüttelte den Kopf, und Konrad sah schon jede Hoffnung schwinden.

»Ich glaube nicht, dass dies die Pläne deines Vaters sind«, erklärte der Dorfherr dann. »Du sollst in der Lage sein, die Regentschaft über die Mark Lausitz zu übernehmen, wenn er dem Kaiser nach Italien folgt. Sofern er das überhaupt vorhat. Und damit du das zustande bringst, musst du noch viel lernen. Also schlaf jetzt!«

Christians aufmunterndes Lächeln ließ in Konrad die Hoffnung keimen, dass doch noch alles gut würde.

Das Turnier

Konrad, die Markgrafen Dietrich und Otto, Hedwig; Meißen, Sommer 1174

Als Konrad seinen Turniergegner zum gegenüberliegenden Ende der Bahn reiten sah, sackte ihm das Herz in die Hosen. Dieser Kerl war riesig! Und breitschultrig. Auch sein Hengst war wuchtig und mit enorm hohem Widerrist. So konnte der fremde Ritter – ein Schwabe, der von Turnier zu Turnier reiste – mit seiner Lanze aus höherer Position auf ihn einstechen, und es steckte durch seine Körpermasse viel mehr Kraft im Stoß.

Hektisch spulte Konrad geflüsterte Gebete herunter. »Allmächtiger, steh mir bei, und ich werde auch nie wieder fluchen oder gegen den Willen meines Vaters verstoßen! Und Heiliger Georg, ich flehe dich an, lass mich jetzt nicht im Stich!«

Er war kein Feigling. Doch er wusste genug über das Lanzenstechen, um sich bereits blutig zu Boden stürzen zu sehen.

Dabei sollte dies heute der schönste Tag seines Lebens sein!

Und bis vor wenigen Augenblicken war er das auch.

Der Tag seiner Schwertleite, der Erhebung in den Ritterstand, den sein Oheim Markgraf Otto und sein Vater Dietrich mit einem großen Turnier unterhalb des Meißner Burgbergs feiern ließen.

Blitzartig zogen noch einmal die unvergesslichen Momente vor Konrads innerem Auge vorbei. Nach dem rituellen Bad und einer Nacht im Gebet hatte ihm der Oheim feierlich vor hunderten jubelnden Zuschauern das Schwert umgegürtet und ihm Lanze, Sporen und Helm überreicht. Sein Vater, seine Tante Hedwig und auch Christian und Marthe wirkten so stolz dabei! Und Konrad hatte sich gefühlt, als könnte er vor Glück fast platzen.

Er war nun ein Ritter und ein Markgrafensohn. Er würde nach

den Regeln seines Standes leben und eines Tages von seinem Vater die Regentschaft über die Mark Lausitz übernehmen. Deshalb wurde er bereits mit sechzehn Jahren in den Ritterstand erhoben statt erst mit zwanzig oder einundzwanzig, wie es üblich war.

Nach der Zeremonie fand ein Buhurt statt, ein ritterlicher Kampf zweier »gegnerischer« Reitergruppen. Er gehörte zu den Siegern und durfte aus der Hand seiner freudestrahlenden Tante einen Preis entgegennehmen!

Doch dann …

Wie hatte er nur so dumm sein können, so leichtsinnig, um blindlings in eine Falle zu laufen?

Er war bereits im Zelt, um sich von Jakob die Rüstung abnehmen zu lassen. Den Rest des Tages hätte er sich feiern lassen und das Festmahl genießen können. So war es vorgesehen.

Aber plötzlich stand Randolf im Zelt, Christians Erzfeind, und verhöhnte ihn und seinen Lehrmeister. Konrad habe im Buhurt einzig deshalb gewonnen, weil seinen Gegnern befohlen worden war, ihn nur zum Schein anzugreifen, da er nicht fähig sei, sich bei einer ernsthaften Auseinandersetzung im Sattel zu halten.

»Ihr seid ein Schwächling und Christian ein Versager!«, hatte der Hüne ihm genüsslich vorgehalten. »Oder beweist das Gegenteil und meldet Euch zum Tjost!«

Und da ließ sich Konrad zu einer Dummheit hinreißen, die er jetzt zutiefst bereute: Er hatte dem Aufwiegler trotzig entgegnet, dass er sich im ritterlichen Zweikampf mit der Lanze beweisen würde.

Welcher Teufel hatte ihn nur geritten, sich ausgerechnet von Randolf so plump provozieren zu lassen, von dem nie etwas Gutes zu erwarten war?

Und dann nahm das Verhängnis unaufhaltsam seinen Lauf.

Gegen Jakobs flehentlichen Rat ließ er sich wieder rüsten und zum Tjost melden. Seinem Vater und Christian sagte er nichts

davon; er fürchtete, die würden ihm diese Sache ausreden, weil sie ihm nichts zutrauten.
Schließlich war er nun ein Mann.
Doch jetzt sah er sich diesem schwäbischen Riesen auf dem massigen Schlachtross gegenüber, und eine schreckliche Ahnung breitete sich in ihm aus.
War es wirklich Zufall, dass ausgerechnet dieser Kerl als sein Gegner ausgelost worden war? Oder hatte Randolf das so hingebogen?
Möglich. Sogar wahrscheinlich, wenn er an die Heimtücke dieses Mannes und seine tiefe Feindschaft mit Christian dachte. Und er war ihm geradewegs in die Falle gegangen!
Konrads Rücken war klatschnass, weil ihm der Schweiß die Wirbelsäule hinabrann. Schweißtropfen und Sand brannten in seinen Augen.
Doch dann riss er sich zusammen und rief sich alles in Erinnerung, was ihn Christian gelehrt hatte.
Konrad ließ sich von Jakob Schild und Lanze reichen und sein Pferd zu seinem Ende der Turnierbahn führen. Auch Jakob war erbleicht, als er sah, gegen wen der Freund reiten sollte.
Aber es gab nun kein Zurück mehr. Würde er jetzt kneifen, wäre er für immer als Feigling verschrien.
Der Markgrafensohn musterte den Gegner aus der Ferne, versuchte, sich nichts von seiner Angst anmerken zu lassen, und biss die Zähne zusammen.
Nicht auf die Instinkte hören, nicht ausbrechen oder die Lanze zur Seite reißen, wenn der Gegner nah ist!, ermahnte er sich mit aller Kraft.
Der Turniervogt gab die Namen der Kontrahenten bekannt, die Zuschauer jubelten ihnen zu, doch Konrad nahm auch lebhaftes Raunen wahr. Vermutlich diskutierten die Turniergäste über die so ungleichen Gegner: ein erst sechzehnjähriger Jungritter und ein in vielen Turnieren und Schlachten erprobter Hüne.

Konrad zwang sich, nicht zu dem Podest hinüberzuschauen, wo sein Vater, sein Oheim und seine Tante saßen, vielleicht auch Christian und Marthe. Wahrscheinlich waren sie noch besorgter als er selbst. Doch ihre bangen Gesichter und vielleicht auch den Vorwurf über seine Eigenmächtigkeit zu sehen, würde ihn nur noch mehr verunsichern. Er wollte sie doch stolz machen!

Sein Hengst schüttelte sich, als wollte auch er nicht gegen diesen überlegenen Kontrahenten galoppieren. Mühsam zwang Konrad ihn zur Ruhe, umklammerte die Lanze noch fester und stemmte sich in die Steigbügel.

Der Turniervogt schwenkte einen roten Wimpel, und beide Reiter gaben ihrem Pferd die Sporen.

Nicht wegzucken! Nicht ausweichen! Nicht ducken!, schrie sich Konrad in Gedanken zu. Und als der andere nur noch ein paar Pferdelängen entfernt war, da schrie er es vielleicht sogar laut.

Vorbei!

Keiner der beiden Reiter hatte den anderen mit der Lanze getroffen.

Konrad stieß den angehaltenen Atem aus, während sein Hengst auf das andere Ende der Stechbahn zutrabte. Menschen johlten begeistert. Von Hufen aufgewirbelter Sand knirschte ihm zwischen den Zähnen.

Er wendete sein Pferd, bereit zum zweiten Treffen.

In der Nähe des Turniervogts entdeckte er den höchst besorgten Christian, der so wirkte, als wollte er jeden Moment eingreifen. Er soll das ja nicht beenden!, dachte Konrad verzweifelt. Sonst stehe ich ewig als Feigling und Versager da. Ich habe es einmal geschafft, vielleicht klappt es ja noch zweimal ohne größeren Schaden. Dann gehen wir unentschieden auseinander.

Erneut gab der Turniervogt das Zeichen, und beide Reiter bewegten sich aufeinander zu.

Doch diesmal erwischte ihn der andere so wuchtig, dass Konrad von der Lanze aus dem Sattel gestoßen wurde. Ein jäher Schmerz in der Brust brachte Sterne vor seinen Augen zum Blitzen, und dann wurde alles schwarz.

Als Konrad die Augen wieder öffnete, lag er im Sand und bekam keine Luft.
Verschwommene Gesichter beugten sich über ihn, er hörte Stimmen schreien.
Langsam wurde das Bild klarer …
Sein Vater, der irgendetwas sagte … Marthe, die nach seiner Hand griff und ihn fragte, ob er sprechen könne.
Aber es tat so weh! Etwas Warmes rann über seinen Körper und aus seinem Mundwinkel, und er bekam immer noch keine Luft. Da war dieser höllische Schmerz in der Brust, der jede andere Pein überstrahlte. Mit einem Rest von klarem Verstand reimte er sich die letzten Augenblicke zusammen: Er war an der Schulter getroffen und nach hinten gestürzt. Christian kam sofort herbeigerannt, weil einer seiner Füße sich im Steigbügel verfangen hatte, und brachte das Pferd zum Stehen.
Wie gern würde er seinem Vater sagen, dass es ihm leid tat.
Dieser Schmerz in seinen Augen! Er hatte ihn doch nur stolz machen wollen. Auch wenn Stolz eine Sünde war.

Markgraf Dietrich wollte sich jetzt keinen Schritt von seinem Sohn fortbewegen, den ein Lanzensplitter durchbohrt hatte. Und welche Verletzungen der Sturz angerichtet hatte, musste sich erst noch zeigen.
Marthe, eben noch ausschließlich mit dem Verunglückten beschäftigt, richtete sich auf und bat Dietrich mit einem Blick, mit ihr rasch zur Seite zu treten.
»Ihr solltet einen Priester holen«, flüsterte sie mit Tränen in den Augen.
Dietrich erstarrte.

»Ihr müsst doch irgendetwas tun können! Ihr findet doch immer einen Weg, Menschen zu heilen …«, flehte er.
Dass Marthe reglos dastand und weinte, war Antwort genug.
Sein Sohn! Sein einziger legitimer Sohn und Erbe! Wenn er starb, erlosch seine Linie. Und er hatte doch so große Pläne mit dem Jungen gehabt …
Es war alles seine Schuld. Die Strafe für seine Sünde. Für den Ehebruch mit seiner Schwägerin. Fassungslosigkeit, Gram und Schuldgefühle überwältigten ihn. Doch noch musste er die Tränen zurückhalten.
Er ging zurück zu seinem Sohn und hielt dem Sterbenden die Hand.
»Es wird gut«, flüsterte er ihm zu.
Konrad wollte etwas sagen. Mühsam bewegte er die Lippen. Doch es tat so weh! Dann schien der Schmerz plötzlich zu verschwinden, auch die Gesichter über ihm wurden zu Schemen, die verblassten.
Erst als Konrad seinen letzten Atemzug getan hatte, ließ Dietrich seinen Tränen freien Lauf.

Es kam noch schlimmer.
Als Dietrichs toter Sohn in eine Kammer getragen, aufgebahrt, gewaschen und in seine Totengewänder gehüllt worden war, trat ein Gesandter des Meißner Bischofs Martin ein, musterte die um den Toten versammelten trauernden Verwandten und räusperte sich.
Dann verkündete er wichtigtuerisch: »Hochwürden lässt ausrichten: Da der Verstorbene bei einem Turnier zu Tode gekommen ist, welche bekanntermaßen vom Papst verboten sind, trifft ihn der Bann, der über alle verhängt ist, die sich diesem Verbot widersetzen. Soll heißen, der Verstorbene darf kein christliches Begräbnis erhalten und nicht in geweihter Erde beigesetzt werden.«
Das bedeutete ewige Verdammnis.

Hedwig sah mit tränenüberströmtem Gesicht auf und tastete nach Dietrichs Hand. Doch der war kreideweiß geworden und erstarrte.

Otto reagierte als Erster. Er würde es nicht hinnehmen, dass sein Neffe außerhalb des Gottesackers verscharrt wurde wie ein Dieb!

Aber am Starrsinn des Meißner Bischofs scheiterte auch seine wütende Fürsprache.

»Ich darf nicht aus eigenem Willen gegen die Festlegungen des päpstlichen Konzils entscheiden«, erklärte Bischof Martin mit einem kaum verborgenen Hauch von Genugtuung. »Reist zu Erzbischof Wichmann nach Magdeburg. Vielleicht lenkt er ein und gestattet eine Ausnahme. Doch es fällt mir schwer, das zu glauben, denn Höchstwürden Wichmann hat diese Bestimmung selbst noch einmal verschärft.«

»Wir bringen meinen Sohn ins Kloster auf dem Petersberg«, entschied Dietrich nach einem Moment fassungslosen Schweigens. Er war Vogt dieses Klosters und würde dem Abt Gold für einen neuen Messkelch schenken, damit sein Sohn an der Seite seines Großvaters bestattet wurde, des alten Meißner Markgrafen Konrad.

Doch als er und seine Brüder mit den sterblichen Überresten Konrads auf dem Petersberg eintrafen, teilte ihnen der Abt mit, dass er den Weisungen Erzbischof Wichmanns unterstehe und dieser es strikt untersagt habe, den Turniertoten in der Stiftskirche zu bestatten – und schon gar nicht vor dem Hauptaltar neben seinem erlauchten Großvater.

»So hartherzig kann unser Vetter doch nicht gegen seinen armen Verwandten sein!«, flehte Hedwig unter Tränen.

Aber alles Reden und Bitten nutzte nichts. Also brachen die wettinischen Brüder gemeinsam zu Wichmann auf.

Sühne

Wichmann, Dietrich und seine Brüder,
Hedwig und Mathilde;
Magdeburg, Sommer 1174

Magdeburg empfing sie mit Sturmböen und heftigen Regenschauern.

Obwohl er völlig durchnässt war, lehnte es Dietrich ab, zuerst sein Quartier aufzusuchen, sondern ritt sofort zum erzbischöflichen Palast am Domplatz. Sollten sich Hilbert und seine Brüder um die Unterkunft kümmern.

Mit jeder Stunde, die er eher mit Wichmann sprach, konnte er seinem armen Sohn eine Stunde Höllenqualen ersparen, und Konrads Seele konnte endlich Frieden finden.

Nicht nur Otto und Hedwig begleiteten Dietrich in die Domstadt, sondern auch Dedo und Mathilde sowie seine beiden jüngsten Brüder, Heinrich von Wettin und Friedrich von Brehna.

Nach Einschätzung des Meißner Bischofs und auch des Abtes hatten sie wenig Aussicht auf Erfolg, denn Wichmann galt als strikter Befürworter des Turnierverbots. Doch vielleicht ließ er Milde walten, wenn er die gesamte Familie in ihrer Trauer als Bittsteller vor sich sah.

»Geh nur zu Wichmann! Wir kommen nach, so rasch wir können«, versprach Otto, der seit dem Unglück nachdenklicher geworden war.

Dietrich erahnte Hedwigs traurige Blicke in seinem Rücken, als er seinen Hengst Richtung Elbe trieb. Er sehnte sich nach ihr, um Trost zu finden, und sei es nur in einer unschuldigen Umarmung. Und gleichzeitig wollte er sich auch jeden Gedanken an sie verbieten, selbst wenn das unmöglich war.

Er wolle die Sünde auf sich nehmen, hatte er ihr in Goslar versprochen. War dies nun seine Sühne, seine Strafe?

Dass er seinen einzigen legitimen Sohn verlor und ihn nicht einmal in geweihter Erde begraben konnte? War das alles seine Schuld?
Im Palast des Erzbischofs teilte ihm ein Bediensteter mit, Höchstwürden sei beschäftigt und habe erst in einer Stunde Zeit für ihn.
Dietrich nahm es kommentarlos hin, trat an ein Fenster und starrte hinaus, auf irgendeinen unbestimmten Punkt in der Ferne. Seine Gedanken kreisten nur um ein Thema und verloren sich in düstersten Phantasien, während seine Kiefer mahlten.
Er hatte keine Ahnung, wie viel Zeit vergangen war, als seine Brüder, Hedwig und Mathilde eintrafen.
Sie tauschten bedeutungsschwere Blicke, aber niemand sagt ein Wort. Alles hing nun von Wichmann ab, ihrem Vetter.

Beim nächsten Glockenläuten wurden sie gemeinsam in den Saal geführt, in dem Wichmann Besucher empfing.
Wie stets waren seine Gewänder aus kostbarsten Stoffen gefertigt und üppig verziert; er hatte die Hände vor dem Leib verschränkt und blickte mit einer Mischung aus Bedauern und Vorwurf auf seine trauernden Verwandten.
»So gib doch deinem Herzen einen Stoß, Vetter!«, flehte Dietrich, während ihm schon wieder Tränen in die Augen stiegen. Er war hohlwangig geworden in den letzten Tagen, dunkle Schatten lagen unter seinen Augen.
»Willst du deinen jungen Verwandten wirklich einem solch grauenvollen Schicksal ausliefern – der ewigen Verdammnis? Er war ein guter Junge. Er hatte vor seiner Schwertleite gebeichtet und war von allen Sünden freigesprochen worden. Und kurz vor seinem letzten Atemzug gewährte ihm ein Priester die Absolution …«
»Was dieser Priester nicht hätte tun dürfen!«, rügte Wichmann streng. »Ihr alle kanntet die Festlegungen des Heiligen

Stuhls, die seit Jahrzehnten gelten, auch wenn sich viele nicht daran halten. Und ihr kennt die Gründe für das Turnierverbot! Turniere verleiten die Ritter zu Todsünden: Stolz, Hass, Neid, Habgier, Ruhmsucht, Eitelkeit … Wie viele Männer haben ihre Familien in die Armut gestoßen, weil sie bei Turnieren ihre Rüstung, ihr Pferd und ihre Waffen dem Gewinner übergeben mussten? Wie viele Männer haben leichtsinnig dabei ihr Leben aufs Spiel gesetzt, so wie Dietrichs Sohn, ohne triftigen Grund, nur zum Vergnügen und für eitlen Ruhm, für die Gunst der Weiber? Wie viele haben es riskiert, tödlich zu verunglücken, ohne die Sterbesakramente empfangen zu können?«

»Meinem Sohn wurde eine Falle gestellt«, erklärte Dietrich mit brüchiger Stimme. »Er wurde von einem hinterlistigen Feind aufgestachelt, zum Tjost anzutreten. Das erfuhren wir erst, als das Unglück schon geschehen war. Der Übeltäter musste sich auf Ottos Befehl am nächsten Tag einem Gottesurteil stellen und wurde getötet. Gott hat gesprochen: Dieser Randolf war schuldig«, argumentierte er und dachte: Noch ein Grund mehr, in Christians Schuld zu stehen. Der Mann hat sein Leben riskiert, als er – selbst noch verwundet – gegen diesen Feind antrat. Aber er hat ihn bezwungen, zu seiner und meiner Erlösung. Randolf büßt in der Hölle. Nur bringt mir das meinen Sohn auch nicht wieder.

»Du hast die Macht, dem armen Jungen mit einem einzigen Satz Frieden zu schenken«, bedrängte Otto seinen Vetter. »All die Jahre waren wir Verbündete, als es gegen den Löwen ging. Und jetzt lässt du uns im Stich, berufst dich auf den Jahrzehnte alten Erlass eines Papstes, der schon längst gestorben ist …«

»Ihr *wusstet* von dem Bann – seit Jahrzehnten!«, beharrte Wichmann.

Nun geriet Otto in Rage.

»Dass dein Dompropst ein Töchterchen verheiratet, das hat

dich nicht bekümmert, wie jedermann weiß! Aber bei deinem eigenen Verwandten willst du päpstlicher sein als der Papst?«

»Ich bin ein Mann, der durchaus auch für weltliche Dinge Verständnis hat«, widersprach der Erzbischof zunehmend ungehalten. »Das habe ich nie geleugnet. Doch zuallererst bin ich ein Mann Gottes. Für mich gelten die Gesetze des Heiligen Stuhls. Und ich werde mir auch nicht nachsagen lassen, Verwandte zu bevorzugen.«

»Vetter, erbarmt Euch doch!«, bat Hedwig sanft, doch von Angst gepeinigt, sie könnten Wichmann womöglich nicht umstimmen. »Ist Erbarmen nicht eine der wichtigsten christlichen Tugenden?«

Sie argumentierten hin und her, doch vergebens.

Dietrich konnte schließlich nicht länger an sich halten. Unter Tränen sank er auf ein Knie und blickte zu Boden.

Seine Brüder und ihre Frauen folgten seinem Beispiel. Dieser Demutsgeste als Bitte um Verzeihung und Gnade durfte sich der Erzbischof nicht verweigern.

Stille legte sich über den prunkvollen Saal, nur unterbrochen von Hedwigs Schluchzen. Sie wurde ihrer Trauer nicht mehr Herr – über den Tod dieses verheißungsvollen jungen Mannes, der ihr wie ein Sohn ans Herz gewachsen war, über die Verzweiflung ihres heimlichen Geliebten und darüber, dass Konrad nicht in geweihter Erde seine letzte Ruhe finden durfte.

Dietrich wagte es immer noch nicht, den Kopf zu heben und dem Erzbischof in die Augen zu sehen. Unfähig zu einem klaren Gedanken und in Erwartung der erlösenden Worte, blickte er starr auf Wichmanns Füße. Der Magdeburger Erzbischof liebte prunkvolle Kleider über alle Maßen. Selbst seine Schuhe waren mit in Gold gefassten Saphiren und Türkisen besetzt.

»Bist du jetzt zufrieden, da wir alle vor dir knien?«, rief Otto unwirsch in die Stille hinein. »Wir tun es, um diesem armen

Jungen, *deinem Großneffen,* ein so grauenvolles Schicksal zu ersparen. Wie weit sollen wir uns noch erniedrigen, nur damit du mit deiner Treue zum Heiligen Stuhl prahlen kannst?«

Das bringt uns nicht weiter, dachte Mathilde bang. Wenn Otto den Erzbischof herausfordert, wird der noch weniger bereit sein, einzulenken. Ich muss eingreifen, jetzt sofort, sonst findet der arme Junge nie seine Totenruhe.

Rasch erhob sie sich, um Otto und Wichmann am Streiten zu hindern, und sank in einen tiefen Knicks.

»Höchstwürden …«, begann sie freundlich und wohlüberlegt. »Wie es scheint, stecken wir alle in einem Dilemma fest, das sich nicht auflösen lässt. Und ein weiterer Disput in dieser Runde brächte uns heute vermutlich nicht voran. Wir sollten alle Rat und Erleuchtung im Gebet suchen. Doch würdet Ihr mir zuvor die Gunst eines Gesprächs unter vier Augen gewähren?«

Hedwig blickte erstaunt, Otto ganz und gar konsterniert, ja geradezu entrüstet über diese völlig unerwartete und in seinen Augen unpassende weibliche Einmischung. Dietrich konnte vor Kummer kaum noch einen Gedanken fassen, und einzig Dedo ahnte, worauf das Verhalten seiner Gemahlin hinauslaufen könnte.

Wichmann war ebenfalls verblüfft. Aber er stimmte seiner Base darin zu, dass dies hier heute wohl zu keiner zufriedenstellenden Lösung führen würde.

Mit einer Geste bedeutete er den vor ihm Knienden, sich zu erheben.

»Kommt morgen wieder. Ich muss nachdenken und beten«, erklärte er unwillig und wartete ab, bis alle außer Mathilde, die er neugierig musterte, gegangen waren. Er hatte bereits gehört, dass die Schwester seines Kölner Amtsbruders bemerkenswert klug war, aber bislang noch nie ein Gespräch mit ihr geführt.

Mit einer Geste erteilte er der Gräfin von Rochlitz und Groitzsch das Wort.

»Höchstwürden«, begann sie äußerst respektvoll und legte eine kleine Pause ein, bevor sie eindringlich und nüchtern zugleich zu argumentieren begann.

»Wie ich von meinem *geliebten Bruder,* Erzbischof Philipp von Köln, weiß …«

Wieder legte sie eine kleine Pause ein, dann ließ sie die Katze aus dem Sack.

»… arbeitet Ihr beide intensiv daran, den Kaiser zu einer Aufhebung des Schismas zu bewegen, zu der unausweichlichen und dringend nötigen Aussöhnung mit Papst Alexander. Doch wie man hört, zeigt Seine Kaiserliche Majestät keinerlei Neigung, Euch und damit der Vernunft in dieser Angelegenheit Gehör zu schenken.«

Ein rascher Blick auf Wichmanns Miene zeigte, dass sie auf dem richtigen Weg war. Jedermann hatte etwas, das er sich sehnlichst wünschte, also würde sie dem Magdeburger einen Handel vorschlagen, dem er nicht widerstehen konnte.

Mathilde gestattete sich ein winziges Lächeln, wenn auch nur einen Lidschlag lang. Schließlich ging es hier um eine höchst traurige Angelegenheit.

»Bei der Revolte gegen den Löwen waren mein Gemahl und meine Schwäger Eure treuen Verbündeten und werden es auch weiterhin sein, sollte sich die Notwendigkeit dazu ergeben. Doch welchen Papst der Kaiser anerkennt …« Sie zuckte mit den Schultern. »Ihr wisst, Dietrich hat das Ohr des Kaisers. Er wurde von ihm mehrfach zu diplomatischen Missionen ausgesandt, und das mit Erfolg. Er könnte Euch ein wichtiger Verbündeter sein, wenn es darum geht, den Kaiser auf den richtigen Pfad bezüglich des Schismas zu führen.«

Wichmanns Miene ließ den aufmerksamen Beobachter erkennen, dass ihn dieser Gedankengang überraschte, aber auf fruchtbaren Boden fiel. Der Erzbischof von Magdeburg zählte zu denjenigen Fürsten, die Klugheit bei einer Frau durchaus zu schätzen wussten. Seine Mutter, die Gräfin von Seeburg und Schwester des alten Meißner Markgrafen Konrad, war eine kluge Frau gewesen. Sie hatte auch Mathilde geheißen. Und *diese* Mathilde hier, die Heinsbergerin, kam zweifellos nach ihrem Bruder Philipp, einem brillanten Denker und Strategen.

Die Gräfin von Groitzsch fühlte sich durch Wichmanns aufmerksamen Blick ermutigt, weiterzusprechen.

»Habt Ihr nicht Dietrichs abgrundtiefe Verzweiflung gesehen? Er ist kaum mehr er selbst! Soll er denn so werden wie der sechste Welf? Der sich seit dem Tod seines einziges Erben um nichts mehr kümmert, seine Herrscherpflichten vergisst und nur noch sein Silber verprasst und verhurt, zum maßlosen Kummer seiner Frau?«

Nun legte sie alle Inbrunst in ihren Appell.

»Höchstwürden, gebt Eurem gütigen Herzen einen Stoß, gewährt diesem armen Jungen und seinem unglücklichen Vater Vergebung! So wie es einem großen Fürsten zukommt, nachdem schon die ganze Familie unter Tränen vor Euch auf die Knie gesunken ist. Und Dietrich wird – getröstet und mit Leidenschaft – das Seinige tun, den Kaiser auf den rechten Weg zu führen.«

Verblüfft starrte Wichmann auf die etwas füllige Frau vor sich. Sie war wahrhaftig die Schwester ihres scharfsinnigen Bruders. Feilschte hier mit ihm wie auf dem Markt und schlug ihm einen Handel vor, den er nicht ausschlagen konnte und auch gar nicht wollte. Die Heinsbergerin hatte genau *das* Argument geliefert, um bei ihm Begehrlichkeiten zu wecken. Und war es letztlich nicht in Gottes Sinn, wenn es ihm gelang, endlich dieses leidige Schisma beizulegen, diesen nun schon fünfzehn Jahre währenden Streit?

»Ich brauche Zeit, ich muss Rat im Zwiegespräch mit Gott finden. Und ich brauche Sicherheiten.«

Insgeheim atmete Mathilde auf. »Ich bin mir gewiss, daran wird es nicht scheitern, Höchstwürden.«
Erneut sank sie in einen tiefen Knicks. Dann durfte sie aufstehen und den Ring des Erzbischofs küssen.

Dedo hatte vor dem Palast mit einigem Geleit auf Mathilde gewartet. Er nieselte nur noch, als sie zum Quartier der Wettiner ritten.
Dort wurden sie schon ungeduldig erwartet.
»Gehen wir in eine Kammer, ich möchte die Dinge nicht hier auf der Straße ausposaunen wie ein Marktweib.«
Doch länger als unbedingt nötig wollte sie die anderen nicht hinhalten, ganz besonders nicht den verzweifelten Dietrich.
»Wir dürfen in einer Woche wieder vorsprechen«, gab sie bekannt, als sie unter sich in einem Raum waren. Diese Frist hatte sich der Erzbischof ausbedungen, um den Schein zu wahren – damit es nicht hieß, er habe sich in dieser wichtigen Frage im Handumdrehen umstimmen lassen.
»Weiter hast du nichts erreicht?«, murrte Otto enttäuscht, und auch die verweinte Hedwig hielt den Atem an.
»Wir werden erneut gemeinsam vor ihm niederknien. Und ihr Männer werdet schwören, nie wieder ein Turnier auszurichten oder an einem Turnier teilzunehmen«, fuhr Mathilde fort, ohne sich von ihrem mürrischen Schwager beeindrucken zu lassen.
»Das ist es uns wert, wenn nur der Junge endlich in geweihter Erde begraben werden darf«, willigte Otto sofort ein, auch wenn dies ein nicht zu unterschätzendes Opfer darstellte. Glanzvolle Turniere auszurichten, war ein Sinnbild fürstlicher Macht und Repräsentation.
»Konrad vor dem Hauptaltar der Peterskirche an der Seite eures erlauchten Vaters beizusetzen, wird Wichmann nicht zulassen. Ihr dürft meinen armen Neffen außerhalb der Kirche begraben, jedoch so, dass sein Kopf die Kirchenmauer

berührt«, berichtete Mathilde bedrückt. »So steht Dietrichs Sohn in Verbindung mit der Kirche und Gott. Mehr konnte ich nicht erreichen. Aber das ist doch schon eine Erleichterung, nicht wahr?«

Dietrich atmete tief durch und legte eine Hand über die Augen. Nach der anderen Hand griff Hedwig und hielt sie tröstend, was Mathildes aufmerksamem Blick nicht entging.

Sie würde später mit Dietrich allein darüber sprechen, was Wichmann sonst noch von ihm erwartete.

Rachefeldzug

Friedrich, Beatrix, ihr Sohn Heinrich,
Stefano di Stella;
Susa, 28. und 29. September 1174

Sieben lange Jahre hatte Friedrich auf diesen Moment gewartet.

Endlich kehrte er nach Italien zurück, mit einem achttausend Mann starken Heer, um sich dort für die erlittene Schmach zu rächen, den Lombardischen Städtebund in die Knie zu zwingen und die *Strohstadt* zu vernichten, die die Piemontesen zwischen Turin und Cremona errichtet hatten und ihm zum Hohn *Alessandria* nannten, nach diesem selbstherrlichen falschen Papst! Der sich auch noch anmaßte, jener Ansammlung windschiefer strohgedeckter Hütten den Titel »Stadt« zu verleihen, was ausschließlich dem Kaiser zustand!

Doch ehe er sich mit Alessandria und den anderen widerspenstigen Städten befasste, würde er am Beispiel von Susa aller Welt zeigen, was es bedeutete, den Kaiser des Heiligen Römischen Reiches herauszufordern und zu verhöhnen.

Friedrich führte sein Heer über genau jenen schmalen Pass des Monte Cenis, auf dem er vor fast sieben Jahren aus Italien hatte fliehen müssen, und er fühlte sich dabei wie ein Racheengel, der aus den Himmelssphären niederstieg.

Als sie Susa in der Ebene vor sich sehen konnten, rief er seinen nunmehr ältesten Sohn zu sich, den neunjährigen, zum König gekrönten Heinrich.

Der Junge würde während des Feldzuges mit seiner Mutter in Pavia weilen; das war fast die einzige Stadt in Oberitalien, die dem Kaiser noch die Treue hielt. Sie verdankte ihm ihr Fortbestehen, und er hatte sie stark und wehrhaft wiedererrichten lassen. Doch zuvor sollte sein Sohn genau hier eine besondere Lektion lernen – unerlässlich für ihn als künftigen Herrscher.

Friedrich legte seinem Thronerben eine Hand auf die Schulter und zeigte hinab ins Tal.

»Siehst du die Stadt dort unten, Sohn?«

»Ja, Vater.«

Heinrichs Stimme war noch dünn und hell. Doch er lernte begierig, was er für seine künftige Regentschaft wissen musste.

»Susa«, stieß sein Vater hasserfüllt hervor. »Dort hat man mich verhöhnt – mich, den Kaiser! Sie wollten mich meucheln, und sie hielten deine Mutter gefangen. Doch nun wird Susa erleben, wie sich ein Kaiser von Gottes Gnaden für solch eine Schmach rächt. Sieh genau hin, mein Sohn! Sieh hin und lerne, wie ein Kaiser *Gerechtigkeit* übt! Vergeltung für eine ungeheuerliche Schmach. In zwei Tagen wird von Susa nur noch Schutt und Asche übrig sein.«

Heinrich nickte zufrieden.

»Ich freue mich darauf«, sagte er mit seiner hellen Stimme.

»Ein Kaiser darf sich so etwas nicht bieten lassen, sonst ist er des Thrones nicht wert«, fuhr Friedrich in seinen Rachegedanken fort. »Mit eiserner Hand und ohne Gnade werde ich sie lehren, was es heißt, mich herauszufordern.«

Nun beugte er sich ein Stück hinunter, um dem Jungen in

die Augen zu sehen. »Merke dir, mein Sohn: Ein Herrscher muss von seinen Verbündeten geliebt und von seinen Feinden gefürchtet werden! Sonst wird seine Herrschaft nicht von langer Dauer sein.«

Heinrich nickte erneut. Er würde es beherzigen.

Er sah zu seiner Mutter, und auch sie zeigte eine ungewohnt grimmige Miene. Beatrix hatte nicht eine Einzelheit davon vergessen, wie sie hier verhöhnt und gedemütigt worden war – weder den verwahrlosten Zustand des Castello, in dem sie Quartier bezogen hatten, noch die Dreistigkeit der Consuln, die ihr die Tore versperrten und ihr auf dem Markt die Käufe verwehrten.

Auch der neunjährige König Heinrich fand, Susa sollte brennen. Seinem erlauchten Vater, dem Kaiser, und seiner Mutter, der Kaiserin, durfte niemand ungestraft den Gehorsam verweigern.

Der Anmarsch des Heeres wurde von Susa aus mit großer Sorge beobachtet. Es gab Geschrei und viel kopfloses Hin und Her in den Straßen, die Glocken läuteten Sturm, Menschen auf den Feldern vor der Stadt ließen alles stehen und liegen und flohen hinter die Mauern. Die Stadttore wurden geschlossen, die Mauern mit Bogenschützen bemannt.

Das wird euch nicht retten!, dachte Friedrich grimmig, als er sich Susa näherte.

Er hätte gern ein noch größeres Heer gehabt. Die achttausend Bewaffneten, die nun in die Ebene hinabstiegen, waren nicht sehr viel angesichts der Kämpfe, die ihnen in der Lombardei und der Toskana bevorstanden.

Doch seine weltlichen Fürsten hatten erbärmlich wenig Neigung gezeigt, ihn auf diesem fünften Italienfeldzug zu begleiten. Der letzte hatte auch wegen der Seuche vor Rom verheerend geendet, tausende Männer gekostet und etliche adlige Häuser ausgelöscht. Also kauften sich die meisten weltlichen

Herren von der Heerfolge frei, und dafür hatte Friedrich hohe Summen gefordert. Ungeheuer hohe Summen – zum Beispiel vom Meißner Markgrafen, der sich so gern seiner überaus ergiebigen Silbergruben rühmte. Nur dem Markgrafen der Lausitz sah er trotz des Streits bei ihrer letzten Begegnung sein Fehlen nach. Der bedauernswerte Dietrich musste sich um das Begräbnis für seinen tragisch verunglückten Sohn kümmern und würde nachfolgen, sobald er konnte.
Aber auch sein Vetter Heinrich war schon wieder nicht dabei! Seit seiner Rückkehr aus dem Heiligen Land schien der Löwe nur noch damit beschäftigt, Braunschweig zu vergrößern und einen Dom zu errichten, und er hatte sich wie jedes Mal mit drohenden Angriffen der Ludowinger und der Askanier herausgeredet.
Abgesehen von Soběslav, dem jungen Herzog von Böhmen, hielt vor allem die Geistlichkeit zu ihm. Der getreue Erzbischof Philipp, der sich von der Stadt Köln sogar tausend Mark Silber geliehen und ihr dafür das Münzrecht erteilt hatte, um ein Heer aufzustellen. Der ansonsten so sparsame Erzbischof Arnold von Trier. Und der Erzbischof von Mainz, den er zu Verhandlungen vorgeschickt hatte. Christian von Mainz hatte zusätzlich noch ein Söldnerheer aus Flandern in seine Dienste genommen, dessen Name allein schon Alpträume verursachte: die Brabanzonen. Es war der furchterregendste Söldnerhaufen Europas. Erst im Vorjahr hatte der englische König mit dieser aus landlosen nachgeborenen Söhnen, Raufbolden, Vergewaltigern und Totschlägern zusammengewürfelten Horde die Aufstände in der Bretagne und der Normandie niedergeworfen. Jetzt ergoss sich das mordlustige Gesindel grölend und Äxte schwingend in das Tal am Nebenarm des Po. Schon auf dem Weg hierher hatten sie plündernd und brandschatzend eine Spur aus Tod und Schrecken hinterlassen.
Üblicherweise marschierte der blutrünstige Haufen, der sich seinen Proviant gewaltsam aus den durchquerten Orten holte,

getrennt vom kaiserlichen Heer. Doch heute und morgen würde er hier gebraucht werden.
Während der reguläre Teil von Friedrichs Streitmacht erst einmal sein Lager errichtete, schwärmten die Brabanzonen schon aus und ließen ihrer Zerstörungswut freien Lauf.
Christian von Mainz hatte ihnen gesagt, sie müssten sich noch einen Tag gedulden, bis sie die Stadt einnehmen und plündern durften. Aber sie könnten sich mit ausdrücklicher Billigung des Kaisers sofort nützlich machen, indem sie die Olivenhaine, Felder und Weinstöcke rund um Susa vernichteten. Das taten sie dann unter lautem Gebrüll mit Inbrunst und Gründlichkeit.
Von ihren Stadtmauern aus sahen die Menschen von Susa fassungslos das Wüten der Äxte und an etlichen Stellen aufflammende Feuer. Ihre Wehklagen waren bis zum Lager des Kaisers zu hören. Für Friedrich klang es wie Musik in den Ohren.

Die Sonne begann schon zu sinken, als das Haupttor von Susa einen Spalt breit geöffnet wurde. Heraus traten unaufgefordert die Consuln als Unterhändler der Stadt.
Sie ritten nicht, sondern liefen zum Zeichen ihrer Demut die ganze Strecke zu Fuß. Das Lager das Kaisers war – wie bei einer Belagerung üblich – etwas mehr als eine Pfeilschussweite von den Mauern aus alter Römerzeit entfernt errichtet. So blieb Friedrich genug Zeit, die Männer in Augenschein zu nehmen.
Die Stadtväter waren einsichtig genug, nicht diejenigen Consuln zu schicken, die vor sieben Jahren ein so übles Spiel mit der kaiserlichen Familie getrieben hatten: Matteo, Nicolo und Giuseppe.
Nun schlurfte ein Greis voran, gebeugt und mit weißem Haar, doch würdevoll auf einen Stock gestützt. Ihm folgten elf weitere Ratsherren unterschiedlichen Alters, allesamt in Bußgewänder gekleidet.

Ungerührt sah Friedrich zu, wie der Weißhaarige mühsam einen Schritt vor den anderen setzte. Durch eine so plumpe Zurschaustellung würde er sich nicht zu Mitleid hinreißen lassen.

Einen halben Steinwurf vom Lager entfernt blieben die Männer stehen und verharrten. Das Protokoll verlangte, dass sie dem Kaiser angekündigt wurden und die Erlaubnis erhielten, vor ihn zu treten – falls Seine Majestät überhaupt geneigt war, sie zu empfangen.

Doch Friedrich ließ sie eine Weile in der immer noch sengenden Hitze warten, ehe er endlich Stefano ausschickte, damit der nach ihrem Begehr fragte und sie zum Lager führte.

Der Kaiser thronte vor seinem roten Prunkzelt, das vom häufigen Gebrauch mittlerweile verblichen war. Er trug zwar keine Krone, dafür bestand kein Anlass, aber eine Kappe, die mit Gold bestickt und mit Edelsteinen verziert war und fast wie eine Krone wirkte. Zu seiner Rechten saß sein Sohn, der junge König Heinrich, zu seiner Linken mit eisiger Miene Beatrix, die nichts von ihrer sonstigen Liebenswürdigkeit zeigte.

Dann traten die Abgesandten vor die kaiserliche Familie, und Stefano übersetzte – wie immer in dem Bestreben, durch behutsam geglättete Formulierungen zu schlichten. Doch diesmal hegte er kaum Hoffnung, das zu schaffen.

Die Consuln verneigten sich tief vor Kaiser, Kaiserin und König, wobei sich der Alte zitternd an seinem Stock festklammerte. Ein junger Begleiter stützte ihn, als sie sich endlich wieder aufrichten duften.

»Jacopo!«, begann der Kaiser – es war der Name des Weißhaarigen, der von den anderen zum Sprecher auserkoren war. »Sag mir, was veranlasst euch Consuln, vor den Kaiser, die Kaiserin und den König zu treten, ohne dass ich nach euch rufen ließ?«

Jacopo zuckte ein wenig zusammen, seine Haltung blieb demütig.

»Edelste Majestäten, wir sahen Euch und Euer Heer kommen. Und wir stehen hier, um Euch zu versichern, dass wir mit größter Ehrfurcht und Ergebenheit alle Wünsche Ihrer Kaiserlichen Majestäten erfüllen werden, so gut wir es vermögen.«
Dann dürft ihr gern eure Häuser selbst in Brand stecken!, dachte Friedrich eiskalt und verschränkte die Arme vor der Brust.
»So sorgsam, pflichtgetreu und ehrerbietig wie voriges Mal, als ich mit meiner Gemahlin in Susa weilte, der Kaiserin?«, höhnte er. »Mit Meuchelmördern, die ihre Messer wetzten, mit schimmligem Brot in einem ungeheizten Castello, mit versperrten Toren?«
Jacopo wurde bleich und krümmte sich vor Unbehagen.
»Womöglich gab es einige Missverständnisse …«
Friedrich runzelte die Augenbrauen und setzte sich aufrechter.
»Ihr wagt es, diese Unverschämtheiten als *Missverständnis* schönzureden?«, schrie er.
Die Consuln sanken allesamt auf die Knie, und Jacopo wagte zaghaft einen neuen Vorstoß, den einzigen, der ihm noch blieb.
»Wir können Euch nur ergebenst um Gnade bitten. Nennt uns Eure Bedingungen, und wir werden sie allesamt getreulich erfüllen.«
Jacopo wusste ebenso wie seine Begleiter: In anderen in Ungnade gefallenen Städten hatten die Consuln barfuß und mit in den Nacken gelegten blanken Schwertern vor dem Kaiser knien müssen. Das würden sie ebenfalls tun, sollte es nötig sein, um ihre Stadt zu retten. Und wenn selbst das nicht reichte, den Zorn des Kaisers zu besänftigen …
»Wir sind auch willens, Euch eine beträchtliche Menge Silber zu zahlen, als Ausdruck unserer Freude über Euer Kommen.«

Stefano übersetzte und sah auf den Kaiser. Würde er sich mit Geld beschwichtigen lassen? Ein Feldzug war immerhin eine kostspielige Angelegenheit.

Doch die Antwort ließ das Herz des Sprachkundigen erstarren.

»Es kann keine Gnade für Susa geben. Der einzige Rat, den ich den Bewohnern in meiner allumfassenden Güte geben kann: Schnürt eure Bündel und verlasst heute noch die Stadt! Denn morgen wird sie brennen.«

Der alte Mann begann zu weinen und wollte etwas sagen, doch Friedrich fiel ihm ins Wort.

»Geht zurück und seid dankbar, dass ich euch nicht alle blenden oder aufhängen lasse!«

Auch das war etlichen Gesandten und Geiseln auf Friedrichs Geheiß widerfahren.

Als Stefano übersetzt hatte, sah er lodernden Hass in den Augen einiger jüngerer Consuln.

Einer starrte ihn unverhohlen an, und als der Kaiser für einen Moment abgelenkt war, zog er mit einer raschen, kaum wahrnehmbaren Bewegung seine Handkante über die Kehle, als wollte er Stefano den Hals durchschneiden.

»Wir kennen Euch, jeder von Rom bis an die Berge kennt Euch!«, zischte sein Nebenmann dem Dolmetscher verächtlich zu. »Schämt Ihr euch nicht, diesem Mann zu dienen, wo Ihr doch aus Rom stammt? Verräter!«

Stefano warf einen besorgten Blick auf den Kaiser, der diese Worte angesichts der verächtlichen Mimik erraten musste und vielleicht in seinem Zorn beschloss, die Männer nun doch zu hängen oder zu blenden. Das Blut in seinem durch die Hitze geschwollenen Stumpf pulsierte drückend; am liebsten hätte er die metallene Hand abgerissen und von sich geschleudert.

»Ihr geht jetzt lieber, auf der Stelle!«, warnte er hastig.

Die Männer stemmten sich hoch, wobei der alte Jacopo Hilfe bekam, verneigten sich stumm, gingen zehn Schritte rück-

wärts und wandten sich dann Richtung Stadt, um die Warnung zu überbringen.
Wenig später läuteten die Glocken Alarm.
Der Kaiser, Beatrix und auch Heinrich hatten sich nicht gerührt, bis sich die Stadttore hinter den Konsuln wieder geschlossen hatten. Dann lehnte sich Friedrich zurück, ein kaltes Lächeln zog über sein Gesicht.
»Morgen wird Susa brennen. Das wird mein Geschenk für dich, Liebste!«
Beatrix lächelte ebenfalls.
»Ihr könntet mir kein schöneres machen, mein Gemahl.«

Asche und Rauch

Friedrich, Beatrix, Erzbischof Philipp von Köln,
Stefano di Stella, Marie Claire;
Susa, 30. September 1174

»Nehmt die Stadt!«
Mehr als diese drei Worte des Kaisers bedurfte es nicht, um das kaum zu bändigende Brabanzonenheer vollends zu entfesseln.
Brüllend und johlend rannten die Männer auf die Stadt zu, schwangen Schwerter, Äxte, Fackeln.
Alles, was sie an Rüstung, Kleidung und Waffen auf dem Leib trugen, hatten sie durch Raub, Brandschatzung und Leichenfledderei erbeutet. Die Nacht hatten die meisten von ihnen saufend verbracht, hatten schon geprahlt mit den Schätzen, die sie am nächsten Morgen in der reichen italienischen Stadt rauben würden, mit den Frauen, die sie schänden, mit den Männern und Burschen, denen sie die Köpfe mit der Axt spalten würden.
Das reguläre Heer des Kaisers hielt sich bei der Vernichtung

Susas zurück. Diese Stadt hatte Friedrich der brabanzonischen Horde versprochen.
Wie am Vortag thronten der Kaiser, seine Gemahlin und der junge König vor dem roten Zelt, um bei der Zerstörungsorgie zuzusehen.
Links und rechts von ihnen standen die Erzbischöfe von Köln, Trier und Mainz und der böhmische Herzog Soběslav.
Mit einem gewissen Bedauern sah Philipp von Köln die verrohten Gestalten auf Susa zustürmen. Weniger weil ihm die Menschen leid taten oder die Zerstörung einer Stadt seinen Abscheu weckte. So etwas musste eben sein im Krieg.
Aber er hätte gern einen Spähtrupp ausgeschickt, um in den Kirchen nach Reliquien zu suchen. Das hatte sein Vorgänger Rainald bei der Zerstörung Mailands getan und etliche erbeutet – als Glanzstück die Gebeine der Heiligen Drei Könige, die er feierlich nach Köln überführt hatte und die nun Unmengen von Pilgern anlockten, welche viel Silber zahlten, um sie sehen zu dürfen.
Nein, hier würde wohl nichts mehr zu finden sein, wenn diese Gottlosen ihr schauriges Werk vollbracht hatten.
Wie es schien, hatten bei weitem nicht alle Bewohner von Susa die Warnung ernstgenommen, die Stadt umgehend zu verlassen und gen Süden zu flüchten. Vielleicht wussten die Menschen auch nicht, wohin sie sollten, da das gesamte Umland verwüstet war.
Aus der Stadt drangen Entsetzensschreie – wegen der Entfernung nicht sehr laut zu hören und dennoch markdurchdringend. Steinwerk brach prasselnd zusammen, und bald züngelten die ersten Flammen empor.
Noch waren es kleinere Brandherde, über die Stadt verteilt. Denn das Söldnerheer würde nicht weitflächig niederbrennen, solange es noch irgendetwas zu plündern gab.
Doch als die Sonne im Zenit stand, war Susas Untergang besiegelt.

Die Flammenherde gingen ineinander über und vereinten sich zu Großfeuern. Das Gebälk des höchsten Kirchturms brannte lichterloh, und bald stürzte er krachend in das Dach.
Schwarze Rauchwolken schraubten sich über der brennenden Stadt empor. Der Wind trieb sie in Richtung des kaiserlichen Lagers, und schon bald folgte ein Flockengestöber aus Asche, die sich über alles legte und das Leinendach des roten Kaiserzeltes mit einer grauen Schicht bedeckte.

Sobald Susa lichterloh brannte, kehrten die Brabanzonen nach und nach zurück – blutverschmiert, berauscht vom Morden, taumelnd unter der Last ihrer Beute: Leuchter, Pokale, Stoffballen, Vorhänge, die sie achtlos über den Boden schleiften. Mancher ließ da und dort ein Stück fallen, weil er nicht alles tragen konnte. Doch sobald sich ein anderer danach bückte, wurden Messer gezogen und Äxte geschwungen.
Das Söldnerlager befand sich eine Viertelmeile abseits des kaiserlichen, doch das Grölen, die Schreie, die trunkenen Gesänge waren nicht zu überhören.
Stunden später, als die Brandherde kaum noch Flammen spuckten, sondern nur noch rußigen Qualm und Asche, winkte der Erzbischof von Köln Stefano zu sich, der mit versteinerter Miene etwas abseits stand und auf die sterbende Stadt starrte.
»Ich will mich vergewissern, ob Reliquien gerettet werden müssen«, kündigte er an und forderte ein Dutzend Ritter mit dem kaiserlichen Banner als Geleit, damit sie nicht versehentlich von Brabanzonen im Blutrausch erschlagen wurden.
Der schwarze Qualm brannte Stefano in den Augen, und Ascheflocken färbten sein dunkles Haar grau, als er hinter dem Erzbischof dumpf einen Fuß vor den anderen setzte, um sich mitten hinein in das Zentrum des Grauens zu begeben.
Was sich der Geistliche dabei von einem Dolmetscher erhoffte, war ihm unklar. Es würde dort niemanden mehr geben, den er auf Italienisch nach dem Weg fragen konnte.

Bei jedem Schritt wirbelten sie Wolken aus Staub und Asche auf. Eine Katze mit angesengtem Schwanz schoss kreischend an ihnen vorbei. Im Rauch erstickte Vögel fielen ihnen vor die Füße.
Das Stadttor stand weit offen, doch konnten sie nur ein paar Schritte weit sehen. Alles schien in Grau und Schwarz gehüllt, lediglich vom flackernden Rotgelb kleinerer Brandherde unterbrochen.
Im Fluss trieben dutzende Leichen, in den Gassen lagen in Stücke gehauene Kinder, tote Frauen mit zerrissenen Kleidern und entblößten Beinen, halbverkohlte Kadaver. Ein braunscheckiger Hund schlich in großem Bogen um sie herum, sie schreckten ein halbes Dutzend Ratten auf, die quiekend davonrannten. Eine verstörte Frau mit halbnackten Brüsten wankte an ihnen vorbei, ohne sie wahrzunehmen … Sie hatte wohl den Verstand verloren.
»Hier entlang!«, rief der Erzbischof und dirigierte sie in die Gasse, die zur Kathedrale di San Giusto führte.
Nicht weit von hier mussten der Augustusbogen und das Amphitheater aus alter römischer Zeit stehen, doch der Blick dorthin war von Rauch und Trümmern versperrt.
Die Tür der Kathedrale war weit geöffnet. Dennoch brauchten sie einen Moment, bis sich die brennenden Augen an das Halbdunkel im Inneren gewöhnt hatten. Ein Teil des Daches war eingestürzt, sie konnten durch das Loch ein Stück Himmel sehen. Nur wenige Schritte von der Tür entfernt erblickte Stefano ein halbes Dutzend Leichen – Frauen und Kinder, die sich in die Kirche geflüchtet und hier keinen Schutz gefunden hatten.
In der Nähe des Altars wühlten sich ein paar Söldner durch Schutt und verkohlte Balken. Einer hatte sich das liebevoll bestickte Altartuch wie einen Turban um den Kopf gewickelt.
»Ich hab was!«, schrie ein anderer beglückt in schwer ver-

ständlicher Sprache und hielt einen edelsteinbesetzten Pokal wie eine Trophäe in die Höhe.

Der Erzbischof räusperte sich und ging auf ihn zu, das Dutzend Ritter um sich zu seinem Schutz.

»Das ist ein Abendmahlskelch, der geht an die Heilige Mutter Kirche!«, sagte Philipp in befehlsgewohntem Ton und streckte eine Hand nach der Kostbarkeit aus.

Der Söldner – breitschultrig, blutverschmiert und mit einer Narbe quer über dem Gesicht – musterte ihn wie ein lästiges Insekt.

»Verschwinde, Pfaffe!«, knurrte er den Erzbischof an und griff nach seinem Dolch. »Oder willst du mit mir darum kämpfen?«

Lachend schwenkte er den Kelch in seiner Linken, und ein paar seiner Kumpane kamen neugierig näher.

Stefano, der nicht nur diese üble Schar im Auge behielt, sondern auch das halb zerstörte Kirchendach, räusperte sich, bis er endlich ein Wort herausbrachte.

»Höchstwürden, wir sollten schleunigst von hier verschwinden! Gleich bricht der Rest des Dachs zusammen.«

Philipp warf abwechselnd erschrockene Blicke auf die sich zusammenrottenden Söldner und die Überreste des Dachs, aus denen immer mehr Bruchstücke herabstürzten, und raffte dann seine aufwendigen Gewänder.

»Hinfort!«, befahl er eilig. Sie schafften es gerade noch zur Tür hinaus, ehe Balken und Steine prasselnd zu Boden krachten.

»Hier ist nichts mehr zu holen«, konstatierte der Erzbischof bedauernd, sobald sie sich vor den Trümmern und einer neuen Staubwolke in Sicherheit gebracht hatten.

Als Stefano ins kaiserliche Lager zurückkehrte, ging die Sonne langsam unter. In der Stadt loderten immer noch vereinzelt Brände. Die merkwürdige Mischung aus verblassendem Licht und Qualm verwandelte die Szenerie in ein apokalyptisches

Bild mit grölenden schwarzen Schemen vor rötlichem Hintergrund.
Vom Erzbischof entlassen, ging Stefano sofort zu dem Zelt, in dem er mit Marie Claire und ihrer kleinen Tochter wohnte. Marie Claire saß steif auf einem Schemel und hielt etwas in der Hand, das er nicht gleich erkannte.
Erst langsam schien sie aus ihrer Betäubung zu erwachen. Sie wandte sich ihm zu und zeigte ihm das kleine holzgeschnitzte Kätzchen, mit dem ihre Tochter so gern spielte.
»Ein Mädchen hat es mir damals auf dem Markt von Susa geschenkt«, erinnerte sie mit ausdrucksloser Stimme. »Ob sie wohl verbrannt ist mit all dem Spielzeug? Oder geschändet wurde? Und der freundliche Ölhändler, der Bäcker mit dem köstlichen Brot?«
Stefano wusste genau, worauf sie hinauswollte. Doch da sprach sie es schon aus.
»Es mögen ein paar Männer geplant haben, den Kaiser zu ermorden. Aber es ist nicht geschehen! Die Unverschämtheiten dreier Consuln rechtfertigen doch nicht *das!* Dieses Gemetzel, die Grausamkeiten, das Blut …«
Stefano trat zu seiner Frau und nahm ihre eiskalten Hände in seine.
»Hast du es gesehen? Sogar Beatrix hat gelacht!«, flüsterte Marie Claire entsetzt. »Ich kenne sie seit meiner Kindheit, wir sind zusammen aufgewachsen. Nie hätte ich gedacht, dass sie zu solcher Herzlosigkeit fähig ist.«
»Sie hat keine Hand gerührt, um jemandem zu schaden«, meinte Stefano matt und gegen seine Überzeugung.
»Sie hat auch keine Hand gerührt, um jemandem zu *helfen!*«, widersprach Marie Claire heftig. »Mit keinem Wort bat sie ihren Mann um Milde, wie sie es früher oft tat!«
Sie schwiegen beide eine Weile voll Bitterkeit.
Dann sprach Stefano aus, was sie beide dachten.
»Ich kann das nicht mehr ertragen. Ich kann diesem Kaiser

nicht mehr dienen. Für ihn habe ich meine Hand verloren, doch ich will nicht auch noch meine Seele verlieren.«

»Dann lass uns fortgehen – aber wohin?«, fragte sie sofort, und ihre erstarrten Züge belebten sich wieder.

»Nach Rom kann ich nicht zurück. Und auch in keine andere Stadt in Italien, in der ich schon mit dem Kaiser war. Für sie bin ich ein Verräter, der einem Scheusal dient. Und welcher deutsche Fürst benötigt schon einen Dolmetscher für Italienisch?«

»Es heißt, in der Mark Meißen sollen italienische Bauleute eine steinerne Brücke über die Elbe errichten«, warf Marie Claire hoffnungsvoll ein.

»Bis es so weit ist, wird noch viel Zeit vergehen, und dann wird der Baumeister seinen eigenen Dolmetscher mitbringen«, hielt Stefano dagegen. »Könnten wir nach Burgund, zu deiner Familie?« Wehmütig fügte er an: »Wenn wir endlich einmal zur Ruhe kommen … gönnt uns die Heilige Jungfrau vielleicht ein zweites Kind.«

Nun schüttelte Marie Claire den Kopf.

»Sosehr ich mir weitere Kinder von dir wünsche, lange schon … Aber ich würde dort Beatrix immer wieder sehen, weil sie einen ihrer Söhne als Herzog von Burgund einsetzen will.«

»Und ich kann dich und unsere Kinder mit nur einer Hand nicht ernähren«, fügte er resigniert an und hob seinen Armstumpf mit der metallenen Prothese, die ihm Meister Marchese konstruiert hatte.

»Dann verkaufe ich allen Schmuck, den ich geschenkt bekommen habe«, sagte Marie Claire bestimmt. »Und du bittest um Anstellung als Lehrer an einem Fürstenhof!«

Nun sah Stefano seiner Frau direkt in die Augen.

»Nenne mir einen Fürsten, von dem wir mit voller Überzeugung annehmen können, er wäre nicht zu ähnlichen Grausamkeiten fähig wie der Kaiser!«

Sie wusste keine Antwort.

»Was fällt Euch ein?«, brüllte der Kaiser, als Stefano bei ihm vorsprach und um seine Entlassung bat. »Seid Ihr zum jammernden Weib geworden, dass Ihr den Anblick einer brennenden Stadt nicht mehr ertragen könnt? Seht meinen Sohn! Der ist noch keine zehn Jahre alt und hat *gelacht* darüber!«

Genau das macht mir so viel Angst, dachte Stefano. Er hatte gesehen, wie der Kaiser das viel größere Mailand in Schutt und Asche hatte legen lassen, wie er Geiseln zerstückeln und Kinder in Körben als lebende Schutzschilde an die Belagerungstürme vor Crema hängen ließ. Warum verstörte ihn nun der Untergang der viel kleineren Stadt Susa?

Vielleicht war einfach das Maß dessen voll, was er ertragen konnte.

»Es kommt nicht in Frage, dass Ihr geht!«, entschied der Kaiser schroff. »Wenn Ihr Euch auch nur weiter als sechzig Schritte vom Lager entfernt, lasse ich Euch als Deserteur hängen.«

Friedrich störte sich nicht nur an dem verdeckten Vorwurf der Grausamkeit. Er wollte auch auf die schöne Marie Claire nicht verzichten. Beatrix war beinahe ständig schwanger, sie gebar ihm nun fast jedes Jahr ein Kind. Er selbst zählte mittlerweile mehr als fünfzig Jahre, und viele Sorgen lasteten auf seinen Schultern. Er hatte kein Interesse mehr an den ganz jungen Dingern, die ihm zu albern oder zu redselig waren; er musste sich nicht mehr im Bett beweisen. Marie Claire war zwar nicht mehr seine ständige Liebschaft, seit sie Stefano geheiratet hatte, aber ab und an brauchte er sie, auch wenn er merkte, dass es ihr unangenehm war. Sie stellte keine Fragen und konnte gut zuhören. Dabei schien sie diesen Einhändigen wirklich zu lieben. Wieso nur, wo sie doch einen Kaiser haben konnte?

Friedrich löste sich von diesen Gedanken und richtete seinen Blick erneut auf den ungewohnt widerspenstigen Dolmetscher.

»Wolltet Ihr nicht vermitteln zwischen den Völkern? Dann tut es!«, befahl er.
Vermitteln?, dachte Stefano bitter. Der Kaiser braucht in Italien keinen Vermittler. Er spricht mit Feuer und Schwert.

Aussichtslos

Dietrich, Hilbert, Graf Goswin von Heinsberg, Friedrich; vor Alessandria, Anfang November 1174

Es goss in Strömen, den ganzen Tag schon. Die Regentropfen schlugen Blasen, wenn sie in den riesigen Pfützen auftrafen, die das Gelände bedeckten.
Die Pferde versanken bei jedem Schritt bis über die Fesselgelenke im Morast, und immer wieder musste Fürst Dietrichs kleine Kolonne haltmachen, weil die Räder eines Karrens im Schlamm feststeckten.
Dabei schätzte er sich froh, den Tross bei sich zu haben, der nicht nur mit Zelten, Waffen und Proviant beladen war, sondern auch mit reichlich Futter für Pferde und Ochsen. Er war auf dem Weg nach Alessandria, der »Strohstadt« des Papstes, die vom Kaiser seit Ende Oktober belagert wurde, und seit Tagen schon ritten sie durch verwüstetes Land: zerstörte Felder und Olivenhaine, verbrannte Dörfer. Die Brabanzonen hatten in Oberitalien hemmungslos gewütet. Und nicht nur sie allein. Es war ein übliches Mittel der Kriegsführung, das Land des Feindes zu verheeren.
Dietrich hatte sich die Gugel aus gut gewalktem Stoff tief ins Gesicht gezogen. Von seinem schlammbespritzten Umhang rannen die Regentropfen, Schuhe und Beinlinge waren völlig durchnässt.

Der heftige Guss erschwerte die Sicht; die auf eine Sichtweite von wenigen Schritten geschrumpfte Welt vor ihm versank hinter einem grauen Schleier, und die Geräusche um ihn herum reduzierten sich auf das Prasseln des Regens, die klatschenden und schmatzenden Laute der Pferdehufe im Morast und auf die Schreie der Kärrner, die ihre unwilligen Ochsengespanne vorwärtstrieben.
In weniger als einer Stunde sollten sie das Lager des Kaisers sehen – sofern nicht wieder ein Karren feststeckte, ein Rad oder eine Deichsel brach und sie aufhielt.
Der Markgraf verließ sich darauf, dass seine Leibwachen das Gelände nach möglichen Angreifern absuchten. Doch weit und breit ließ sich kein Gegner blicken.
So konnte er nicht verhindern, dass seine Gedanken in die Vergangenheit zurückflogen statt voraus. Der Schmerz über den Tod seines Sohnes war immer noch beklemmend frisch. Als er Konrads Leichnam endlich begraben durfte, war dieser Schmerz nicht kleiner geworden, auch wenn er es gehofft hatte.
Er sehnte sich nach Hedwig, nach ihren tröstenden Umarmungen, ihrem mitfühlenden Wesen, ihrem verständnisvollen Blick. Er vermisste sie so sehr, dass es schmerzte. Doch durfte er diese gefährliche Beziehung überhaupt weiterführen? Es konnte nur in einer Katastrophe enden. Früher oder später würde jemand Verdacht schöpfen. Auch deshalb war es für sie sicherer, wenn er jetzt für eine Weile in Italien blieb.
Sein einziger legitimer Sohn tot, seine Geliebte unerreichbar … Und er nun auf dem Weg zum Kaiser, der ihn bei ihrer letzten Begegnung angeschrien und hinausgeworfen hatte. Auf dem Weg in einen Krieg, den er nicht guthieß, schon aus Sorge, dass wieder ein Großteil seiner Männer sterben würde. Sollte ihn selbst das Schicksal ereilen, wäre es ihm fast gleichgültig. Er hatte seine Angelegenheiten geregelt. Seine Tochter und seinen unehelichen Sohn wusste er gut versorgt, Eilen-

burg und Landsberg lagen in den Händen fähiger Verwalter. Und für Hedwig wäre es vielleicht sogar besser, wenn er fiele; es ersparte ihr Gewissensbisse und die untilgbare Schande, sollte ihr Geheimnis enthüllt werden.

Nur eines blieb noch zu regeln: Er musste den Kaiser überzeugen, im Falle seines Todes die Markgrafschaft Lausitz – die Ostmark – dem Haus Wettin zu lassen.

Deshalb und um sein Versprechen gegenüber Wichmann einzulösen, war er nun auf dem Weg zu diesem in seinen Augen aussichtslosen Krieg.

Er hatte nur Freiwillige dabei. Hilbert natürlich, ein paar junge, noch unvermählte Ritter, ein paar alte Haudegen und ein Dutzend Reisige. Und mit Erlaubnis seines Bruders auch den jungen Ritter Boris von Zbor, der sich um seinen Sohn während dessen Knappenzeit gekümmert hatte und von dem er auf ihrer Reise mehr über Konrad erfahren wollte, um seine Erinnerungen an ihn aufzufüllen.

Nach einer weiteren quälenden Wegstunde im strömenden Regen konnten sie vor sich das Lager des Kaisers ausmachen. Ein Wachtrupp ritt ihnen entgegen; an der Spitze – wie Dietrich erst kurz vor dem Zusammentreffen erkannte – Graf Goswin von Heinsberg, Mathildes ältester Bruder.

»Willkommen im sonnigen Süden!«, begrüßte der seinen Schwager mit schiefem Lächeln. Er hatte ebenso wie die Neuankömmlinge keinen trockenen Faden mehr am Leib.

Goswin wendete sein Pferd und ritt an Dietrichs Seite zum kaiserlichen Lager.

»Wir hatten geglaubt, diese Strohstadt sei leicht zu nehmen«, berichtete er. »Sie ist schließlich nur durch einen Graben und Erdwälle mit Flechtwerk geschützt, die Dächer sind aus Stroh und schnell in Brand zu setzen. Unsere italienischen Verbündeten redeten uns zu, sonst hätten wir nicht noch um diese Jahreszeit eine Belagerung begonnen. Der Kaiser schickte

sogar die Mainzer Truppen samt den Brabanzonen fort, weil er mit leichtem Spiel rechnete. Aber genau an dem Tag, als wir hier eintrafen, begann es in Strömen zu gießen, die Flüsse traten über die Ufer und verwandelten das ganze Gebiet in ein einziges Sumpfloch«, berichtete Goswin mit finsterer Miene.
Sie waren nun nahe genug herangekommen, damit Dietrich das Ausmaß des Fiaskos erkennen konnte. Alessandria war weitgehend umzingelt, vor den Wällen und Gräben standen Katapulte und ein großer Belagerungsturm. Unter normalen Umständen sollte es gelingen, die Stadt einzunehmen. Sonst hätte sich der in Kriegszügen erfahrene Kaiser nicht auf diese Unternehmung eingelassen. Auch wenn er sicher darauf brannte, die Stadt zu vernichten, die erst vor ein paar Jahren aus dem Zusammenschluss kleinerer Ortschaften gegründet worden war und sich ihm zum Hohn nach dem Papst nannte, mit dem er im Streit lag. Welcher die »Strohstadt«, wie der Kaiser sie abfällig bezeichnete, auch noch zum Bischofssitz ernannt hatte.
Doch Alessandria war fast vollständig von mäandernden Flüssen umgeben, und der anhaltende Regen hatte die schützenden Wassergräben breit und tief und unüberwindlich gemacht. Das ganze Lager stand im Wasser, rundum gab es nur Sumpfland.
»Ich verstehe«, sagte Dietrich trocken.
»Und bitte: Kein Wort zum Kaiser, es sei der Zorn Gottes, der diese Wassermassen über uns gebracht hat!«, warnte ihn Mathildes Bruder, der zwar nur Graf war, während es sein jüngerer Bruder Philipp zum Erzbischof gebracht hatte, der aber über ein ertragreiches Gebiet herrschte. »Seine Majestät bezeichnet es als *Prüfung*, und die würden wir bestehen, weil das Recht auf seiner Seite und Calixt der wahre Papst ist, nicht Alexander.«
»Selbstverständlich.«
»Schwager, soll ich dich gleich zum Kaiser führen? Vielleicht

bessert Verstärkung, und sei sie auch noch so gering« – er warf einen skeptischen Blick auf das triefnasse Lausitzer Häuflein – »seine Laune. Zumal ihr, wie ich sehe, Proviant und Futter mitbringt. Das wird hier schon knapp. Und warum aufschieben? Du kannst weder nasser noch trockener werden. Uns schimmeln die Sachen unter den Händen weg, die Kettenhemden rosten, und die Sättel quellen auf.«
Dietrich ließ sich von Goswin zeigen, wo seine Männer ihr Lager errichten sollten. Das Gelände stand – wie alles hier – fast komplett unter Wasser.
Hilbert kratzte sich am Kopf und betrachtete das Elend.
»Wir werden ein paar der Trosskarren auseinandernehmen und aus den Balken Bettgestelle bauen, damit die Männer nicht in einer Pfütze schlafen müssen.«
Dietrich gab mit einem knappen Nicken sein Einverständnis. Was blieb ihnen anderes übrig?
Graf Goswin führte ihn zu einer Stelle gegenüber dem Tor zur Stadt, wo mehrere Gehenkte in Wind und Regen baumelten. Der Schlamm darunter war blutig rot.
»Der Kaiser lässt immer wieder mal ein paar Gefangene hängen oder zerstückeln. Aber es zeigt keine Wirkung.«
Dann bogen sie scharf ab und gingen auf das große rote Zelt des Kaisers zu, das innen in mehrere Kammern aufgeteilt war. Friedrich hatte es anlässlich seiner Hochzeit mit Beatrix vom englischen Kaiser geschenkt bekommen – eine prunkvolle Gabe für einen jungen Herrscher auf dem Höhepunkt seiner Macht und mit einer wunderschönen und überaus reichen Braut an seiner Seite.
Beim letzten Hoftag, bei dem Dietrich dieses Zelt gesehen hatte, wirkte es schon recht ausgeblichen. Und jetzt war es hüfthoch mit Schlamm bespritzt und vollgesogen, die Silberfäden in den üppigen Stickereien waren schwarz angelaufen; alles wirkte besudelt.
Etwa zwanzig Schritte vor dem Zelt standen drei Gefangene

mit furchtbar entstellten Gesichtern; sie waren geblendet worden. Einer kniete und würgte Gallensaft heraus. Die anderen wankten stöhnend, streckten die Hände nach ihren Leidensgefährten aus und versuchten, sich gegenseitig zu stützen.
Erst jetzt erkannte Dietrich, dass dem knienden Gefangenen, dem jüngsten, nur ein Auge ausgestochen worden war. Denn er erhielt einen Stoß und den ruppigen Befehl, die anderen zurück in die Strohstadt zu führen, als Warnung vor der Unerbittlichkeit des Kaisers gegen alle, die sich ihm widersetzten.
Dietrich hatte Mühe, den Blick von dem Bild des Elends zu reißen, das die Verstümmelten boten.
Graf Goswin hatte ihn inzwischen beim Kaiser melden lassen und verabschiedete sich mit einem aufmunternden Schulterklopfen.
»Kommt nur herein!«, erklang eine Stimme aus dem Zelt, und verwundert erkannte Dietrich, dass der Kaiser selbst ihn gerufen hatte.
Als hätte es nie Streit zwischen ihnen gegeben, kam ihm Friedrich sogar entgegen und umarmte ihn – triefend nass, wie sie beide waren.
Dann verdüsterte sich die Miene des Kaisers.
»Mein Beileid zum Tod Eures Sohnes«, sagte er mit gesenkter Stimme. »Ich rechne es Euch hoch an, dass Ihr mir zu Hilfe kommt, nachdem Ihr die … Schwierigkeiten mit dem Kirchenbann klären konntet.«
Friedrich setzte sich und lud den Markgrafen mit einer Geste ein, ebenfalls Platz zu nehmen.
»Fast alle Fürsten haben mich im Stich gelassen, als ich zu diesem Feldzug rief. Nun sitzen wir hier fest. Aber *Ihr* seid gekommen, mein Freund. Ihr wart schon in Rom dabei …«
Dietrich fragte sich, ob dies wohl schon der Moment sei, seine Bitte vorzutragen. Der Kaiser war launisch, und die Dinge liefen sichtlich schlecht für ihn. Vielleicht war es die einzige Chance.

»Majestät, ich habe veranlasst, die Eilenburg bemannt zu halten, und der Ausbau von Burg Landsberg ist fast abgeschlossen – sofern der Bau einer Burg überhaupt jemals abgeschlossen sein kann. Die östliche Grenze der Mark ist durch Verträge mit den polnischen Herzögen geschützt. Ich habe Anweisungen hinterlassen, um die Mark Lausitz, Euer kaiserliches Lehen, zu sichern. Sollte mir hier etwas zustoßen …«

Er legte eine Pause ein, doch der Kaiser fiel ihm nicht ins Wort. Sie waren im Krieg, und jeder von ihnen konnte schon morgen sterben. Oder heute noch. Sie hatten gemeinsam vor Rom erlebt, wie grausam schnell dies geschehen konnte.

Dietrich stand auf und sank vor dem Kaiser auf ein Knie.

»Da ich nun keinen legitimen Erben mehr habe, der mir als Markgraf nachfolgen könnte … bitte ich Euch in aller Form, Euer Majestät, im Fall meines Todes die Markgrafschaft Lausitz dem Haus Wettin zu erhalten.«

Er senkte den Kopf und wartete.

»Nein, nein, steht schon auf und setzt Euch wieder hin!«, widersprach der Kaiser lebhaft. »Jetzt bin ich erst einmal froh über Eure Gegenwart und will nicht über Euern Tod nachdenken.«

Dietrich folgte der Anweisung. Doch er wagte einzuwenden: »Ihr versteht sicherlich, dass mich diese Frage sehr bedrückt.«

Der Kaiser seufzte.

»Euer Bruder, der mürrische Markgraf von Meißen, liegt mir ständig in den Ohren, es sei nicht gut, wenn ein Fürst zwei Reichslehen hielte. Zumindest hält er unbeirrbar an dieser Ansicht fest, wenn es um den Löwen geht, meinen geschätzten Vetter! Euer meißnischer Bruder hat sich gegen mich verschworen. *Ihr* seid derjenige in Eurer Familie, auf den ich mich verlassen kann. Der mit mir in Rom gekämpft hat und jetzt hierhergekommen ist, trotz Eurer Verluste.«

Nachdenklich starrte er Dietrich an.

»Ich könnte erwägen, den Grafen von Groitzsch als Euren Nachfolger einzusetzen. Doch wir sollten Euren Tod nicht herbeireden. Ihr lebt und sitzt vor mir, wenn auch völlig durchnässt. Richten wir den Augenmerk darauf, wie wir diese lästige Strohstadt in die Knie zwingen.«

Zwei Nächte später sanken die Temperaturen schlagartig. Die Pfützen vereisten von den Rändern her, bis jemand hindurchlief und die dünnen Schollen zerbrach. Und dann begann es zu schneien. Schwere, nasse Flocken bedeckten das Land und ließen die Zeltdächer unter ihrem Gewicht beinahe einstürzen. Noch nie hatte jemand so früh und so heftig den Winter in dieser Gegend hereinbrechen sehen. Nun war es fast aussichtslos, noch Proviant und Futter für die Tiere aufzutreiben. Suchtrupps wurden ausgeschickt, und alles Holz wurde verfeuert, um ein wenig Wärme zu spenden und in Kesseln winzige Fleischrationen zu kochen, die verdächtig nach gehäuteten Ratten aussahen.

Die Männer murrten. Die Rede ging – erst leise, dann immer lauter –, dass diese unheimliche Menge an Schnee nun schon die zweite Plage sei, die Gott nach dem sintflutartigen Regen über sie brachte. Die zweite von wie vielen noch? Und selbst wer darin kein Gotteszeichen sah – die Belagerung abzubrechen, schien aus rein militärischer Vernunft dringend geboten. Denn so wehrlos, wie es wirkte, war Alessandria nicht. Die Kronen der Erdwälle waren breit genug, um darauf Katapulte aufzustellen. Und was die Genuesen ebenfalls verschwiegen hatten: Die belagerte Stadt bot eine erhebliche Streitmacht zu ihrem Schutz auf.

Der Einzige, der nichts von einem Abzug wissen wollte, war der Kaiser.

Im Kriegsrat rechneten ihm seine Fürsten die Einzelheiten der Misere vor: kein Futter mehr, kein Proviant, die Wassergräben würden nicht zufrieren. Immer mehr Männer desertierten, stahlen sich heimlich in der Nacht davon.

Doch bei Friedrich stießen die Heerführer auf taube Ohren.

»Pavia liefert uns Proviant, und Genua schickte uns Armbrustschützen und seine besten Kriegsmaschinenbauer. Wir werden diese Strohstadt in die Knie zwingen!«

Am Weihnachtsmorgen rief der Kaiser seinen Kriegsrat schon zu früher Stunde zusammen. Die Erzbischöfe von Köln und Trier, mehrere Bischöfe, Friedrichs Halbbruder Konrad, der Pfalzgraf bei Rhein, Markgraf Dietrich, Pfalzgraf Otto von Wittelsbach und der Marschall Heinrich von Pappenheim drängten sich noch vor dem Frühmahl im Zelt des Kaisers; ihre feuchte Kleidung begann in der Wärme zu dampfen, die zwei Kohlebecken verbreiteten. Noch war die Besprechung nicht offiziell eröffnet; einige Fürsten fehlten, vor allem der Herzog von Böhmen.

Ungehalten fragte Friedrich: »Wo bleibt Fürst Soběslav? Ich habe schon vor einer Weile nach ihm geschickt! Hält er es nicht für nötig, zu erscheinen?«

Er hatte kaum zu Ende gesprochen, als sein aufgeregter Kaplan auftauchte, Gottfried von Viterbo.

»Die Böhmen sind abgezogen, mitten in der Nacht!«, rief er atemlos. »Haben sich davongestohlen und sind vermutlich längst über alle Berge …«

Fast alle Anwesenden erstarrten fassungslos. So viele waren schon desertiert, und ohne die gefürchteten und kampferfahrenen Böhmen war ihr Heer nur noch die Hälfte wert, nachdem der Kaiser den Erzbischof von Mainz und seine Brabanzonen in andere Kampfgebiete geschickt hatte, weil er dachte, mit der »Strohstadt« leichtes Spiel zu haben.

»Majestät, wir müssen die Belagerung abbrechen und uns nach Pavia zurückziehen. Wo Euch die Kaiserin und Eure Söhne erwarten«, mahnte der Erzbischof von Trier.

Die meisten Teilnehmer an diesem Kriegsrat dachten ähnlich,

das stand auf ihren Gesichtern geschrieben – auch wenn sie froh waren, nicht selbst diese unschöne Wahrheit aussprechen zu müssen.
»Nein, auf keinen Fall!«, widersprach der Kaiser heftig. »Allein die Existenz dieser Strohstadt ist eine Verhöhnung der Ehre des Reiches. Hier auch noch den Rückzug anzutreten ... Niemals! Selbst wenn wir hier bis Ostern ausharren müssen!«

Vor Alessandria

Friedrich, Dietrich, Boris von Zbor;
vor Alessandria und in Montebello,
Winter 1174/Frühjahr 1175

Dieser Winter wurde so streng und schneereich, wie Piemont seit Menschengedenken keinen erlebt hatte. Verbissen und leise murrend hielten die Männer des Kaisers die Belagerung Alessandrias aufrecht. Es gab keinerlei Anzeichen dafür, dass sich die Bewohner der Stadt ergeben wollten oder auch nur an Proviantknappheit litten. Dafür fror und hungerte Friedrichs Heer und überlebte nur dank der Lieferungen aus Pavia und Genua, die in Alessandria eine ernstzunehmende Konkurrenz für ihre Handelsgeschäfte sahen.
Bald wagte niemand mehr, das Offensichtliche auszusprechen, denn der Kaiser fegte alle Einwände und Vorschläge in zügelloser Wut beiseite.
Etliche desertierten. Die blieben, schätzten sich schon glücklich, wenn das Schneetreiben aufhörte und Frost den Boden gefrieren ließ. Dann hatten sie wenigstens festen Boden unter den Füßen und konnten die Zelte von ihrer Schneelast befreien. Verreckte Pferde wurden sofort zerteilt und zu

höchst willkommenen Mahlzeiten für die darbenden Belagerer gekocht.

»Ich kann mich nur an ein einziges Lager in meinem ganzen Leben erinnern, wo wir so tief im Schnee versunken waren«, meinte der Kaiser nachdenklich zu Dietrich, als er ihn einmal wegen irgendeiner Belanglosigkeit zu sich gerufen hatte. Wenn es hier etwas im Übermaß gab außer Schnee, dann Zeit.

»Das war im Winter anno 1137, als der alte Kaiser Lothar von Süpplingenburg starb. Vor nunmehr …« – Friedrich rechnete kurz nach – »siebenunddreißig Jahren! Bin ich tatsächlich schon so alt? Ich war damals ein sechzehnjähriger Knappe, zusammen mit Sven von Dänemark. Ebenso wie Ihr.«

Das Gesicht des Kaisers verfinsterte sich.

»Wie geht es Svens Witwe, Eurer Schwester?«, fragte er Markgraf Dietrich.

»Adele wurde mit dem Grafen von Ballenstedt vermählt, der jedoch vor drei Jahren von uns schied. Nun lebt sie im Damenstift Quedlinburg und findet dort, wie ich hoffe, ihren Seelenfrieden.«

Das hoffte Dietrich wirklich. Adele war schon immer seine Lieblingsschwester gewesen.

»Ich hatte den Eindruck, dass sie Sven sehr zugeneigt war«, meinte der Kaiser.

»Ja. Um so schrecklicher war das Ende, das er nahm.«

Beide versanken sie in Erinnerungen; die Partie Schach blieb unvollendet. Stoff zum Nachdenken gab es genug. Und Zeit.

Als Dietrich zurück in sein Lager ging, sah er zufrieden seine Männer gemäß seinen Befehlen beschäftigt. Langeweile war ein nicht zu unterschätzender Feind einer Belagerung; rasch wurde daraus Nachlässigkeit, und die konnte verhängnisvolle Folgen haben.

Heute herrschte klare Sicht bei klirrendem Frost und blauem Himmel.

Die Reisigen befreiten die Zelte von ihrer Schneelast und schaufelten Wege zwischen den Leinenwänden frei, einige trugen ein paar Zweige dürres Holz herbei, die sie wer weiß wo gesammelt hatten. Aus dem Kessel über der Feuerstelle stiegen Dampfschwaden auf, und es roch nach gekochtem Pferdefleisch.
Hilbert und Boris von Zbor hatten die Knappen zusammengerufen, um sie im Schwertkampf zu unterrichten. Die übrigen Ritter umringten die kleine Gruppe und gaben ebenso sachkundige wie hämische Kommentare über das noch mangelnde Kampfgeschick der Burschen ab.
Boris von Zbor bemerkte Dietrich zuerst, beendete mit einem Ruf die Übungen und brüllte die Jungen an: »Kniet nieder vor eurem Fürsten, dem Markgrafen der Ostmark.«
Sie gehorchten sofort. Die künftigen Ritter hatten wohl schon eine Weile unter der strengen Aufsicht von Hilbert und Boris geübt, denn trotz der Kälte waren ihre Gesichter schweißbedeckt und die Haarsträhnen nass, die unter ihren Polsterhauben hervorlugten.
Dietrich sah, dass Boris von Zbor unverkennbar den Respekt der Knappen und auch der Ritter genoss, obwohl seine Schwertleite noch nicht lange zurücklag. Seine Autorität beruhte nicht allein auf seiner Körpergröße, sondern fraglos auch auf seinem Können.
»Gewährt den Knappen eine Pause«, schlug Dietrich vor. »Sie sollen sich einen Becher heiße Brühe geben lassen und vielleicht ein paar Brocken von Karls verrecktem Pferd …«
»Das Fleisch ist noch nicht weich«, ließ der Küchenmeister von der Kochstelle her vernehmen. Er war in Dunstschwaden eingehüllt, die trotz der Kargheit der zu erwartenden Mahlzeit Appetit weckten.
»Also Brühe und ein Kanten Brot, sofern wir noch welches haben«, entschied Dietrich.
Als sich niemand zu regen wagte, blaffte Boris von Zbor die Knappen an: »Worauf wartet ihr Hänflinge? Dass euch die

gebratenen Täubchen in den Mund fliegen? Räumt eure Waffen ordentlich weg und meldet euch beim Küchenmeister! Und bedankt euch bei Seiner Durchlaucht für die Großzügigkeit! Nachher üben wir weiter.«
Erleichtert taten die Knappen, wie ihnen geheißen.
Dietrich sah, dass sich Hilbert ein Grinsen nicht verkneifen konnte.
Ja, Boris war fraglos ein Schelm. Wehmütig erinnerte er sich an eine zufällig beobachtete Szene, als der hünenhafte Slawe seinen Sohn »mein kleiner Markgraf« genannt hatte – in freundlichem Spott, um sich dann fürsorglich um den Jüngeren zu kümmern.
Wieder verspürte er das Bedürfnis, mit ihm über Konrad zu reden.
Hedwig galt sein erster Gedanke beim Aufwachen und sein letzter vor dem Einschlafen. Doch wenn er träumte, dann oft von seinem Sohn. Und merkwürdigerweise war der dann zumeist noch ein Kind. Vielleicht rührte es daher, dass er ihn zehnjährig zur Ausbildung nach Meißen gegeben hatte. Doch wer vermochte es schon, Träume zu ergründen?
An solchen Tagen warf er sich vor, den Jungen nicht eher fortgeschickt zu haben, damit er alles lernte, was er wissen und können musste. Aber dann wäre ihnen noch weniger Zeit miteinander vergönnt gewesen. Schließlich hatte er seinen Sohn in dessen ersten Jahren selbst unterrichtet.
»Begleitet mich auf dem Weg zur Koppel«, schlug er Boris von Zbor vor. Der nickte nur und sah rasch noch einmal prüfend den Knappen hinterher, ob sie auch Waffen und Schilde ordentlich wegräumten.
»Ihr seid bemerkenswert gut im Umgang mit dem Schwert«, begann Dietrich das Gespräch, während sie durch den auf schmalen Pfaden festgetretenen Schnee Richtung Koppel liefen. »Ich kann Euch nicht genug dafür danken, dass Ihr Euch in Meißen meines Sohnes angenommen habt.«

»Nur hat es am Ende leider nichts genützt«, meinte der Slawe bedrückt. »Konrad war ein guter Junge. Nichts wollte er mehr, als Euch stolz auf ihn zu machen. Und er fürchtete stets, Euren Erwartungen nicht gerecht zu werden. Das machte ihn wohl so … anfällig für Randolfs Provokation.«
Eine Weile schwiegen beide, während sie sich ihren Weg bahnten. Links und rechts der schmalen Spur waren Berge von Schnee aufgetürmt.
»Wirkte er deshalb so erschrocken, als ich ihn zu Christian schickte?«, fragte der Markgraf nach ein paar Schritten.
»Ja, vermutlich«, stimmte Boris zu. »Anfangs jedenfalls – obwohl alle Knappen in Meißen davon träumen, von Christian unterrichtet zu werden. Konrad begriff jedoch sehr schnell Eure Absicht … Dass er in dem Silberdorf und von Christian und Lukas mehr lernen konnte als von dem alten Arnulf in Meißen. Der war einmal ein guter Kämpfer, aber die Gicht und alte Verwundungen quälen ihn zu sehr. Er sollte nicht mehr für die Ausbildung der Knappen zuständig sein.«
Ein paar Pferdeknechte kamen ihnen entgegen und drückten sich unter Verbeugungen in die seitlich aufgetürmten Schneeberge, um die Ranghöheren vorbeizulassen.
»Deshalb sind die Burschen auf dem Meißner Burgberg auch stets froh, wenn Christian und Lukas da sind und mit ihnen ein paar Schwertkampfmanöver einstudieren«, fuhr der slawische Ritter fort. »Christian und Randolf galten als die mit Abstand besten Schwertkämpfer in der Mark. Einander ebenbürtig, doch so gegensätzlich, wie man es sich nur denken kann. Und einander spinnefeind. Euer erlauchter Bruder, Fürst Otto, hatte ihnen Zweikämpfe unter harter Strafe verboten. Als er dann das Gottesurteil ansetzte …«
Boris rieb sich die Stirn.
»Ich wollte mit Schwert und Lanze immer so gut sein wie Christian … Doch wie er in diesen Zweikampf ging … Normalerweise führten die beiden das Schwert gleich gut, doch

Christian war verwundet und von langer Gefangenschaft geschwächt … Wärt Ihr so unerschütterlich angetreten wie er? Ich meine: zu einem *Gottesurteil?* In der Schlacht weiß man, es kann alles geschehen, man kann auch sterben … oder überlebt eben. Aber bei einem Gottesurteil geht immer nur einer lebend vom Platz. Im besten Fall.«

Bei einem solchen Kampf wurde der Unterlegene für schuldig befunden und an Ort und Stelle hingerichtet. Gott hatte gesprochen. Um erst gar keine Illusionen aufkommen zu lassen, gehörte es zu den Regeln eines Gottesurteils, dass beide Kombattanten einen Sarg mitzubringen hatten. Wenigstens einer von ihnen würde ihn brauchen.

Dietrich sah wieder Marthes Gesicht an diesem Tag vor sich, schneeweiß vor Angst … und dennoch entschlossen.

»Ihr sagt es, Zbor: Es stand zu viel Blut zwischen ihnen. Und mein Bruder erkannte viel zu spät, dass Randolf nicht sein bester Mann war. Ich bin mir nicht einmal sicher, ob es zuvörderst Gottvertrauen war, was Christian trotz seiner Wunde zu diesem Kampf auf Leben und Tod ermutigte … Er wusste genau: Es würde keinen Frieden in Christiansdorf geben, solange sein Todfeind lebte. Christian ist ein tapferer und kompromissloser Mann.«

Die Koppel kam nun schon in Sicht. Die Pferde im glitzernden Schnee vermittelten ein trügerisches Bild von Frieden. Schließlich befanden sie sich inmitten einer Belagerung, und jederzeit konnte ein Angriff die Stille zerreißen.

Boris zögerte, dann jedoch stellte er dem Markgrafen die Frage, die ihm am Herzen lag, auch wenn ihm dies nicht zustand.

»Könnt Ihr Euch vorstellen, so etwas zu tun? Zu einem Gottesurteil anzutreten?«

Dietrich wog jedes Wort sorgfältig ab.

»Es ist ja nicht nur eine Frage der Geschicklichkeit mit dem Schwert … Es ist Gottes Urteil. Und ich hoffe, zu Gottes Wohlgefallen und nach seinen Geboten zu leben.«

Unwillkürlich dachte er an Hedwig. Ein ehebrecherisches Verhältnis mit der Frau seines Bruders war keineswegs gottgefällig.

Als das Tauwetter einsetzte, sollten sich die Belagerer noch nach den frostigen Tagen zurücksehnen. Denn nun versank wieder alles in Nässe und Morast. Doch wenigstens konnten die Pferde karges Gras zupfen.

Kurz vor Ostern gelangte die Nachricht ins Heerlager des Kaisers, dass ein riesiges Entsatzheer des Lombardischen Bundes unterwegs war, um Alessandria beizustehen. Piacenza, Verona, Mailand, Brescia schickten den Bedrängten Hilfe, und diese reichen Städte waren in der Lage, gewaltige Truppenkontingente aufzubieten.

Wieder drängten seine Fürsten im Kriegsrat auf Abzug. Doch Friedrich wollte davon nichts wissen.

»Ich lasse mich nicht verhöhnen!«, rief er wütend. »Wie viele Tage wird es dauern, bis unsere Verbündeten hier sind?«

»Drei oder vier …«, gab der Marschall Auskunft.

»Also bieten wir eine Waffenruhe über Ostern an! Wir wiegen sie in Sicherheit und schicken Bewaffnete durch den Tunnel, den die Pavesen seit Wochen graben. Der sollte endlich fertig sein. Lassen wir unsere Männer die Nacht hindurch graben – und dann nehmen wir die Strohstadt!«

Als seine Heerführer betreten schwiegen, fuhr er sie an: »Das ist eine List! Eine Kriegslist! Seid Ihr Euch zu fein dafür?«

Befehle wurden ausgegeben, die Mineure bekamen noch zwei Dutzend Mann Verstärkung beim Graben.

Doch am Karsamstag weckte Kriegsgeschrei das kaiserliche Lager. Der Tunnel war entdeckt, die Männer darin überwältigt worden, und in ihrer Wut wagten die Alessandriner einen Ausfall.

»Zu den Waffen! Zu den Waffen!«, scholl es durch das Lager des Kaisers.

Hastig ließen sich die Männer rüsten und liefen zu der Stelle, an der die Belagerten durchgebrochen waren.
Auch Markgraf Dietrich rannte mit blankem Schwert zum Ort des hitzigen Kampfes. Hier hatten die Genuesen eine Belagerungsmaschine errichtet; hier begann der Schutz der Stadt zu bröckeln, und nun stürmten hunderte wütende Stadtbewohner heraus, um alles und jeden kurz und klein zu hauen, der ihnen in den Weg kam.
Plötzlich wurde das Kampfgebrüll von einem mächtigen Donnern übertönt, und ein tosender Feuersturm trieb die Kämpfenden auseinander.
»Griechisches Feuer! Weicht zurück!«, schrie Dietrich.
Die mächtige und gefürchtete Waffe breitete sich rasend schnell aus, und das hölzerne Belagerungsgerät der Genuesen stand jäh in lodernden und fauchenden Flammen.
Rasch zogen sich die Männer zurück, die dazu noch fähig waren. Bis hin zum Lager des Kaisers war alles von Toten übersät. Als das Feuer nach Stunden erlosch und sich die Rauchwolken verzogen hatten, mussten sie zusehen, wie die gefangenen genommenen Mineure vor ihren Augen zerstückelt und die Leichenteile von den Wällen herabgeworfen wurden.

»Majestät, wir *müssen* das Lager aufgeben und uns zurückziehen! Das feindliche Heer wird morgen hier eintreffen, und es ist groß genug, um uns einzuschließen!«, drängte der Erzbischof von Trier den Kaiser.
Die anderen Fürsten, zumeist blut- und rußverschmiert und gerade aus dem Kampf zurückgekehrt, stimmten ihm lebhaft zu.
Alle Augen richteten sich auf den Kaiser. Der schwieg und musterte seine Heerführer mit eisigem Blick.
»Gut. Brecht das Lager ab. Wir marschieren noch heute Nacht und ziehen uns nach Pavia zurück.«

Erleichtert löste sich der Kriegsrat auf, um die nötigen Befehle zu erteilen.

Nachts und in aller Eile hastete Friedrichs Heer nach Nordosten, gen Pavia, die Truppen des Lombardischen Städtebundes immer dicht auf den Fersen.

Nach zwei Tagen waren die beiden Streitmächte nur noch drei Meilen voneinander entfernt. Doch niemand wollte den Angriff wagen.

Friedrich war erfahren genug, zu erkennen, dass der Ausgang einer Schlacht – gelinde gesagt – nicht abzuschätzen war.

Er rief Stefano zu sich.

»Ihr geht mit meinen Unterhändlern … und verhandelt! Dies sind meine Forderungen.«

Und während er aufzählte, wurde Stefano immer banger zumute. Schon wieder begann das Blut in seinem Armstumpf dumpf zu pulsieren.

»Der Lombardenbund unterwirft sich mir. Seine Anführer fallen mir zu Füßen, die blanken Schwerter im Nacken, und händigen mir ihre Klingen aus. Nur dann gewähre ich den Friedenskuss.«

»Damit erkennt Ihr den Bund und die Strohstadt an«, warf der Erzbischof von Köln ein, der zusammen mit seinem Mainzer Amtsbruder die Verhandlungen führen sollte.

Das war Friedrich längst klar. Doch was sollte er tun mit diesem geschrumpften, ausgehungerten Heer angesichts der Übermacht? Die Lombarden hatten ihre Fahnenwagen schon in Sichtweite stehen, mitsamt allen Waffen, den Wimpeln und den Bildern ihrer Stadtheiligen.

»Aber ob Alessandria als Stadt anerkannt wird oder nicht, soll ein unabhängiges Schiedsgericht klären«, fuhr er unwirsch fort.

Das kann nicht gelingen, dachte Stefano entsetzt.

Unter einer Bedingung

Friedrich, Heinrich der Löwe, Beatrix,
Philipp von Köln;
Chiavenna nahe dem Comer See,
Anfang 1176

»Mein lieber Freund und Vetter!«
Überschwänglich umarmte der Kaiser seinen frisch eingetroffenen Verwandten, den Herzog von Sachsen und Bayern.
»Endlich! Wie sehr habe ich auf dich gewartet! Und all den Zweiflern, die bestritten, dass du mir zu Hilfe eilen würdest, bot ich immer wieder Paroli und sagte: Ihr treibt keinen Keil zwischen mich und meinen Vetter! Ihr werdet schon sehen: Der Löwe wird kommen und ein großes Heer anführen.«
Friedrich lud den Herzog ein, Platz zu nehmen, und gab dem Schenken das Zeichen, die Becher zu füllen.
Bevor sich Heinrich setzte, wandte er sich an Beatrix, die ihn mit kühlem Lächeln anblickte.
»Ihr werdet immer schöner, teure Verwandte! Und meinen Glückwunsch zu der stattlichen Reihe von Stammhaltern, die Ihr unserem Kaiser geschenkt habt.«
Es waren nun schon vier Söhne, wenn Beatrix den so früh verstorbenen Friedrich nicht mitrechnete. Und die zwei Töchter, die auch im Kleinkindalter gestorben waren. Der Gedanke an ihre verlorenen Kinder schmerzte sie immer noch. Aber ihr Gemahl und sie hatten nun den jungen König Heinrich, der inzwischen fast elf Jahre alt war, den ursprünglich Konrad benannten Sohn, dem sie nach Friedrichs Tod dessen Namen gaben, den fünfjährigen Otto und den vierjährigen Konrad als Jüngsten. Außerdem glaubte Beatrix, erneut schwanger zu sein. Aber das würde sie dem Löwen nicht auf die Nase binden. Sie traute ihm nach wie vor nicht. Auch Friedrich hatte

sie noch nichts von der möglichen Schwangerschaft gesagt. Sie hatte schon mehrere Fehlgeburten zu einem so frühen Zeitpunkt erlitten. Und sie würde sich die freudige Nachricht für einen Moment aufsparen, in dem sie unbedingt das Wohlwollen ihres Gemahls brauchte. Womöglich schon bald. Das hing ganz vom Ausgang dieses Treffens ab.

Beatrix schob diese Überlegungen rasch beiseite und erwiderte die Glückwünsche des Löwen mit einem Lächeln.

»Ich könnte mir keine bessere Gemahlin als meine teure Beatrix vorstellen. Sie schenkt mir fast jedes Jahr ein Kind«, schwärmte Friedrich freudestrahlend. »Aber dir muss ich ebenfalls gratulieren. Schon drei Stammhalter!«

»Ich danke Gott für den Tag, an dem du die Eingebung hattest, mein Verlöbnis mit einer englischen Prinzessin anzubahnen, mit meiner Mathilde«, erwiderte Heinrich voller Stolz. »Sie gebar mir ein Töchterchen, das wir Richenza nach meiner Großmutter nannten, der Kaiserin, und drei Söhne. Heinrich, der die uralte Namenslinie unseres Hauses weiterführen soll, zählt inzwischen schon drei Jahre. Im Jahr darauf schenkte mir Mathilde den kleinen Lothar, den wir nach seinem kaiserlichen Großvater nannten. Und vor ein paar Wochen erst kam der kleine Otto zur Welt.«

»Sind alle gesund und munter, Eure Gemahlin eingeschlossen?«, erkundigte sich Beatrix mitfühlend. Sie wusste nur zu gut, wie anstrengend und auch gefährlich es war, jedes Jahr ein Kind auszutragen. Für Mathilde mit ihrem Hüftleiden musste eine fortgeschrittene Schwangerschaft besonders beschwerlich sein.

Aber das war nun einmal ihre dringlichste Aufgabe: ihren erlauchten Männern Erben zu schenken. Alles andere – die Repräsentation der Herrscherwürde, die Fürsprache für Bittsteller – war demgegenüber zweitrangig.

»Allesamt gesund und munter!«, versicherte der Löwe mit stolzgeschwellter Brust.

»Vielleicht nennst du deinen nächsten Stammhalter Friedrich nach seinem Kaiser und Großvetter?«, schlug dieser nun vor, nur halb im Scherz.
»Wer weiß«, meinte Heinrich ausweichend und dachte: Mein nächster Sohn, so Gott mir noch einen gewährt, wird Wilhelm heißen, nach seinen königlichen Vorfahren mütterlicherseits. Aber das sprach er nicht aus.
Um den peinlichen Moment zu überbrücken, nestelte er an seinem Almosenbeutel und zog ein kleines, mit Bernstein besetztes Kästchen hervor.
»Das sendet Euch meine Gemahlin mit allerliebsten Grüßen«, sagte er und reichte es der Kaiserin. »Vielleicht möchtet Ihr darin Eure Nadeln aufbewahren … oder Ringe und Fibeln.«
Beatrix nahm das Geschenk mit einem erneuten Lächeln an. »Es ist wunderschön! Ich danke Mathilde von Herzen dafür.« Sehnsuchtsvoll fügte sie hinzu: »Ich liebe Bernstein sehr. Doch in Burgund ist er nur schwer zu bekommen.«
Der Löwe grinste selbstzufrieden.
»Mir gehört die halbe Küste des Baltischen Meeres. Und seit ich den Abodriten ihr Land zurückgegeben habe, zumindest einen Teil davon, sind sie brave Untertanen und zahlen getreulich ihre Abgaben, einen Teil davon auch in Bernstein.«
Friedrich räusperte sich ungeduldig.
Konnten sie diesen Austausch von Höflichkeiten und die Prahlerei über ihre Söhne nicht endlich abschließen – zugunsten des Themas, das ihm unter den Nägeln brannte?
Unwirsch gab er seinem Kämmerer ein Zeichen, woraufhin ein halbes Dutzend Diener eintraten und Gesottenes und Gebratenes brachten.
Das Kaiserpaar lud seinen Gast zu Tisch, der Schenk ließ sie Weinsorten auswählen, dann schickte Friedrich alle Bediensteten hinaus.
Dies würde eine vertrauliche Unterredung werden, in familiärer Atmosphäre, und es kostete ihn alle Beherrschung, den

Löwen wenigstens ein paar Bissen essen zu lassen, ehe er mit dem herausplatzen konnte, was ihm seit Tagen den Schlaf raubte.

»Ich hörte, du seist mit nur fünfzig Männern gekommen. Stimmt das?«, fragte er ungläubig. »Wo ist dein Heer, Vetter? Ich erwarte deinen Heerbann ganz dringend! Du weißt doch, in welcher misslichen Lage ich stecke. Hätte ich dich sonst herbeigerufen?«

Gereizt strich er sich die Haare aus der Stirn. In das Rot seines Bartes hatten sich etliche weiße Fäden gemischt, wie Heinrich insgeheim konstatierte, der stolz darauf war, immer noch das volle schwarze Haar wie alle seine welfischen Vorfahren zu haben. Aber er war auch ein paar Jahre jünger als Friedrich und hatte nicht solche himmelschreienden Niederlagen und Demütigungen wie dieser in Italien hinnehmen müssen.

»Schon im November forderte ich Verstärkung von meinen Fürsten an! Doch lassen sich die paar an einer Hand abzählen, die Truppen aufstellen«, sagte Friedrich eindringlich, fast verzweifelt. »Nur mit einem starken Heer kann ich die Lombardische Liga bezwingen. Allen Zweiflern habe ich stets gesagt: Mein Freund und Vetter Heinrich *wird* kommen! Mit seinem Schwert und einer großen Streitmacht. *Er* wird mich nicht im Stich lassen! Und jetzt bist du hier und gießt noch Öl ins Feuer der Verleumdungen gegen dich, erscheinst mit *fünfzig Mann?* Statt tausend?«

Der Löwe lehnte sich zurück und lächelte gelassen.

»Keine Sorge, mein Heer steht jenseits der Alpen und wartet nur auf meine Befehle«, beruhigte er den Kaiser. »Ehe ich sämtliche Männer im Winter über die Alpen scheuche, wollte ich mir erst ein Bild von der Lage verschaffen. Ich hörte von dem bitterkalten Winter, den du voriges Jahr bei Aless…« – hastig korrigierte er sich – »vor der Strohstadt zugebracht hast, und erwartete Unmengen von Schnee.«

Er schaute sich um und deutete mit dem Arm zu den Fenstern, durch die gleißendes Sonnenlicht hereinfiel. »Stattdessen Palmen und die schönste Blütenpracht, die Sonne strahlt … Eine völlig andere Welt, wenn man erst die Berge hinter sich gelassen hat.«

»Daran merkst du: Es ist lange her, dass du mit mir in Italien warst. Zu lange!«, meinte der Kaiser in bemüht scherzhaftem Ton, der ihm nicht besonders gut gelang. Schlagartig wurde er wieder ernst.

»Du machst dir keine Vorstellung, was ich hinnehmen musste. Dieser vermaledeite Lombardenbund! War schon mein voriger Italienzug ein Desaster wegen der Seuche vor Rom … Nun gut, gegen eine Krankheit kann ich mit dem Schwert nicht ankämpfen. Wir wurden damals von der Seuche zur wilden Flucht getrieben, und dieses hinterhältige Gesindel in Susa nutzte das aus. Verkleidet musste ich des Nachts fliehen. Aber ich habe mich bei meiner Rückkehr an ihnen gerächt, wie sie es verdienten. Kein Stein steht mehr auf dem anderen in Susa.«

Gierig nahm er einen tiefen Schluck aus seinem Becher.

»Doch es brauchte sechs, fast sieben lange Jahre, bis ich endlich ein ausreichend schlagkräftiges Heer beisammen hatte, um erneut über die Alpen zu ziehen. Und in der Zwischenzeit ist der Lombardenbund noch größer und noch stärker geworden. Sie verhöhnen mich mit ihren Fahnenwagen! Vor Alessandria wurde ich mit meinem ganzen Heer in die Flucht getrieben. Ihre gewaltige Streitmacht jagte uns nach; wir hätten keine Chance gegen sie gehabt.«

Er stöhnte und rieb sich die Wange, bevor er eingestand: »Es war das erste Mal in meinem Leben, dass ich mich gezwungen sah, einer Schlacht auszuweichen, weil der Ausgang zu ungewiss war. So etwas kenne ich nur von meinem Oheim, dem alten König Konrad. Eine Schande nach der anderen, die mir in Italien widerfährt!«

Widerwillig schüttelte er den Kopf, nahm sich ein Stück Geflügel und musterte es kritisch.

»Und dann … diese Verhandlungen, die völlig außer Kontrolle gerieten.«
Friedrich beugte sich vor und sah seinem aufmerksam lauschenden Vetter in die Augen.
»Natürlich *musste* ich diese Strohstadt in die Knie zwingen, auch ohne erfolgreiche Einnahme. Die Anführer kamen zunächst auch meinen Forderungen nach und unterwarfen sich mir. Ich schloss Frieden mit dem Bund, was letztlich auch die Anerkennung der Strohstadt bedeutete. Als wäre diese Pille noch nicht bitter genug! Doch nach ein paar Wochen überlegten sie es sich anders und forderten von mir die Anerkennung dieses falschen Papstes. Und das kommt nicht in Frage!«
Wütend warf der Kaiser sein Stück Huhn auf den Tisch und schlug mit der flachen Hand auf die üppig gedeckte Tafel.
»Ich hatte die meisten Truppenkontingente schon entlassen und wieder zurückgeschickt. Und dann wurden diese Lombarden so unverschämt! Also band ich Genua und Pisa an mich, indem ich ihren Streit um Sardinien beilegte, und forderte meine deutschen Fürsten erneut zur Entsendung von Truppenkontingenten auf.«
Nun lächelte er erleichtert, zum ersten Mal, seit er begonnen hatte, dem Vetter seine missliche Lage klarzumachen.
»Und sieh, du bist als Erster sofort herbeigeeilt. Das rechne ich dir hoch an. Da hier kein Schnee liegt, die Vorratskammern und Futterspeicher gut gefüllt sind, kannst du getrost deine Männer rufen. Sie werden sich freuen, die Sonne zu sehen. Und Aussicht auf reichlich Beute haben sie auch.«
Heinrich hielt sich auffällig lange an einem Stück Wild auf. Vielleicht war es zäh?
Bedächtig kaute und schluckte er, um schließlich zu sagen: »Davor wäre allerdings noch einiges zu klären.«
Friedrich starrte ihn verblüfft an. Beatrix beugte sich leicht vor und kniff ein wenig die Augen zusammen.
»Sieh, Vetter, ich musste meine beiden Fürstentümer während

meiner Pilgerfahrt ins Heilige Land für lange Zeit allein lassen, schutzlos vor Angreifern. Und du weißt, ich habe mehr Feinde, als wir beide zählen können! Der Bau einer Stiftskirche in Braunschweig verschlingt fast mein ganzes Silber, Mathildes Mitgift ist aufgebraucht.«

Er machte eine kleine Pause – und ließ dann die Katze aus dem Sack.

»Friedrich, du solltest mir ein wenig Verständnis und Dankbarkeit entgegenbringen. Ich habe nicht genug Silber, um einen Kriegszug zu bezahlen. Du könntest leicht Abhilfe schaffen.« Nun hielt er noch einmal mit Bedacht inne und sah dem Kaiser geradewegs ins Gesicht.

»Gib mir die Goslarer Gruben zurück! Dann rufe ich mein Heer sofort herbei.«

Dem Kaiser verschlug es die Sprache.

Beatrix richtete sich wieder auf und starrte den Löwen entgeistert an.

»Stellst du mir *Bedingungen* für deine Heerfolge?«, fragte Friedrich fassungslos.

»Wir werden uns deshalb doch nicht streiten!«, beschwichtigte der Löwe. »Du musst doch auch wollen, dass ich verteidigungsbereit bleibe, um meine Herzogtümer zu schützen.«

Abrupt wechselte er das Thema und begann von dem Evangeliar zu erzählen, das er nach seiner Rückkehr aus dem Heiligen Land in Auftrag gegeben hatte.

»Ein Buch, wie es kein zweites auf Erden gibt. Wenn du es nur sehen könntest … Die großartigen Malereien, die leuchtenden Farben, das viele Gold! Mathilde ist ganz beglückt …«

So leicht ließ sich Friedrich aber nicht ablenken.

»Seit wann gibst du dein Silber lieber für Bücher statt für Schwerter aus?«

Als Friedrich und Beatrix später allein waren, warnte sie leise: »Gib acht, Liebster! Der Löwe will dich dazu zwingen, ihm

die Goslarer Gruben zurückzugeben. Das darfst du dir nicht gefallen lassen.«
Doch ihr Gemahl glaubte ihr nicht.
»Das sagte er nur, weil wir unter uns waren. Er ist eben ein gewiefter Pläneschmied, einen Versuch war es ihm wert. Doch vor dem versammelten Hof? Das wird er nicht wagen. Undenkbar! Das wäre ein Affront gegen mich und die Ehre des Reiches. Zumal im Angesicht all seiner Feinde.«
»Du hast sehr viel für ihn getan. Hast ihm zwei Herzogtümer gegeben und ihn immer wieder gegen alle Vorwürfe verteidigt«, bohrte sie weiter. »Selbst bei den gröbsten Rechtsbrüchen. Denk nur an Freising! Und was tat er für dich?«
»Er hat mir in Rom das Leben gerettet, bei den Revolten am Tag meiner Krönung!«, entgegnete Friedrich heftig.
»Das ist zwanzig Jahre her, und seitdem gab es ständig Streit um ihn in deinem Reich«, erinnerte sie. »Du hast deine Fürsten verprellt, indem du ihre Klagen überhörtest, und zugelassen, dass er mächtig wie kein Zweiter im Reich wird. Er hält mehr Land als du, der Kaiser!«
Friedrich gefiel ganz und gar nicht, wie dieses Gespräch verlief. So etwas war er von Beatrix nicht gewohnt, und seine Stimmung war ohnehin gereizt.
»Versuch nicht, einen Keil zwischen mich und meinen Freund und Vetter zu treiben!«, ermahnte er seine Gemahlin. Sein Tonfall machte deutlich, dass er von ihr keine Widerworte hören wollte.
»Natürlich nicht«, lenkte sie sofort ein.
Als Wiedergutmachung für seine barsche Zurechtweisung griff er nach ihrer Hand und streichelte sie.
»Du hast bei dem Mahl kaum etwas gegessen. Ist dir nicht wohl?«
»Ehrlich gesagt: Vom Bratengeruch ist mir ganz flau im Magen geworden. Stattdessen verspüre ich große Gelüste nach sauer eingelegtem Fisch.«

Sie sah ihn bedeutungsschwer an, und Friedrich – in Gedanken noch ganz bei dem enttäuschenden Gespräch mit seinem Vetter – brauchte einen Moment, bis er verstand.

»Soll das heißen …?«

»Ja. Ich trage wieder ein Kind unter dem Herzen, Liebster. Im Sommer wird es geboren werden, so Gott uns gnädig ist«, sagte sie und senkte das Haupt.

Er umfasste ihr Gesicht mit beiden Händen, hob es an und küsste sie. »Du machst mich so glücklich! Ich kann mir wahrhaft keine bessere Gemahlin wünschen als dich.«

Sofort ließ er den Küchenmeister rufen und den gewünschten essigsauren Fisch bringen.

Beatrix zwang ein paar Happen hinunter; in Wahrheit hatte sie Mühe, diese im Magen zu behalten. Doch sie brauchte Friedrichs unbedingtes Wohlwollen für das, was sie plante. Was er nicht tun wollte, weil er die Augen vor einer unliebsamen Wahrheit verschloss.

Dafür kam ihr diese Schwangerschaft gerade zupass. Auch wenn er jetzt wieder andere Frauen in sein Bett holte, weil er ihres vorerst nicht mehr teilen würde, um dem Ungeborenen nicht zu schaden. Aber diesmal würde es nicht Marie Claire sein. Ihre Vertraute war selbst wieder schwanger – nach langem Hoffen und sehr zu ihrer und Stefanos Freude.

Am nächsten Tag trat der Kaiser vor seine Fürsten und forderte sie auf, ihm Truppen zu schicken, um dem Lombardischen Städtebund Paroli zu bieten. »Und damit diesem falschen Papst Alexander!«, erinnerte er.

Der hünenhafte Pfalzgraf Otto von Wittelsbach warf sich in die Brust und stieß einen höhnischen Laut aus. Als dieser selbsternannte Papst noch ein Kardinal war und Rolando Bandinelli hieß, da hatte er ihm einst vor dem versammelten Hof das Schwert auf die Brust gesetzt. Vor fast zwanzig Jahren in Besançon war das gewesen Er hatte es nicht vergessen, und Rolando sicher ebenfalls nicht. Mit dem konnten sie keinen Frieden schließen.

Der Kölner Erzbischof Philipp von Heinsberg trat vor und versprach, einen Heerbann von tausend Mann herbeizuführen, selbst wenn er dafür einige Stifthöfe verpfänden musste.

»Es geht um die Ehre des Kaisers und des Reiches«, bekräftigte er und erhielt durch etliche Rufe die Zustimmung der versammelten Fürsten.

Auch Erzbischof Wichmann sagte Unterstützung zu, ebenso mehrere Bischöfe und weltliche Fürsten wie Markgraf Dietrich.

Zur allseitigen Verwunderung hatte der sonst meist großmäulige Löwe bislang kein Wort gesagt.

»Vetter Heinrich, geh mit gutem Beispiel voran!«, forderte der Kaiser ihn auf .»Deine Männer warten jenseits der Berge. Schick Reiter aus und ruf sie herbei!«

Der Herzog von Sachsen und Bayern trat einen Schritt vor und räusperte sich.

»Es stimmt, sie warten dort. Aber ich kann nicht so ohne weiteres in einen Krieg ziehen.«

»Und was steht dem im Weg?«, fragte Friedrich spitz.

»Ich bin zu alt für eine solche Strapaze«, führte der Löwe an.

»Du bist jünger als ich!«, hielt ihm der Kaiser erstaunt vor.

»Meine Feinde warten nur darauf, dass ich fort bin, um wieder zuzuschlagen. Ich habe zwei Herzogtümer zu verwalten, und es fehlt mir an Silber.«

Er hatte wirklich Wichtigeres zu tun, als sein Geld und seine Männer auf Friedrichs nächstem hoffnungslosen Italienfeldzug zu vergeuden. Zumal sich gerade die Aussicht zerschlagen hatte, einmal das Erbe des alten Welf zu übernehmen – nur weil er gesagt hatte, die von Welf geforderte Summe für dieses Erbe könne er sich doch sparen, weil der alte Mann sowieso bald sterben würde. Stattdessen wollte dieser nun doch Friedrich als seinen Erben einsetzen. Sollte der Kaiser davon einen Heerbann bezahlen!

Fassungslos starrte Friedrich ihn an.

»Der Erzbischof von Köln hat sogar Kirchenbesitz verpfändet, um mir ein Heer aufzustellen! Du hast enorme Einnahmen durch das Lüneburger Salz, den Hafen von Lübeck, die Zolleinnahmen von München, die reichen bayerischen Städte«, zählte er hitzig auf. »Und habe *ich* dir das nicht alles gegeben? All das verdankst du *mir!* Da fände ich es nur gerecht, wenn du mir als mein getreuer Lehnsmann die geforderten Truppen stellst.«

Im Saal war es mucksmäuschenstill.

Dietrich ließ seinen Blick vom Löwen zu den Erzbischöfen von Köln und Magdeburg wandern, seinen Verwandten und erklärten Gegnern Heinrichs. Er konnte sie beide nicht gut leiden – den Kölner aus einem unbestimmten Gefühl heraus; Wichmann mochte er seit dem Drama um seinen Sohn Konrad nicht mehr. Doch er spürte genau, dies war ein Schlüsselmoment in ihrem gemeinsamen, viele Jahre währenden Kampf gegen den übermächtigen Löwen. Und die beiden Kleriker erkannten dies ebenso. Das sah er an ihren Mienen.

»Was soll ich denn noch tun?«, fragte Friedrich zynisch. »Soll ich vor dir auf die Knie gehen – *ich, dein Kaiser?*«

Der ganze Saal hielt den Atem an. Würde er das wirklich tun? Friedrich brauchte die Truppen des Löwen dringend. Aber eine solche Selbsterniedrigung eines Kaisers vor seinem Lehnsmann wäre ohne Beispiel.

Heinrich verzog keine Miene. Wenn er auf den Kaiser blickte, sah er keinen Herrscher mehr, der das Heft in der Hand hielt, sondern einen Mann, dem das Wasser bis zum Hals stand. Und er würde sich nicht ohne Gegenleistung in ein blutiges Italienabenteuer stürzen.

»Gib mir Goslar zurück! Mit dem Ertrag der Silbergruben kann ich einen Kriegszug bezahlen.«

Friedrich erstarrte und riss die Augen auf. Er schnappte nach Luft, dann brüllte er, auf jede familiäre Vertraulichkeit verzichtend: »Herzog, *Ihr* wagt es?«
Der Kaiser sprang auf, raffte seinen Umhang und stürmte hinaus.
Die Beratung war aufgelöst. Zurück blieben die ebenso bestürzten wie auch hämischen Fürsten.

Es war eine nie dagewesene Unverfrorenheit: dass ein Gefolgsmann – und noch dazu ein Verwandter – dem Kaiser vor versammeltem Hof Bedingungen diktieren wollte, ihn geradezu erpresste.
Die Erzbischöfe von Köln und Magdeburg wechselten einen bedeutungsschweren Blick, und an der Reaktion seiner Verwandten sah Dietrich, dass sie ebenso klar erkannten: Dies war der Anfang vom Ende der innigen Freundschaft zwischen dem Kaiser und Heinrich dem Löwen. Endlich! Wie lange hatten sie darauf gewartet!
Philipp wollte auf Dietrich zugehen, als ihn ein Bote ansprach. »Höchstwürden, die Kaiserin bittet Euch zu einem privaten Gespräch. Wenn es Euch möglich ist, jetzt gleich.«
Wieder tauschten Philipp, Wichmann und Dietrich vielsagende Blicke. Philipp von Heinsberg verabschiedete sich mit einem Nicken von seinen Gesprächspartnern und folgte dem Boten, während er überlegte, was Beatrix wohl von ihm wollte.
Sie hatte wortlos, doch aufmerksam an der Zusammenkunft teilgenommen. Normalerweise mischte sie sich nicht in die Geschäfte des Kaisers ein, abgesehen von gelegentlichen Fürsprachen für diesen oder jenen Bittsteller. Aber Philipp hielt sie für klug genug, zu erkennen, was da eben geschehen war, während der Kaiser vielleicht die Tragweite dieses Moments für das Reich nicht wahrhaben wollte. Noch nicht.
Beatrix empfing ihn allein in ihrer Kammer und mit großer Höflichkeit.

»Höchstwürden …«, begann sie und neigte den Kopf vor ihm.
»Seit jeher werden die bedeutendsten Botschaften in Bildern erzählt, denn das Volk kann nicht lesen. Deshalb werden Kirchen mit prachtvollen Gemälden geschmückt – um den Menschen den Inhalt der Heiligen Schrift zu veranschaulichen.«
Gespannt wartete Philipp von Heinsberg, wohin diese Rede führen würde.
»Wie veranschaulichen wir die Ungeheuerlichkeit dessen, was heute geschehen ist? Mit welchem Bild?«, fuhr Beatrix fort und lächelte kühl. »Ich vermute, Ihr habt schon eine Vorstellung.«
Sie beugte sich leicht vor, als sie weitersprach.
»Das Volk muss verstehen, wie sehr der Löwe seinen Kaiser, Vetter und Wohltäter verraten hat. Welche Ungeheuerlichkeit wir heute miterleben mussten. Mein Gemahl sagte: *Soll ich vor dir auf die Knie gehen?*«, erinnerte sie. »Verbreitet dieses Bild: Der Kaiser kniet vor seinem Vasallen nieder, und der verweigert sich ihm.«
Philipp nickte bedächtig und überaus zufrieden. Unverhofft hatte er sogar in der Kaiserin eine Verbündete gefunden!
»Gebt dieses Bild an all Eure Freunde und Verbündeten weiter, an alle, die sich über diese Unverschämtheit entrüsten werden!«
Philipp war begeistert von diesem Plan, den er selbst nicht besser hätte ersinnen können. Doch einen Einwand hatte er.
»Der Kaiser darf nie von diesem Gerücht erfahren, damit er nicht widersprechen muss.«
Beatrix' Lächeln wurde breiter und noch liebenswürdiger.
»Dafür werden wir gemeinsam sorgen, Höchstwürden. Nicht wahr?«

DRITTER TEIL

BÖSES ERWACHEN

Legnano

Friedrich, Dietrich von der Lausitz;
nahe Legnano nordwestlich von Mailand,
29. Mai 1176

Niemand hatte mit dieser Schlacht gerechnet, geschweige denn sie geplant. Weder die Truppen des Lombardenbundes noch der römisch-deutsche Kaiser Friedrich.

Der zog mit seinem etwa viertausend Reiter starken Heer von Como aus nach Süden, Richtung Pavia. Endlich, nachdem die Gebirgspässe wieder genutzt werden konnten, war Verstärkung von jenseits der Alpen gekommen. Die Erzbischöfe von Köln und Magdeburg, der Landgraf von Thüringen, der Herzog von Zähringen und weitere Fürsten brachten ihm eine Streitmacht, mit der er dem Lombardischen Städtebund Paroli bieten konnte. Noch mehr Verbündete würden sich ihnen von Pavia aus anschließen: die Pavesen und der Markgraf von Montferrat mit seinen Männern.

Der kaiserliche Heerbann hatte bereits die halbe Strecke zwischen Como und Pavia zurückgelegt und rastete etwa zwanzig Meilen südwestlich von Mailand. Die Sonne sengte seit dem Morgen von Himmel herab, und die Pferde mussten getränkt werden.

Der Kaiser saß mit seinen ranghöchsten Heerführern unter einem Baldachin und genoss einen Becher Wein, der mit frisch herbeigeholtem kühlem Quellwasser verdünnt war. Er schloss die Augen bis auf einen Spalt zum Schutz gegen das grelle Sonnenlicht und hörte mit halbem Ohr zu, wie Landgraf Ludwig von Thüringen von dem Palas schwärmte, den er

auf der Wartburg hatte vollenden lassen: über drei Etagen, mit kunstvoll verzierten Säulen, sogar einem Kamin im Rittersaal!
»Wie geht es meiner Schwester Judith?«, unterbrach Friedrich die Prahlereien des erst fünfundzwanzigjährigen Ludwig. Dessen vor knapp vier Jahren verstorbener gleichnamiger Vater war nicht nur der Schwager des Kaisers, sondern auch sein Freund und treuer Verbündeter gewesen.
»Es geht ihr gut auf ihrem Witwensitz, sie wird uns alle überleben«, scherzte der junge Landgraf.
Doch da hörte Friedrich schon nicht mehr zu. Durch etwas wachsam geworden, reckte er sich erst und stand dann sogar auf, um besser zu sehen. Die anderen taten es ihm nach, denn jetzt erkannte es jeder von ihnen: Da näherten sich drei Reiter in hohem Tempo.
Sofort griffen alle zu ihren Waffen – auch wenn sie bald gewahr wurden, dass die Reiter zu ihren eigenen Leuten gehörten.
»Wir werden angegriffen!«, brüllte der vorderste, ehe er eiligst aus dem Sattel stieg und vor dem Kaiser und den Fürsten auf ein Knie sank.
Nach Atem ringend berichtete der Mann: »Der Gegner hat unsere Vorhut angegriffen! Wir konnten sie niederwerfen, obwohl sie in der Überzahl waren. Und jetzt fliehen sie …«
»Wie viele?«, unterbrach ihn der Kaiser aufgeregt.
»Viele! Doch unsere Reiter haben sie im Nu in die Flucht gejagt; es ist mehr Stadtvolk als Ritter. Und sie fliehen wie die Hasen.«
»Dies ist unsere Chance, den Lombarden Respekt beizubringen!«, rief Friedrich begeistert. »Greift alle zu den Waffen! Wir werfen ihnen unsere gesamte Reiterei entgegen und zerstreuen sie in alle Winde! Auf die Pferde!«
»Majestät, das könnte ein Falle sein«, wandte Dietrich von der Lausitz warnend ein. »Das Heer des Städtebundes ist uns um ein Mehrfaches überlegen, und unsere Pferde sind vom Marsch erschöpft.«

Der Kaiser musterte ihn von oben nach unten mit einem eisigen Blick, der jeden anderen zum Verstummen gebracht hätte. »Bis eben hielt ich Euch für einen tapferen Kämpfer, dem die Ehre seines Kaisers mindestens so wichtig ist wie seine eigene. Fürchtet Ihr Euch vor ein paar zerlumpten Stadtbewohnern, Markgraf Dietrich?«

Friedrichs Stimme klang eiskalt, und sein beleidigender offener Vorwurf der Feigheit ließ nur eine Antwort zu.

Doch ehe der Lausitzer etwas erwidern konnte, platzte Ludwig von Thüringen schon dazwischen.

»Wir reiten sie nieder, noch ehe sie wissen, wie ihnen geschieht!«, rief er begeistert. »Diese Kerle sind – wenn überhaupt – höchstens dafür ausgebildet, ihre Häuser und ihre Mauern zu verteidigen. Gegen unsere schlachterprobte Kavallerie können sie nichts ausrichten.«

Vermutlich nicht, wenn wir uns in mustergültiger Formation aufstellen und Knie an Knie gegen sie reiten, dachte Dietrich. Aber jetzt stürzen wir uns unüberlegt und aus dem Marsch heraus mit ermüdeten Pferden in eine unüberschaubare Lage.

Doch die Kampfeslust und der unbändige Drang, dem Städtebund eine vernichtende Niederlage beizubringen, hatten nicht nur den Kaiser erfasst. Begeistert von der Aussicht auf einen raschen und vollständigen Sieg riefen sämtliche Heerführer, die zusammen mit dem Kaiser rasteten, ihre Knappen und ihre besten Vertrauten zu sich; jedermann ließ sich rüsten und sein Schlachtpferd satteln.

Auch Dietrich – ihm blieb keine Wahl. Also konnte er nur versuchen, den Kaiser, seine Männer und sich selbst so gut es ging durch dieses Gefecht zu bringen. Seit dem Tod seines Sohnes war ihm sein Leben ohnehin nicht mehr viel wert. Er hatte ihm dereinst die Mark Lausitz hinterlassen wollen. Doch für wen sollte er jetzt noch seine Burgen ausbauen und Ruhm erringen? Und sein Verhältnis mit Hedwig konnte auch nur in einer Katastrophe enden.

Hilbert wusste um Dietrichs Gemütslage und sandte ihm einen besorgten Blick.
»Höchste Zeit für einen Kampf! Sonst werde ich noch so fett wie mein Schwager Dedo«, sagte Mathildes Bruder, Graf Goswin von Heinsberg, während er sein Schwert gürtete.
Und schon schwang sich der Bannerträger des Kaisers – ein junger schwäbischer Ritter – in den Sattel.
»Vorwärts! Auf zum Sieg!«, schrie Friedrich, und die gesamte kaiserliche Reiterei galoppierte los, dorthin, wo die Vorhut beider Streitmächte eher zufällig aufeinandergestoßen war.
Der Sog der bevorstehenden Schlacht und die stolze Zuversicht über den erhofften leichten Sieg ließen keinen Platz mehr für irgendein Abwägen.
Jetzt galt es nur noch, in Formation zu bleiben. Doch der übereilte Aufbruch und der Ehrgeiz der Ritter des Kaisers vereitelten dies.
Friedrich, gänzlich von Rachegelüsten gegen den Lombardischen Städtebund erfüllt, gab das Tempo vor und preschte voran, nur eine halbe Pferdelänge hinter seinem Bannerträger. Seine Leibwachen hatten Mühe, in dem Gedränge mitzuhalten.
Bald konnten die Kämpfer die feindliche Kavallerie vor sich sehen, die ebensowenig in einer geschlossenen Linie ritt wie sie selbst. Hinter ihnen ragte der Fahnenmast mit dem Heiligenbild und dem Banner des Mailänder *carroccio* empor. Der Anblick, der beim Kaiser kalte Wut wecken musste, löste wildes Kampfgeschrei in den Reihen seiner Ritter aus. Mailand hatte sich ihm schon vor Jahren vollständig unterwerfen müssen.
»Sieg!«, brüllte der Kaiser gellend und riss sein Schwert hoch.
»Für den Kaiser!«, riefen links und rechts von Dietrich Männer, die er nicht erkennen konnte.
Jetzt war es keine Pfeilschussweite mehr bis zum Zentrum der Schlacht.

Dietrich trieb sein Pferd durch einen Fluss voll von Toten, die von ihren Kettenhemden auf den flachen Grund hinabgezogen worden waren und deren Blut das Wasser an etlichen Stellen rötlich färbte.
Nachdem dieses letzte Hindernis überwunden war, galoppierten sie über freies Feld auf die gegnerische Reiterei zu. Mit Brachialgewalt brandeten sie über die Feinde hinweg, doch plötzlich teilten sich deren Linien, und die Reiter schwenkten nach links und rechts ab, um sich weiter hinten neu zu formieren.
Und mit einem Mal jagten die Ritter des Kaisers nicht mehr auf ein paar militärisch wenig geübte Reiter zu, sondern auf einen Wall aus Lanzenspitzen.
Das Manöver der Lombarden gab den Blick auf den Mailänder *carroccio* frei. Das von Ochsen gezogene Geviert war voll besetzt mit wütenden Kämpfern und umgeben von mehreren Reihen dicht an dicht stehender Schildträger, zwischen denen Lanzenträger ihre Waffen den anstürmenden Pferden entgegenreckten.
Dietrich stieß einen Fluch aus und versuchte, sein galoppierendes Schlachtross zur Seite zu drängen. Die meisten in seiner näheren Umgebung schafften dies nicht. Ihre Pferde wurden von den lombardischen Lanzenträgern aufgespießt, die mit allem Mut, den sie aufbieten konnten, die Stellung hielten.
»Schützt den Kaiser!«, schrie er und hielt selbst fieberhaft Ausschau.
Es gab eine eherne Gewissheit für Reiterschlachten: Kommt das Pferd zum Stehen, ist der Reiter so gut wie tot. Die vorrangige Stärke eines Ritters bestand in der Kombination von Pferd und Mann, von Tempo und Wucht. Geriet das Pferd im Gedränge ins Stocken, konnte sich auch ein geübter Kämpfer mit dem Schwert vom Sattel aus nicht lange gegen das Fußvolk behaupten. Er musste schleunigst absteigen, doch für den Kampf zu Fuß machte ihn seine schwere Rüstung zu behäbig.

Zu allem Übel kehrten nun die lombardischen Reiter in großem Bogen zurück und griffen erneut an, mit einem Mal in viel größerer Zahl als zuvor. War Verstärkung eingetroffen? Denn diese Reiter wirkten deutlich besser für den Kampf ausgebildet.

Und plötzlich war das kaiserliche Banner nicht mehr zu sehen. Der Bannerträger musste gefallen sein – und damit befand sich Friedrich in Lebensgefahr.

»Der Kaiser, schützt den Kaiser!«, schrie Dietrich erneut, ohne zu wissen, ob ihn überhaupt jemand in dem Tumult hörte. Waffen klirrten, Kämpfer brüllten, Pferde wieherten schrill im Todeskampf.

Entsetzt sah der Markgraf, dass die Gegner Friedrichs triumphierend seinen Schild und seine Lanze schwenkten. Der Kaiser musste zu Boden gegangen sein. Und sie würden ihn im Schlachtrausch sicher nicht gefangen nehmen.

»Der Kaiser!«, brüllte Dietrich wieder und deutete mit dem Schwert in die Richtung, in der er ihn vermutete. Doch da gab es ein riesiges Knäuel von jubelnden Gegnern – und keine Chance, dorthin zu gelangen.

Reiterlose Pferde jagten an ihm vorbei, dann immer mehr Männer, die zu Fuß oder zu Ross panisch flohen. Sie hatten nicht nur diese Schlacht verloren, sondern auch ihren Kaiser.

Und ehe Dietrich diesen Gedanken noch in seiner ganzen Tragweite erfassen konnte, überschlug sich sein Pferd, von einem Armbrustbolzen getroffen. Er selbst stürzte zu Boden, und die Welt um ihn herum wurde schwarz.

Schreckensbotschaft

Beatrix, Marie Claire;
Pavia, Anfang Juni 1176

Die Kaiserin und ihre engste Vertraute saßen in den Fensternischen des Kaiserpalastes von Pavia und bestickten Häubchen für die Kinder, die sie unterm Herzen trugen. Beatrix' Schwangerschaft war nun nicht mehr zu übersehen, bei Marie Claire stand die Niederkunft kurz bevor. Das Ungeborene hatte sich in ihrem Leib bereits gesenkt, jederzeit konnten die Wehen einsetzen.

Sie warteten auf den Kaiser. Der führte frisch eingetroffene Truppen nach Pavia, von Como im Norden aus, und unterwegs würden sich ihnen weitere Kontingente ihrer italienischen Verbündeten anschließen. Stefano begleitete ihn. In wenigen Tagen würden sie eintreffen.

So genossen die Frauen die Sonne, die durch die Fenster fiel, und wechselten nur dann und wann ein Wort und ein Lächeln. Jede war in diesem Moment mit ihren eigenen Gedanken beschäftigt – und mit den Beschwerlichkeiten, die ihr Zustand mit sich brachte. Beatrix musste in zunehmend kürzeren Abständen die Heimlichkeit aufsuchen, und Marie Claire legte immer wieder ihre Handarbeit für eine Weile beiseite, strich sanft mit der Rechten über ihren prallen Leib, sah nach draußen in die sonnenbeschienene blühende Pracht und verlor sich in Gedanken darüber, wie sehr sich Stefano auf dieses Kind freute. Ihre Tochter Gianna war nun bereits zehn Jahre alt, und wie sehnlich wünschten sie sich ein Geschwisterchen für sie! Vielleicht konnte sie Stefano bei seiner Rückkehr schon seinen Sohn oder seine jüngste Tochter in den Arm legen.

Plötzlich drang in diesen friedvollen Moment ein Geschrei von draußen ein, das nicht nach der alltäglichen Geschäftig-

keit klang, wie den Befehlen des Stallmeisters oder den Scherzen der Dienerschaft.
Alarmiert richteten sich beide Frauen auf und sahen zum Fenster. Aber diese Palastseite führte zum Garten an der Rückfront.
Rasch aufeinander folgten weitere Stimmen, kurze Befehle, Fußgetrappel …
Sie tauschten einen Blick, schauten dann zur Tür und stellten sich auf wichtige Nachrichten ein. Ob gute oder schlechte, würden sie gleich erfahren.
Der Anführer von Beatrix' Leibwachen ließ sich melden und wirkte so verstört, dass sein Anblick die beiden Frauen sofort mit schlimmsten Ahnungen erfüllte.
Er blickte hinter sich und rief einen Mann herein, der schweißüberströmt und blutbesudelt auf ein Knie ging und den Kopf senkte.
Als er ihn nach einigem Zögern wieder hob, erkannte Beatrix den jungen Landgrafen von Thüringen. Auf seinem Gesicht stand pure Verzweiflung.
»Euer Majestät … auf halbem Weg hierher, nahe Legnano, gerieten wir aus dem Marsch heraus unversehens in eine Schlacht …«
»Ja, weiter!«, drängte ihn Beatrix ungeduldig, während ihr in Vorahnung schlimmer Ereignisse ein kalter Schauer über den Rücken lief.
»Euer Gemahl stürzte sich mit Heldenmut sofort in den Kampf, dorthin, wo das Getümmel am dichtesten war … Die Gegner waren uns an Zahl überlegen, vor allem, was das Fußvolk betraf … Und mitten im Kampf galoppierte noch weitere Reiterei als Verstärkung heran, furchtlose Kämpfer aus Brescia und Mailand … Zuerst haben sie unseren Bannerträger getötet und das Banner des Kaisers erobert … Und dann …«
Nun brach ihm die Stimme. Rasch versuchte sich Landgraf Ludwig zu sammeln, ehe er herausplatzte: »Der Kaiser ist tot.«

Die nun eintretende Stille wurde nur vom Gesang der Vögel draußen unterbrochen.

»Wird sein Leichnam hergebracht, damit wir eine angemessene Bestattung vorbereiten können?«, fragte Beatrix dumpf und mit versteinerter Miene.

Nun sank der Unglücksbote völlig in sich zusammen.

»Wir konnten ihn im Kampfgedränge nicht bergen. Wir sahen nur, dass die Lombarden das Banner, seinen Schild und seine Lanze als Trophäen schwenkten. Und dann stürmten sie so zahlreich auf uns ein, dass der Marschall zum sofortigen Rückzug rufen musste. Wir hatten etliche Tote, viele Männer wurden gefangen genommen … Diejenigen, die entkommen konnten, werden erst nach und nach wieder in Pavia eintreffen …«

Ich bete zu allen Heiligen, dass Stefano hierher unterwegs ist, dachte Marie Claire verzweifelt. Er ist doch kein Kämpfer, sondern ein Vermittler, er trägt nicht einmal eine Rüstung!

»Hat jemand den Leichnam meines Gemahls gesehen?«, fragte Beatrix hart. »Hat irgendjemand *gesehen,* dass er *wirklich* tot ist?«

»Ich weiß es nicht«, gestand der junge Landgraf bedrückt. »Aber es besteht kein Zweifel, dass …« Mitten im Satz brach er ab.

Dröhnendes Schweigen hing im Raum.

Durch Beatrix' Kopf jagten die Gedanken. Seit zwanzig Jahren war sie mit Friedrich vermählt, und wie sehr sie um ihn trauern würde, wusste sie in diesem Moment noch nicht; diese Überlegung durfte sie jetzt nicht an sich heranlassen. Anderes war wichtiger und dringender.

»Verdreifacht sofort die Wachen vor der Kammer des Königs!«, befahl sie dem Hauptmann ihrer Leibgarde. Der elfjährige Heinrich war gewählt, gesalbt und gekrönt und weilte hier mit ihr in Pavia. Trotz seiner Jugend durfte niemand seine Thronfolge in Frage stellen – sofern er überlebte. Ein Anschlag

auf ihn war plötzlich zur unmittelbaren Gefahr geworden. Wer würde alles nach dem Thron des Heiligen Römischen Reiches gieren und dafür auch vor einem Attentat auf einen Elfjährigen nicht zurückschrecken?
»Und schickt Gottfried von Viterbo umgehend zu mir!«, rief sie der Wache noch hinterher.
Der Kaplan und Erzieher des jungen Königs musste sich gemeinsam mit ihr darum kümmern, Heinrich auf alles vorzubereiten, was nun auf ihn einstürmen würde.
»Sind die Erzbischöfe schon hier?«, fragte sie den immer noch knienden Unglücksboten. Die brauchte sie dringend, um Heinrichs Position zu sichern. Philipp von Köln musste nun als Erzkanzler die Regierungsgeschäfte in die Hand nehmen, und Wichmann von Magdeburg war einflussreich und repräsentierte die Stimme der Vernunft.
»Sie werden sicher bald eintreffen, zusammen mit dem Rest des Heeres«, meinte Ludwig von Thüringen.
»Geht Eure Wunden versorgen«, gebot Beatrix.
Ohne ein weiteres Wort entfernte sich der Landgraf.
Und wieder herrschte schmerzliche Stille zwischen den beiden Frauen.
Was mit ihnen geschehen würde, wenn der Kaiser tatsächlich tot war … Marie Claire konnte es noch nicht ermessen. Bis soeben hatte sie eine solche Situation wider alle Vernunft für unmöglich gehalten.
Doch jetzt vermochte sie nur eines zu denken: Stefano *muss* leben! Als könnte sie ihn damit herbeirufen, pulste dieser eine Satz wieder und wieder durch ihren Kopf. Und einmal mehr legte sie beide Hände über ihren Leib, als könnte sie damit nicht nur das Ungeborene, sondern auch dessen Vater schützen. Und die nahende Geburt so lange hinauszögern, bis sie Stefano sicher und wohlbehalten hier in Pavia wusste.
Mit immer noch steinerner Miene erhob sich Beatrix.
»Gehen wir nach draußen. Ich höre eine größere Zahl Reiter

eintreffen. Vielleicht bringen sie Kunde. Bessere Kunde …«
Erhobenen Hauptes und mit durchgedrücktem Rücken ging sie steif hinaus, immer noch ohne eine Regung auf dem Gesicht.
Zusammen mit Marie Claire stellte sie sich auf die Stufen vor dem Palast und hielt Ausschau.
Eine ungeordnete Schar Reiter näherte sich, in immer größer werdenden Abständen voneinander. Einige hingen mit schmerzverzerrtem Gesicht im Sattel, andere trugen blutige Verbände.
Helfer liefen herbei, um sich der Verwundeten anzunehmen.
Irgendwann brachten dienstbare Geister den beiden schwangeren Frauen Stühle, damit sie auf ihrem Posten ausharren konnten.
»Setzt Euch doch, Euer Majestät, bitte! Das Kind und Ihr dürfen keinen Schaden nehmen«, flehte eine Stimme.
Schaden nehmen? Beatrix hätte beinahe bitter aufgelacht. Wenn Friedrich wirklich tot war … Dann waren sie und ihre Söhne in Lebensgefahr. Schon rückte ihre Leibwache an und stellte sich schützend im Halbkreis hinter ihnen auf.
Endlich, nach langem Warten in sengender Sonne, während immer mehr Überlebende der Schlacht eintrafen, machte Beatrix unter den staub- und blutverschmierten Gestalten den Erzbischof von Köln aus.
Erschöpft stieg er aus dem Sattel und lief direkt auf sie zu, wobei er ein Bein leicht nachzog.
»Besteht noch Hoffnung, dass der Kaiser lebt?«, fragte Beatrix direkt. Das war das Einzige, was sie wissen wollte.
»Nach menschlichem Ermessen nicht. Beten wir für sein Seelenheil!«, antwortete Philipp von Köln mit heiserer Stimme.
Dann trank er gierig einen Becher leer, den ihm jemand reichte.
Beatrix beugte sich ein wenig nach vorn und sah ihm direkt in die Augen.
»Tut alles, um meinem Sohn den Thron zu sichern! Das hat

Vorrang vor allem. Solange nicht jemand mit eigenen Augen den Tod des Kaisers bezeugen kann, gebe ich die Hoffnung nicht auf.«

Ihr hofft vergebens, dachte Philipp von Heinsberg. Er hatte mit eigenen Augen gesehen, wie die Lombarden mit Triumphgeschrei das Banner und den Schild des Kaisers schwenkten, wie sich Schwerter schwingende Männer um die Stelle scharten, an der Friedrichs Pferd zu Boden gegangen war. Sollte er ihnen noch lebend in die Hände gefallen sein, hatten sie ihn im Blutrausch erschlagen.

Und für seinen Bruder Goswin, den die Gegner gefangen genommen hatten, verspürte Philipp auch keinen Funken Hoffnung mehr. Aber er war ein Erzbischof. Da sollte er natürlich an die Kraft des Gebets glauben.

Er rief sich zur Ordnung und zwang sich, all seine Gedanken fort von dieser blutrünstigen Szene und hin zu dem zu lenken, was es jetzt zu tun galt.

»Soll ich Befehl geben, alle Glocken zu läuten?«

Beatrix, die kreidebleich und reglos vor ihm saß und auf einen unbestimmten Punkt in der Ferne starrte, drehte den Kopf ein wenig und sah ihm ins Gesicht.

»Nein!« Sie schrie es fast.

»Euer Majestät …«, begann er zögernd. Wollte die Kaiserin denn den Ernst der Lage nicht begreifen?

Zu seiner Erleichterung trat Erzbischof Wichmann heran und drückte Beatrix sein Mitgefühl aus.

»Nein!«, rief sie erneut. »Ich weigere mich, den Tod meines Gemahls auch nur in Erwägung zu ziehen! Solange mir niemand seinen Leichnam bringt oder schwören kann, dass er meinen Gemahl sterben sah, verkünden wir seinen Tod auch nicht. Solange niemand einen Beweis für den Tod des Kaisers bringt, gilt der Kaiser als lebend! Es werden keine Glocken läuten, solange wir nicht Gewissheit haben. Sorgt dafür, dass niemand Pavia verlässt und dieses falsche Gerücht verbreitet!«

Sie räusperte sich und rieb sich eine Wimper aus dem Auge. »*Der Kaiser lebt.* Schickt unverzüglich Reiter aus, die ihn suchen und sicher hierhergeleiten! Und sorgt dafür, dass mein Sohn König Heinrich in Sicherheit ist. Ich gehe in die Kathedrale, um für die glückliche Wiederkehr meines Gemahls zu beten.«

Die beiden Erzbischöfe tauschten einen beredten Blick. Verlor die Kaiserin den Verstand? Oder vermochte sie sich einfach nicht vorzustellen, wie gnadenlos es auf dem Schlachtfeld zuging? Zwischen dem Lombardenbund und dem kaiserlichen Heer galten längst keine ritterlichen Regeln mehr.

»Ich werde den jungen König umgehend aufsuchen und gemeinsam mit ihm für seinen Vater beten«, erklärte Philipp.

Wichmann bot an, die beiden Frauen in die Basilika San Michele Maggiore zu begleiten, die größte und prachtvollste Kirche Pavias. Rasch rief er einen starken Geleitschutz zusammen. Die Gefahr für die Kaiserin – Kaiserinwitwe? – in dieser heiklen Lage war auch ihm nur zu bewusst.

Mühsam stemmten sich die beiden Schwangeren hoch, Beatrix nahm Wichmanns Arm als Stütze. Ihre trotzige und gebieterische Miene besagte, dass sie jetzt keinen Trost wollte.

Aber Marie Claire sorgte sich viel zu sehr um ihren eigenen Mann, um jetzt noch jemanden trösten zu können. Stefano war den Lombarden verhasst und mit seiner Hand aus Metall nicht zu verkennen. Er trug keine Waffen und konnte sich allein mit der Linken nicht wehren.

Anders als Beatrix sah sie keine Hoffnung mehr. Die Welt verschwamm hinter einem Tränenschleier, während sie zur Kathedrale wankte.

Tod und Leben

Stefano und Marie Claire;
Pavia, Anfang Juni 1176

Marie Claire konnte nicht schlafen und döste nur leicht vor sich hin. Dies war schon die zweite Nacht, seit die Unglücksboten Pavia erreicht hatten. Es trafen zwar immer noch Versprengte von der Schlacht bei Legnano ein, aber keiner von ihnen konnte etwas über den Verbleib des Kaisers sagen, geschweige über das Schicksal seines Dolmetschers.

Im Gegensatz zu Beatrix, die stur darauf beharrte, der Kaiser werde schon noch kommen, hatte Marie Claire keine Hoffnung. Die Männer, die jetzt noch ankamen, schleppten sich schwerverletzt hierher und wurden in eines der Zelte geschickt, die für die Behandlung der Verwundeten eingerichtet worden waren. Tag und Nacht drangen Schreie von dort zu ihr: von Fiebernden, Sterbenden, Männern, denen ein Bein oder ein Arm amputiert werden musste.

Sie war ganz und gar von Trauer erfüllt. Und noch dazu hatte sie in den letzten Stunden eine besondere Unruhe erfasst – ein Zeichen für die nahende Geburt.

Mühsam versuchte sie, sich auf die andere Seite zu legen, als draußen plötzlich laute Rufe erschollen.

Beatrix war im Nu wach, richtete sich kerzengerade im Bett auf und lauschte. Auch sie hatte offenbar nur leicht geschlafen.

»Macht Feuer, zieht mir meine Schuhe an, bringt mir meinen Umhang!«, herrschte sie die Mägde an, die zu ihren und Marie Claires Füßen schliefen, nun schlaftrunken nach einer Kerze tasteten, um sie an der letzten Glut zu entzünden, und den beiden Frauen halfen, sich anzukleiden.

Ungeduldig ließ Beatrix es über sich ergehen und winkte Marie Claire zu, damit sie sie zur Ursache des Geschreis begleitete.

Flüchtig überlegte die Hochschwangere, ob sie beide wohl nach draußen gelockt werden sollten, um dort ermordet zu werden.
Vor dem Palast wartete bereits ein halbes Dutzend Wachen mit Fackeln und starrte entgeistert auf das Bild, das sich ihnen bot. War es eine Täuschung? Ein Traum?
Dort stand – nur mit Gambeson statt in vollständiger Rüstung und völlig erschöpft – der Kaiser, neben ihm Stefano, und es war schwer zu sagen, wer nun eigentlich wen stützte.
»Der Kaiser ist zurück!«, rief Beatrix gellend, griff selbst nach einer Fackel und schwenkte sie, damit jeder sich mit eigenen Augen überzeugen konnte.
Lauter Jubel und Segenssprüche erklangen.
Die Kaiserin schritt ihrem Gemahl entgegen und begrüßte ihn formell, als käme er nur von einem kurzen Ausritt wieder. Jegliche überschwängliche Regung verbot sich Beatrix strikt. Hatte sie es nicht gleich gesagt? Der Kaiser war *nicht* tot, es gab nicht den geringsten Anlass zur Sorge. Und nun war er zurück.
Dann endlich durfte Marie Claire zu Stefano. Im Nu waren sie allein, oder fast allein, denn jedermann strömte herbei, um den Kaiser zu sehen, erleichtert Gebete zu sprechen und vor ihm auf ein Knie zu sinken.
»Liebster!«, jubelte Marie Claire und umarmte ihren Mann. Aber sofort wandelte sich ihre Freude in Bestürzung.
Er war glühend heiß vom Fieber und hohlwangig.
»Mein Bein!«, stöhnte er. Die metallene Hand hatte er verloren.
Marie Claire wandte den Kopf nach hinten und rief bebend vor Angst: »Holt den Medicus!«
Doch Magister Guido, der Leibarzt des Kaiserpaares, war schon zur Stelle. Marie Claire hatte keine Ahnung, ob Beatrix oder Friedrich selbst ihn umgehend zu ihr geschickt hatten. Im Moment war sie einfach nur dankbar dafür.

Der Arzt winkte zwei Gehilfen herbei, die den verwundeten und fiebernden Dolmetscher in eines der Krankenzelte trugen.
»Was ist geschehen?«, fragte Marie Claire aufgelöst.
Unter Mühen brachte Stefano heraus: »Wir mussten schwören, nicht darüber zu sprechen.«
Dann stockte er und begriff, was sie wohl viel dringender wissen wollte als die Einzelheiten von Friedrichs Rettung und Odyssee.
»Ein Bolzenschuss. Wir haben die Wunde ausgebrannt, hat aber nichts genutzt. Ist brandig geworden …«
Zwei Männer hievten ihn auf die Bettstatt, während er mit zusammengebissenen Zähnen stöhnte.
Ohne zu zögern schob der Medicus Stefanos verschmutztes und blutverklebtes Gewand hoch. Der Beinling war längst in Fetzen. Erschrocken fuhr Marie Claire zurück, als sie die Wunde sah.
Stefanos linkes Bein war aufgeschlitzt, bis weit über das Knie aufgedunsen und zu einem beträchtlichen Teil schwarz verfärbt.
Der Leibarzt der Kaiserin beleuchtete das unförmig geschwollene Bein sorgfältig mit einer Kerze, die er über der Wunde schwenkte, schnupperte und drückte sanft da und dort.
Und dann sprach er aus, was Marie Claire zu ihrem Entsetzen sofort geahnt hatte.
»Es tut mir leid, aber ich muss Euch das Bein abnehmen. Und zwar rasch, wenn es überhaupt noch Hoffnung geben soll.«
»Das werdet Ihr nicht tun«, widersprach Stefano bestimmt.
»Ihr redet im Fieber!«, hielt ihm der Arzt vor. »Wenn ich es nicht tue, sterbt Ihr unweigerlich am Wundbrand.«
»Das weiß ich«, entgegnete Stefano barsch. »Aber mit großer Wahrscheinlichkeit sterbe ich auch, *wenn* Ihr es tut. Nur eben schneller. Und ich habe noch etwas mit meiner Frau zu

bereden. Wenn Ihr so gütig sein wollt, Magister, uns für eine Stunde allein zu lassen …«

Der Arzt richtete sich zu voller Größe auf.

»Bringt ihn zur Vernunft!«, verlangte er eindringlich von Marie Claire. »Ich komme gleich wieder und sehe nach ihm. Und nach Euch auch. Spürt Ihr schon Wehen?«

Er musterte sie durchdringend.

»Ein Ziehen im Rücken … Aber das muss nichts bedeuten«, wich sie aus. Sie konnte jetzt doch nicht weg von hier, in die Gebärkammer! Sie musste bei Stefano bleiben.

»Ihr werdet mich nicht umstimmen«, verabschiedete der Dolmetscher den Medicus. »Und du auch nicht.« Zärtlich griff er mit seiner fieberheißen linken Hand nach Marie Claires rechter und streichelte sie.

»Aber …«

Mehr konnte sie nicht sagen. Es schnürte ihr die Kehle zu. Hastig wandte sie sich ab, damit er ihre Tränen nicht sah. Dann sammelte sie alle Kraft und atmete tief durch.

Aber Stefano ließ sie nicht zu Wort kommen.

»Versteh doch, Liebste: Selbst wenn ich *nicht* verblute, während sie mir das Bein abnehmen, worauf denkbar wenig Aussicht besteht … Ich könnte uns nicht mehr ernähren! Ich kann es ja so schon kaum, seit mir die rechte Hand fehlt. Wir sind völlig von der Gnade des Kaisers abhängig, und dafür zahlst du den Preis.«

Schmerzerfüllt wandte sie das Gesicht ab.

»Und das wirfst du mir *jetzt* vor?«

Dieses heikle Thema hatten sie all die Jahre tunlichst gemieden, obwohl es immer zwischen ihnen stand.

»Du weißt, dass ich mir das nicht aussuchte … Dass ich nichts getan habe, um seine Aufmerksamkeit zu wecken … Ich hasse es! Doch darf ich mich nicht verweigern.«

»Das wird nun ein Ende haben«, sagte er ruhig. »Wenn ich erst tot bin, kannst du ein neues Leben beginnen. Geh nach Burgund, such dir einen guten Mann …«

Sie zog eine Schale mit kaltem Wasser heran, wrang ein Tuch darin aus und legte es ihm über die Stirn, um die Hitze in seinem Blut zu lindern.
»Du sprichst im Fieber«, protestierte sie und stemmte beide Hände in den Rücken, um die Wehe abzumildern. Als sie wieder atmen konnte, sagte sie verzweifelt: »*Du* bist mein guter Mann! Der, den ich erwählt habe! Willst du mich allein lassen, deine Tochter zur Waise machen? Und auch dein zweites Kind, noch ehe es geboren ist?«
Stefano lächelte schief und unter Mühen.
»Das Fieber wird höchstens dann nachlassen, wenn mir der Chirurg das Bein über den brandigen Teil abnimmt – *und* ich nicht verblute. Wie sollte ich weiterleben, Liebste, ohne rechte Hand und ohne linkes Bein? Zwei Tage lang hatte ich Zeit, darüber nachzudenken. Ich könnte nicht einmal an Krücken gehen, denn ohne Hand kann ich mich nicht darauf stützen. Und ohne linkes Bein kann ich auch nicht mehr auf ein Pferd steigen. Ich wäre verdammt dazu, den Rest meines Lebens nutzlos im Stuhl zu hocken oder im Bett dahinzusiechen. Immer vorausgesetzt, dass ich die Amputation überlebe. Die Wahrscheinlichkeit ist jedoch äußerst gering. Ich will mir die Qual und euch allen das Blutbad ersparen.«
Erschöpft ließ er den Kopf sinken und schloss für einen Moment die Augen.
Marie Claire wischte ihm erneut den Schweiß von der Stirn, richtete ihn ein wenig auf und gab ihm zu trinken.
Nein, sie glaubte nicht, vielmehr sie *wollte* nicht glauben, dass dies das Ende war. Sie würde um ein Wunder beten.

Der Medicus kam zurück und musterte das unglückliche Paar.
»Meine Entscheidung steht fest«, wiederholte Stefano. »Wenn Ihr jetzt die Amputation vornehmt, wäre ich mit großer Wahrscheinlichkeit in einer Viertelstunde tot. Doch ich habe die Hoffnung, mit Gottes Gnade noch lange genug zu leben,

um das Kind zu sehen, das meine Frau unterm Herzen trägt. Vielleicht gewährt mir der Allmächtige noch diesen einen Tag oder zwei. Die Schmerzen nehme ich dafür in Kauf.«
Der Magister nickte. An Stelle seines Patienten würde auch er so entscheiden.
»Hier ist ein Mittel, um das Fieber etwas zu senken und die Schmerzen zu lindern.« Er reichte Marie Claire eine fingergroße Phiole. »Gebt ihm jede halbe Stunde einen kleinen Schluck davon in einem Becher Wasser. Ich kehre in Kürze zurück, um nach Euch zu sehen.«
»Wie kannst du mir das antun?«, schluchzte Marie Claire, als der Magister fort war.
Wieder nahm Stefano ihre Hand, die sie ihm entzogen hatte, und drückte sie.
»Mir bleibt vielleicht noch ein halber Tag oder ein ganzer. Lass uns diese Zeit gemeinsam verbringen. Uns an die schönen Jahre erinnern. Pläne schmieden für dich, für dein weiteres Leben …«
»Ich *will* das nicht, ich will keine Pläne schmieden für die Zeit nach deinem Tod!«
»Versteh mich doch, Liebste!«, beschwor er sie. »Ich verzichte auf die Amputation, die mir ein qualvolles langsames Sterben ersparen könnte, um unser Kind noch sehen zu können. Um zu erfahren, ob du mir einen Sohn oder eine Tochter schenkst. Ich sehe doch, dass die Wehen beginnen. Und so lange halte ich noch durch … für dich und das Kind.«
Mit einem erzwungenen Lächeln rieb sie sich die Tränen fort, doch gleich flossen neue.
»Sag nichts!«, bat er. »Ich hege die Hoffnung, dass Gott mich gnädig aufnimmt. Heißt es nicht in der Heiligen Schrift: Selig sind, die Frieden stiften? Ich habe versucht, Frieden zwischen dem Kaiser und Italien zu stiften, wenngleich es mir nur selten gelungen ist. Die Kaiserin wird sich deiner annehmen. Du und Gianna und unser jüngstes Kind, ihr werdet keine Not leiden.

In Pavia seid ihr sicher. Und dann gehst du nach Burgund zu deiner Familie. Beatrix wird dir helfen. Du wirst einen Mann finden, der gut zu dir ist und dich ernähren kann.«
Sie wollte widersprechen, doch er unterbrach sie.
»Dies ist mein letzter Wille. Wenn du mich wirklich liebst, kannst du ihn mir nicht verwehren. Sei so tapfer ... und so großzügig! Ich habe schon nach einem Priester gerufen, damit er mir die Sterbesakramente spendet.«
Mit schmerzverzerrtem Gesicht flößte sie ihm den ersten Schluck aus der Phiole ein. Dabei war er es doch, der Schmerzen litt.

Schweigend hielten sie sich bei den Händen. So fand der Medicus das unglückliche Paar vor, als er zurückkehrte. Am Zustand seines Patienten hatte sich nichts geändert.
Aber ... Aufmerksam musterte er die Hochschwangere. Jetzt konnte sie ihre Wehen nicht mehr vor ihm verbergen. Wie zum Beweis seiner Einschätzung hörte er ein leises Plätschern, und ein fruchtiger Geruch zog durch das Zelt.
»Marie Claire, es wird höchste Zeit! Ihr müsst Euch jetzt in die Gebärkammer begeben!«, sagte der Leibarzt streng. »Dort solltet Ihr längst sein.«
Verzweifelt sah die junge Frau auf ihren todkranken Mann. Sie konnte ihn weder dorthin mitnehmen noch hierbleiben. Bei einer Geburt hatte ein Mann nichts zu suchen – es sei denn, er war ein Arzt.
»Keine Sorge, ich gehe nicht fort. Ich warte hier auf dich«, versuchte Stefano mit schmerzverzerrtem Gesicht einen müden Scherz.
Der Magister zog Marie Claire von ihrem Stuhl hoch, doch sie wollte Stefanos Hand nicht loslassen.
»Ich komme wieder, sobald ich kann!«, flüsterte sie, und es war wie ein Schrei.
»Kommt nun!«, drängte der Arzt und umfasste ihre Schultern,

um sie aus dem Zelt zu führen. Sie drehte den Kopf nach hinten, um Stefano nicht aus den Augen zu verlieren, doch dann zwang eine weitere Wehe sie, sich zusammenzukrümmen.
»Gott schütze dich, Stefano! Warte auf mich!«, rief sie, als sie schon im Zelteingang stand.
»Sei unbesorgt!«, rief er, und sie beide kamen unabhängig voneinander zu der Erkenntnis, dass dies der unangemessenste Satz war, den er je von sich gegeben hatte.

Jede Kreißende wünscht sich, dass die Qualen der Geburt schnell vorübergehen, doch Marie Claire hatte doppelten Grund dafür.
Sobald ihr zwischen den Wehen ein paar Momente klaren Denkens blieben, bewegte sie nur ein Gedanke: Stefano! Sie wollte hier tun, was sie konnte, um mit Hilfe des Magisters und der Wehmütter ein gesundes Kind zur Welt zu bringen. Doch er musste leben!
Da die Fensterläden geschlossen waren, hatte sie nicht einmal ein Gefühl dafür, wie viel Zeit verstrich. Zweimal schickte sie eine Magd los, um ihrem Mann eine Nachricht zu überbringen und vor allem, um zu erfahren, ob er noch lebte.
Zwischendurch kämpfte sie … Kämpfte wie noch nie zuvor: gegen den Schmerz, der sie fast zerriss, um das Leben des Kindes und darum, ihrem geliebten Stefano das Neugeborene zeigen zu können.
»Noch einmal pressen! So … Meinen Glückwunsch, junge Frau, Ihr habt einen Sohn!«, rief ihr der Medicus zu und sprach sofort die Worte für eine Nottaufe.
»Er soll nach seinem Vater heißen, Stefano!«, hauchte sie erschöpft, glücklich und unglücklich gleichermaßen.
Der Arzt tat das Nötige und ging dann, um nach dem Kaiserpaar zu sehen.
Ungeduldig ließ Marie Claire über sich ergehen, dass sie gewaschen, gekämmt und in sauberes Leinen gekleidet wurde.

Dann stemmte sie sich ächzend hoch.
»Helft mir aus dem Bett!«, befahl sie den Frauen, die noch in der Gebärkammer weilten.
»Aber Herrin, Ihr könnt jetzt unmöglich …«
»Das dürft Ihr nicht …!«
»Dann bekommt Ihr das Fieber!«
Ungeachtet der entsetzten Schreie der Dienerschaft quälte sie sich aus dem Bett, auch wenn jede Faser ihres Körpers furchtbar schmerzte.
»Ich muss … mit dem Kind … zu meinem Mann«, stöhnte sie.
Ihr Gesicht drückte so viel Entschlossenheit aus, dass die Frauen, denen ihre dramatische Lage bekannt war, es aufgaben, ihr dies ausreden zu wollen.
»Soll ich das Kind nehmen und es ihm zeigen, mit Euren ergebensten Grüßen?«, bot eine an. Dies schien immer noch ein besserer Weg als die völlig inakzeptable Idee der Wöchnerin, aufzustehen und zu ihrem Mann ins Krankenzelt zu wanken.
Vorsichtig versuchte Marie Claire ein paar kleine Schritte … Mit jedem wurde es besser, auch wenn ihr ganzer Körper eine einzige Wunde zu sein schien. Also verlangte sie nach ihrem Kind, das inzwischen gewaschen und in feines Leinen gewickelt war.
Eine aufgeregte Schar Frauen folgte ihr, um im Notfall herbeizuspringen und die Herrin und das Kind vor einem Sturz zu bewahren.
Auf dem Weg nach draußen zu dem Zelt kam Marie Claire an der Kammer des Kaisers vorbei. Die Tür stand halb offen, und so hörte sie den Erzbischof von Köln sagen: »So seht es doch ein, Euer Majestät! Euch bleibt nach all diesen Niederlagen kein anderer Ausweg, als Euch mit Papst Alexander auszusöhnen! Lasst Höchstwürden Wichmann und mich die Verhandlungen führen!«
Wie gleichgültig ihr das alles war.

Ihre Frauen umschwirrten sie, auch um sie vor neugierigen Blicken zu bewahren, bis sie das Zelt erreichte.
Wenigstens konnte sie ihrem Liebsten noch seinen kleinen Sohn zeigen. Er würde sich so freuen … Auch wenn er ihn nicht aufwachsen sehen konnte, sofern kein Wunder geschah.
Nach dem grellen Sonnenlicht draußen hatte sie Mühe, etwas in dem Zelt zu erkennen. Zwei Gehilfen des Medicus standen dort und räumten Instrumente, Tücher und Heiltränke beiseite.
Mit dem neugeborenen Kind im Arm stand sie zusammengekrümmt im Eingang des Zeltes und starrte auf Stefanos Bett. Er lag immer noch dort, regungslos und bleich. Eine Kerze brannte zu seinen Füßen, eine am Kopfende der Bettstatt. Jemand hatte seine Unterarme so übereinander gelegt, dass die linke Hand den rechten Stumpf bedeckte. Auf seiner Stirn glänzte das Salböl des Priesters.
Stefano di Stella, der Sprachbegabte und Mittler zwischen den Völkern, war gestorben, noch ehe er seinen Sohn sehen konnte.

Gewitterstimmung

Mathilde, Hedwig und Dedo;
Burg Rochlitz, Sommer 1176

Erschöpft von ihrer zweitägigen Reise nach Rochlitz bei drückender Sommerschwüle ließ sich Hedwig aus dem Sattel helfen und ging sofort auf Mathilde zu, um sie zu umarmen.
»Hast du Nachricht von deinen Brüdern?«, fragte sie und hielt den Atem an.
Die Kunde von der vernichtenden Niederlage Friedrichs bei

Legnano hatte sich rasch im Kaiserreich verbreitet. Wenn auch das Schlimmste nicht eingetroffen war und der Kaiser lebte – es gab viele Tote und Verwundete zu beklagen.
Und Gefangene, zu denen auch Mathildes ältester Bruder Graf Goswin zählte.
Doch insgeheim hoffte Hedwig vor allem auf Neues über Dietrichs Schicksal. Sie war außer sich vor Verzweiflung gewesen, als die schlechten Nachrichten nach Meißen gelangten und er darin nicht erwähnt wurde.
»Du Ärmste, du bist ja völlig erschöpft und mit Staub bedeckt!«, begrüßte Mathilde die fast gleichaltrige Schwägerin. »Ich lasse dir sofort ein Bad bereiten.«
»Das wäre wunderbar. Mir klebt jeder Faden am Leib bei dieser feuchten Hitze.« Hedwig richtete einen skeptischen Blick auf die schwarzgraue Wolkenwand am Himmel. »Wenigstens sind wir noch angekommen, bevor das Gewitter losbricht. Doch jetzt sag schon: Was hörst du aus Italien?«
Mathilde würde durch ihren Bruder Philipp als Erste erfahren, wie es im Umfeld des Kaisers stand, und deshalb hatte Otto seiner Gemahlin auch gnädig diese Reise nach Rochlitz gestattet. Er selbst verzichtete darauf, mitzukommen, da ihn die Gicht wieder einmal heftig plagte und er sich in die sachkundige Behandlung der Heilerin Marthe begeben hatte. Außerdem empfände er es als unter seiner Würde, wenn der Markgraf von Meißen die Gräfin von Rochlitz-Groitzsch persönlich aufsuchte, statt sie auf seinem Burgberg zu empfangen.
Doch Otto vertraute Hedwig vollauf, jedes ihm wichtige Detail von Mathilde zu erfragen. Ihm ging es dabei weniger um deren Bruder Goswin – obwohl natürlich jeder Verbündete zählte –, sondern um die neue Situation. Der Kaiser hatte in Italien eine Niederlage nach der anderen erlitten. Jetzt war er besiegt, ein geschlagener Mann ohne Heer. Das änderte alles.

Stallburschen traten näher, um der Markgräfin von Meißen und ihrem Geleit die Pferde abzunehmen.

»Du siehst kreidebleich aus, geht es dir nicht gut?«, erkundigte sich Mathilde besorgt. »Du bist doch nicht etwa wieder schwanger?«

»Die Heilige Jungfrau bewahre mich davor!«, stöhnte Hedwig. Nach ihren beiden Söhnen – Albrecht und Dietrich – hatte sie Otto noch zwei Töchter geboren, Sophia und Adela. Doch die Geburt ihrer Jüngsten hätte sie beinahe nicht überlebt.

»In unserem Alter sollten wir keine Kinder mehr austragen müssen. Es wird zu gefährlich. Wir haben unsere Pflicht gegenüber unseren Männern erfüllt und ihnen Söhne und Töchter geschenkt. Nein, die Reise und das Wetter haben mir so zugesetzt. Wie gut, dass ihr hier weilt und nicht in Groitzsch!«

Dorthin wäre sie fast doppelt so lange unterwegs gewesen. Doch Burg Groitzsch war feucht und eine ewige Baustelle, weshalb sich Dedo und Mathilde bevorzugt in Rochlitz aufhielten, einer starken Burg auf einem Felssporn mit atemberaubendem Blick auf die Zwickauer Mulde.

Übernachtet hatte Hedwig auf ihrer Reise im Zisterzienserkloster Mariazell bei Nossen, das Otto auf ihren Rat hin gestiftet hatte. Im Vorjahr hatte der Abt dort Einzug gehalten.

Die Markgräfin von Meißen konnte vor Erschöpfung kaum noch einen Fuß vor den anderen setzen, und in ihrem Kopf tobte das altbekannte qualvolle Stechen, das erst verschwinden würde, wenn das Gewitter vorbei war und sich die drückende Schwüle in einem erfrischenden Regenguss auflöste.

»Dedo ist nicht hier. Er ritt heute Morgen zum Kloster Zschillen, um mit dem Abt die nächsten Bauarbeiten zu besprechen, und kann von dort erst wieder aufbrechen, sobald das Gewitter vorüber ist.«

Das Augustinerkloster lag knapp fünf Meilen südlich von hier und war von Dedo gestiftet worden – als Hauskloster und Grablege für sich und seine Familie.

In der Ferne zuckten erste Blitze aus den geballten dunklen Wolken, kaum einen Atemzug später donnerte es mehrfach kurz hintereinander, und die ersten Regentropfen klatschten auf den Burghof.

Unruhig sahen die beiden Frauen zum Himmel.

»Schnell, in die Kammer!«, drängte Mathilde.

Durstig trank Hedwig einen Becher verdünnten Wein, überzeugte sich mit einem raschen Blick, dass ihr Gefolge versorgt wurde, und begleitete Mathilde Richtung Palas.

Auf dem Weg dorthin drängte sie die Schwägerin zum dritten Mal, ihr jetzt schon die dringendsten Neuigkeiten zu erzählen.

»Um es vorwegzunehmen: Philipp konnte Goswin aus der Gefangenschaft auslösen, der Heiligen Jungfrau sei Dank«, berichtete die Gräfin, während sie und Hedwig eilig über den Burghof schritten, um dem einsetzenden Regen zu entgehen. »Doch das kostete ihn sehr viel Silber. Auch die Grafen von Flandern und Andechs sind freigekauft. Sie hatten Glück, nicht während oder direkt nach der Schlacht von den wütenden Lombarden erschlagen zu werden.«

Mathildes Kammerfrauen knicksten, als ihre Herrin mit der Fürstin von Meißen eintrat, und die Gräfin klatschte in die Hände.

»Rasch, Ihre Durchlaucht ist sehr erschöpft! Bereitet ein Bad für die Markgräfin und bringt uns etwas zu essen! Worauf hast du Appetit, meine Liebe? Herzhaftes oder lieber Honigkuchen und Früchte?«, fragte sie Hedwig und sah ihr besorgt in die Augen.

»Wenn mein Kopf so dröhnt … dann giere ich nach Salzigem«, stöhnte Hedwig und presste die Handballen gegen die pochenden Schläfen.

Mathilde klatschte erneut, ihre Bediensteten schwirrten umher und dann hinaus, um die Anweisungen auszuführen. Eine ältere Magd kam rasch noch einmal herein, um Hedwigs mitgebrachte frische Kleider an sich zu nehmen und in der Badekammer auf einer Truhe auszubreiten, damit sich die Knitterfalten etwas glätteten.

»Und bringt meiner geliebten Schwägerin die Kopfschmerztinktur!«, rief Mathilde den Frauen hinterher.

Dann waren sie allein, wenngleich sicher nicht für lange.

Diesen Moment musste Hedwig nutzen. Sie konnte einfach nicht länger an sich halten.

»Wie geht es Dietrich?«, platzte sie heraus und beugte sich angespannt vor.

Mathilde musterte sie mit scharfem Blick.

»Er ist in der Schlacht verwundet worden und war bewusstlos nach dem Sturz seines Pferdes. Aber einer seiner Männer, Hilbert, soviel ich weiß, zog ihn eiligst aus dem Kampfgebiet. Nach einem halben Tag kam er wieder zu sich und gehört nun zu denen, die mit Engelszungen auf den Kaiser einreden, um ihn zu einer Änderung seiner Politik zu bewegen.«

Erleichtert stieß Hedwig den angehaltenen Atem aus und dankte dem Heiligen Georg … und Hilbert. Dietrichs treuer Freund und derjenige, der jedes Mal darüber wachte, dass sie und Dietrich bei ihren riskanten heimlichen Treffen unentdeckt blieben.

Erleichtert schlug sie die Hände vors Gesicht und brach in Tränen aus.

»Liebes, wir sorgen uns *alle* sehr um Dietrich«, sagte Mathilde eindringlich, und ihr Tonfall schreckte Hedwig auf.

Hatte die Schwägerin etwa ihr Geheimnis erraten?

Hedwig wusste, dass sie mit dem Feuer spielte und eine Todsünde beging, wenn sie Dietrich heimlich traf. Doch sie konnte nicht von ihm lassen. Solches Glück wie in den wenigen gestohlenen Momenten zu zweit, die ihnen vergönnt gewesen waren, hatte sie noch nie zuvor erlebt. Wenn sie allein in ihrer Kammer auf dem Meißner Burgberg war, holte sie manchmal die zwei feinen Stickereien mit Turnierszenen hervor, die in der Kammer des Markgrafen hingen, solange ihr Schwiegervater noch lebte. Eine davon zeigte Dietrich als sechzehnjährigen Jungritter im Buhurt mit dem künftigen Kaiser Friedrich. Otto hatte die Stickereien sofort nach dem Tod seines Vaters entfernen lassen, als er die Räume des Markgrafen bezog, und die Wände stattdessen mit Wappen und Bannern geschmückt. Doch Hedwig bewahrte die Stücke heimlich auf, denn solche großartigen Stickereien hatte in Meißen nur eine angefertigt: eine längst verstorbene Stickerin namens Hanka. Jetzt nahm sie in Momenten größter Sehnsucht manchmal das Bildnis Dietrichs zur Hand und betrachtete es, wenn niemand zugegen war.

Hedwig ahnte nicht, dass sie genau mit diesem erschrockenen Blick Mathildes Vermutung bestätigte.

Doch die Gräfin von Groitzsch würde durch nichts zu erkennen geben, was sie erahnte. Hedwigs Los war trist genug an der Seite des ewig mürrischen Otto, und je schlimmer seine Gichtanfälle wurden, um so unerträglicher führte er sich auf. Hinzu kam Hedwigs Sorge um ihre Söhne, die ständig im Streit lagen, denn ihr Ältester, Albrecht, war außer Rand und Band geraten. In ein paar Jahren würde Otto aufpassen müssen, damit sich sein Erstgeborener nicht gegen ihn stellte, um ihm die Herrschaft über die Mark Meißen abzupressen. Und Markgraf Dietrich? Der war nun wirklich vom Unglück verfolgt: eine bildschöne Gemahlin, die ihn vom ersten Tag an verabscheute und ihn nicht sehen wollte; eine große Liebe, die an einer jähen Erkrankung starb; und nun auch noch der Tod seines einzigen legitimen Erben unter so tragischen Umständen …

Sollten sie einander doch Trost und Halt spenden, wenn sie konnten! Hauptsache, niemand außer ihr bekam Wind davon.

Sie würde von nun an viele Gebete um Nachsicht für die beiden Liebenden an die Jungfrau Maria richten.
Draußen jagte jetzt ein Donnerkrachen das nächste, Blitze zuckten, Regen peitschte herab.
Besorgt traten die beiden Frauen ans Fenster und starrten hinaus, bis eine der Mägde meldete, das Bad für die Markgräfin sei bereit.
Während Hedwig ging, um sich Staub und Schweiß vom Leib zu waschen und in saubere Kleider zu schlüpfen, nahm Mathilde den Gedanken von vorhin wieder auf, derweil sie aus dem Fenster in das Unwetter draußen starrte.
Sie und Hedwig waren wie alle Mädchen ihres Standes mit deutlich älteren Männern vermählt worden, ohne nach ihrer Meinung dazu gefragt zu werden. Es war ihr vorgeschriebener Lebensweg in dieser Welt, ihre Aufgabe: jenen Männern Kinder zu gebären. Von der großen Liebe sangen nur die Spielleute. Für Mathilde war das ein Phantasiegespinst und eine Narretei. Auf so etwas Unvernünftiges würde sie sich nie einlassen – sie sah doch an Hedwig, zu welcher Seelenpein es führte. Nur für ein paar Momente flüchtigen Glücks und immer in Gefahr, ertappt zu werden? Die Folgen mochte sie sich gar nicht ausdenken. Nein, lieber verbrachte sie ihr Leben an der Seite Dedos, der zwar nicht gerade ein Traumprinz war, aber ein Mann, der auch ihre Klugheit zu schätzen wusste.
Was man von Otto nicht unbedingt behaupten konnte.

Blitz und Donner hatten sich ein Stück von der Burg entfernt, als Hedwig erfrischt und in neuen Kleidern zurückkehrte. Dafür prasselte der Regen nun hart auf die Landschaft nieder, und der Wind brachte die Kerzen zum Flackern.
Der Tisch war inzwischen mit Salzigem und Süßem gedeckt, den Heiltrank hatte Hedwig schon bekommen. Sie fühlte sich nun besser.

Also scheuchte Mathilde alle anderen Frauen mit einer Handbewegung hinaus.

»Fort mit euch, ihr gackernden Hühner! Der Markgräfin ist nicht wohl, sie braucht Ruhe. Geht in die Kapelle und betet darum, dass uns dieses Unwetter nicht die Ernte auf dem Halm vernichtet und eine Hungersnot beschert! Das Getreide ist fast reif, in ein paar Tagen wollen die Bauern es schneiden …«

Dies war wirklich ein Grund zur Besorgnis, und die Frauen – Mathildes und Hedwigs – huschten widerspruchslos hinaus.

»Sollen sie denken, dass wir uns jetzt über Stickmuster austauschen«, meinte die Gräfin von Rochlitz-Groitzsch und lächelte belustigt.

Bei dem Gespräch, das nun bevorstand, würde niemand vermuten, dass es zwischen zwei Frauen stattfand. Zumindest niemand, der sie nicht kannte: die kluge und feinfühlige Hedwig von Ballenstedt und die scharfsinnige und gut informierte Mathilde von Heinsberg, Schwester des Erzkanzlers und Erzbischofs von Köln. Der wiederum der wichtigste Berater von Kaiser Friedrich war.

»Mein Bruder Philipp schreibt: Unsere Zeit ist gekommen«, wisperte Mathilde und beugte sich Hedwig entgegen, die sich nun auch anspannte.

Gemeinsam mit all ihren Verbündeten im Kampf gegen den übermächtigen Herzog von Sachsen und Bayern hoffte Otto, dass sich der Kaiser endlich zu der naheliegenden Schlussfolgerung durchrang: Ohne die dreiste Weigerung des Löwen, sich an diesem Italienfeldzug mit einem starken Heerbann zu beteiligen, wäre die Sache nicht so schmachvoll ausgegangen. Nun durfte sich die Front seiner Gegner berechtigte Hoffnungen darauf machen, den kaiserlichen Zorn auf den Braunschweiger zu lenken.

Der Eklat von Chiavenna, das Desaster von Legnano als bisheriger Endpunkt einer schier endlosen Serie von Niederlagen in Italien – das mussten sie nutzen. Aber würde es genügen, um Friedrich umzustimmen? Über Jahrzehnte hinweg, während seiner ganzen Herrschaft als König und Kaiser, hatte er stets die schützende Hand über den Löwen gehalten und die berechtigten Klagen seiner Fürsten ignoriert.

»Seine Majestät ist schwer erkrankt«, wisperte Mathilde weiter. »Das soll sich diesseits der Alpen nicht herumsprechen, aber natürlich lässt es sich nicht geheimhalten.«

»Was fehlt ihm?«, raunte Hedwig zurück.

»Ein schwerer und langanhaltender Anfall des Wechselfiebers. So schlimm wie noch nie.«

Es war allgemein bekannt, dass Friedrich seit dem Zweiten Kreuzzug gelegentlich an Anfällen dieser unberechenbaren Krankheit litt, die niemand je wieder los wurde, der sie sich einmal eingefangen hatte. Jederzeit konnten neue Anfälle einsetzen, bei denen der Patient tage- oder sogar wochenlang abwechselnd unter hohem Fieber oder Schüttelfrost und körperlicher Schwäche litt.

»So schlimm wie noch nie«, wiederholte Mathilde. »Er war wochenlang nicht fähig zum Regieren. Und dabei wird er gewiss das Ende des alten Königs Konrad vor Augen haben, seines Oheims, der in den letzten Lebensjahren durch schweres Wechselfieber faktisch kaum noch herrschen konnte, zum Schluss nicht einmal mehr auf ein Pferd kam, und der ein zerrüttetes Reich hinterließ. Mein Vater hat mir viel darüber erzählt, denn er war mit diesem König verfeindet – der wollte ihm zwei Reichslehen entziehen und ließ Burg Heinsberg zerstören.«

Hedwig brauchte einen Moment, um die Nachricht über den Zustand des Kaisers zu verarbeiten.

»Ich sah Friedrich nach seiner Krönung in Aachen, da war ich dreizehn, und er erschien mir als strahlender Held.«

Jener Tag lag nun schon fast zweieinhalb Jahrzehnte zurück, doch das Bild stand ihr wieder lebhaft vor Augen.

»Und jetzt ist er ein Mann Mitte fünfzig, der eine Niederlage nach der anderen einstecken musste, sein Heer verlor und von einer unheilbaren zerstörerischen Krankheit heimgesucht wird«, hielt Mathilde dagegen.

Wieder senkte sie die Stimme.

»Er sorgt sich nicht nur, er könnte sterben, er sorgt sich auch – und vielleicht noch viel mehr –, er könnte ohne Absolution und Letztes Sakrament sterben! Denn Papst Alexander hat ihn bekanntlich exkommuniziert.«

Hedwig atmete tief durch und lehnte sich zurück.

»Glaubst du, dass ihn das zur Umkehr zwingt?«, überlegte sie laut. »Sein Streit mit Alexander reicht nun bereits zwanzig Jahre zurück. Er begann schon, bevor dieser Papst wurde … Der Zwischenfall von Besançon … Und Friedrich hatte vor Jahren all seinen Fürsten in Würzburg den Eid abverlangt, Alexander niemals anzuerkennen.«

Die Verweigerung der Sterbesakramente war eine schlimme Drohung. Aber Friedrich war nichts wichtiger als sein Stolz. Oder?

»Immer mehr Fürsten sind auf Alexanders Seite gewechselt, unser Vetter Wichmann besonders nachdrücklich«, fuhr Mathilde fort.

Hedwigs Gesicht verfinsterte sich. Der Magdeburger Erzbischof war ein kluger, einflussreicher und mächtiger Mann, er konnte Liebenswürdigkeit mit großer Überzeugungskraft verbinden. Sie hatte ihn stets geschätzt – bis zu der Tragödie um Konrads Beisetzung.

»Ich muss gleich wieder weinen, wenn ich nur an den armen Jungen denke. Er war für mich wie ein Sohn …«

Mathilde wusste sofort, von wem ihre Schwägerin sprach. Sie trat auf Hedwig zu und legte ihr sacht den Arm um die Schulter. »Ich hoffe, seine Seele hat Frieden gefunden«, sagte sie mitfühlend. Das hoffte sie auch für Konrads Vater, den sie an dieser Stelle bewusst nicht erwähnte.

Sie trat zurück und setzte sich wieder in ihren Stuhl.
»Die Erzbischöfe von Mainz und Magdeburg und mein Bruder Philipp wirken nun auf den Kaiser ein, sich mit dem Papst zu versöhnen. Das wird ihn bitter ankommen. Aber du weißt ja, wie überzeugend Wichmann und Philipp sein können.«
Sie lachte kurz auf. »Und auch etliche weltliche Fürsten drängen auf Verhandlungen mit Alexander«, berichtete Mathilde weiter. »Dazu wird auch unser Schwager Dietrich seinen Beitrag leisten.«
Ein kräftiges Stapfen auf der Treppe alarmierte sie und ließ die Frauen aufhorchen. Es war Dedo, der nun eintrat, bis zum Knie mit Schlamm bespritzt, aber gut gelaunt.
»Bist du etwa durch das Gewitter geritten, mein Guter?«, fragte Mathilde entgeistert.
»Nein, ich habe den Moment abgewartet, als der Regen nachließ«, sagte er und deutete zum Fenster. Tatsächlich hatte es aufgehört zu regnen. Aber am Himmel zog bereits die nächste Gewitterfront heran.
»Ich wollte nicht im Kloster übernachten. Und vor allem wollte ich nicht versäumen, meine liebe Schwägerin zu begrüßen. Was gibt es Neues in der Mark Meißen?«
»Die Silberfunde in Christiansdorf übertreffen alle Erwartungen. Inzwischen wird auch schon in den Nachbardörfern Erz abgebaut«, berichtete Hedwig. Das schien ihr der Beginn einer Entwicklung von phänomenaler Wichtigkeit.
»Wie schön für meinen Bruder«, meinte Dedo und griff nach einem gebratenen Hühnerschenkel auf dem Tisch. »Hoffentlich muss er nicht alles Silber für die steinerne Brücke bei Dresden ausgeben, die sich der Kaiser so dringend wünscht. Hat dich Mathilde schon über alle Neuigkeiten ins Bild gesetzt?«
»Ja. Philipp, Wichmann, Dietrich und ihre Verbündeten wollen den Kaiser zu Verhandlungen und einem Friedensschluss mit Papst Alexander bewegen«, fasste Hedwig kurz zusammen.

»Gut so! Und wenn der Kaiser erst diese bittere Pille geschluckt hat, servieren wir ihm die nächste: Er muss den Löwen in Acht und Bann schlagen.«
Freudestrahlend biss Dedo in den Hähnchenschenkel.
Genau in diesem Moment blitzte es erneut, und kurz darauf krachte ohrenbetäubender Donner.

Der Unfriede von Venedig

Beatrix, Friedrich;
Palazzo des Dogen von Venedig,
24. Juli 1177

Ein silberner Becher wurde krachend gegen die Wand geworfen und fiel scheppernd zu Boden. Marie Claire, die vor der Kammer der Kaiserin wartete, zuckte zusammen.
»Noch nie in meinem ganzen Leben bin ich so gedemütigt worden! Und du unternimmst nichts, *rein gar nichts!*«, schrie Beatrix drinnen ihren Mann an, den Kaiser. So empfing sie ihn, nachdem er eben vor tausenden Augenzeugen auf den Stufen der Basilika San Marco in Venedig Frieden mit Papst Alexander geschlossen hatte.
Die vergangenen Stunden hatte Marie Claire auf Bitten von Beatrix zusammen mit ihr in der prächtigsten Gästekammer des Dogenpalastes verbracht, die dem Kaiserpaar als Quartier gestellt worden war, denn Beatrix hatte sich geweigert, dem demütigenden Schauspiel beizuwohnen. Stundenlang hatten die beiden Frauen kaum ein Wort gewechselt – Marie Claire, weil die Trauer um Stefano sie ausfüllte, Beatrix voll heißen Zorns auf ihren Mann.
Als dieser von der spektakulären Zeremonie zurückkehrte und von seiner Gemahlin mit eisigen Worten empfangen

worden war, hatte Marie Claire sofort die Kammer verlassen. Der nun folgende Streit ging niemanden außer dem Kaiserpaar etwas an. Und so forderte sie die Wachen vor der Tür auf, sich ein paar Schritte in den Gang zurückzuziehen. Sie selbst verharrte neben der Tür – bereit, alle wegzuschicken, die zum Kaiserpaar wollten, ganz gleich wie dringend, solange das Gezänk andauerte. Sie hatte nicht den Eindruck, als ginge es schnell vorbei.

Einen solchen Streit zwischen Kaiser und Kaiserin hatte es bislang noch nie gegeben!

Drinnen in der prunkvoll ausgestalteten Kammer warf Beatrix den nächsten Pokal nach ihrem Mann, der sich reaktionsschnell wegguckte und sich dann – ebenfalls erzürnt – zu voller Größe aufrichtete.

»*Deine* Demütigung? Vielleicht reden wir erst einmal von *meiner* Demütigung!«, schrie er nicht minder wütend. »Gesandte aus ganz Europa durften eben genüsslich zusehen, wie ich mich vor aller Augen diesem Papst Alexander zu Füßen werfen musste! Und der hat das wahrlich ausgekostet. Ich fragte mich schon, ob er mich wohl den ganzen Tag da liegen lassen wollte zu seinem Triumph! Und alle sonstigen Ehrerweisungen muss ich ihm morgen auch noch leisten: sein Pferd am Zügel führen, ihm den Steigbügel halten und was es noch an Schikanen gibt …«

Wütend stürzte er den Inhalt seines Bechers hinunter.

»Ja, das kann ich mir vorstellen, wie sehr du dich erniedrigt fühltest, mein Lieber«, höhnte Beatrix. »Aber haben deine Unterhändler nicht alle Einzelheiten eurer Begegnung über Monate hinweg ausgehandelt? Du wusstest also genau, worauf du dich einlässt. Und wenn es vielleicht auch ein wenig länger gedauert hat als gedacht – Papst Alexander half dir auf und gab dir den Friedenskuss. Du bist wieder in den Schoß der Kirche aufgenommen – als Kaiser von Gottes Gnaden! Aber wer bin nun *ich?*«

Sie schnappte nach Luft und deutete auf sich.
»Offensichtlich *nicht* deine Kaiserin! Denn Alexander verlangt, dass ich mich von ihm krönen lasse. Was bedeutet, dass ich die ganzen Jahre die Krone zu Unrecht getragen hätte. Wer bin ich dann? Deine Hure? Sind unsere Kinder Bastarde?«
Wieder wollte sie etwas durch den Raum schleudern, aber Friedrich trat rasch auf sie zu und umklammerte ihr Handgelenk mit hartem Griff.
»So redest du nicht mit mir, deinem Kaiser!«, fauchte er sie an und riss sie an sich, so dass nur noch eine Handbreit Abstand zwischen ihren Gesichtern blieb.
Wütend versuchte sie, sich loszureißen, doch er war zu stark.
»Und so redest du nicht mir *mir*, deiner Kaiserin, der Mutter deiner Kinder!«, konterte sie feurig. »Gib doch zu, dass du dich nicht durchsetzen konntest! Immer geht es nur um *deine* Ehre, *deine* Würde als Kaiser! Was ist mit *meiner* Ehre?«
Jäh ließ er sie los, starrte ihr in die Augen und befahl: »Setz dich!«
Beleidigt sank sie in einen breiten Stuhl mit goldenen Löwenköpfen an den Armlehnen.
»Du hast dir das selbst eingebrockt!«, fuhr sie mit ihren Vorwürfen fort. »Warum musstest du dich auch mit diesem Bandinelli anlegen – damals in Besançon, vor zwanzig Jahren? Ausgerechnet in meiner Heimat! Vielleicht soll ich *deshalb* dafür büßen? Dein Freund Rainald von Dassel hat dich da hineingeritten. Er hätte voraussehen müssen, dass Bandinelli der nächste Papst wird.«
»Es ging bei diesem Streit darum, dass Papst und Kaiser einander ebenbürtig sein müssen«, rechtfertigte sich Friedrich.
»Ach ja? Und wie *ebenbürtig* hast du dich gefühlt, als du dich eben vor dem Papst in den Staub werfen musstest?«, höhnte Beatrix. »So wie einst von Rainald hast du dich diesmal vom Magdeburger Erzbischof beschwatzen lassen. Stimmt es etwa

nicht, dass du ihm versprochen hast, *jeglichen Rat* in Kirchendingen von ihm anzunehmen?«
»Das war, nachdem ich so stark am Wechselfieber erkrankt war«, erklärte Friedrich nun ruhiger, ja sogar ziemlich verzweifelt.
»Ich bin nun fast so alt wie König Konrad, als er starb, und er starb am Wechselfieber. Aus nächster Nähe musste ich mit ansehen, wie qualvoll er dahinsiechte. Zum Schluss kam er nicht einmal mehr auf ein Pferd, sondern musste sich auf einem Stuhl durch die Stadt tragen lassen. Kannst du mir verübeln, dass mich diese Erinnerungen heimsuchen und quälen? Und ich war exkommuniziert! Was, wenn ich gestorben wäre – ohne Sakramente, ohne Beisetzung in heiligem Boden? Oder unsere Kinder, falls einem von ihnen etwas zustieße?«
Diesen Gedanken konnte Beatrix nicht von der Hand weisen. Aber sie war nicht bereit, einzulenken. Zu lange hatte sie ihren Groll still mit sich herumgetragen.
»Ja, ich musste Wichmann dieses ungeheuerliche Versprechen geben«, fuhr Friedrich gequält fort. »Aber niemand hätte in den Verhandlungen so viel herausgeholt wie er … im Bund mit den Erzbischöfen von Köln, Mainz und Trier. Ich wurde schon *vor* dem Treffen mit Alexander vom Kirchenbann freigesprochen, ich wurde heute feierlich zur Basilika begleitet, und ich durfte meine Schuhe anbehalten«, rechtfertigte sich Friedrich.
Dass er seinen Umhang auf dem Boden ausbreiten, sich Alexander zu Füßen legen und ihm die Schuhe küssen musste, ließ er aus, denn das kam ihn immer noch bitter an.
In einem Moment der Schwäche hatte er sich hinreißen lassen, Wichmann dieses außergewöhnliche Versprechen zu geben. Darauf folgten monatelange Verhandlungen. Philipp von Köln und Christian von Mainz übernahmen die Federführung, doch ohne Wichmann wäre alles für ihn noch demütigender ausgegangen. Wichmann war nicht nur ein äußerst

kluger Kopf, er beherrschte auch die hohe Kunst, mit einem Scherz und freundlichster Laune festgefahrene Verhandlungen wieder in Gang zu bringen.
Als Ergebnis war Friedrich schon vor dem Treffen mit dem Papst vom Kirchenbann freigesprochen worden, so dass ihre Begegnung fast auf Augenhöhe stattfinden konnte – sah man davon ab, dass er sich Alexander vor die staubigen Füße legen musste, ehe der ihn aufhob, ihm den Friedenskuss gab und Arm in Arm mit ihm in die Basilika San Marco ging. *Und* er war zuvor feierlich am Lido vom Dogen und anderen Würdenträgern begrüßt und mit einer Festprozession zum Papst geleitet worden. Ohne dieses Entgegenkommen hätte er die Szene heute vor San Marco nicht ertragen können.
Wegen einer anderen Ungeheuerlichkeit hätte Friedrich ohnehin die Verhandlungen beinahe platzen lassen. Denn er hatte die Unterwerfung des Lombardischen Städtebunds gefordert. Stattdessen ließ sich nur ein mehrjähriger Waffenstillstand bewerkstelligen.
Das ärgerte ihn fast noch mehr als die Peinlichkeit, dem Papst die Füße küssen zu müssen. Denn es bedeutete einen enormen Verlust an Prestige – und Steuereinnahmen. Von dem sehnlichst erhofften genüsslichen Schauspiel ganz abgesehen, dass sich all diejenigen vor ihm ergaben, die ihm in den letzten Jahren so übel mitgespielt hatten. Das würde er wohl zu Lebzeiten nicht mehr erreichen. Wie enttäuschend!
»In den letzten Jahren musste ich in Italien nur Niederlagen hinnehmen«, beklagte er sich bei Beatrix. »Und meine Fürsten, die Erzbischöfe voran, drohten mir, Papst Alexander anzuerkennen, selbst wenn ich es nicht täte. Was hätte ich denn machen sollen?«
»Du lässt dir zu viel von den Erzbischöfen in die Ohren flüstern«, hielt sie ihm vor. »*Du* bist der Kaiser!«
»Was nicht heißt, dass ich einfach so befehlen kann, und alle gehorchen!«, erwiderte er brüsk. »Ohne Einvernehmen mit

den Fürsten, zumindest einer Mehrzahl von ihnen, kann ich meine Macht nicht behaupten.«

Doch er sah, dass ihm Beatrix immer noch grollte.

»Hör mir zu, Liebes!«, beschwor er sie. »Ich habe wirklich versucht, die Sache mit deiner Krönung abzuwenden, das versichere ich dir. Wir nehmen sie einfach nicht zur Kenntnis. Sobald das hier überstanden ist, gehen wir nach Burgund. Du bist und bleibst die Kaiserin, und ich werde jeden mit harter Hand bestrafen, der es wagt, dies in Frage zu stellen.«

Nach Burgund, ja. Am liebsten würde sie dort bleiben, in ihrer Heimat. Aber Friedrich wollte sich zum König von Burgund krönen lassen, um endlich wieder einen Erfolg vorweisen zu können. Dabei gehörte Burgund *ihr.* Sie musste es einem ihrer Söhne sichern. Otto war dafür vorgesehen.

Jemand klopfte vorsichtig, und Gottfried von Viterbo wurde gemeldet. Vorsichtig spähte er in den üppig geschmückten Raum, vergewisserte sich, dass keine Gegenstände mehr durch die Luft flogen, und trat ein.

Nachträglich war Friedrich dankbar, dass die Trinkpokale im Palazzo aus mit Edelsteinen besetztem Silber waren und nicht aus kostbarem römischen oder byzantinischen Glas. Obwohl der hochbetagte Doge es gewiss verkraftet hätte, wenn einiges zu Bruch ging. Sebastiano Ziani gehörte zu den reichsten Männern Venedigs und hatte Gerüchten zufolge nach seiner Wahl *goldene* Münzen unters Volk geworfen.

»Seine Heiligkeit sendet Euch Speisen in Schalen aus Silber und Gold. Und einen ganzen gebratenen Ochsen«, berichtete der Kaplan und Erzieher des jungen Königs, nachdem er erleichtert festgestellt hatte, dass er den Raum betreten konnte, ohne mit Bechern beworfen zu werden.

»Zur Feier der Heimkehr des verlorenen Sohnes?«, fragte Friedrich mit schiefem Lächeln.

»Im Halse soll's ihm steckenbleiben«, murmelte Beatrix und erntete dafür einen strafenden Blick des Geistlichen.

Stur blickte sie zur Decke, als seien diese Worte nicht aus ihrem Mund gekommen.
»Richtet Seiner Heiligkeit meinen Dank aus«, überwand sich Friedrich zu der erwarteten Höflichkeit und dachte: So viel kann ich gar nicht trinken, um mir den morgigen Tag erträglich zu machen, wenn ich Alexander auch noch den Steigbügel halten und das Pferd am Zügel führen soll. Solch einen Schelmenstreich wie in Sutri mit Alexanders Vorgänger Hadrian darf ich mir nun nicht mehr erlauben.
Gottfried von Viterbo ging hinaus und suchte den Truchsess, damit dieser die Gaben des Papstes für das abendliche Mahl in Empfang nahm.
Wieder allein mit ihrem Gemahl, las Beatrix genau auf seinem Gesicht, was er dachte. Das Possenspiel von Sutri ... Das war zu Beginn von Friedrichs Herrschaft gewesen, unmittelbar vor seiner Krönung zum Kaiser. Nach glanzvollen Jahren des Aufstiegs hatte er erheblich Federn lassen müssen. Sein Haar war längst von weißen Fäden durchzogen – Zeichen des Alterns, harter Kämpfe und verheerender Niederlagen.
»Ich werde am Mahl nicht teilnehmen«, verkündete Beatrix.
»Liebes, du musst kommen, alles andere wäre ein Affront!«, drängte Friedrich.
Beatrix' Miene blieb eisig, ihre Hände umkrallten die geschnitzten goldenen Löwenköpfe an ihrem Stuhl.
»Ich bin gar nicht hier. Hast du mir nicht gerade zugesichert, *mein Gemahl,* dass das leidige Thema meiner Krönung unter den Tisch gekehrt wird? Beim Mahl käme unweigerlich die Sprache darauf.«
Friedrich atmete tief durch. Vielleicht hatte sie ja recht. Und in dieser Laune wollte er sie auch nicht unbedingt um sich haben. Der Tag war schon ohne den Streit mir ihr schlimm genug gewesen.
»Gut. Ruh dich hier aus«, lenkte er ein. »Das morgige Zeremoniell werde ich irgendwie überstehen, und dann lassen wir

so bald wie möglich Italien hinter uns und gehen nach Burgund.«

»Dort wirst du nicht lange verweilen können«, orakelte sie und nahm ihre Hände demonstrativ von den Armlehnen, damit die goldenen Löwenköpfe sichtbar wurden.

»Du hast soeben eingewilligt, dass der Papst den früheren Bischof von Halberstadt wieder einsetzt. Den hatte dein Vetter Heinrich davongejagt. Denkst du, der Löwe sieht tatenlos zu, wie nun sein Schützling Gero von dort vertrieben wird? Er wird eingreifen, und damit bietet er seinen Gegnern einen Vorwand zum Krieg. Ich bin mir sicher: Deine Fürsten scharen sich schon zur nächsten großen Auseinandersetzung. Um die kommst du nun auch nicht mehr herum.«

Dies war ein Gedanke, der Beatrix' Stimmung sofort besserte. Wenigstens ein bisschen.

Letztes Angebot

Friedrich, Heinrich der Löwe,
Graf Bernhard von Lippe;
Burg Haldensleben, Juni 1179

Beatrix sollte recht behalten, sehr zu Friedrichs Verdruss. In Burgund konnte er sich glanzvoll zum König krönen und sich feiern lassen. Doch in deutschen Landen waren erneut blutige Streitigkeiten ausgebrochen, entflammte ein Brandherd nach dem anderen: Im Elsass tobte eine Fehde, die thüringischen Grafen von Gleichen und von Schwarzburg verweigerten dem Landgrafen Ludwig den Gehorsam und verwüsteten zusammen mit den Erfurtern dessen Besitzungen nahe der Stadt. Doch vor allem waren die Kämpfe zwischen Heinrich dem Löwen und seinen Gegnern wieder in voller Härte ausgebrochen. Und wie Beatrix vorausgesehen hatte, war die Wiedereinsetzung des früheren Bischofs Ulrich von Halberstadt der Zankapfel, durch den die kriegerischen Streitigkeiten erneut aufflammten. Ulrich, verbittert nach fast zwanzig Jahren im Exil, zu dem ihn der Löwe gezwungen hatte, begann um die Rückgabe der Kirchengüter zu streiten, die sein Vorgänger Gero weggegeben hatte.

Und bald schon eskalierte dieser Streit: Der alte und neue Bischof Ulrich verhängte den Bann über den Löwen, der ließ aus Wut darüber die Hornburg nahe Halberstadt niederbrennen, und dann warf sich auch noch Philipp von Köln in diesen Kampf, um westfälische Kirchengüter zurückzuerobern. Mit einem großen Heer fiel er in Westfalen ein und richtete dort schwerste Verwüstungen an, zog gegen Burgen Heinrichs und zerstörte Höxter. Schließlich griffen auch der Markgraf von Meißen und Graf Bernhard von Aschersleben in die Kämpfe rund um Halberstadt ein, und sogar Wichmanns Vermittlungsversuche scheiterten.

Gleich nach seiner Rückkehr in deutsche Lande, auf seinem ersten Hoftag in Speyer, musste sich Friedrich die Klagen beider Parteien anhören. Der Löwe beschuldigte den Erzbischof von Köln, der hielt mit eigener Klage dagegen …

Friedrich fühlte sich unfähig, ein Urteil zu sprechen, mit dem er entweder seinen engsten Berater, den Erzbischof von Köln, oder seinen Vetter abstrafte. Er vertagte die Entscheidung auf den Hoftag in Worms, zu dem der Herzog von Sachsen und Bayern trotz Ladung nicht erschien. Wodurch der Löwe jedem klarmachte: Es gab nichts zu verhandeln, er hatte seinen Standpunkt eindeutig dargelegt.

Nun hatte ihn Friedrich zum Hoftag nach Magdeburg beordert, und auch hier war sein Vetter bis zu diesem Tag nicht aufgetaucht. Was einer offenen Missachtung der kaiserlichen Autorität gleichkam. In selten erlebter Eintracht beharrten die Fürsten darauf, den Löwen in Acht und Bann zu schla-

gen, falls sich dieser nicht schleunigst eines Besseren besann und vor dem Kaiser erschien, um sich zu den ihn betreffenden kriegerischen Streitigkeiten zu äußern.
Und das veranlasste Friedrich zu einem fast verzweifelten Versuch, den Vetter umzustimmen. *Inoffiziell.*

Auf dem Ritt von Magdeburg nach Haldensleben, einer Welfenburg etwa fünfzehn Meilen nordwestlich der Domstadt, stand Friedrich mehrmals kurz davor, umzukehren und die Reise abzubrechen. Und das nicht etwa wegen der sengenden Hitze oder der lästigen Insekten, die ihn umschwirrten.
Nur wenige Menschen wussten, wohin er ritt. Er reiste sogar ohne Banner und sonstige Insignien, damit sein Treffen mit dem Löwen weitgehend unbemerkt blieb. Friedrich hoffte, dass ein ernstes Gespräch unter vier Augen den Vetter zum Einlenken bringen würde. Zumindest zu einer symbolhaften *Geste* des Einlenkens. Diesen einen Ausweg wollte er ihm noch anbieten. Das war er nicht nur Heinrich schuldig; er hoffte auch, auf diese Weise selbst um eine Blamage herumzukommen.
Als Burg und Stadt in Sicht kamen, ermahnte er seine wenigen Begleiter, den Pfad ja nicht zu verlassen. Die westlich der Stadt gelegene Burg Haldensleben war von einem Torfmoor umgeben, was eine Belagerung zu einer besonders unangenehmen Angelegenheit machte, wie die Gegner Heinrichs unlängst erleben mussten. Mit hängenden Köpfen waren sie unverrichteter Dinge wieder abgezogen.
Friedrich hoffte, dass dies seinen herzoglichen Vetter nicht übermütig machte. Heinrich musste dringend zur Vernunft kommen, sonst konnte selbst er als Kaiser eine Ächtung nicht mehr abwenden.
Vor dem Burgtor erwartete ihn und seine wenigen Begleiter ein Ritter von etwa vierzig Jahren mit mehreren Männern der Wachmannschaft. In vorbildlicher Höflichkeit begrüßte er

den Kaiser und seine Begleiter und stellte sich als Burgkommandant Graf Bernhard von Lippe vor.
Friedrich wusste einiges über ihn: ein vielversprechender Mann aus altem westfälischem Grafengeschlecht. Er war überdurchschnittlich gebildet, denn ursprünglich war für ihn eine geistliche Laufbahn vorgesehen gewesen. Doch nach dem Tod seines älteren Bruders wurde er am Braunschweiger Hof zum Ritter ausgebildet und genoss einen hervorragenden Ruf als Kämpfer und Heerführer. Er war vermählt mit einer rheinischen Gräfin und Vater einer großen Kinderschar.
»Euer Vater kämpfte dereinst vor Rom an meiner Seite, bis auch ihn diese schreckliche Seuche dahinraffte«, erinnerte Friedrich. »Ein tapferer und loyaler Mann. Gott sei seiner Seele gnädig.«
Graf Bernhard geleitete ihn in die Kammer des Löwen, wo bereits der Tisch mit Wein und kaltem Braten gedeckt war. Für zwei.
Friedrich hatte auf einem Gespräch ohne Zeugen bestanden.
»Willkommen, Vetter!«, begrüßte ihn der Löwe jovial, während sich der Burgkommandant nach einer Verbeugung zurückzog. »Wie immer freut es mich, dich zu sehen.«
Doch auf Heinrichs spöttischer Miene stand geschrieben: Ich habe *keine* Ahnung, was dich heute hierhergetrieben hat. Dabei wussten sie es beide genau.
Der Kaiser trank noch im Stehen einen Becher mit verdünntem Wein, denn der Ritt bei sonnigem Wetter hatte ihn durstig gemacht. Er ächzte erleichtert, als er ausgetrunken hatte, und setzte sich dann auf den für ihn bestimmten Platz.
»Wusstest du, dass auf dieser Burg mein Großvater, der alte Kaiser Lothar von Süpplingenburg, seine Knappenzeit zubrachte?«, eröffnete Heinrich scheinbar beiläufig.
Seinem Vetter war klar, was hinter dieser gespielt harmlosen Eröffnung steckte: wieder dieses »Ich weiß gar nicht, was du von mir willst« und der Hinweis auf Heinrichs kaiserliche Abstammung.

»Liebend gern würde ich mit dir über alte Zeiten plaudern. Aber dafür ist jetzt nicht der Moment«, konterte Friedrich.
Der Löwe zog die Augenbrauen hoch.
»Hast du *endlich* über meine Beschwerde gegen Philipp von Köln entschieden? Bekomme ich *endlich* mein Recht?«
»Du bist auf dem Hoftag in Worms nicht erschienen, wo ich dies verhandeln wollte. Und die Gegenklage Philipps. *Und* die sonstigen Klagen der Fürsten gegen dich. Da du aber immer noch hier in Haldensleben sitzt, planst du offenbar auch nicht, beim Hoftag in Magdeburg zu erscheinen«, hielt Friedrich ihm kühl vor.
»Weil es nichts zu entscheiden gibt«, meinte der Löwe nicht minder kühl und zuckt gleichgültig mit den Schultern. »Käme ich, würde ich damit die absurden Vorwürfe meiner Feinde als berechtigt anerkennen. Nein, Vetter, ich muss nicht dort erscheinen. Das wäre unter meiner Würde.«
Nun war es Friedrich, der die Augenbrauen hochzog.
»Du verkennst die Lage, Heinrich. Bislang konnte ich dir immer beistehen und habe es auch getan, allen Beschwerden der Fürsten zum Trotz. Und gib zu, sie hatten reichlich Grund, sich über dich zu beschweren! Aber jetzt kann ich sie nicht mehr abweisen. Sie sind so einig wie nie zuvor und wollen dir Missachtung der kaiserlichen Autorität vorwerfen, wenn du nicht erscheinst. Sie wollen dich in Acht und Bann schlagen.«
»Ja, das hat der alte König Konrad auch mit meinem Vater getan – und dann wurde mein erlauchter Vater in Quedlinburg vergiftet!«, echauffierte sich Heinrich. »Du wirst das nicht zulassen, Vetter! Denn nur mit *meiner* Stimme wurdest du zum König gewählt. Mit *meinem* Schwert habe ich dich in Rom vor dem Tod gerettet! Du verdankst *mir* deine Krone und dein Leben. Denkst du nicht, dass du mir dafür etwas schuldig bist?«
Jetzt geriet auch der Kaiser in Rage.

»Das ist ein halbes Leben her! Und habe ich dich dafür nicht überreichlich belohnt? Dir zwei Herzogtümer gegeben, dir Rechte zugestanden, wie sie kein weltlicher Fürst sonst hat, dich stets verteidigt bei allem Unrecht, das du begangen hast? Seit zwanzig Jahren hast du mir keine Truppen mehr nach Italien geführt. Ich hätte dich und dein Heer in Legnano dringend gebraucht. Weil *du* nicht an meiner Seite standest, musste ich Frieden mit diesem abscheulichen Papst Alexander schließen – auf Knien! Das ist mir bitter angekommen, das darfst du mir glauben. Und wenn du jetzt in Halberstadt den einst von dir abgesetzten und verbannten Bischof Ulrich wieder ertragen musst, so hast du dir das selbst zuzuschreiben. Es war eine der Bedingungen von Venedig.«
»Du hörst zu viel auf diesen Philipp von Köln«, hielt ihm der Löwe entgegen. »Ein Dahergelaufener aus einer Grafenfamilie vom Rhein, der sich nach oben gedient hat. Während *ich* dein Vetter und von altem kaiserlichen Blut bin.«
Friedrich starrte den Herzog an. Die demütigende Szene in Chiavenna stand ihm wieder vor Augen, als er den Löwen vergeblich um Truppen bat.
»Siehst du denn nicht, was vorgeht?«, platzte er heraus. »In Venedig musste ich vor Alexander im Staub kriechen, und jetzt kann ich die Forderungen meiner Fürsten nicht länger ignorieren! Denn du hast sie *alle* gegen dich aufgebracht, sogar unseren Oheim Welf, der dir sein Erbe übertragen wollte!«
»Wofür er *dich* vorgesehen hatte, bis du ihm die Gebeine seines einzigen Sohnes vor die Füße warfst«, erinnerte Heinrich hämisch. »Der alte Mann braucht Geld, denn er schaufelt es mit beiden Händen zum Fenster hinaus. Doch dann nahm er mir übel, dass ich sagte, es sei doch nicht so eilig, ihm die Summe auszuzahlen, weil er sowieso bald das Zeitliche segnet. Jetzt will er dich wieder als Erben einsetzen. Wie viel wirst du ihm geben, um deine schwäbischen Besitztümer zu vergrößern? Hast du überhaupt genug Silber, um ihn auszuzahlen?«

Betont gelassen griff der Löwe nach seinem Becher, trank einen Schluck und musterte dann sein Gegenüber mit leicht zusammengekniffenen Augen.
»Tja, Vetter, wie es aussieht, bist du nicht mehr Herr über dein Kaiserreich. Du bist nun fast sechzig, müde und zu oft besiegt. Vielleicht wird es Zeit für einen jüngeren Kaiser?«
Friedrich streckte ihm warnend die erhobene Hand entgegen. »Das habe ich nicht gehört. Denn es wäre Hochverrat. Genau wie es Hochverrat ist, dreimal nicht der Ladung des Kaisers zu folgen«, sagte er scharf.
Heinrich schwieg, wirkte aber völlig unbeeindruckt. Verstand er nicht, dass er zu weit gegangen war?
Das kann ich mir nicht bieten lassen, dachte Friedrich. Aber es widerstrebte ihm auch, der Forderung seiner Fürsten nach Ächtung des Herzogs nachzukommen. Sie würden es nicht nur als Sieg über den Löwen, sondern auch über ihn feiern. Und damit hätten sie völlig recht.
Mit einem Ruck setzte er sich auf.
»Ich biete dir einen letzten, einen allerletzten Ausweg. Zahle mir Silber als Buße, und ich erkläre den Fürsten, damit sei die Ehre des Kaisers und des Reiches wiederhergestellt. Du musst nicht am Hof erscheinen, nicht vor mir niederknien oder dich anderweitig demütigen. Auch wenn es nicht leicht für mich sein wird, dies bei den Fürsten durchzusetzen. Das ist alles, was ich dir anbieten kann.«
»Und an wie viel Silber denkst du dabei?«
»Fünftausend Mark.«
»Fünftausend Mark Silber?«, brüllte der Löwe entgeistert. »Das ist fast die halbe Mitgift meiner Mathilde, und diese Summe ist so gewaltig, dass sie bis heute für Aufsehen sorgt! Nein, selbst wenn ich das Geld hätte … Ich sehe nicht ein, wofür ich es dir in den Rachen werfen sollte.«
Jäh erhob sich Friedrich.
»Dann kann ich nichts mehr für dich tun.«

Und schritt zornig hinaus.
Bis Magdeburg sagte er kein Wort, mahlte auf dem ganzen Ritt mit dem Kiefer und dachte nach. Wer war der Geeignetste für das riskante Spektakel, das er nun plante? Es musste ein zu allem entschlossener Mann und ein außergewöhnlich guter Schwertkämpfer sein.
Vor dem Sitz des Erzbischofs in Magdeburg angekommen, stieg er aus dem Sattel und befahl: »Ruft Markgraf Dietrich von der Lausitz zu mir! Sofort.«

Gefährlicher Auftrag

Dietrich, seine Brüder, Hedwig;
Magdeburg, Juni 1179

Dietrich schwirrten die Gedanken nur so durch den Kopf, als er nach dem überraschenden Gespräch mit Kaiser und Kaiserin den Palast verließ. Sein getreuer Freund Hilbert erwartete ihn vor dem Tor, doch der Markgraf war erst einmal nicht in der Lage, zu reden.
Nach einer Weile intensiven Schweigens setzte er Hilbert mit einem einzigen Satz darüber ins Bild, was der Kaiser von ihm erwartete. Seine Majestät hatte es als Bitte formuliert, doch natürlich war es ein Befehl.
Nun stand auch Hilbert der Mund offen.
»Ich brauche einen Moment für mich«, sagte Dietrich und lenkte seine Schritte Richtung Dom. Bevor er die schwere Tür öffnete, bat er den Freund noch: »Ruf meine Brüder zusammen. Ich will in einer Stunde mit ihnen reden. Doch zuerst muss ich mit Hedwig sprechen. Allein. Kannst du dafür sorgen?«
Hilbert überlegte, wie er das wohl bewerkstelligen könnte.

Doch ihm würde schon etwas einfallen. Dies waren außergewöhnliche Umstände. Etwas, was es zu ihren Lebzeiten noch nicht bei Hof gegeben hatte.

Lange kniete der Markgraf der Lausitz vor dem Altar und versuchte, seine Gedanken zu ordnen, sich für seinen Auftrag und zunächst einmal für die Begegnung mit Hedwig zu sammeln. Sie würde außer sich sein vor Angst, wenn sie es erfuhr, und er musste verhindern, dass sie zusammenbrach.

Vor dem Dom erwartete ihn Hilbert, der seine Aufträge inzwischen ausgeführt hatte. Ein paar Schritte hinter ihm stand seine heimliche Geliebte mit besorgter Miene, begleitet von einigen ihrer Kammerdamen.

»Du kannst zuerst mit Hedwig sprechen. Otto ist einverstanden, dass du sie beruhigst, ehe sie vor allen anderen in Geschrei ausbricht. Wenn ihr fertig seid, erwarten euch deine Brüder im Lager.«

Dietrich dankte ihm.

Hedwig trat näher, kreidebleich und mit fragendem Blick.

»Lass uns ein paar Schritte gehen, bis wir auf die Elbe blicken können«, schlug er vor. Dann würde niemand etwas auf ihrem Gesicht ablesen können.

Sie nickte und gab ihren Begleiterinnen den Befehl, in gebührendem Abstand zu warten, damit sie mit ihrem Schwager unbelauscht reden konnte.

Gehorsam verneigten sich die Damen. Sie würden zwanzig Schritte hinter ihrer Fürstin bleiben und konnten sie sehen, jedoch ohne zu erkennen, wie sie auf die Eröffnung ihres Schwagers reagierte. In den Augen der Damen standen dort zwei enge Verwandte und besprachen wichtige Dinge. Was wohl geschehen sein mochte? Aber sie würden es schon noch erfahren.

Hedwigs Herz hämmerte, als Dietrich nach einigen Schritten an ihrer Seite innehielt und auf die breit strömende Elbe schaute.

Sie wandte ihm das Gesicht zu und wartete ungeduldig. Wartete auf schlimme Nachrichten. Denn irgendetwas Furchteinflößendes war oder würde geschehen. Sonst stünden sie nicht hier.
Dietrich sah sie nicht an, sondern starrte weiter aufs Wasser, als er leise sagte: »Der Kaiser möchte, dass ich morgen vor dem gesamten Hof den Herzog von Sachsen und Bayern zu einem Zweikampf herausfordere.«
Nun war es ausgesprochen.
»Als Grund soll herhalten, dass der Löwe die polnischen Herzöge aufhetzte, mit Pommern und Lutizen und Abodriten in die östlichsten Gebiete meiner Mark einzufallen«, fügte er rasch noch an.
Hedwig stieß einen kleinen Schrei aus und schlug sich sofort die Hand vor den Mund.
»Ein Zweikampf mit dem Schwert?«, wiederholte sie fassungslos. Der würde fraglos mit großer Hitzigkeit ausgetragen, und es schien unausweichlich, dass einer oder sogar beide Kontrahenten schwere Wunden davontrugen. Es ging um eine jahrzehntelange erbitterte Feindschaft, es ging darum, recht zu behalten, und es ging darum, seinen Stolz und sein Kampfgeschick zu beweisen.
Deshalb traten Fürsten normalerweise schon lange nicht mehr direkt mit dem Schwert gegeneinander an.
Sofort standen ihr wieder die schrecklichen Bilder vor Augen, als ihr Neffe Konrad starb und Christian auf Ottos Geheiß Randolf zu einem Gottesurteil herausforderte. Der Kampf auf Leben und Tod brachte Randolfs schmähliches und blutiges Ende. Doch auch Christian hatte eine Verletzung davongetragen.
»O Heilige Jungfrau …« Jäh flossen die Tränen.
»Wie kann dir der Kaiser das antun? Kann er nicht ohne solch blutiges Spektakel ein Urteil fällen? Und wenn ich zurückdenke, wie Friedrich den Welfen stets bevorzugte … Der Kai-

ser will dich tot sehen! Er nimmt deinen Tod in Kauf, damit sein Vetter als Unschuldslamm dasteht!«

Sie wankte; rasch stützte er ihren Arm, dann umfasste er ihre bebenden Hände mit seinen.

»Beruhige dich, ich bitte dich!«, sprach er leise auf sie ein. »Die Überlegung des Kaisers zielt in eine ganz andere Richtung. Er will den Löwen mit dieser Herausforderung nur davon abhalten, zu diesem Hoftag und zum nächsten zu erscheinen. Dann kann er ihn in Acht und Bann schlagen und ihm sämtliche Titel und Ländereien aberkennen – bis auf die Eigengüter Braunschweig und Lüneburg. Damit hätten wir erreicht, wofür schon dein Vater sein Leben lang stritt. Der Zweikampf wird also wahrscheinlich überhaupt nicht stattfinden.«

»Und wenn der Löwe doch erscheint?«

»Er wird nicht kommen. Irgendetwas ist vorgefallen zwischen ihm und dem Kaiser. Jedenfalls scheint Friedrichs Geduld mit dem Welfen nun endgültig erschöpft. Er will ihm in aller Form den Prozess machen.«

»Und setzt dabei *dein* Leben aufs Spiel!«

Hedwig konnte sich überhaupt nicht beruhigen. »Vielleicht stirbst du dabei! Wie soll ich …« Ihre Stimme erstickte in Tränen.

Sacht strichen seine Finger über ihre Handrücken. »Liebste« wagte er hier nicht zu sagen. Das war zu gefährlich.

»Ich werde die Herausforderung morgen vor dem versammelten Hof aussprechen, und der Kaiser wird den Hoftag im August in Kayna als Ort des Zweikampfs festlegen. Du wirst sehen, der Kampf wird nie stattfinden«, versicherte Dietrich erneut, auch wenn er davon nicht vollkommen überzeugt war.

»Und falls doch – hättest du Chancen, ihn zu besiegen?«

Auch das hatte Dietrich schon sorgfältig abgewogen.

»Ich habe ihn noch nie mit dem Schwert kämpfen sehen«, meinte er achselzuckend. »Heinrich ist älter und etwas kleiner als ich. Das sollte mir einen Vorteil verschaffen.«

Bewusst ließ Dietrich unerwähnt, dass der Löwe bei allem Prunk und Gepränge, bei allem, womit er ständig seine Gegner provozierte, ein herausragender Kämpfer und Feldherr war. Er hatte seine Feinde schon zum Zittern gebracht, als er kaum zwanzig Jahre zählte.

Um Hedwig zu beruhigen, fügte er an: »Auf Vorschlag des Kaisers soll ich heute oder morgen mein Geschick mit dem Schwert vor den Gästen des Hoftags bei einem Übungskampf beweisen, mit einem starken Gegner. Dies soll der endgültigen Abschreckung des Löwen dienen. Denn sicher wird der seine Spione hier haben.«

»Nimm Christian! Er ist in Ottos Gefolge mitgereist«, schlug sie sofort vor, zögerte ein wenig und fügte leise an: »Marthe ist auch hier. Sie hat manchmal Vorahnungen ... Gesichte ... Vielleicht könntest du sie fragen, ob ...«

Sie verstummte und biss sich auf die Lippe.

»Ich dachte auch gleich an Christian«, meinte Dietrich bemüht sorglos. Und er hatte ebenfalls überlegt, ob er Marthe nach dem Ausgang des Kampfes fragen sollte. Aber das würde er nicht tun. Es könnte seine Entschlossenheit schmälern.

»Bist du bereit, dass wir zurück zu meinen Brüdern gehen und ihnen vom Befehl des Kaisers berichten?«

»Seiner *Bitte*«, korrigierte Hedwig stur.

Doch Dietrichs sarkastisches Lächeln widerlegte ihre Formulierung. Natürlich war ein Wunsch des Kaisers immer als Befehl zu verstehen.

Mühsam versuchte Hedwig, irgendwie wieder Boden unter den Füßen zu gewinnen. »Heinrich hat die Wenden zu Überfällen auf die Lausitz aufgestachelt. Er ließ dein Land bis nach Lübben verwüsten, wobei viele deiner Männer getötet wurden. Und du führst ein gottgefälliges Leben!«

Er erwiderte nichts, aber sein beredter Blick erinnerte sie daran, dass sie das sechste Gebot brachen, noch dazu in blutschänderischer Weise. Denn für die Kirche galten Schwäger wie Geschwister. Entsetzt sah sie ihn an, und alle Farbe schwand aus ihrem Gesicht.

»Ich bereue nichts!«, flüsterte er ihr zu. »Und heute Nacht *muss* ich dich sehen. Ganz gleich, welches Wagnis wir damit eingehen. Denn ab morgen werden alle Augen auf mich gerichtet sein.«

Ohne Hedwig war ihm das Leben nichts mehr wert.

Mit seiner Schwägerin und ihren Damen kehrte Dietrich ins wettinische Lager zurück. Seine Brüder Otto, Dedo und Heinrich erwarteten ihn schon. Hedwig war erleichtert, dass Mathilde wegen eines Sommerfiebers in Rochlitz geblieben war. Deren durch und durch logische Schlussfolgerungen hätte sie jetzt nicht ertragen.

Als Dietrich in knappen Worten den Auftrag des Kaisers wiederholte, schnappten seine Brüder erwartungsgemäß erst einmal nach Luft, ehe sie alle gleichzeitig durcheinanderredeten.

»Ich kann mich nicht erinnern, dass es so etwas zu unseren Lebzeiten schon einmal gegeben hätte«, brachte Dedo heraus. »Nicht seit der Schlacht am Welfesholz, als Wiprecht von Groitzsch und Hoyer von Mansfeld gegeneinander antraten. Und das liegt mehr als sechs Jahrzehnte zurück, mehr als ein Menschenleben …«

»Warum sollten wir, solltest *du* dem Kaiser diesen Gefallen tun?«, entrüstete sich Otto.

Dietrich hatte mit dieser Frage gerechnet.

»Es ist ein entscheidender Schritt auf dem Weg, den Löwen diesmal endgültig zu entmachten. Hat nicht schon unser Vater dafür gekämpft?«

»Den lass lieber aus dem Spiel«, murrte Otto leise, der seinem Vater auch so viele Jahre nach dessen Tod immer noch nachtrug, ihm nicht beide Markgrafschaften vererbt zu haben.

Dietrich überging dies und brachte nun das Argument ins Spiel, das seine Brüder beschwichtigen würde.

»Der Kaiser gab mir im Gegenzug seine Zusicherung, da ich keinen legitimen Erbe habe …«
Er schluckte kurz, ehe er weitersprach: »Im Falle meines Todes, egal wann, belässt er die Mark Meißen beim Haus Wettin und belehnt Dedo damit.«
»Wieso nicht mich?«, protestierte Otto sofort.
»Weil du den Kaiser ständig verprellst und ihn zu hintergehen versuchst, während Dedo und ich ihm bei seinen Kriegszügen und diplomatischen Missionen treue Dienste leisten«, wies Dietrich den älteren Bruder streng zurecht.
Dedo hingegen schien weniger mit seinen Zukunftsaussichten als möglicher künftiger Markgraf beschäftigt, sondern mit anderen Überlegungen.
»Erinnert ihr euch an eine Episode, die Vater einmal erzählte? Als er zusammen mit Albrecht dem Bären im Auftrag des alten Königs Konrad Braunschweig belagerte, weil sie sich vor dem Löwen sicher fühlten, denn der weilte hunderte Meilen entfernt nahe Tübingen? Doch als der junge Herzog überraschend nach einem Gewaltritt mit seinem Heer anrückte, brachen sie alle schleunigst die Zelte ab und zogen von dannen. Das war Weihnachten 1151, vor fast dreißig Jahren«, sagte er nachdenklich.
Sofort erinnerte sich Hedwig, dass ihr Vater ihr kurz vor seinem Tod auch davon erzählt hatte. Da schien ihnen der Schreck wirklich in die Glieder gefahren zu sein, als sie vom unerwarteten Nahen Heinrichs hörten.
»Der Löwe war damals noch jung, aber schon so gefürchtet«, fuhr Dedo fort. »Ich hoffe, du musst nicht gegen ihn antreten, Bruder, auch wenn du der beste Schwertkämpfer von uns bist. Heinrich mag älter und vielleicht auch ein wenig steifer geworden sein in diesen Jahren. Doch seine Kampferfahrung kann ihm keiner nehmen.«
»Ich bin bereit, ob er nun antritt oder nicht«, sagte Dietrich kühl und mied bewusst den Blick in Hedwigs Richtung.

»Aber eines müsst ihr mir versprechen. Egal, wann ich sterbe: Sorgt dafür, dass mein Sohn Dietrich aus der Verbindung mit Gunda einmal Bischof wird. Schwört es mir! Dann werde ich meinem Schicksal wie ein Mann entgegentreten.«

Herausforderung

Friedrich, Dietrich, Witko,
Christian, Marthe, Lukas;
Magdeburg, Juni 1179

Hätte ein Blitz in die Runde der versammelten Fürsten eingeschlagen, er hätte kaum mehr Tumult verursachen können als Dietrichs Herausforderung zum Zweikampf, die er am nächsten Morgen vor dem Kaiserpaar und den Teilnehmern des Hoftags aussprach.

Zufrieden betrachtete Friedrich seine wild durcheinanderschreienden Fürsten und ließ sie gewähren. Hatte er nicht so viel Aufsehen erregen wollen wie nur möglich? Die Sensation würde wie ein Lauffeuer die Runde machen und sich auch bis zu seinem undankbaren Vetter in Haldensleben herumsprechen.

Erstaunte, wütende, aufmunternde Rufe und Appelle wie »Zeigt es dem Bastard!« mischten sich zu einem gewaltigen Radau, den auch der Kaiser nicht gleich zum Verstummen bringen konnte. Er wollte es auch gar nicht.

Am lautesten brüllten erwartungsgemäß die Söhne des alten Bären. Der jüngste, Graf Bernhard, hatte sich unlängst in unschöner Familientradition Aschersleben von Heinrichs Truppen niederbrennen lassen müssen, Siegfried büßte durch Heinrich den Titel des Erzbischofs von Bremen ein.

Doch letztlich hatte jeder der Männer vor ihm seine eigene

Rechnung mit dem Löwen zu begleichen. Und sie hatten viele Jahre darauf gewartet, dass es dem Welfen endlich an die Kehle ging. Dazu bedurfte es nicht einmal des Zweikampfs; es genügte Heinrichs dreifaches Fehlen nach Ladung vor den Kaiser. Und die Herausforderung zum Kampf diente dazu, den Löwen vom Hof fernzuhalten.

Friedrich warf einen prüfenden Blick auf Beatrix an seiner Seite. Sie lächelte verhalten und wirkte dabei zufrieden wie eine Katze, die gerade Rahm geschleckt hatte.

Das gefiel ihm nicht. Immer wieder hatte sie behutsam und scheinbar beiläufig in dieser Sache auf ihn eingeredet, ihn vor seinem Vetter gewarnt. Doch *er* traf hier die Entscheidungen!

Also starrte er auf Dietrich, den Herausforderer, der gelassen inmitten des Getöses stand.

Fürwahr, der Mann hatte Mut!

Wie wohl die meisten in dieser Halle bezweifelte Friedrich, dass der Löwe kommen würde, wenn ihn Dietrich von der Lausitz mit seinem Schwert erwartete. Für alle Fälle aber hatte sich Dietrich gestern schon mit einem meißnischen Ritter einen aufsehenerregenden Schaukampf geliefert, dessen Anlass sich den anderen nun erhellte und der seine Wirkung nicht verfehlt haben dürfte.

Doch was, so überlegte Friedrich mit einem plötzlichen Anflug von Beklommenheit, wenn der Löwe wider Erwarten doch kam und zu dem Kampf antrat?

Gestern noch war er vollkommen überzeugt gewesen, dass Heinrich dies als unter seiner Würde sofort ablehnte. Aber sein Vetter war auch impulsiv, sehr auf seine Ehre bedacht und von seinen Fähigkeiten als Kämpfer überzeugt. Was, wenn er in einer Anwandlung von Zorn und Hochmut doch kämpfen wollte, um dem Lausitzer und allen seinen Feinden seine Überlegenheit zu beweisen?

In einem hitzigen, verbissen geführten Waffengang konnte

durchaus einer von ihnen sterben: sein Vetter, der Herzog, oder der Markgraf der Lausitz, den er in diese brisante Lage hineinmanövriert hatte.
Heinrich oder Dietrich? Wessen Tod konnte er eher ansehen? Den des Verwandten, der ihm vor Rom das Leben gerettet hatte? Oder den des Markgrafen, der ihm zuverlässig diente, als Mann von Ehre galt und ohne mit der Wimper zu zucken den kaiserlichen Befehl angenommen hatte?
Auf einmal schmeckte fade, was er bis eben noch als schlaue Lösung betrachtet hatte.
Gebieterisch hob der Kaiser die Hand, um den Lärm zum Verstummen zu bringen. Er legte die Kaiserpfalz Kayna nahe Altenburg als Ort für den Hoftag im August fest, zu dem der Herzog von Sachsen und Bayern zu erscheinen habe, um sich der Herausforderung von Markgraf Dietrich zu stellen. Dann beendete er die Versammlung.

Zu Dutzenden nahm Dietrich Glückwünsche entgegen, aufmunternde Sprüche und Schulterklopfen, noch ehe er es schaffte, die Halle zu verlassen.
Dabei wusste er genau: Die ihm jetzt so zujubelten, waren allesamt nur froh, dass nicht sie diese Aufgabe vom Kaiser übertragen bekommen hatten. Gegen den Löwen und seine Truppen zu Felde ziehen, war eines – und selbst davor scheuten die meisten zurück. Ihm persönlich zum Zweikampf mit dem Schwert entgegenzutreten, war etwas ganz anderes.
Sobald Dietrich konnte, zog er sich aus dem Getümmel zurück und ging hinaus auf die Wiese, wo er Christian vermutete, der bei jeder sich bietenden Gelegenheit die meißnischen Knappen im Schwertkampf unterrichtete.
Ein weiterer Übungskampf würde viel mehr Zuschauer haben als sein gestriger, und heute konnte er auch sicher sein, dass sämtliche Spione des Löwen zuschauten, um ihren Fürsten ausführlich davon zu unterrichten.

Auf dem Weg entdeckte er eine rothaarige Gestalt mit einer Laute und schickte einen Burschen los, der Witko zu ihm rief. Dietrich hatte den roten Schopf des Spielmanns schon mehrfach von weitem aufblitzen sehen, und jetzt suchte dieser vermutlich gezielt nach ihm. Die Sache mit dem Zweikampf hatte sich natürlich auch unter dem Gesinde und den rangniederen Besuchern des Hoftags im Nu herumgesprochen.
Vorsichtig, ja fast ängstlich trat Witko vor den Fürsten, den Vater seines Freundes im Meißner Domstift, und verneigte sich.
»Ich habe lange nichts von dir gehört«, eröffnete Dietrich und sah, wie verlegene Röte in die Wangen seines Gegenübers schoss, der den Vorwurf ausbleibender Berichte begriff.
»O … ja … nein«, stammelte er. »Ich bin nun fest am Hofe des Herzogs, dank der Fürsprache von Herzogin Mathilde. Sie und ihr Gemahl nahmen mein Epos über die glanzvolle Pilgerfahrt eines Fürsten sehr gnädig auf und erwiesen mir diese Ehre. Ihr habt ja keinen weiblichen Hof, Durchlaucht, und somit in Eilenburg oder Landsberg keine Verwendung für einen Troubadour.«
»Dann verstehe ich natürlich, warum du dich nicht gemeldet hast«, erwiderte Dietrich mit einem Anflug von Ironie. Witko hatte also die Lager gewechselt und spionierte nun hier für den Herzog – was sonst? Genau darauf hatte Dietrich spekuliert.
»Wie steht es um deine große Liebe?«, erkundigte er sich.
»Der Herzog wird sich bei ihrem Vormund dafür einsetzen, dass Agnes mich heiraten darf, wenn ihr erster Mann stirbt. Ich weiß nur nicht, ob sie mich dann noch will«, berichtete Witko bedrückt. »Der alte Mann ist bettlägerig, und sie pflegt ihn mit großer Geduld. Zum Dank überhäuft er sie mit Geschmeide und kostbaren Stoffen für schöne Kleider. Das kann ich ihr nicht bieten.«
»Ja, Kunst ernährt nur selten einen Mann«, meinte der Mark-

graf lakonisch. »Dann wird es Zeit für dich, neue Lieder zu verfassen. Willst du erfahren, wie die Geschichte von Christian und Marthe weitergeht? Sie sind beide hier in Magdeburg. Er ist jetzt Burgvogt von Christiansdorf. Aber bis er das wurde, ist viel Schlimmes geschehen. Du kannst ihn gleich selbst befragen, ich bin auf dem Weg zu ihm.«

»Wenn er jetzt ein so hoher Herr ist, wird er nicht mit mir sprechen wollen«, meinte Witko ebenso überrascht wie interessiert. »Aber es sind sicher genug Leute aus Meißen dabei, die ich fragen kann. Das klingt nach einer weiteren spannenden Geschichte.«

»Folge mir!«, forderte Dietrich ihn einfach auf. Witko sollte Augenzeuge eines fulminanten Zweikampfs werden und dem Löwen in allen Details berichten, wie kühn und geschickt sein Herausforderer das Schwert führte.

Er hoffte auf abschreckende Wirkung – wie der Kaiser es ebenfalls tat.

Anders als vermutet, fand er Christian jedoch nicht auf der Übungswiese vor. Also begab er sich geradewegs ins wettinische Lager.

Dort traf er ihn, Lukas und Marthe mit ernsten Gesichtern unter einem Baldachin vor ihrem Zelt an, und hinter ihnen stand sein Neffe, der nach ihm genannt worden war: Hedwigs und Ottos zweitältester Sohn, dessen Gesicht in schillernden Farben von einer heftigen Prügelei zeugte.

»Mit wem hast du dich denn angelegt?«, fragte er den Fünfzehnjährigen verblüfft.

Noch bevor der antworten konnte, waren Christian, Marthe, Lukas und die Ritter in ihrer Begleitung schon vor dem Markgrafen auf ein Knie gesunken.

Dietrich erlaubte ihnen mit einer Handbewegung, sich zu erheben, und Christian meinte: »Sucht Ihr Euren Bruder?«

Da Dietrich den Kopf schüttelte, fragte er umgehend: »Erweist Ihr uns dann die Ehre, einen Becher Wein mit uns zu teilen?

Ihr kommt sicher direkt von der Beratung mit dem Kaiser, und es ist ein heißer Sommertag.«

Gern nahm Dietrich die Einladung an. Sein Neffe wurde losgeschickt, einen weiteren Stuhl und Becher zu holen.

»Ottos Zweitgeborener wird ab sofort von mir als Knappe ausgebildet«, berichtete Christian. »Es gab gestern einen ... Zwischenfall, nach dem Euer Bruder drohte, ihn in ein Kloster zu schicken. Und dafür ist der Junge wirklich nicht geschaffen; er wäre todunglücklich dort.«

»Er schlug sich mit seinem älteren Bruder, Albrecht, als der ihn provozierte. Was sein Vater unverzeihlich fand«, präzisierte Marthe.

Verärgert stöhnte der Markgraf auf. Seine Neffen Dietrich und Albrecht lagen schon im Streit, solange er zurückdenken konnte, und Otto bevorzugte uneingeschränkt seinen Erstgeborenen – sehr zu Hedwigs Kummer.

Der junge Dietrich, von dem eben die Rede war, kehrte mit einem Becher zurück, den er für seinen Oheim füllte, wobei er aussah, als würde er am liebsten im Erdboden versinken.

»In Christiansdorf und unter Anleitung von Christian und Lukas bist du in besten Händen«, versicherte der Markgraf der Lausitz dem Jungen freundlich.

Und außerhalb der Reichweite Albrechts, der bereits ein Ritter war, vervollständigte jeder hier bei Tisch den Satz in Gedanken. Früher oder später würde der Bruderstreit noch schlimmere Formen annehmen, sofern Otto seinen Erstgeborenen nicht zügelte. Doch der Fürst von Meißen schien dazu weder Neigung noch Einsicht zu zeigen.

Dietrich konnte auf Marthes und Christians Gesichtern ablesen, woran sie dachten: an die Zeit, als sie seinen Sohn Konrad bei sich hatten – und an dessen tragisches Ende.

Doch er unterdrückte seine eigene Trauer. Jetzt war nicht der richtige Moment dafür!

»Ich freue mich immer, Euch zu sehen«, sagte er zu Marthe und prostete ihr mit einem Lächeln zu. Sie schien überhaupt nicht zu altern: zierliche Gestalt, kastanienbraunes Haar, graugrüne Augen und stets ein wehmütiger Zug auf dem Gesicht – eine Folge der entsetzlichen Ereignisse, die sie durchgemacht hatte.

»Wie geht es Euren Kindern?«

Nun lächelte sie doch, und ihre Augen leuchteten.

»Unser Ältester, Thomas, ist schon neun und wird am Hof Eures Bruders in Meißen erzogen. Doch zu diesem Hoftag hier in Magdeburg durfte er nicht mitreisen. Clara muss hier irgendwo stecken …«

Suchend sah sie sich um, jedoch ohne ihre kleine Tochter ausfindig zu machen. »Und Daniel rennt schon mit einem Holzschwert über den Hof, obwohl ihn die Beinchen noch gar nicht so schnell tragen wollen.«

»Habt Ihr etwas anderes erwartet?«, scherzte Dietrich, der das Lächeln noch ein wenig länger auf dem Gesicht der hellsichtigen jungen Heilerin halten wollte.

Er schätzte Marthe sehr. Und wieder unterdrückte er die Versuchung, sie nach dem Ausgang des Zweikampfs zu fragen.

Er überzeugte sich mit einem raschen Blick, dass Witko noch zwischen all den Neugierigen stand, die ihm wie ein Rattenschwanz gefolgt waren, und wandte sich an Christian.

»Seid Ihr zu einem erneuten Übungskampf bereit? Ich denke, wir hätten heute erheblich mehr Publikum.«

Christian verstand sofort.

»Es wäre mir eine Ehre.«

Auch der blonde Lukas, sein einstiger Knappe und bester Freund, grinste in Erwartung des Spektakels.

»Wenn Ihr erlaubt …«

Schon erhob sich der blonde Ritter und scheuchte ein paar Knappen und Pagen los, damit die überall im Lager verkündeten, dass in einer halben Stunde der Markgraf der Lausitz mit dem Burgvogt von Christiansdorf zu einem Übungskampf antreten werde.

Christians Knappen wurden ausgeschickt, die Rüstung des Markgrafen zu holen.
»Es wird Krieg geben«, meinte Christian düster. »Selbst wenn der Kaiser den Löwen in Acht und Bann schlägt, gilt das erst nach Jahr und Tag. Und der Herzog wird nichts freiwillig hergeben, keine Stadt und keine Burg. Also muss der Kaiser die Acht mit einer Heerfahrt durchsetzen.«
»Krieg gibt es so oder so«, meinte Dietrich. »Im Grunde genommen herrscht doch schon seit Jahren Krieg. Rechnet damit, dass mein Bruder von Euch mehr Silber fordern wird, um ein Heer aufzustellen. Und bringt meinem Neffen so bald als möglich so viel wie möglich bei!«
Die Knappen kamen mit Gambeson, Polsterhaube und Kettenfäustlingen zurück.
»Hilf deinem Oheim«, wies Christian den jungen Dietrich an.
»Alle Knappen – hergehört!«, rief Lukas. »Kommt mit und seht genau zu, damit ihr etwas lernt! Zwei solche Könner mit dem Schwert erlebt ihr nicht alle Tage in Aktion.«
»Ihr schmeichelt mir«, wehrte Dietrich ab. »Ihr selbst steht Christian in nichts nach, soweit ich mich erinnere.«
Lukas verneigte sich mit schelmischem Lächeln und schwenkte den Arm.
»Kommt alle mit, gleich gibt es was zu sehen!«
Sofort sammelte sich eine Schar Neugieriger und stellte lautstark Vermutungen an, wer wohl diesen Kampf für sich entscheiden würde. In wettinischen Landen galten Christian und Markgraf Dietrich als die Besten mit dem Schwert.
Die beiden gingen voran, Lukas folgte, nachdem er Marthe seinen Arm geboten hatte.
Bis zur Ankunft auf der Übungswiese hatte sich die Zahl ihrer Begleiter bereits zu einem riesigen, fröhlich lärmenden Schwarm vergrößert. Von allen Seiten strömten neue Schaulustige hinzu und schlossen Wetten ab, wer von den beiden Rittern wohl der Überlegene war.

»Macht Platz für Leute, die etwas davon verstehen!«, rief ein stämmiger älterer Ritter und schob rücksichtslos jeden beiseite, der ihm im Weg war, bis er in der vordersten Reihe der Zuschauer stand. Ein paar seiner Gefährten taten es ihm gleich. Dietrich blickte noch einmal kurz um sich, ob er Witkos roten Schopf sah, Christian sandte Marthe ein aufmunterndes Lächeln.
Dann nickten die beiden Kontrahenten einander zu, und der Kampf begann.
Sie schwangen die Schwerter so blitzschnell, dass nur Eingeweihte mitbekamen, was im Einzelnen geschah. Immer wieder trafen die Klingen aufeinander, glitten aneinander herab, wurden gelöst, die Kämpfer traten auseinander und setzten zum nächsten Hieb an. Alle paar Augenblicke schrie jemand aus dem Publikum auf, weil er dachte, gleich würde Blut fließen. Aber jedes Angriffsmanöver wurde so gekonnt abgewehrt, dass im Nu der eben noch siegreich Scheinende in Bedrängnis geriet. Jedoch nur einen Wimpernschlag lang.
Der graubärtige Ritter, der vorhin so gedrängelt hatte, stieß seinem Nebenmann den Ellbogen in die Rippen und schwärmte lauthals: »Das nenne ich mal Schwertkunst! So etwas bekommen selbst wir nicht alle Tage zu sehen.«
Nach vielleicht einer halben Stunde traten die beiden Kämpfer auseinander, schweißüberströmt, doch sehr zufrieden, und verneigten sich kurz voreinander.
Die Zuschauermenge jubelte und applaudierte, Schwertkampfkundige kommentierten begeistert das Gesehene.
Dietrich und Christian drängten sich scheinbar völlig unbeeindruckt durch die Menge, wobei Lukas ihnen und Marthe den Weg bahnte.
»Wenn ich der Löwe wäre, würde ich in Haldensleben bleiben«, rief der Blondschopf ihnen vergnügt durch den Lärm zu. Marthe hingegen sprach kein Wort, sondern starrte mit glasigem Blick vor sich hin.

Der Löwe schnaubte nur verächtlich, als ihm Boten in Haldensleben von der Herausforderung Markgraf Dietrichs berichteten. Hatte er so etwas nötig? Und doch noch in Magdeburg zu erscheinen, würde ihm nach dem Streit mit seinem Vetter nicht einmal im Traum einfallen. Er war der Enkel eines Kaisers und auf seiner Wallfahrt ins Heilige Land wie ein König empfangen worden! Da ließ er sich nichts von ein paar unbedeutenden Markgrafen vorschreiben.

Dass der Kaiser drei Tage später die Reichsacht über ihn verhängte, um ihn vor ein Fürstengericht zu zwingen, war ihm auch nur ein kaltes Schulterzucken wert, als er davon erfuhr. Am 1. August ließ er seine Truppen gegen die Philipps von Köln auf dem Haler Feld nordwestlich von Osnabrück zur Schlacht antreten und errang einen fulminanten Sieg. Der nur getrübt wurde durch den anschließenden Streit mit dem jungen Grafen von Holstein, der nach seinem ersten großen Kampf seine Gefangenen behalten wollte, um Lösegeld zu fordern.

Zum Hoftag in Kayna westlich von Altenburg Mitte August reisten die Fürsten in großer Zahl an und schlossen schon Wetten darüber ab, ob der Löwe wohl zum Zweikampf antrat und wie dieser ausging. Die Meinungen darüber waren gespalten. Dass Heinrich nicht erschien, beraubte sie des erhofften Spektakels – und löste bei Markgräfin Hedwig einen Tränenstrom der Erleichterung aus.

Friedrich hingegen blieb nun gar nichts anderes mehr übrig, als durchzugreifen. Zutiefst beleidigt, weil seine kaiserlichen Befehle ignoriert wurden – das ließ er sich nicht einmal von seinem Vetter bieten! –, klagte er den Löwen wegen Missachtung der kaiserlichen Autorität an, wegen dreimaligen Nichterscheinens trotz Ladung. Hier war nicht nur seine Ehre verletzt worden, sondern auch die des Reiches.

Heinrich wurden beide Herzogtümer und sonstige Lehen abgesprochen und ein Fürstengericht nach Lehnsrecht eröffnet.

Selbst da versuchte Friedrich noch, ihm einen Ausweg zu eröffnen. Vielleicht wollte er aber auch nur, dass ihm niemand einen Formfehler nachsagen konnte. Jedenfalls baten ihn die Fürsten – auf sein Betreiben hin –, dem Löwen noch einen vierten Termin zu gewähren, da ein in Schwaben Geborener nur in Schwaben gerichtet werden könne.
Seine Fürsten eröffneten mit kaiserlicher Erlaubnis umgehend den bewaffneten Kampf gegen den Gebannten.
Als Erster ließ Bischof Ulrich Truppen von der wiedererrichteten Hornburg und Halberstadt aus in welfisches Gebiet einfallen. Doch sofort schickte der Löwe Truppen unter dem Kommando des unerbittlichen Grafen Gunzelin von Schwerin los, und seine Rache fiel schrecklich aus.

Feuersbrunst

Bischof Ulrich von Halberstadt,
Graf Gunzelin von Schwerin, Heinrich der Löwe
und seine Gemahlin Mathilde;
Halberstadt, 23. September 1179, und
Braunschweig, einige Tage später

»Feuer! Feuer!«
Gellende Schreckensrufe rissen den Bischof von Halberstadt aus unruhigem Schlaf, in den er gerade erst nach inbrünstigen nächtlichen Gebeten gefunden hatte, denn vor Halberstadt stand das Heer des Löwen.
Benommen fuhr er aus seinem Bett hoch, sein dünnes weißes Haar stand wirr ab. Schon hörte er Füße trappeln, und im nächsten Augenblick stürmte ein halbes Dutzend Geistliche in seine Kammer: atemlos, entsetzt und allesamt aufgeregt durcheinanderschreiend.

»In der Stadt ist Feuer ausgebrochen, und es greift im Nu um sich!«

»Der Herr steh uns bei!«, japste Ulrich mit schriller Stimme. Schlagartig war er wach und alarmiert und ließ sich eilig ankleiden. Ein Blick zum Fenster sagte ihm, dass die Morgendämmerung gerade erst anbrach.

Seit das Heer des Löwen unter dem Kommando Graf Gunzelins Halberstadt eingeschlossen hatte, lebten sie in Furcht vor einem Stadtbrand. Sie hatten Vorsichtsmaßnahmen getroffen, verstärkte Wachen eingeteilt, in jedem Haus stand ein mit Wasser gefüllter Bottich oder gar ein Fass zum Löschen, und überall waren Männer bereit, Glutnester auf den Dächern mit Picken und Äxten auseinanderzureißen.

Ulrich selbst und seine Domherren sowie dreihundert Ritter hatten sich auf der Domburg verschanzt, dem bischöflichen Herrschaftssitz auf dem sehr lang gestreckten und schmalen Domplatz. Der Dom Sankt Stephanus und Sankt Sixtus begrenzte das Plateau auf der östlichen Seite und die Liebfrauenkirche auf der westlichen.

Trotz seines hohen Alters rannte der dürre Bischof mit seinen Begleitern die Treppen hinauf, um sich von den Mauern aus einen Überblick zu verschaffen.

Doch was er sah, ließ ihm vor Schreck fast das Herz stocken.

Die zumeist aus Fachwerk gebauten und mit Holzschindeln gedeckten Häuser boten dem Feuer üppig Nahrung. Rasch griffen die Flammen von einem Dach zum anderen über, durch Funkenflug und Wind noch angefacht. Schon standen mehrere Gassen in Flammen, und die dort wohnenden Menschen versuchten panisch, zu entkommen.

Ein Eimer Wasser hätte hier nicht mehr Wirkung als ein Fingerhut voll.

»Läutet die Glocken!«, schrie Ulrich, obwohl in der Stadt kaum noch jemand schlafen dürfte. »Die Menschen sollen

sich in den Kirchen in Sicherheit bringen. Lauft in den Dom!«, brüllte er über die Mauer hinab.
Achttausend Seelen lebten in Halberstadt, und wegen des anrückenden feindlichen Heeres hatten sich noch viele Bauern aus dem Umland hierher geflüchtet. Er war für sie verantwortlich.
Von überall her drangen Schreie durch die Stadt, dass die Menschen sich in die steinernen Kirchen und den Dom retten sollen.
»Heiliger Stephanus und Heiliger Florian, steht uns bei!«, betete der alte Bischof laut und verzweifelt, sank kurz in die Knie, rang die Hände und bekreuzigte sich.
Begleitet von mehreren Domherren und den Anführern der dreihundert Ritter, die die Domburg als letzte Feste verteidigen sollten, lief er, so schnell er konnte, von der Südseite der Burg zur Nordseite, zwischen denen es ein Höhengefälle gab – in der Hoffnung, dieser Teil der Stadt bliebe mit etwas Glück verschont.
Schon wanden sich an vielen Stellen schwarze Rauchsäulen empor, und das Geschrei der entsetzt nach Rettung Suchenden drang schrill und vielstimmig über die Burgmauer.
»Verteilt Euch über die gesamte Mauer und haltet die Burg!«, befahl der Ritter, der das militärische Kommando innehatte, seinen Männern. Dies war die letzte Zuflucht.
Einer der Reisigen trat vor, ein kräftiger junger Mann namens Wilhelm.
»Wenn Ihr erlaubt, Hochwürden: Ich möchte mit einem oder zwei Dutzend Männern hinuntergehen und den Fliehenden helfen, in den Dom zu gelangen. Schon ganze Straßenzüge stehen in Flammen, und das Feuer macht die Menschen orientierungslos. Sie könnten in eine Sackgasse geraten und verbrennen.«
»Dann tu das; stell dir deine eigene Mannschaft zusammen, geht hinaus und versucht, was ihr könnt, um Menschenleben zu retten.«

Auch sein Hauptmann befürwortete die Idee und schickte ihn mit einem knappen Nicken los. Rasch sammelte der junge Mann ein Dutzend Mutige um sich, die entschlossen waren, sich in die Flammenhölle zu wagen. Sie alle hatten ihre Familien dort draußen. Und in den Vierteln, in denen sie wohnten, kannten sie sich am besten aus und wussten, wer in welchem Haus lebte.

»Ihr geht zum Frauentor, ihr beide zum Tränketor, ihr lauft über die Peterstreppe, ihr rennt zum Düsterngraben, ihr drei dort schaut am Hohen Weg nach, und mein Bruder Hannes und ich Unter den Zwicken und in der Schmiedegasse«, entschied er. Dann rannten sie los.

Noch immer läuteten die Glocken Alarm und mischten sich mit den Angstschreien und Hilferufen auf den Straßen. Von der Mauer aus konnten sie sehen, dass Ströme von Menschen Richtung Dom oder Liebfrauenkirche rannten, darunter viele Mütter mit Kindern an der Hand. Wo jemand zu Boden stürzte, stampften die Nachrückenden rücksichtslos über ihn hinweg.

Doch bald nahmen Rauch und Ruß den Männern auf der Domburg die Sicht, und sie konnten nur noch anhand der Angstschreie und der immer dickeren Rauchsäulen erahnen, welche Dramen sich dort unten abspielten.

Zusammen mit seinem Bruder rannte Wilhelm Richtung Schmiedegasse. Panisch kreuz und quer laufende Menschen kamen ihnen entgegen und überrannten sie fast; nur die wenigsten trugen noch das für den Notfall bereitgelegte Bündel, viele hatten es auf ihrer Flucht schon verloren.

»Zum Dom!«, rief er ihnen entgehen. »Sucht Zuflucht im Dom!«

Der Qualm erschwerte Sicht und Sprechen, Rußflocken wirbelten durch die Luft wie schmutziger Schnee.

»Zurück!«, schrie Wilhelm und breitete die Arme aus, um

die Menschen aufzuhalten, die ihm folgten, denn nur ein paar Schritte vor ihm stürzten verkohlte Balken auf die Straße, gefolgt von einem prasselnden Hagel brennender Dachschindeln.

Aus dem Glutnest wurde sofort ein neuer Brandherd, der sich umgehend im ausgetrockneten Ständergebälk eines gegenüberliegenden Hauses festfraß. Bald brannte es ebenfalls lichterloh.

Er lief noch ein paar Schritte, um zu sehen, ob dahinter Flüchtende waren, doch sein Bruder riss ihn am Hemd zurück.

Was er brüllte, war in dem Getöse von fauchenden Flammen, panisch schreienden Menschen und brüllendem Getier nicht zu verstehen. Sengende Hitze schlug ihnen entgegen, die das Atmen noch schwerer machte.

Hannes zeigte nur mit dem Arm auf das nächste Haus, von dem brennende Balken herabprasselten, und zog ihn mit aller Kraft zurück.

»Das ist eine Sackgasse, da kommen wie nie wieder lebend heraus!«, schrie er seinem älteren Bruder ins Ohr. »Falls dort noch jemand ist, kannst du ihm nicht helfen, Gott steh uns bei!«

Hastig bekreuzigten sie sich und wurden fast von einer weiteren Gruppe Fliehender umgerannt.

Er half einer älteren Frau auf, die zu Boden gestoßen worden war, die Mutter des Schmiedes aus der Nachbarschaft.

»Lauf in den Dom, Frau Schmiedin!«, beschwor er sie. Aber seine Worte schienen nicht zu ihr durchzudringen: Ihr Blick war leer.

Er drehte sie an den Schultern in die richtige Richtung, versetzte ihr einen sachten Schubs und hielt einen Vorbeirennenden an: »Kümmere dich um die Witwe Bertha! Los, rasch, rettet euch in den Dom!«

Inzwischen bekamen er und sein Bruder vor Rauch kaum noch Luft und mussten ständig husten, und während sie sich

einen Weg suchten, einen letzten Ausweg aus der lichterloh brennenden Stadt, sahen sie kaum noch etwas durch den dichten Qualm.
»Hier entlang!« Wilhelm packte seinen Bruder am Arm, um ihn in die nächste Seitengasse zu ziehen. Vielleicht konnten sie da noch jemanden retten.
Zu spät. Von dort kamen mehrere notdürftig bekleidete Menschen gelaufen, zumeist Alte und Frauen mit kleinen Kindern, und trieben sich gegenseitig schreiend zur Eile an.
Hinter ihnen schlugen Flammen lodernd hoch und spien tödliche Hitze – auch hier war niemand mehr zu retten. Also rannten die Brüder mit den Alten und Frauen zum Dom. Wilhelm nahm einer jungen Frau zwei der Kinder ab, die sich an ihr Kleid klammerten und verstört wimmerten.

Von den Mauern der Domburg aus starrte Bischof Ulrich fassungslos auf das Bild, das sich ihm bot.
Ganz Halberstadt brannte lichterloh, von der Burg und den Kirchen abgesehen. Es war ein Lauffeuer, das von einem Haus zum nächsten übergriff. Die Rauchwolken über der Stadt verdeckten sogar die Sonne; man hätte fast meinen können, es sei wieder Nacht. Nur kleinere Brandherde und mehrere Großfeuer verbreiteten flackernden rötlichen Schein. Ein Straßenzug nach dem anderen ging in tosenden Flammen unter. Das Gebrüll der verängstigten Menschen, die kopflos hin und her rannten, vermischte sich mit den grellen Todesschreien jener, die das Feuer verschlang.
Verzweifelt sank der alte Bischof auf die Knie und faltete die Hände zum Gebet. O Herr im Himmel, was haben wir getan, dass du uns so strafst?
Er konnte nur hoffen, dass es möglichst viele Menschen in die Kirchen geschafft hatten.
»Seht nur, Hochwürden, seht!«, kreischte sein Probst entsetzt. Auch aus dem Gebälk der Liebfrauenkirche schlugen Flam-

men, das Dach senkte sich erst ganz langsam, dann stürzte es in die Kirche, auf die Zufluchtsuchenden. Ihre Todesschreie würde er bis an sein Lebensende nicht vergessen.

Wilhelm und sein Bruder waren mit vielleicht dreißig Fliehenden aus der Schmiedegasse so schnell wie möglich zum Dom gerannt.

Selbst Wilhelm sah ein: Sie konnten niemanden mehr vor Glut und Flammen retten. Alle Häuser und Straßenzüge brannten lichterloh, und mehrere aus ihrer kleinen Gruppe waren auf dem letzten Wegstück noch von herabstürzenden Balken oder brennenden Schindeln getroffen worden. Sein Bruder hatte versengte Augenbrauen, er selbst Verbrennungen an den Händen und eine schmerzende Brandwunde am rechten Unterarm.

Der Stephansdom war brechend voll. Fünfhundert, wenn nicht noch mehr Verzweifelte hatten hier Zuflucht gesucht. Vor dem Altar und den Reliquien des Heiligen Stephanus kniete einer der Domherren und sprach laut Gebete. Bei jedem »Amen« fielen etliche Stimmen ein. Aus der Menge drangen Schmerzensschreie von Verletzten und das Wimmern und ängstliche Kreischen kleiner Kinder.

Wenigstens konnte man hier etwas besser atmen als draußen in all dem Rauch, und zwischen den steinernen Mauern herrschte auch nicht solch unerträgliche Hitze wie draußen. Noch nicht. Doch der beißende Qualm hatte sich schon in ihren Lungen festgesetzt und löste einen Hustenkrampf nach dem anderen aus.

Ein lautes und langanhaltendes Krachen und Prasseln draußen sorgte für neues Angstgeschrei. Die beiden Brüder wechselten einen besorgten Blick. War etwa eine der Kirchen in sich zusammengestürzt?

Plötzlich streckte eine ältere Frau – eine Tuchmacherin aus Wilhelms Nachbarschaft – die Hand nach oben und kreischte.

Alle Blicke richteten sich auf das Dachgebälk. Es war in Brand geraten. Das ausgetrocknete, fast zweihundert Jahre alte Holz war wie Zunder und wurde von den Flammen gierig verschlungen. Von den Dachplatten aus Blei tropfte geschmolzenes Metall herab.

»Raus! Wir müssen raus hier!«, brüllte er, und sofort setzte in dem überfüllten Dom panisches Geschiebe und Gedränge Richtung Tor ein.

Doch das hatte Wilhelm zusammen mit einigen Männern mit schweren Balken gesichert, um vor den feindlichen Söldnern geschützt zu sein, die keine Gnade kennen würden. Alle, die hier in diesem Gotteshaus Zuflucht gesucht hatten, vertrauten auf den Beistand des Herrn und ihres Schutzpatrons, dem Heiligen Stephanus.

Inzwischen strahlten auch die steinernen Wände des Doms eine schreckliche Hitze aus, und wer genau hinsah, konnte erkennen, dass sie sich zu biegen begannen.

»Beeilt euch! Sonst werden wir hier alle sterben!«, schrie ihnen eine dürre Frau zu, deren Gesicht von Ruß und Schweiß und Asche verschmiert und kaum zu erkennen war.

Etliche Menschen fielen panisch in ihre Schreie ein. Doch sie schoben so heftig von hinten, dass sie Wilhelm und seine Helfer behinderten.

Wieder ertönte ein gellender Schrei, und panische Blicke nach oben offenbarten das nächste Unheil. Im Dach des Doms klaffte ein Loch, durch das man ein Stück Himmel erkennen konnte. Dann krachten schon brennende Holzbalken und die schweren Bleiplatten, mit denen das Dach gedeckt war, in die Tiefe und erschlugen die Menschen, die sich im Gotteshaus Rettung erhofft hatten, während gleichzeitig die glühend heißen Wände barsten und alles unter sich begruben.

Geduldig beobachtete Graf Gunzelin von Schwerin, der Schrecken der Abodriten während des Wendenkreuzzuges,

wie Halberstadt binnen weniger Stunden in Schutt und Asche aufging. Selbst alle Gotteshäuser wurden ein Raub der Flammen: die Liebfrauenkirche, die Marienkirche, die Paulskirche und St. Johannes, die Klöster. *Und* der Dom, den dieser Ulrich – ein erklärter Gegner des Löwen – sich anmaßte zu beanspruchen.
Der Bischof hatte sich in die Domburg gerettet, doch das würde ihn nicht lange vor der schmählichen Gefangennahme retten. Der Herzog wollte diesen Pfaffen vor sich in Ketten sehen, um ihn zu zwingen, den Bann aufzuheben, den er über ihn, den Löwen, verhängt hatte.
Als von dem Großfeuer, das Halberstadt vernichtete, nur noch kleinere Brandnester in den Gassen flackerten, drehte sich Gunzelin zu seinen Gefolgsleuten um und sagte die Worte, auf die sie schon warteten: *»Nehmt die Stadt!«*
So würde Ulrich für die Verwüstungen bezahlen, die sein Heer auf den Ländereien des Herzogs angerichtet hatte.
Jubelnd und grölend zogen seine Männer Schwerter und Dolche und stürmten los. Viel Beute war vermutlich nicht in der Asche zu finden, aber sie konnten das Blut in Strömen fließen lassen und Frauen schänden, so viele sie nur wollten. Oder Kinder und Mönche.

In Rotten schwärmte die mordlustige Truppe durch die verwüstete Stadt. Ihnen krochen Menschen mit verbrannten Gesichtern entgegen, die um Gnade flehten – welche von den Männern im Blutrausch mit einem kräftigen Schwertstreich oder gezielten Dolchstoß gewährt wurde.
»Komm her, Weib!«, brüllte einer der Söldner und schleifte eine Frau mit sich, die sich hinter den Trümmern versteckt hatte. Er zerriss ihr Kleid mit einem Ruck und stieß sie zu Boden.
»Johann, hilf mir!«, kreischte sie in Todesangst. Der – vielleicht ihr Mann – wagte sich aus dem Versteck, streckte fle-

hend die Hände aus und wurde von einem Kumpan des Söldners zurückgestoßen, dann schnitt er ihm vor den Augen seiner schreienden Frau die Kehle durch.

»So, Liebchen, nun bist du ganz frei für uns«, höhnte er und fingerte an seiner Kleidung herum. Sobald der Erste mit seinem schändlichen Werk fertig war, setzte sein Kumpane die Gewalttat fort. Und weil die Frau immer noch weinte und schrie, schnitt er danach auch ihr die Kehle durch. Es gab genug andere Frauen in Halberstadt.

Totenbleich sah der Bischof von seinem Beobachtungspunkt auf der Domburg zu, wie sämtliche Kirchen der Stadt in sich zusammenstürzten, eine nach der anderen. Tränen liefen ihm über die faltigen Wangen, als er sich vor Augen hielt, wie viele Menschen darin Schutz gesucht und stattdessen den Tod gefunden hatten: Frauen, Kinder, Greise und auch etliche Geistliche aus den Klöstern, die Schüler der Domschule … Wenn er sich all die Toten vorstellte, die nun begraben unter steinernen Trümmern oder qualvoll verbrannt in den Gassen lagen, brach ihm fast das Herz. Schluchzend sank er zu Boden.

Mit einem Hüsteln näherte sich der Kommandant der Burgmannschaft. Auch sein Gesicht war von Ruß und Staub bedeckt, aber das galt wahrscheinlich für sie alle.

Ulrich wischte sich die Tränen mit den Ärmeln ab und quälte sich mühsam wieder auf die Füße.

»Hochwürden, vor der Burg steht eine Abordnung mit Graf Gunzelin an der Spitze und erwartet Eure bedingungslose Kapitulation.«

Ulrich schloss für einen Moment die Augen.

»Wir haben noch dreihundert Ritter, wir können noch kämpfen, wenn Ihr es befehlt, Hochwürden! Noch schützen uns Wall und Graben.«

Ulrich sah den Kommandanten an.

»Es hat heute schon viel zu viele Tote gegeben«, sagte er resigniert. »Und wenn wir uns nicht sofort ergeben, werden die Männer des Löwen nur noch schlimmer in den Gassen wüten. Ruft hinab: Wir ergeben uns.«

Gemeinsam mit dem Kommandanten – damit es keinerlei Missverständnisse oder Zuständigkeitsstreitereien gäbe – ging er zu dem Mauerteil über dem Haupttor.

»Wir öffnen das Tor und kommen heraus«, rief der Kommandant hinunter. »Wir händigen Euch unsere Schwerter aus und begeben uns widerstandslos in Euren Gewahrsam. Auf Treu und Glauben. Habt Ihr noch weitere Forderungen?«

»Es freut mich, dass Ihr Einsicht zeigt«, rief der Graf von Schwerin hinauf. »Und nun kommt. Ich warte!«

Der greise Bischof bekreuzigte sich und flüsterte den ganzen Weg hinunter Gebete.

Das schwere Tor wurde geöffnet, und mit hängenden Köpfen traten die Ritter heraus.

»Den Bischof legt in Ketten, der Herzog will ihn in Braunschweig sehen!«, verkündete Gunzelin. Der Mann, der den Befehl ausführte, schien keine Bedenken zu haben, Hand an einen Gottesmann zu legen. Doch nach dem heutigen Inferno fiel es dem Bischof schwer, noch auf Gott zu vertrauen.

Dann knieten die Ritter nieder, übergaben den Siegern die Schwerter und ließen sich zum welfischen Lager führen.

Ulrichs Entsetzen stieg mit jedem Schritt, als er durch die zerstörte Stadt ging. Immer noch flackerten kleinere Brände, stieg Rauch auf und fielen schwarze und graue Flocken aus Ruß und Asche herab, die alles bedeckten.

Er sah verkohlte Leichname, machmal ganze Menschengruppen, die sich aneinandergeklammert hatten, direkt vor sich eine bis zur Unkenntlichkeit verbrannte Frau mit einem Kind im Arm. Er sah Verletzte, denen die Sieger den Todeshieb versetzt hatten. Er sah Frauen und Mönche, denen man die Kleider vom Leib gerissen, sie nackt geschändet und anschließend abgestochen hatte. Er sah einen zerhackten Säugling, eine verkohlte Ziege … und dann sah er weg. Er konnte es nicht mehr ertragen.

Plötzlich, nach weiteren hundert Schritten auf ihrer traurigen Prozession, hielt Ulrich abrupt im Gehen inne.
Er blickte zurück zu dem Steinhaufen, der einmal ein Dom gewesen war, und rief: »Die Reliquien! Ich muss die Gebeine des Heiligen Stephanus aus dem Dom retten!«
Hoffentlich waren sie nicht auch verbrannt.
Er warf einen flehenden Blick auf den Grafen. »Bitte erlaubt mir, dass ich noch einmal dorthin gehe und nach den Reliquien suche!«
Der für seine Strenge gefürchtete Graf winkte zwei Ritter aus seiner unmittelbaren Nähe herbei.
»Ihr begleitet ihn!«, wies er ohne jede Erklärung an.
Er sorgte sich nicht, dass der einst so ehrgeizige Bischof fliehen könnte. Der Mann war eindeutig gebrochen.
Aber es war eine Sache, eine paar hundert Lehmkaten niederzubrennen, und eine ganz andere, kostbare Reliquien im Schutt begraben zu verlieren oder verbrennen zu lassen.
Das würde auch dem Herzog nicht gefallen.

Die ganze Kolonne kehrte um, und auf dem Weg zum Dom sah Ulrich mehrere hundert mit Ruß, Asche und Steinstaub bedeckte Menschen, die als Gefangene zusammengetrieben worden waren. Wenigstens hatten sie überlebt. Er fragte sich, wie viele seiner Schutzbefohlenen wohl heute den Tod gefunden hatten.
Als der greise Bischof vor den Überresten des Doms stand, brach er erneut in Tränen aus. Der mächtige Sakralbau war vor fast zweihundert Jahren errichtet worden, nachdem sein Vorgängerbau eingestürzt war. Jetzt waren davon nur noch Trümmerhaufen und verkohlte Balken übrig.
Das Haupttor war eine Elle weit geöffnet, das Bild dahinter

ebenso eindeutig wie grauenvoll: Bevor sich die Zufluchtsuchenden nach draußen retten konnten, waren sie unter den vor Glut berstenden Wänden begraben worden.
Vor lauter Tränen verschwamm Ulrich der Blick. Doch als er die Augen mit dem Ärmel abwischen wollte, rieb er beißenden Ruß und Asche hinein, was alles nur noch schlimmer machte. Er wandte sich zu seinen Bewachern und zeigte auf den Eingang, von dem er die Stelle am besten erreichen konnte, wo die Reliquien aufbewahrt wurden.
»Helft ihm!«, befahl der Anführer seinen Männern, und gemeinsam mit dem Bischof begannen sie, Trümmer beiseite zu räumen.
Ulrich vermied es, nach links und rechts zu blicken, denn er konnte noch an den Kleidern vage erkennen, wer hier erschlagen unter dem Schutt lag: mehrere Brüder des Domstifts.
Endlich stieß er auf eine vertraute Form, ein Stück des Reliquiars, in dem die Gebeine des Heiligen Stephanus aufbewahrt wurden. Mit einem Schmerzenslaut sank er auf die Knie und versuchte mit beiden Händen das Behältnis freizulegen, auch wenn ihm dabei die Nägel brachen, er sich die Finger aufschürfte und der aufgewirbelte Steinstaub ihn zum Husten zwang.
Das Reliquiar war geborsten, der Inhalt halb verkohlt. Mit einem verzweifelten Blick zum Himmel nahm er die in kostbare Stickereien gewickelten Überreste und dachte: Herr im Himmel, warum lässt du uns im Stich?

»Seid Ihr inzwischen zu der Einsicht gekommen, dass ein Bischof keinen Krieg führen, sondern um Frieden beten sollte?«, sprach Heinrich der Löwe seinen Gefangenen an, als der ihm einige Tage später in Braunschweig auf Dankwarderode vorgeführt wurde.
Der Bischof hatte weder Kraft noch Stimme für eine Antwort. Der Löwe musterte den dürren Geistlichen mit seinen ver-

schmutzten Gewändern und dem wirren weißen Haar, der sich verzweifelt an die Überreste der Reliquie klammerte.
»Schafft ihn auf die Artlenburg und werft ihn dort ins Verlies!«, befahl er.
Doch das war nur ein Manöver, um Ulrich zu zwingen, den Bann aufzuheben, den er über ihn verhängt hatte. So etwas konnte selbst er nicht auf die leichte Schulter nehmen.
Zu seiner Verwunderung richtete nun Mathilde das Wort an ihn, was sie höchst selten vor anderen tat.
»Mein edler Gemahl, kann ich Euch bewegen, einem Gottesmann gegenüber Milde walten zu lassen?«
Schon stemmte sie sich aus ihrem Stuhl, hinkte zu dem gefangenen Bischof und griff nach seinen Händen.
»Gebt Hochwürden frische Kleider, etwas zu trinken und zu essen«, bat sie mitfühlend.
Überrascht starrte Heinrich seine Frau an. Aber es kam ihm durchaus entgegen, was sie tat. Mit einem Bischof konnte man nicht so umspringen, zumal seine Männer einen Dom, mehrere Kirchen und Klöster in Schutt und Asche gelegt hatten.
»Tut, was meine Herzogin sagt!«, befahl er. »Aber zuerst, Hochwürden, löst Ihr den Bann von mir.«

Willkommen in der Hölle

Die Erzbischöfe Wichmann und Philipp,
Otto, Dietrich und Dedo, Graf Bernhard von Lippe;
Magdeburg und Haldensleben,
Oktober 1179

Als Erzbischof Wichmann in Magdeburg vom schrecklichen Schicksal Halberstadts erfuhr, war er fassungslos vor Entsetzen: der Bischof in Gefangenschaft, Dom und Kirchen zerstört, hunderte Menschen getötet, die ganze Stadt in Schutt und Asche, die Reliquien beinahe verbrannt.

Er hatte am Halberstädter Paulskloster seine Ausbildung zum Kleriker erfahren, war später dort Probst gewesen und verbrachte unzählige Stunden betend vor den Gebeinen des Heiligen Stephanus. Er kannte jeden Stein und jede Gasse in dieser Stadt. Die meisten Geistlichen und unzählige Stadtbürger musste er nun tot oder gefangen wähnen.

Bleich und wortlos ging er in seine Kammer und schlug mit der Faust auf den Tisch. Da er ein sehr großer und kräftiger Mann war, fügte er sich damit Schmerz zu.

Er griff nach Tinte, Feder und Pergament und verfasste ein ausführliches Schreiben über das ungeheuerliche Geschehen an den Erzbischof von Mainz, in dem er seinen Amtsbruder Christian von Buch aufforderte, den Bannfluch über den Löwen zu verhängen.

Dann rief er die Anführer seiner Ritterschaft zu sich und wies sie an, alle Vorbereitungen für den Abmarsch seines Heerbanns gleich morgen früh zu treffen.

Sofort darauf ging er in seine Kanzlei und versammelte alle Schreiber und Notare, um ihnen Briefe gleichen Inhalts zu diktieren, die umgehend mit Boten ausgesandt werden sollten, sobald Tinte und Siegelwachs trocken waren.

Nur die Adressaten unterschieden sich:

»An meinen Amtsbruder Erzbischof Philipp von Köln …«
»An den Landgrafen Ludwig III. von Thüringen …«
»An meinen Vetter Markgraf Otto von Meißen …«
»An meinen Vetter Markgraf Dietrich von Landsberg …«
»An meinen Vetter Graf Dedo von Groitzsch …«
Ungeduldig wartete er, bis jeder Schreiber die Anrede und die üblichen Grußfloskeln Buchstabe für Buchstabe aufs Pergament gesetzt hatte. Sobald sie damit fertig waren, diktierte er einen Brandbrief über die Schandtaten des Löwen.
»Mich berufend auf unser altes Schutz- und Trutzbündnis, ersuche ich Euren militärischen Beistand bei der Belagerung von Haldensleben. Ich selbst führe gleich morgen meinen Heerbann gegen diese Burg des Löwen, von der aus unzählige Überfälle gegen Magdeburg und sein Umland erfolgten, und erwarte, am 1. Oktober dort Lager zu beziehen. Eilt mir mit Euren Truppen zu Hilfe, so schnell Ihr es vermögt! Angesichts der fortgeschrittenen Jahreszeit und zu befürchtender weiterer Angriffe zählt jeder Tag.«
Er trat noch persönlich vor seinen Palas, um zuzusehen, wie die Boten mit schnellen und ausdauernden Pferden davonritten, dann kehrte er zurück in seine Räume, um seine Bediensteten beim Packen zu instruieren.
Erst danach hielt er in seiner zornigen Rastlosigkeit inne, sammelte sich und ging in den Dom, um für die Seelen der toten Geistlichen und die Freilassung Ulrichs aus der Gefangenschaft zu beten. Hätte er dies in seiner Stellung nicht als Erstes tun sollen? Doch seine Bestürzung zwang ihn zum sofortigen Handeln.

Wenige Tage später, knapp zwanzig Meilen nordwestlich von Magdeburg

In Wichmanns Zelt vor der Burg Haldensleben brannte ein Kohlebecken, dessen Wärme nur wenig Trost gegen Oktoberkälte, Unwetter und den allgegenwärtigen Morast bot. Es regnete seit Tagen fast ununterbrochen, alles triefte vor Nässe, und bei jedem Schritt spritzten Schlamm und Wasser auf.

Das Magdeburger Heerlager war bereits errichtet, doch sie warteten noch auf etliche Karren voll Proviant und Holz für Belagerungstürme. Burg und Marktsiedlung Haldensleben waren von einem Torfmoor umgeben, was eine Belagerung im Herbst nicht nur zu einem äußerst ungemütlichen Unterfangen machte. Hier gab es auch kein Holz für Türme und Katapulte, und Proviant ließ sich ebensowenig in der Nähe auftreiben. Hinzu kam der faulige Geruch von vermoderten Pflanzen und Schlamm, der einem fast den Atem nahm.

Boten gingen in Wichmanns Zelt ein und aus, berichteten über den Anmarsch seiner Verbündeten. Seine Vettern Otto, Dietrich und Dedo würden heute eintreffen, Landgraf Ludwig war bereits gestern erschienen – mit vierhundert Rittern, einer erstaunlich großen Streitmacht. Offensichtlich wollte sich Ludwig von Thüringen seinen Anteil an der Beute sichern, noch bevor der Löwe bezwungen war.

Der Erzbischof schickte seinen wettinischen Vettern Wegführer entgegen, damit sie sicher durch das Moor zu den Lagerplätzen gelangten, die sein Quartiermeister ihnen schon ausgesucht hatte.

Als alles Nötige veranlasst war, befahl er die anderen hinaus. Er brauchte einen Moment der Einkehr.

Denn immer schlimmere Nachrichten über den Heerbann Philipps von Köln gelangten zu ihm. Dieser hatte viertausend Brabanzonen in Sold genommen und offensichtlich völlig die Kontrolle über die gefürchtete Söldnertruppe verloren. Gerade eben waren neue Schreckensmeldungen eingetroffen. Der Kaiser hatte die Brabanzonen schon in Italien eingesetzt, dort hatten sie Angst und Grauen und Tod und Verwüstung verbreitet, binnen weniger Stunden die Stadt Susa eingeäschert. Doch seit dem Tod ihres Anführers Wilhelm von Cambrai, der angeblich einmal Geistlicher gewesen sein soll, war die ohnehin nicht zimperliche Söldnertruppe völlig verroht und machte nicht einmal vor den Besitzungen ihres kirchlichen Auftraggebers halt.

Wichmann vergaß seine Eitelkeit, sank auf die Knie, ohne darauf zu achten, dass seine Gewänder schmutzig wurden, und betete um Vergebung für die grausame Macht, die er und Philipp entfesselt hatten.

Die Brabanzonen verheerten jedes Land, durch das sie zogen, und es war ihnen völlig gleich, ob es dem Feind oder der Kölner Erzdiözese gehörte. Sie plünderten und verwüsteten Klöster, schändeten Mönche und Nonnen, äscherten Dörfer ein und verbreiteten unsäglichen Schrecken.

Und dieser viertausend Mann starke, nicht zu bändigende Haufen würde schon bald hier eintreffen. Der Abschaum Europas, viertausend Männer ohne die geringsten Skrupel – und weit und breit keine Beute, die sie sich auf die Schnelle greifen konnten.

Wichmann verschränkte die Finger der zum Gebet erhobenen Hände so fest, dass die Gelenke schmerzten. Doch hier würde wohl kein Beten helfen.

Auch der nur noch einige Meilen von Haldensleben entfernte Philipp von Köln hatte jede Eitelkeit hinsichtlich seiner Gewänder längst hinter sich gelassen.

Der sonst so mächtige und souveräne Erzbischof und Erzkanzler hatte Angst. Fürchterliche Angst.

Angst davor, welche entsetzlichen Taten die Söldnerarmee als

Nächstes begehen würde; Angst davor, sie könnten ihn einfach erschlagen, wenn er versuchte, ihnen Einhalt zu gebieten. Er hatte nur fünfzig gesalbte Ritter bei sich, und deren Anführer namens Hoyer war zwar beherzt, aber recht jung. Wenn es zum offenen Streit kam, würden die völlig zügellosen Söldner sie einfach alle erschlagen. Dass sie ohne die geringsten Skrupel auch gegen Geistliche gewalttätig wurden, hatten die Gottlosen oft genug bewiesen.

»Herr im Himmel, steh mir bei!«, flüsterte Philipp auf Knien vor seinem kleinen Reisealtar und betrachtete seine erhobenen Hände, als würde Blut an ihnen kleben.

Er flüsterte, weil er fürchtete, der Anführer der Brabanzonen, der ganz ungeniert in seinem Zelt ein und aus ging, könnte ihn hören.

Niemand würde in dem verzagten Fünfzigjährigen, der barmend die Hände rang, den Prunk liebenden, wortgewandten und brillanten Machtmenschen erkennen, der Philipp sonst war.

Von allen Seiten drang der Lärm der Meute zu ihm herein. Er hörte sie brüllen, Trinklieder grölen, fluchen und mit ihren Schandtaten prahlen.

Durch einen Boten hatte er Wichmann inständig gebeten, ja geradezu angefleht, ihm bewaffnetes Geleit entgegenzuschicken, damit er und seine fünfzig Ritter nicht mehr allein dieser ruchlosen Mörderbande ausgeliefert waren.

Bis sie eintrafen, war er dankbar für jede Stunde, die ohne weiteres Unheil verstrich. Er wagte es nicht einmal mehr, mit seinem Heer weiterzuziehen, denn in jedem Dorf, das sie durchquerten, würden die Brabanzonen wieder nur Tod und Zerstörung säen. Doch wie er inzwischen wusste, war am Morgen eine Rotte der Söldnertruppe Richtung Osten aufgebrochen. Wenn er aus dem Zelt trat, würde er vermutlich die Rauchsäulen über dem Dorf aufsteigen sehen, über das sie gerade herfielen.

Philipp zuckte zusammen, als er eine Stimme ganz nah beim Zelteingang hörte. Doch dann erkannte er: Es war der junge Hoyer von Falkenstein. Der Anführer seiner Ritterschaft trat ein und meldete, die von Wichmann gesandte Abordnung sei eingetroffen.
Mühsam stemmte sich der Erzbischof hoch und trat mit Hoyer hinaus ins Freie.
Dort sah er fünf Ritter stehen. Nein, genauer gesagt: vier Ritter und einen Knappen. Denn unter dem Kommando eines Mannes namens Christian von Christiansdorf war auch sein Neffe Dietrich gekommen, Ottos zweitgeborener Sohn, der noch nicht in den Ritterstand erhoben war.
Entgeistert starrte der Erzbischof den dunkelhaarigen Anführer an. Nur *fünf* Schwerter? Er brauchte fünfhundert, noch besser fünftausend! Und dann schickte Otto auch noch seinen Sohn in dieses Inferno?

Von der starken Mauer Haldenslebens aus beobachtete Graf Bernhard von Lippe, wie ein Heerbann nach dem anderen eintraf und sein Lager rund um die Marktsiedlung samt Burg aufschlug.
»Das müssen der Meißner und seine Brüder sein«, vermutete sein Begleiter, der die vom Regen schlaffen Banner nicht genau erkennen konnte.
Graf Bernhard kräuselte verächtlich die Lippen.
»Sie werden es hier wenig gemütlich finden«, meinte er lakonisch. Es goss in Strömen, im Moor war nichts Essbares aufzutreiben, sie würden frieren, hungern und mühsam in der Nässe nach einem Schlafplatz suchen.
»Doch wir haben vorgesorgt, damit ihnen nicht kalt wird«, fügte er mit kühlem Lächeln an.
Die Belagerer schienen wenig über Torfmoore zu wissen, sonst hätten sie ihre Zelte und Koppeln nicht so dicht beieinander errichtet. Sobald die ersten Gegner eintrafen, hatte

er ihnen eine Reihe Brandpfeile entgegenschicken lassen, die in den Boden fuhren – was mit Johlen aufgenommen wurde, weil die Ahnungslosen fälschlicherweise annahmen, die Pfeile hätten ihr Ziel verfehlt. Doch mit diesen Pfeilen wollte Bernhard keine Gegner treffen, dafür waren sie ohnehin noch zu weit entfernt, sondern das Torfmoor in Brand stecken. Feuer in einem solchen Moor fraß sich unterirdisch durch den Boden, bis sich so große Hohlräume bildeten, dass die dünn gewordene Erdschicht darüber aufriss und das Feuer mit einer gewaltigen Stichflamme herausschoss.

Es konnte nicht mehr lange dauern.

»Vielleicht ziehen sie ab, noch ehe die Brabanzonen hier eintreffen«, meinte sein Begleiter, ein Anführer der Händler von Haldensleben. »Die ängstigen uns viel mehr.«

Bernhard von Lippe hatte diese entfesselte Horde zur Genüge kennengelernt, sie hatten ihn zum Rückzug aus Westfalen gezwungen. Also war er nach Braunschweig geritten, wo ihm sein Herzog das Kommando über diese Burg übertrug.

»Die sind noch unterwegs, und wie ich höre, rauben sie Höchstwürden Philipp seinen friedlichen Schlaf«, höhnte der Graf, um dann seinen Nebenmann zu beruhigen: »Wir sind durch starke Mauern und einen dreifachen Wall geschützt. Und ich bin mir sicher, all die Gräuelmeldungen über diese gottlose Sippe bestärken die Bewohner darin, Haldensleben mit allen Kräften zu verteidigen …«

Er hatte die Worte kaum ausgesprochen, als es geschah. Im Lager der Thüringer riss der Boden im Umkreis von zehn Schritten auf, eine riesige Stichflamme schoss empor und übertönte mit ihrem Fauchen und Prasseln fast die Schreckens- und Schmerzensschreie der in die Tiefe stürzenden und lichterloh brennenden Männer.

Bernhard von Lippe hielt den Atem an, aber nur kurz. Seine Strategie war aufgegangen. Ein Brandherd nach dem anderen wallte auf, eine Koppel stürzte ein, die Pferde schrien grau-

envoll im Todeskampf, ein noch nicht ganz fertiger Belagerungsturm ging in Flammen auf.
»Willkommen in Haldensleben«, sagte er zufrieden, als ob die Belagerer ihn hören könnten. »Willkommen in der Hölle.«

Als Philipp mit den Brabanzonen im Lager vor Haldensleben eintraf, änderte das die Lage beträchtlich. Weniger weil die anderen Heerführer froh über diese sehr spezielle Verstärkung gewesen wären, sondern weil die Horde sofort nach ihrer Ankunft stattdessen auch noch mit Übergriffen auf Philipps Verbündete begann. Sie glaubten, ihr schändliches Treiben grölend, raubend und messerschwingend sogar hier fortsetzen zu können. Doch ein Heer gesalbter Ritter nahm so etwas nicht hin wie die verängstigten Bauern in einem entlegenen Dorf. Entlang des gesamten Belagerungsrings gab es blutige Auseinandersetzungen.
Markgraf Dietrich griff als Erster durch und hatte an diesem Morgen ohne mit der Wimper zu zucken fünf der Söldner für alle sichtbar im Lager aufknüpfen lassen, weil sie seine Männer angegriffen und zum Teil verwundet hatten. Natürlich musste er dafür mit Racheakten rechnen, doch darauf war er vorbereitet.
»Wir müssen dringendst einen Anlass finden, hier abzuziehen, ohne vor den Verbündeten das Gesicht zu verlieren. Lieber heute als morgen«, drängte Otto im Kreis seiner Brüder, und selten war es ihm mit etwas so ernst gewesen.
»Der Proviant ist knapp, jederzeit kann sich unter unseren Füßen ein Feuerschlund auftun, der uns und unsere Pferde in die Tiefe reißt, und vor diesen verrohten Söldnern müssen wir uns mehr in Acht nehmen als vor unseren Gegnern auf der Burg«, zählte er wütend auf. »Und da habe ich Kälte, Schlamm und Moder noch gar nicht erwähnt!«
Alle ihre Kleider waren feucht und klamm, jeder glaubte, den fauligen Geruch des Moors nie wieder loszuwerden.

Otto winkte Christian nach vorn, der auf seinen Befehl im hinteren Teil des Zeltes gewartet hatte.

»Mein bester Mann und ein weiterer Ritter namens Lukas wurden von dem Brabanzonenpack aus einem Hinterhalt angegriffen und schwer verwundet, als sie Philipp auf dessen verzweifelte Bitte hierher geleiten sollten. Denn Höchstwürden Philipp fürchtet sich offenbar zu Tode vor dem Haufen, den er in Sold genommen hat. Ich danke dem Himmel und auch Euch, Christian, dass ihr wenigstens meinen Sohn Dietrich unverletzt zurückgebracht habt. Berichtet meinen Brüdern, was Ihr unterwegs mit diesem Abschaum erlebt habt!«

Christian trat ein paar Schritte vor. Seine ausgebrannte Wunde unter dem Schlüsselbein, wo ihn ein Brabanzonenpfeil getroffen hatte, schmerzte, aber noch dringender hoffte er, dass Lukas wieder genesen würde, den ein Pfeil übel in den Rücken getroffen hatte. Dabei hatten sie den jungen Dietrich geschützt. Hedwig würde weder ihm noch Otto verzeihen, wenn ihrem Sohn etwas zustieß. Warum nur hatte ihn sein Vater auf diese gefährliche Mission geschickt?

Christian räusperte sich und begann zu erzählen, er ließ nichts aus: die Gewalttaten der Brabanzonen, die jedes Dorf niederbrannten, durch das sie zogen, die plünderten und vergewaltigten, und wie wenig davon er hatte verhindern können, indem er sich mit dem Anführer des Söldnerheers anlegte. So schreckliche Tage hatte er seit langem nicht mehr erlebt.

Und dann berichtete er, was er an Philipp von Köln beobachtet hatte: dass der vor Angst schlotterte angesichts der teuflischen Macht, die er da heraufbeschworen hatte, und nur noch darauf hoffte, ungeschoren das Heerlager zu erreichen, wo er sich geschützt vor der Söldnerhorde wähnte.

»Ich war gestern bei unserem Schwager Philipp, und es scheint, seine vermeintliche Sicherheit hier hat bei ihm einen erneuten Sinneswandel ausgelöst«, berichtete Dedo und sah seinen Brüdern tief in die Augen. Worin der bestand, behielt er für sich – vorerst. Sie waren ohnehin gleich zum Kriegsrat bei Wichmann gerufen, und Christian sollte sie begleiten.

»Vetter, ich beschwöre dich: Ehe der gesamte Erdboden unter unseren Füßen aufreißt und uns der Höllenbrand nach unten zieht … Sieh es ein: Wir müssen die Belagerung abbrechen«, appellierte Otto an Wichmann.

»Nein! Sonst verheeren sie alles bis vor die Tore Magdeburgs. Wir *müssen* diese Burg einnehmen«, konterte Wichmann sorgenvoll.

Das Fauchen von Flammen, markdurchdringendes Geschrei und das qualvolle Wiehern mehrerer Pferde unterbrachen ihn. Dietrich machte nur eine Geste in die Richtung, aus der die panischen Schreie und das Brüllen des Feuers kamen. »Das ist die Antwort, Vetter! So können wir nicht gewinnen, sondern werden nur noch mehr Männer, Pferde und Belagerungsmaterial verlieren.« Mehrere Türme aus mühsam herangekarrtem Holz waren bereits in Flammen aufgegangen. »Lass uns im Frühjahr mit einem besseren Plan wiederkommen!«

Erzbischof Philipp, der mehrere Tage benötigt hatte, um aus seiner Schockstarre zu erwachen, trug nun wieder äußerst prunkvolle Kleider, was sich hier im Morast völlig deplatziert ausnahm. Auch seine Sprache hatte er inzwischen offenbar wiedergefunden.

»Ihr könnt nichts als jammern wie zahnlose Weiber«, hielt er den Fürsten im Kriegsrat abfällig vor. Ludwig von Thüringen verschränkte beleidigt die Arme vor der Brust und wollte etwas erwidern, aber Philipp schnitt ihm das Wort ab und verblüffte den Kriegsrat mit diesen Worten:

»Ohnehin sollte ich jetzt das Kommando über die Belagerung übernehmen.«

Den Männern des Kriegsrats fielen fast die Augen aus dem Kopf, doch Dedo packte seinen ältesten Bruder am Arm und warnte ihn mit einem Blick, nichts darauf zu erwidern. »Gleich bekommst du den Grund für unseren Abzug!«, wisperte er ihm zu.

»Was befähigt Euch eigentlich Eurer Meinung nach dazu, wo ihr doch nicht einmal Euer eigenes Heer im Griff habt?«, provozierte Ludwig wütend, während der sonst so wortgewandte Wichmann immer noch sprachlos wirkte.

»Liegt das nicht auf der Hand? Mein Heerbann ist mit Abstand der größte«, trumpfte Philipp auf. »Während ihr anderen hier schon seit Wochen lagert und *nichts* erreicht habt. Auf Eure paar Männer können wir also getrost verzichten.«

Die Blicke unter den wettinischen Brüdern sprachen Bände.

»Das könnt ihr gern haben, *Höchstwürden!*«, höhnte Otto. »Wenn wir hier nicht gebraucht werden und unser Einsatz keine Würdigung erfährt, ziehen wir ab. Noch heute! Landgraf Ludwig, wollt ihr Euch uns anschließen?«

»Eine solche Beleidigung kann ich ebensowenig hinnehmen wie Ihr«, versicherte der, und auch in seinem Gesicht stand die pure Erleichterung, dieser Hölle zu entrinnen.

Sie alle brachen noch am selben Tag auf – heilfroh, auch wenn sie sich das natürlich nicht anmerken lassen durften.

Vier Tage später rückte Philipp mit seinen Brabanzonen ebenfalls ab – mit dem festen Vorsatz, diese Horde nie wieder in einem Krieg einzusetzen. Doch konnte er nicht verhindern, dass das Söldnerheer weitere Verwüstungen anrichtete.

Allein der schwer enttäuschte Wichmann harrte noch vor Haldensleben aus, aber nur kurz. Truppen des Löwen waren in seine Gebiete eingefallen, hatten die Pfalz Calbe an der Saale niedergebrannt, Jüterbog und das Kloster Zinna, dessen Abt sie auch noch erschlugen. Und die Hornburg war erneut niedergebrannt worden.

Nach all diesen und weiteren Hiobsbotschaften zog Wichmann seine Truppen zurück nach Magdeburg. Irgendwann würden sie Haldensleben bezwingen müssen.

Er hatte nur noch keine Ahnung, wie.

Bitteres Zugeständnis

Friedrich, Philipp von Köln;
Würzburg, zweite Januarwoche 1180

Friedrich hielt sich gern in Würzburg auf. Hier hatte er Hochzeit mit Beatrix gefeiert und einige der wichtigsten Entscheidungen seiner Regentschaft durchgesetzt.

Hier hatte er auf Betreiben Rainalds vor fünfzehn Jahren seine Fürsten schwören lassen, *niemals* Papst Alexander anzuerkennen – und kam letztlich doch nicht umhin, Frieden mit dem verhassten Rolando Bandinelli zu schließen, auch wenn ihm das zutiefst zuwider war.

Und hier sollte er jetzt nach endgültigem Urteil der Fürsten seinem Vetter Heinrich beide Herzogtümer und alle sonstigen Reichslehen absprechen.

Das wühlte zutiefst in ihm, seit Wochen schon.

Verriet er einen Blutsverwandten, oder bändigte er einen außer Kontrolle geratenen Rivalen?

Brachte er dem Reich damit endlich den lang ersehnten Frieden, oder stürzte er es in neue Kriege?

Friedrich war also ohnehin schon nicht in sehr gnädiger Stimmung, als ihm der Erzbischof von Köln eine geradezu ungeheuerliche Forderung darlegte.

»Ich soll *was?*«, blaffte er Philipp an. »Das ist … beispiellos! Das kommt überhaupt nicht in Frage!«

»Ich fürchte, Ihr kommt nicht umhin, Euer Majestät«, beharrte Höchstwürden, ohne sich von dem kaiserlichen Rüffel aus der Ruhe bringen zu lassen.

Philipp dankte allen Heiligen, der schrecklichen Belagerung vor Haldensleben entkommen zu sein: dem Moor, dem fauligen Gestank, den unterirdischen Bränden und ganz besonders der furchteinflößenden Gesellschaft von viertausend Brabanzonen, die ihm völlig entglitten waren.

Vorerst hatte er es gründlich satt, einen Heerbann in den Krieg zu führen. Sollten sich die weltlichen Fürsten damit abplagen, auf ihrer ewigen Suche nach kriegerischem Ruhm!
Wieder in prunkvolle Kleider gehüllt, trockenen Fußes und von Wohlgerüchen umweht, tat er nun erneut das, was ihm ohnehin am liebsten war: wortgewandt und berechnend die Geschicke des Reiches zu leiten. Und mit Hilfe dieser oder jener Intrige.
Wobei das, was er dem Kaiser jetzt eindringlich nahelegen musste, bisher tatsächlich ohne Beispiel war.
»Die Fürsten erwarten von Euch – und zwar in seltener Einigkeit –, dass Ihr vor ihnen einen Eid ablegt, dem Löwen nie wieder seine Titel und Lehen zurückzugeben«, wiederholte er und fügte rasch noch an: »Sofern sie nicht alle damit einverstanden sind.«
Als ob das etwas ändern würde!
Friedrich konnte sich nicht fassen angesichts dieser Ungeheuerlichkeit.
»Es ist völlig ausgeschlossen, dass ich mich dermaßen von meinen Fürsten erpressen lasse«, entrüstete er sich. »Wer hat denn hier das Sagen? Ich bin der *Kaiser*, Kaiser von Gottes Gnaden!«
Philipp wand sich und legte größte Liebenswürdigkeit in seine Stimme.
»Majestät, Ihr habt Euerm Vetter all die Jahre so viel Unrecht nachgesehen«, erinnerte er und senkte dabei die Stimme. »Ihm so viele Rechtsbrüche und Gewalttaten durchgehen lassen, zum Unfrieden des Reiches ... Die Fürsten befürchten, Ihr könntet ihm schon bald erneut nachgeben und Euer Urteil aufheben.«
Hinter dieser unverblümten Forderung steckten nicht nur der Hass der Fürsten auf den Löwen, ihr tiefes Misstrauen, was die Haltung des Kaisers zu Heinrichs Gesetzesbrüchen betraf. Es galt, zwei Herzogtümer zu verteilen, dutzende wehrhafte

Burgen und reiche Städte. Und niemand wollte befürchten müssen, sein Stück von der Beute, vom Fell des Löwen, vielleicht bald wieder herausrücken zu müssen. Philipp erst recht nicht, denn *er* wäre der größte Gewinner bei der Neuaufteilung Sachsens.

»Wie könnt Ihr nur wollen, dass ich mich vor den Fürsten meines Reiches dermaßen demütige?«, ereiferte sich Friedrich und stellte seinen Becher mit einem lauten Knall auf dem Tisch ab. »Genügt es Euch denn nicht, meinem Vetter beide Herzogtümer abzuerkennen? Und Ihr vergesst die Regeln kaiserlicher Gnade! Wer sich etwas Unrechtes zuschulden kommen ließ, der unterwirft sich öffentlich, vor aller Augen. Und *danach* kann ich ihm verzeihen, kann er wieder der kaiserlichen Gnade teilhaftig werden.«

Immer mehr redete er sich in Rage und strich sich die durcheinandergeratenen Locken mit beiden Händen zurück.

»Selbst mein Vater und mein Oheim … als sie gegen Lothar von Süpplingenburg rebellierten, *zehn Jahre lang!* Mein Oheim Konrad hatte sich sogar zum Gegenkönig ausgerufen. Aber nach ihrer öffentlichen Unterwerfung wurden sie in Gnaden wiederaufgenommen.«

Philipp hüstelte und krümmte sich noch ein wenig.

»Euer Majestät, Ihr habt die Fürsten viele Jahre lang immer wieder vor den Kopf gestoßen, wenn es um Streitigkeiten mit dem Löwen ging. Dieser Eid bietet Euch nun die Gelegenheit, sie zu versöhnen und zuverlässig auf Eure Seite zu ziehen.«

»Indem ich ihnen meinen Vetter zum Fraß vorwerfe? Indem Ihr mir einen wichtigen Teil meiner kaiserlichen Herrschaft nehmt: die Möglichkeit, zu verzeihen? Das Instrument kaiserlicher Gnade! Ihr demütigt mich vor allen Fürsten meines Reiches!«

In gespieltem Bedauern breitete Philipp die Arme aus.

»Ich fürchte, Ihr kommt nicht umhin, Majestät. Tut es für den Frieden des Reiches.«

Friedrich sprach kein einziges Wort mehr, bis endlich sein Kämmerer Hartmann von Siebeneich zu ihm herantrat, ihm den kostbaren Umhang über die Schultern drapierte und der Kaiser hinausschritt zu den Fürsten, die ihn und seinen Urteilsspruch erwarteten. Als er in ihre Gesichter sah, kam es ihm so vor, als ob er auf ein Rudel hungriger Raubtiere starrte.

Die Beute wird verteilt

Friedrich, Otto von Meißen;
Kaiserpfalz Gelnhausen,
27. März bis Mitte April 1180

Selten war ein Hoftag so gut besucht wie dieser in Gelnhausen, in der prächtigen Pfalz, die der Kaiser an der Via Regia hatte errichten lassen. Weltliche und geistliche Fürsten reisten in bemerkenswert großer Zahl an, auch zahlreiche weniger bedeutende Herren, die sich sonst kaum bei Hofe blicken ließen. Ein Ereignis von solcher Tragweite wollte niemand verpassen.

»Hier wird Geschichte geschrieben« – dieser Satz fiel häufig in den lebhaften Gesprächsrunden der Gäste. In Gelnhausen sollte das Herzogtum Sachsen, nachdem es dem Löwen schon in Würzburg abgesprochen worden war, zerteilt und stückchenweise neu vergeben werden. Mit Bayern würde das Gleiche in einigen Wochen während eines Hoftags in Regensburg geschehen.

Deshalb kamen die Gäste überaus erwartungsfroh: nicht nur weil in Gelnhausen ein Jahrzehnte währender Kampf endgültig entschieden wurde, weil sich die Karte des Reichs gründlich verändern würde, sondern auch weil die meisten von

ihnen einen Teil der Beute erwarten durften, wenn das Fell des Löwen verteilt wurde.
In zahlreichen kleinen und größeren Zusammenkünften wurde bei reichlich Wein lebhaft erörtert, wer die Verlierer und die Gewinner dieses Aktes sein würden.
Hinsichtlich der Gewinner herrschte Einigkeit: Erzbischof Philipp von Köln stand ganz oben auf der Liste. Er bekam das größte Stück vom Kuchen. An ihn ging das neu geschaffene Herzogtum Westfalen, das der Kaiser aus dem bisherigen Sachsen herausgetrennt hatte und gesondert vergab. Teile und herrsche – nach dieser alten und bewährten Devise schien Friedrich zu handeln. Das meiste vom übrigen Herzogtum Sachsen ging an Bernhard von Aschersleben, den jüngsten und ziemlich glücklosen Sohn von Albrecht dem Bären. Und da Bernhards Bruder Siegfried nun endlich Erzbischof von Bremen wurde, durften sich auch die Askanier zu den großen Gewinnern zählen.
Was die Verlierer betraf, musste man hier natürlich zuallererst den Löwen nennen.
Aber hatte nicht auch der Kaiser ein Stück seiner Macht verloren, da er sich in Würzburg den Forderungen der Fürsten beugen und seinen Vetter ein für allemal entmachten musste? Und noch jemand wurde auf dem Hoftag in Gelnhausen eindeutig zum Verlierer, auch wenn darüber nur in seiner Abwesenheit und nicht ohne Schadenfreude gewispert wurde: der Meißner Markgraf Otto. Denn sein Haus ging als einziges von allen, die gegen den Löwen gekämpft hatten, bei der Verteilung der Beute leer aus. Und Ottos Demütigung wurde noch schmerzhafter, als seine jüngeren Brüder feierlich vor versammeltem Hof als Urkundszeugen aufgerufen wurden, um die Beschlüsse mit ihrer Unterschrift für alle Ewigkeit zu beglaubigen, er hingegen nicht.

Normalerweise machte Markgraf Otto aus seinem Herzen keine Mördergrube. Warum sollte er auch? Doch diesmal – wenngleich es seinem Temperament gänzlich widersprach – gab er sich allergrößte Mühe, seinen Groll nicht zu zeigen, obwohl er zutiefst empört und enttäuscht war.

Mit versteinerter Miene und zusammengebissenen Zähnen stand er zwischen den Fürsten, ohne die geringste Regung, als könnte er sich damit unsichtbar machen.

Da hatte er nun jahrelang gegen den Löwen gekämpft, dem Kaiser Truppen für seine Heerfahrten gestellt, vier Wochen in diesem stinkenden Moor bei Haldensleben zugebracht – und nun, wo buchstäblich das Fell des Löwen verteilt wurde, wurde er komplett übergangen?

Was hatte denn Hedwigs kleiner Bruder Bernhard Großartiges getan, um sich den Titel eines Herzogs von Sachsen zu verdienen, auch wenn es nur ein beträchtlich beschnittenes Sachsen war?

Trotz seines barschen Wesens und seiner oft unüberlegten Poltrigkeit begriff Otto diesmal auch ohne Hedwigs und Dietrichs geduldiges Zureden: Der Kaiser wollte keinen starken Herzog von Sachsen mehr unter seiner Regentschaft wissen. Deshalb musste der älteste Sohn des Bären, sein gleichnamiger Schwager Otto von Brandenburg, auch hinnehmen, dass ihm der jüngste und erfolgloseste seiner Brüder als Herzog vor die Nase gesetzt wurde.

Aber immerhin ging der Titel nun endlich an die Familie ... Der alte Bär würde zufrieden in seinem Grab brummen. Nun war einer seiner Söhne Herzog von Sachsen, was er selbst immer hatte sein wollen, und ein weiterer Sohn war Erzbischof.

Das mochte auch Ottos Schwager trösten, den Markgrafen von Brandenburg, der ganz in seiner Nähe stand und sich größte Mühe gab, ein erfreutes Gesicht aufzusetzen.

Stur blickte Otto von Meißen geradeaus, auf das nächste Ziel seines Zorns: Philipp natürlich, diese intrigante Seele. Wie der sich wieder herausgeputzt hatte! Allein für den Goldbrokat seiner Gewänder musste er sein halbes neues Herzogtum verpfändet haben. Klebte am Ohr des Kaisers wie einst sein Vorgänger Rainald von Dassel und fuhr nun überaus reichlich Beute ein. Dabei schien der Kaiser seinen Vorsatz vergessen zu haben, nie wieder einen Fürsten so mächtig werden zu lassen wie einst den Löwen. Für Friedrich würde es früher oder später ein böses Erwachen geben, wenn er dem Heinsberger nicht auf die gierigen Finger sah!

Der Landgraf von Thüringen durfte sich über Sommerschenburg freuen, und dieser und jener über dieses und jenes.

Nur *ihn* schien der Kaiser vergessen zu haben, obwohl schon sein Vater Konrad – Gott hab ihn selig – gegen den Löwen und dessen Vater gekämpft hatte.

An Markgraf Otto in seinem brütenden Zorn rauschten nur Wortfetzen vorbei, als der Kaiser den schicksalhaften Beschluss verkündete:

»Dass der frühere Herzog von Bayern und Sachsen … wegen Bedrückung der Kirchen und Edelfreien … nach Weigerung, auf Aufforderung bei Hof zu erscheinen … durch Spruch der Fürsten der Reichsacht verfallen … Widerspenstigkeit und Majestätsverletzung … Missachtung der dreifachen Ladung … auf dem Hoftag Würzburg nach einhelligem Spruch der Fürsten entzogen …«

Ja, nun bring es schon zu Ende, damit ich diesem Possenspiel entkomme!, dachte Otto.

Aber seine schlimmste Demütigung folgte erst noch.

Denn nun forderte der Kaiser drei Dutzend hohe Herren auf, nach vorn zu treten und den Beschluss zu beurkunden. Die neu ernannten Herzöge, Erzbischöfe, Bischöfe, Markgrafen, Äbte … Aber auch etliche Männer, die im Rang deutlich unter ihm standen: Grafen, Ministeriale, sogar Friedrichs Mundschenk und sein Marschall …

Otto glaubte, von einem unsichtbaren Bannkreis umgeben

zu sein, als auch seine Brüder Dietrich und Dedo aufgerufen wurden. Der dicke Dedo war nur ein Graf – und er selbst war *Markgraf!*

»Mein Guter, ich bin so stolz auf dich!«, hörte er neben sich Mathilde seinem Bruder zuwispern, als dieser aufgerufen wurde und sich nach vorn durchdrängte.

Ihn, Otto, als einzigen Mann von Rang *nicht* als Urkundszeugen einzusetzen – deutlicher hätte der Kaiser seine Missachtung nicht demonstrieren können, noch dazu vor allen versammelten Großen des Reiches.

Er, ein erstgeborener Sohn und Markgraf, wurde einfach übergangen!

Aber er würde sich nicht die Blöße geben, dies erkennen zu lassen, sondern tat so, als bemerkte er nicht, was vor sich ging. Da er wusste, was heute geschehen beziehungsweise *nicht* geschehen würde, hatte er sich bereits im Vorfeld vor seinen Brüdern ausgetobt.

»Du gabst dem Kaiser wenig Grund, dich auszuzeichnen.« Dietrichs Vorwurf klang ihm noch im Ohr.

»Ach, hätte ich ihm in seinen kaiserlichen Hintern kriechen sollen?«, war Ottos wütende Entgegnung gewesen, die ihm wegen der rüden Formulierung natürlich Hedwigs vorwurfsvollen Blick eintrug.

Dietrich hatte sich auf die Seite des Kaisers gestellt, statt diesen mit Forderungen für geleistete Dienste zu konfrontieren oder wenigstens ein gutes Wort für ihn einzulegen!

»Freu dich mit Hedwig und Mathilde, dass ihre Brüder die bevorzugten Nutznießer der Neuverteilung Sachsens wurden«, hatte der Landsberger argumentiert und eindringlich davor gewarnt, sich mit dem Kaiser anzulegen.

»Friedrich will keine solche Machtfülle mehr unter seiner Herrschaft haben, wie er sie dem Löwen gewährt hatte. Deshalb wird niemand wieder über zwei Reichslehen herrschen. Was auch ganz klar bedeutet: Im Falle meines Todes wird

Dedo und nicht du Markgraf der Lausitz, da ich keinen Erben habe«, hatte Dietrich auf ihn eingeredet. »Dafür müssen wir uns die Gunst des Kaisers bewahren. Also halte dich zurück und erfreue dich an dem Christiansdorfer Silber – solange du noch kannst.«

Hatte das eine Warnung gewesen sein sollen? Aber da hatte Dietrich schon weitergesprochen.

»Diese Vorkommen scheinen so vielversprechend, groß und reich zu sein, dass sie dir mehr Gewinn bringen können als Sommerschenburg oder Plötzkau, wenn du sie klug nutzt und neue Gruben erschließt.«

Wenigstens darin waren sie sich einig.

Endlich war die Prozedur überstanden, in der Sachsen geteilt und neu vergeben wurde. Otto, mit zusammengebissenen Zähnen und kaltem Blick, tat so, als sei für ihn die Welt in Ordnung, als habe er die Demütigung gar nicht wahrgenommen.

»Somit rufe ich zur Reichsheerfahrt gegen den Herrn von Braunschweig ab dem 25. Juli, dem Tag des Heiligen Jakob«, verkündete der Kaiser.

Ich werde dabei sein, sogar mit meinem jüngeren Sohn, der bis dahin in den Ritterstand erhoben ist, dachte Otto grimmig. Dann werden wir sehen, ob du mir das lohnst!

Aber er hätte den Titel eines Reichsfürsten nicht verdient, wenn er seine öffentliche Brüskierung tatenlos hinnehmen würde. Otto hatte längst einen Plan, sich aus der Misere doch noch einen gewaltigen Vorteil zu verschaffen.

Fraglos würde der Löwe nach Ablauf des Waffenstillstands in wenigen Tagen zuerst gen Goslar ziehen, wo reichlich Silber lockte. Aber die Stadt war zu wehrhaft, um ohne lange Belagerung eingenommen zu werden, und dafür hatte Heinrich angesichts der Vielzahl seiner Gegner keine Zeit. Von dem Christiansdorfer Bergmeister, der aus Goslar stammte, wusste Otto, dass der Löwe die Gruben und Schmelzhütten

am Rammelsberg im Kriegsfall lieber zerstören würde, als sie seinen Feinden zu überlassen.
Und das war seine Chance, Häuer und Schmelzer in großer Zahl in die Mark Meißen zu locken. Er würde Christian nach Goslar schicken, damit dieser sofort eingriff, sobald sich die Gelegenheit bot.
Ich pfeife auf die Almosen des Kaisers!, dachte Otto grimmig, während in seiner Phantasie schon Grubenfelder wuchsen, so weit das Auge reichte. Ich weiß den Weg, meinen Reichtum zu mehren, auf dass mich einmal alle beneiden, die jetzt noch hinter meinem Rücken über mich spotten.

Bemerkenswertes Eingeständnis

Hedwig, Mathilde, Christian und Marthe;
Kloster Marienzell bei Nossen, Sommer 1180

Es war ein lauer Sommernachmittag; Bienen summten und Vögel sangen im Kräutergarten des Klosters Marienzell, Schmetterlinge ließen sich auf Blüten nieder und falteten ihre farbenprächtigen Flügel zusammen, in der Ferne klapperte eine Mühle, und milder Wind sorgte für Erfrischung.
Doch die Idylle trog. Hedwig war bedrückt, fast verzweifelt. Dabei stand ein feierlicher Anlass bevor. Morgen sollte die Schwertleite ihres jüngeren Sohnes stattfinden, der nach seinem Lausitzer Oheim genannt worden war.
Da Otto und seine Brüder nach dem Tod des jungen Konrad in Magdeburg geschworen hatten, keine Turniere mehr zu veranstalten, hatte der Meißner Markgraf beschlossen, Dietrichs Erhebung in den Ritterstand in dem von ihm gestifteten Kloster Marienzell stattfinden zu lassen. Schließlich zählte auch Frömmigkeit zu den ritterlichen Tugenden.

Während sich der angehende Ritter auf die rituelle Nacht im Gebet vorbereitete, hatten sich seine Mutter und seine Tante in den Klostergarten zurückgezogen, um den schönen Sommertag auszunutzen und ein wenig Vertrautheit zu genießen. Auf einer Bank aus Weidengeflecht saßen sie unter einem Apfelbaum.

Sie warteten noch auf den Landsberger Dietrich; er hatte seine Ankunft kurz vor dem abendlichen Mahl angekündigt.

Vielleicht trug auch Hedwigs Sehnen nach ihm dazu bei, dass sie Mathilde ihr Herz ausschütten musste.

»Werden wir je aufhören, uns um unsere Söhne zu sorgen?«, klagte sie. »Es scheint mir gar nicht lange her, dass Dietrich klein war und oft krank; ohne das Können Marthes von Christiansdorf hätte er vielleicht seine Kindheit nicht überlebt. Und nun bekommt er das Schwert gegürtet und zieht in wenigen Tagen mit seinem Vater und dessen Brüdern in den Krieg, zur Heerfahrt des Kaisers ...«

»Meine drei Ältesten sind bereits Ritter. Und ich sage dir: Nein, du wirst nie aufhören, dich um sie zu sorgen«, erklärte Mathilde ganz entschieden und lächelte.

»Meine beiden Töchter sind schon mit böhmischen Herzögen verlobt, obwohl sie fast noch Kinder sind ...«, fuhr Hedwig fort.

Ihr Blick verweilte auf einer Katze, die einen Schmetterling erbeutet hatte und auf den bunten Flügeln herumkaute.

Und weil Hedwig ohnehin zutiefst aufgewühlt war, platzte sie mit etwas heraus, was sie noch nie auszusprechen gewagt hatte.

»Ich wünschte, Otto würde Dietrich die Mark Meißen vererben, wenn es so weit ist, und nicht unserem erstgeborenen Sohn Albrecht. Dietrich wäre eindeutig der bessere Herrscher.«

Sofort hob die Gräfin von Groitzsch warnend eine Hand.

»Vergiss diesen Gedanken ganz schnell! Du würdest einen

Familienkrieg heraufbeschwören. Ja, ich halte Albrecht auch für unbesonnen, hochfahrend und rachsüchtig«, räumte sie ein. »Aber nach Recht und Gesetz steht ihm als Ältestem das Erbe seines Vaters zu – solange er nicht zu krank zum Regieren ist oder plötzlich den Wunsch hegt, in ein Kloster einzutreten, womit wir wohl nicht rechnen dürfen. Dietrich muss sich damit begnügen, Graf von Weißenfels zu werden.«
Hedwig hatte auf eine andere Antwort gehofft. Zu lange schon quälten sie Zweifel an Albrechts Eignung als Herrscher.
»Otto soll seinen Ältesten gut im Auge behalten, ehe der auf die Idee kommt, sein Erbe vor der Zeit gewaltsam an sich reißen zu wollen«, riet Mathilde nun sogar noch zu Hedwigs Bestürzung. »Doch du solltest dich nicht ständig um tausend Dinge sorgen! Du machst nichts besser, indem du dich in finsteren Gedanken verlierst.«
»Aber mein Sohn wird schon in wenigen Tagen in den Krieg ziehen …«
»Liebes, er hatte in diesem Christian den besten Schwertkampfmeister, den ich kenne«, versuchte Mathilde, sie zu beruhigen. »Und der legendäre Reichtum eurer Silberminen sollte für einen Gegner, der ihn dennoch bezwingen kann, genug Anreiz sein, ihn gefangen zu nehmen und *nicht* zu töten, um ein gewaltiges Lösegeld zu fordern. Apropos Silber …«
Sie blinzelte gegen die nun schon tief stehende Sonne und deutete auf drei Besucher des Klostergartens, die zwischen den Hochbeeten wandelten – es waren eindeutig keine Mönche, sondern zwei Männer und eine zierliche Frau mit kastanienbraunem Haar.
»Sind das dort Christian und Marthe?« Sie beugte sich ein wenig zu Hedwig hinüber und gestand lächelnd: »Ich bin sehr begierig darauf, aus erster Hand Neuigkeiten über die Ereignisse in Goslar zu hören … Und vielleicht weiß Marthe ein Mittel gegen Dedos Völlerei, über die ich mir wirklich

langsam Sorgen mache. Der Gute musste sich schon wieder einen neuen Gambeson fertigen lassen, weil er den alten nicht mehr zubekam, und er muss auch immer mehr Glieder in das Kettenhemd einflechten, damit es noch passt. Wie will er in den Krieg ziehen, wenn er sich kaum noch in den Sattel hieven kann?«

Hedwig, aus ihren trüben Gedanken gerissen, wie es Mathilde mit ihrer spöttischen Bemerkung über Dedos wachsenden Leibesumfang beabsichtigt hatte, sah sie skeptisch an.

»Marthe rät Otto gegen die Gicht und die Hartleibigkeit, weniger Fleisch zu essen und dafür ab und an Getreidebrei und Gemüse. Doch das ist natürlich unter der Würde eines Reichsfürsten. Ich kann mir kaum vorstellen, dass sich dein Dedo danach richten wird. Otto tut es auch nicht.«

Der Christiansdorfer Burgvogt und seine zarte Frau waren inzwischen auf Hedwigs Zeichen herangetreten; Marthe hielt ein paar frisch aus den Hochbeeten des Klostergartens gepflückte Heilpflanzen in der Hand.

»Ich hörte, Ihr habt aus Goslar mehrere hundert Menschen nach Christiansdorf geführt, nachdem der Löwe die dortigen Gruben und Schmelzhütten zerstörte«, begann Mathilde neugierig. »Erzählt mir, was passiert ist!«

Dabei interessierten sie nicht nur die Neuigkeiten – obwohl Ottos schlauer Plan offensichtlich aufgegangen war.

Gut verborgen hinter Mathildes Fassade der Klatsch- und Spottlust hatte die Gräfin von Groitzsch ein großes Herz, und es berührte sie jedes Mal zutiefst, dieses in inniger Liebe verbundene Paar zu sehen.

»Wie Ihr wünscht, Gräfin«, antwortete Christian.

»Markgraf Otto hatte mich und seinen Sohn Dietrich als Beobachter dorthin geschickt. Es stand zu befürchten, dass der Löwe sofort mit Ablauf des Waffenstillstands gen Goslar zieht. Doch das ist eine wehrhafte Stadt mit starken Mauern und Türmen. Der Kaiser beauftragte den neuen Herzog von Sachsen und den Landgrafen von Thüringen, Goslar zu sichern. Der junge Graf Dietrich als mein Knappe und ich schlossen uns ihnen an.«

Sofort standen ihm wieder die Bilder vor Augen: wie sie von den Mauern aus das Heer des Löwen heranrücken sahen, wie entschlossen Goslars Bürger der Bedrohung trotzten und die Angreifer abwehrten.

»Der Löwe konnte die Stadt nicht einnehmen und hatte keine Zeit für eine lange Belagerung. Also ließ er die Bergwerke und Schmelzhütten am Rammelsberg zerstören. Wir standen auf einem der Türme und konnten die Rauchfahnen von dort aufsteigen sehen. Sobald er abgezogen war, ritten wir dorthin und boten den Goslarer Berg- und Hüttenleuten an, mit uns nach Christiansdorf zu ziehen.«

»Seid ihr unterwegs angegriffen worden?«, erkundigte sich Mathilde. »Ihr musstet doch Kriegsgebiet durchqueren.«

»Der Löwe zog nach Thüringen und richtete dort schwere Zerstörungen an«, berichtete Christian.

»Davon hörte ich durch meinen Bruder, den Erzbischof«, meinte die Gräfin spitz. »Dass der Löwe in einer Schlacht bei Weißensee den jungen Landgrafen Ludwig und dessen Bruder gefangen nahm. Ich bin sehr gespannt, wie der Kaiser darauf reagiert. Aber sprecht weiter, Burgvogt!«

»Wir mussten durch verwüstetes Land ziehen, was es schwierig machte, so viele Menschen zu ernähren. Diese armen Menschen hatten auch noch fast ihre gesamten Vorräte verloren. Also sandte ich einen schnellen Boten nach Meißen, und zu unserem Glück schickte uns Fürst Otto eine Lieferung mit Korn und Rüben entgegen.«

»Klug gedacht!«, lobte Mathilde. »Werdet Ihr bei der Heerfahrt des Kaisers an der Seite meines Neffen sein, Eures Schützlings Dietrich? Seine Mutter sorgt sich sehr um ihn«, fügte sie mit liebevollem Blick auf Hedwig hinzu.

»Ich selbst werde nicht mit dem meißnischen Heerbann ziehen«, erklärte Christian. »Der Markgraf wünscht, dass ich in meinem Dorf bleibe und mich um den schnellen Ausbau der Erzförderung kümmere.«

»Vierhundert neue Bewohner zu behausen und zu ernähren, ist ein großes Unterfangen«, ergänzte Marthe. »Aber viele Hände fassen mit an. Wir haben alle untergebracht, die Männer arbeiten mittlerweile in den Gruben oder Schmelzhütten, die Frauen und Kinder an den Scheidebänken. Es sind auch schon neue Grubenfelder abgesteckt.«

Sie legte die Büschel Rosmarin und Lavendel, die sie in der Hand hielt, locker in einen Weidenkorb, den sie am Arm trug. »Der für die Krankenpflege zuständige Bruder erlaubte mir, hier im Klostergarten einiges an Heilpflanzen zu schneiden, was mir in Christiansdorf fast ausgeht – bei so vielen Menschen mehr, um die ich mich kümmern muss.«

»Und was Dietrich betrifft: Meine zuverlässigsten Freunde werden während der Heerfahrt nicht von seiner Seite weichen«, versicherte Christian der Markgräfin Hedwig.

Lukas und Raimund würden mit Dietrich in den Krieg ziehen. Und ein flüchtiges Lächeln zog über Christians Gesicht, als er dachte: Wenn es hart auf hart kommt, kämpft sich auch noch unser slawischer Recke Boris von Zbor zu ihm durch.

Die Katze hatte sich inzwischen an einen Baum herangepirscht, aus dessen Geäst nun lärmend eine Schar Singvögel aufstieg.

Aus der Ferne hörten sie, dass sich eine weitere Reiterschar dem Kloster näherte – Markgraf Dietrich mit seinen Mannen.

»Wir sollten gehen, unseren Schwager begrüßen«, schlug Mathilde vor, während Hedwig alle Kraft zusammennahm, damit nichts an ihr die tiefen Gefühle verriet, die sie mit Dietrich verbanden.

Schon in Gehen begriffen, fragte Mathilde Marthe doch noch rasch nach einem Mittel gegen Dedos beträchtlich wachsenden Leibesumfang.

Hedwig hat recht, dachte sie, als sie Marthes Empfehlung hörte. Das wird Dedo nicht gefallen. Ich glaube kaum, dass er diesen Rat annimmt.

Die wettinischen Brüder und ihre Frauen fanden sich sogleich nach Dietrichs Ankunft zu einer Besprechung zusammen. Bis zum abendlichen Mahl blieb noch etwas Zeit, und es gab Wichtiges zu bereden. Morgen würde sich die Aufmerksamkeit aller auf die feierliche Schwertleite des jungen Dietrich richten.

Mathilde hatte gleich bei ihrer Ankunft angekündigt, dass sie über ihren Bruder Philipp interessante Neuigkeiten vom Hoftag in Regensburg wusste, auf dem die bayerischen Lehen des Löwen aufgeteilt und neu vergeben worden waren.

Es störte Otto zwar erheblich, solche Dinge von einer *Frau* zu hören, die sich seiner Meinung nach nicht um Politik zu kümmern hatte, sondern um die Vorratshaltung auf der Burg, die Erziehung der jungen Mädchen und ihre Handarbeiten. Was hatte sich sein Vater nur dabei gedacht, Dedo eine Heinsbergerin als Braut auszuwählen? Jemanden aus einer einflussreichen Familie, doch so weit entfernt, dass man sie nicht vorher in Augenschein hatte nehmen können?

Aber Vetter Wichmann von Magdeburg war in Regensburg nicht dabei gewesen, da er kein bayerischer Fürst war, und somit blieb Philipp die beste Quelle.

»Ihr kennt den Plan des Kaisers: Die Steiermark wird von Bayern abgetrennt und zum Herzogtum erhoben, Graf Berthold von Andechs wird Herzog von Meranien und Otto von Wittelsbach der neue Herzog von Bayern«, begann Mathilde aufzuzählen und lächelte sarkastisch. »Erwartungsgemäß stritten die Fürsten wieder einmal wie die kleinen Kinder. Keiner gönnte dem anderen auch nur eine Handbreit mehr Land. Also mussten sie einige Beschlüsse auf den Hoftag im September in Altenburg verschieben.«

»Das überrascht mich wenig«, warf Otto boshaft ein.

»Das überrascht *uns alle* wenig«, korrigierte ihn Mathilde. Sie beugte sich leicht vor und hob den Zeigefinger.

»Doch nun hört das Außergewöhnlichste von diesem Hoftag: Der Kaiser entschied, dass der Bischof von Freising Markt und Brücke von Föhring zurückbekommt.«

»Die der Löwe vor mehr als zwanzig Jahren niedergebrannt hat, um ein Stück weiter an der Isar bei dem Dorf München selbst Zoll zu erheben«, rekapitulierte Hedwig nachdenklich. »Warum ist gerade dieser Beschluss etwas Besonderes?«

Mathilde grinste triumphierend.

»Es wurde ausdrücklich gesagt: um *altes Unrecht* wiedergutzumachen. Der Kaiser, der das unerhörte Vorgehen seines Vetters damals duldete, monatelang nichts unternahm, um seinem geplagten Oheim Otto von Freising zu seinem Recht zu verhelfen, der zuließ, dass die Ansprüche der Kirche so schändlich missachtet wurden … Dieser Kaiser gibt nun nach all den Jahren der Diözese Freising recht! Damit gesteht er ein, dass ihm damals schon klar war, dass hier ein grober Rechtsbruch begangen wurde. Daran sollten wir uns gelegentlich erinnern – bei allem, was noch kommen mag …«

Das war wirklich ein Argument, dass die wettinische Runde zutiefst zufrieden stimmte.

Ein Wiedersehen nach langer Zeit

Welf VI., Uta von Calw, Adela von Vohburg,
Dietho von Ravensburg;
Memmingen, Neujahr 1181

Der Anblick der Festgesellschaft und der üppig geschmückten Halle in Welfs Residenz in Memmingen war so überwältigend, dass es Adela von Vohburg den Atem verschlug, als sie und ihr Mann Dietho die Halle betraten, in der Herzog Welf den Beginn eines neuen Jahres begehen wollte.

»So prächtig ist noch nicht einmal am Hof des Königs gefeiert worden«, wisperte sie Dietho ins Ohr. Und sie musste es schließlich wissen: Sie war am Hof des alten Königs Konrad erzogen worden und hatte dort auch noch einige Zeit nach ihrer ersten, sehr unglücklichen Vermählung mit dem Mann, der jetzt Kaiser war, gelebt.

Dutzende Kerzen tauchten Saal und Festgesellschaft in warmes Licht, es duftete nach kostbaren Essenzen aus dem Morgenland und verführerisch gewürztem Braten, vermischt mit dem Wohlgeruch frisch geschlagener Tannenzweige, die den Raum schmückten. Die Gäste des Neujahrsfestes waren in farbenprächtige Kleider gehüllt, an denen Edelsteine, Stickereien und fein gewebte Borten in leuchtenden Farben prangten. Auch Adela und Dietho trugen die üppig verzierten Kleider aus feinem Tuch, die ihnen der Herzog hatte schicken lassen – zusammen mit dieser unerwarteten Einladung. Adelas letzter Aufenthalt in Memmingen lag schon viele Jahre zurück und war von traurigen Ereignissen geprägt gewesen. Und noch viel länger lag die Zeit zurück, in der sie ein so prächtiges Kleid getragen hatte. Nervös zupfte sie an den weiten Ärmeln herum und rückte den mit Blüten aus Metall beschlagenen Gürtel zurecht.

»Der Herzog ist schon immer ein Mann gewesen, der mit

Stolz, großer Freigiebigkeit und prächtiger Hofhaltung seinen hohen Rang zur Schau stellte. In letzter Zeit, seit er sich aus der Reichspolitik heraushält, sollen seine Feste immer prunkvoller geworden sein«, raunte Dietho zurück, während sie sich durch die Menschenmenge am Eingang der Halle schoben.
Weniger rücksichtsvoll gesagt: Seit Welfs einziger Sohn und Erbe, auf dem alle Hoffnungen seines Vaters geruht hatten, während eines Italienfeldzugs des Kaisers in Siena an einer Seuche gestorben war, kümmerte sich der sechste Welf um nichts anderes mehr als darum, seinen Reichtum mit verschwenderischen Festen zu verprassen.
Sie waren beide überrascht, zu dieser Feier eingeladen worden zu sein, und hatten keine Ahnung, womit sie das verdient hatten. Normalerweise führten sie ein zurückgezogenes Leben in Ravensburg. Dietho bildete wie eh und je Knappen im Schwertkampf aus, Adela kümmerte sich um das Gut, das das Herzogspaar ihnen zu ihrer Hochzeit überlassen hatte, und war froh, dem höfischen Leben entronnen zu sein.
Aber das Rätsel würde sich vermutlich schon bald aufklären.
Dietho nahm ihre Hand, und gemeinsam schritten sie zwischen den länglich aufgestellten Tischen nach vorn zur Hohen Tafel, um der Sitte gemäß ihren Gastgeber zu begrüßen und sich vor ihm zu verbeugen.
»Dietho von Ravensburg und seine Gemahlin Adela«, kündigte der Truchsess sie laut an, und die Edelleute an der Hohen Tafel richteten freundliche oder neugierige Blicke auf sie.
Adela kniff ein wenig die Augen zusammen, nachdem sie die ersten Schritte nach vorn bewältigt hatte. Sie sah mittlerweile nicht mehr so gut in der Ferne – wohl eine Folge des jahrelangen Stickens bei schlechtem Licht –, und das Wechselspiel von Kerzenschein und Schatten konnte Trugbilder erzeugen.
»Neben dem Herzog – ist das etwa …?«, flüsterte sie freudig überrascht.
Doch inzwischen waren sie nah genug, um zu erkennen: Es

war tatsächlich Uta von Calw und Schauenburg, Welfs Gemahlin.
Die beiden hatten sich nach dem tragischen Tod ihres einzigen Sohnes dauerhaft entzweit, hier in Memmingen, als der Kaiser auf der Rückkehr aus Italien seinem Oheim und seiner Tante die Gebeine ihres einzigen Sohnes übergab. Adela war dabei gewesen, als Trost und Beistand für Uta.
Die Nachricht vom Tod des jungen Welf hatte seinen Vater völlig gebrochen.
Weil Uta nicht länger mit ansehen konnte, wie ihr Gemahl alles daransetzte, seinen maßlosen Kummer mit Wein und Huren zu betäuben, hatte sie sich in den letzten Jahren auf die heimatliche Schauenburg zurückgezogen.
Doch nun saß sie hier und lächelte ihnen freundlich entgegen. Dieses Lächeln war nicht gespielt – sie schien vom Herzog nicht einfach nur hierher*befohlen* zu sein. Beide erweckten den Eindruck einer ehrlichen Versöhnung.
Das stimmte Adela sehr froh. Dank Uta hatte sie ihr Glück zu einer Zeit gefunden, als sie glaubte, die unglücklichste Frau auf Erden zu sein.
In zehn Schritt Abstand von der Tafel blieben sie stehen.
Dietho verbeugte sich, Adela sank in einen tiefen Knicks.
»Seid willkommen auf unserem Fest!«, begrüßte sie der Herzog und erlaubte ihnen mit einer Geste, sich zu erheben.
Uta ergänzte: »Wir freuen uns, dass Ihr unserer Einladung gefolgt seid und die Reise auf verschneiten Wegen auf Euch nahmt. Zum Glück ist dieser Winter nicht so hart und schneereich wie der vorige. Begrüßen wir also gemeinsam das neue Jahr, auf dass es ein glückliches werde.«
»Und wir sind von Herzen dankbar und froh, Euch *beide* hier wiederzusehen«, antwortete Adela und erwiderte Utas Lächeln.
»Lasst Euch Becher und Teller füllen, erfreut Euch an der Musik und Dichtkunst«, riet der Herzog ihnen generös.

»Doch reist morgen früh nicht gleich wieder ab. Ich möchte Euch sprechen. Beide.«
Diese Ankündigung beunruhigte Adela zutiefst. Als sie zu ihren Plätzen gingen, warf sie Dietho einen fragenden Blick zu, doch der wusste auch nicht, worum es dabei gehen könnte, und zuckte nur mit den Schultern.
Am Tisch wurden sie von einem stämmigen älteren Ritter begrüßt, der aufsprang, Dietho mit Macht ins Kreuz hieb und gutgelaunt tönte: »Ich muss Euch danken, Ihr habt aus meinem Taugenichts von Sohn wahrlich einen guten Kämpfer gemacht!«
Ein paar Männer in ihrer Nähe äußerten fröhlich Ähnliches, und wie Adela feststellen konnte, war ihr Gemahl auch den meisten Rittern hier in Memmingen bekannt. Entweder hatte er früher an ihrer Seite gekämpft oder ihre Söhne ausgebildet – offenkundig zur Zufriedenheit der Väter. Sie freute sich über das Ansehen, das er genoss. Und hoffte zugleich, dieses allgemeine Schulterklopfen und Austauschen von Erinnerungen unter Männern würde von ihr ablenken.
Den meisten hier in der Halle dürfte sie nicht von Angesicht bekannt sein; sie war seit fast fünfzehn Jahren nicht mehr in dieser Stadt gewesen, die der sechste Welf gegründet hatte, und bei diesem letzten Besuch hatte sie sich aus gutem Grund verborgen gehalten.
Doch wie viele unter den Gästen in der Halle mochten von ihrer Geschichte gehört haben? Entsprangen die neugierigen Blicke der Frauen einem freundlichen Interesse an einer Unbekannten, oder tuschelten sie bereits über ihren tiefen Sturz und ihre Demütigung?
Herzog und Herzogin eröffneten das Fest und hoben die Becher auf ein glückliches neues Jahr.
Nach der Segnung der Speisen nahm das Gelage seinen Lauf; immer noch mehr Platten mit Fisch und Braten wurden hereingetragen, der Wein floss in Strömen, Musiker brachten be-

liebte Lieder zu Gehör, und grölende Männerstimmen fielen mehr oder weniger weinselig ein.

Je weiter das Fest voranschritt, um so lauter wurde es; für eine Unterhaltung bei Tisch musste man sich mittlerweile anschreien. Das taten die Ritter links und rechts von ihr und Dietho mit Inbrunst und schwelgten in Episoden aus längst vergangenen Kämpfen.

Adela beteiligte sich kaum an den Unterhaltungen, auch wenn ihr das vielleicht als Hochnäsigkeit ausgelegt wurde. Ihr Kopf schmerzte von dem unsäglichen Lärm – dergleichen war sie von zu Hause nicht gewohnt – und der zunehmend stickigen Luft. Das Schapel drückte auf ihrem Kopf, das Licht der Kerzenflammen brannte ihr in den Augen, und sie war müde und erschöpft von der Reise.

Dazu sorgte sie sich, was der Herzog morgen wohl von ihnen wollte. Doch ehe er und Uta die Tafel nicht aufhoben, durfte sich niemand entfernen.

Endlich gab Welf das Zeichen, und Adela ließ sich von Dietho erleichtert in ihr Quartier begleiten.

»Meine Gemahlin kann mit Euch beim Trinken nicht mithalten«, scherzte er mit den Tischnachbarn, um ihren zeitigen Aufbruch zu entschuldigen.

Als sie allein in der Gästekammer waren, rieb sie sich die Schläfen und fragte besorgt: »Hast du etwas darüber in Erfahrung bringen können, was Seine Durchlaucht von uns will?«

Dietho schüttelte den Kopf.

»Schlaf dich aus, Liebes. Morgen früh werden wir es hören. Es nützt nichts, sich den Kopf zu zerbrechen, solange wir nicht wissen, worum es geht.«

Am nächsten Morgen, nach der Messe und dem Frühmahl, wurden sie in die Kammer des Herzogspaares gerufen.

Bangen Herzens ließ sich Adela den Schleier richten und folgte Dietho.

Die Kammer hatte sich beträchtlich verändert, seit Adela das letzte Mal hier gewesen war. Viele weitere kostbare Wandbehänge und Heiligenbilder an den Wänden waren hinzugekommen, Becher und Krüge waren nicht nur aus Silber gefertigt, sondern auch mit Edelsteinen verziert, und sowohl Uta als auch Welf trugen Bliauts aus wunderbarem Goldbrokat. Das klare Tageslicht, das in die Kammer fiel, offenbarte, wie tief der Kummer die Falten in das hagere Gesicht des Herzogs gegraben hatte. Doch er besaß immer noch die Ausstrahlung eines großen Fürsten.

»Seid Ihr glücklich in Ravensburg?«, erkundigte sich Uta freundlich.

»Das sind wir, Euer Durchlaucht, dank Euch! Unsere drei Söhne machen uns stolz, und mittlerweile haben wir sogar schon vier Enkel.«

»Meinen Glückwunsch«, erwiderte Uta freundlich lächelnd. »Es tut gut, einmal ein Paar zu sehen, das sich wirklich liebt, und das sogar noch nach so viel Jahren. Wie selten ist uns so etwas vergönnt.«

Welf tat, als hätte er die kleine Spitze überhört, und schenkte seiner Gemahlin ein schiefes Lächeln.

»Wir wollen, dass das so bleibt«, eröffnete er. »Deshalb setze ich Euch in Kenntnis, dass ich mich im Frühjahr in Konstanz mit meinem Neffen, dem Kaiser, treffen werde, um alle Einzelheiten bezüglich meines Erbes abzusprechen, das einmal an ihn gehen soll.«

Konstanz. Der Kaiser.

Beide Worte durchfuhren Adela wie ein Schwert.

Im Münster zu Konstanz war vor aller Welt ihre Scheidung vom frisch gewählten König Friedrich verkündet worden – wegen angeblich zu naher Verwandtschaft. Eine Farce. Das lag nun fast dreißig Jahre zurück, und dennoch fühlte sie sich sofort an diesen schlimmen Tag zurückversetzt: an die Eiseskälte, die sie erfüllte, an die abweisenden und vorwurfsvollen

Blicke, an den Moment, als der Mann sie gnadenlos verstieß, den sie einmal für die Liebe ihres Lebens gehalten hatte.
Jäh schäumte der Inhalt ihres Magens hoch; sie hatte Mühe, sich nicht gleich an Ort und Stelle zu erbrechen.
Uta griff rasch nach ihrer Hand und streichelte sie beruhigend. »Wir wollten Euch nicht erschrecken, meine Liebe! Vielmehr wollen wir Euch in Kenntnis setzen, dass mein Gemahl dafür sorgen wird, dass Ihr und Dietho und Eure Kinder und Enkel weiterhin unbehelligt in Ravensburg leben könnt. Herzog von Schwaben ist Friedrichs gleichnamiger Sohn. Er zählt vierzehn Jahre und dürfte sich kaum für Euch interessieren. Er weiß vermutlich nicht einmal, wer Ihr seid. Nach Eurer Scheidung und Neuvermählung war am Hof geflissentlich nie mehr die Rede von Euch.«
Das Blut schoss Adela in den Kopf, sie wankte auf ihrem Stuhl.
Rasch reichte ihr Uta einen Becher mit verdünntem Wein und lächelte.
»Trinkt das, es wird Euch guttun. Und ebenso gut wird Euch die Gewissheit tun, dass Ihr den Kaiser weder noch einmal sehen werdet, noch dass er Euch die Güter absprechen kann, die wir Euch überschrieben haben.«
»Hier ist eine Urkunde, mit der sie Euch und Euren Kindern als Erbgut übertragen werden«, ergänzte der Herzog und deutete auf ein Pergament, das auf dem Tisch lag.
Langsam beruhigte sich Adelas Atmung wieder, und Tränen der Erleichterung brannten in ihren Augen.
»Wir danken Euch für so viel Fürsorge«, sprang Dietho ein und drückte zärtlich die Hand seiner Frau, um sie zu beruhigen. »Ihr könnt jederzeit auf unsere Ergebenheit zählen … nach all dem, was wir Euch verdanken.«
»Gut, dann wäre das geklärt«, meinte Welf zufrieden, lehnte sich zurück und lächelte.
»Außerdem gewähre ich Euch fünfzig Mark Silber. Damit

sollte Euer Auskommen, das Eurer Kinder und Kindeskinder gesichert sein.«
»Danke, Durchlaucht!«, brachte Dietho staunend hervor. »Womit haben wir das verdient?«
Fünfzig Mark Silber waren eine gewaltige Summe!
»Sagen wir einfach: Ich freue mich, wenigsten ein glückliches Paar in meinen Ländereien zu wissen. Man erlebt es selten genug in unseren Kreisen.«
Wie ertappt fügte Welf rasch noch an: »Obwohl ich mich besonders glücklich schätzen darf, eine so kluge und gütige Gemahlin an meiner Seite zu wissen.«
Er lächelte Uta zu – eine Bitte um Verzeihung.
Der Schenk füllte ihre Becher nach, und der Herzog deutete mit einer einladenden Geste auf die Süßspeisen, die auf dem Tisch standen.
»Probiert davon: Nüsse, Rosinen und Honig, eine italienische Spezialität. Uta liebt sie sehr.«
»Es stimmt uns sehr glücklich, Euch wieder vereint zu sehen«, wiederholte Adela, was sie am Abend zuvor bereits gesagt hatte, und es kam von Herzen.
Uta hatte sie nicht nur in Empfang genommen, als sie nach der Scheidung völlig bloßgestellt aus der Kirche in Konstanz getreten war, und sie sofort den Augen der Klatschsüchtigen entzogen. Sie und Welf hatten Friedrich außerdem dazu gebracht, seine harten Anordnungen für Adela abzumildern, und ihre Ehe mit Dietho arrangiert.
Welf wirkte ein wenig verlegen – ein unerwarteter Anblick bei diesem gefürchteten Kämpfer und energischen Fürsten.
»Kürzlich starb auch noch unsere einzige Tochter Elisabeth, die Gräfin von Pfullendorf. An ihrem Grab haben wir uns ausgesöhnt. Musste es erst so weit kommen? Kein Vater, keine Mutter sollte die eigenen Kinder zu Grabe tragen müssen.«
Er wischte sich mit dem Handrücken über die Augen.
»Hätte ich meinen Jungen nur verheiratet, bevor er … Dann

hätte ich vielleicht einen Enkel, dem ich meine Ländereien vererben könnte und der mein Werk weiterführt. Aber so … Da gebe ich mein Geld lieber für Feste, Stiftungen für sein Seelenheil und eine prachtvolle Welfenchronik aus, die *Historia Welforum.* Lange war ich mit mir selbst uneins, welchem meiner beiden Neffen ich mein Erbe überlasse: Friedrich oder Heinrich. Doch vielleicht habe ich nicht mehr lange zu leben, und ich muss mein Haus bestellen.«

Uta wollte widersprechen, aber Welf fiel ihr ins Wort.

»Ich bin nun fünfundsechzig Jahre alt und fürchte den Tod nicht. Ich hatte ein ereignisreiches Leben: Schlachten, Kriege … Ich war auf dem Zweiten Kreuzzug, und ich habe das Kloster Steingaden gestiftet. Wenn die Zeit kommt, werde ich dort an der Seite meines Sohnes zur letzten Ruhe gebettet.«

Der Herzog schien offenbar in der Stimmung für Geständnisse.

»Dietho, Ihr müsst wissen, was im Reich vorgeht, denn bald werden gute Schwertkämpfer gebraucht, dringender denn je. Das fünfundzwanzigste Jahr der Herrschaft Friedrichs war schon reich an Kämpfen, doch dieses sechsundzwanzigste wird ein besonderes: Es bringt den entscheidenden Kampf zwischen meinen beiden Neffen. Zwei große Männer, zwei herausragende Kämpfer – ganz so, wie es in der Familie liegt«, fügte er mit Stolz an. »Schon als junge Männer zogen wir gemeinsam in die Schlacht und lehrten unsere Gegner das Fürchten.«

Er trank einen Schluck von dem kräftig gewürzten Wein und meinte versonnen: »Zwei Titanen unserer Zeit, zwei außergewöhnliche Kämpfer und Feldherren. Und wenn zwei Riesen aufeinander einschlagen, wird alles Land unter ihren Füßen zerstampft …«

Er nahm noch einen Schluck. »Erst wollte ich mein Erbe Heinrich übertragen. Doch der ist sich selbst sein ärgster Feind.

Mal abgesehen von der Unverschämtheit, mir ins Gesicht zu sagen, mit der Kaufsumme für den Erbvertrag wolle er noch warten, weil ich sowieso bald sterbe. Er erkennt nicht, wann er verloren hat. Beide Herzogtümer sind ihm abgesprochen und an andere verteilt worden, spätestens mit seinen Überfällen auf Goslar und Halberstadt hat er seine Friedensfähigkeit verloren. Und nach dem Ultimatum des Kaisers, dass alle seine Gefolgsleute Lehen und Titel verlieren werden, fällt eine von Heinrichs Burgen nach der anderen, läuft einer nach dem anderen über. Und als einer der Ersten der junge Graf von Holstein.«

Dietho zog erstaunt die Augenbrauen hoch.

»Mit Verlaub, Durchlaucht, aber war dessen Vater nicht einer der treusten Gefolgsleute des Löwen?«

»Das war er, doch Heinrich vergalt es ihm auf unschöne Art, indem er ihm Lübeck wegnahm. Und mit dem jungen Grafen von Holstein stritt er um die Gefangenen, die jener in der Schlacht auf dem Haler Feld gemacht hatte, bei seinem ersten großen Kampf.«

Er starrte einen Augenblick zum Fenster, durch das der alltägliche Lärm vom Hof hereindrang; einige Gäste reisten offenbar ab.

»Heinrich bleiben jetzt nur noch Gunzelin von Schwerin, Bernhard von Lippe und sein Truchsess Jordan von Blankenburg. Denn mit dem Grafen von Ratzeburg ist er seit diesem Weihnachtsfest auch furchtbar zerstritten.«

Dietho blickte erstaunt.

»Wie könnt Ihr davon wissen, das ist doch erst ein paar Tage her? Und von Lüneburg, wo der Löwe vermutlich das Weihnachtsfest zubrachte, ist es ein weiter Weg bis nach Memmingen.«

»Für einen Mann, der sich aus der Reichspolitik zurückgezogen hat, seid Ihr bemerkenswert gut informiert«, wagte Adela einzuwerfen. Immerhin war sie als Tochter eines Markgrafen geboren und hatte als erste Gemahlin Friedrichs sieben Jahre lang zur Familie gehört.

Der sechste Welf lächelte.

»Wie gesagt, dieser Winter ist eher mild, und mein Vertrauter in Lüneburg besitzt ein schnelles Pferd. Denn es ereignete sich Ungeheuerliches: Mein Neffe Heinrich beschuldigte den Grafen von Ratzeburg, einen Mordanschlag auf ihn und Mathilde zu planen, nahm ihm ohne Anhörung seine Burg weg und jagte ihn davon. Noch ein fähiger Mann, den er mit seinem Jähzorn vertrieben hat und den wir auf der Seite des Kaisers wiederfinden werden. Von den drei nordelbischen Grafen hält jetzt nur noch Gunzelin zu ihm.«

»Was wird nun geschehen?«, fragte Adela. Was im Reich vorging, betraf mehr oder weniger jeden seiner Bewohner.

»Heinrich wird Lübeck befestigen, so gut er es vermag. Er ist schließlich ein erfahrener Kriegsherr. Der Kaiser wird erneut zur Heerfahrt aufrufen, und dieser Krieg wird noch unerbittlicher geführt werden. Lübeck und Haldensleben werden fallen. Mein jüngerer Neffe ist gut beraten, seine hohen Gefangenen freizugeben, den Landgrafen von Thüringen und dessen Bruder Hermann. Früher oder später muss er sich unterwerfen. Seine Lage ist aussichtslos. Er will es nur nicht wahrhaben.«

»Immer wieder Kriege, Schlachten, zerstörte Felder und Dörfer … Hat das denn nie ein Ende?«, grämte sich Adela.

Der sechste Welf zuckte mit den Schultern.

Es gab immer Krieg, irgendwo. Doch dieser würde das Schicksal des Reiches auf lange Zeit bestimmen.

»Reitet nach Hause, genießt Euer Glück mit Euren Kindern und Enkeln!«, forderte Uta sie auf. »Es gibt wenig genug davon auf Erden.«

Ultimaten

Heinrich der Löwe, Burgkommandant Piet aus Lübeck, Wichmann von Magdeburg; Stade, August 1181

Die Gesandtschaft aus Lübeck bestand aus lediglich zwei Männern: einem hageren, etwa fünfzigjährigen Kämpfer, der sich als Kommandant der alten Lübecker Burg Buku vorstellte, und einem jüngeren, rundlichen Geistlichen, der sichtlich unter den Strapazen der Reise gelitten hatte und dessen Kleider einen durchdringenden säuerlichen Schweißgeruch verströmten.

»Wir bitten untertänigst darum, bei Seiner Durchlaucht in dringender Angelegenheit vorsprechen zu dürfen«, meldete der Burgkommandant namens Piet dem Ministerialen des Löwen, der sie in Empfang nahm.

Der musterte die düster dreinschauenden, staubbedeckten Reisenden mit kritischem Blick, befahl ihnen, sich nicht von der Stelle zu rühren, und verschwand.

Die beiden stellten sich auf eine längere Wartezeit ein und nahmen dankbar jeder einen Becher Bier entgegen, den ihnen ein Diener anbot. Sie waren zwei Tage in der Glut dieses Sommers unterwegs gewesen. Und sie brachten keine guten Nachrichten. Was der Herzog unschwer erraten würde, sobald er von ihrer Ankunft hörte.

Wobei dem Löwen genau genommen die Anrede »Herzog« oder »Durchlaucht« nicht mehr zustand. Mit der Aberkennung seiner beiden Herzogstitel vor anderthalb Jahren in Würzburg galt er nur noch als der »edle Herr von Braunschweig«. Aber natürlich würde es keiner seiner Bediensteten und Gefolgsleute wagen, ihn so zu titulieren. Schon gar nicht jemand, der so schlechte Nachrichten brachte wie die beiden.

Müde rieb sich Piet die Stirn, in die sich Sorgenfalten tief eingekerbt hatten.

»Wie lange lässt man uns denn noch warten?«, wisperte der Domherr, der Hugo hieß. Die Angst, den Zorn des Löwen zu erregen, stand ihm ins runde Gesicht geschrieben, Schweißtropfen perlten auf seiner Stirn.
Piet zuckte nur mit den Schultern. Schlechte Nachrichten kamen stets zu früh. Und davon hatte der entmachtete Fürst in den letzten Wochen wahrlich genug hören müssen. Hoffentlich konnten sie ihn dazu bringen, eine weitere bittere Pille zu schlucken.
»Womöglich lässt uns der Herzog aus Zorn hinrichten«, raunte Hugo, und dieser Gedanke ließ sogar sein von der Sonne gerötetes Gesicht erblassen.
»Schon möglich«, meinte Piet gereizt. »Doch solltet Ihr als Kirchenmann nicht ein wenig mehr Gottvertrauen zeigen?«
Der Geistliche fuhr wie ertappt zusammen und bekreuzigte sich hastig dreimal, während sein Reisebegleiter stur geradeaus sah und sich in eigenen Gedanken verlor.
Bereits zweimal hatte Piet miterleben müssen, wie Lübeck in Rauch und Asche aufging. Und falls seine Mission scheiterte, falls sich der Löwe nicht gnädig zeigte, würde er es wahrscheinlich ein drittes Mal erleiden müssen. Er glaubte, dies nicht ertragen zu können. Nicht nur aus Verbundenheit mit der durch den Seehandel rasch erblühten Stadt.
Piet sorgte sich um seine Freunde, seine Mannschaft auf der Burg, um den Bäcker, der ihnen das Brot lieferte, und die Fischer, die in Trave und Wakenitz reichlich Fang einholten. Doch vor allem sorgte er sich um seine Frau Marieke, um seine vier Kinder und sechs Enkel. Seine jüngste Tochter stand unmittelbar vor ihrer ersten Niederkunft. Vielleicht war er inzwischen sogar schon zum siebten Mal Großvater geworden? Doch wie sollte die arme Maike in ihrem Zustand entkommen, wenn Lübeck eine weiteres Mal in Flammen aufging?
Schon als schlaksiger junger Bursche hatte Piet als Wache

auf Burg Buku gedient. Er war auf der Burg gewesen, als der Abodritenfürst Niklot vor fast dreieinhalb Jahrzehnten Lübeck niederbrannte. Als Erster hatte er das aufflackernde Feuer am Hafen entdeckt und seinen Hauptmann alarmiert. Kurz darauf standen Hafen und Markt lichterloh in Flammen, und die Abodriten drangen gewaltsam in die Siedlung ein. Damals hatte Piet den Bewohnern Lübecks geholfen, sich vor den angreifenden Wenden hinter die Tore der Burg zu retten. Er und Marieke fanden dabei zueinander. Doch Mariekes gebrechlicher Vater starb bei dem Angriff.

Zehn Jahre später musste Piet erleben, wie die leidgeprüfte Stadt zwischen Trave und Wakenitz ein weiteres Mal in Rauch und Asche aufging. Zu dieser Zeit gehörte Lübeck noch dem alten Grafen Adolf von Holstein, der die Stadt gegründet und gefördert hatte. Doch Heinrich der Löwe nutzte die erneute Zerstörung Lübecks aus, um sie dem ihm treu ergebenen Grafen abzufordern. Vielleicht, so überlegte Piet, während Hugo neben ihm unruhig von einem Bein aufs andere trat und immer wieder seufzte, gehörte das zu den tieferen Gründen dafür, dass der einzige Sohn des verstorbenen Grafen unlängst auf die Seite des Kaisers übergewechselt war – das und der Streit um die Gefangenen, die der junge Graf Adolf nach der Schlacht auf dem Haler Feld gemacht und deren Herausgabe der Herzog von ihm gefordert hatte.

Mitten in diese Überlegungen hinein wurden er und sein Begleiter aufgerufen, vor dem Herzog zu erscheinen.

Piet riss sich zusammen und strich sich über das müde, stoppelige Gesicht. Habe und Leben vieler Menschen hingen davon ab, dass er nun seine Mission erfüllte.

Schon beim Eintreten sah er links und rechts vom Löwen dessen gefürchtetste Kämpfer stehen: die Grafen Gunzelin von Schwerin und Bernhard von Lippe. Das konnte Gutes oder Schlechtes für Lübeck bedeuten.

Der entmachtete Herzog saß auf einem erhöhten Stuhl am

Ende des Saals; die Sonnenstrahlen, die durch die Fensteröffnungen drangen, schienen genau auf ihn gerichtet. Und je näher Piet ihm kam, desto unbarmherziger gab das grelle Licht die ergrauenden Haare des Löwen und die Verbitterung in seinen Zügen preis.

In gebührendem Abstand sanken er und Hugo vor Heinrich auf ein Knie und verharrten in dieser Position, denn der entmachtete Fürst erlaubte ihnen mit keiner Geste, sich wieder zu erheben.

»Sprecht!«, wurde Piet auf denkbar knappste Weise aufgefordert.

»Euer Durchlaucht, der Kaiser belagert Lübeck mit einem gewaltigen Heer …«, begann er.

Spöttisch beugte sich der Löwe ein wenig vor. »Was Ihr nicht sagt! Und habe ich in kluger Voraussicht nicht die Stadt und ihre Umgebung gründlich befestigen lassen? Alle verfügbaren Truppen dorthin geschickt? Und einige meiner besten Heerführer: die Grafen Simon von Tecklenburg, Bernhard von Oldenburg, Bernhard von Wölpe? Wollt Ihr mir davon berichten, Burghauptmann, wie die Lübecker in treuer Ergebenheit zu ihrem Fürsten glorreich das kaiserliche Heer zum Abbruch der Belagerung zwangen?«

»Bitte vergebt mir, mein Fürst!«, sagte Piet bedrückt. »Die Lübecker hielten der Belagerung tapfer stand und nahmen bereitwillig viele Entbehrungen auf sich. Doch immer neue Kontingente rücken an, um das kaiserliche Heer zu verstärken: etliche Bischöfe mit bewaffnetem Gefolge, Ritter aus Schwaben und Bayern, die Markgrafen von Meißen und der Lausitz …«

»Ha, der griesgrämige Otto und sein Bruder, der wackere Schwertkämpfer«, höhnte Heinrich, der Dietrichs Herausforderung zum Zweikampf nach wie vor als ungeheuerliche Beleidigung betrachtete.

»Die Gefolgsleute des jungen Grafen von Holstein, Abodri-

ten unter ihrem jungen Fürst Niklot …«, fuhr Piet mit seiner Aufzählung fort.
»Abtrünnige und Verräter!«, fauchte der entmachtete Herzog.
»… Pommern unter Fürst Bogislaw«, ergänzte Piet nüchtern. »Und dann fuhr zu allem Übel auch noch die dänische Flotte unter König Waldemar in die Travemündung.«
»Waldemar! Dessen Sohn Knud ich meine Tochter Gertrud, mein eigen Fleisch und Blut, zur Frau gegeben habe! So dankt er es mir?«
Die Stimme des Löwen klang immer zorniger.
»Wie es heißt, will der Kaiser zwei Töchter mit den ältesten Söhnen Waldemars vermählen«, berichtete Piet vorsichtig und hielt die Luft an, ob nun ein Wutausbruch des Mannes folgte, von dessen Laune das Schicksal Lübecks und seiner Bewohner abhing.
Den ängstlichen Hugo an seiner Seite hatte er längst aus den Augen verloren. Der würde ihm hier keine Hilfe sein.
»Euer Durchlaucht, Lübeck ist Euch treu ergeben, denn die Stadt verdankt Euch ihre Wiedergeburt und Ihr Erblühen und städtische Freiheiten«, versicherte der Burgkommandant. »Doch einer doppelten Belagerung – von Land und von der See aus – können wir nicht länger standhalten. Wir ersuchen Euch ergebenst, ein Heer zu entsenden, das uns von den Belagerern befreit. Dann werden wir getreulich ausharren und alle Not erdulden.«
Piet räusperte sich, atmete noch einmal tief durch und sah dann dem Löwen direkt ins Gesicht, auch wenn sich das nicht ziemte.
»Doch wenn Ihr das nicht vermögt … so bitten wir Euch um Eure gnädige Erlaubnis, Lübeck dem Kaiser zu übergeben.«
Nun war es heraus.
Und alles lief auf eine Kapitulation hinaus. Wie jeder im Raum wusste Piet, dass der entmachtete Herzog keine weiteren Truppen aufbieten konnte. Oder hatte er seine beiden gefürchteten

Haudegen herbeigerufen, weil er sie nach Lübeck schicken und bis zu aller Untergang kämpfen wollte?
Die meisten von Heinrichs Gefolgsleuten waren inzwischen auf die Seite des Kaisers übergetreten. Es war schon ein Zeichen besonderer Ergebenheit der Lübecker, dass sie den Löwen überhaupt um Erlaubnis baten, den Kaiser in die Stadt zu lassen.
Es gab keinen anderen Ausweg, wenn die Stadt nicht blutig eingenommen und erneut niedergebrannt werden sollte.
»Sind mir etwa die von mir entsandten Heerführer auch untreu geworden?«, fragte der edle Herr von Braunschweig schroff.
»Nein, Euer Durchlaucht. Sie sind bereit zu kämpfen, wenn so Eure Befehle lauten. Aber sie schätzen die Lage als hoffnungslos ein und sandten uns zu Euch. Ebenso wie der Bischof von Lübeck, der den Kaiser darum bat, erst Eure Erlaubnis einholen zu lassen, ehe die Stadt Seiner Majestät die Tore öffnet.«
»Soso, Bischof Heinrich«, konstatierte der Löwe sarkastisch. »Für dessen Kathedrale *ich* den Grundstein legen ließ, dessen Bistum *ich* einrichtete. Wieso sehe ich ihn dann nicht hier vor mir?«
Diese Frage galt unverkennbar Hugo, der erschrocken aus seiner Starre erwachte und sich wand.
»Euer Durchlaucht, Hochwürden ist von einem heftigen Sommerfieber niedergestreckt …«
»Was ihn aber nicht daran hinderte, sich mit dem Kaiser zu treffen?«, fragte der Löwe drohend.
Hugo wischte sich den Schweiß von der Stirn. »Dafür quälte er sich aus dem Krankenlager hoch. Aber zu einer Reise war er beim allerbesten Willen nicht in der Lage.«
Dass der Kaiser dem Bischof einen Arzt geschickt hatte, verschwieg der Domherr lieber.
Doch diese Freundlichkeit des Kaisers trug natürlich dazu bei, dass die Lübecker auf die Erlaubnis zur friedlichen Über-

gabe ihrer Stadt hofften – neben der Aussichtslosigkeit eines Kampfes und der Angst vor Feuer und Schwert. Zumal: Verstieß es nicht gegen die himmlische Ordnung der Welt, sich dem von Gott erwählten Kaiser zu widersetzen?

Bedeutungsschwere Stille trat ein; es schien alles gesagt – bis auf die Entscheidung des Löwen. Der wechselte stumm Blicke mit seinen beiden gnadenlosen Kämpen, dann schlug er mit den Handflächen auf die Armlehnen seines Stuhls.

»Hiermit gestatte *ich,* Heinrich, Herzog von Sachsen und Bayern, den Lübeckern, sich dem kaiserlichen Heer zu ergeben. Graf Gunzelin von Schwerin wird euch beide begleiten und meine Erlaubnis übermitteln.«

Es war das Einzige, was ihm noch blieb, um seine Würde zu wahren: seinen gnädigen Entschluss nicht einfach zwei Bittstellern mit auf den Heimweg zu geben, sondern ihn in Lübeck von seinem gefürchtetsten Mann verkünden zu lassen. Gunzelin von Hagen war schon beim Wendenkreuzzug wegen seiner Unerbittlichkeit der Schrecken der Abodriten gewesen, und die Jahre hatten ihn – inzwischen Graf von Schwerin – keinen Deut barmherziger werden lassen.

Vor Erleichterung rauschte Piet das Blut in den Ohren, der Boden schien unter seinen Füßen zu wanken, und erst jetzt merkte er, dass sein Mund völlig ausgetrocknet war.

Mühsam kamen die beiden Lübecker auf und zogen sich unter ergebensten Dankesbezeugungen zurück.

»Brecht schon auf, ich hole euch mühelos ein!«, befahl Gunzelin von Schwerin und erteilte Weisung, eine Geleitmannschaft für ihn zusammenzustellen und sein Pferd zu satteln.

Nur einige Tage später wurde dem Löwen ein weiterer Besucher gemeldet.

»Ein offensichtlich ranghoher Geistlicher, der seinen Namen nicht nennen will«, berichtete ängstlich der Bedienstete unter vielen Verbeugungen.

»Wie sieht er aus?«
»Sehr groß … beleibt … äußerst kostbare Gewänder … sogar seine Schuhe sind noch mit Edelsteinen besetzt«, stammelte der Diener.
So wusste Heinrich längst, wen er vor sich hatte, noch bevor der Reisende die Gugel zurückschob, die sein Gesicht weitgehend verhüllte.
»Ihr erscheint heute im Gewand eines Klerikers«, begrüßte ihn der Löwe mit zynischem Lächeln. »Dabei bin ich es in letzter Zeit gewohnt, Euch in Rüstung vor meinen Burgen stehen zu sehen, Höchstwürden. Sollte ein Erzbischof nicht besser seine Herde anführen statt einen Heerbann? Frieden predigen statt das Schwert schwingen?«
»Ich komme in friedlicher Mission und deshalb ohne Rüstung«, erklärte Wichmann von Magdeburg.
Der Löwe lehnte sich in seinem Stuhl zurück und gab sich gelangweilt.
»Also wollt Ihr den Triumph auskosten und mir in allen Einzelheiten davon berichten, wie die Lübecker den Kaiser umjubelten, als er in ihre Stadt einritt? Denn Euer Heer war doch von Bardowick nach Lübeck gezogen, um sich dort meinem Vetter Friedrich anzuschließen, wenn ich richtig informiert bin.«
»Ihr seid klug genug zu wissen, dass es pure Erleichterung war, die die Lübecker jubeln ließ, als der Kaiser die Stadt betrat«, stellte Wichmann gelassen klar. »Unendlich große Erleichterung darüber, dass ihre Stadt nicht beschossen und erneut niedergebrannt wurde. Den meisten standen Tränen in den Augen, weil Blutvergießen vermieden wurde – dank Eurer weisen Entscheidung!«
Heinrich verdrehte die Augen.
»Ihr müsst mir nicht schmeicheln, Höchstwürden. Obwohl Ihr wahrscheinlich aus reiner Gewohnheit gar nicht anders könnt. Es ist hinlänglich bekannt, dass der Erzbischof von Magdeburg mit honigbeträufelter Zunge so lieblich auf je-

manden einzureden vermag, dass er einem Kamel Sand in der Wüste verkaufen könnte.«

Wichmann lächelte.

»Jetzt seid Ihr der Schmeichler.« Auf einen Titel bei der Anrede verzichtete er bewusst, um nicht noch Öl ins Feuer zu gießen.

»Diesmal komme ich nicht, um Krieg gegen Euch zu führen. Ich will Euch helfen«, versicherte er.

Zynisch zog Heinrich die Augenbrauen hoch und winkte einen Diener herbei.

»Bring rasch einen Stuhl und ruf meinen Schenken mit Wein für den Erzbischof herbei! Höchstwürden kommt nicht mit einem Ultimatum, sondern mit einer *Friedensbotschaft.*«

Dabei wussten sie beide: Es würde ein Ultimatum sein.

Doch der gewiefte Rhetoriker Wichmann würde sich nicht in diese Falle locken lassen.

»Ihr habt mir vertraut, als Ihr auf Pilgerfahrt ins Heilige Land zogt«, erinnerte er, während er auf dem Stuhl Platz nahm, den der Diener eiligst herbeigeschleift hatte. »Ich sollte Eure Ländereien behüten, obwohl wir auch damals schon manchen Kampf gegeneinander geführt hatten. Gab es für Euch je einen Grund, an mir zu zweifeln? Wart Ihr nicht zufrieden?«

»Das ist zehn Jahre her, Höchstwürden, ich habe Euch für Eure Dienste gedankt, und seitdem ist viel Wasser die Elbe hinabgeflossen«, hielt der Löwe schroff dagegen. »*Was* also wollt Ihr? Ihr habt Euch doch nicht auf den weiten Weg gemacht, nur um mit mir über alte Zeiten zu plaudern?«

Wichmann legte eine wirkungsvolle Pause ein und strich seine kostbaren Gewänder glatt, bis er dem Löwen schließlich ins Gesicht sah und frei heraus sagte: »Leistet Euch selbst einen guten Dienst und folgt den Aufforderungen des Kaisers! Erscheint bei seinem Hoftag in Erfurt im November und unterwerft Euch dort in aller Form.«

»Warum sollte ich das tun?«, fragte der Löwe hart. »Ich habe den Landgrafen von Thüringen und seinen Bruder als Geiseln. Und Ihr könnt Braunschweig nicht einnehmen. Das könnt Ihr nicht fluten wie Haldensleben!«

»Aber Haldensleben *ist* gefallen und zerstört«, erinnerte Wichmann. »Selbst Bernhard von Lippe musste kapitulieren – mit Eurer Erlaubnis.«

Wichmann, der schlaue Fuchs, hatte im Mai bei einer erneuten Belagerung Stadt und Festung Haldensleben geflutet, indem er und seine Verbündeten das Wasser der Ohre und eines Nebenlaufs anstauten. Die Bewohner von Haldensleben mussten zusehen, wie die Fluten immer höher stiegen, bis das Wasser über die Wälle und Mauern schwappte. Sie hatten tagelang im Gebälk ihrer Dächer gehaust und konnten ihre Toten nicht begraben – die mussten sie mit einem Kahn zur Kirche rudern, wo sie in einem Dachraum gestapelt wurden. Es sagte viel über Bernhard von Lippe aus, dass er unter diesen extremen Umständen den Ort drei Wochen lang gehalten hatte und schließlich für die unausweichliche Kapitulation zur Bedingung machte, dass er die Erlaubnis seines Fürsten dazu einholen durfte.

Wichmann gewährte den Bewohnern von Haldensleben drei Wochen, mit ihrer Habe abzuziehen, dann machten die Magdeburger mit Inbrunst und Gründlichkeit den Ort dem Erdboden gleich, von dem aus immer wieder blutige Angriffe auf Magdeburg und sein Umland geführt worden waren. Es konnte ein oder zwei Menschenleben dauern, bis sich dort wieder jemand anzusiedeln wagte.

Als Heinrich erraten hatte, wer sein geheimnisvoller Besucher hier in Stade war, hatte er den Grafen Bernhard sofort hinausgeschickt, damit seinem Getreuen die Demütigung erspart blieb, seinem Bezwinger gegenüberzustehen. Und Graf Gunzelin war noch nicht aus Lübeck zurück.

So verhandelte der Löwe allein mit Wichmann, und er wusste noch nicht, ob dies von Vorteil oder von Nachteil war.

»Es gibt keinen Ausweg«, mahnte der Erzbischof, und das Lächeln auf seinem Gesicht verflog. »Mit dem Angriff auf Goslar, den Verwüstungen in Thüringen und Sachsen habt Ihr Eure Friedensfähigkeit verloren. Eure Titel und Ländereien sind Euch *unwiderruflich* abgesprochen bis auf Braunschweig und Lüneburg. Der Kaiser musste den Fürsten schwören, Euch nie wieder in beide Herzogstitel einzusetzen. Wobei Ihr es Eurer Gemahlin verdankt, dass nicht auch Lüneburg vom Kaiser eingezogen wurde. Sie trat ihm entgegen und bestand darauf, dass Lüneburg ihr Hochzeitsgut sei, worauf der Kaiser es ihr gnädig gewährte.«

»Gnädig?«, höhnte der Löwe, der seiner sonst so stillen Gemahlin im Herzen dafür dankte, dass sie sich in dieser brenzligen Situation ein Herz gefasst und sogar seinem Vetter Paroli geboten hatte. Jäh spürte er Zuneigung für die zierliche, überaus fromme und schüchterne Königstochter mit dem zu kurzen Bein in sich aufwallen. Dieses eine Mal hatte sich Mathilde ganz als Tochter ihrer königlichen Eltern gezeigt. Sie weilte immer noch in Lüneburg und hielt es für ihn.

»Ihr seid nun der Herr von Braunschweig«, fuhr Wichmann fort. »Ein armseliger Titel, auch wenn Ihr Wunderbares für Braunschweig bewirkt habt. Seht es ein: Ihr habt fast alle Burgen verloren. In einem Nachen musstet Ihr hierher nach Stade fliehen. Die Gefolgsleute sind Euch davongelaufen, sogar die treuesten, und reihenweise ins kaiserliche Lager übergewechselt: Heinrich von Weida, Luitpold von Peine, Luppold von Herzberg, ganz zu schweigen vom Grafen von Ratzeburg und dem jungen Grafen Adolf von Holstein … «, zählte Wichmann gnadenlos auf.

»Die Ratten verlassen das sinkende Schiff!«, stieß Heinrich verächtlich hervor.

Doch Wichmann ließ sich nicht aus der Ruhe bringen.

Und er war noch nicht fertig.

»Der König von Frankreich und der Graf von Flandern versicherten dem Kaiser, Euch keinerlei Unterstützung zu gewähren. Der König von Dänemark unterstützte uns mit seiner Flotte vor Lübeck. Ebenso der Herzog von Pommern und die Abodritenfürsten. Die diesjährige Heerfahrt des Kaisers gegen Euch ist nach weniger als sieben Wochen beendet. Er musste nicht einmal selbst kämpfen – sein bloßes Erscheinen genügte, damit sich alle ergaben.«

Der Erzbischof von Magdeburg legte eine wirkungsvolle Pause ein und sagte dann sanft: »Ich weiß, dass Ihr erwägt, zu Eurem englischen Schwiegervater zu gehen. Hört, was Euch der Kaiser anbietet: Unterwerft Euch in Erfurt und geht ins Exil. Dann könnt Ihr vielleicht eines Tages zurückkehren, und Braunschweig, Lüneburg und Eure sonstigen Familiengüter bleiben Euch erhalten. Fügt Euch in das Unabwendbare, dann dürft Ihr mit Gemahlin und Söhnen zu Eurem Schwiegervater in die Normandie.«

Dieses »und Söhnen« sprach Wichmann so nachdrücklich aus, dass unüberhörbar dahinter die Drohung stand: Der Kaiser könnte sonst auch Eure Söhne als Geiseln nehmen.

Heinrich ließ sich nicht drohen.

Aber seine Söhne als Geiseln? Bei dem Hass, den die Fürsten des Reiches gegen ihn empfanden, würden sie wohl nicht lange überleben. Es wäre nicht der erste rätselhaft Todesfall in seiner Familiengeschichte. Die Nacht vor zweiundvierzig Jahren, als sein Vater Heinrich der Stolze in Quedlinburg auf unerklärliche Weise starb, hatte er nie vergessen, auch wenn er damals noch sehr jung war. So war der Triumphzug der Welfen auf den Thron jäh beendet worden, und nur seiner entschlossenen Großmutter Richenza verdankte er es, dass er wenigstens *ein* Herzogtum behalten konnte: Sachsen. Das zweite – Bayern – hatte er sich später von seinem Vetter Friedrich dafür ausbedungen, dass er dessen Wahl zum König unterstützte.

Leider traf die Zusammenfassung des Erzbischofs zu seiner derzeitigen Lage in allen Punkten zu. Bei allem Stolz und

Zorn war Heinrich klug genug, dies zu erkennen. Vielleicht sollte er etwas einlenken. Er würde seinen Vetter schon dazu bringen, von allzu harter Strafe und Demütigung abzusehen. Wichmann schien seine Gedanken lesen zu können.
»Lasst den Landgrafen von Thüringen und seinen Bruder frei, unterwerft Euch in Erfurt und geht zu Eurem Schwiegervater!«, wiederholte er eindringlich.
»Ich brauche sicheres Geleit nach Lüneburg«, stieß der Löwe unwirsch zwischen den Zähnen hervor. Das war der Anfang vom Ende. Bisher hatte immer *er* anderen edlen Herren Geleit gestellt.
Wichmann atmete erleichtert auf und lehnte sich etwas zurück. Er hatte gewonnen.
»Das wird Euch gewährt, Ihr habt mein Wort. Und ich werde Euch persönlich nach Erfurt geleiten.«
Es ist noch nicht vorbei!, dachte Heinrich trotzig. Friedrich wird mir das nicht antun. Zur Not gehe ich für ein paar Monate zu meinem Schwiegervater in die Normandie.
Er fragte sich, was Mathilde wohl dazu sagen würde.
Es herrschte böser Zwist in der englischen Königsfamilie, das übertraf sogar noch seinen Streit mit dem Kaiser. Der König hatte seine Gemahlin Eleonore schon vor sieben Jahren unter Arrest gestellt, weil sie seine Söhne dazu aufgestachelt hatte, sich gegen ihn aufzulehnen.
Mathilde fürchtete ihren Vater und hing an ihrer Mutter, und ihre rebellischen Brüder Richard und Heinrich waren noch Kinder gewesen, als sie sie das letzte Mal sah.
Vielleicht konnte er ihr die ganze Sache mit der Aussicht schmackhaft machen, dass der Vater ihr einen Besuch bei ihrer Mutter gestatten würde, der berühmten Eleonore von Aquitanien?
Sein Schwiegervater würde zwar nicht übermäßig glücklich darüber sein, Tochter und Eidam aufnehmen zu müssen. Am englischen Hof wurde penibel über alle Ausgaben Buch

geführt, in einer *Pipe Rolls* genannten Sammlung von Pergamenten über sämtliche Einnahmen und Ausgaben der Krone. Doch König Heinrich II. war es sich selbst und seinem Ansehen schuldig, ihm eine prachtvolle Hofhaltung zu ermöglichen. Und in der Normandie konnte er dann in Ruhe Pläne schmieden, wie er seinen Besitz und seine Titel zurückeroberte.

Sieger und Besiegte

Friedrich, Heinrich der Löwe,
Erzbischof Wichmann, Beatrix, Otto, Dietrich,
Dedo, Hedwig; Erfurt, November 1181

Eisiger Wind fauchte um den Petersberg hoch über Erfurt. Und eisige Kälte schlug dem Löwen auch in der Kirche des dort errichteten Benediktinerklosters entgegen, als er sie betrat, geleitet von Erzbischof Wichmann.
Die Menschen links und rechts von ihnen bildeten eine breite Gasse, durch die er nach vorn schreiten konnte. Er sah hämische und erwartungsfrohe Blicke wie Dolchspitzen auf sich gerichtet. Sie lauerten hier wie Aasgeier, um ihn stürzen zu sehen.
Aber sie fürchteten ihn immer noch! Also bemühte er sich, keinerlei Regung zu zeigen, nur stoische Gelassenheit.
Wo er sonst stand, auf der rechten Seite des Kaisers, hatte sich nun Philipp von Köln postiert, dem unverhohlener Triumph ins Gesicht geschrieben stand. Der Erzfeind gab sich nicht einmal Mühe, das zu verbergen.
Heinrich wusste: Diesen Tag hatte wohl jeder Fürst in deutschen Landen mit größter Spannung, wenn nicht gar Freude herbeigesehnt. Schadenfreude.

Im Schreiten betrachtete er sie. Hier standen viele Männer, deren Väter schon gegen ihn gekämpft hatten. Landgraf Ludwig und sein Bruder Hermann, die er aus der Gefangenschaft hatte freigeben müssen, die Söhne des alten Meißner Markgrafen Konrad – Otto und seine Brüder – und natürlich die des Bären. Der jüngste von ihnen, Bernhard, warf sich als neuer Herzog von Sachsen in die Brust. Heinrichs Lippen kräuselten sich, als ihm bei diesem Anblick wieder vor Augen stand, wie er Bernhard samt seinem Heer vor anderthalb Jahren in die Flucht geschlagen hatte. Schon Bernhards Vater hatte den begehrten Titel eines Herzogs von Sachsen nicht behaupten können, und dabei war Albrecht der Bär ein gefürchteter Krieger gewesen – ganz im Gegensatz zu seinem jüngsten Sohn, diesem Versager.

Sie alle, die ihn nun genüsslich angafften, hatte er das Fürchten gelehrt. Und das würde er auch weiterhin tun. Eher früher als später.

Nun war er nur noch zehn Schritte vom Kaiser entfernt, seinem Vetter. Der saß wahrlich majestätisch auf seinem Stuhl, die Miene versteinert. Er schien nicht einmal zu blinzeln.

Der Löwe verharrte eine Weile stehend in gebührendem Abstand. Doch Friedrich unternahm keinerlei Anstalten, irgendetwas zu tun oder zu sagen. Er sah ihn mit hartem Blick an, der deutlich forderte: Knie nieder!

Heinrich zog die Augenbrauen hoch, als wollte er fragen: Wirklich, Vetter? Ist das dein Ernst? Er konnte sich nicht erinnern, es je getan zu haben. Außer bei der Krönungszeremonie. Doch der Blick des Kaisers war unmissverständlich. Also sank der Löwe auf ein Knie.

Friedrich war bis zum Äußersten angespannt. Viele wichtige Dinge waren auf diesem Hoftag verhandelt worden: Stade war der Bremer Kirche geschenkt worden, ebenso alle Kirchenlehen des Löwen; Adolf von Holstein und Bernhard von Ratzeburg erhielten ihre früheren Besitzungen zurück; Landgraf Ludwig von Thüringen überließ die Pfalzgrafschaft Sachsen seinem Bruder Hermann und bekam dafür einige hessische Lehen wie das Kloster Hersfeld. Doch das alles verblasste vor dem, was gleich geschehen würde und wovon seine Fürsten keinen Fußbreit abrücken würden.

Du lässt mir keine Wahl, Heinrich!, dachte er, als sein Vetter widerwillig vor ihm auf ein Knie sank und ihn störrisch ansah. *Das* wird nicht genügen.

Jetzt sollst du selbst einmal spüren, wie es sich anfühlt, sich zu Boden werfen zu müssen – was ich *deinetwegen* von diesem Papst erdulden musste. Sei froh, dass du nicht barfuß vor mir erscheinen musst!

Nun sag endlich etwas!, dachte der Löwe und starrte seinen Vetter an. Bereite dieser Posse ein Ende! Ich bin doch schon auf die Knie gegangen. Reicht dir das nicht? Was denn noch?

Wichmann trat näher und beugte sich zu ihm herab.

Entgeistert sah der Löwe zu dem Erzbischof hoch, nachdem er den Sinn der geflüsterten Worte erfasst hatte.

Das konnte doch nicht ernst gemeint sein. Das konnte sein Vetter, dem er schließlich einst in Rom das Leben gerettet hatte, nicht ernsthaft von ihm erwarten! Fragend sah er zu Friedrich hin, aber der Kaiser hob das Kinn ein wenig und blickte ihn finster und gebieterisch an.

Hätte ich geahnt, dass er das *tatsächlich* von mir erwartet, statt sich scheinbar aus dem Moment heraus gnädig zu zeigen, hätte ich nie auf die Einflüsterungen Wichmanns und meiner Mathilde gehört, dachte Heinrich verbittert.

Doch es *war* ernst gemeint, und es gab keinen Ausweg. Schließlich konnte er nicht vor all seinen versammelten Feinden *mit Worten* um Gnade betteln.

Also legte er sich vor dem Kaiser flach auf den Boden, die Arme breit ausgestreckt. Demütigender ging es nicht.

Die Zeit schien stillzustehen, kein Laut war zu hören. Die Kälte des Fußbodens in der eisigen Kirche durchdrang den Körper des Büßenden, doch er war schon von anderer Kälte längst wie versteinert.
Endlich, nach langem Warten in atemloser Stille, erhob sich der Kaiser von seinem Stuhl und ging drei Schritte auf ihn zu.
»Steht auf!«
Er streckte ihm sogar die Hand entgegen, umarmte ihn und gab ihm den Friedenskuss, wischte sich demonstrativ die Augen, als habe er geweint.
Doch Heinrich konnte das nicht blenden. Sein Vetter hatte ihn eiskalt fallenlassen.

Ich konnte dir das nicht ersparen, dachte Friedrich düster. Und: Hochmut kommt stets vor dem Fall.
Dann trat er zwei Schritte zurück und verkündete laut und unerbittlich das, was seine Fürsten von ihm erwarteten.
»Ich, Kaiser von Gottes Gnaden, löse auf Beschluss des Fürstengerichts die Acht von Euch unter der Bedingung, dass Ihr das Reich verlasst, bis ich Euch die Rückkehr erlaube. Eure sächsischen Hausgüter bleiben Euch erhalten. Ich löse die Acht über Braunschweig und Lüneburg. Und ich gewähre Euch eine Frist bis zum 25. Juli des kommenden Jahres, damit Ihr Eure Angelegenheiten regelt. Danach seid Ihr im Reich nicht länger geduldet.«

Der einstige Herzog von Sachsen und Bayern reiste sofort ab, keine Stunde, nachdem er die Fürstenversammlung verlassen hatte.
Er wollte nach Lüneburg, zu seiner Mathilde. Sie hatte ihn auf seinen Wunsch nicht hierher begleitet, damit sie seine tiefste Demütigung nicht erleben musste. Denn was würde wohl ihr Vater sagen, wenn sie ihm diese Szene schilderte?
Es war erniedrigend genug, dass er beim englischen König

um Asyl nachsuchen musste. Sein Schwiegervater würde ihn willkommen heißen, das schon. Doch dem Vernehmen nach barmte er bereits jetzt, was es ihn kosten würde, den verbannten und entmachteten Fürsten bei sich aufzunehmen.
Andererseits würde Heinrich Plantagenet weder zulassen, dass es einer seiner Töchter an etwas mangelte, noch würde er sich etwas anderes nachsagen lassen als die einem König gebührende Freigiebigkeit.
Alles andere musste Mathilde richten, die ihm in der schweren letzten Zeit eine unerwartete Stütze geworden war. Sie hatte ihren Vater schon gebeten, eine ranghohe Gesandtschaft unter Leitung des Grafen von Exeter zu Friedrich zu schicken, sobald die Winterstürme vorüber waren und eine Überfahrt wieder möglich wurde. Sicher konnte die vermitteln.
Nicht zuletzt verdankte er Mathildes überraschender Entschlossenheit, dass ihm Lüneburg neben Braunschweig immer noch gehörte.
Sie und der ihm nach wie vor treu ergebene Bernhard von Lippe würden ihn in die Normandie begleiten, ebenso sein bewährter Truchsess Jordan von Blankenburg. Und sie durften ihre Kinder mitnehmen: die kleine Richenza, die nun schon bald zehn Jahre alt wurde, und ihre Söhne Heinrich und Otto. Den kränklichen fünfjährigen Lothar mussten sie zurücklassen, auch wenn er damit eine Geisel des Kaisers wurde.
Derweil würde Gunzelin von Schwerin hier nicht nur seine Ländereien überwachen, sondern auch die geringsten Anzeichen dafür im Auge behalten, dass er den Kampf um seine Wiedereinsetzung aufnehmen konnte. Er war noch lange nicht geschlagen!
Die fahle Novembersonne senkte sich schon über Erfurt, als der entmachtete Löwe aufbrach, hinaus in die Kälte.

Weder er noch der Kaiser ahnten, dass derweil Beatrix einen Brief an Mathilde schrieb – nicht den ersten. Die beiden

Frauen standen schon seit einiger Zeit in sorgfältig verborgener Korrespondenz miteinander.
Ihr heimlicher Bote war Witko, der befunden hatte, ein Doppelleben als Minnesänger und Spion sei erfüllender als die Ehe mit einer Frau, deren Wünsche nach immer neuen Kleidern und Geschmeide er nicht erfüllen konnte. Als Agnes Witwe geworden war, zog sie es vor, einen vermögenden Ritter von fünfunddreißig Jahren zu heiraten. Doch er hatte sich schnell darüber hinweggetröstet. Ein guter Minnesänger wie er musste nicht heiraten, um Gesellschaft im Bett zu finden. Und wie die Sache auch ausging – eine der beiden Hohen Frauen würde ihn an ihren Hof holen. Sowohl ein Leben im Umfeld der Kaiserin als auch beim englischen König, die beide als große Förderer der Dichtkunst galten, waren für ihn eine begeisternde Aussicht.
»Liebste Mathilde«, begann Beatrix, hielt inne und betrachtete, wie die Tinte auf dem Pergament trocknete und dabei dunkler wurde.
Sie raffte ihren Umhang etwas dichter um sich, obwohl ein wärmendes Feuer in ihrer Kammer brannte, und schrieb weiter.
»Ich muss Euch dafür danken, dass Ihr ganz sacht und in aller gebotenen Vorsicht auf Euren Gemahl eingewirkt habt, damit er die Bedingungen des Kaisers akzeptiert. Mein Gemahl wiederum hat vor der Verkündung des Urteils noch versucht, auf die Fürsten einzuwirken, um die Dauer der Verbannung zu verringern, doch vergeblich. Nur so konnte er überhaupt bewerkstelligen, dass Euer Gemahl Braunschweig und Lüneburg behalten darf.«
Erneut hielt Beatrix inne und las die letzten Zeilen. Durfte sie sich zu einem solchen Eingeständnis hinreißen lassen? Stellte sie ihren Gemahl damit bloß?
Doch Mathilde war eine Königstochter, und sie verdiente es zu erfahren, dass sie einen Fürsprecher hatte. Beatrix wollte ihr in dieser schwer erträglichen Lage etwas Balsam für die

Seele schenken. Dabei war sie sich selbst nach fünfundzwanzigjähriger Ehe nicht sicher, was Friedrich dringender wollte: den Vetter vor der Erniedrigung bewahren oder einen gefährlichen und außer Rand und Band geratenen Rivalen entmachten. Seit dem Zerwürfnis von Chiavenna hatte sie gehofft, dass Friedrich endlich seine Augen öffnete und begriff, wie gefährdet seine Position geworden war. Sie selbst hatte sich nie irgendwelchen Illusionen über den Löwen hingegeben.

»Der Kaiser löste die Acht über Braunschweig und Lüneburg und ließ soeben all seine Fürsten einen Frieden beschwören«, schrieb sie nun. »Ich bin zuversichtlich, dass dieser Frieden mit Gottes Hilfe dem Reich die nötige Ruhe beschert, damit alte Wunden heilen können. Und dass die Zeit auch die Fürsten versöhnlicher stimmt und sie Eure baldige Rückkehr befürworten – sofern es Euch gelingt, Euren Gemahl dazu zu bringen, den Frieden zu wahren.«

Auf Mathilde setzte Beatrix große Hoffnungen. Es war erstaunlich und bewundernswert, wie geschickt die so zurückhaltend wirkende Engländerin mit dem verkürzten Bein es geschafft hatte, den stolzen Löwen zum Nachgeben zu bringen!

»Vielleicht könnt Ihr ihn bewegen, eine weitere Wallfahrt anzutreten, womöglich zum Grab des Heiligen Jakob nach Compostela?«

Das würde Heinrichs Reue und Friedfertigkeit demonstrieren. Aber von Reue schrieb sie lieber nichts – sie wollte Mathilde nicht provozieren oder auch noch demütigen.

Nach kurzem Überlegen schabte sie mit der Messerspitze einen getrockneten Tintenklecks ab, setzte die abschließenden Grußformeln und guten Wünsche unter ihre Zeilen, erhitzte rotes Wachs in einem Pfännchen über einer Kerze, goss etwas davon auf das Pergament und siegelte.

Dann lehnte sie sich zurück und schloss die Augen.

Ein jahrelanger Kampf war vorbei. Sie war müde darüber ge-

worden, müde über all den Kriegen und Streitigkeiten, dem vorsichtigen Taktieren, den endlosen Reisen im Sattel. Müde der vielen Schwangerschaften und müde ihrer Ehe mit diesem rastlosen und leicht reizbaren Mann. Der Krieg mit dem Löwen war nun zwar beendet, aber früher oder später würde Friedrich die Kämpfe in Italien wieder aufnehmen, sich mit dem König von Sizilien anlegen, mit den Böhmen oder den Sarazenen im Heiligen Land.
Sobald sie konnte und durfte, würde sie sich nach Burgund zurückziehen und ihrem Sohn Otto dabei helfen, dort über ihr Erbe zu herrschen.
Sollte sich ihr Gemahl doch ohne sie mit all dem herumschlagen, was das Leben noch für ihn an Herausforderungen bereithielt.

Niemanden wunderte es, dass die langjährigen Feinde des Löwen an diesem Abend zu einem Festmahl zusammenkamen und den Sturz des hochmütigen Welfen feierten. Der Wein floss in Strömen, und ein Trinkspruch nach dem anderen war ausgebracht worden.
Die Askanier und Ludowinger konnten zugleich bedeutende Zugewinne an Titeln und Lehen feiern und taten dies mit einer Gründlichkeit, die die Festlichkeit bald in ein tosendes Gelage verwandelte.
Nur Otto von Meißen fand wie immer etwas auszusetzen: dass niemand aus seiner Familie bei der Neuverteilung der eingezogenen Güter berücksichtigt worden war. Außerdem wurmte es ihn, das ausgerechnet der jüngste Bruder seiner Gemahlin nun als Herzog im Rang über ihm stand.
»Es ist Frieden verkündet, und Frieden bringt auch dir großen Nutzen, Schwager«, hielt Mathilde dagegen und warf einen strafenden Blick auf Dedo, der sich von seinem Knappen Berge von Fleisch vorlegen ließ. Wenn er weiter so viel aß, würde er bald wirklich nicht mehr auf ein Pferd kommen.

»Müssen wir erneute Kämpfe fürchten, bis der Löwe im Juli das Reich verlässt?«, fragte Hedwig besorgt.
»Er wird nichts unternehmen. Jedenfalls nicht, bevor er bei seinem Schwiegervater ist«, wagte Dietrich vorauszusagen. »Wir können die Toten begraben, die Schlachtfelder räumen, die niedergebrannten Dörfer von neuem errichten. Und da Christian eine große Zahl Bergleute und Schmelzer aus Goslar in sein Dorf geführt hat, wirst du, Bruder, bald über mehr Silber verfügen, als du es dir je erträumen konntest.«
Dies war eine Aussicht, die selbst Otto beflügelte und seine Stimmung hob.
»Ich werde reicher als der Löwe selbst, auch ohne die Almosen des Kaisers«, jubelte er, und seine Augen glänzten vom Wein und vom Triumph. »Und aus Christiansdorf mache ich eine Stadt! Ich habe auch schon einen Namen dafür: Freiberg, die Stadt am Freien Berge.«
»Vergiss nicht die steinerne Brücke bei Dresden, die du bauen sollst«, erinnerte Dietrich. Dem Kaiser war die Sache nicht nur wichtig, weil eine Brücke das Reisen und den Handel erleichtern würde, sondern auch für den Fall, dass er schnell Truppen nach Böhmen führen musste.
Doch die Worte des Markgrafen der Lausitz gingen in den lauten Gesprächen und dem jäh einsetzenden Scharren von Stühlen unter. Hedwigs Bruder Bernhard von Aschersleben, der neue Herzog von Sachsen, war aufgestanden, um einen Trinkspruch auszubringen, und alle Anwesenden folgten ihm und hoben die Becher.
»Auf den Frieden! Möge er lange währen!«
»Auf den Frieden!«
Dietrich sah zu Hedwig und drückte verstohlen ihre Hand. Heute Nacht, wenn alle anderen vom Wein berauscht waren, würden sie sich heimlich treffen.

Zaghaft steckte der Cellerar des Klosters auf dem Erfurter Petersberg seinen Kopf in den Türspalt, denn der Kaiser hatte alle Bediensteten aus seiner Kammer geschickt – schon vor einer Stunde.

»Euer Majestät, das Mahl ist bereitet, der Abt erwartet Euch … Wenn es Euch genehm ist«, flüsterte er.

Friedrich hob Einhalt gebietend die Hand und schüttelte den Kopf. Er brauchte Zeit für sich, ehe er bereit war, heute noch andere Menschen zu sehen. Er wollte allein sein.

Hastig zog sich der Mönch zurück.

Friedrich trat ans Fenster, den Becher in der Hand. Die Welt lag ihm zu Füßen dort unterhalb des Berges. Er sah fernes Kerzenlicht wie winzige Pünktchen in Fenstern schimmern und das dunkle Band der Gera, die sich in elegantem Bogen um Erfurt wand.

Er starrte hinab und spürte den eisigen Wind, der ihn anfuhr. Es fühlte sich nicht wie ein Sieg an.

EPILOG

Fünfzehn Jahre später

Herzog Heinrich der Löwe;
Burg Dankwarderode in Braunschweig,
5. August 1195

Stille herrschte in dem Gemach, in dem jedermann Heinrich den Löwen im Schlaf wähnte. Oder endlich tot. Hochwürden Isfrid, der Bischof von Ratzeburg, hatte dem Kranken schon vor drei Tagen die letzte Beichte abgenommen, ihm Absolution erteilt und die Sterbesakramente gewährt. Seitdem schien der ganze Hofstaat nur noch darauf zu warten, dass der alte Welfenfürst nach all den vollzogenen Ritualen endlich für immer die Augen schloss.

Doch der Tod schien ihn vergessen zu haben.

Was für eine schludrige Auffassung von Pflichterfüllung!, grollte der Löwe dem Sensenmann in Gedanken. Da lag er nun in seinem Bett, schon seit drei Tagen darauf eingerichtet zu gehen, und der Schnitter trieb sich wer weiß wo herum!

Dabei war Heinrich gar nicht zum Sterben zumute; er fühlte sich munterer, als sein Zustand erwarten ließ. Der Schlaf floh ihn, obwohl tiefe Nacht herrschte. Sicher, sein gebrochenes Bein schmerzte, wie ständig seit seinem unglücklichen Sturz vor mehr als einem Jahr. Auf dem Weg nach Saalfeld – zu einem Treffen mit dem jungen Kaiser Heinrich, Friedrichs

Sohn, der seit dem Tod seines Vaters das Reich regierte – war sein Pferd auf vereister Straße ausgeglitten und hatte ihn aus dem Sattel geworfen. Seit Ostern waren die Schmerzen nun erheblich schlimmer geworden. Auch fühlte er sich matt und fiebrig, und in seinem Magen rumorte es bedrohlich, ob er nun etwas aß oder nicht. Doch er hatte die Ärzte hinausgeworfen. Allesamt Scharlatane, die ihn mit ihren Aderlässen und fragwürdigen Arzneien nur noch mehr quälten, statt Abhilfe zu schaffen.

Und sämtliche Bedienstete hatte er auch hinausgeworfen.

Sobald der Bischof gegangen war, schien es dem Herzog, als würde ihn jedermann mit vorwurfsvollen Blicken auffordern, auch *wirklich* das Zeitliche zu segnen, nachdem er die Sterbesakramente erhalten hatte und alles für seine feierliche Beisetzung vorbereitet war. Es fehlte nur noch … sein Leichnam.

Deshalb hatte er alle fortgeschickt, die in Erwartung reicher Geschenke um ihn herumscharwenzelten. Er hörte, wie sie vor der Tür tuschelten, wie sich Wachen abwechselten und hin und wieder jemand dazutrat, um sich nach dem Befinden des Herzogs zu erkundigen.

Sie können es gar nicht abwarten, bis sie mich los sind!, dachte der alt gewordene Löwe grimmig. Sie lauern wie die Aasgeier, und sobald ich meinen letzten Atemzug getan habe, werden sie mir die Ringe von den Fingern zerren und meine Truhen durchstöbern, sofern ihnen nicht jemand Einhalt gebietet.

Er wollte die scheinheiligen Mienen nicht länger ertragen; sie regten ihn nur auf.

Sollte ein Mann in seiner Lage nicht die ihm noch gewährte Zeit nutzen, um in Ruhe über das Leben nachzudenken, das er geführt hatte? War es nicht das, was Gott jetzt von ihm erwartete?

Der Fürst auf seinem Sterbelager stemmte sich ächzend ein wenig hoch und griff nach dem Weinbecher, der auf einem Tischchen neben seinem Bett stand, zusammen mit einem

Kreuz, einer brennenden Kerze und einem Gebetbuch. Es kostete den Herzog einige Zeit und Mühe, bis er wieder eine bequeme Position in seinem Bett gefunden hatte.
Eine Weile lauschte er auf das Gewisper vor der Tür – offenbar zwei Knappen, die sich leise stritten, wer von ihnen hineingehen sollte, um nachzuschauen, ob ihr Herr überhaupt noch am Leben war.
Ein Plumpsen, ein verhaltener Aufschrei ... und noch mehr heftiges Getuschel. Die Burschen fürchteten sich offenbar davor, ohne Aufforderung einzutreten.
Gut so! Er war schon immer ein furchteinflößender Mann gewesen, und daran würde sich auch nichts ändern, ehe sein Leichnam in feierlicher Prozession hinüber in die Stiftskirche Sankt Blasius getragen wurde.
Ihn überkam die unbändige Lust, den beiden Streithähnen einen Streich zu spielen.
»Kommt endlich einmal jemand, um sich um seinen Fürsten zu kümmern?!«, brüllte er donnernd zur Tür hin.
Das Gewisper erstarb schlagartig, vorsichtig wurde die mit kunstvollen Beschlägen verzierte Tür geöffnet, ein Blondschopf sah ängstlich herein und schob sich dann in die Kammer, gefolgt von einem zweiten Knappen, dieser mit rötlichem Haar.
»Die Kerze blakt und rußt abscheulich, ersetzt sie gefälligst durch eine neue! Oder soll ich etwa in dem Qualm ersticken?«, blaffte er die beiden Burschen an.
Dabei hatte die Kerze ganz ruhig gebrannt, bis der Luftzug von der sich öffnenden Tür sie zum Flackern brachte.
»Nein, Euer Durchlaucht! Ja, Euer Durchlaucht!«, stammelte der größere der beiden Jungen, holte ein Kästchen aus einer Truhe, nahm eine frische Bienenwachskerze heraus und tauschte sie gegen die zur Hälfte heruntergebrannte aus.
Ein Kammerdiener huschte herein, verneigte sich tief und fragte nach weiteren Wünschen Seiner Durchlaucht.

»Anderen Wein, dieser hier schmeckt ja wie Essig!«, befahl der Fürst grimmig. »Gibt es schon Kunde von meinem ältesten Sohn?«

Mit Bedauern und unter vielen ängstlichen Verbeugungen verneinte der Mann.

Die Söhne des Löwen waren in alle Winde verstreut; zwei – Lothar und Wilhelm, sein Jüngster – als Geiseln beim Kaiser, Otto beim englischen König Richard Löwenherz. Doch seinen Ältesten, Heinrich, inzwischen Pfalzgraf bei Rhein, hatte er benachrichtigen lassen, damit er käme. Er war wohl noch unterwegs.

»Dann holt mir einen Geistlichen, damit er mir aus meiner Familienchronik vorliest!«

Der Diener buckelte erneut. »Sofort, Durchlaucht!«, hauchte er und huschte davon.

Heinrich der Löwe hatte in den zurückliegenden Jahren mehrere kostbare Bücher schreiben und illuminieren lassen. Das größte würde wohl noch in hunderten von Jahren als einmaliger Schatz betrachtet werden: das Evangeliar für den Marienaltar der von ihm gestifteten Kirche Sankt Blasius und Sankt Johannis. Jede der mehr als zweihundert Seiten war über und über mit Bildern und kunstvoll verschlungenen Ornamenten in Gold und leuchtenden Farben bedeckt. Das Buch erzählte die Heilsgeschichte und verband sie mit seinem Leben und dem Mathildes.

Ach, Mathilde! Seine geliebte Frau war dreiunddreißigjährig von ihm gegangen, still und fromm, nachdem sie ihm fünf Kinder geschenkt und die Schmach des Exils mit ihm geteilt hatte. An ihrer Seite würde er ruhen, wenn diese Posse hier zu Ende war, in der prachtvollen Kirche, die er gleich gegenüber seiner Pfalz bauen ließ, ausgerichtet auf das Altarkreuz und auf den riesigen siebenarmigen Leuchter, den er gestiftet hatte und der höher war als zwei Männer.

Der eintretende Geistliche unterbrach Heinrichs Erinnerungen an seine zweite Gemahlin. Aber das Buch, aus dem er vorlesen sollte, würde diese Erinnerungen lebendiger machen denn je.

Als Heinrich wieder erwachte, wusste er zuerst nicht, was geschehen war. Zwei Kerzen spendeten in der Kammer mildes Licht. Der Geistliche hatte den Kopf auf das Buch gelegt und schnarchte leise vor sich hin.

Sie waren wohl beide eingeschlafen …

Wecken wollte er den alten Mann nicht; der hatte sich in den letzten Wochen redlich bemüht, ihm die Zeit des Krankenlagers zu verkürzen. Hatte ihm erbauliche Kapitel aus der Bibel und die ruhmreiche Geschichte der Welfen vorgelesen, die von klugen Köpfen fast bis zu Adam und Eva nachgewiesen worden war.

Bedächtig sah sich der Fürst um. Er fühlte sich nicht weniger lebendig als vor diesem Schlummer. Es war immer noch Nacht, der Mond leuchtete ins Fenster. Auf den Gängen schien Totenstille zu herrschen.

Totenstille. Er musste grinsen. Kein Wort könnte seine Umstände zutreffender beschreiben.

Statt erneut die Dienerschaft aufzuscheuchen oder sich zu erkundigen, ob nicht sein Sohn nun endlich vom Rhein eingetroffen sei, verschränkte er die Arme unter dem Kopf und sinnierte.

Sein ganzes Leben lang hatte er gekämpft – um den gebührenden Platz für das Fürstengeschlecht der Welfen, gegen viele Feinde, die schon seinem erlauchten Vater den Thron gestohlen hatten.

Kaum achtzehnjährig war er Anführer eines großen Heeres gewesen, beim Wendenkreuzzug vor fast einem halben Jahrhundert. Das Land der Abodriten hatte er erobert und dem christlichen Glauben unterworfen, vier Dome gestiftet, er war ins Heilige Land und ans Grab des Heiligen Jakob in Com-

postela gepilgert, hatte zusammen mit dem Kaiser Friedrich Rotbart Krieg gegen die Lombarden geführt und ihm bei dessen Krönung in Rom das Leben gerettet.
Doch wenn er die lange Liste seiner Feinde durchging, derjenigen, die ihm die Herzogstitel nicht gönnten, weder für Sachsen noch für Bayern, die sich gegen ihn verschworen, verbündet und erhoben hatten …
Sie hatten sich nicht nur immer wieder blutige Nasen geholt, was ihm ein triumphierendes Lächeln aufs Gesicht rief. Er hatte sie auch alle überlebt! Mehr noch: Seine erbittertsten Gegner waren nicht nur schon vor Jahren oder gar Jahrzehnten dahingegangen – viele von ihnen fanden ein wirklich erbärmliches Ende, mussten ihre Söhne vor der Zeit begraben oder mit ansehen, wie sie versagten.
Ganze Häuser waren verschwunden oder in der Bedeutungslosigkeit versunken!
Als Erster der Bär. Der war noch ein Recke vom alten Schlag gewesen, ein Haudrauf und steter Störenfried. Albrecht der Bär hatte einst mit einem unerhörten Schurkenstreich verhindert, dass sein – Heinrichs – Vater zum König gewählt wurde. Er hatte ihm die Krone gestohlen, die sich dann dreist Konrad von Staufen aufsetzte. Aber dem hatte sie wahrlich kein Glück gebracht. Konrads Regentschaft war ein einziger Fehlschlag, und am Ende ging er erbärmlich am Wechselfieber zugrunde.
Der alte Bär war nun schon fünfundzwanzig Jahre tot, und keiner seiner Söhne hatte auch nur annähernd das Zeug, ihm als Herrscher nachzufolgen. Ein Haufen Versager, und der Schlimmste von ihnen war der kleine Bernhard, der sich zwar Herzog von Sachsen nannte, aber so gut wie jede Schlacht und jede Belagerung verlor. Die Sachsen erkannten ihn ebensowenig als ihren Herrscher an wie einst seinen Vater, den Bären.
Die Babenberger, die schon Feinde seines Vaters waren und die ihm das Herzogtum Bayern abspenstig gemacht hatten, waren fast in der Bedeutungslosigkeit versunken. Leopold

von Österreich war bei einem Turnier vom Pferd gestürzt, wobei er sich ein Bein brach, und starb vor einem Jahr – ganz sicher Gottes Strafe für die Gefangennahme von Richard Löwenherz, dem englischen König, Mathildes Bruder und Gönner seines Sohnes Otto, bei dessen Rückkehr vom Dritten Kreuzzug.
Als Nächste auf seiner Liste folgten die Landgrafen von Thüringen, von denen er sogar zwei Generationen überlebt hatte! Ludwig der Eiserne war schon vor mehr als zwanzig Jahren dahingegangen, sein Erstgeborener vor fünf Jahren elend an der Ruhr gestorben, auf der Rückreise vom fatal gescheiterten Dritten Kreuzzug. Fern der Heimat in Zypern. Sein Bruder Hermann hatte erhebliche Mühe gehabt, vom jungen Kaiser Heinrich VI. mit der Landgrafschaft Thüringen belehnt zu werden.
Und die Wettiner … Die erwischte es bei näherer Betrachtung vielleicht am schlimmsten von allen, dachte er mit spätem Triumph.
Der alte Markgraf Konrad hatte sich mit dem damals noch jungen Kaiser Friedrich angelegt, musste abdanken und ins Kloster gehen, wo er kurz darauf verstarb. Sein Ältester, Otto, musste die Schmach erleben, dass ihn sein erstgeborener Sohn Albrecht gefangen setzte. Den eigenen Vater! War denn das zu glauben?
Der Kaiser entschied zu Albrechts Gunsten, und Otto starb kurz darauf – vielleicht an der Schande. Doch der neue Markgraf von Meißen hatte es in kürzester Zeit geschafft, sich so viele Feinde zu machen, dass er vor zwei Wochen in der Silberstadt Freiberg vergiftet worden war. Sein Leichnam soll bestialisch gestunken haben, berichteten die Spione.
Ottos Bruder Dietrich war schon vor zehn Jahren verstorben. Vorher musste er seinen einzigen legitimen Sohn zu Grabe tragen, der – noch ganz jung und die einzige Hoffnung seines Vaters – bei einem Turnier verunglückte.

Und ihr feister Bruder Dedo starb vor fünf Jahren bei dem aberwitzigen Unternehmen, sich das Fett aus dem Leib schneiden zu lassen.
Von der ganzen wettinischen Linie war außer Dedos Söhnen nur noch Albrechts jüngerer Bruder Dietrich übrig, und dem würde der Kaiser bestimmt nicht die Mark Meißen und die Lausitz überlassen. Vererbt wurde vom Vater auf den Sohn, nicht auf den Bruder! Heinrich, der nun Kaiser war, der älteste überlebende Sohn seines einstigen Freundes Friedrich, würde sich ganz sicher die günstige Gelegenheit nicht entgehen lassen, an die reichen Freiberger Silberbergwerke zu gelangen.
Der sechste Welf, mit dem er, der Löwe, wegen des Erbes in Streit geraten war und der vor dreieinhalb Jahren in Memmingen das Zeitliche gesegnet hatte, der hatte es nie verwunden, dass sein einziger Sohn in Siena qualvoll gestorben war.
Ja, und Rainald von Dassel, sein durchtriebenster Gegner … Höchstwürden war an ebendieser Seuche qualvoll vor Rom verreckt – seine Strafe für die Verschwörung gegen ihn, den Löwen! Und auch Rainalds Nachfolger Philipp von Köln war an einer Seuche gestorben. Fraglos als Strafe dafür, dass er nach dem Urteilsspruch des Kaisers halb Westfalen an sich gerissen hatte.
Was sagst du dazu, Rainald, wenn du vom Himmel auf uns herabschaust? Sofern du überhaupt dort eingelassen wurdest. Aber fromm ist er ja gewesen, der Ränkeschmied …
Ächzend zerrte der Braunschweiger Fürst an seinem verschwitzten Nachthemd herum, das sich unter seinem Körper zusammenknüllte. Mathilde hatte es einst eigenhändig bestickt, mit Löwen an den Säumen, die allerdings mehr wie Kätzchen aussahen.
Doch der alte Herzog rief niemanden herbei, um seine Kleider wechseln zu lassen. Nicht nur, weil ihn die Stickerei wehmütig an Mathilde denken ließ, sondern auch um sich die Schmerzen zu ersparen, die das Wechseln mit sich bringen würde. Soll-

ten sie ihn doch waschen und umkleiden, sobald er endlich gestorben war!

Ich habe sie alle überlebt, war Augenzeuge ganzer Zeitenwenden, dachte er erneut mit ungläubigem Staunen ... Ich habe sogar Wichmann überlebt, einen Mann, der unglaubliche *vierzig Jahre* Erzbischof von Magdeburg war!

Heinrich der Löwe hob ächzend die Arme und kreuzte sie erneut unter seinem Hinterkopf, um so bequem wie möglich zu liegen. Denn nun, das war ihm klar, konnte er sich nicht länger davor drücken, seine Gedanken auf Friedrich zu richten, seinen Vetter. Kaiser nur dank *seiner* Stimme! Er hatte Friedrich in Rom das Leben gerettet, kaum dass ihm der Papst die Krone auf den roten Schopf gedrückt hatte! Und hatte unendlich viel Geduld bewiesen, bis der gekrönte Vetter endlich sein Versprechen einlöste und ihm als zweites Herzogtum das reiche Bayern zusprach.

Da durfte ihm, Heinrich, niemand vorhalten, sich diesen oder jenen Gewaltstreich herausgenommen zu haben.

Doch dann hatte Friedrich ihre Freundschaft verraten, dem Drängen der Fürsten nachgegeben und ihn fallenlassen, ihm seine Titel und Herzogtümer genommen und ihn in die Verbannung geschickt. Zweimal sogar, nachdem er es ablehnte, den Kaiser zum Dritten Kreuzzug zu begleiten.

Aber Friedrich war elend auf dem Weg ins Heilige Land gestorben, ohne es je zu erreichen ...

Was wollte ein Siebzigjähriger auch noch auf einem Kreuzzug, zumal auf dem kräftezehrenden und gefährlichen Landweg dorthin?

Schauderhaft, was über die Umstände von Friedrichs Tod und den Umgang mit seiner sterblichen Hülle erzählt wurde. Wegen der raschen Verwesung in der Sommerhitze Anatoliens musste sein Fleisch von den Knochen abgekocht werden, wie es einst auch bei seinem eigenen Großvater geschah, dem Kaiser Lothar von Süpplingenburg, nachdem der vor fast sechzig

Jahren beim Rückzug über die verschneiten Alpen in Tirol gestorben war.
Lothars Gebeine allerdings wurden feierlich in Königslutter beigesetzt, wo auch sein Vater ruhte, Heinrich der Stolze. Doch Friedrichs Gebeine gingen vor Akkon verloren. Dort, wo dann auch sein vielversprechender zweitältester Sohn am Typhus starb: Friedrich, der Herzog von Schwaben.
Tote über Tote.
Und *er* lebte. Immer noch.
Er könnte auf ihren Gräbern tanzen!
Er hatte sie alle überlebt.
Seine festlich ausgestattete Grabstätte in Sankt Blasius, nur wenige Schritte von seiner prächtigen Pfalz Dankwarderode in Braunschweig entfernt, würde von gewaltigem Reichtum, von Gottesfurcht, von der Macht seines Hauses künden.
Und wer weiß …
Friedrichs Sohn, Kaiser Heinrich VI., hatte sich auf Sizilien schwer mit dem Wechselfieber infiziert. Jeder wusste, wie gnadenlos diese Krankheit selbst tapfere Männer in die Knie zwang. Vielleicht würde der junge Kaiser nicht lange leben. Und sein einziger Sohn zählte kaum mehr als ein halbes Jahr. Kleine Kinder starben schnell, wie er aus leidvoller Erfahrung wusste.
Sollte also der junge Kaiser an dem Fieber sterben, würde der Streit um den Thron sofort von neuem entbrennen. Dann hatten seine, des Löwen Söhne gute Chancen, endlich das zu erreichen, was ihm und seinem erlauchten Vater versagt geblieben war. Otto verstand sich bestens mit seinem Oheim Richard Löwenherz. Mit Protektion des englischen Königs könnte Otto die Kaiserkrone erobern.
Wenn er, Heinrich, nun also Rückschau hielt auf sein Leben, durfte er trotz vorübergehender Entmachtung und Verbannung, trotz dieses tiefen Sturzes, eine glänzende Bilanz ziehen. Und wenn ihn in der nächsten Stunde der Tod holte – nur zu!

Er würde dennoch über alle seine Gegner und Neider triumphieren.
Seine Hinterlassenschaft als Eroberer, Stifter und Förderer von Städten würde Jahrhunderte überdauern. Die Gebiete Ostelbiens, der Aufschwung Braunschweigs und Lübecks, die Burg Dankwarderode, die von ihm gestifteten Dome, kunstfertige Bücher, der bronzene Löwe, der grimmig sein geöffnetes Maul gen Osten reckte. Und seine Söhne, von denen einer vielleicht einmal Kaiser werden würde.
Der erste Welfenkaiser.

Historische Anmerkungen der Autorin

Otto wird tatsächlich der erste – und einzige – Welfenkaiser, aber erst nach heftigen Turbulenzen und auch nicht für lange.

Für diejenigen, die gern etwas über das weitere Schicksal meiner zahlreichen historisch verbürgten Romanfiguren erfahren möchten, habe ich für dieses Buch eine besonders umfangreiche Zeittafel zusammengestellt, die die wichtigsten Ereignisse der gesamten Romanreihe und darüber hinaus im Überblick zusammenfasst.

Und denjenigen unter Ihnen, die gern noch etwas über die späteren Jahre Friedrichs bis zu seinem Tod, den bösen Bruderzwist zwischen Dietrich und Albrecht, Ottos Gefangennahme durch seinen ältesten Sohn, den Dritten Kreuzzug und den Tod Friedrichs, den Deutschen Kreuzzug seines Sohnes Heinrich VI. und vieles mehr erfahren möchten, seien Band 4 und 5 meiner »Hebammen-Saga« ans Herz gelegt: *Der Fluch der Hebamme* und *Der Traum der Hebamme,* die sich nahtlos anschließen. Deshalb endet auch die Romanreihe »Schwert und Krone« im Jahr 1181. Die Geschehnisse danach schildere ich in den genannten Büchern ausführlich.

Auch in dem historischen Roman *Preis der Macht,* den Sie gerade in Händen halten, dem Finale von »Schwert und Krone«, finden Sie erneut so Unglaubliches, dass Sie womöglich meinen, es sei meiner überbordenden Phantasie entsprungen.

Aber wie Sie vielleicht schon wissen, ist es mein Bestreben, *verbürgte* Geschichte zu erzählen, so gut es uns heute nach so vielen Jahren möglich ist, und nur die Lücken mit Phantasie zu füllen.

Gehen wir der Reihe nach vor. So ist diese schreckliche Seuche vor Rom keine Projektion aktueller Ereignisse – es gab sie wirklich. Schließlich kommt sie auch schon am Ende von Band 4 vor, der 2019 erschien. Sogar die verstörende Begebenheit von der tot in den Zelten aufgefundenen Hundertschaft ist belegt.

Auf dem Rückzug des kaiserlichen Lagers Richtung Alpenpässe gab es tatsächlich mehrere – zum Teil blutige – Überfälle, die schlimmsten weiter nördlich als der von mir erdachte. Und auch die Ereignisse in Susa einschließlich der nächtlichen Flucht des Kaisers sind überliefert – ebenso dass Beatrix lachend zugesehen haben soll, wie Susa später in Flammen aufging.

Auch bei der Beschreibung der Kriegsgräuel folge ich den überlieferten Berichten, z. B. vor Alessandria, beim Brand in Halberstadt und beim Anmarsch der Brabanzonen auf Haldensleben.

Als Beatrix in Pavia vom vermeintlichen Tod des Kaisers erfuhr, soll sie Trauerkleidung angelegt haben – meiner Ansicht nach eine Projektion aus dem 19. Jahrhundert, denn explizite Trauerkleidung gab es im 12. Jahrhundert eigentlich nicht, und das Leben ihres Sohnes zu sichern, hatte für sie in dieser Lage gewiss erst einmal Vorrang. Das ist meine Lesart.

Ebenso meine eigene Interpretation ist die Episode mit dem »Kniefall vor Chiavenna«. Moderne Historiker bezweifeln, dass der Kaiser tatsächlich vor seinem Vasallen auf ein Knie gegangen sei. Vielleicht ist meine Version sogar die wahrscheinlichere.

An einigen Stellen – und darüber bin ich Ihnen Rechenschaft schuldig – habe ich den Geschichtsverlauf aus dramaturgischen Gründen geändert, aber das betrifft nur relativ unbedeutende Details.

Markgraf Dietrich war nicht in Legnano dabei, er kam erst

später nach Italien, nachdem er die Beisetzung seines Sohnes arrangiert hatte, der wirklich ganz jung bei einem Turnier starb – allerdings 1175, nicht wie im Buch schon 1174.
Der tränenreiche Bittgang der Familie zu Wichmann hat sich aber zugetragen.
Beatrix weilte während Friedrichs Friedensschluss mit Papst Alexander nicht in Venedig, sondern ein ganzes Stück entfernt in Rovigo – vermutlich, weil sie sich wegen der Forderung nach ihrer erneuten Krönung fernhalten wollte. Aber ich konnte der Versuchung nicht widerstehen, hier einmal das Geschirr durch den Palazzo des Dogen fliegen zu lassen. Der Streit um eine erneute Krönung von Beatrix soll zwischen dem Kaiserpaar zu deutlicher Verstimmung geführt haben.
Auch ihr Briefwechsel mit Mathilde von England ist von mir erdacht.
Das Sterbedatum Albrechts des Bären ist überliefert, doch nicht sein Sterbeort. Ballenstedt ist eine Möglichkeit, und ich halte es für plausibel, dass er dorthin ging, wo ihn seine geliebte Sophia bereits erwartete.
Die Begegnung Wichmanns mit dem Löwen in Stade habe ich erfunden. Aber irgendwie muss er ihn ja überzeugt haben.
Sie werden verstehen – das sind alles unbedeutende Eingriffe, die ich hier nur für die Puristen festhalte.
Aber dies muss ich noch gestehen: Das Verhältnis zwischen Dietrich und Hedwig ist eine Unterstellung von mir. So viel dichterische Freiheit möge mir der Leser gewähren!
Denn ich weiß natürlich, mit dem Auftauchen des Spielmanns Witko erwarten wohl vor allem viele Leserinnen eine Liebesgeschichte, in der er mit Agnes durchbrennt und glücklich wird. Ehrlich: Ich hab's versucht! Habe drei Tage lang Gedanken gewälzt, aber alles führt für mich immer nur zu dem Ergebnis, was auch Dietrich Witko vorrechnet. Es war einfach undenkbar.
Damit wären wir bei einem Thema, das mir besonders am

Herzen liegt: das Leid der jungen Mädchen und Frauen jener Zeit, die ohne gefragt zu werden zumeist sehr jung an viel ältere Männer gegeben wurden und weitgehend rechtlos waren. Seine Ehefrau zu verprügeln, galt als »gutes Recht« eines Mannes, und Liebe spielte bei einer Eheschließung keine Rolle, wurde sogar als hinderlich erachtet, eine gute Mitgift auszuhandeln.

Hinweisen möchte ich darauf, dass ich im Text Begriffe verwende, die damals noch nicht gebräuchlich waren, wie Zweiter Kreuzzug, Staufer, Askanier und andere. Das geschah für ein besseres Verständnis beim Lesen.

Dafür kann ich Ihnen auch enthüllen, dass ich im Text ein paar kleine Perlen für Insider versteckt habe. So heißt das von Friedrich scherzhaft »Klösterlein« genannte Stift bei Aue heute wirklich »Klösterlein Zelle«. Die im Magdeburger Dom erhaltenen Schuhe Wichmanns sind wirklich mit in Gold gefassten Saphiren und Türkisen besetzt. Mathildes Benimmregeln für Damen schrieb wenige Zeit später Robert de Blois nieder. Und so manche im Text erwähnte Urkunde, so manches erteilte Privileg für einzelne Städte wird von den Lesern vielleicht auch wiedererkannt.

Ganz zu schweigen von Andeutungen, die sich in der Zukunft einmal erfüllen werden.

Es ging mir in diesem Romanzyklus nie darum, einem Kaiser oder einem Fürsten ein Denkmal zu setzen – das wäre weder angemessen noch zeitgemäß. Ich zeige hier den gnadenlosen Kampf um die Macht. Ein zeitloses Thema. Und ein solides Geschichtswissen aus gründlich recherchierten Romanen steht uns gut an. Es vermittelt uns nicht nur, wie unsere Vorfahren lebten und welche Leistungen sie vollbrachten, es lässt auch Muster erkennen.

Geschichte macht uns klüger. Und sie lässt uns die Errungenschaften der Gegenwart mehr wertschätzen.

Danksagung

Geschafft! Fünf Jahre meines Lebens habe ich an diesem dreitausend Seiten starken Epos gearbeitet, habe sozusagen umgeben von meinen Romanfiguren gelebt. Anfangs war ich mir nicht sicher, ob man eine Romanreihe, die im 12. Jahrhundert spielt, mit fast durchweg historisch belegten Personen füllen kann – und siehe da!
Eine weitere Schwierigkeit bestand darin – vor allem beim fünften Band, der sich zeitlich mit der ebenfalls mehr als dreitausend Seiten umfassenden »Hebammen-Saga« überschneidet –, beide Reihen miteinander zu verzahnen, ohne dass es zu Doppelungen kommt. Bei unverzichtbaren Ereignissen gab es deshalb hier klare Perspektivwechsel.
Aber ich weiß aus den Leserbriefen, dass diese Verbindungen freudig aufgenommen werden. Es ist auch ein Dankeschön an all die Leser, die meinen Romanen die Treue halten, seit der erste im Jahr 2006 erschien.
Nun haben Sie also alles in allem sechstausend Seiten geballtes deutsches Hochmittelalter in Händen – mal aus der Perspektive der »kleinen Leute«, mal aus der Perspektive der Fürsten erzählt.
Und das ist ziemlich spannend.

Viele Menschen haben dazu beigetragen, dass aus einer Textdatei ein Buch wurde, wie sie es nun vor sich liegen haben. Dafür bedanke ich mich ausdrücklich bei den Mitarbeitern des Verlags Droemer Knaur, die – jeder an seinem Platz – daran Anteil haben.
Besonderer Dank für Ermutigung und sonstige Unterstüt-

zung geht an meinen Agenten Roman Hocke und sein Team der AVA International, an Christine Steffen-Reimann im Verlag und an Silvia Kuttny-Walser für ihr wie immer sorgfältiges und inspirierendes Lektorat.

Bei den extrem aufwendigen Recherchen durfte ich mich auf Unterstützung von zwei Historikern verlassen: Dr. Michael Linder (Berlin) und Stefan Auert-Watzik (Zörbig).

An sie konnte ich mich wenden, wenn knifflige Fragen aufkamen, ich eine These bestätigt oder verworfen haben wollte, und ich verdanke ihnen äußerst nützliche Literaturtipps. Danke auch für eure Zuversicht, dass meine Darstellung des zwölften Jahrhunderts glaubwürdig ist!

Dass diese Reihe mit etlichen Extras ausgestattet ist, nämlich mit Karten und genealogischen Tafeln, verdanke ich Professor Andreas Kowanda (Dresden), Thomas Zimmermann (Hof) und Stefan Auert-Watzik. Danke! Ihr habt dieses Buch damit bereichert und vielen interessierten Lesern eine Freude bereitet.

Und ein großartiger Zusatzeffekt: Die für diese Romanreihe geschaffenen Karten sind etwas ganz Neues und finden mittlerweile – ohne die grafische Ausgestaltung – auch Einsatz in der Lehre an mehreren Hochschulen.

Wie immer geht an dieser Stelle ein herzlicher Dank an die Mitglieder des Reenactment-Vereins »Mark Meißen 1200«. Ich lerne so viel von euch, unsere gemeinsamen Veranstaltungen inspirieren mich und helfen mir, mich in eine längst vergangene Zeit einzufühlen. Und es sind dabei Freundschaften gewachsen, die mein Leben bereichern und die ich nicht mehr missen möchte.

Ganz spezieller Dank geht hier noch an Dr. Tino Gottschall (Dresden) für die kritische Lektüre des Manuskripts, an Ralf Gommlich für Hinweise zum Schwertkampf und an die Restauratorin Ulrike Müller (Oschatz) für ihre Hinweise zum Schreiben auf Pergament.

Für wichtige Details zu Stadtbränden danke ich Michael Tatz vom Kreisfeuerwehrverband Freiberg.

Nun möchte ich noch einige Worte an all die Buchhändler richten, die in diesem Jahr unter besonders schwierigen Bedingungen ihre Arbeit stemmen mussten und es dennoch mit Leidenschaft und Mut taten. Bücher sind ein unverzichtbares Kulturgut. Danke, dass Sie meine bisher erschienenen Romane so gut präsentiert und empfohlen haben! Ich hoffe, Sie tun es auch für diesen hier.

Und was wären wir Bücherschreiber ohne Leser?
Ich darf mich glücklich schätzen, über viele Jahre hinweg eine sehr treue, liebenswerte und wissbegierige Lesergemeinde zu haben, und sie wächst sogar noch. Das betrachte ich als ein wunderbares Geschenk.
Bitte, bleiben Sie dem Lesen treu!
Denn wir wissen: Bücher lassen uns an Orte und in Zeiten reisen, die wir sonst nie erreichen könnten.
Mit meinen Romanen will ich Sie auf eine ganz besondere Zeitreise mitnehmen. Ich hoffe, Ihnen damit Freude, Entspannung und – so ganz nebenbei – auch diesen oder jenen Erkenntnisgewinn zu bieten.
Ich habe mein Bestes getan, mit diesem Buch noch einmal die Vorgängerbände zu übertreffen. Das sind Autoren ihren Lesern schuldig, finde ich. Und nun musste ich schließlich ein Mammutwerk mit dreitausend Seiten und zahllosen Erzählsträngen zu einem würdigen Ende bringen. Ich hoffe, es ist mir gelungen, Sie haben daran Freude und empfinden Lesegenuss.
Nun lege ich dieses Buch vertrauensvoll in Ihre Hände.

Ihre Sabine Ebert, Dresden, August 2020

ANHANG

Die Staufer I
Stammtafel (1079–1250)

[Auert-Watzik 2020 nach Weinfurter 2002, Seibert/Dendorfer 2005, Schneidmüller 2010, Engels [9]2010 und Görich [3]2011]

2.1

Friedrich II. (um 1090–1147)
∞ 1120/1133
1. Judith v. Bayern (um 1100-1130/31)
2. Agnes v. Saarbrücken
(um 1115–nach 1147)
Hz. v. Schwaben 1105–1147

3.1 **aus 1. Ehe**

Friedrich I. Barbarossa
(1122–1190)
∞ 1147/1156
1. Adela v. Vohburg
(vor 1127–nach 1187) [Scheidung 1153]
2. Beatrix v. Burgund
(um 1140–1184)
Hz. v. Schwaben 1147–1152 (1157)
Röm.-Deutscher Kg. 1152–1190
Ks. 1155–1190
Kg. v. Burgund 1178–1190

3.2

Bertha (Judith)
(gest. 1194/95)
∞ 1139
Matthäus I.
(um 1110–1176)
Hz. v. Lothringen 1139–1176

3.3 **aus 2. Ehe**

Judith (Jutta)
(um 1131–1191)
∞ 1150
Ludwig II. »der Eiserne«
(1128–1172)
Lgf. v. Thüringen 1140–1172

4.12

Friedrich
(gest. vor 1189)

Sämtliche Nachkommen aus 2. Ehe

4.1

Beatrix
(1162/63–ca. 1174)

4.2

Friedrich V.
(1163–1170)
Hz. v. Schwaben 1167–1170

4.3

Heinrich VI. (1165–1197)
∞ 1186
Konstanze v. Sizilien
(1154–1198)
Röm.-Deutscher Kg. 1169–1197
Ks. 1190–1197
Kg. v. Sizilien 1194–1197

4.4

(Konrad)
Friedrich V.
(1167–1191)
Hz. v. Schwaben 1170–1191

4.5

Gisela
(1168–1184)
∞ 1184
Richard I. Löwenherz
(1157–1199)
Kg. v. England 1189–1199

5.1

Friedrich II. (1194–1250)
Kg. v. Sizilien 1198–1250
Röm.-Deutscher Kg. 1212–1250
Ks. 1220–1250

1.0

Friedrich I. (um 1050 – 1105)
∞ 1086/87
Agnes v. Waiblingen
(um 1072/73 – 1143)
Hz. v. Schwaben 1079 – 1105

2.2

Konrad III. (um 1093 – 1152)
∞ vor 1134
Gertrud v. Sulzbach (um 1110 – 1146)
Hz. v. Franken 1116 – 1120
Röm.-Deutscher Gegenkg. 1125 – 1135
Röm.-Deutscher Kg. 1138 – 1152

2.3

Fides (Gertrud)
(um 1136 – bezeugt 1182)
∞
Hermann v. Stahleck
(gest. 1156)
Pfgf. bei Rhein 1142/43 – 1156

3.4

Konrad
(um 1134/35 – 1195)
∞
Irmgard v. Henneberg
(gest. 1197)
Pfgf. bei Rhein 1156 – 1195

3.5

Liutgard
(gest. nach 1155)

3.6

Heinrich-Berengar (Heinrich VI.)
(um 1137 – 1150)
Mitkg. 1147 – 1150

3.7

Friedrich IV.
(1144/45 – 1167)
∞ 1166
Gertrud v. Sachsen u. Bayern
(um 1154 – 1197)
Hz. v. Schwaben (1152) 1157 – 1167
Hz. v. Rothenburg 1164 – 1167
Herr des Egerlandes

ungesichert

4.13

Agnes (um 1176 – 1204)
∞ 1195
Heinrich (V.), der Ältere
(um 1173/74 – 1227)
Pfgf. bei Rhein 1195 – 1212/13 (1227)
Gf. v. Stade u. Dithmarschen 1202 – 1227

4.6

Otto I.
(1170 – 1200)
∞ 1190
Margarethe v. Blois
(um 1170 – 1230)
Pfgf. v. Burgund 1189 – 1200

4.7

Konrad II.
(1172 – 1196)
Hz. v. Rothenburg 1189 – 1191
Hz. v. Schwaben 1191 – 1196

4.8

Rainald
(gest. 1173)

4.9

Wilhelm
(gest. 1176)

4.10

Philipp
(1177 – ermordet 1208)
∞ 1197
Irene v. Byzanz
(1177/80 – 1208)
Röm.-Deutscher Kg. 1198 – 1208

4.11

Agnes
(gest. 1184)

Verwendete Abkürzungen

Äbtn.	Äbtissin	Kg.	König
Bf.	Bischof	Kgn.	Königin
Ebf.	Erzbischof	Ks.	Kaiser
Gf.	Graf	Ksn.	Kaiserin
Gfn.	Gräfin	Lgf.	Landgraf
Gft.	Grafschaft	Lgfn.	Landgräfin
Hz.	Herzog	Mgf.	Markgraf
Hzn.	Herzogin	Mgfn.	Markgräfin
Kf.	Kurfürst	Pfgf.	Pfalzgraf
Kfn.	Kurfürstin	Pfgfn.	Pfalzgräfin

Der Tod Kaiser Heinrichs VI. 1197 ließ die bis Sizilien reichende staufische Herrschaft in »Reichsitalien« zusammenbrechen und schuf im Reich nördlich der Alpen ein Machtvakuum. Vorbehalte gegen ein Königtum des noch minderjährigen Friedrich II. führten zu zwei Königswahlen 1198: Die beiden durch unterschiedliche Parteien gewählten Könige Philipp von Schwaben und der Welfe Otto von Braunschweig beanspruchten das Königsamt jeweils für sich. Die rivalisierenden Könige versuchten in den kommenden Jahren durch unterschiedliche Unterstützer und finanzielle Mittel, mit kriegerischen und diplomatischen Maßnahmen den Konflikt für sich zu entscheiden. Philipp konnte sein Königtum dabei zunehmend im Reich nördlich der Alpen gegen Otto durchsetzen. Auf dem Höhepunkt seiner Macht wurde er 1208 ermordet.

Die Staufer II –
Die Nachkommen Friedrichs I. Barbarossa
Stammtafel (1122–1268)

[Auert-Watzik 2020 nach Seibert/Dendorfer 2005, Oster 2008, Houben 2008, Engels [9]2010, Görich [3]2011, Rader [1]2019 und Stürner 2019/2020]

1.1
Beatrix
(1162/63–ca. 1174)

1.2
Friedrich V.
(1163–1170)
Hz. v. Schwaben 1167–1170

1.3
Heinrich VI. (1165–1197)
∞ 1186
Konstanze v. Sizilien
(1154–1198)
Röm.-Deutscher Kg. 1169–1197
Ks. 1190–1197
Kg. v. Sizilien 1194–1197

1.4
(Konrad)
Friedrich V.
(1167–1191)
Hz. v. Schwaben 1170–1191

1.5
Gisela
(1168–1184)
∞ 1184
Richard I. Löwenherz
(1157–1199)
Kg. v. England 1189–1199

2.1
Friedrich II. (1194–1250)
∞
1. (1209) **Konstanze v. Aragon** (um 1184–1222)
2. (1225) **Isabella v. Brienne** (1212–1228)
3. (1235) **Isabella v. England** (1214–1241)
4. (1244/46) **Bianca Lancia** (um 1200–ca. 1244/46)
[ab 1227 außereheliche Beziehung]
Kg. v. Sizilien 1198–1250
Röm.-Deutscher Kg. 1212–1250
Ks. 1220–1250

Margarethe v. Blois übt 1200–1211 die Regentschaft für ihre Töchter aus

2.2
Johanna
(gest. 1205/06)
Erbtochter v. Burgund 1200–1205/06

3.1 **aus 1. Ehe**
Heinrich (VII.)
(1211–ca. 1242)
∞ 1225
Margarethe v. Österreich
(1204–1266)
Röm.-Deutscher Kg. 1212 (1220) abgesetzt 1235

3.2 **aus 2. Ehe**
Tochter (1226)
Name unbekannt

3.3
Konrad IV.
(1228–1254)
∞ 1246
Elisabeth v. Bayern
(um 1227–1273)
Kg. v. Jerusalem 1228–1254
Hz. v. Schwaben 1235–1254
Röm.-Deutscher Kg. 1237–1254

3.4 **aus 3. Ehe**
Margaretha
(um 1237–11270)
∞ 1254/55
Albrecht II., der Entartete
(1240–1314)
Mgf. v. Meißen 1288–1292

4.1
Heinrich
(gest. 1242/45)

4.2
Friedrich
(gest. 1251)

4.3
Konradin
(1252 – hingerichtet 1268)
Hz. v. Schwaben 1254–1268
Kg. v. Jerusalem 1254–1268
Kg. v. Sizilien 1254/58

Markgrafen v. Meissen

Verwendete Abkürzungen

Äbtn.	Äbtissin	Kg.	König
Bf.	Bischof	Kgn.	Königin
Ebf.	Erzbischof	Ks.	Kaiser
Gf.	Graf	Ksn.	Kaiserin
Gfn.	Gräfin	Lgf.	Landgraf
Gft.	Grafschaft	Lgfn.	Landgräfin
Hz.	Herzog	Mgf.	Markgraf
Hzn.	Herzogin	Mgfn.	Markgräfin
Kf.	Kurfürst	Pfgf.	Pfalzgraf
Kfn.	Kurfürstin	Pfgfn.	Pfalzgräfin

1.0
Friedrich I. Barbarossa
(1122–1190)
∞ 1156
Beatrix (um 1140–1184)
Hz. v. Schwaben 1147–1152
Röm.-Deutscher Kg. 1152–1190
Ks. 1155–1190

1.6
Otto I.
(1170–1200)
∞ 1190
Margarethe v. Blois
(um 1170–1230)
Pfgf. v. Burgund 1189–1200

1.7
Konrad II.
(1172–1196)
Hz. v. Rothenburg 1189–1191
Hz. v. Schwaben 1191–1196

1.8
Rainald
(gest. 1173)

1.9
Wilhelm
(gest. 1176)

1.10
Philipp
(1177–ermordet 1208)
∞ 1197
Irene v. Byzanz
(1177/80–1208)
Röm.-Deutscher Kg. 1198–1208

1.11
Agnes
(gest. 1184)

2.3
Beatrix (gest. 1231)
∞ 1208
Otto VII. v. Andechs
(gest. 1234)
Hz. v. Meranien 1205–1234
Pfgf. v. Burgund 1211–1234
Mgf. v. Istrien 1228/30

Pfalzgrafen v. Burgund
Herzöge v. Meranien

2.4
Beatrix (1198–1212)
∞ 1212
Otto IV. v. Braunschweig
(1175/76–1218)
Hz. v. Aquitanien 1196–1198
Röm.-Deutscher Kg. 1198–1218
(unangefochten 1208–1211)
Ks. 1209–1218

2.5
Kunigunde
(1200–1248)
∞ 1224
Wenzel I.
(um 1205–1253)
Kg. v. Böhmen 1230–1253

2.6
Marie
(1196/1201–1235)
∞ 1215
Heinrich II.
(1207–1248)
Hz. v. Brabant u. Niederlothringen 1235–1248

2.7
Beatrix (die Jüngere)
(1205–1235)
∞ 1219
Ferdinand III.
(1199–1252)
Kg. v. Kastilien u. Leon 1217/30–1252

aus 4. Ehe später legitimiert — **mehrere illegitime Kinder**

3.5
Heinrich
(1238–1254)

3.6
ein Kind
(1241)

(3.7)
Constanza (Anna)
(1230/32–1307)
∞ um 1244
Johannes III. Dukas Vatatzes
(1193–1254)
Basileus (Kaiser) v. Byzanz 1222–1254

(3.8)
Manfred
(1232–1266)
∞ 1259
1. (1247/48) **Beatrix v. Savoyen**
(gest. vor 1258)
2. (1259) **Helena v. Epirus**
(um 1242–1271)
Fürst v. Tarent 1250–1266
Kg. v. Sizilien 1258–1266

(3.9)
Violanta
(vor 1233–nach 1264)

Friedrich II. hatte »[…] mindestens 13 Frauen mit wenigstens 20 Kindern.« (Rader 2019)

aus 2. Ehe

4.4
Beatrix
(urkundlich 1307)

4.5
Friedrich
(gest. nach 1312)

4.6
Heinrich
(um 1262–1318)

4.7
Enzio
(gest. vor 1301)

4.8
Flordelis
(gest. nach 1297)

Die Welfen
Stammtafel (1070 – 1252)

[Auert-Watzik 2020 nach Feldmann 1971, Jordan 1979, Luckhardt/Niehoff 1995, Ehlers 1997/2008 und Schneidmüller [2]2014]

2.1
Welf V. (um 1073 – 1120)
∞ 1089 [getrennt ab 1095]
Mathilde v. Tuszien (um 1046 – 1115)
Hz. v. Bayern 1101 – 1120
Hz. v. Tuszien 1089 – 1095 (1120)
Herr v. Canossa

3.1
Heinrich X. »der Stolze«
(um 1102/08 – 1139)
∞ 1127
Gertrud v. Süpplingenburg
(1115 – 1143)
Hz. v. Bayern 1126 – 1138
Hz. v. Sachsen 1137/38
Mgf. v. Tuszien (Toskana) 1136 – 1139

3.2
Konrad
(um 1105 – 1154)
Mönch in Clairvaux

3.3
Judith (um 1100 – 1130/31)
∞ 1119/20
Friedrich II. (um 1090 – 1147)
Hz. v. Schwaben 1105 – 1147

Staufer

ungesichert

4.1
Heinrich der Löwe (um 1132/33 – 1195)
∞ 1147 [geschieden 1162]/1168
1. Clementia v. Zähringen (gest. 1167)
2. Mathilde v. England (1156 – 1189)
Hz. v. Sachsen 1142 – 1180 / Hz. v. Bayern 1156 – 1180
Gf. v. Stade 1145 – 1180/1189 – 1195
Herr v. Braunschweig, Lüneburg u. Haldensleben 1180 – 1195
Exil in England u. d. Normandie 1182 – 1185/1189

4.2
Kunigunde (gest. 1140/47)
∞
Gottfried I. (gest. 1168/72)
Gf. v. Ronsberg

aus 1. Ehe

5.1
Heinrich
(gest. beim Sturz v. Wickeltisch)

5.2
Richenza
(gest. um 1168)

5.3
Gertrud
(um 1154 – 1197)
∞ 1166/1177
1. Friedrich IV. v. Rothenburg
(1144/45 – 1167)
2. Knut VI. v. Dänemark
(um 1162 – 1202)

Könige v. Dänemark (Haus Estridsson)

5.4
Richenza (Mathilde)
(1172 – 1209/10)
∞ 1189/1204
1. Gottfried II. v. Perche
(gest. 1202)
2. Enguerrand III. de Coucy(1182 – um 1242)

aus 2. Ehe

5.5
Heinrich (V.), der Ältere
(um 1173/74 – 1227)
∞ 1195/1211
1. Agnes v. Staufen (um 1176 – 1204)
2. Agnes v. Landsberg (1192/93 – 1266)
Pfgf. bei Rhein 1195 – 1212/13 (1227)
Gf. v. Stade u. Dithmarschen 1202 – 1227

6.1
Heinrich II.
(um 1196 – 1214)
∞ 1212
Mathilde v. Brabant
(1200 – 1267)
Pfgf. bei Rhein 1212 – 1214

6.2
Irmengard (um 1200 – 1259)
∞ um 1217
Hermann V. (gest. 1243)
Mgf. v. Baden 1190 – 1243

Markgrafen v. Baden

Verwendete Abkürzungen

Äbtn.	Äbtissin	Kg.	König
Bf.	Bischof	Kgn.	Königin
Ebf.	Erzbischof	Ks.	Kaiser
Gf.	Graf	Ksn.	Kaiserin
Gfn.	Gräfin	Lgf.	Landgraf
Gft.	Grafschaft	Lgfn.	Landgräfin
Hz.	Herzog	Mgf.	Markgraf
Hzn.	Herzogin	Mgfn.	Markgräfin
Kf.	Kurfürst	Pfgf.	Pfalzgraf
Kfn.	Kurfürstin	Pfgfn.	Pfalzgräfin

1.0
Welf IV. (um 1030/40 – 1101)
∞ um 1070 (2.)
1. Ethelinde v. Northeim
(um 1050 – nach 1075)
2. Judith v. Flandern
(um 1030 – 1094)
Hz. v. Bayern 1070 – 1077/1096 – 1101

aus 2. Ehe

2.2
Heinrich IX. »der Schwarze«
(um 1074 – 1126)
∞
Wulfhild Billung v. Sachsen
(gest. 1126)
Hz. v. Bayern 1120 – 1126

2.3
Kunizza
(gest. 1120)
∞
Friedrich Rocho
Gf. v. Diessen

3.4
Sophie
∞
Berthold III.
(um 1090 – 1122)
Hz. v. Zähringen
1111 – 1122

Zähringer

3.5
Mathilde (gest. 1183)
∞ 1129
1. Diepold IV. v. Vohburg
(gest. um 1128)
2. Gebhard III.
v. Sulzbach
(um 1114 – 1188)

3.6
Welf VI. (1115 – 1191)
∞ vor 1133
Uta v. Calw
(1115/20 – 1197)
Mgf. v. Tuszien (Toskana) 1152 – 1173
Hz. v. Spoleto 1152 – 1173 (?)
Herr v. Sardinien

3.7
Wulfhild
(gest. nach 1160)
∞
Rudolf
Gf. v. Bregenz

4.3
Elisabeth
(um 1130/35 – 1164/80)
∞ 1150
Rudolf v. Pfullendorf
(um 1100/10 – 1181)

4.4
Welf VII.
(um 1140 – 1167)
Gf. v. Altdorf

5.6
Otto IV. v. Braunschweig
(1175/76 – 1218)
∞ 1212/1214
1. Beatrix v. Schwaben (1198 – 1212)
2. Maria v. Brabant (1190 – 1260)
Hz. v. Aquitanien 1196 – 1198
Röm.-Deutscher Kg. 1198 – 1218
(unangefochten 1208 – 1211)
Ks. 1209 – 1218

5.7
Lothar
(um 1174/75 – 1190)

5.8
Wilhelm
(1184 – 1213)
∞ 1202
Helena v. Dänemark
(um 1180 – 1233)
Hz. v. Lüneburg 1202 – 1213

unehelich

5.9
Mathilde
(vor 1164 – vor 1219)
∞ 1178
Heinrich Borwin I.
(gest. 1227)
Fürst v. Mecklenburg
1178 – 1219/27

6.3
Agnes (um 1201 – 1267)
∞ 1222
Otto II. (1206 – 1253)
Pfgf. bei Rhein 1214/38 – 1253
Hz. v. Bayern 1231 – 1253

Herzöge v. Bayern
Pfalzgrafen bei Rhein

6.4
Otto »das Kind« (1204 – 1252)
∞ 1228
Mechthild v. Brandenburg
(um 1210 – 1261)
Hz. v. Braunschweig-Lüneburg
1235 – 1252

Herzöge v.
Braunschweig-Lüneburg

Herzöge v. Mecklenburg

Das Haus Anjou-Plantagenêt – Die Könige von England
Stammtafel (1028–1216)

[Auert-Watzik 2020 nach Berg 2003/2007, Aurell 2004, Favier 2004 und Turner 2012]

Verwendete Abkürzungen

Äbtn.	Äbtissin	Kg.	König
Bf.	Bischof	Kgn.	Königin
Ebf.	Erzbischof	Ks.	Kaiser
Gf.	Graf	Ksn.	Kaiserin
Gfn.	Gräfin	Lgf.	Landgraf
Gft.	Grafschaft	Lgfn.	Landgräfin
Hz.	Herzog	Mgf.	Markgraf
Hzn.	Herzogin	Mgfn.	Markgräfin
Kf.	Kurfürst	Pfgf.	Pfalzgraf
Kfn.	Kurfürstin	Pfgfn.	Pfalzgräfin

1.0
Gottfried II. Ferréol
(gest. 1042/45)
∞ um 1035
Ermengarde v. Anjou
(um 1018–1076)
Gf. v. Gâtinais 1028/30–1042/45

2.1
Gottfried III. »der Bärtige«
(1040–1097)
Gf. v. Gâtinais 1042/45–1068
Gf. v. Anjou u. Tours 1060–1068

2.2
Fulko IV. »der Zänker« (1043–1109)
∞ (5.) 1089
1. Hildegard de Beaugency
(gest. vor 1070)
2. Ermengarde de Bourbon
3. Ermengarde v. Châtelaillon
4. N.N.
5. Bertrada v. Montfort
(um 1060–1115/16)
Gf. v. Anjou u. Tours 1068–1109
Gf. v. Gâtinais 1068

3.1 **aus 5. Ehe**
Ermengarde (1068–1146)
∞ 1089/93
1. Wilhelm IX. v. Aquitanien
(1071–1126)
2. Alain IV. Fergant v. Bretagne
(vor 1072–1119)

3.2
Gottfried IV. (um 1073–1106)
Gf. v. Anjou

4.1 **aus 1. Ehe**
Isabelle
(1110–1154)

4.2
Gottfried V. »der Schöne« (1113–1151)
∞ 1128
Mathilde (Matilda) v. England
(um 1102–1167)
Hz. der Normandie 1144–1150
Gf. v. Anjou u. Maine 1129–1151

5.1
Heinrich II. »Kurzmantel«
(1133–1189)
∞ 1152
Eleonore v. Aquitanien
(um 1122–1204)
Kg. v. England 1154–1189
Hz. der Normandie 1150–1189
Hz. v. Aquitanien 1152–1172
Gf. v. Anjou 1151–1189

5.2
Gottfried VI.
(1134–1158)
Gf. v. Anjou, Maine u. Nantes

5.3
Wilhelm Langschwert
(1136–1164)

5.4 ff.
mehrere uneheliche Kinder

6.1
Wilhelm v. Poitiers
(1153–1156)

6.2
Heinrich der Jüngere (1153–1183)
∞ 1160
Margarethe v. Frankreich
(um 1158–1197)
Mitkg. v. England 1170–1183

6.3
Mathilde
(1156–1189)
∞ 1168
Heinrich der Löwe
(um 1132/33–1195)

Welfen

6.4
Richard I. »Löwenherz«
(1157–1199)
Kg. v. England 1189–1199
Hz. der Normandie 1189–1199
Hz. v. Aquitanien 1172–1196/99
Gf. v. Anjou 1189–1199
Gf. v. Poitou 1169–1199

1161/65	Heiratsprojekt Friedrich I. Barbarossas unter Vermittlung Rainald v. Dassels: Die Töchter Eleonore und Mathilde sollten Friedrich V. (um 1163 – 1170) bzw. Heinrich den Löwen heiraten.
1168	Heinrich der Löwe, Philipp I. v. Heinsberg, Ebf. v. Köln, und Christian v. Buch, Reichskanzler, bieten Heinrich II. Waffenhilfe gegen den französischen Kg. an. Im Gegenzug sollte der staufische Gegenpapst Paschalis III. anerkannt werden.
1182 – 1185/89	Exil Heinrichs des Löwen in England u. d. Normandie nach seiner Verbannung
1190 – 1192	Dritter Kreuzzug
1191	Eroberung von Zypern durch Richard I. »Löwenherz« Kapitulation v. Akkon
1192	Waffenstillstand mit Saladin Gefangennahme Richards I. durch Hz. Leopold V. v. Österreich (1157 – 1194), Aufenthalte u. a. auf der Burg Trifels
1193	Würzburger Vertrag – Richard I. verpflichtet sich zur Zahlung von 100 000 Mark Silber (ca. 24 Tonnen Silber) Lösegeld an Ks. Heinrich VI.; England als Lehen des deutschen Kaisers
1194	Freilassung und Rückkehr nach England

2.3
Hildegard (um 1050 – um 1120)
∞ 1068/69
Wilhelm v. Aquitanien
(um 1025 – 1086)

Herzöge v. Aquitanien
Herzöge v. Gascogne
Grafen v. Poitou

3.3
Fulko V. »der Jüngere« (1092 – 1143)
∞ 1109/1129
1. Erembuge de La Flèche (gest. 1126)
2. Melisende (1105 – 1161)
Kg. v. Jerusalem 1131 – 1143
Gf. v. Anjou 1109 – 1129

4.3
Sybille (1112/16 – 1165)
∞ 1123/1139
1. Wilhelm Clito
(1102 – 1128)
2. Dietrich v. Elsass
(um 1099 – 1168)

Grafen v. Flandern

4.4
Elias II.
(gest. 1151)

aus 2. Ehe

4.5
Balduin III.
(1131 – 1162)
Kg. v. Jerusalem 1143 – 1162

4.6
Almarich I. (1136 – 1174)
∞ 1158/1167
1. Agnes v. Edessa (vor 1149 – 1184)
2. Maria Komnena (1154 – vor 1217)
Kg. v. Jerusalem 1162 – 1174

Könige v. Jerusalem

6.5
Gottfried (1158 – 1186)
∞ 1181
Konstanze v. Bretagne
(1161 – 1201)
Hz. v. Bretagne 1181 – 1186

Herzöge v. Bretagne

6.6
Eleonore (1162 – 1214)
∞ 1176
Alfons VIII. v. Kastilien
(1155 – 1214)
Kgn. v. Kastilien 1176 – 1214

Könige v. Kastilien

6.7
Johanna (1164 – 1199)
∞ 1177
Wilhelm II. v. Sizilien
(um 1153 – 1189)
Kgn. v. Sizilien 1177 – 1189

Könige v. Sizilien

6.8
Johann Ohneland
(1167 – 1216)
∞ 1189/1200
1. Isabel v. Gloucester
(um 1160 – 1217)
2. Isabella v. Angoulême
(um 1188 – 1246)
Kg. v. England 1199 – 1216
Lord v. Irland 1199 – 1216
Hz. v. Aquitanien 1199 – 1216
Hz. d. Normandie 1199 – 1204
Gf. v. Anjou 1199 – 1204
Gf. v. Poitou 1199 – 1216

Könige v. England

Das Haus Estridsson – Die Könige von Dänemark
Stammtafel (1014–1241)

[Auert-Watzik 2020]

1.0

Harald II.
(um 995–1018)
Kg. v. Dänemark 1014–1018

sämtliche Kinder sind illegitim

3.1

Harald III. Hen
(1041–1080)
Kg. v. Dänemark 1076–1080

3.2

Knut IV. der Heilige
(um 1043–erschlagen 1086)
∞
Adela v. Flandern
(um 1064–1115)
Kg. v. Dänemark 1080–1086

4.1

Ragnhild

4.2

Erik II. Emune (um 1100–1137)
∞ 1132
Malfrieda v. Nowgorod
(gest. 1137)
Kg. v. Dänemark 1134–1137

5.1

Erik III. Lam
(um 1100/05–1146)
∞ um 1145
Liutgard v. Stade
Kg. v. Dänemark 1137–1146
(abgedankt)

vmtl. illegitim

5.2

Sven III. »Grathe«
(vor 1120–1157)
∞ 1152
Adela v. Meißen (gest. 1181)
Jarl v. Schonen 1157
(Mit-)Kg. v. Dänemark (1146–)
1152–1157

6.1

Liutgard
∞
Berthold III. (um 1110/15–1188)
Gf. v. Andechs 1151–1188
Mgf. v. Istrien u. Krain 1173–1188

6.2–6.3

weitere zwei Kinder
(darunter ein früh verstorbener Sohn)

6.6

Sophia (um 1159–1208)
∞ 1181
Siegfried III. v. Weimar-Orlamünde (um 1155–1206)
Gf. v. Weimar-Orlamünde
1176–1206

6.7

Knut VI. (um 1162–1202)
∞ 1177
Gertrud v. Sachsen u. Bayern
(um 1154–1197)
Kg. v. Dänemark 1182–1202

6.8

Waldemar II. (1170–1241)
Hz. v. Schleswig 1182–1202
Kg. v. Dänemark 1202–1241

Verwendete Abkürzungen

Äbtn.	Äbtissin	Kg.	König
Bf.	Bischof	Kgn.	Königin
Ebf.	Erzbischof	Ks.	Kaiser
Gf.	Graf	Ksn.	Kaiserin
Gfn.	Gräfin	Lgf.	Landgraf
Gft.	Grafschaft	Lgfn.	Landgräfin
Hz.	Herzog	Mgf.	Markgraf
Hzn.	Herzogin	Mgfn.	Markgräfin
Kf.	Kurfürst	Pfgf.	Pfalzgraf
Kfn.	Kurfürstin	Pfgfn.	Pfalzgräfin

1.1
Knut der Große (um 995 – 1035)
∞
Aelfiga v. Northampton
(um 995 – 1040)
Kg. v. Dänemark 1018 – 1035
Kg. v. England 1016 – 1035

1.2
Estrid
∞ 1015
Ulf Jarl
(gest. 1026)

2.1
Sven II. Estridsson
(um 1020 – 1076)
Kg. v. Dänemark 1047 – 1076

3.3
Olaf I. Hunger (1050 – 1095)
∞
Ingegerd v. Norwegen
(gest. um 1120)
Jarl v. Jütland 1080 – 1095
Kg. v. Dänemark 1086 – 1095

3.4
Erik I. Ejegod (1056 – 1103)
∞
Bodil Thrugotsdottir
(1065 – 1103)
Jarl v. Seeland 1080 – 1095
Kg. v. Dänemark 1095 – 1103

3.5
Niels Svensson
(um 1064 – 1134)
∞
Margarethe v. Schweden
(um 1080 – 1117/30)
Kg. v. Dänemark 1103 – 1134

3.6 – 3.20
weitere 15 Kinder

4.3
Knud Lavard (1096 – ermordet 1131)
∞
Ingeborg v. Kiew
Jarl v. Schleswig 1119 – 1130
Samtherrscher der Abodriten 1129 – 1131

4.4
Magnus der Starke (1107 – 1134)
∞
Rikissa v. Polen
(1116 – nach 1156)
Kg. v. Schweden 1125 – 1130

5.3
Kristin

5.4
Katharina
∞
Pribislav (Prislav)
(um 1115 – 1164/75)
Fürst der Abodriten (verstoßen)
Jarl v. Lolland

5.5
Waldemar I. der Große
(1131 – 1182)
∞ 1157
Sophia v. Minsk (um 1141 – 1198)
Präfekt v. Schleswig 1146 – 1153
Jarl v. Jütland 1157
(Mit-)Kg. v. Dänemark 1146 – 1152
Kg. v. Dänemark 1157 – 1182

5.6
Knut V. Magnusson
(vor 1130 – ermordet 1157)
∞
Helena Svensdotter
(1130 – nach 1158)
Jarl v. Seeland 1152 – 1154
(Mit-)Kg. v. Dänemark (1146 –) 1154 – 1157

6.4
Kanut
(gest. 1183)
Jarl v. Lolland

6.5
Waldemar
(gest. 1184)
Mönch in Paris

6.9 – 6.10
Margaretha
Maria
Nonnen in Roskilde

6.11
Ingeborg (gest. 1237/38)
∞ 1193
Philippe Auguste (1165 – 1223)
Kg. v. Frankreich 1180 – 1223

6.12
Helena (gest. 1233)
∞ 1202
Wilhelm (1184 – 1213)
Hz. v. Lüneburg 1202 – 1213

6.13
Rikissa (1174 – 1220)
∞ 1210
Erik X. (1180 – 1216)
Kg. v. Schweden 1208 – 1216

Die Wettiner – Die Markgrafen von Meißen

Stammtafel (um 1034–1221)

[Auert-Watzik 2020 nach Posse 1897, Pätzold 1997, Marquis 1998, Schlenker 2007 und Winkel 2010]

2.1
Dedo IV. (um 1096–1124)
∞
Bertha v. Groitzsch (gest. 1144)
Gf. v. Wettin-Brehna 1104–1124

3.1
Heinrich
(jung verstorben)

3.2
Otto der Reiche
(nach 1125–1190)
∞ 1147
Hedwig v. Ballenstedt
(gest. 1203)
Mgf. v. Meißen 1156–1190
Gründung des Klosters Altzelle 1168

3.3
Oda
(gest. um 1190)
Äbtn. v. Gerbstedt (urk. 1137)

3.4
Bertha
Äbtn. v. Gerbstedt (urk. 1190)

3.5
Dietrich (II.)
(um 1118/vor 1142–1185)
∞ 1142 (?)
Dobroniega v. Polen
(um 1128/29–um 1160)
[**Kunigunde v. Plötzkau**
= außereheliche Beziehung]
Mgf. der sächs. Ostmark 1156–1185
Gründung des Klosters Dobrilugk 1165

4.1
Albrecht der Stolze (1158–1195)
∞ 1186
Sophia v. Böhmen (gest. 1195)
Mgf. v. Meißen 1190–1195

4.2
Dietrich der Bedrängte (1162–1221)
∞
Jutta v. Thüringen (1184–1235)
Mgf. v. Meißen 1198–1221
Mgf. der sächs. Ostmark 1210–1221

4.3
Konrad
(vor 1161–1175)
Tod im Turnier

4.4
Gertrud
Nonne in Gerbstedt

Die Markgrafschaft Meißen wurde nach dem Tod Albrechts des Stolzen 1195 durch Kaiser Heinrich VI. als »heimgefallenes Lehen« einbehalten. Dietrich der Bedrängte konnte erst nach der Teilnahme an einem Kreuzzug und der Unterstützung Kg. Philipps v. Schwaben 1198 sein Erbe antreten.

Markgrafen v. Meißen

Markgrafen der sächs. Ostmark
(erloschen 1185 – übertragen an die Gf. v. Groitzsch 1185–1210)

3.7
Adelheid (Adela) (gest. 1181)
∞ 1152
1. (1152) **Sven III. »Grathe«**
(vor 1120–1157)
2. Adalbert v. Ballenstedt
(gest. um 1171)

3.8
Heinrich I.
(vor 1141–1181)
∞ um 1182
Sophia v. Sommerschenburg
(gest. 1217)
Gf. v. Wettin 1156–1181

3.9
Dedo V. (III.)
(um 1121/vor 1142–1190)
∞ vor 1159
Mechthild v. Heinsberg (gest. 1189)
Gf. v. Groitzsch, Herr v. Rochlitz 1156–1190
Mgf. der sächs. Ostmark 1185–1190
Gründung des Klosters Zschillen (Wechselburg) 1168

Grafen v. Wettin
(erloschen 1217)

»Dedoniden«
Markgrafen der sächs. Ostmark
(erloschen 1210)

1.0

Thimo v. Kistritz
(um 1034/1070 – vor 1104/1119)
∞
Ida v. Northeim (um 1050 – 1099)
Gf. v. Wettin-Brehna
Vmtl. Gründung des Klosters Niemegk 1089

2.2

Konrad I.
(um 1098 – 1157)
∞
Luitgard v. Ravenstein
(um 1104 – 1146)
Mgf. v. Meißen 1123/25 – 1156
Mgf. der sächs. Ostmark 1136 – 1156
Gründung des Stifts Petersberg bei Halle 1124

2.3

Mathilde
(um 1100 – vor 1157)
∞
1. (um 1115) **Gero v. Seeburg-Gleiß**
(um 1097/99 – 1122)
(2.) (1123 ?) **Ludwig II. v. Wippra**
(gest. um 1151)

3.6

Gertrud
(gest. vor 1180)
∞
Günther II. von Schwarzburg-Kevernburg (um 1130 – 1197)

3.13

Konrad I.
(um 1115 – um 1168/74)
Gf. v. Seeburg

3.14

Wichmann (II.) von Seeburg(-Gleiß)
(um 1116 – 1192)
Propst und Domherr an St. Pauli in Halberstadt 1136 ff.
Dompropst v. Halberstadt 1146 ff.
Bf. v. Naumburg 1149 – 1152
Ebf. v. Magdeburg 1152/54 – 1192

3.15

Eckbert
(um 1120 – 1155)
Gf. v. Gleiß

aus der Beziehung mit Kunigunde v. Plötzkau

(4.5)

Dietrich
(ca. 1147–1215)
Bf. v. Merseburg 1204 – 1215

Nach dem erbenlosen Tod Dietrichs kauft Dedo V. die sächs. Ostmark als Lehen von Friedrich I. Barbarossa für 4000 Mark Silber.

Vermutl. Verwandtschaftsverhältnis

4.6

Konrad (II.)
Propst v. Seeburg
(urk. 1191)

(4.7)

Eberhard
Bf. v. Merseburg
1171–1201

3.10

Sophia
(gest. 1190)
∞
Gebhard v. Burghausen
(gest. 1163)

3.11

Agnes II.
(um 1140 – 1203)
Äbtn. v. Quedlinburg 1184 – 1203

3.12

Friedrich I.
(um 1142/45 – 1182)
∞
Hedwig v. Böhmen(-Jamnitz)
(gest. 1211)
Gf. v. Brehna u. Camburg 1156 – 1182
Gründung des Klosters Brehna 1201

Grafen v. Brehna
(erloschen 1190/1302)

Verwendete Abkürzungen

Äbtn.	Äbtissin	Kg.	König
Bf.	Bischof	Kgn.	Königin
Ebf.	Erzbischof	Ks.	Kaiser
Gf.	Graf	Ksn.	Kaiserin
Gfn.	Gräfin	Lgf.	Landgraf
Gft.	Grafschaft	Lgfn.	Landgräfin
Hz.	Herzog	Mgf.	Markgraf
Hzn.	Herzogin	Mgfn.	Markgräfin
Kf.	Kurfürst	Pfgf.	Pfalzgraf
Kfn.	Kurfürstin	Pfgfn.	Pfalzgräfin

Die Askanier – Die Markgrafen von Brandenburg
Stammtafel (um 1080 –1267)

[Auert-Watzik 2020 nach Schmidt 1973, Heinrich 1985, Partenheimer [2]2003 und Partenheimer 2007]

3.1
Gertrud
∞ 1153
Diepolt I. (gest. 1167)
Hz. v. Böhmen(-Jamnitz)
1147–1167

3.2
Otto I.
(um 1130 – 1184)
∞ 1148/vor 1176
1. Judith v. Polen
(um 1132 – 1172/74)
2. Ada v. Holland
Mgf. v. Brandenburg
1170 – 1184

3.3
Hermann I.
(um 1130 – 1176)
Gf. v. Weimar-Orlamünde
1167/70 – 1176

Grafen v. Orlamünde

3.4
Siegfried I.
(um 1132 – 1184)
Bf. v. Brandenburg
1173 – 1179
Ebf. v. Hamburg-Bremen
(1168) 1179 – 1184

aus 1. Ehe

4.1
Otto II.
(nach 1147– 1205)
∞
Ada v. Holland
Mgf. v. Brandenburg
1184 – 1205

4.2
Heinrich
(gest. 1196)
Gf. v. Gardelegen
1186 – 1196

4.3
Albrecht II.
(vor 1177– 1220)
∞ 1205
Mechthild v. Landsberg
(um 1190 – 1255)
Mgf. v. Brandenburg
1205 – 1220

5.1
Johann I. (um 1203 – 1266)
∞ 1230/1255
1. Sophia v. Dänemark
(1217– 1247)
2. Jutta v. Sachsen
(gest. 1266)
Mgf. v. Brandenburg
1220 – 1266

Ältere bzw. Johanneische Linie (Stendal) Grablege im Kloster Chorin (1258)

5.2
Otto III.
(um 1205 – 1267)
∞ 1243
Beatrix v. Böhmen
(gest. 1286)
Mgf. v. Brandenburg
1220 – 1267

Jüngere bzw. ottonische Linie (Salzwedel) Grablege im Kloster Lehnin

5.3
Elisabeth (1207– 1231)
∞ 1228
Heinrich Raspe IV.
(1204 – 1247)
Lgf. v. Thüringen
1227– 1239/41 – 1247
Röm.-Deutscher Gegenkönig
1246/47

5.4
Mechthild (gest. 1261)
∞ 1228
Otto »das Kind«
(1204 – 1252)
Hz. v. Braunschweig-Lüneburg 1235 – 1252

Verwendete Abkürzungen

Äbtn.	Äbtissin	Kg.	König
Bf.	Bischof	Kgn.	Königin
Ebf.	Erzbischof	Ks.	Kaiser
Gf.	Graf	Ksn.	Kaiserin
Gfn.	Gräfin	Lgf.	Landgraf
Gft.	Grafschaft	Lgfn.	Landgräfin
Hz.	Herzog	Mgf.	Markgraf
Hzn.	Herzogin	Mgfn.	Markgräfin
Kf.	Kurfürst	Pfgf.	Pfalzgraf
Kfn.	Kurfürstin	Pfgfn.	Pfalzgräfin

1.0

Otto v. Ballenstedt (um 1070 – 1123)
∞ 1094
Eilika Billung v. Sachsen
(um 1080 – 1142/43)
Gf. v. Ballenstedt 1080 (1106) – 1123
Hz. v. Sachsen 1112

2.1

Albrecht der Bär (um 1100 – 1170)
∞
Sophia v. Winzenburg (1105 – 1160)
Gf. v. Ballenstedt 1123
Mgf. der Ostmark 1123/25 – 1131
Mgf. der Nordmark 1134
Hz. v. Sachsen 1138 – 1142
Gf. v. Weimar-Orlamünde 1140 – 1170
Mgf. v. Brandenburg (1150) 1157 – 1170

2.2

Adelheid (um 1100 – nach 1139)
∞
1. Heinrich IV. (um 1102 – um 1128)
Gf. v. Stade
Mgf. der Nordmark 1115 – 1128

3.5

Adalbert III. (um 1136 – 1171)
∞ 1158 (?)
Adela v. Meißen (gest. 1181)
Gf. v. Aschersleben 1155 – 1171

3.6

Hedwig
(um 1140 – 1203)
∞ 1147
Otto der Reiche
(1125 – 1190)
Mgf. v. Meißen
1156 – 1190

3.7

Dietrich
(gest. 1183)
Gf. v. Werben
1170 – 1183

3.8

Bernhard III.
(um 1140 – 1212)
∞ vor 1175
Judith v. Polen
(um 1154 – 1201/02)
Gf. v. Ballenstedt 1171 – 1212
Gf. v. Plötzkau 1173 – 1212
Hz. v. Sachsen 1180/81 – 1212
Gf. v. Werben 1183 – 1212

3.9 – 3.10

weitere zwei Kinder

4.4

Heinrich I.
(um 1170 – 1252)
Fürst v. Anhalt 1212 – 1252

4.5

Albrecht I.
(um 1175 – 1260/61)
Hz. v. Sachsen 1212 – 1260/61

4.6

Sophia
(gest. 1244)
Äbtn. v. Gernrode
1220 – 1244

4.7 – 4.9

weitere drei Kinder

Fürsten v. Anhalt

Herzöge v. Sachsen-Lauenburg
Herzöge v. Sachsen-Wittenberg
(= Kf. v. Sachsen)

Die Ludowinger – Die Landgrafen von Thüringen

Stammtafel (1131–1247)

[Auert-Watzik 2020 nach Patze 1973 f., Schwarz 1993, Warsitzka 2004 und Raßloff/Gebhardt 2017]

Verwendete Abkürzungen

Äbtn.	Äbtissin	Kg.	König
Bf.	Bischof	Kgn.	Königin
Ebf.	Erzbischof	Ks.	Kaiser
Gf.	Graf	Ksn.	Kaiserin
Gfn.	Gräfin	Lgf.	Landgraf
Gft.	Grafschaft	Lgfn.	Landgräfin
Hz.	Herzog	Mgf.	Markgraf
Hzn.	Herzogin	Mgfn.	Markgräfin
Kf.	Kurfürst	Pfgf.	Pfalzgraf
Kfn.	Kurfürstin	Pfgfn.	Pfalzgräfin

1.0
Ludwig der Bärtige (gest. 1056/80)
∞ 1039
Cäcilie v. Sangerhausen

2.1
Ludwig der Salier (»der Springer«)
(1042–1123)
∞ 1088
Adelheid v. Stade (um 1060–1110)
Gf. in Thüringen
Erbauer der Wartburg (um 1067)
Erbauer der Neuenburg (um 1090)
Gründer des Klosters Reinhardsbrunn 1085

3.1
Hermann
(um 1089–1114/16)

3.2
Ludwig I. (gest. 1140)
∞
Hedwig v. Gudensberg
(1098–1148)
Lgf. v. Thüringen 1131–1140
Gf. v. Gudensberg u. Bilstein (Hessen) 1137/40–1140

4.1
Ludwig II. »der Eiserne« (1128–1172)
∞ 1150
Jutta v. Schwaben (um 1131–1191)
Lgf. v. Thüringen 1140–1172

5.1
Ludwig III. »der Milde«
(1151/52–1190)
∞
1. **Margarethe v. Kleve**
2. **Sophia v. Minsk**
(um 1141–1198)
Lgf. v. Thüringen 1172–1190

5.2
Heinrich Raspe III.
(um 1155–1180)
Gf. v. Gudensberg 1172–1180

5.3
Friedrich (um 1155–1229)
∞ 1185
Lukardis v. Ziegenhain
(um 1160–nach 1207)
Gf. v. Wildungen u. Ziegenhain 1185/86–1229
Domvogt v. Fulda 1229

5.4
Hermann I. (um 1155–1217)
∞ 1182/1196
1. **Sophia v. Sommerschenburg**
(gest. 1189/90)
2. **Sophia v. Bayern** (1170–1238)
Pfgf. v. Sachsen 1181–1217
Lgf. v. Thüringen 1190–1217

6.1 **aus 1. Ehe**
Jutta
(vor 1190–um 1208)
∞
Dietrich
(vor 1190–1207)
Gf. v. Sommerschenburg u. Groitzsch

6.2 **aus 1. Ehe**
Jutta (um 1182–1235)
∞ 1195/97
1. **Dietrich der Bedrängte**
(1162–1221)
2. **Poppo XIII. v. Henneberg**
(1185/90–1245)

→ **Markgrafen v. Meißen**

6.3
Hedwig (gest. 1247)
∞ um 1211
Albrecht
(nach 1182–vor 1245)
Gf. v. Weimar-Orlamünde 1215–1245

6.4
Irmgard
(1196–1244)
∞ 1211
Heinrich I.
(um 1170–1252)
Fürst v. Anhalt 1212–1252

→ **Fürsten v. Anhalt**

6.5
Hermann
(vor 1200–1216)

unsichere Verwandtschaftsverhältnisse

2.2
Beringer (Berengar)
(1056/57–vor 1100)
Gf. v. Sangerhausen

2.3
Hildegard
∞
Poppo I. (gest. 1078)
Gf. v. Henneberg
1037–1078

2.4
Uta

2.5
Adelheid
∞
Ludwig I.
Gf. v. Wippra

2.5
Dietrich v. Lohra

3.3
Heinrich Raspe I. (um 1095–1130)
∞ 1123
Kunigunde v. Bilstein
(um 1080–1138/40)
Gf. v. Gudensberg 1130

3.4
Udo I.
(um 1090–1148)
Bf. v. Naumburg 1125–1148

3.5–3.8
weitere vier Kinder

4.2
Heinrich Raspe II.
(gest. um 1155)
Gf. v. Gudensberg 1140–1155 (?)

4.3
Ludwig
(gest. 1189)
Gf. v. Gudensberg 1155–1172 (?)

4.4–4.7
weitere vier Töchter

5.5
Jutta
∞
Hermann II.
(gest. 1221)
Gf. v. Ravensberg
1170–1221

6.6
Ludwig IV. »der Heilige«
(1200–1227)
∞ 1221
Elisabeth v. Ungarn (1207–1231)
[Heiligsprechung 1235]
Lgf. v. Thüringen 1217–1227
Pfgf. v. Sachsen 1217–1227

aus 2. Ehe 6.7
Heinrich Raspe (IV.) (1204–1247)
∞
Elisabeth v. Brandenburg
(1207–1231)
Lgf. v. Thüringen 1227–1239/41–1247
Röm.-Deutscher Gegenkönig 1246/47

6.8
Agnes (1205–vor 1247)
∞ 1225/1229
1. Heinrich »der Grausame« v. Österreich
(1208–1227/28)
2. Albrecht I. v. Sachsen
(um 1175–1260/61)

6.9
Konrad
(1206/07–1240)
Hochmeister des Deutschen Ordens
1239/40

7.1
Hermann II. (1222–1241)
∞ 1239
Helene v. Braunschweig-Lüneburg (um 1231–1273)
Gf. v. Gudensberg 1234–1241
Lgf. v. Thüringen (1227) 1239–1241

7.2
Sophie (1224–1275)
∞
Heinrich II. (1207–1248)
Hz. v. Brabant u. Niederlothringen
1235–1248

7.3
Gertrud (1227–1297)
Äbtn. v. Altenberg
1248–1297

Glossar

Aquamanile: Gefäß für die Handwaschung, oft in Gestalt eines Tieres oder Reiters, von großer ritueller Bedeutung

Base: veraltete Bezeichnung für Cousine

Bliaut: Übergewand, vom 11. bis zum 13. Jahrhundert von adligen Männern und Frauen getragen

Brabanzonen: Für ihre Grausamkeit berüchtigte Söldner, ursprünglich vom Niederrhein stammend, bald auch bunt gemischt. Ihr Auftreten war so verheerend, dass die europäischen Könige bald beschlossen, sie nicht gegeneinander einzusetzen.

Bruche: eine Art Unterhose, an der die Beinlinge befestigt wurden

Buhurt (gelegentlich auch *Buhurd* geschrieben): Massenkampf bei einem Turnier, bei dem zwei »gegnerische« Parteien gegeneinander antreten

Bundhaube: schlichte Kopfbedeckung, die von Männern wie Frauen getragen wurde, auch um das Haar vor Staub und Läusen zu schützen

carroccio: von Ochsen gezogener Triumphwagen italienischer Städte mit städtischen Bannern und Altar

Cellerar: der in Klöstern und Domkapiteln Zuständige für die wirtschaftlichen Angelegenheiten wie Geld und Vorratshaltung

Consul: Ratsherr italienischer Städte

Doge: einst gewähltes Oberhaupt in italienischen Republiken

Gambeson: gepolstertes Kleidungsstück, das unter dem Kettenhemd getragen wurde

Gran: das heutige Esztergom in Ungarn

Fehwerk: Fell, insbesondere Eichhörnchenfell, mit dem Adlige im Mittelalter gern ihre Umhänge füttern ließen

Fibel (auch *Fürspan*): Schmuckstück, Gewandschließe

Florian: Heiliger, im 3. Jahrhundert römischer Offizier und Befehlshaber einer Einheit zur Brandbekämpfung. Er gilt heute noch als Schutzpatron der Feuerwehr.

Gugel: kapuzenähnliches Kleidungsstück

Hälfling (auch *Hälbling*): halber Pfennig

Heimlichkeit: Abtritt auf einer mittelalterlichen Burg

Hufe: mittelalterliches Flächenmaß; beschrieb etwa so viel Land, wie eine Familie für den Lebensunterhalt brauchte. Die Größe war von Region zu Region verschieden und umfasste in der Mark Meißen etwas mehr als zwanzig Hektar.

Iconium: das heutige Konya

Kukulle: Übergewand mit Kapuze, Teil des Habits einiger Mönchsorden

Landding: vom Markgrafen in Stellvertretung des Königs einberufene große Versammlung, bei der Rechtsstreitigkeiten verhandelt und landespolitische Fragen erörtert wurden

Leibgedinge: lebenslängliches Nutzungsrecht an Objekten und Gütern für adlige Frauen, das ihrer Absicherung in der Ehe diente

Mark Silber: im Mittelalter keine Wert-, sondern eine Gewichtsangabe; in Meißen wog eine Mark Silber etwa 233 Gramm.

mâze: die Kunst des Maßhaltens, die als ritterliche Tugend und Gebot für die Damen galt

Miasmen: nach damaligem Verständnis Ausdünstungen aus Luft und Boden, die man für Auslöser und Verbreiter von Seuchen hielt

Ministerialer: unfreier Dienstmann eines edelfreien Herrn; als Ritter oder für Verwaltungsaufgaben eingesetzt, teilweise auch in bedeutenden Positionen

Palas: Wohn- und Saalbau einer Burg oder Pfalz

Pfalz: mittelalterliche Bezeichnung für die Burgen, in denen der reisende kaiserliche oder königliche Hofstaat zusammentrat, aber auch Regierungsstätte beispielsweise eines Grafen oder Herzogs

Pfennigschale: Behältnis zur Aufbewahrung von Münzen. Zu der im Roman geschilderten Zeit waren u. a. sogenannte Hohlpfennige in Umlauf; verschiedene Motive wurden mit einem Stempel in kleine Silberscheiben geprägt. Diese Münzen waren so dünn, dass sie bei loser Aufbewahrung schnell zerbröselt wären.

Pipe Rolls: Steuer- und Finanzunterlagen der englischen bzw. britischen Regierung, die von 1156 bis 1833 vollständig erhalten sind. Darin sind u. a. auch die Kosten für Reisen und Geschenke an andere Herrscher penibel aufgelistet.

Reisige: bewaffnete Reitknechte

Schapel: Reif, mit dem der Schleier befestigt wurde

Schisma: Kirchenspaltung; oft Ergebnis einer zwiespältigen Papstwahl, wonach es dann zwei rivalisierende Päpste (Papst und Gegenpapst) gab, die sich beide jeweils als der einzig wahre betrachteten

Schwertleite: feierliche Aufnahme in den Ritterstand, für lange Zeit die deutsche Form des Ritterschlags

Sergent: berittener Kämpfer, der nicht dem Ritterstand angehört

Skapulier: Überwurf über der Kutte, Teil des Habits vieler Ordensgemeinschaften

Tjost: Zweikampf im Turnierkampf, zu Pferd oder zu Fuß mit Lanze und Schwert

Truchsess: oberster Hofbeamter

Via Regia: die »königliche Straße«, im Mittelalter eine wichtige west-östlich verlaufende Handelsstraße; führte vom Rheinland über Frankfurt / Main und Leipzig nach Schlesien

Wechselfieber: alte Bezeichnung für Malaria

Wenden: damals übliche Bezeichnung für die Slawen im deutschsprachigen Raum

Weiterführende Fachliteratur für Interessierte (kleine Auswahl)

Bernd Schneidmüller: Die Welfen. Herrschaft und Erinnerung (819–1252). Stuttgart, Kohlhammer Verlag 2000

Bernd Schneidmüller, Stefan Weinfurter (Hrsg.): Die deutschen Herrscher des Mittelalters. Historische Portraits von Heinrich I. bis Maximilian I. (919–1519). München, Verlag C. H. Beck 2003

Christian Uebach: Die Ratgeber Friedrich Barbarossas (1152–1167). Baden-Baden, Tectum Verlag 2008

Die Slawen in Deutschland. Ein Handbuch, herausgegeben von Joachim Herrmann. Berlin, Akademie Verlag 1985

Gerd Althoff: Die Macht der Rituale. Symbolik und Herrschaft im Mittelalter. Darmstadt, Primus Verlag 2003

Im Zentrum der Macht: Meißner Burgberg und Wettiner im Mittelalter, herausgegeben von: Staatliche Schlösser, Burgen und Gärten. Dresden, Sandstein Verlag 2011

Joachim Ehlers: Heinrich der Löwe. Eine Biographie. München Siedler Verlag 2008

Knut Görich: Friedrich Barbarossa. Eine Biographie. München, Verlag C. H. Beck 2011

Konstantin Hermann, André Thieme: Sächsische Geschichte im Überblick. Leipzig, Edition Leipzig 2013

Lutz Partenheimer: Albrecht der Bär. Gründer der Mark Brandenburg und des Fürstentums Anhalt. Köln, Böhlau Verlag 2001

Matthias Puhle (Hrsg.): Erzbischof Wichmann (1152–1192) und Magdeburg im hohen Mittelalter. Magdeburg, Magdeburger Museen 1992

Michael Lindner: Jacza von Köpenick. Ein Slawenfürst des 12. Jahrhunderts zwischen dem Reich und Polen. Geschichten aus einer Zeit, in der es Berlin noch nicht gab. Berlin, viademica.verlag 2012

Ralph V. Turner: Eleonore von Aquitanien, Königin des Mittelalters. München, Verlag C. H. Beck 2012

Stefan Pätzold: Die frühen Wettiner. Adelsfamilie und Hausüberlieferung bis 1221. Köln, Böhlau Verlag 1997 (Wiederauflage 2014)

Von den Welfen zu den Staufern: Der Tod Welfs VII. und die Grundlegung Oberschwabens im Mittelalter, herausgegeben von Thomas Zotz, Andreas Schmauder und Johannes Kuber. Stuttgart, Kohlhammer Verlag 2020

Zeittafel

4. Dezember 1137: Kaiser Lothar von Süpplingenburg stirbt in dem Dorf Breitenwang in Tirol auf dem Rückweg von einem gescheiterten Italienfeldzug. Zu seinem Nachfolger hatte er seinen Schwiegersohn Heinrich den Stolzen ernannt.

Ende Januar/Anfang Februar 1138: Eine für Lichtmess (2.2.) von Kaiserin Richenza angesetzte Zusammenkunft der sächsischen Fürsten zur Wahl ihres Schwiegersohns Heinrich des Stolzen als König wird von Albrecht dem Bären gewaltsam verhindert.

7. März 1138: In Anwesenheit nur weniger Fürsten und auf Betreiben des Papstes wird in Koblenz Konrad von Staufen zum König gewählt.

14. März 1138: In Aachen wird Konrad gesalbt und gekrönt. Immer noch wissen längst nicht alle Fürsten im Reich, dass es einen neuen König gibt.

Sommer 1138: Auf dem Hoftag in Würzburg wird Heinrich der Stolze in Acht und Bann geschlagen, das Herzogtum Sachsen wird ihm aberkannt und später an Albrecht den Bären übertragen.

10. Juni 1141: Kaiserin Richenza von Northeim stirbt.

10. Mai 1142: Auf dem Reichstag in Frankfurt wird Heinrich der Löwe mit dem Herzogtum Sachsen belehnt.

Weihnachten 1146: Bernhard von Clairvaux predigt im Dom zu Speyer und fordert den König auf, sich am Zweiten Kreuzzug zu beteiligen. Zunächst verweigert sich Konrad. Zwei Tage später – inzwischen ist die erzwungene Bestätigung eingetroffen, dass auch Welf VI. an dem Kriegszug teilnehmen wird – verkündet Konrad im Dom seine Kreuznahme.

Der Aufbruch der deutschen Kreuzfahrer wird für Mai 1147 festgelegt. Sehr zum Unwillen seiner Familie erklärt auch der junge Friedrich von Schwaben, der spätere Kaiser, seine Teilnahme am Kreuzzug. Vor dem Aufbruch – zu nicht genau bekannten Zeiten – werden noch sein Verlöbnis und seine Hochzeit mit Adela von Vohburg geschlossen.

19. März 1147 und folgende Tage: Auf einem Reichstag in Frankfurt wird der zehnjährige Sohn des Königs, Heinrich-Berengar, von den Fürsten zum König und Mitregenten gewählt. Zuvor fordert Heinrich der Löwe das Herzogtum Bayern und verbindet damit seine Zustimmung zur Wahl Heinrich-Berengars. Konrad III. gelingt es, die Entscheidung bis zu seiner Rückkehr vom Kreuzzug zu vertagen. Er ruft einen allgemeinen Landfrieden aus.
Bernhard von Clairvaux fordert die Fürsten erneut auf, das Kreuz zu nehmen.
Der Herzog von Sachsen, der Markgraf von Meißen und der Markgraf der Nordmark stellen ihren Plan für einen »Wendenkreuzzug« vor. Bernhard von Clairvaux billigt ihn und gibt dafür die Parole »Taufe oder Tod« aus.

Mitte Mai 1147: Von Regensburg aus bricht das Kreuzfahrerheer König Konrads ins Heilige Land auf. Dabei sind auch Herzog Welf VI. und Konrads Neffe Friedrich, der Herzog von Schwaben und künftige Kaiser.

26. Juni 1147: Abodritenfürst Niklot greift mit seiner Flotte die Handelssiedlung Lübeck an. Die Schiffe im Lübecker Hafen und die Siedlung werden in Brand gesetzt. Die Burg wird kurz belagert, aber nicht erobert. Die Abodriten ziehen sich rasch zurück.

Mitte Juli 1147: Albrecht der Bär, Konrad von Wettin und das südliche Kontingent des »Wendenkreuzzugs« ziehen gegen Havelberg, das sie im August erobern. Ebenfalls im August erobert Albrecht der Bär die Prignitz und zerstört die Inselburg Malchow samt Heiligtum. Es finden Massentaufen statt.

August 1147: Dänen – Jüten unter Knut Magnusson und Schleswiger unter Sven III. – landen in der Bucht vor Wismar und ziehen gegen die Slawenfestung Dobin.
In Ralswiek auf Rügen wird die dort ankernde dänische Flotte von den Ranen zerstört, die sich mit Niklot verbündet haben.

August/September 1147: Belagerung der Abodritenfestung Dobin durch Heinrich den Löwen; ein Ausfall der Abodriten führt zu hohen Verlusten bei den Dänen, die daraufhin abziehen. Die Belagerung endet nach Verhandlungen zwischen Adolf von Holstein und Niklot mit einer Massentaufe, Tributpflicht Niklots gegenüber Heinrich dem Löwen und dem Abzug von Heinrichs Truppen.
Nach ähnlichem Muster endet die Belagerung Demmins durch Albrecht den Bären zusammen mit den meißnischen Truppen und Polen unter Mieszko III. Wie in Dobin behindern auch hier Gefolgsleute der Fürsten die Belagerung, weil sie lieber Beute machen wollen. Konrad von Wettin zieht mit seinen Truppen ab – aus Protest gegen die von Albrecht geplante Belagerung Stettins.

10. September 1147: Konrads Heer trifft vor Konstantinopel ein, darf die Stadt aber nicht betreten – es gibt keine Einigung über Protokollfragen zwischen ihm und dem Kaiser von Byzanz, Manuel Komnenos. Nach mehrwöchigem Aufenthalt setzt sein Heer auf Drängen Manuels über den Bosporus, statt auf die Truppen unter König Ludwig von Frankreich zu warten.

7. Oktober 1147: In der Nacht zum 8. Oktober vernichtet eine Flutwelle in der Ebene von Chörobachi große Teile von Konrads Heerlager. Nur die Kontingente Friedrichs von Schwaben und Welfs VI. bleiben verschont; sie hatten ihr Lager auf einem Hügel errichtet.

25./26. Oktober 1147: Kurz vor Doryläum erleidet Konrads von Proviant- und Wassernot geplagtes Heer eine vernichtende Niederlage durch einen massiven Angriff türkischer Seldschuken. Kaum zehn Prozent der Männer können sich durch heillose Flucht zurück nach Nicaea retten, auch unterwegs sterben noch viele.

16. November 1147: Die entlang der Küste ziehenden armen Pilger unter Führung der Bischöfe Otto von Freising und Udo von Naumburg werden von Seldschuken bei Laodikeia überfallen und fast alle getötet.

Ende 1147: Heinrich der Löwe heiratet Clementia, die Tochter des Herzogs von Zähringen. Die Ehe war auf dem Wendenkreuzzug abgesprochen worden.

Ende 1147: Das französische Kreuzfahrerheer erreicht Nicaea; Friedrich von Schwaben verhandelt für seinen Oheim Konrad III. mit dem französischen König. Beide Heere ziehen zunächst gemeinsam weiter, trennen sich jedoch im Streit und infolge schwerer Erkrankung Konrads in Ephesos. Konrad reist mit seinen hochrangigen Begleitern zurück nach Konstantinopel und wird nun von seinem Schwager und Schwiegersohn Manuel Komnenos aufgenommen und gepflegt.

Mai 1149: Konrad III. kehrt schwerkrank vom Kreuzzug zurück. In Regensburg werden er und die Überreste seines Heeres empfangen. Sein Neffe Friedrich war bereits vorausgereist – ursprünglich, um Absprachen für einen Kriegszug gegen Roger von Sizilien zu treffen. Stattdessen verhandelt er mit Welf VI., der immer wieder königlichen Besitz angreift. Es droht eine welfische Allianz mit Unterstützung Rogers.

Mitte August 1149: Konrad erkrankt so heftig an erneuten Malariaanfällen, dass er bis April 1150 faktisch regierungsunfähig ist.

April 1150: Auf dem Hoftag in Fulda benennt sich Heinrich der Löwe als Herzog von Sachsen und Bayern. Er beharrt auf dem Versprechen des Königs, ihm auch das Herzogtum Bayern zu übertragen. Da dies nicht geschieht, erscheint er dreimal in Folge nach Vorladung nicht bei Hofe (Ulm, Januar 1151; Regensburg, Juni 1151; Worms, September 1151).

1150: Als Säugling stirbt der erstgeborene Sohn Heinrichs des Löwen.

1150: Der junge Mitregent Heinrich-Berengar, ältester Sohn Konrads III., stirbt dreizehnjährig. Die Ursache ist nicht bekannt.

Anfang Dezember 1151: Von Goslar aus zieht das Heer des Königs gegen Braunschweig und beginnt die Belagerung, die durch die unerwartete Rückkehr Heinrichs des Löwen ein jähes Ende findet. Er war in einem Gewaltritt von Tübingen aus seiner bedrängten Stadt zu Hilfe geeilt.

15. Februar 1152: Konrad III. stirbt in Bamberg und wird dort beerdigt. Zuvor trifft er noch alle Vorbereitungen, damit sein achtjähriger Sohn Friedrich am 4. März in Frankfurt zum König gewählt und am 8. März in Aachen gekrönt werden kann.

4. März 1152: In Frankfurt wird statt des kleinen Königssohns Herzog Friedrich III. von Schwaben zum König gewählt. In den Tagen zuvor hat er umfangreiche Gespräche geführt, um die Fürsten des Reichs für sich zu gewinnen, insbesondere Heinrich den Löwen.

9. März 1152: Im Dom zu Aachen (damals noch Marienkirche) wird Friedrich zum römisch-deutschen König gesalbt und gekrönt und regiert von nun an als Friedrich I.

Anfang Mai 1152: In Goslar erhält Heinrich der Löwe vom König die Reichsvogtei über Goslar und den dortigen Silberbergbau.

1153/54: Sven Estridsson wird als König von Dänemark von seinen Rivalen Knut und Waldemar vertrieben und sucht mit seiner Gemahlin Adele in Meißen Zuflucht bei seinem Schwiegervater, Konrad von Wettin.

März 1153: Auf dem Hoftag in Konstanz wird die Ehe zwischen Friedrich und Adela von Vohburg mit päpstlicher Erlaubnis geschieden. Als Grund wird Verwandtschaft siebten Grades angegeben. Auf Weisung Friedrichs wird Adela im Dezember mit dem Ministerialen Dietho von Ravensburg vermählt, weit unter ihrem Stand.

Ende Mai/Anfang Juni 1154: Nachdem mehrere Versuche Friedrichs zu einer gütlichen Einigung mit dem Babenberger Heinrich Jasomirgott über das Herzogtum Bayern an dessen Nichterscheinen gescheitert sind, vergibt Friedrich in Goslar das Herzogtum an Heinrich den Löwen, ebenso das Investiturrecht als Königsrecht für die Bistümer Ratzeburg, Oldenburg und Schwerin.

19. September 1154: Während der König sein Heer für den Romzug im Lechfeld bei Augsburg sammelt, treffen sich am Rande einer Provinzialsynode in Halle diejenigen Fürsten, die mit der ständigen Bevorzugung und Machtfülle Heinrichs des Löwen unzufrieden sind. Wortführer sind Wichmann von Seeburg, Konrad von Wettin und Albrecht der Bär.

Anfang Oktober 1154: Von Augsburg aus bricht Friedrich mit etwa 1800 Rittern und entsprechendem Tross zum Ersten Italienzug auf. Das mit Abstand größte Kontingent stellt Heinrich der Löwe. Der Italienzug führt zu einer heftigen Auseinandersetzung mit etlichen oberitalienischen Städten, von denen Friedrich mehrere zerstören lässt.

April 1155: Nach zweimonatiger Belagerung zerstört Friedrich mit Hilfe der Pavesen Tortona.

8. bis 10. Juni 1155: Die erste Begegnung zwischen Friedrich und dem Papst in Sutri scheitert an Protokollfragen – Friedrich weigert sich, das Pferd des Papstes am Zügel zu führen und ihm beim Absitzen den Steigbügel zu halten. Die Begegnung wird abgebrochen und das Protokoll neu ausgehandelt.

11. Juni 1155: Im zweiten Anlauf an neuem Ort (Lago di Monterosi nahe Sutri) kommt es zu Gesprächen zwischen Papst und König über Kaiserkrönung und die Unterwerfung Roms.

16./17. Juni 1155: Friedrich empfängt eine Gesandtschaft des römischen Senats, die ihm für 5000 Mark Silber die Krönung zum Kaiser anbietet. Friedrich weist dies entrüstet zurück.

18. Juni 1155: Friedrich wird in St. Peter von Papst Hadrian zum Kaiser gekrönt. Den Zugang zur Stadt muss er sich mit einer

List und militärischer Absicherung erkämpfen. Kurz darauf kommt es zu blutigen Auseinandersetzungen zwischen den römischen Stadtbewohnern und Friedrichs Heer. Friedrich entkommt nur mit Hilfe von Heinrich dem Löwen; am nächsten Tag muss sein Heer wegen Proviant- und Wassermangels die Stadt verlassen.

27./28. Juli 1155: Friedrichs Heer zerstört und plündert Spoleto zur Strafe für verweigerte Steuerzahlungen.

Anfang September 1155: Bei Friedrichs Rückzug aus Italien muss er sich den Weg gewaltsam freikämpfen, insbesondere in der »Veroneser Klause« kommt es zu einem Blutbad.

13. Oktober 1155: Auf einem Hoftag in Regensburg ernennt Friedrich I. Heinrich den Löwen offiziell zum Herzog von Bayern und lässt die Adligen des Herzogtums dem Löwen Treue und Gefolgschaft schwören.

10. bis 17. Juni 1156: Friedrich vermählt sich in Würzburg mit Beatrix von Burgund. Zuvor wurde sie von Erzbischof Hillin von Trier zur Königin gekrönt. Friedrich verspricht Herzog Vladislav von Böhmen für seinen Seitenwechsel die Erhebung zum König sowie das Land Bautzen, mit dem bislang die Wettiner belehnt waren.

8. bis 17. September 1156: Friedrich begibt sich mit den Fürsten von seinem Lager Burg Donaustauf nahe Regensburg auf die Barbinger Wiesen ins Lager Heinrich Jasomirgotts. Dieser gibt dem Kaiser symbolisch sieben Fahnen zurück und verzichtet damit auf das Herzogtum Bayern. Diese Fahnen gehen an Heinrich den Löwen, der zwei davon dem Kaiser zurückgibt, die für die Markgrafschaft Österreich und das umliegende Land stehen. Die erhält Jasomirgott; Österreich wird zum Herzogtum erhoben und Jasomirgott wird Herzog von Österreich. Er erhält es als erbliches Lehen zusammen mit weiteren Privilegien zum Ausgleich.

30. November 1156: Am Tag des Märtyrers Andreas tritt Konrad von Wettin als Laienbruder in das Kloster auf dem Petersberg ein, nachdem er allen Ämtern und Titeln entsagt hat. Nur so glaubt er, dem Ehrverlust durch den Entzug des Landes Bautzen und der Vogteirechte über die Klöster Chemnitz und Naumburg entgehen zu können. Land und Titel hat er vorher unter seinen fünf Söhnen verteilt. Außer seinem Neffen Erzbischof Wichmann und seinem alten Freund Albrecht dem Bären ist keiner der östlichen Großen erschienen.

Dezember 1156/Januar 1157: Sven unternimmt zusammen mit einem Heerbann Heinrichs des Löwen den Versuch, Dänemark zurückzuerobern, und scheitert. Bei Hadersleben müssen sich ihre Truppen vor den vereinten Streitmächten Knuts und Waldemars zurückziehen.

5. Februar 1157: Konrad von Wettin stirbt im Kloster auf dem Petersberg. Otto, sein ältester Sohn, erscheint nicht zur Beerdigung des Vaters.

April (?) 1157: Mit Unterstützung der polnischen Piastenherzöge und eigener Anhänger erobert Jacza von Köpenick die Brandenburg. Albrecht der Bär und Erzbischof Wichmann belagern die Brandenburg zwei Monate ergebnislos.

11. Juni 1157: Jacza und seine Anhänger müssen die Brandenburg verlassen: Die Aufgabe wird mit Handschlag besiegelt.

Sommer 1157 (?): Mit Hilfe einer kleinen Flotte des Abodritenführers Niklot gelingt Sven im zweiten Versuch die Rückkehr nach Dänemark.

9. August 1157: In Roskilde soll der Friedensschluss zwischen Sven, Knut und Waldemar gefeiert werden. Sven plant insgeheim, dabei seine Rivalen zu töten. Knut wird ermordet, Waldemar entkommt verletzt. Der Tag geht als »Blutfest von Roskilde« in die dänische Geschichte ein.

Ende September bis Mitte Oktober 1157: Auf dem Hoftag in Würzburg wird der erst zwölfjährige Friedrich von Rothenburg in den Ritterstand erhoben – auch auf Grund des Drucks seitens des Kaisers von Byzanz. Als Hochzeitsgeschenk des englischen Königs Heinrich an das Kaiserpaar wird ein riesiges, prachtvolles Zelt bestaunt, das nur mit Maschinenhilfe errichtet werden kann.

23. Oktober 1157: Bei seiner Verfolgungsjagd unterliegt Sven nahe Viborg Waldemar. Er flieht und wird auf der Grather Heide von Bauern erschlagen. Das trägt ihm posthum den Beinamen Sven Grathe ein.

Ende Oktober 1157: Auf dem Hoftag von Besançon inszeniert Rainald von Dassel das Zerwürfnis von Kaiser und Papst.

Herbst 1157: Große Teile Lübecks gehen in Flammen auf. Heinrich der Löwe befiehlt, in einiger Entfernung eine »Löwenstadt« zu errichten. Diese scheitert rasch an der ungünstigen Lage, so dass schließlich Lübeck am alten Ort ein weiteres Mal neu gegründet wird – diesmal als Besitz des Herzogs und großzügig von ihm gefördert.

Herbst 1157: Heinrich der Löwe lässt Brücke und Zollstation des Bischofs von Freising bei Föhring an der Isar zerstören, um einige Meilen entfernt bei Munichen (München) eine eigene zu errichten.

Anfang 1158: Markgraf Otto von Wettin wird offiziell mit der Mark Meißen belehnt. Leisnig und Colditz werden Reichsterritorien. Vereint mit Altenburg sind sie der Grundstock für das Reichsterritorium Pleißenland.

Sommer 1158: Markgraf Albrecht der Bär bricht mit großem Gefolge zu einer Pilgerfahrt ins Heilige Land auf.

14. Juni 1158: Auf einem Hoftag in Augsburg – unmittelbar vor seinem Aufbruch zum Zweiten Italienzug – entscheidet Friedrich I. bezüglich des Vorfalls bei Föhring. Heinrich der Löwe geht nicht nur straffrei aus, er darf auch seine neue Zollstation samt Brücke an der Isar weiter nutzen und muss lediglich ein Drittel der Einnahmen an das Bistum Freising abführen. Der »Augsburger Schied« ist die erste urkundliche Erwähnung Münchens.

1158 bis 1162: Zweiter Italienzug Friedrich Barbarossas mit zehntausend Rittern.

1. September 1158: Kapitulation Mailands.

11. bis 26. November 1158: Auf einem Hoftag in Roncaglia werden Friedrich Barbarossa von Rechtsgelehrten aus Bologna erhebliche Ansprüche gegenüber italienischen Städten zugesprochen – Steuern und Rechte.

Juni 1159: Rainald von Dassel wird zum Erzbischof von Köln gewählt – auf Drängen des Kaisers und in Abwesenheit. Er erhält erst sechs Jahre später die Priesterweihe.

1. September 1159: Papst Hadrian IV. stirbt.

7. September 1159: Unter tumultartigen Szenen wird Rolando Bandinelli zum Papst gewählt und nennt sich nun Alexander III., während eine Gegenpartei den bisherigen Kardinal Octavian zum Papst Viktor IV. wählt. Dessen Wahl markiert den Beginn des sogenannten »Alexandrinischen Schismas« – einem achtzehn Jahre andauernden Zerwürfnis zwischen Kaiser und Papst.

Januar 1160: Nach sechsmonatiger, von beiden Seiten mit großer Grausamkeit geführter Belagerung unterwirft sich die Stadt Crema dem Kaiser.

1160: Lübeck erhält Stadtrecht.

Spätsommer 1160: Bei einer Strafexpedition auf Befehl von Heinrich dem Löwen gegen die Abodriten wird deren Fürst Niklot durch einen Hinterhalt getötet.

26. Februar 1162: In Lodi lässt Friedrich eine Urkunde für Markgraf Otto von Meißen ausstellen, die ihm erlaubt, achthundert Hufen Land für die Stiftung eines Benediktinerklosters einzusetzen – das spätere Marienzell bzw. heutige Altzella. Tatsächlich jedoch lässt Otto dieses von Zisterziensern als Hauskloster und Grablege errichten.

2. März 1162: Nach erneuter Unterwerfung Mailands und nach einjähriger Belagerung wird die Stadt auf Befehl Friedrichs vollkommen zerstört, die Bewohner müssen sich anderswo ansiedeln. Besonders hartnäckig fordern Rainald von Dassel und die mit Mailand verfeindeten italienischen Städte die Zerstörung der Stadt.

23. November 1162: In Konstanz wird die Scheidung Heinrichs des Löwen von Clementia von Zähringen ausgesprochen. Clementia heiratet 1166 den Grafen Humbert von Savoyen und stirbt 1167.

Ende 1162 (?): Das erste Kind des Kaiserpaares wird geboren. Die auf den Namen Beatrix getaufte Tochter stirbt noch im Kindesalter.

1163 bis 1164: Dritter Italienzug Friedrich Barbarossas, der sich im Bündnis mit Genua und Pisa erfolglos gegen Sizilien richtet.

20. April 1164: (Gegen-)Papst Viktor IV. stirbt. Dies wäre die Chance, das Schisma zu beenden. Doch eigenmächtig sorgt Rainald von Dassel dafür, dass schon zwei Tage später Guido von Crema unter dem Namen Paschalis III. als Gegenpapst eingesetzt wird.

6. Juli 1164: Schlacht bei Verchen zwischen den Abodriten und Truppen Heinrichs des Löwen. Adolf II. von Holstein fällt. Die Abodriten ziehen sich mit Unterstützung aus Pommern nach Demmin zurück und geben damit alle Gebiete im Herrschaftsbereich des Löwen auf. Kurz zuvor war Niklots als Geisel festgehaltener Sohn Wertislaw vor der Slawenburg Malchow auf Befehl des Löwen öffentlich gehängt worden.

16. Juli 1164: In Pavia bringt Beatrix den ersten Sohn Friedrichs zur Welt. Der nach dem Vater benannte Knabe ist kränklich und stirbt noch im Kindesalter, weshalb sein Name später auf Friedrichs drittgeborenen Sohn Konrad übergeht.

23. Juli 1164: Die Gebeine der Heiligen Drei Könige treffen mit einem Festzug in Köln ein. Rainald von Dassel hatte diese Beute aus Mailand von Friedrich für seine Verdienste geschenkt bekommen. Die Reliquien führen bald zu einem enormen Ansturm von Pilgern und später zum Neubau des Kölner Doms.

1165: Verlobung Heinrichs des Löwen mit der englischen Königstochter Mathilde.

Pfingsten 1165: »Würzburger Eid«, bei dem sich der deutsche Adel verpflichten muss, keinesfalls Papst Alexander III. anzuerkennen.

November 1165: In Nimwegen wird Friedrichs Sohn Heinrich geboren, der später als Kaiser Heinrich VI. regiert und außerdem durch Heirat König von Sizilien wird.

Um 1165: Markgraf Otto verleiht Leipzig das Stadtrecht.

1166 bis 1168: Vierter Italienzug. Ziel ist es, das Schisma zu beenden, was jedoch nicht gelingt.

Winter 1166: Zwischen Heinrich dem Löwen und seinen sächsischen Gegnern bricht offener Kampf aus. Heinrichs Feinde belagern vergeblich die Burg Haldensleben, von der aus immer wieder Überfälle auf das Land um Magdeburg erfolgen.

Anfang 1167: Heinrich der Löwe bietet Abodritenfürst Pribislaw das einstige Land der Slawen als tributfreies erbliches Lehen an, ausgenommen Schwerin und Umgebung, um sich auf die Vielzahl seiner sonstigen Gegner konzentrieren zu können. Damit kehren die Abodriten in ihre durch Krieg zerstörten Lande und Burgen zurück.

12. Juli 1167: »Magdeburger Eid«. Zahlreiche Welfengegner unter Führung des Magdeburger Erzbischofs Wichmann von Seeburg beschwören in Magdeburg ein Bündnis gegen Heinrich den Löwen. Ihnen hat sich nun auch Rainald von Dassel angeschlossen. Da er mit dem Kaiser in Italien weilt, legen Gesandte aus Köln an seiner Statt den Eid ab.

20. Juli 1167: Friedrich besetzt St. Peter in Rom. Am 30. Juli wird dort Paschalis III. offiziell zum Papst ernannt.

1. August 1167: Festkrönung von Beatrix durch Papst Paschalis III.

Nur wenige Tage später: In Folge eines Unwetters breiten sich riesige Scharen von Insekten über Rom und das davor lagernde Heer Friedrichs aus. Binnen weniger Stunden infizieren sie einen Großteil des Heeres mit einer rasant tödlich verlaufenden Krankheit.
Es sterben schätzungsweise zweitausend Ritter und zahlreiche ranghohe Fürsten, darunter Bischof Daniel von Prag (9. August), Friedrich von Rothenburg (19. August), Welf VII. (11./12. September in Siena) – womit nach dem Tod seines Vaters Welf VI. dessen Haus erlischt – und Kanzler und Erzbischof von Köln, Rainald von Dassel (14. August).
Nur mit Mühe und nach mehrfachen Angriffen entkommen Friedrich und Beatrix aus Italien. Nach Gerüchten über einen Mordanschlag flieht er verkleidet aus der Stadt Susa, während Beatrix dort ausharrt.
Er bleibt nun bis 1174 diesseits der Alpen, stärkt seine Hausmacht und verlangt seinen Fürsten den Würzburger Eid ab, niemals Papst Alexander anzuerkennen.

1168: In Christiansdorf, dem späteren Freiberg, werden reichhaltige Silbervorkommen gefunden.

Pfingsten 1169: Barbarossas Sohn Heinrich VI. wird in Bamberg als Vierjähriger zum deutschen König gewählt und zwei Monate später in Aachen gekrönt.

1173: In Christiansdorf beginnt Markgraf Otto mit dem Bau einer Burg.

1174: Fünfter Italienzug. Die Belagerung Alessandrias zieht sich Monate hin und bleibt erfolglos. Gegen die Übermacht des Lombardischen Städtebundes muss sich Friedrich zurückziehen.

17. April 1175: Frieden von Montebello zwischen dem Kaiser und dem Lombardischen Städtebund.

November 1175: Der Kaiser fordert seine Fürsten auf, ihm weitere Truppen nach Italien zu entsenden.

Februar 1176 in Chiavenna: Zwischen dem Kaiser und Heinrich dem Löwen kommt es zum Bruch, weil sich der Löwe weigert, dem Kaiser Truppen für seinen Italienfeldzug zu stellen.

29. Mai 1176: In der Schlacht von Legnano erleidet Barbarossa ohne Heinrichs Unterstützung eine verheerende Niederlage und entkommt nur mit Mühe. Der in Pavia wartenden Kaiserin wird verfrüht schon sein Tod gemeldet.

Sommer 1176: Friedrich erleidet einen schweren Ausbruch von Malaria.

Seit Mitte 1177: Friedensverhandlungen mit dem Papst unter Leitung der Erzbischöfe von Köln, Magdeburg und Mainz.

24. Juli 1177: Kaiser Friedrich von Staufen und Papst Alexander III. söhnen sich nach zwanzigjährigem Streit in Venedig aus. Friedrich muss sich unterwerfen, bekommt den Friedenskuss und wird wieder in die Gemeinschaft der Gläubigen aufgenommen.

Herbst 1177: Bischof Ulrich von Halberstadt beginnt den Kampf gegen den Löwen.

Anfang 1178: Philipp von Köln kehrt aus Italien zurück und schließt im Juni ein Schutzbündnis mit Ulrich von Halberstadt.

30. Juli 1178: Friedrich wird in Arles zum König von Burgund gekrönt.

November 1178: Heinrich der Löwe führt beim Hoftag in Speyer Klage gegen Philipp von Köln. Der Kaiser vertagt die Entscheidung.

Januar 1179: Zum Hoftag in Worms erscheint Heinrich nicht. Ein Feststellungsurteil droht ihm im Wiederholungsfall die Reichsacht an.

24. Juni 1179: Beim Hoftag in Magdeburg fordert Markgraf Dietrich von der Lausitz den nicht erschienenen Löwen zum

Zweikampf. Zuvor gab es gescheiterte Verhandlungen zwischen Heinrich und dem Kaiser in Haldensleben.

29. Juni 1179: Die Reichsacht wird über Heinrich verhängt – wegen Missachtung der kaiserlichen Ladung, um ihn vor das Hofgericht zu bringen.

1. August 1179: Eine Schlacht der Heere Heinrichs und Philipps auf dem Haler Feld nordwestlich von Osnabrück endet mit einem Sieg des Löwen.

Mitte August 1179: Auf dem Hoftag in Kayna klagt der Kaiser den Löwen wegen Missachtung nach dreimaliger Ladung an. Per Fürstenspruch werden Heinrich beide Herzogtümer aberkannt; die Fürsten verpflichten sich, gegen ihn zu kämpfen. Kurz darauf erfolgen von Hornburg und Halberstadt aus Einfälle in welfisches Gebiet. Der Löwe schickt ein Heer gegen Halberstadt.

23. September 1179: Die Truppen des Löwen brennen Halberstadt nieder; es gibt hunderte Tote, auch Kirchen und der Dom werden zerstört, Bischof Ulrich wird gefangen genommen.

1. Oktober 1179: Nach der Zerstörung Halberstadts ruft Erzbischof Wichmann seine Verbündeten zur erneuten Belagerung von Haldensleben. Philipp von Köln rückt mit viertausend Mann an, überwiegend Brabanzonen, die schon auf dem Anmarsch in Westfalen schwerste Verwüstungen anrichten. Nach vier Wochen ziehen die Verbündeten im Streit ab. Auch Wichmann muss seine Truppen zurück nach Magdeburg führen, denn der Löwe zerstörte inzwischen Calbe und schickt Pommern, die Wichmanns Diözese bis Jüterbog zerstören.

2. Januarwoche 1180: Auf einem Hoftag in Würzburg ergeht das endgültige Urteil: Die Fürsten erkennen dem Löwen seine Herzogtitel und sämtliche Reichslehen ab. Der Kaiser verpflichtet sich auf Drängen der Fürsten, den Löwen nie wieder in seinen früheren Stand zu setzen. Es wird ein Waffenstillstand bis zum 1. Sonntag nach Ostern (27.4.1180) beschlossen.

27.3. bis Mitte April 1180: In der Kaiserpfalz Gelnhausen wird Heinrich der Löwe geächtet und als Majestätsverbrecher verurteilt. Der Askanier Bernhard von Aschersleben wird Herzog von Sachsen, nachdem der westliche Teil des Landes abgespalten wurde und als neues Herzogtum Westfalen an den Erzbischof von Köln geht (13.4.). Otto von Wittelsbach wird Herzog von Bayern, wovon die Steiermark abgetrennt wurde. Bischof Siegfried von Brandenburg wird Erzbischof von Bremen, Landgraf Ludwig III. von Thüringen bekommt Sommerschenburg als Pfalzgraf von Sachsen.
Heinrich erkennt das Urteil nicht an. Der Kaiser ruft zur Heerfahrt ab 25. Juli.

Ende April 1180: Sofort nach Ablauf des Waffenstillstands eröffnet Heinrich die Kämpfe und greift Goslar an, kann die Stadt aber nicht einnehmen und zerstört die Hüttenwerke am Rammelsberg. Das führt zu verstärktem Zuzug Harzer Bergleute nach Christiansdorf. Heinrichs Heer fällt in Thüringen ein.

Anfang Mai 1180: In Nordhausen brennen Heinrichs Truppen ein Nonnenkloster nieder, bei Burg Weißensee nahe Sömmerda nehmen sie in einer Schlacht mehrere hundert thüringische Ritter gefangen, darunter Landgraf Ludwig III. und seinen Bruder Hermann. Der neue Herzog von Sachsen, Bernhard, flieht vor dem heranrückenden Heer. Heinrich zerstört die Pfalz Mühlhausen und wird bei seiner Rückkehr nach Braunschweig als Sieger jubelnd empfangen.

Juni 1180: Auf dem Hoftag in Regensburg wird dem Löwen Bayern abgesprochen und geteilt. Die Steiermark wird Herzogtum, Graf Berthold von Andechs wird Herzog von Meranien, Otto von Wittelsbach Herzog von Bayern. Mangels Einigung erfolgt die endgültige Vergabe an die Wittelsbacher erst auf dem Hoftag im September 1180 in Altenburg. In Regensburg bekommt Bischof Albert von Freising auch Brücke und Markt Föhring zurück.

25. Juli 1180: Beginn einer Reichsheerfahrt des Kaisers, bei der zwei Monate lang das Land verwüstet wird.

30. Juli 1180: Bischof Ulrich von Halberstadt stirbt im Kloster Huysburg.

15. August 1180: Beim Hoftag in Werla fordert der Kaiser alle Gefolgsleute des Löwen auf, diesen bis zum Martinstag (11.11.) zu verlassen. Danach laufen fast alle über und liefern ihre Burgen dem Kaiser aus.

Weihnachten 1180: Bei einem Festmahl in Lüneburg beschuldigt der Löwe den Grafen Bernhard von Ratzeburg, ihn und seine Gemahlin ermorden zu wollen. Der Graf wird verbannt, muss seine Burg ausliefern und schließt sich dem neuen Herzog von Sachsen an, Bernhard von Aschersleben.

Ostern 1181: In Konstanz bespricht Friedrich Einzelheiten der Übertragung des Erbes mit seinem Oheim Welf VI. Dies erweitert Friedrichs Hausmacht in Schwaben beträchtlich.

3. Mai 1181: Haldensleben fällt, nachdem Wichmann Burg und Stadt durch Anstauen der Ohre und eines Nebenflusses geflutet hat. Die Bewohner haben drei Wochen Zeit, die Stadt zu verlassen, dann wird sie von den Magdeburgern dem Erdboden gleichgemacht.

Ende Juni 1181: Friedrich kommt mit einem starken Heer nach Sachsen. Mathilde Plantagenet besteht darauf, dass Lüneburg als ihr Hochzeitsgut erhalten bleiben muss, was der Kaiser ihr gewährt. Heinrich rettet sich in einem Nachen nach Stade und bereitet seine Flucht nach England vor.

August 1181: Der Kaiser wird bei seinem Einzug in Lübeck gefeiert, nachdem die Lübecker die Erlaubnis des Löwen eingeholt hatten, die von Land und See aus belagerte Stadt zu übergeben. Heinrich bittet um freies Geleit von Stade nach Lüneburg. Der Kaiser lehnt jede Kontaktaufnahme ab, bestellt ihn nach Erfurt und verlangt bedingungslosen Gehorsam.

15. bis 30. November 1181: Auf dem Hoftag in Erfurt erscheint Heinrich der Löwe unter dem Geleit Erzbischof Wichmanns und unterwirft sich dem Kaiser. Der Achtspruch wird unter der Bedingung aufgehoben, dass er das Reich verlässt.

25. Juli 1182: Fristgemäß reist Heinrich der Löwe mit seiner Frau Mathilde und wenigen Getreuen ins Exil zu seinem Schwiegervater, dem englischen König Heinrich II.

Pfingsten 1184: Mit dem überaus prachtvollen Mainzer Hoffest feiert Barbarossa die Schwertleite seiner Söhne Heinrich und Friedrich. Vergeblich ersucht Heinrich der Löwe um eine Aussöhnung.

5. November 1184: Kaiserin Beatrix stirbt in Burgund.

1185: Markgraf Dietrich von der Lausitz (von Landsberg) stirbt an den Folgen einer Erkrankung, die ihn auf dem Mainzer Hoffest heimsuchte. Er wird im Kloster auf dem Petersberg beigesetzt, wo auch sein Vater und sein einziger legitimer Sohn Konrad bestattet sind. Die Mark Lausitz geht für 4000 Mark Silber an Dietrichs Bruder Dedo von Groitzsch. Dietrichs unehelicher Sohn wird 1201 Bischof von Merseburg.

1185/1186 (?): Das meißnische Silberdorf Christiansdorf erhält Stadtrecht und wird bald »Freiberg« genannt.

29. Oktober 1187: Papst Gregor VIII. ruft zum Dritten Kreuzzug auf.

27. März 1188: Kaiser Friedrich Barbarossa beruft einen »Hoftag Jesu Christi« nach Mainz und nimmt dort – fast siebzigjährig – mit Zustimmung der Fürsten das Kreuz. Das Jahr bis zu seinem Aufbruch nutzt er zur Vorbereitung auf den Kriegszug, sowohl für diplomatische Absprachen mit den Herrschern der Länder, die sein Heer durchqueren wird, als auch zur Regelung möglicher Streitfragen im Kaiserreich.

Frühjahr 1189: Albrecht, ältester Sohn des Meißner Markgrafen Otto von Wettin, nimmt seinen Vater auf Burg Döben bei Grimma gefangen, um durchzusetzen, dass er und nicht sein jüngerer Bruder Dietrich die Mark Meißen erbt. Obwohl bereits auf dem Kreuzzug, interveniert der Kaiser und befiehlt Ottos Freilassung.

11. Mai 1189: In Regensburg bricht das Kreuzfahrerheer Barbarossas auf. Der Löwe muss erneut ins englische Exil, nachdem ihm der Kaiser die Wahl gelassen hatte: Kreuzzug oder Exil. Mathilde bleibt diesmal in Braunschweig.

25. bis 28. Mai 1189: In Pressburg, dem heutigen Bratislava, übergibt der Kaiser die Regentschaft offiziell an seinen Sohn Heinrich VI. Dietrich von Weißenfels, jüngerer Sohn des Meißner Markgrafen, schließt sich dem Kreuzfahrerheer an.

28. Juni 1189: Mathilde Plantagenet stirbt in Braunschweig. Dies veranlasst den Löwen zur Rückkehr und zur Wiederaufnahme der Kämpfe um sein Land, wobei er von seinen Söhnen unterstützt wird.

26. Oktober 1189: Heinrich beginnt mit der Belagerung der wichtigen Handelsstadt Bardowick und zerstört sie kurz darauf.

18. Februar 1190: Der Meißner Markgraf Otto von Wettin stirbt. Später erhält er den Namen »Otto der Reiche«. Die Mark Meißen geht an seinen ältesten Sohn Albrecht. Dessen jüngerer Bruder Dietrich muss sich mit Weißenfels begnügen.

10. Juni 1190: Kaiser Friedrich von Staufen ertrinkt während des Dritten Kreuzzugs auf dem Gebiet der heutigen Türkei. Ein großer Teil der Kreuzfahrer kehrt daraufhin demoralisiert wieder um.

16. August 1190: Dedo der Feiste, Markgraf der Ostmark, stirbt an den Folgen eines operativen Eingriffs, bei dem er sich das Fett aus dem Leib schneiden ließ. Sein Sohn Konrad übernimmt die Regentschaft.

7. Oktober 1190: Nachdem eine Seuche in Antiochia zahllose Opfer unter den Kreuzfahrern forderte, erreicht der Rest des deutschen Kreuzfahrerheeres Akkon, das bereits seit mehr als einem Jahr von Guido von Lusignan belagert wird, dem König von Jerusalem.

16. Oktober 1190: Landgraf Ludwig III. von Thüringen stirbt auf Zypern während der Heimreise von Akkon. König Heinrich lehnt es ab, Ludwigs Bruder Hermann mit Thüringen zu belehnen. Sein Plan, die Landgrafschaft einzubehalten, scheitert jedoch. Nach deutlichen Zugeständnissen wird Hermann Landgraf von Thüringen.

20. Januar 1191: Barbarossas Sohn Friedrich, Herzog von Schwaben, stirbt an einer Seuche vor Akkon, die viele weitere Opfer kostet.

15. April 1191: Papst Coelestin III. krönt Heinrich VI. zum Kaiser. Gleich danach zieht Heinrich weiter, um Sizilien zu erobern.

8. Juni 1191: Der englische König Richard Löwenherz landet mit seinen Truppen vor Akkon, nachdem er unterwegs Zypern eingenommen hat.

11. Juli 1191: Akkon kapituliert. Nur Tage später ziehen die deutschen Kreuzfahrer ab, da sich ihr Anführer Leopold von Österreich vom englischen König beleidigt sieht.

25. Dezember 1194: Heinrich VI. wird zum König von Sizilien gekrönt.

26. Dezember 1194: Kaiserin Konstanze bringt einen Sohn zur Welt, den späteren Friedrich II.

24. Juni 1195: Der Meißner Markgraf Albrecht, genannt »der Stolze«, wird nach grausamer Herrschaft in Freiberg vergiftet. Kaiser Heinrich VI. zieht die Mark Meißen als »erledigtes Reichslehen« ein.

6. August 1195: Heinrich der Löwe stirbt in Braunschweig.

Weihnachten 1196: Auf Betreiben des Kaisers Heinrich VI. wird sein zweijähriger Sohn Friedrich II. zum König gewählt. Sein Plan, Deutschland in eine Erbmonarchie zu verwandeln, scheitert jedoch am Widerstand der Fürsten.

28. September 1197: Während ein Teil des Heeres schon unterwegs zum »Deutschen Kreuzzug« ins Heilige Land ist, stirbt Heinrich VI. im Alter von zweiunddreißig Jahren in Messina, vermutlich an einem Malariaanfall. Bald nach Heinrichs Tod bricht ein Streit um seine Nachfolge aus.

8. März 1198: Da die Welfen einen eigenen Thronanwärter aufbieten, wählen die staufertreuen Fürsten in Mühlberg Philipp von Schwaben zum König. Sie erkennen, dass sie den erst dreijährigen Friedrich nicht als Thronfolger durchsetzen können. Die Wahl ist aber anfechtbar, da die drei rheinischen Erzbischöfe fehlten.

9. Juni 1198: Vorwiegend geistliche Fürsten wählen den sechzehnjährigen Otto von Braunschweig zum König, einen Sohn Heinrichs des Löwen. Am 12. Juli wird er in Aachen gekrönt – zwar am angestammten Ort, aber nicht mit den richtigen Insignien.

8. September 1198: In Mainz wird Philipp von Schwaben gekrönt – mit den richtigen Insignien, aber nicht am angestammten Ort. Der Streit zwischen beiden Königen zerreißt das Land zehn Jahre lang. Nachdem Philipp am 21. Juni 1208 von Otto von Wittelsbach ermordet wurde, gelingt Heinrichs Sohn Otto im Jahr darauf, was weder sein Vater noch sein Großvater geschafft haben.

4. Oktober 1209: Otto von Braunschweig wird vom Papst als Otto IV. zum Kaiser gekrönt. Er ist der einzige Welfenkaiser in der Geschichte.

25. Juli 1215: Nachdem sich Otto nicht auf Dauer militärisch durchsetzen kann, wird Barbarossas Enkel Friedrich II. in Aachen zum König gekrönt und im November vom Papst als Kaiser anerkannt.

»Sabine Ebert wird zum deutschen Ken Follett.«
Die Welt

SABINE EBERT

SCHWERT UND KRONE – MEISTER DER TÄUSCHUNG

Dezember 1137: Der Kaiser ist tot, und sofort bricht in deutschen Landen ein erbitterter Kampf um die Nachfolge aus. Machtgierigen Fürsten und der Geistlichkeit ist jedes Mittel recht, um den Welfen ihren Anspruch auf den Thron streitig zu machen und auch noch Sachsen und Bayern zu nehmen. Eine ausgeklügelte Intrige bringt den Staufern, die Jahre zuvor durch Ränke an der Thronbesteigung gehindert wurden, die Krone. Konrad von Staufen wird in die Königsrolle gedrängt, muss aber bald erkennen, dass sogar sein junger Neffe, der künftige Friedrich Barbarossa, nicht vorbehaltlos zu ihm steht. Es beginnt ein unerbittlicher Kampf um die Macht mit raffiniertem Intrigenspiel im Hintergrund, in dem alle bedeutenden Häuser ihrer Zeit mitmischen, die Geistlichkeit – und auch so manch bemerkenswerte Frau …

Der erste Teil des großen Barbarossa-Epos von Sabine Ebert.

KNAUR

Der zweite Band der großen
Mittelalter-Saga

SABINE EBERT

SCHWERT UND KRONE – DER JUNGE FALKE

Sommer 1147. Gegen den Willen seines Vaters reitet der junge Friedrich von Schwaben, der als Barbarossa in die Geschichte eingehen wird, mit den Kreuzfahrern ins Heilige Land – während die Fürsten von Meißen, Sachsen und Anhalt die benachbarten Slawenstämme bekriegen. Die zurückgelassenen Frauen aber müssen sich allein gegen Hungersnot und Angreifer behaupten. Schwer krank kehrt der alte König mit wenigen Überlebenden in sein zerstrittenes Reich zurück. Als er stirbt, kommt für den jungen Friedrich die Stunde der Entscheidung. Hilft er seinem minderjährigen Cousin auf den Thron – oder greift er selbst nach der Krone?

Gefeiert und gefürchtet –
Barbarossa auf dem Weg nach ganz oben

SABINE EBERT

SCHWERT UND KRONE – ZEIT DES VERRATS

Ein Kaiser am Ziel seiner Träume.
Eine verstoßene Frau, die um ihre Würde kämpft.
Eine Geliebte ohne Zukunft.
Eine blutjunge Braut, die sich klug zu behaupten lernt.
Die Mächtigen im Kampf um noch mehr Einfluss.

Im dritten Band des großen Barbarossa-Epos lässt Sabine Ebert die Leser nicht nur Friedrichs Aufstieg zum Kaiser hautnah miterleben und zeigt uns die schillernde Persönlichkeit dieser bedeutenden Figur unserer Geschichte in all ihren Facetten: charismatisch, zielstrebig, doch gnadenlos zu seinen Feinden. Sie schildert auch, wie die Frauen jener Zeit sich trotz ihrer Entmündigung durchkämpften – oder untergingen.

Der vierte Band der großen
Barbarossa-Saga

SABINE EBERT

SCHWERT UND KRONE – HERZ AUS STEIN

Barbarossa wähnt sich im Zenit seiner Macht. Zum Kaiser gekrönt, von Königen hofiert, legt er sich sogar mit dem Papst an. Doch die Consuln von Mailand provozieren und beleidigen ihn, mit dem jungen Sohn von König Konrad wächst ihm ein Rivale um den Thron heran, und reihenweise gehen Fürsten erneut in Opposition gegen seinen maßlosen Freund und Vetter Heinrich den Löwen, der skrupellos die Zollstation des Bischofs von Freising zerstört, um eine eigene in der noch unbedeutenden Ansiedlung München zu errichten. Vor allem aber braucht Friedrich dringend einen Erben – doch dieses Glück bleibt ihm und seiner geliebten Beatrix über Jahre verwehrt. Eine Sorge, die auch den Meißner Markgrafen Otto und seine junge Gemahlin Hedwig bedrückt, die Werber ausschicken, um Siedler in ihr Land zu holen. Ottos Ritter Christian übernimmt diese nicht ungefährliche Aufgabe …

DIE GROSSE HEBAMMEN-SAGA

VON SABINE EBERT

DAS GEHEIMNIS DER HEBAMME

Weil sein Sohn tot geboren wurde, will Burgherr Wulfhart der jungen Hebamme Marthe Hände und Füße abschlagen lassen. Nur mit knapper Not gelingt ihr die Flucht aus ihrem Dorf. Um zu überleben, schließt sie sich einer Gruppe fränkischer Siedler an, die ostwärts in die Mark Meißen ziehen, um sich dort in noch unerschlossenem Gebiet ein neues, besseres Leben aufzubauen. Anführer der Siedler ist der Ritter Christian, der mehr und mehr von Marthe und ihrem Heilwissen fasziniert ist. Doch dies erregt auch die Aufmerksamkeit von Christians erbittertstem Feind, einem einflussreichen Ritter in Diensten des Meißner Markgrafen Otto von Wettin. Da wird in Christians Dorf Silber gefunden … Der Auftakt einer Siedler-Saga vor dem Hintergrund der Auseinandersetzung zwischen Barbarossa und Heinrich dem Löwen.

Der erste Band der Hebammen-Saga

DIE SPUR DER HEBAMME

Mark Meißen im Jahre 1173: Marthe und ihr Mann Christian könnten glücklich und zufrieden im durch den Silberbergbau erblühten Christiansdorf leben, doch da erreichen sie schlimme Neuigkeiten: Heinrich der Löwe ist von seiner Pilgerfahrt ins Heilige Land zurückgekehrt, und mit ihm Christians ärgster Feind. Erneut ist der Meißner Markgraf Otto von Wettin in die Kämpfe gegen den mächtigen Herzog von Sachsen und Bayern verwickelt. Und er ernennt ausgerechnet Christians Feind zum Vogt des Silberdorfes. Christian will seine Frau in Sicherheit bringen. Doch sie wird von einem fanatischen Medicus denunziert und muss sich vor einem Kirchengericht verantworten. Verzweifelt sucht Christian nach ihr, aber sie scheint spurlos verschwunden …

Der zweite Band der Hebammen-Saga

DIE ENTSCHEIDUNG DER HEBAMME

Die Geschichte von Marthe und Christian geht weiter. Hoftag in Magdeburg 1179: Kaiser Friedrich Barbarossa ist entschlossen, Heinrich dem Löwen den Prozess zu machen. Das bedeutet Krieg. Christian und Marthe müssen damit rechnen, dass er auch ihr Dorf in der Mark Meißen erreicht. Bald darauf nimmt Markgraf Otto von Wettin Christian als einen seiner Heerführer mit in den Kampf. Währenddessen steht Marthe in Christiansdorf vor einer ganz anderen Herausforderung: Otto hat für die Zeit des Kriegszuges seinem machtbesessenen ältesten Sohn das Kommando über die Christiansdorfer Burg übertragen. Diesem sind Christian, Marthe und ihre Anhänger schon lange ein Dorn im Auge. Mit Mut und Schläue versuchen die Dorfbewohner, sich gegen den gnadenlosen Albrecht zu behaupten. Doch viel muss geschehen, bis Christians Traum wahr wird und aus dem Dorf eine Stadt: Freiberg.

Der dritte Band der Hebammen-Saga

DER FLUCH DER HEBAMME

Freiberg 1189: Fast fünf Jahre sind seit Christians Tod vergangen. Marthe und Lukas leiden immer noch unter dem Verlust des Geliebten und Freundes und müssen ihre Gefühle füreinander neu bestimmen. Doch das ist nicht die einzige Sorge, die ihr Leben überschattet, denn es naht der Tag, an dem der grausame Albrecht, der älteste Sohn des Markgrafen Otto, die Regentschaft über die Mark Meißen übernehmen wird. Marthe und Lukas können nicht fliehen: Sie müssen Christians Vermächtnis erfüllen – und sich um die mittlerweile fast erwachsenen Kinder kümmern. Die sechzehnjährige Clara soll heiraten, obwohl sie heimlich in den jüngeren Sohn des Markgrafen verliebt ist, und Thomas träumt davon, sich Kaiser Barbarossas Kreuzzug ins Heilige Land anzuschließen …

Der vierte Band der Hebammen-Saga

DER TRAUM DER HEBAMME

Desillusioniert kehrt Marthes Sohn Thomas im Herbst 1191 vom Kreuzzug zurück. Doch auch in der Heimat findet er keinen Frieden, denn dort herrscht der grausame Albrecht über die Mark Meißen. Als dieser seinen Bruder Dietrich, an dessen Seite Thomas im Heiligen Land gekämpft hat, angreift, bleibt beiden keine andere Wahl, als erneut zu den Waffen zu greifen. Die Lage scheint aussichtslos, deshalb muss Dietrich ein Zweckbündnis mit dem Landgrafen von Thüringen eingehen. Dafür fordert dieser die Verlobung Dietrichs mit seiner Tochter. Ein hoher Preis, denn Dietrich liebt seit langem heimlich Marthes Tochter Clara …

Der Abschlussband der Hebammen-Saga